麻醉学高级系列专著

总主编　曾因明

# 心脏外科手术麻醉


主　编　**李立环**　中国医学科学院阜外心血管病医院

副主编　**于钦军**　中国医学科学院阜外心血管病医院

　　　　**张诗海**　华中科技大学同济医学院附属协和医院

编　者（按姓氏笔画为序）

于钦军　中国医学科学院阜外心血管病医院
方　才　安徽省立医院
王　刚　解放军总医院
王东信　北京大学第一医院
王伟鹏　中国医学科学院阜外心血管病医院
王祥瑞　上海交通大学仁济医院
朱文忠　第二军医大学长海医院
张诗海　华中科技大学同济医学院附属协和医院
李立环　中国医学科学院阜外心血管病医院
姜　桢　上海复旦大学中山医院
卿恩明　首都医科大学附属北京安贞医院
徐军美　中南大学湘雅医学院附属第二医院
薛玉良　天津泰达国际心血管病医院



人民卫生出版社

**图书在版编目（CIP）数据**

心脏外科手术麻醉/李立环主编. —北京：人民卫生出版社，2011.12

（麻醉学高级系列专著）

ISBN 978-7-117-11134-8

Ⅰ. 心… Ⅱ. 李… Ⅲ. 心脏外科手术—麻醉 Ⅳ. R654.2

中国版本图书馆 CIP 数据核字(2008)第 201372 号



**心脏外科手术麻醉**

**主　　编：** 李立环
**出版发行：** 人民卫生出版社（中继线 010-59780011）
**地　　址：** 北京市朝阳区潘家园南里 19 号
**邮　　编：** 100021
**E - mail：** pmph @ pmph.com
**购书热线：** 010-67605754　010-65264830　010-59787586　010-59787592
**印　　刷：** 北京中新伟业印刷有限公司
**经　　销：** 新华书店
**开　　本：** 787×1092　1/16　**印张：** 24.5
**字　　数：** 558 千字
**版　　次：** 2011 年 12 月第 1 版　2011 年 12 月第 1 版第 1 次印刷
**标准书号：** ISBN 978-7-117-11134-8/R・11135
**定　　价：** 58.00 元

# 序

《麻醉学高级系列专著》是我国麻醉学知识载体建设的一项重要举措，这项工作在2006年启动。当时广泛征求了国内麻醉学界专家教授的意见与建议，经认真研究后决定组织全国麻醉界优秀力量编写出版《麻醉学高级系列专著》。

鉴于这项工作是一系统工程，为能规范、顺利推进，按照卫生部规划教材的编写模式，2006年9月经有关部门批准，成立《麻醉学高级系列专著编审委员会》，其任务主要是按有关规定条件与程序遴选每本专著的主编、副主编人选，提出编写思路，宏观决策每本专著的编写内容，实行编审委员会领导下的主编负责制。2006年12月15～18日在浙江杭州召开了"第一次麻醉学高级系列专著编审委员会议"。会议审议通过《麻醉学高级系列专著》的编写思路，决定每本专著的主编、副主编人选，提出每本专著的编写思路和编写内容，并拟定了编写进程。会议认为本系列专著要能涵盖麻醉学科的各个重要领域，各本专著之间既要统一协调，又能相互呼应，从而成为统一的整体。本系列专著与其他专著的区别是：①涵盖麻醉学的各个重要领域，互相联系而不重复，各自独立而无遗漏，全面深入而讲究实用；②与住院医师培训教材（一套五册）相比，本系列专著对基本理论和基本知识不作系统介绍，而是突出临床应用，强调临床实际指导意义；亚专科麻醉在以往的著作中通常是一个章节，而在此则是一本专著，更为详尽、丰富与实用；③撰写技术操作时要求图文并茂，以成熟、通用为依据，以能规范临床技术操作；④撰写基础理论的目的是为临床诊断与治疗提供依据，因此以病理生理为主，发病机制为辅；⑤以人民卫生出版社编写指南为准则，统一体例、名称及计量单位，但每部专著可有不同的写作及表达风格，如插入病例分析、医学伦理等。会议强调本系列专著的读者对象应是各级医院麻醉科高年住院医师、主治医师以上人员，也可作为麻醉科住院医师培训及进修医师用书。会议决定，十九部《专著》的主编人（按"专著"先后为序）为姚尚龙、岳云、熊利泽、李文志、王保国、朱也森、喻田、李立环、邓小明、古妙宁、马正良、陶国才、郭曲练、王国林、田玉科、黄宇光、于布为、傅志俭、龙村教授。

根据"第一次麻醉学高级系列专著编审委员会议"的决定，2007年1月26～29日在湖北武汉召开了《麻醉学高级系列专著》（以下简称《专著》）主编人会议。这次会议遵循上述编写思路，通过主编人集体讨论，决定每本专著的编写大纲并遴选编者；统一编写格式；以专著质量为生命线，落实"过程管理"中的有关问题。期间，人民卫生出版社颁发了主编证书。

随后《专著》进入紧张的撰写阶段，通过全国207名作者辛勤的工作，经过近8个月的努力，《专著》陆续完成初稿。从2007年9月始《专著》进入审修阶段，在主编的领导

下，在全体作者交叉审稿的基础上，绝大多数《专著》均经集体讨论，逐章提出具体修改意见。经过反复审修，2008年5月始《专著》先后定稿，交由人民卫生出版社陆续出版，经过两年的努力，《专著》即将与全国广大读者见面。

有位读者给我来信说："主编很好当，把任务布置下去，稿件收上来，只要有出版社出就是一本书"，说实话，在接到此信前我已认真思考过这类问题，所以要兴师动众、认真地召开编审委员会和主编人会议就是证明。应当说每本《专著》的主编都是很认真负责的，为编好《专著》，主编与副主编们始终把"质量"放在核心地位，他（她）们一是有清晰的编写思路；二是有明确的编写大纲，大纲直落三级目录；三是遴选了一批既在临床第一线、又有写作基础、又能定下心来撰写的青年作者；四是在写好自己章节的基础上，抓紧过程管理，调控编写质量，有些章节曾五易其稿。因此，每位主编是为《专著》付出心血的，也确是不好当的。

能否出"传世之作"是一个学科成熟与先进的象征，麻醉学科的后来人要为此而奋斗。一套十九部书组成的《专著》在一定程度上是我国临床医疗、科学研究、学术骨干及带头人状态的一个缩影，而《专著》的编写确实对我国百余名中青年写作队伍起到促进与历练作用，尽管个别专著及章节可能会存在这样那样的问题甚至错误，但我还是祈望能以此作为起点，相对稳定篇章的写作人员，在前进中广纳群言与人才，在实践中磨砺一支临床经验丰富、学术造诣较高、能责任于白纸黑字的写作队伍，持之以恒，终能把"编"易为"著"，且有更多的原创与风格，届时麻醉学的知识载体将百花齐放，麻醉学科也将是一个强势学科。为了共同的目的，衷心希望广大读者化厚爱为书评，转参阅为参与，这种"求实"的氛围正是在当前缺乏而宜大力倡导的，因为这是学科发展的重要软环境。谨以此为序，不当之处盼批评指正。

曾因明

2008年8月

# 前 言

随着我国心血管外科的发展，从事、接触心血管麻醉的人员日益增多。在促进心血管外科发展的诸多因素中，心血管麻醉占有极其重要的地位。为保证、促进心血管外科的发展，亟需培养更多专业基础知识扎实，勤于、善于学习，受过规范化训练和教育的临床心血管麻醉医师。为此目的，在“麻醉学高级系列专著”编写、出版之时，由国内长期从事心血管麻醉的十余名专家共同编写了这本《心脏外科手术麻醉》奉献给大家。阅读对象为接触、从事心血管麻醉的临床医师和相关专业的医学生和研究生等。

虽然参加编写的人员均经受过国内或国外严格培训、临床工作多年、专职从事心血管麻醉，有丰富的临床经验，但限于编写经验和知识水平，尽管努力，仍然会存在这样或那样的疏漏和错误，殷切希望国内前辈和同道不吝赐教，批评、指正。

李立环

2008 年 12 月

# 目 录

# 第一章 麻醉前评估和麻醉前准备

## 第一节 麻醉前访视和评估

### 一、麻醉前访视目的

心脏病人麻醉前评估和麻醉前准备没有一个统一的标准。心脏手术按年龄分为小儿和成人心脏疾病，按病种可分为先天性、瓣膜性和血管性疾病等，按手术时间分为急诊和择期手术。不同的年龄、病种和急诊或择期手术要求有不同的麻醉前访视和评估，麻醉前准备也不同。

1. 目的　麻醉前访视的主要目的是了解病情，并因此制定围术期麻醉处理方案。

2. 术前用药和禁食　有关心脏手术病人是否需要给予麻醉前用药尚存在争议。麻醉前用药的主要目的是解除其焦虑心理及减少唾液腺的分泌，但是抗焦虑和抗胆碱能药物同时也会引起病人不适。但是，对于术前心血管的药物如抗心律失常药物应继续应用。成人术前禁食6～8小时是重要的，体外循环是一种极端的生理过程，可能导致炎症反应，肠道细菌移行至血液将加重炎症反应。但小儿术前的禁食指南有了更新调整，清饮料(果汁和水等不含固体物的饮料)在术前2～3小时可随时喝，这些饮料吸收快，呕吐和反流的可能性很小，这些禁食措施不仅更人道而且可能减少并发症。现代麻醉诱导方式如吸入七氟烷使小儿呕吐的可能性大为降低。对于紫绀型先心病患儿适当饮水有助于血液稀释。急诊手术不可能存在术前访视和禁食，有些手术病人可能存在饱胃的情况，对于这类病人应向病人或病人家属交代麻醉和手术风险，并按饱胃麻醉处理。

3. 签署麻醉知情同意书　心脏手术是一种高风险的手术，病人和家属一般有心理准备，但签署麻醉知情同意书仍极其重要。麻醉医师在术前访视病人的时候一定要将麻醉中可能出现的问题向病人家属交代清楚，并与外科医师协商一致，同时签署麻醉知情同意书。主张由病人家属签署麻醉知情同意书，以免增加病人的心理负担。对于急诊手术病人应由一位麻醉医师签署麻醉知情同意书，另一位进行麻醉前准备。

4. 麻醉前访视和评估步骤大致为复习病历、检查病人和与外科医师协商，具体工作为：

(1) 仔细阅读病历，尤其注意体温。研究发现，术前存在炎症将使术后并发症的发生率成倍增加。仔细察看各项检查，包括心电图、超声心动图、胸片、造影、放射性核素显像及各项生化检查，全面了解病情和疾病诊断。术前存在肝肾功能不良者术后出现

肝肾衰竭的可能性增大。

(2) 不同的手术方案要求不同的麻醉和体外循环条件。术前应尽可能详细了解手术方案，尤其应与外科医师沟通，对于制订麻醉和体外循环计划非常重要。

(3) 在探视病人时，应仔细询问现病史和既往史，并进行体检。应与病人就麻醉与手术有关的问题相互交流。交代术前禁饮食、注意口腔卫生和排便等。有些心脏手术病人可能存在结缔组织方面的问题如强直性脊柱炎，导致气管内插管困难，因此在体格检查时应重点检查与麻醉有关的各部位，要特别注意呼吸道、心肺和神经系统的检查。预测病人对麻醉和手术的耐受程度。详细询问病史有时可获得病历未曾记录的有价值资料。

(4) 心脏手术种类较多，麻醉医师如果对手术方案或其他外科有关问题有疑问时，应与外科医师商讨，必要时记录在案，并及时向上级医师汇报。

(5) 根据病人病情对麻醉和手术风险做出准确评估，并制定相应的处理措施。制定麻醉计划，必要时请示上级医师修改，确定麻醉前用药。

(6) 仔细填写麻醉前访视记录单和麻醉会诊记录，签署麻醉知情同意书等有关医疗文书。

5. 术前大多数病人由于对麻醉和手术的恐惧，处于紧张和应激状态，这对心脏病人十分不利。麻醉医师在访视病人时言语应亲切，消除其紧张与焦虑情绪，建立密切和谐的医患关系。以通俗易懂的语言，解释麻醉医师职责，简明扼要地说明体外循环心内直视手术的基本过程和入室后将要进行的各项操作，说明气管内插管的用途及术后带管期间的感觉和注意事项，并介绍和解释麻醉科的术后镇痛服务。鼓励病人提问并热情解答。

6. 麻醉医师与病人的讨论仅限于麻醉的特殊问题，注意医疗保密的原则。有关外科诊断、手术方法和预后等问题，应由外科医师进行术前谈话。

## 二、麻醉前访视内容

### (一) 询问病史

1. 主诉和现病史　了解病人的发病、治疗过程和治疗反应。日常活动情况，尤其是最大活动量，以评估病人对麻醉手术的耐受性。尽管从复习病史中可以得到有关现病史的资料，但探视时仔细询问，可以增强病人的信任感，减轻病人的焦虑。应根据诊断有重点地询问有关症状，如心前区疼痛、晕厥、活动后发绀等。

2. 既往史　了解病人是否并存其他疾病、近期变化及重要脏器的功能。并存疾病使麻醉复杂化。对拟行经食管超声心动图检查的病人，应仔细询问有关上消化道的病史。

3. 手术麻醉史　了解过去手术麻醉期间有无不良反应、意外和并发症。了解使用的麻醉方法、麻醉药物及其反应等。

4. 个人史　重点了解吸烟史、滥用药物和饮酒史。择期手术前禁烟可降低围术期肺部并发症。滥用药物和嗜酒可增加麻醉药物的用量。对女性患者还要了解月经史。

5. 家族史　了解家族成员的麻醉史，有无恶性高热等反应。

6. 药物和过敏史　明确过去和现在重要用药的剂量和效果，尤其是抗高血压、治疗心绞痛、抗心律失常、抗凝和内分泌治疗药物的使用。围术期用药对麻醉的影响较大。要注意药物的不良反应及病人对药物是否过敏。应特别注意病人是否为过敏体质。是否对抗生素、海产品过敏等。

### （二）体格检查

术前体格检查对于心脏手术围术期管理极其重要。在术前检查中，有无心内膜炎、血管疾病和神经系统功能是检查重点。在瓣膜疾病中，检查头、眼、耳、咽喉和牙齿有无感染对于评估心内膜炎有重要价值。检查病人皮肤有助于判断和预防感染（如皮癣可能导致术后出现下肢蜂窝织炎）。检查有无主动脉反流非常重要，因为主动脉反流可导致左室收缩乏力。

术前检查还有助于判断主动脉球囊反搏的禁忌证，禁忌证包括主动脉瓣关闭不全、严重的外周血管功能不全、腹主动脉瘤和严重的动脉粥样硬化。

体格检查的目的在于验证已有的诊断、评估病情的进展和排除新的病变。体格检查的重点为心血管和呼吸系统。检查项目至少包括心率、血压、呼吸频率、颈动脉和股动脉及其他外周动脉的搏动情况，以及心前区、颈动脉和肺部听诊。理论上所有拟行外周动脉穿刺的病人均应行 Allen 试验，但实际上只有怀疑有外周血管病变时才进行此项试验。检查牙齿、开口度及颈椎活动度有助于判断有无气道管理困难和插管困难。有神经系统疾病的病人，应记录神经系统损害的种类和程度，作为术后神经系统功能检查的标准。必要时应行外周和中枢神经系统功能检查。

### （三）实验室检查

实验室检查分为两种情况：常规检查和特殊检查。常规检查针对每个病人，某些特殊检查只针对某些特殊病人。血常规、凝血功能、血清电解质、12 道心电图、尿常规、血肌酐、肝脏酶学和超声心动图检查应视为常规检查，针对每一病人。其他针对某些特殊病人的检查包括：呼吸功能检查、动脉血气分析、颈内动脉超声图或血管造影图、肌酐清除率及永久心脏起搏器置入的检查等。

实验室检查对于判断病情和病人耐受麻醉和手术情况十分重要。常见实验室检查及其异常结果和意义见表 1-1。

**表 1-1　常见实验室检查、异常结果和意义**

| 检查项目 | 异常值 | 意义 |
|---|---|---|
| 血常规 | 1. 贫血，尤其 Hct$<35\%$<br>2. WBC$>10\times10^9/L$ | 1. 体外循环存在血液稀释，术中存在失血。正常病人可考虑补铁或应用促红细胞生成素。对于不稳定性心绞痛、充血性心力衰竭、主动脉瓣狭窄和严重左冠病变的病人应尽量避免术前自体输血<br>2. 检查感染 |
| 凝血筛查 | 1. 出血时间延长<br>2. PT 或/和 PTT 延长<br>3. 血小板减少 | 异常结果说明术后出血增加。纠正措施包括给予维生素 K、新鲜冷冻血浆和血小板等。手术可以考虑延期或请血液学专家会诊 |

续表

| 检查项目 | 异 常 值 | 意 义 |
|---|---|---|
| 生化检查 | 1. BUN或肌酐增加<br>2. $K^+ < 4mmol/L$ 或 $Mg^{2+} < 1mmol/L$<br>3. 肝功异常 | 1. 围术期肾功能不良将加重，可能需要血液透析<br>2. 电解质紊乱将增加心律失常的风险，麻醉前应纠正<br>3. 病人清除麻醉药物和心血管药物缓慢。低蛋白血症表示病人营养不良，在围术期应加强营养支持 |
| 粪常规检查 | 隐血试验阳性 | 由于体外循环需用肝素化，病人可能出现胃肠道出血。在条件允许的情况下应检查出胃肠道出血的原因，其结果直接影响是否可以进行瓣膜置换 |
| 肺功能检查 | VC减少或 $FEV_1$ 延长 | $FEV_1$ 小于VC的65%，或 $FEV_1 < 1.5 \sim 2.0/L$ 术后脱离呼吸机时间延长。吸空气的情况下进行血气分析有助于术后呼吸管理 |
| 甲状腺功能检查 | 非常规，在怀疑甲亢或甲减时应检查。瓣膜置换导致甲减，房颤与甲状腺功能有关 | 甲减病人术后需要较长时间的呼吸机支持，因为此类病人清除麻醉药物较慢。甲亢病人处于高代谢状态，存在心肌缺血、血管张力不稳定，以及房颤时不易控制室率的危险 |
| 超声检查 | 1. 射血分数低<br>2. 右室功能低<br>3. 主动脉瓣狭窄<br>4. 主动脉瓣关闭不全<br>5. 二尖瓣关闭不全<br>6. 室壁瘤<br>7. 室缺 | 1. 围术期风险增加。对于择期手术病人应进行活动能力的检查<br>2. 围术期风险增加。此项检查有助于判断术后肺动脉高压的转归<br>3. 轻至中度主动脉瓣狭窄(压差 < 25mmHg)可考虑预防性瓣膜置换<br>4. 左室功能检查有助于决定是否进行主动脉瓣置换<br>5. 在进行冠脉搭桥时如果存在二尖瓣关闭不全应进行二尖瓣探查<br>6. 可能需要进行室壁瘤切除<br>7. 需要早期纠正 |
| 心导管检查 | 1. 左室舒张末压和肺毛细血管楔压升高<br>2. 右房压升高<br>3. 肺动脉压升高<br>4. 左室血栓 | 1. 术后早期仍然较高，术后应维持适量的前负荷<br>2. 提示存在三尖瓣反流或右室功能降低。这类病人术后需要较大容量的补液以维持心排出量<br>3. 肺动脉舒张压高于肺毛细血管楔压提示肺毛细血管阻力持续升高。此类病人应给予充分的氧供并应用肺血管扩张药物。肺动脉舒张压与肺毛细血管楔压相当的病人术后肺动脉压可迅速降低<br>4. 术后卒中的可能性增加 |

此外，注意查看有关乙肝表面抗原、丙肝抗体、艾滋病（HIV）检查和梅毒血清学反应等检查结果。

## 三、麻醉前评估

### （一）风险评估

虽然随着技术的进步，心脏手术的风险已大为降低，但仍存在死亡率和并发症相对较高的风险。评估手术风险主要是外科医师的责任，但麻醉医师仍应知道哪些风险已向病人交代清楚。外科医师有很多评估手段，美国麻醉医师协会（ASA）的分级易被他们忽视。临床上较常用的是 Parsonnet 评分（表 1-2），分数越高风险越大。

**表 1-2　心脏手术风险 Parsonnet 评分**

| 风险因素 | 评分 | 风险因素 | 评分 |
|---|---|---|---|
| 年龄 | | 左室功能 | |
| 70～74 岁 | 7 | 良好（射血分数 50%以上） | 0 |
| 74～79 岁 | 12 | 中度（射血分数 30%～49%） | 2 |
| 80 岁以上 | 20 | 重度（射血分数小于 30%） | 4 |
| 糖尿病 | 3 | 左室室壁瘤 | 5 |
| 高血压 | 3 | 再次手术 | |
| 病理性肥胖 | 3 | 首次再次手术 | 5 |
| 女性 | 1 | 两次以上的再次手术 | 10 |
| 应用利尿剂 | 10 | 术前动脉内球囊反搏 | 2 |
| 导管检查出现并发症 | 10 | 二尖瓣手术 | 5 |
| 病情严重 | 10～50 | 肺动脉压 60mmHg 以上 | 3 |
| 罕见疾病 | 2～10 | 主动脉瓣手术 | 2 |
| | | 瓣膜＋冠脉搭桥 | 2 |

上世纪 90 年代，欧洲心脏手术风险评估系统（EuroSCORE）应用于临床，这套评估系统更为准确，见表 1-3。

心脏麻醉危险评估（CARE）评分（表 1-4）：CARE 方法评估结果较准确，评估方法简单，便于记忆，临床可操作性强，是具有推广价值的一种心脏手术术前危险因素评估方法。

### （二）ASA 分级

根据美国麻醉医师协会（ASA）术前分级标准，对病人的一般状况可以作出初步判断：

（1）Ⅰ级：一般状态良好，无全身疾病。

（2）Ⅱ级：伴有轻度全身疾病。

（3）Ⅲ级：伴有严重全身疾病，活动受限，但能代偿。

（4）Ⅳ级：伴有严重全身疾病，且不能代偿，对生存持续造成威胁。

（5）Ⅴ级：手术与否生存期均难超过 24h。

（6）E：急诊手术，此项可与任何一项同时选择。

**表 1-3　EuroSCORE 评估系统**

| 风险因素 | | 分数 | β |
|---|---|---|---|
| 年龄 | 小于 5 岁或大于 60 岁 | 1 | 0.0666354 |
| 性别 | 女性 | 1 | 0.330452 |
| 慢性肺疾病 | 长期应用支气管扩张药或类固醇药物 | 1 | 0.4931341 |
| 严重心血管病 | 跛行、颈内动脉狭窄 50%以上、已有或计划行腹主动脉瘤、四肢或颈动脉手术 | 2 | 0.6558917 |
| 神经功能障碍 | 影响日常活动 | 3 | 0.841626 |
| 再次手术 | 再次心脏手术 | 2 | 1.002625 |
| 血清肌酐 | 术前大于 200μmol/L | 3 | 0.6125653 |
| 活动性心内膜炎 | 术前还在应用抗生素治疗心内膜炎者 | 2 | 1.101265 |
| 术前病情危重 | 室速、室颤或濒死者；术前心外按压者；术前呼吸机治疗者；术前正性肌力药物治疗者；术前急性肾衰竭者 | 2 | 0.9058132 |
| 不稳定性心绞痛 | 休息时需要应用硝酸酯类药物者 | 2 | 0.5677075 |
| 左室功能异常 | 中度(射血分数为 30%～50%) | 1 | 0.4191043 |
| | 重度(射血分数小于 30%) | 3 | 1.094443 |
| 心梗 | 90 天以内 | 2 | 0.5460218 |
| 肺动脉高压 | 肺动脉收缩压高于 60mmHg | 2 | 0.7676924 |
| 急诊手术 | 转诊后当日手术者 | 2 | 0.7127953 |
| 合并冠脉搭桥 | 冠脉搭桥合并其他严重心脏病 | 2 | 0.5420354 |
| 胸主动脉手术 | 升主动脉或降主动脉弓手术 | 3 | 1.159787 |
| 梗死区破裂 | | 4 | 1.462009 |

**表 1-4　心脏麻醉危险评估(CARE)评分**

1. 病人有稳定的心脏疾病，无其他疾病，心脏手术不复杂
2. 病人有稳定的心脏疾病，有一种或多种已控制的疾病[a]，心脏手术不复杂
3. 病人有未经控制的疾病[b]或心脏手术复杂程度高[c]
4. 病人有未经控制的疾病和心脏手术复杂程度高
5. 病人有慢性或进展性的心脏病，手术作为最后手段以挽救生命或改善生存质量
6. 急诊：诊断一旦明确立即实施手术

(a) 例如：已控制的高血压、糖尿病、外周血管疾病、慢性阻塞性肺疾病及已控制的系统性疾病
(b) 例如：静脉内肝素或硝酸甘油治疗的不稳定性心绞痛，术前主动脉内球囊反搏，心衰伴肺水肿或外周水肿，未控制的高血压，肾衰(肌酐>140μmol/L)，体质虚弱的系统疾病
(c) 例如：二次手术、瓣膜联合冠脉手术、瓣膜手术、左室动脉瘤切除术、心梗后室间隔修补术、弥散或严重的血管硬化的冠脉搭桥手术

CARE 评分可分为 8 分，即：1＝1 分，2＝2 分，3＝3 分，3E＝4 分，4＝5 分，4E＝6 分，5＝7 分，5E＝8 分。E 代表急诊手术。

### （三）心脏疾病的临床评估

纽约心脏协会(NYHA)心脏病变评分。

(1) Ⅰ级：患有心脏疾病，无活动受限，日常活动不致引起心绞痛。

(2) Ⅱ级：体力活动轻度受限，日常活动可引起心悸或心绞痛。

(3) Ⅲ级:明显的体力活动受限,休息时无不适感。

(4) Ⅳ级:休息时即可出现心绞痛,任何活动均可使症状加重。

**(四) 心力衰竭评分**

有助于判断其严重程度(表 1-5),评分 4 分的病人病死率为无心衰病人的 8 倍。

**表 1-5　心力衰竭评分表**

| 症状和体征 | 评分 | 症状和体征 | 评分 |
|---|---|---|---|
| 心衰病史 | 1 | 肺部啰音 | 1 |
| 洋地黄治疗 | 1 | 总分 | 4 |
| 利尿治疗 | 1 | | |

# 第二节　麻醉前用药

## 一、术前心脏用药

1. 钙通道阻滞药　用于治疗缺血性心脏病、室上性心律失常、原发性高血压等。在缺血性心脏病,通过降低冠状血管阻力,解除冠状动脉痉挛而改善心肌血供;通过抑制心肌收缩力,扩张外周血管而降低心肌氧耗,故可改善心肌氧供/需平衡。治疗剂量对血流动力学无明显不良影响,可持续用至术晨。但注意对心脏的负性肌力作用,尤以维拉帕米为甚。

2. β受体阻滞药　用于治疗劳力性心绞痛、室上性心动过速、原发性高血压、甲状腺功能亢进等。抑制心肌收缩力、减慢心率。突然停药可引起反跳现象,表现为紧张、心动过速、高血压等,甚至可发生心肌梗死、室性心律失常或猝死。围术期使用可降低心肌缺血的发生率。因此,要持续用到术晨,必要时短效(如美托洛尔)可改为长效(如阿替洛尔)。

3. 洋地黄糖苷类药　用于慢性充血性心力衰竭和控制房颤病人的心室率。低钾、过度通气和脱水,增加洋地黄中毒的危险。术前洋地黄化可从观察心率的稳定性来估计,控制心率(慢于 100bpm)对于二尖瓣狭窄病人至关重要,可持续用至术晨,必要时围术期静脉补充。因固有的毒性和较长半衰期,心率过慢者术前 24h 可以停用。

4. 血管扩张药　硝酸酯类药常用于冠心病患者,突然撤药可能引起心肌缺血。二尖瓣或主动脉瓣关闭不全、或有严重心功能不全者,常使用小动脉扩张药以减低外周血管阻力。此类药物可持续使用至术前 6h 或麻醉诱导前,注意同麻醉诱导药的协同血管扩张作用。

5. 抗心律失常药　可用至术前。Ⅰ类抗心律失常药(如奎尼丁、普鲁卡因胺等)的负性变力和变时性作用较强,而胺碘酮的消除半衰期(可长达 30 日)很长,术前停药对血药水平影响不大。

6. 抗凝血药　缺血性心脏病术前口服阿司匹林抑制血小板功能,机械瓣膜置换术

后用华法林抗凝，至少术前1周停药。必要时通常用小剂量肝素代替，肝素可用至术前晚甚至术日。

## 二、麻醉前用药

心脏手术病人术前用药主要是消除病人的紧张，为麻醉诱导前的各项操作提供良好的抗焦虑、遗忘、催眠、镇痛作用。

成人最常用配方为术前肌注吗啡0.1mg/kg和东莨菪碱0.15～0.3mg。特殊病人（严重二尖瓣狭窄、冠心病等）或特殊情况（过度焦虑、紧张等），术前1h加用地西泮或咪达唑仑口服。年龄大于70岁者，不用东莨菪碱。危重或急症病人，可以不给术前药或病人到手术室静注少量镇静药。常规剂量的术前用药对冠心病病人（心功能好、肺部无明显病变）的呼吸无明显影响。严重瓣膜病或存在心力衰竭，术前用药需减量，可能需要吸氧。

心脏瓣膜置换术病人的术前用药应注意：①避免心动过速；②维持足够的血容量；③避免使肺循环压进一步加剧的药物。麻醉前用药应避免用量不足或过大。用量不足病人紧张，可发生心动过速，后负荷增加，使病情加重，尤其是严重的二尖瓣狭窄的病人，可诱发急性肺水肿。吗啡的用量过大不仅可引起明显的静脉扩张，前负荷和血压下降，而且可抑制呼吸，使 $PaO_2$ 降低和 $PaCO_2$ 升高。

（张诗海）

## 参考文献


1. Mangano DT. Preoperative assessment of cardiac risk. In：Kaplan JA，Reich DL，Lake CL. Cardiac Anesthesia. 5th edition. Philadelphia：W. B. Saunders，2006，3-39
2. Martin DE. Chambers CE. The cardiac patient. In：Hensley Jr. FA，Martin DE. Gravlee GP. A Practical Approach to Cardiac Anesthesia. 3rd edition. Philadelphia：Lippincott Williams & Wilkins，2003，3-33
3. Dupuis JY，Wang F，Nathan H，et al. The cardiac anesthesia risk evaluation score：a clinically useful predictor of mortality and morbidity after cardiac surgery. Anesthesiology. 2001；94：194-204
4. Ferguson T Jr，Hammill B，Peterson E，et al. A decade of change-risk profiles and outcomes for isolated coronary artery bypass grating procedures，1990-1999. A report from the STS National Database Committee and the Duke Clinical Research Institute. Ann Thorac Surg. 2002；73：480-489
5. Immer F，Habiche J，Nessensohn K，et al. Prospective evaluation of 3 risk stratification scores in cardiac surgery. Thorac Cardiovasc Surg. 2000；48：134-139
6. Nashef SA，Rogues F，Michel P，et al. European system for cardiacoperative risk evaluation（EuroSCORE）. Eur J Cardiothorac Surg. 1999；16：9-13

# 第二章 心脏患者的监测

监测本身就是心脏手术麻醉的一部分。在心脏手术麻醉期间，可以借助诸如心电图(electrocardiogram，ECG)、动脉压力、脉搏血氧饱和度(saturation of pulse oxygen，$SpO_2$)、肺动脉导管(pulmanary artery catheter，PAC)或称 Swan-Ganz 导管等直接或间接的监测手段来进行麻醉管理。心脏手术的标准监测，至少应包括血压、ECG、中心静脉压(central venous pressure，CVP)、尿量、温度、$SpO_2$、电解质、血气分析等，其他可供选择的监测主要有 Swan-Ganz 导管、左房压、经食管超声心动图(transesophageal echocardiography，TEE)等，但所有这一切都代替不了一位受过心脏麻醉全面培训，临床经验丰富，并熟练掌握这些监测手段的麻醉科主治医师。本章主要讨论心脏手术中的基本监测，其实大部分监测都自始至终贯穿在整个围术期。

## 第一节 血流动力学监测

在心脏麻醉的任何时候都应该获得足够的血流动力学监测，这些血流动力学参数对于发现、处理和减少并发症具有不可替代的作用。血流动力学监测不但在疾病的发展中具有重要意义，在治疗上又常是成功与否的依据，麻醉医师应熟练掌握这方面的基础知识，以便在诊断和治疗方面减少盲目性。现在临床使用的大多数无创或有创监测系统(血压、Swan-Ganz 导管等)近几年都得到发展，而最大的进展是围术期 TEE 的使用。

### 一、动脉血压

因心脏和血管之间的相互作用，使血液产生动能和势能，从而产生血压。动脉血压是评估心血管系统最常用的方法，是重要的循环监测指标，其数值由心排血量(cardiac output，CO)和外周阻力(systemic vascular resistance，SVR)来决定。尽管血压是最容易测得的心血管参数，但他只能间接的反映组织器官的灌注和心血管功能状态。平均动脉压(mean arterial pressure，MAP)是估计器官灌注(除心脏外)的最有用参数，而舒张压(diastolic blood pressure，DBP)是决定冠状动脉灌注的重要因素。MAP＝(SBP＋2DBP)/3 或 MAP＝DBP＋1/3(SBP－DBP)，其中 SBP 为收缩压，SBP－DBP 称为脉压。

在心脏麻醉的过程中，许多因素都可以引起血压的突然和剧烈的变化，如对心脏的直接压迫、动静脉插管、心律失常、大出血、心肌的突然缺血等，因此需要安全和可靠的血压监测方法。无创性血压的测量简单、方便，通常比较准确，最常用部位为左上肢肱

动脉。袖带法测量是无创血压监测的标准方法，原理为首先使袖带充气，通过阻塞压迫使动脉搏动消失，再缓慢放气使动脉搏动恢复而达到测量目的。通常有汞柱、弹簧表和各种自动测压装置，但测量周期至少需要 1～2min，要有波动性血流，不能用于体外循环时监测，在高血压或低血压、心律失常或有外周动脉硬化时，准确性差，因此不适用于心脏手术的围麻醉期。而有创性血压是通过外周动脉（特殊需要时大血管内）置入导管，直接监测动脉内的压力变化，是心脏手术麻醉期间监测血压的基本方法，甚至可以称为心脏麻醉血压监测的"金标准(gold standrad)"，具有以下特点：

1. 通过压力换能器，将压力转换为电信号，以血压波形显示，数值更准确、详细、即时、持续和直观。

2. 通过观察压力波形变化，可以间接估计血容量、心肌收缩力、心排血量等。在 ECG 受到干扰时，提供心率和心律变化。

3. 脉压可以反映血容量状态和主动脉瓣膜的关闭情况。紧急心包填塞时脉压很小，主动脉瓣关闭不全时脉压增大。

4. 血流动力学不稳定者，血压的变化可产生严重不良结果，体外循环期间因无搏动性灌注更需要直接动脉内测压。

5. 长时间机械通气、酸碱或水电解质失衡、呼吸系统疾病、需要大量血管活性药物、持续血药浓度监测等，需要反复动脉采样，直接动脉内测压提供了可靠保障。

**（一）压力监测系统及其特性**

直接动脉压测量是通过压力监测系统实现的，通常由血管内导管、动脉延长管、压力传感器、分析和显示几个部分组成。通过压力传感器将机械能转变为电信号，经过分析和转换，以压力波形和数字形式显示出来。血管内压力的转换由动脉传感器来完成，由动力反应和压力波形的频率所决定，有以下重要特性：

1. 自然频率(natural frequency)　亦称固有频率，描述测量系统的共振特性。指监测系统在无阻尼状态下的共振频率，即系统本身信号的共振和放大频率。临床上大部分测量系统的自然频率范围在 10～20Hz。要得到较高的自然频率和减低误差，则导管长度要短，内径适当，导管内液体密度要小，管道的顺应性要低，不能残留气泡。

2. 阻尼系数(damping coefficient)　反映压力波形能量的逸散率。阻尼要合适，以避免影响到系统的自然频率。压力转换由传感器的动力反应和压力波形的频率所决定。动脉插管、液体容量、开关或连接导管合适时，系统的信度满意。阻尼使传导系统的有效带宽降低，可能增加共振。临床中低阻尼传导系统会过高估计收缩压并放大伪差。同样，阻尼系数过大会降低系统的信度，低估收缩压。

3. 传感器的电特性　电平衡或电零点，是指调节传感器惠斯登电桥(Wheat'stone bridge)的零电流在零电压。漂移是膜-额耦联现象，压力幅度的漂移。传感器在测量过程的周期性和电平衡，因为零点的漂移而变化，例如室温变化。故传感器应定时校对定标。如果压力传感系统存在基线漂移，压力波形没有任何改变，而给出的却是错误数值，基线漂移提示传感器故障。

4. 传感器位置　在任何高度都可以校零，因为是以通大气压力为对照。但血流动力学监测的参考零位点在右房水平，位于腋中线位置。一旦零水平建立，对患者的位置而言，传感器应该保持在同一水平，如果位置改变，压力数值就会改变。测量数值较小

的压力（如中心静脉压）时，可能导致较大误差。平面低于右房水平，数值偏高，反之则数值偏低。在体位变换时，要及时调整参考零位点水平。

5. 机械误差　传感器应带有冲洗装置和连接导管。冲洗装置以超过血压数值的加压自动连续冲洗，肝素生理盐水（2000U/500ml）的输注率为 3～6ml/h，连接导管是连接传感器与血管的通路。冲洗装置内气泡、导管内血栓形成、导管打结或扭曲等，均可产生明确的压力漂移，引起压力误差。

**（二）直接动脉测压的部位及其穿刺技术**

直接动脉测压部位的具体选择要结合手术部位、病情需要、手术体位、置管情况以及预计留管时间等综合考虑。掌握先外周后中心的原则。通常以桡动脉最常用，依次为足背动脉、肱动脉、腋动脉和股动脉等。通常桡动脉穿刺在成人使用 20G，新生儿或体重小于 5kg 使用 24G，其他小儿使用 22G 穿刺套管针。选择其他部位的动脉时，可以适当调整针的号数，在股动脉穿刺新生儿或体重小于 5kg 使用 22G，其他小儿使用 20G 穿刺套管针。导管材料要求柔韧、折不断、不易形成血栓。

1. 桡动脉　弱利手，最常用左侧。桡动脉的位置浅表而固定，在腕部桡侧腕曲肌腱的外侧可清楚摸到桡动脉搏动，因此穿刺插管容易。桡动脉与尺动脉在掌部组成掌深、浅血管弓，桡动脉插管后发生了阻塞或栓塞，只要尺动脉通畅，手部血流灌注不会引起障碍，桡动脉拔管后几乎全部可以再通。尽管存在争议，但至少在怀疑有外周血管病变或存在其他高危因素时必须进行 Allen 试验。操作步骤如下：

（1）观察患者手部颜色，触摸桡、尺动脉搏动。

（2）测试者用手指压迫桡、尺动脉以终止血流，嘱患者作握拳、放松动作数次，然后紧紧握拳。

（3）保持对桡动脉的压迫，嘱患者将握拳手自然伸开，松开尺动脉。

（4）观察手、掌部颜色由苍白转红的时间。若尺动脉畅通，转红时间多在 3～6s。若颜色恢复延迟至 7～15s 为可疑，说明尺动脉充盈延迟、不畅。当手部颜色在 15s 以上仍未变红，说明尺动脉血供有障碍。

（5）对于不能配合的患者如幼儿、意识不清和全麻后患者，可采用改良 Allen 试验，以多普勒血流检测仪或脉搏血氧饱和度仪辅助判断。遇有尺动脉血供不足，应避免桡动脉插管。但据最近国外大样本统计，其中有 3.9%的患者提示尺动脉血供不足，但仍进行了桡动脉插管，结果并未发生明显的血流异常或手部缺血性损害。但注意在老年、糖尿病、周围血管硬化者，无选择性地进行桡动脉插管测压，仍有造成手部供血不足和组织坏死的危险。

桡动脉的穿刺技术主要靠手指的正确感觉，有穿透法和直入法两种。常选用左侧桡动脉。穿刺时将患者左上肢外展于托手架上，腕部垫高使腕背伸，拇指保持外展，消毒铺巾，保持无菌技术。局部麻醉，穿刺者用左手手指摸清桡动脉搏动以引导进针，右手持针于腕横线桡骨茎突旁桡动脉搏动最清楚处进针。针干与皮肤一般呈 30°～45°角，针尖抵达动脉表面略加冲击力量将针尖刺入动脉，此时有鲜红的血液喷射至针蒂，表明内针已进入动脉。再进针约 2mm，使外套管也进入动脉内，如果继续回血，此时固定住内针，在无阻力的情况下将外套管送入动脉腔内。拔除内针，有搏动性血流自导管喷出，证实导管位置良好，即可连接测压装置，为直入法。若再进针时无血流溢出，多已

穿透，拔出针芯，接上注射器并缓慢撤退外套管，当见有血液喷出时，保持导管与血管走行方向一致，捻转推进导管进入动脉，为穿透法。不成功时不轻易放弃，可再次拔退外套管，见有良好的血液喷出时可在针芯或细导丝导引下推进套管，多可成功。

2. 肱动脉　在肘窝部很容易摸到，外侧是肱二头肌肌腱，内侧是正中神经。在肘关节部位肱动脉与远端的尺、桡动脉之间有侧支循环，由于动脉导管径细，留置时对肱动脉内血流影响小，对内膜损伤轻微，很少影响到前臂和手部的血供。但应持续冲洗，注意导管内切勿误入凝血块或气泡，以避免遇有侧支循环不全时因肱动脉形成血栓而引起远端缺血。

3. 腋动脉　腋窝部腋动脉远近之间有广泛的侧支循环，腋动脉血栓形成一般不会引起远端肢体的血流障碍。腋动脉管径粗，靠近主动脉，即使在周围动脉搏动摸不清时，腋动脉也能维持其压力和搏动。在成人一般选择在腋窝的最高点，摸清动脉搏动，直接经皮穿刺并不困难，但罕见使用。有时在婴幼儿其他部位穿刺困难或失败时选择，固定困难，注意勿入胸腔。

4. 股动脉　位于腹股沟韧带中点的下方，外侧是股神经，内侧是股静脉。血管搏动清楚，穿刺成功率高，但管理不方便，具有潜在感染危险性，不适宜于长时间保留导管，主要用于小儿。

5. 足背动脉　是胫前动脉的延续，在伸拇长肌腱外侧向下平行至足背部皮下。但足背动脉有时摸不清，且常呈双侧性，穿刺成功率在70%～80%。在成人选择22G较20G动脉穿刺针容易成功。

6. 其他　新生儿抢救可经脐动脉、颞浅动脉插管。偶尔需要主动脉根部插管测压。

### （三）注意事项

1. 不同部位压差　在动脉不同部位测压，要考虑到不同部位的动脉压差。从主动脉到远端动脉，收缩压逐渐升高，而舒张压逐渐降低，脉压相应增宽，而平均动脉压相近。足背动脉离心脏的距离约为桡动脉离心脏的距离的两倍，平卧时同时测量此二部的压力，不但波形不同（离主动脉越远，由高频成分组成的脉搏波切迹就不明显），且压力数值也有显著不同。足背动脉收缩压可能较桡动脉高约10mmHg，而舒张压低约10mmHg。值得注意的是，体外循环后少数患者可以发生桡动脉收缩压与主动脉收缩压的逆转，即桡动脉收缩压比主动脉收缩压低10～30mmHg，MAP低约5～10mmHg，原因尚不清楚。当怀疑有此种现象时，要毫不犹豫的通过主动脉根部测压以比较鉴别。

2. 直接与间接测压比较　两者之间有一定差异，直接测得的动脉压较间接法稍高。在休克、低血压和低体温患者，由于血管收缩，此种差别还会增加。

3. 外科考虑

（1）锁骨下动脉狭窄：术前测量比较双侧上肢血压和脉搏波动、查看血管造影报告、注意压力波形等。如果两侧血压测量不一致，选择血压高的一侧，避免在锁骨下动脉狭窄侧监测动脉压。

（2）主动脉缩窄、胸（腹）主动脉瘤手术需要分别建立上、下肢压力监测，按具体要求确定选择左侧或右侧。涉及到右锁骨下动脉或无名动脉，选用左侧桡动脉；涉及到左锁骨下动脉或需要用左桡动脉为移植血管，选用右桡动脉。

(3) 动脉导管未闭缝扎：最好选择下肢动脉，避免涉及到左锁骨下动脉或遭遇误诊、误扎等。

(4) 警惕：采取治疗方案之前，显示的动脉压数值必须与临床情况相联系，以避免潜在的医源性事故。

**(四) 并发症**

动脉插管的主要并发症是由于血栓形成或栓塞引起血管阻塞。至于阻塞的远端是否出现缺血或坏死，则取决于侧支循环和阻塞后的再通率。其他并发症包括出血、感染、动脉瘤和动静脉瘘等。

1. 缺血　罕见。用肝素盐水自动连续冲洗，可减少血栓栓塞的机会。

2. 血栓形成　导管留置时间越长，血栓形成的发生率增加。导管越粗，越容易损伤血管内膜，且容易阻碍导管周围的血流而形成血栓，在成人用20G导管作动脉插管，血栓形成机会很少，可供较长时间留置测压导管。反复动脉穿刺、损伤动脉内膜时，血栓形成率高。尽管桡动脉血栓形成，但只要尺动脉血供良好，不会发生缺血的危险，但在桡动脉以远的分支终末动脉血栓阻塞后容易出现鱼际区血供不足。桡动脉血栓形成有70%发生在拔管后的24小时以内，绝大多数可以再通。导管要定时用肝素盐水冲洗，肝素盐水的配置在500ml生理盐水中加肝素2000U。

3. 感染　导管留置时间越长，感染机会增加。股动脉部位的感染发生率较桡动脉多。普通导管留置不超过1～2周，抗感染导管适当延长。拔管后若处理不当也可在发生血肿的基础上引起感染。当局部出现感染或有任何炎症迹象时，立即拔除导管。

4. 出血和血肿　拔管后注意压迫止血。股动脉穿刺过深可造成后腹膜血肿。穿刺时损伤血管因出血可导致血肿，加压包扎可以止血。桡动脉测压管拔除后局部压迫至少超过5～10min以上，才能止血。

5. 神经损伤　罕见。



## 二、中心静脉压

中心静脉压(CVP)是测量右房或靠近右房的上、下腔静脉的压力，反映静脉回流与右心室排血量之间的平衡关系。主要决定因素有循环血容量、静脉血管张力和右室功能等。由于操作简单方便，不需要特殊设备，临床上应用很广。正常值为6～12cm$H_2O$。

**(一) 临床意义**

1. 估计容量负荷和右室功能　反映右室功能和回心血量之间的平衡，是对右室充盈压的直接测量，指导调节液体输入量和速度。临床上影响CVP的因素很多，尤其是在心脏患者，除了指导容量治疗外，很难找到更恰当的模式作为处理时的依据，在容量输注过程中，中心静脉压不高，表明右心室能排出回心血量，可作为判断心脏对液体负荷的安全指标。监测中心静脉压的目的是提供适当的充盈压以保证心排血量。但在指导治疗的过程中，且不可追求维持所谓的正常值而引起容量超负荷，而需要强调的是连续观察其动态的变化更有临床价值。

2. 左室充盈压　无肺动脉高压或二尖瓣病变，而左室功能良好(射血分数大于

40%、无室壁运动异常)，可以间接反映左室充盈情况。心肺疾病时，正常压力容积发生改变，CVP不能反映左室的充盈压。

3. 体外循环 指导外科操作，间接反映颅内压的变化。当阻断上腔静脉时，出现持续性升高，提示静脉回路梗阻，患者颜面部会变暗，静脉血管充盈，同时灌注医师会发现回流血液减少，应及时处理，防止脑水肿。

4. 液体和药物治疗 通过CVP导管输血和补液，快速给予血管活性药物或进行静脉高营养。紧急情况下，在不能建立外周静脉时，可以进行中心静脉插管。也是安置心脏起搏器和频繁抽取静脉血样的途径。

5. 波形 正常CVP压力波形包括三个升支波(A波、C波和V波)和两个降支波(X波和Y波)。波形与心脏活动和心电图之间有恒定的关系(图2-1)。可以了解右室功能和三尖瓣关闭情况。房颤时A波消失；结性心律、房室分离和室性心律失常时，AC波分离，因右房收缩时三尖瓣关闭，产生一个“巨大”A波；在三尖瓣关闭不全时，收缩期血液通过三尖瓣反流，产生右房压升高，出现异常V波；当右室衰竭时，V波增大，接近于右室波形，出现“方形波”。由于在测量过程中影响因素颇多，容易发生显著偏差，目前主要用于科研，在临床上仅做参考。

**(二) 中心静脉通路的建立**

通过不同部位的周围静脉可插入导管至中心静脉部位，但目前临床上很少使用经下腔静脉插管建立CVP监测。由于在腹股沟部插管有引起血栓性静脉炎和败血症的危险；而且如导管尖端未越过膈肌平面，实际测得的可能是腹腔内压，造成临床判断困难。目前多数采用经皮穿刺颈内静脉或锁骨下静脉进行插管。

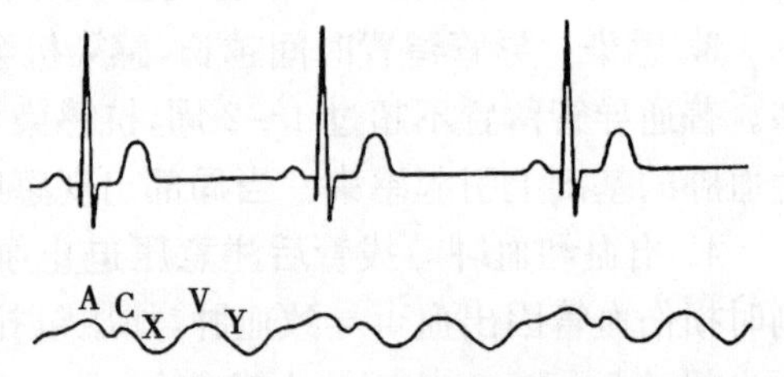


**图2-1 中心静脉压波形**

图中反映CVP与ECG之间的关系。A波相对应ECG的P波，代表心房的收缩；C波相对应QRS波，代表右室收缩使三尖瓣凸向右房；X降波表示在心室收缩末期，三尖瓣被拉脱下移；V波发生在T波之后，代表在三尖瓣打开之前右房的充盈；Y降波代表三尖瓣打开，右房血液进入右室

1. 静脉选择 右侧颈内静脉和右侧锁骨下静脉最常用。

(1) 右侧颈内静脉：定位和穿刺容易。右侧颈内静脉为首选，右侧颈内静脉到上腔静脉的路径直，导管到位率几达100%。颈内静脉起始于颅底，在颈部颈内静脉由胸锁乳突肌覆盖。上部颈内静脉位于胸锁乳突肌前缘内侧，中部位于胸锁乳突肌锁骨头前缘的下面、颈总动脉的前外方，在胸锁关节处与锁骨下静脉汇合成无名静脉入上腔静脉。成人颈内静脉颇粗，当扩张时直径可达2cm。右颈内静脉与无名静脉和上腔静脉几成一直线，加之胸导管位于左侧，以及胸膜顶右侧又低于左侧，这是临床上多选右颈内静脉插管的原因。

(2) 右锁骨下静脉：逐渐减少趋势。优点为穿刺相对容易，便于固定。缺点为血气胸发生率较高，胸廓牵开器可能影响其准确性甚至不通，容易损伤锁骨下动脉，左侧插管可能损伤胸导管。据阜外心血管病医院麻醉科调查，成人锁骨下静脉穿刺置管到位率为84%，而小儿到位率不到50%，而其中大部分是进入颈内静脉。对此静脉的选择逐渐减少。锁骨下静脉是腋静脉的延续，起于第一肋骨的外侧缘，成人长约3～4cm。

静脉的前面为锁骨的内侧缘，下面是第一肋骨表面，后面为前斜角肌。静脉越过第一肋骨表面轻度向上呈弓形，然后向内、向下和轻度向前跨越前斜角肌，然后与颈内静脉汇合。静脉最高点在锁骨中点略内，此处静脉可高出锁骨上缘。侧位时静脉位于锁骨下动脉的前方略下，其间可有前斜角肌分开，成人此肌肉可厚达 0.5～1.0cm，从而使穿刺时损伤锁骨下动脉的机会减少。

（3）股静脉：成人很少使用股静脉。因穿刺容易，成功率高，在小儿或紧急情况下可以选择。

2. 静脉穿刺技术　现在市场上有配备齐全的一次性中心静脉穿刺包，包括套管针、穿刺针、J 型导引钢丝，不同型号的单腔、双腔和三腔中心静脉导管等，以适应各种途径和不同患者需要。此外，还有抗感染中心静脉导管，可以降低感染发生率，延长中心静脉导管留置的时间。

静脉穿刺技术要掌握多种进路，以避免在同一位置进行反复穿刺而引起并发症。在穿刺操作过程中要掌握局部解剖标志与静脉之间的关系。穿刺时，穿刺针尖的落点不一定正巧在血管的中央，一般进针浅，回血畅，表明针尖落点好。穿透时，连接注射器慢慢地边抽吸边退出导管，直至回血畅通，再插入导丝。此外，当穿刺针进入但顶在血管的对侧壁，送导丝或推进外套管会有困难，所以进导丝时一般要向上轻提穿刺针，使静脉壁分开。颈内静脉穿刺时，由于头向对侧偏转的程度不同，必然影响到胸锁乳突肌与其下方静脉之间的解剖关系，故需随时调整进针方向。不要反复试穿，易导致周围组织损伤等并发症，另改进路常可获成功。通过反复临床实践才能提高成功率。

（1）颈内静脉定位及操作：首先建立 ECG 和脉搏氧饱和度监测，以便在穿刺时及时发现缺氧或心律失常。去枕平卧，头转向对侧，小儿颈肩部要垫高，定位标记。头低位使静脉充盈利于穿刺，但有充血性心力衰竭时，注意可能加重病情。消毒，铺无菌巾。清醒患者镇静和局部麻醉。可以先用细针头试穿，记住穿刺方向，边进针边回抽，见静脉回血后停止进针，送入导丝，再通过导丝引导送入静脉导管，再回吸确认静脉。用胸锁乳突肌的锁骨头、胸骨头和锁骨构成的三角定位。

1）前路：在胸锁乳突肌的内侧缘中点，平环状软骨水平，先触摸到颈总动脉搏动，靠其外侧，确认胸锁乳突肌前缘中点进针；相当于喉结或甲状软骨上缘水平作为进针点，针干与皮肤（冠状面）呈 30°～45°角，穿刺方向朝向同侧乳头或同侧腋窝方向。进针一般不超过 2～3cm。由此路进针基本上可避免发生气胸，比较容易成功，缺点为容易误穿动脉。

2）中路：在胸锁乳突肌的锁骨头、胸骨头和锁骨上缘形成的三角区内，称胸锁乳突肌三角，颈内静脉正好位于此三角的中心位置。先触摸一下颈总动脉搏动，有时可以摸不到搏动，在动脉搏动的外侧，三角形的顶端处约离锁骨上缘 2～3 横指进针，针干与皮肤呈 30°角，穿刺方向朝向同侧乳头方向，成扇形从外向内扫描。进针一般在 1～2cm。成人常用中路，容易成功。在小儿也可以先触摸到动脉及其走向，在动脉的外侧 0.5～1cm，穿刺方向与动脉平行，优点是穿刺针方向与静脉走行一致，利于导丝和导管的置入。

3）后路：在胸锁乳突肌的外缘，下颌角下 2～3cm，穿刺方向顺胸锁乳突肌外缘方向向内，角度较直。进针一般不超过 2～3cm。在前路和中路很难接近时可以选择，成

功率低。

4）低位：遇有肥胖、小儿以及全麻后患者，胸锁乳突肌标志常不清楚，作颈内静脉穿刺定点会有一定困难。此时利用锁骨上切迹作为骨性标志，颈内静脉正好经此而下行与锁骨下静脉汇合。穿刺时用左大拇指按压，确认此切迹，在锁骨上切迹上方1～2cm，胸锁乳突肌锁骨头、胸骨头和锁骨形成的三角内，穿刺方向向内指向剑突或垂直于锁骨。进针一般不超过2cm。在小儿穿刺较易成功。

（2）锁骨下静脉定位：锁骨下静脉位于第一肋骨下面，位置固定，管腔较大。患者取头低位，使静脉充盈。上肢垂于体侧并略外展，保持锁骨略向前，使锁肋间隙张开以便于进针。在锁骨中1/3下方1cm处。穿刺针朝胸骨角方向，在第一肋骨和锁骨之间，呈30°～40°角进针。边进针边回抽，见静脉回血后停止进针，再回吸确认静脉内。送入导丝，再通过导丝引导送入静脉导管。若未刺得静脉，可退针至皮下，使针尖指向甲状软骨方向进针。在穿刺过程中尽量保持穿刺针与胸壁呈水平位、贴近锁骨后缘。由于壁层胸膜向上延伸可超过第一肋约2.5cm，因此当进针过深越过了第一肋或穿透了静脉前后壁后刺破了胸膜及肺，就可引起气胸。这是目前较少采用此进路的主要原因。

3. 置管深度　一般成人置入8～12cm，小儿置入6～8cm即可，但要考虑到手术方式、右房插管、上腔静脉阻断和手术操作等因素，还要特别注意导管侧孔距离尖端的位置，以免置入过浅而漏液引起皮下组织坏死。

**（三）影响中心静脉压测定值的因素**

1. 导管位置　中心静脉导管的尖端必须位于右心房或靠近右心房的上、下腔静脉内。遇有导管扭曲或进入了异位血管，管端就无法达到上述位置，而使测压不准。临床上可以依据插管后作X线摄片来判断导管的位置。据体外循环心内直视手术时观察，成人经颈内或锁骨下静脉插入导管12～13cm，约90%管端位于近右房的上腔静脉内，约10%已达右心房入口。

2. 标准零点　中心静脉压的数值仅数厘米水柱，零点发生偏差将显著影响测定值。理想的标准零点应不受体位的影响，在临床实际中常难完全达到。现一般均以右心房中部水平线作为理想的标准零点。胸壁上右心房中部比较准确的体表投射位置，在仰卧位时，基本上相当于第四肋间前、后胸径中点（腋中线）的水平线，侧卧位时则相当于胸骨右缘第四肋间水平。一旦零点确定，就应该固定好。若患者体位发生改变应随即调整零点。一般标准零点的偏差不要超过±1cm，以免由此变异而影响中心静脉压真实的变化。

3. 胸内压　影响中心静脉压的因素除了心功能、血容量和血管张力外，还有胸内压。右心室的有效充盈压常可由中心静脉压与心包腔的心室外壁压之差表示，正常的心室外壁压即是胸内压，在任何情况下当胸内压增加时，心室外壁压随之增高，就减小此压差而影响心脏的有效充盈。实验和临床均证明当胸腔开放，胸内负压消失相当于心室外壁压升高，使充盈压差减低，心室有效的充盈压也随之降低。此时可通过代偿性周围静脉张力增加，中心静脉压升高，使压差回至原来差距。患者机械通气、咳嗽、屏气、伤口疼痛、呼吸受限以及麻醉和手术等因素均可通过影响胸内压而改变中心静脉压的测量数值。

4. 测压管道通畅　测压系统通畅，才能提供正确的测压数值。所以插入的中心静脉导管要够粗，临床上一般成人选用 7～8F 的双腔或三腔导管，小儿 5～5.5F 的双腔或三腔导管，管腔偏细时，要注意及时冲洗，以免阻塞影响测量数值。导管保留较长时间，可因血液反流、血凝块堵管或管端存在活瓣状的血凝块造成通道不畅，而影响测压值的准确性。当需要较长时间监测中心静脉压，最好使用加压袋持续冲洗装置，缓慢地用肝素盐水冲洗，以预防管端形成血凝块，保持测压系统的通畅。

**（四）并发症**

经皮穿刺插入中心静脉导管的创伤性损害难以完全避免，甚至致命，主要为操作失误或管理不当而引起，大部分并发症只要发现及时和正确处理，不致引起严重后果，近年来各种并发症已明显减少。

1. 误穿动脉　压迫止血至少 5min。体外循环下心内直视手术早期只有单腔中心静脉导管，因需要多通路穿刺，再加上操作不熟练，常误伤动脉，近年来因多腔中心静脉导管的使用，误伤动脉的机会明显减少，血肿很少发生。由于动静脉紧邻，操作中误伤动脉的机会必然存在。经前路穿刺颈内静脉插管，误伤动脉的机会可高达 8.5%～23%，经压迫一般不引起明显血肿。但在用抗凝治疗的患者，血肿形成的机会就比较多见，穿刺插管应慎重。

2. 血、气胸　自使用颈内静脉插管以来，发生气胸的机会很少，但不能完全避免，若穿刺导致肺损伤，使用机械通气有导致张力性气胸的危险。误穿动脉的同时刺破胸膜，肝素化后可以形成血气胸，必要时打开胸腔检查止血。置管入胸腔且判断错误，输入大量液体可形成水胸。

3. 乳糜胸　见于左侧颈内静脉和左侧锁骨下静脉穿刺，此并发症比较严重，需要外科处理。

4. 心脏穿孔或填塞　罕见，一旦发生后果严重。穿破部位多在右房，右室少见。穿孔多与导丝或导管插入过深有关，由于使用较硬的导管，导丝置入过深，尖端顶住心房或室壁，而引起穿孔，导致心包填塞。由于心包填塞确诊、抢救难以及时，因此预防就显得特别重要。其措施是：①选用合格的导管；②导管插入不要过深；③固定导管要牢靠，防止导管移位；④使用 J 型导丝和不重复使用。

5. 气栓、血栓　空气经穿刺针或导管进入血管内，多发生在清醒病人穿刺时，尤其在半卧位时，吸气期可能进气，在吸气性呼吸道阻塞时，气栓危险性增加。血栓多由于抽血后不及时冲洗所致。

6. 感染　导管在体内留置时间过久可引起血栓性静脉炎。至于局部或全身感染的发生率差别很大，导管尖端细菌培养的阳性率可从 0～40%。注意无菌操作，减少污染机会，加强导管留置期间的无菌护理很重要，常可达到预防感染的目的。导管留置时间一般不应超过 2 周，抗菌导管的留置时间可以适当延长。

7. 其他　周围组织包括神经损伤、霍纳综合征等。

## 三、左 房 压

左房压（left artial pressure，LAP）监测是指直接通过左心房置管来监测左房压力，

较通过肺动脉导管监测肺动脉嵌楔压(pulmonary capillary wedge pressure,PCWP)准确。如果没有二尖瓣病变,LAP 基本反映左室舒张末期压(left ventricular end-diastolic pressure,LVEDP),是左心室前负荷的可靠指标。左房压的正常值为 6～12mmHg。

### (一) 临床意义

LAP 代表左室前负荷,正确反映左室血容量的变化,灵敏地反映 LVEDP,如心功能正常,LAP 与 LVEDP 基本一致,因此左房压是左心室前负荷的更可靠指标,更利于观察病情和指导治疗。左房压过高,表明左心功能不全,可致肺水增多,重者引起肺水肿;左房压低,表明回左心血容量不足。

### (二) 适应证

1. 左室功能严重损害或巨大心脏瓣膜置换循环不稳定,脱离体外循环机困难者。
2. 严重肺动脉高压并右心衰竭,需要通过左心房置管使用收缩血管药物者。
3. 复杂性先心病或左心室发育不良者矫治术。诸如完全性大动脉转位、完全性心内膜垫缺损、完全性肺静脉畸形引流、右心室双出口等。

### (三) 操作技术

1. 在体外循环心脏手术时通过左房插管可以直接估测左房压,但只能保留到鱼精蛋白中和以前。必要时在关胸前经左心耳或右上肺静脉用内径 1mm(20G)导管插入左房,用内荷包缝合固定,经胸壁引出皮肤,连接直接测压装置。
2. 在小儿可以术前通过右颈内静脉或右锁骨下静脉置入足够长(10～15cm)的右房管(18G 或 20G),体外循环结束缝合右房时,通过房间隔放入左房。

### (四) 并发症及其预防

1. 气栓　管道内要持续保持液体且无气泡。
2. 血栓　严防形成血凝块,导管保留时间要短。通过静脉置入的左房管在肝素盐水(3～10ml/h)持续冲洗的情况下,一般不要超过 3～5 天。
3. 出血　经左心耳或肺静脉置管者,要在拔除胸腔引流以前拔除导管。

## 四、肺动脉导管

自 1970 年 Swan 和 Ganz 在《新英格兰医学杂志》首次介绍引入临床以来,肺动脉导管(PAC 或 Swan-Ganz 导管)由最初主要用来监测肺动脉压,经过设计的几次重大改进,特别是对尖端的整合和调整,发展成现在利用 Swan-Ganz 导管进行心脏起搏及心排血量、混合静脉血氧饱和度(mixed venous oxygen saturation,$SvO_2$)、右室射血分数和连续心排血量测定等多种功能。尽管随着医学电子计算机、影像及生物技术的迅猛发展,使原来需借助 Swan-Ganz 导管获得的数据和资料,现可通过无创和微创方法获得,如经食管超声心动图(TEE),在临床上需要对肺动脉导管的应用进行重新评估,但就 Swan-Ganz 导管来说要完全替代尚待时日,近年来对肺动脉导管的更新、改进,使功能上的多样化等,进一步提高了其临床应用价值。因此,肺动脉导管的使用要本着科学的态度,依据患者需要而选择性的应用,而其使用价值主要取决于使用者把 Swan-Ganz 导管获得的数据资料,正确的贯彻到对患者的诊断和治疗中。

### （一）肺动脉导管的类型

1. 标准 Swan-Ganz 导管　标准成人（7 或 7.5F）导管长 110cm，其主腔开口在头端，用于监测肺动脉压和 PCWP，另一腔在距离管口 30cm 处侧开口，当导管头端位于肺动脉内时，侧孔正好在右房部位，用于监测右房压。位于头端的气囊供注气后漂浮和测量PCWP用。在离管口 4cm 处安置热敏感电阻，可以测定心排血量（图 2-2）。

2. 肺动脉导管不断得到改进。通过改进 PAC 的装置，衍生出起搏 PAC 导管、混合静脉血氧饱和度导管、右室射血分数导管和连续心排血量导管等。其中含有光导纤维的漂浮导管可持续测定混合静脉血氧饱和度（$SvO_2$）；而带有快反应热敏电阻的漂浮导管可测定右心室射血分数（RVEF）；相当于在右心室处装置热释放器连续释放热能，使血液升温，导管头端有温度感受器，感受血温变化，通过温度稀释曲线，可以连续监测心排血量；在漂浮导管上安装超声探头，可连续地测定肺动脉血流。

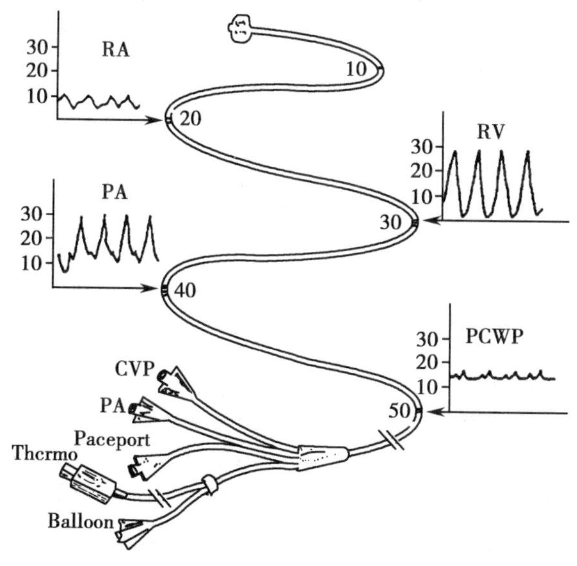


**图 2-2　Swan-Ganz 导管及其监测波形**

图示随着肺动脉导管的插入深度，其压力及波形发生相应的变化。RA：右房；RV：右室；PA：肺动脉；PCWP：肺动脉嵌楔压

### （二）临床意义

1. 估计左室前负荷　研究证明，当气囊阻塞肺动脉分支，从导管尖端所测得的压力与用心导管在 X 光下把导管真正插至肺小动脉的楔入部位测得的压力，即肺毛细血管楔压并无显著不同，从而为临床应用漂浮导管提供了依据。因左心房与肺循环之间相通，当导管气囊充气后随血流送进到肺动脉分支阻断血流，管端所测得的压力是从左房逆流经肺静脉和肺毛细血管所传递的压力。当左心室和二尖瓣功能正常时，肺毛细血管嵌楔压（PCWP）仅比左房压高 1～2mmHg。因此肺毛细血管楔压可用于估计肺循环状态和左心室功能，特别是左心室的前负荷。因此，临床上常用 PCWP 来代替左室前负荷（LVEDP）。

据心脏外科患者同时测 PCWP 和 LAP 对比，二者相差在±4mmHg 之内。业已证

明，在无肺血管病变时，肺动脉舒张末期压仅较 PCWP 高 1～3mmHg，且 LVEDP 和 LAP 有很好的一致性，故可以用肺动脉舒张末期压表述上述各部位的压力。当漂浮导管留置过程中气囊破裂，仍可保留导管于肺动脉内，监测肺动脉舒张末期压以替代 PCWP，此亦为应用微导管进行监测提供依据。正常肺动脉收缩压 15～30mmHg，舒张压 6～12mmHg，平均压（mean pulmonary artery pressure，MPAP）10～20mmHg，PCWP 8～12mmHg。

2. 估计左室功能　排除其他原因如缺血、二尖瓣病变，通过 PCWP 可以估计左室功能。当 PCWP 超过 20mmHg 时，LVEDP 显著升高，表明左心室功能不全。在左心室功能不全，室壁的顺应性降低，左心室舒张末期压显著升高，此时由 PCWP 或肺动脉舒张末期压表示左心室舒张期末压就未必恰当。此外，导管端在肺野的位置和胸内压的改变均会影响 PCWP 的测值。在间歇正压或呼气末正压通气时，要考虑由此而引起胸内压和肺泡压改变的影响。当肺泡压低于左房压时，测出的 PCWP 才能准确地反映左房压。如呼气末正压超过 $10cmH_2O$，就有可能造成肺泡压大于左心房压，使测出的肺毛细血管楔压仅反映了肺泡内压。因此若患者情况允许，测量 PCWP 时，最好暂时停用呼气末正压。临床上，测得的 PCWP 数值高于实际 LVEDP 的现象还见于慢性阻塞性肺病、二尖瓣狭窄、梗阻或反流及心内有左向右分流的患者。测得的 PCWP 数值低于实际 LVEDP 还可见于主动脉瓣反流、肺栓塞及肺切除患者。因此，在使用时应结合临床加以鉴别和判断。

患者左心室功能不全为主时，中心静脉压不能反映左心室的功能情况，此时应作肺动脉压或 PCWP 监测。目前认为当 PCWP 超过 20～24mmHg 时，表明左心室功能欠佳。由于 90％以上的心肌梗死发生在左心，常会造成急性左心功能不全和肺水肿，此时 PCWP 的高低和肺水肿的发生有密切的关系。PCWP 在 18～20mmHg，肺开始充血，21～25mmHg 肺轻至中度充血，26～30mmHg 中至重度充血，大于 30mmHg 开始出现肺水肿。临床和 X 线检查显示有肺水肿的患者，PCWP 均上升，并超过 20～25mmHg。但肺水肿的临床和 X 线表现常比 PCWP 升高为延迟，有时甚至可延迟到 12 小时以上；肺水肿 X 线表现的消失又比 PCWP 下降明显推迟，由于液体再吸收缓慢有时可长达数日。此外，在急性心肌梗死后出现低血压的患者中有少数伴有 PCWP 较低，但患者肺部可有异常 X 线表现和明显的肺水肿，此类患者在严密监测下可谨慎的适当扩充血容量。

3. 估计右室前负荷和右心功能　通过 PAC 导管将左、右心分开，右房压结合PCWP，对准确估计血容量有益。当右心衰竭时，右房压增高，MPAP 与 CVP 差距下降。

4. 诊断肺动脉高压　肺动脉舒张压增高，提示肺动脉高压。

5. 估计瓣膜病变　通过测量跨瓣膜压差，可以辅助诊断三尖瓣和肺动脉瓣狭窄。PCWP 的波形有 a 及 V 波，心房收缩产生 a 波，心室收缩后期产生 V 波。若 PCWP 超过肺动脉舒张压，并有高大的 V 波，常提示急性二尖瓣反流。

6. 发现心肌缺血　心肌缺血与 LVEDP 或 PCWP 升高有明显相关性。

7. 测量心排血量（CO）　通过测量心排血量（CO）和其他衍生参数，评估循环状态，正确指导正性肌力药、血管扩张药和液体治疗。通常使用 Swan-Ganz 导管，用室温（15～25℃）或冰冷（0～5℃）的生理盐水作为指示剂，使用温度稀释法就可迅速、方便地

测定心排血量。患者不同的病理状态可影响心排血量测定的准确性。在伴有三尖瓣反流或心内双向分流的患者，心排血量的测定值通常偏低，而房颤患者因每搏心排血量的变化很大，需要在一段时间内反复多次测定，并取其平均值。危重患者在测定 PCWP 的同时测定心排血量并依据二者之间的相互关系，参考其他血流动力学指标，来判断循环功能状态，以期采取正确的治疗措施。

8. 区别心源性和非心源性肺水肿　肺栓塞、慢性肺纤维化、以及任何原因引起肺血管阻力增加时，肺动脉收缩压和舒张压均增高，而 PCWP 正常或降低。当肺动脉舒张压和 PCWP 之间的压差达到 6mmHg 以上，表示有原发性肺部病变存在。若再结合动静脉血氧差，就可鉴别心源性抑或肺源性。

9. 混合静脉血氧饱和度（$S_VO_2$）连续测定　在传统的漂浮导管内安装光导纤维即成为光纤肺动脉导管。首先由发射器发射的脉冲进入发光二极管，后者发出三个不同波长的脉冲光波交替激发红光和红外线。光波通过光导纤维传至肺动脉端，分别由红细胞内的氧合血红蛋白（$HbO_2$）和还原血红蛋白（Hb）吸收，再由光导纤维传回并进入光波检测器。经光波检测器检测后的光波信号再传至微处理机，区分各种不同的发光百分比，最终显示出氧合血红蛋白的含量即 $S_VO_2$。从肺动脉内采血可获真正的混合静脉血标本。但当导管位于肺动脉的较远端，又快速地从导管内采血时，则可混合有从毛细血管床内经过氧合的返流血液，从而引起混合静脉血的氧张力值假性增高。因此采血速度不宜超过 3ml/min。测量上腔、右心房、右心室和肺动脉之间的血氧差，就可对心内左至右分流情况作出判断。近年来危重患者的整体氧供（$DO_2$）和氧耗（$VO_2$）关系颇受重视。根据动脉血和混合静脉血氧含量差（$Ca\text{-}VO_2$）与心排血量，即可知晓患者的实际氧耗量，可以间接的评估氧供/需平衡。

10. 右室射血分数　使用右室射血分数导管，计算右室射血分数和舒张末容积的计算。当怀疑右室功能损害时，推荐使用。

11. 记录心腔内心电图和心室内临时起搏　在导管壁表面一定部位安放电极即可用作监测心腔内心电图。离管端 11cm 和 12cm 安装白金电极可用于监测右心室腔内心电图；若电极离管端 26cm 和 28cm，可记录右心房内心电图，对心律失常的诊断有帮助。在导管尖端近气囊处安装白金电极，插管时由此电极记录心电图，以了解导管尖端的位置，当出现右心室心电图后，气囊立即排气，不使导管入肺动脉而嵌入右心尖，可用作床旁临时紧急起搏。

### （三）Swan-Ganz 导管测量数值及其衍生指标（表 2-1）

鉴于 $1mmHg=1333dyn/cm^2$，而 $1L/min=1000cm^3/60s$，所以 $1mmHg/(L \cdot min)=80dyn \cdot s/cm^5$。因此，将上述单位乘以 80，即可换算成单位 $kPa/(s \cdot L)[dyn \cdot s/cm^5)]$。例如，正常值 $70 \sim 160kPa/(s \cdot L)[700 \sim 1600dyn \cdot s/cm^5]$。

### （四）插管技术

临床上放置 Swan-Ganz 导管的最优途径为右颈内静脉通路。插管过程依据压力和波形的变化判断导管前进所到达的位置。具体穿刺插管步骤如下：

1. 插管前准备　换能器测试、校正和调零。备好急救药品和急救设备。建立必要的监测，如袖带或有创血压、ECG、$SpO_2$，监测缺血、缺氧和心律失常。清醒患者吸氧、镇静和局麻。严格无菌操作。

**表 2-1 肺动脉导管测量数值及其衍生指标**

| 名 称 | 计算公式 | 正常值 |
|---|---|---|
| 右房压 | 平均 | ≤6mmHg |
| 中心静脉压(CVP) | 平均 | 6～12cm$H_2O$ |
| 右室压 | 收缩压/舒张末期压 | 15～30/0～6mmHg |
| 肺动脉压 | 收缩压/舒张压(平均) | 18～30/6～12(10～20)mmHg |
| 肺动脉嵌楔压(PCWP) | 平均 | 8～12mmHg |
| 心排血量(CO) | SV×心率 | 4～8L/min |
| 心脏指数(CI) | CO/BSA | 2.5～4.0L/(min·$m^2$) |
| 体血管阻力(SVR) | (MAP－CVP)/CO×80 | 700～1600dyn·s/$cm^5$ |
| 肺血管阻力(PVR) | (MPAP－PCWP)/CO×80 | 50～150dyn·s/$cm^5$ |
| 每搏量指数(SVI) | CI/心率 | 0.04～0.06L/(beat·$m^2$) |
| 左室每搏功指数(LVSWI) | SVI×(MAP－PCWP)×0.0136 | 45～60g·m/$m^2$ |
| 右室每搏功指数(RVSWI) | SVI×(MPAP－CVP)×0.0136 | 5～10g·m/$m^2$ |
| 右室舒张末容积(RVEDV) | SV/EF | 100～160ml |
| 右室收缩末容积(RVESV) | EDV－SV | 50～100ml |
| 右室射血分数(RVEF) | SV/EDV | 0.4～0.6 |

注:MPAP 平均肺动脉压;MAP 平均动脉压;BSA 体表面积;SV 每搏量;EDV 舒张末期容量

2. 选择和检查肺动脉导管　取出肺动脉导管,穿好外保护套,检查气囊并注气测试气囊的完整性。将远端递与助手,连接传感器,用肝素盐水冲洗导管排气。检查传感器,抬高或摇动头端,压力监测出现波形。调整压力波形监测的合适尺度。

3. 置入 PAC 鞘管　消毒铺巾,中心静脉穿刺,成功后经针腔内插入导引钢丝,用尖头刀切开导引钢丝周围的皮肤,通过导引钢丝插入套有导鞘管的扩张器,推进扩张器,使扩张器及导管鞘沿着钢丝进入静脉,拔除导引钢丝和扩张器并推进鞘管。操作时要控制好导引钢丝,防止钢丝全部滑入血管腔内。缝合固定鞘管。

4. 插入肺动脉导管　根据压力、波形和插管的深度,来判断导管所到达的位置(图 2-2)。

(1) 肺动脉导管进入至 20cm 处,相当于右房水平,气囊充气 1.0～1.5ml。缓慢插入导管,并通过依次观察右房压、右室压、肺动脉压、PCWP 的变化判断导管位置。

(2) 当导管通过三尖瓣进入右心室时,压力波形出现收缩压突然升高、舒张压降至零点。到达右室时,注意避免心律失常。出现跨瓣压力变化,加送 2～3cm,以免导管尖返回。当较难进入右室时,让患者深呼吸增加肺血流,抬高头部或左右调节体位,用冷盐水冲洗管道使其变硬,可能有所帮助。特别困难者暂时放于右房,术中由心脏外科医师协助置入。

(3) 导管再前进,进入肺动脉,此时收缩压高度保持与右心室相同,而舒张压高于右心室。进入肺动脉后,缓慢进入,嵌顿后放气,观察波形变化,确证进入肺动脉分支。然后后退 0.5～1.0cm,减低肺动脉破裂危险。在气囊未放气时,禁止后退,以免肺动脉和三尖瓣撕裂、套囊破裂。

5. 固定 PAC 导管,连接输液装置,记录导管留于体内的长度,随时按需进退导管,调节就位。

**（五）适应证**

大部分患者围术期并不需要PAC监测，选择时权衡利弊。

1. 严重左心功能不良、重要脏器合并症，估计术中血流动力学不稳定的心脏瓣膜病。

2. 合并严重肺动脉高压、右心功能不全、慢性阻塞性肺病、肺动脉栓塞患者。

3. 终末期心脏进行心脏移植。

4. 缺血性心脏病　左室功能差，左室射血分数＜0.4；左室壁运动异常；近期心梗（＜6个月）或有心肌梗死并发症；严重心绞痛；明显左主干狭窄（＞75%）；同时合并瓣膜病。

5. 多器官功能衰竭。

6. 估计术中血流动力学极不稳定的胸腹主动脉瘤手术。

**（六）禁忌证**

1. 三尖瓣或肺动脉瓣狭窄　导管不容易通过瓣膜口，造成对血流的阻塞加重。

2. 右房或右室肿物　导管可以造成肿块脱落，引起栓塞。

3. 法洛四联症　因右室流出道阻塞，流出道可能痉挛。

4. 严重心律失常　存在恶性心律失常危险的患者，慎重选用。

5. 新近置入起搏导线　置入或拔出导管对起搏导线造成危害。

**（七）并发症**

插入中心静脉导管所引起的并发症，均可在插入肺动脉导管操作时发生。此外，常见的并发症还有：

1. 心律失常　室性早搏最多见，发生率约10%，致命性心律失常罕见。当导管插入右心室后，若出现持续的心律失常，可立即将导管退回至右心房，心律失常多可消失，然后把气囊足量充气后再行插管。室性早搏频发时，可静注利多卡因1～2mg/kg。严重的心律失常有房颤、室性心动过速甚至室颤，一旦发生应紧急处理。因安置漂浮导管过程中可能引起右束支传导阻滞，尽管发生几率很低，但原来存在左束支传导阻滞的患者插管时应慎重，有发生完全性房室传导阻滞的风险，必要时可先安置临时起搏。

2. 肺动脉破裂　发生率为0.064%～0.2%，死亡率高达46%，多发生在抗凝治疗或有肺动脉高压者。临床表现为突然咳嗽，气管内出血。注意注气时缓慢、气量和压力均限制，并密切注意肺动脉压力波形的变化，避免导管插入过深和气囊充气过度，此种并发症就可避免。

3. 肺梗死　气栓、血栓和导管阻塞。导管留管时间过长、频繁地过量充气或没有用肝素水持续冲洗等。向气囊内注气阻力感消失，放松时注射器内栓不再弹回，提示气囊已破裂，不应再向气囊注气。肺梗死通常是小范围而无症状，仅在比较插管前后的胸片才可能诊断。除因气囊破裂误注入了过量空气或导管周围形成的血栓脱落引起相关的肺血管阻塞而发生肺梗死外，多数是由于保留导管期间心脏有节律的收缩和血流的推动力促使导管袢倾向延伸，导管尖端向远侧肺动脉移位，造成对肺动脉阻塞，时间过久就可引起肺梗死。为此，导管保留期间应连续监测肺动脉压，若自动出现了楔压，表示导管尖端移到了嵌入位，应立即拔出导管2～3cm。每次气囊充气的时间要尽量缩短，完成测量后即放松气囊，排尽囊内气体，否则由于气体残留囊内，容易由血流推动向

前而阻塞肺血管。

4. 医源性监测并发症　由于导管位置、传感器或监测仪器等错误原因，致使判断失误，导致临床处理错误。

5. 其他　穿刺并发症、心内血栓形成、导管缠圈和打结、损伤肺动脉瓣或三尖瓣、心内膜炎、心脏穿孔、套囊破裂、出血等。导管在心腔内成袢卷曲，进一步可形成打结，当导管插入右心房或右心室后超过 15cm 仍未记录到右心室或肺动脉的压力波形，常提示导管在右心房或右心室可能成袢，应退出导管重行插入。一旦发生导管打结，而又无法松开时，可把导管从静脉内慢慢拉出直至插管处，需要时作一小切口取出打结导管。拔出漂浮导管时，气囊应该放气，以免损伤肺动脉瓣等组织。

## 五、心　排　血　量

心排血量(cardiac output，CO)是指心脏每分钟输出到体循环或肺循环的血量，反映心泵功能的重要指标，受心率、心肌收缩性、前负荷和后负荷等因素影响。正常值4～8L/min。CO 监测不仅可评估整个循环系统的功能状态，而且通过计算出有关血流动力学指标，绘制心功能曲线，指导针对循环系统的各种治疗，包括药物、输血、补液等。因此，在临床麻醉和 ICU 中，特别在危重患者及心脏患者治疗中很有价值。心排血量的监测方法有无创和有创监测两大类。有创 CO 监测的方法有温度稀释法(热稀释法)、染料稀释法、连续温度稀释法。无创 CO 监测的方法有心阻抗血流图和超声多普勒等方法。

### (一) Fick 法

理论基础是由 Adolph Fick 于 19 世纪 70 年代提出的，认为器官对某种物质的摄取和释放取决于流经该器官的血流，即该物质在动脉、静脉之间含量的差值。Fick 法以氧气作为被测定的物质，以肺脏作为代谢器官，测定动脉、静脉的氧含量，以获得动-静脉氧含量差值($a\text{-}vO_2$)，通过吸入和呼出的氧含量差值和通气频率可以计算氧耗量($VO_2$)。根据 Fick 原理，机体的氧供等于氧耗，通过测定 $VO_2$ 和 $a\text{-}vO_2$ 来测定 CO 的前提为机体处于氧代谢的供需平衡状态，机体氧摄取等于肺的氧摄取量。因为重复性和准确性较高，常被看作实验研究测量 CO 的金标准。Fick 法测定 CO 需要准确测量氧代谢指标，氧含量指标的轻微错误就可能导致氧耗量结果的巨大差异，从而导致错误的 CO 计算结果，故临床上很少应用。

根据如下公式测定心排血量：CO(ml/min)＝氧耗量(ml/min)/动-静脉氧分压差(vol%＝$mlO_2$/100ml)。

二氧化碳无创心排血量测定是利用二氧化碳弥散能力强的特点作为指示剂，根据 Fick 原理来测定心排血量，其测定方法很多，常用的方法有平衡法、指数法、单次或多次法、三次呼吸法等测定方法。不管采用何种方法，其计算心输出量的基本公式如下：$CO=VCO_2/(CvCO_2-CaCO_2)$。

### (二) 染料稀释法

染料稀释法(dye dilution medthod)是温度稀释法问世前常用的 CO 测定方法。理论基础是 19 世纪 90 年代由 Stewart 首先提出，经 Hamilton 作过修订。将已知浓度的

指示剂注入体内，与体液充分混合后，指示剂被稀释，通过连续采集血样，记录该染料即指示剂的血浆浓度，得到时间-浓度曲线，即指示剂稀释曲线。由 Stewart-Hamilton 公式计算得出 CO：CO(L/min)＝{[I(mg)×60(s)]/[Cm(mg/L)×t(s)]}×[1/k(mg/ml/mm 偏差)]

其中：I＝染料注入量；Cm＝指示剂平均浓度；t＝总曲线时间；k＝校正系数。

通常用无毒染料（吲哚花青绿或亚甲蓝），通过静脉注入，连续动脉采样，测定染料浓度随时间的变化，作出时间-浓度曲线，用微积分法求出曲线下面积，从而得出 CO。不需要肺动脉导管，注射部位与样本抽取部位原则上越近越好，理想的注射部位是右心房，样本抽取部位在肱动脉或腋动脉。临床上常采用肘静脉和桡动脉或足背动脉。注射速度宜快，使染料在单位时间比较恒定，获得的曲线比较好，以减少误差，染料在一定时间间歇后可以反复使用。主要用于科研。

染料稀释法的曲线还可用于诊断心内分流，左向右分流时可产生染料浓度峰值下降，消失时间延迟，同时无再循环峰值；右向左分流时可使曲线提早出现。在严重瓣膜反流或低心排出量患者，首次循环时曲线可延缓至很长时间，甚至再循环峰出现在前一曲线开始下降前，影响到心排出量的测定。在操作、计算等因素影响下，一般误差可达 10%～15%。

**（三）温度稀释法**

临床上传统的温度稀释（thermodilution method）测量方法，通过借助 Swan-Ganz 导管能方便、迅速地得到 CO 的数值。在 20 世纪 70 年代早期，Swan 和 Ganz 就证明了温度稀释法测量 CO 的可靠性和可重复性。从那时起，该方法就逐渐成为临床实践中的“金标准”。温度稀释法同样应用了染料稀释法的原理，只是用温度作为指示剂。因以温度变化代替指示剂来测定 CO，涉及到注射液体的温度、患者的血温以及注射液体的比重等因素，则修正后的 Stewart-Hamilton 公式：

$$CO=\frac{V(T_B-T_1)\times 60\times 1.08}{\int_0^{\infty}\Delta T_B(t)dt}$$

其中：CO＝心输出量(L/min)；V＝注射液体容量(ml)；1.08 是针对特定热、特定指示剂和血液重力的校正因子；$T_B$ 是最初的血液温度(℃)；$T_I$ 是注射液的温度。

将一定温度一定容量的液体快速注入肺动脉导管近端的管腔内，注入的冰冷液体，与周围血液充分混合后，通过导管头端的热敏电阻测定出肺动脉内血液的温度。根据温度随时间的变化作为阻抗的变化通过计算机进行测量。注射液和患者的温度都在测定心排出量之前直接或自动输入计算机，计算机通过测定注射液与患者温度间的差异，自动绘制出时间-温度曲线并用校正因子去掉基线的 30%校正，此曲线与染料稀释法得到的曲线大致相同。随着 Swan-Ganz 导管及其测量技术的不断创新，临床上也出现了诸如连续心排血量测定(continous cardiac output，CCO)等各种新技术。

1. 传统间断注射法　临床上最常用，用冷盐水作为指示剂。将室温(15～25℃)或冷(0～5℃)的生理盐水，从 PAC 导管快速注入右心房，盐水随血液流动而稀释，血液温度也随之变化，温度感受器探测到流经肺动脉的盐水温度变化，即温度稀释的过程，得到温度-时间稀释曲线，同时在仪器中输入常数，以及中心静脉压、肺动脉压、平

均动脉压、身高和体重等，计算机很快通过 Steward-Hamilton 方程计算出 CO 及其他血流动力学指标，一般要连续做 3 次，取其平均值。传统的冷盐水方法有许多的影响因素：

(1) 注射盐水量：微机对 CO 的计算与注射盐水的量有关，注射容量必须准确。如果注射容量少于微机规定，测量数值可能较高。临床上有 3、5、10ml 多种注入量，研究证明在 0℃和室温下，以 10ml 注入量的可重复性最好。

(2) 注射液温度：围绕注射冰盐水或室温盐水，争议很大。过去认为注射盐水温度与血液温度之间的差值越大，准确性越高。现在的研究结果不支持这一观点，认为如果测定温度与实际温度有别，则数值较大。例如，升高 1℃，则 CO 可以估计过高达 3%。因此，室温盐水(15～25℃)较冰盐水可能有更高的准确性，目前临床上多采用此法。但注射盐水的温度必须保持准确和恒定。

(3) 分流：心内存在分流，将导致 CO 值不准确，在右向左分流(如法洛四联症)测得 CO 值偏低，左向右分流无明显影响。肺循环和体循环中存在交通，此项技术则不能使用。当用温度稀释法测量的 CO 值与临床不符合时，应考虑是否存在分流。

(4) 准确性及可重复性：准确性指测量值反映真实心排血量的能力。可重复性指测量值的稳定性。据国内外严格对照研究，证明其准确性变动在±7%～±10%的范围。总的趋势是 CO 测得值比实际值高约 5%～10%，即使严格控制体外因素，其准确度只有 87%～93%。按普遍接受原则，温度稀释法的技术误差不应超过 10%。对温度稀释法的可重复性，国外作了大量的试验研究，临床上多采用 3 次注入法，即取曲线相关良好的 3 次数值的平均值，或 5 次注入法，去掉最大和最小值的平均值。

(5) 其他：呼吸的影响可以导致 10%的差别，与肺血流的变化有关。肺动脉导管的位置必须到位，否则将得不到准确的曲线。同时输入静脉液体、微机计算方法、患者体位、注射速度等，均影响 CO 的准确性。



2. 连续心排血量测定(CCO) 基于温度稀释法同样的理论基础，但工作原理不同，使用改良的 Swan-Ganz 导管和新的连续心排血量测定装置，目前已有数项技术在使用。脉冲温度稀释(pulsed thermodilution)技术是通过肺动脉导管在右房和右室之间的卷曲热敏导丝(10cm)连续向血液内发放小的脉冲能量，可使周围血温度升高，通过 PAC 末端的热敏感受器探测到血温的变化，发放的能量曲线与血温的变化之间存在相关性，从而得到温度稀释曲线，加热是间断进行的，每 30 秒一次，故可获得温度-时间曲线来测定心排血量，开机 3～5min 即可测出心排出量，以后每 30s 报出以前所采集的 3～6min 的平均数据，成为连续监测；另一项技术是加热位于 PAC 末端的热敏电阻，而通过右室血流的连续冷却稀释，温度的变化与右室血流导致的温度降低呈比例。两者均通过 Steward-Hamilton 修正方程计算。CCO 的优点为快速连续、容易操作、不需要注射盐水，避免了间断注射法出现的很多相关误差，可以连续监测 CO 的趋势变化。

3. 右室射血分数 原理与标准的温度稀释法相似，在技术上进行了改进。在 PAC 上增加右心房注射孔道、使用快速反应的热敏感受器和复杂的计算机系统，可以计算右室射血分数和舒张末容积。通过分析肺动脉温度随数个心动周期的指数衰减情况，计算出每次心搏的射血比例，从而得出右室射血分数，并进一步计算出其他右室容积参数。此项技术与体外测量技术相比较，具有良好的相关性，临床上可以用于监测围术期

右室功能损害，房颤和三尖瓣反流影响其准确度。

正常右室容积参数值：右室射血分数40％～60％；右室舒张末期容积100～160ml；右室舒张末期容积指数60～100ml/$m^2$；右室收缩末期容积50～100ml；右室收缩末期容积指数30～60ml/$m^2$；每搏量60～100ml；每搏量指数35～60ml/$m^2$。

4. 通过周围动脉（股动脉） 在成人还可通过连续测量动脉脉波来测量连续心排出量，临床上使用的PiCCO监测设备来进行脉搏容积分析，通过整合计算脉搏曲线下面积的积分值而获得心搏出量，这个面积与左心搏出量在比例上相近似，心搏出量就是由心搏出量与心率而得。要获得最初的标准值，PiCCO使用动脉热稀释法以方便此测量，不需置入肺动脉导管，只要由一条中央静脉导管快速注入一定量的冰生理盐水（温度5～10℃约10ml），再由另一条动脉热稀释导管（置于股动脉）可得热稀释的波形，此步骤重复三次，PiCCO设备将自行记录这几次的结果并算出一个标准值，PiCCO以此标准值，再根据患者的脉搏、心率通过上述公式而持续算出心搏出量。CO在连续监测时通过动脉脉搏来测量，间断时通过经肺热稀释技术得到。此外，PiCCO系统可以监测心率、收缩压和舒张压及由此得到的平均动脉压，分析热稀释曲线得到的平均传输时间（MTt）和下降时间（DSt）用于测量血管内和血管外的液体容量。如果输入了患者的身高和体重，PiCCO系统可以显示根据体表面积（BSA）或体重（BW）计算得出的各个参数指数。

**（四）心阻抗血流图**

心阻抗血流图（impedance cardiogram，ICG）是利用心动周期心室射血期间胸部阻抗的搏动性变化，来测定左心室收缩时间（systolic time interval）并计算出每搏量，然后再演算出一系列心功能参数。1986年Sramek提出胸腔是锥台型，通过改良Kubicek公式，使用8只电极分别安置在颈根部和剑突水平，测量胸部电阻抗变化，通过微处理机，自动计算CO，连续显示或打印CO。ICG是一项无创伤性技术，特点为简单快速，可连续监测CO及与其有关的血流动力学参数，电极放置不当是错误的重要来源。临床上尚未被广泛接受。

**（五）超声心动图**（ultrasonic cardiogram，echocardiogram，UCG）

超声心动图利用超声波回声反射的原理，通过观察心脏和大血管的结构和动态，了解心房、室收缩及舒张情况与瓣膜关闭、开放的规律，还能测量主动脉及各瓣膜口的直径，是心脏外科临床上的主要诊断工具。临床上有M型超声心动图、二维超声心动图及多普勒超声心动图等，尤其TEE的使用。可监测每搏输出量，左室射血分数（EF）、左室周径向心缩短速率（VCF）、舒张末期面积（EDA）、心室壁运动异常（RWMA）、室壁瘤以及评定外科手术修复的效果。UCG主要利用超声波的多普勒效应，无创性地对主动脉血管的血流速度进行检测，同时测量主动脉的横截面积，从而计算出心排血量，即心排血量＝平均血流速度×横截面积。通过测量心脏瓣膜的血流量及瓣膜面积也可以计算出心排血量，经瓣膜测量得到的心排血量包括冠状动脉血流量，理论上更接近于实际值。以TEE的准确性最好，甚至可以临时代替PAC测量血管内容量状态。

**（六）其他多普勒技术**

所谓多普勒原理是指光源与接收器之间的相对运动而引起接收频率与发射频率之间的差别。多普勒原理心排血量监测正是利用这一原理，通过测定主动脉血流而测定

CO。根据测定血流部位不同，目前临床应用的有经肺动脉导管(有创)、胸骨上、经食管和气管多普勒监测技术。

（于钦军）

## 第二节　心肌缺血的监测

虽然术中心肌缺血不一定与心肌梗死有确切关系，但预防心肌缺血是心脏麻醉的基本目标之一，尤其是快速发现、识别和治疗新的缺血尤为重要。对术中心肌缺血的监测，到现在为止还没有理想的监测技术，临床上主要以心电图(electrocardiogram，ECG)监测为主，其他如TEE、Swan-Ganz导管等也常作为心肌缺血的辅助监测。

### 一、心电图监测

进行心脏麻醉和手术的患者不论大小，都要监测ECG，ECG监测是心脏麻醉的标准监测。通过ECG可以监测心肌缺血、心率和/或心律失常、传导紊乱、辅助判断电解质紊乱和起搏器功能等。需要牢记的是ECG不能反映心脏功能，有ECG信号并不保证说明有心肌收缩或血液流动。通过对多导联的ST段分析(以Ⅱ和$V_5$导联最常用)是监测心肌缺血的现行标准做法。

**(一) 国际通用的标准导联**

1. 标准导联　理论上将探测电极安置在体表具有一定距离的任意两点，均可测出心脏生物电的电位差变化，此两点即可构成一个导联。临床基本采用Einthoven创立的国际通用标准导联，即三个标准肢体导联、三个单极加压肢体导联和六个胸前导联。每个ECG导联测量的是两个电极之间的电位差。导联Ⅰ记录右臂和左臂之间的电位差；导联Ⅱ记录右臂和左下肢之间的电位差；导联Ⅲ记录左臂和左下肢之间的电位差。同样，在单极肢体导联中，导联aVF的左下肢是活性电极，而右臂和左臂构成非活性中心终端；而在导联aVR和aVL中，右臂和左臂分别是活性电极，左下肢和右下肢分别构成非活性中心终端。心前区导联是单极导联，四个肢体导联形成中心“无干电极”，导联$V_1$放置在右第四肋间区；$V_2$放置在左第四肋间区；$V_5$放置在左腋窝中线的第五肋间区；$V_3$和$V_4$放置在$V_2$和$V_5$中间；$V_6$放置在左腋窝中线的第六肋间区。

2. 标准肢体导联　为双极导联，测量一对电极之间的电位差。

(1) 导联Ⅰ：左上肢接正极，右上肢接负极。

(2) 导联Ⅱ：左下肢接正极，右上肢接负极。麻醉监测中最常选用的导联，容易监测P波，便于发现心律失常，也可发现下壁缺血。

(3) 导联Ⅲ：左下肢接正极，左上肢接负极。

3. 单极加压肢体导联　让每个电极通过5000Ω的电阻再连结，构成“无干电极”，因接近“零电位”被设定为导联负极，同代表实际电位的正电极之间，形成单极加压肢体导联。

(1) aVR：右上肢接正极，左上肢和左下肢共同接负极。

(2) aVL：左上肢接正极，右上肢和左上肢共同接负极。

(3) aVF:左下肢接正极,左上肢和右上肢共同接负极。

4. 胸前导联　标准肢体导联构成的"无干电极"设定为导联负极,正电极则放在心前区胸壁的固定部位,形成心前区单极导联。

(1) $V_1$:胸骨右缘第四肋间。

(2) $V_2$:胸骨左缘第四肋间。

(3) $V_3$:$V_2$ 和 $V_4$ 之中点。

(4) $V_4$:胸骨左缘第五肋间锁骨中线。

(5) $V_5$:和 $V_4$ 同一水平左腋前线。因为大部分左室心肌对应该导联,可以监测心肌缺血。

(6) $V_6$:和 $V_4$、$V_5$ 同一水平左腋中线。特殊情况下,探测电极放在与胸前导联 $V_3$、$V_4$、$V_5$ 对称的右侧胸壁则构成 $V_{3R}$、$V_{4R}$、$V_{5R}$。

**(二) 常用的监测系统及其电极的安置**

1. 三电极系统　用三个电极,分别置于右上肢、左上肢和左下肢,记录两个电极之间的电位差,而第三个电极作为地线。通过在监测电极之间的选择,可以监测导联Ⅰ、Ⅱ、Ⅲ、aVR、aVL、aVF。导联Ⅰ、aVL 监测侧壁缺血,而导联Ⅱ、Ⅲ和 aVF 监测下壁缺血,但不能监测前壁缺血。

2. 改良三电极系统　对标准双极肢体导联进行改良,主要有 $MCL_1$、$CS_5$、$CB_5$、$CM_5$ 和 $CC_5$ 等(表 2-2)。改良导联可以增大 P 波高度,利于诊断房性心律失常,增加监测前壁和侧壁心肌缺血的敏感性。用Ⅱ导联加 $CS_5$(即将左上肢的电极移植于 $V_5$ 的位置)导联,可全部监测到左心缺血时 ST 段的变化。以Ⅱ $+CS_5+V_{4R}$(即将胸前电极放置在右侧第 5 肋间与锁骨中线交界处)导联,即可 100%监测到左、右心缺血时的 ST 段改变。

**表 2-2　三电极系统及其改良导联**

| 导联标识 | 右上肢电极 | 左上肢电极 | 左下肢电极 | 选择导联 | 优　点 |
|---|---|---|---|---|---|
| Ⅰ | 右上肢 | 左上肢 | 地线 | Ⅰ | 监测侧壁缺血 |
| Ⅱ | 右上肢 | 地线 | 左下肢 | Ⅱ | 监测心律失常、P 波、QRS 波高度和下壁心肌缺血 |
| Ⅲ | 地线 | 左上肢 | 左下肢 | Ⅲ | 监测下壁心肌缺血 |
| aVR | 右上肢 | 共同地线 | 共同地线 | aVR | |
| aVL | 共同地线 | 左上肢 | 共同地线 | aVL | 监测侧壁缺血 |
| aVF | 共同地线 | 共同地线 | 左下肢 | aVF | 监测下壁缺血 |
| $MCL_1$ | 地线 | 左锁骨下 | $V_1$ 位置 | Ⅲ | 监测心律失常、P 波和 QRS 波高度 |
| $CS_5$ | 右锁骨下 | $V_5$ 位置 | 地线 | Ⅰ | 监测前壁缺血 |
| $CM_5$ | 胸骨柄 | $V_5$ 位置 | 地线 | Ⅰ | 监测前壁缺血 |
| $CB_5$ | 右肩胛骨中心 | $V_5$ 位置 | 地线 | Ⅰ | 监测前壁缺血、心律失常和 P 波 |
| $CC_5$ | 右腋前线 | $V_5$ 位置 | 地线 | Ⅰ | 监测缺血 |

3. 五电极系统　用五个电极,即四个肢体电极加一个心前区电极,可以记录六个标准肢体导联和一个心前区导联(Ⅰ、Ⅱ、Ⅲ、aVR、aVL、aVF、$V_5$)。所有肢体导联作为

心前区单极导联的共同地线，心前区电极通常放在 $V_5$ 的位置。有助于监测心肌缺血和房室传导阻滞，尤其是后壁心肌缺血，利于鉴别诊断房性或室性心律失常。同时监测Ⅱ和 $V_5$ 导联，可以使监测心肌缺血的敏感度提高到80%以上。四个肢体电极放在肩背部和臀部也不妨碍开心手术操作，建议常规使用。

4. 侵入性ECG　心脏电信号通过靠近心脏的体腔和心脏本身获得，不常用。

(1) 食道ECG：食道电极相对易放和安全，常由食道听诊器附带。双极食道ECG可以将另一电极放在左或右上肢，选择导联Ⅰ。食道ECG对诊断房性心律失常的准确性可达100%，而标准导联Ⅱ为54%，$V_5$ 导联为42%。食道ECG对监测后壁心肌缺血非常敏感。

(2) 气管内ECG：气管导管带有两个ECG电极。在体表或食道ECG不能进行监测时使用。在小儿心脏外科诊断房性心律失常非常敏感。

(3) 多功能肺动脉导管：具有标准肺动脉导管特征，另外带有三个心房和两个心室电极，可获得心内膜导联，这些电极不但可以记录心腔内ECG，而且可以进行心房、心室和房室连续起搏。选择不同导联可以诊断房性、室性或房室结性心律失常和传导阻滞。

(4) 心外膜电极：通过心脏外科医师用起搏导线放在心房或心室的外膜，主要用于体外循环后期房室起搏，也可以记录心房或心室外膜的ECG。这些导联对诊断术后复杂性传导异常和心律失常非常敏感。

**(三) 心肌缺血的ECG表现**

当心肌缺血时，将影响到心室复极的进行，与缺血区相关导联出现则ST-T异常表现，其心电图改变的类型取决于缺血的程度、持续时间和部位等。心肌缺血的诊断标准，美国心脏病学会建议在"J"点后60～80ms处ST水平段或降支段下降0.1mV为准。使用先进的ST段自动分析监测系统可追踪ST段的变化趋势，监测仪通常以异常电位和J点之间的变化为测量模式，通过ST段的趋势分析，将ST段的变化值(测量J点之后60～80ms)与QRS波群前40ms的等电点线相比较，通常评估三个导联(导联Ⅰ、Ⅱ和一个V导联)，并综合、比较和显示出来。

1. T波的变化　T波是心室复极波。通常在ST段后出现，波形钝圆且占时较长。方向与QRS波群的主波方向相同，在Ⅰ、Ⅱ、$V_4$～$V_6$ 导联直立，aVR导联倒置，Ⅲ、aVL、aVF、$V_1$～$V_3$ 导联可以直立、倒置或双向。正常情况下，除Ⅲ、aVL、aVF、$V_1$～$V_3$ 外，振幅不低于R波振幅的1/10。若心内膜下心肌缺血，可以出现高大T波。例如下壁心内膜下心肌缺血，则Ⅱ、Ⅲ、aVF导联出现高大直立的T波；前壁心内膜下心肌缺血，则胸导联出现高大的T波。若心外膜下心肌缺血，面向缺血区的导联出现T波倒置，例如下壁心外膜下缺血，则Ⅱ、Ⅲ、aVF导联出现T波倒置；前壁心内膜下心肌缺血，则胸导联出现T波倒置。

2. ST段改变　ST段是QRS波群终点至T波的起点。正常ST段为等电位线，可以轻度向上或向下偏移，但任何导联ST段下移不超过0.05mV，抬高在 $V_1$、$V_2$ 不超过0.3mV，$V_3$ 不超过0.5mV，其他导联不应超过0.1mV。心肌损伤ST段偏移，表现为下移和抬高。若心内膜下心肌损伤，使位于心外膜面的导联出现ST段下移；若心外膜下心肌损伤，引起ST段抬高。发生透壁性心肌缺血时，可以出现心外膜下缺血(T

波倒置)和损伤(ST段抬高)的表现。

3. 异常Q波　QRS波群是心室除极波,时间为0.06～0.10秒,振幅在各导联中不同,Ⅰ、Ⅱ、$V_1$～$V_6$导联R波直立,aVR导联R波倒置,$V_1$、$V_2$导联无Q波,但可能有QS波,其他导联Q波宽度不应超过0.04秒,深度不应超过R波的1/4。当出现心肌梗死,可以出现异常Q波或QS波,发生的部位与冠脉的供血区域有关,心电图的定位与病理基本一致。前间壁梗死出现$V_1$～$V_3$导联异常Q波或QS波;下壁心肌梗死出现Ⅱ、Ⅲ、aVF导联异常Q波;侧壁心肌梗死出现Ⅰ、aVL、$V_5$、$V_6$导联异常Q波;前壁心肌梗死出现$V_3$、$V_4$、$V_5$导联异常Q波;后壁心肌梗死时,$V_7$、$V_8$、$V_9$导联记录到异常Q波,与其相对的$V_1$、$V_2$导联出现R波和T波增高;如果大部分或全部胸导联($V_1$～$V_6$)出现异常Q波或QS波,则发生广泛前壁心肌梗死。

4. 小儿心肌缺血　心肌缺血在小儿患者相对少见,尚缺乏ST段监测的标准。ST段升高或下降至少1mm提示发生心肌缺血。某些先天性心脏病患儿在心脏外科手术中可以发生严重的心肌缺血,以ST段下降和T波倒置为标志的心肌缺血,大部分与低血压、心肌肥厚或劳损有关,而ST段抬高则在急性心肌缺血和损伤时出现,常见于体外循环冠状动脉进气,病理性Q波很少见,但可以出现在冠状动脉起源异常(起源于肺动脉)。新生儿后期当肺血管阻力下降时,可以出现心肌梗死表现为Ⅰ和aVL导联产生病理性Q波。

**(四) 注意事项**

1. ECG干扰　心脏传到体表的电信号只有0.5～2mV,而皮肤电阻可达1000kΩ。因此,电极接触部位的皮肤要清洁去屑,以减少电阻,保证电极和皮肤的良好接触;氯化银电极片要符合标准,保持湿润和有效,排除电极松动、导联断裂、导线绝缘性差、导联和导线不固定、其他交叉导线的干扰;手术室内的许多设备如灯光电源线、外科设备(电刀、电锯)、体外循环机、除颤仪等都能干扰ECG。

2. 诊断与监测模式　美国心脏协会(American Heart Association)推荐ECG监测的频率宽度是0.05～100Hz。而大多数手术室内的监测仪都采用0.5～40Hz比较窄的频率宽度,以期将电极松动或接触不良产生的噪音信号降到最低。ECG监测设备带有滤波器,对信号过滤放大,通常有两种模式:诊断模式可以过滤掉小于0.14Hz的频率,故十分接近标准ECG,但对基线漂移、患者活动、呼吸和电极松动的影响非常敏感,滤过的干扰少,不能排除较高频率的干扰波,但对评估ST段的变化比较准确;监测模式则对所有4Hz以下的频率进行过滤,并去除因患者活动所造成的干扰信号,使基线更加平稳,但影响T波和P波,尤其是ST段,可以改变ST段的形状,影响ST段监测的准确性。

## 二、经食管超声心动图

1976年Frazen首先报道在人使用TEE,上世纪80年代开始在术中使用,TEE不仅仅是一项诊断技术,同时也是一项监测技术。现在的TEE技术发展迅速,探头(传感器)尺寸进一步缩小,出现双平面和多平面探头,使用脉冲波、连续波和彩色多普勒技术,尤其是计算机设计和影像采集技术的进步,使之可以对心脏及其周围组织进行更加

详细的检查。麻醉医师术中使用 TEE，扩展了自身作为围术期治疗医师的作用，使自己能更大程度地介入治疗方案的选择。美国心脏超声协会和美国心血管麻醉协会(ASE/SCA)制定的术中 TEE 指南，全面描述了完成术中 TEE 检测的 20 个标准平面。可以使四个心腔、四个心脏瓣膜、两个心耳、主动脉、肺动脉、上腔静脉、下腔静脉、冠状静脉窦以及心包得到全面的了解。

通过 TEE 来诊断心肌缺血，目前尚缺乏评价的标准，主要通过测定节段性室壁运动异常(segmental wall motion abnormality，SWMA)对心肌的收缩功能进行评价，以期得到心肌缺血的相关信息。因为供应心肌血流的冠状动脉在解剖上相对固定，故 SWMA 的部位可以反映相关的冠状动脉病变。通过多平面、标准化和培训，可以提高识别新的 SWMA 的能力。ASE/SCA 建议用 16 个段面划分法将左室基底和中部各分为 6 个段面，心尖分为 4 个段面。按 1 至 5 分的标准对左室节段运动进行评分：1＝运动正常，收缩期心内膜朝向心腔中心运动的半径改变＞30％；2＝运动轻度减弱，收缩期心内膜向内运动的半径变化＜30％，但＞10％；3＝严重运动减弱，收缩期心内膜向内运动＜10％；4＝不运动，心内膜不运动或不增厚；5＝反向运动，收缩期心内膜作背离心腔的运动。

心肌缺血时，RWMA 出现比 ECG 及 PCWP 异常早且更敏感，可能提供更有意义的参考标准。在监测心肌缺血方面，TEE 在发生心肌缺血的最初几秒钟内，即可发生异常的心肌内向运动和影响心肌节段性的增厚，这种室壁运动异常要早于 ECG 或 PAC 的变化。临床研究表明术中 TEE 发现的许多心肌缺血，在标准的 ECG 监测却没有发现。心肌缺血可造成血流动力学不稳定，TEE 可通过观察 RWMA 诊断心肌缺血而指导治疗，同时寻找相应的原因以及受损心肌对应的病变冠状动脉以解除病因。许多研究对 SWMA 和 ECG 的 ST 段变化进行了比较，变化范围 30％～100％。SWMA 对冠脉血流的下降比 ECG 更敏感。当冠脉血流下降时，ECG 尚未改变，而 TEE 就可以探知 SWMA 变化。尽管室壁运动对冠脉血流的改变无疑非常敏感，但对心肌缺血的确切诊断却不是很简单。不是所有的 SWMA 变化都是心肌缺血的表现，临近缺血或梗死心肌的非缺血心肌也可以出现 SWMA 变化，其他情况如起搏、束支传导阻滞、顿抑心肌、前后负荷的变化等，均可以引起新的 SWMA。通过观察用多巴酚丁胺应激超声心动图前、后的 SWMA 变化，可以鉴别存活心肌(休眠心肌和顿抑心肌)与梗死心肌。

使用 TEE 有轻度创伤性，可能发生某些并发症，在麻醉手术中很少见。可能的并发症有：严重吞咽痛；气管插管异位；上消化道出血；牙齿、食管损伤等。轻微并发症的发生率是 0.1％～13.0％，如嘴唇损伤、牙齿损伤、声音嘶哑和吞咽痛等，但不能排除与气管插管有关。严重并发症的发生率为 0.2％～0.5％，如食道损伤、心律失常和血流动力学变化。

## 三、肺动脉导管及其他

肺动脉导管(pulmanary artery catheter，PAC)的出现是血流动力学监测的巨大进步，是评估心肺功能的重要工具，最初用 PAC 监测就是为管理复杂的心肌梗死创造条件。对肺动脉导管监测心肌缺血的价值一直存在争议。通过肺动脉导管监测判断心肌缺血的指标主要是出现肺动脉压或肺毛细血管嵌楔压(pulmonary capillary wedge pressure,PCWP)的突然升高,出现大的A波,反映左室顺应性降低,提示心脏收缩和/或舒张功能障碍;而因心肌缺血导致乳头肌功能障碍并引起二尖瓣反流,出现大的V波。这些心肌缺血的迹象,对判断心肌缺血的价值到底有多大值得怀疑。据国外的研究提示,当PCWP波形上A、V波高于PCWP的平均值5mmHg时,提示左室舒张功能异常,可能存在心肌缺血,异常AC波>15mmHg或V波>20mmHg时,常提示有明显心内膜下缺血,这些心肌缺血在PCWP波形上引起的A、V波的变化可以早于ECG的变化。但也有研究指出,在冠状动脉旁路移植术中,当TEE显示心肌缺血时,只有10%的患者出现PCWP升高,当大部分患者ECG显示心肌缺血时,PCWP并不升高或升高很小,据此认为PCWP并不能准确反映心肌缺血。后续的许多研究发现,肺毛细血管嵌楔压的升高和异常波形的出现,均不是心肌缺血的敏感和可靠的指标。但是,通过肺动脉导管和TEE的比较发现,PAC可以很好的估测左心室的功能,虽然PCWP的改变不再认为是判断心肌缺血的敏感和可靠的指标,但是,PAC提示的信息仍然对辅助判断心肌缺血尤其是患者的进一步治疗具有不可替代的价值。

另外,许多研究试图通过简单的测量血流动力学参数来判断心肌缺血阈值。最早提到的是心率收缩压乘积,作为判断心肌氧耗的指标,其相关性良好,但要通过心率收缩压乘积来确定判断心肌缺血的阈值,既不敏感也不特异。为了找到更加可靠的预测心肌缺血指标,有人又提出了血压/心率比值的概念,如果平均动脉压/心率比值大于1时,就不会发生心肌缺血,但通过TEE和ECG的对比,进一步的研究发现,显示血压/心率比值也缺乏敏感性和特异性。三重指数(triple index,TI)是用于估计心肌氧耗量的指标,是以收缩压心率乘积再乘以肺毛细血管楔压,一般认为较收缩压×心率更能反映心肌耗氧情况,三者中任何一项增加,均引起心肌耗氧增加,正常一般不超过150000。张力时间指数(tension time index,TTI)又称收缩压时间指数,是通过计算左心室收缩时压力曲线下面所包含的面积,一般与主动脉收缩压曲线下方面积相仿,因此TTI=主动脉收缩压均值×收缩时间,表示心肌收缩时的需氧量。舒张压时间指数(diastolic pressure time index,DRTI)主动脉舒张压曲线所包含的面积减去左心室舒张期压力曲线所包含的面积,临床计算时,DRTI=(主动脉舒张期均压-左心房或肺毛细血管均压)×舒张时间,代表心肌的供氧情况,当舒张压降低、左心室充盈压增高或舒张时间缩短时,均使心肌的氧供降低。心内膜存活率(endocardial viability ratio,EVR)由Hoffman提出,以估计心内膜下区部位氧供,当心脏收缩时,心肌内膜部位承受的压力高于心外膜部位,容易引起缺血、缺氧,因此EVR的含义是舒张压时间指数(DPTI)与收缩压时间指数(TTI)的比值,即EVR=DPTI/TTI=(DBP-LAP),即EVR=DPTI/TTI=(DBP-LAP)×Dt/(MAP×St),其中Dt为舒张时间、St为收缩时间、DBP为舒张压、LAP为左房压。EVR正常值大于1,即DPTI大于和等于TTI,当EVR<0.7时,提示心内膜下缺血,式中可知,心率加速、LAP升高或舒张压下降,均可导致心内膜下缺血。以上指标都是试图通过简单的参数来判断预防或治疗可能的心肌缺血指标。

(于钦军)

## 第三节 体温监测

稳定的体温是维持机体各项生理功能的基本保证，机体通过精密的调节使体温维持在37±0.2℃。围术期由于内脏或肢体大面积、长时间的暴露，大量液体及麻醉药对机体体温调节功能的影响等因素造成体温变化，如果机体温度超过这个范围就会引起代谢紊乱。心脏病患者在心血管手术中有时会人为调控体温（如大血管手术和体外循环手术）达到器官保护作用，所以温度监测是心血管外科的必要手段之一。因此，对体温的有效监测和保护是保证麻醉成功、降低术后并发症的重要措施。

### 一、体温监测的必要性

体温监测是麻醉管理的标准监测。人体通过代谢而保持产热平衡，从皮肤、肌肉、体腔、脊髓和大脑得来的局部温度信息，要经过中枢神经系统的整合。正常人体体温受中枢温度“调定点”的调节，当温度超过调定点时，通过触发散热、保温或产热等机制来平衡体温。全麻和局麻抑制温度调节的传入或传出。正常人体通过许多供热或降温的环境因素来维持中心温度。麻醉期间，患者体温在手术室受到多种因素的影响，一方面手术室环境和术野的暴露常会增加额外的热量散失，另一方面麻醉减少热量的产生并减弱患者监测和维持体温的调节能力，因此在手术期体温常降低。围术期低温增加患者的代谢率（寒战）和心脏做功，降低药物的代谢和皮肤的血流量，损害凝血功能。临床研究发现术中低温患者的心肌缺血和伤口感染率比常温的患者高。因此时进行温度监测并保持体温实属必要。

体温监测是心血管体外循环手术必要监测。在心血管手术为减少心、脑和肾脏等重要器官的缺氧损害，大部分手术需要低温体外循环，部分大血管和复杂先天性心脏病手术还需要深低温停循环。由于温度对心脏的影响，低温是易发室颤等心律失常的因素，成人室颤的临界温度约26℃，小儿在20℃左右。同时温度对凝血功能也有较大影响。常温心脏手术或非体外循环手术，同样需要监测温度，以保证患者保持合适的体温。由于全身各部位血运的供应情况不同，低温时温度下降的速度和程度不同，同样复温时温度上升的速度和程度也不同，复温过程是特别危险的时期，保证各部位在降温和复温过程中合适的温差（一般应<6℃）。全身各部位的温度不同（见表2-3），即使是体表温度差别也很大，比如当室温23℃时，足部温度为27℃，手为30℃，躯干为32℃，头部为33℃，所以必要时还应同时监测不同部位的温度。体外循环手术为准确监测麻醉手术时患者体温变化，保证在体外循环降温和复温过程中掌握温度平衡，一般需要至少监测体表和中心温度。身体内部的温度称中心温度（core temperature），外部的皮肤温度称外周温度。中心温度的监测可以通过放置在膀胱、食道远端、耳蜗、气管、鼻咽或直肠内的温度探头来测量。肺动脉血流的温度也可以反映中心温度。阜外心血管病医院所有的心血管手术都要进行体温监测，术中常规使用鼻咽温度加膀胱或直肠温度监测。

**表 2-3 身体不同部位正常体温**

| 部位 | 温度范围(℃) | 部位 | 温度范围(℃) |
|---|---|---|---|
| 口 | 35.9～37.2 | 食管 | 36.0～37.5 |
| 直肠 | 36.9～37.7 | 血液 | 36.0～37.5 |
| 膀胱 | 36.9～37.5 | 鼓膜 | 36.0～37.5 |
| 鼻咽 | 36.0～37.5 | 皮肤 | 35.3～36.7 |

## 二、体温监测设备

测量体温常用玻璃和电子温度计。玻璃汞柱或酒精温度计适于在病房和 ICU 中使用，可以间断测量腋温、肛温。电子温度计有两种：热敏电阻温度计和热电偶温度计，主要用于手术中需要连续测量体温。

1. 热敏电阻温度计(thermistors) 利用半导体热敏感电阻随温度的改变而变化的原理设计而成。镍、钴和铂等合金制成的半导体热敏感电阻对温度的变化非常敏感，温度升高，电阻值明显下降，经过仔细校对从而得出热敏感电阻探头检测到的物体温度。

2. 热电偶温度计(thermocouples) 利用温差电偶现象来测定温度。温差电偶为两种不同金属的电路，一头接固定温度，另一头接待测温度，在一定温度范围内，温差电偶内产生电动势和两接头之间的温度差呈正比，经过校准通过电表直接显示数字。

3. 其他 深部温度计(deep body thermometer)是将皮肤加热，使皮肤和皮下组织产生热流零区，从而推算出深部体温。红外线鼓膜温度计是利用红外线原理设计专门用于间断监测耳鼓膜温度的仪器。

温度调节反应以反映平均体温变化的生理性加权平均值为基础，而平均体温可由下述公式来估计：平均体温＝中心温度×0.85＋皮肤温度×0.15。

皮肤温度监测有助于判断外周血管收缩，但不能反映手术中平均体温的变化。现已公认的几个中心温度测定点都能可靠地反映平均体温的变化，在非心脏常规手术中，各个监测点的温度差异很小。当给体外循环患者降温、复温时，直肠和膀胱温度的改变通常滞后于其他监测点，因此，为了更准确地判断降温、复温效果，应同时监测不同位置的温度。

## 三、体温监测部位及注意事项

1. 鼻咽温度 将温度探头放在软腭后侧监测体内温度，因为它与颈内动脉相邻，可间接反映脑的温度，对降温、复温变化反映迅速。正确定位为外鼻孔到同侧耳垂的距离，容易受呼吸气流如气管插管周围漏气的影响。操作要轻柔，不要损伤鼻腔黏膜，要在肝素化以前放入，以免鼻腔大量出血。

2. 食道温度 温度探头放在食道的下 1/3 处，接近血温和心脏温度。成人放在甲状软骨下 15～20cm 处，或放于食道听诊心音最强处。与鼻咽温度相比，食道温度较稳

定，而鼻咽温度易受气管插管漏气等影响，对其准确性影响较大的情况下应用，但此部位不能用于清醒患者。

3. 直肠温度　是测定中心温度的常用部位，温度探头应放置在肛门内 5cm 处，较中心温度偏高 0.5～1℃。直肠温度在体温变化较快时反应较慢，容易受粪便的影响。

4. 鼓膜温度　用鼓膜探头监测鼓膜和外耳道的温度，能较快的反映丘脑下部的温度，比较准确，与食道温度有良好的相关性，是测定中心温度的常用部位之一。但有鼓膜探头引起外耳道出血和损伤鼓膜的报道。耳鼓膜温度也可用红外线鼓膜温度计间断监测。

5. 膀胱温度　将温度探头置于留置导尿管中，测量中心温度较直肠温度更为准确。但成本较高，当尿量少于 270ml/h，反应速度较慢。

6. 血液温度　肺动脉导管尖端带有测量血温的装置，可持续监测血温的变化，他是判断中心温度的最佳部位，但为有创性。体外循环机带有监测血温的装置，可以通过静脉引流管道监测血温，但可能受环境温度的影响。

7. 腋窝温度　是手术室外最为常用的传统测温部位，温度计放于腋窝，测量的是体表温度。一般较口腔温度低 0.3～0.5℃左右，在某些非低温体外循环心血管手术需要时可以临时使用。

8. 周围皮肤温度　将皮温探头放置于足趾或足背皮肤，是反映外周循环状态的指标，通过观察与中心温度的差异，可以间接反映复温的均匀程度和外周组织的灌注情况。

（王伟鹏）

## 第四节　脑功能监测

随着医学技术的进步，心脏手术的死亡率已明显降低。Fersuson 等对 1990 年至 1999 年期间接受冠状动脉旁路移植术（coronary artery bypass graft，CABG）患者的调查显示，由于年龄、术前合并疾病、病情严重程度等的增加，经危险因素校正后的预测死亡率将升高 33%，而实际总体死亡率却下降了 23%。但是，这一时期内脑部并发症的发生率却几乎没有明显变化。在 Roach 等的研究中，心脏手术后脑卒中的发生率为 6.1%；其中同时进行 CABG 和其他心内手术患者的神经并发症是单纯进行 CABG 患者的 2 倍。Newman 等报告，心脏手术 5 年后的认知功能障碍发生率仍高达 42%，并对患者的生活质量造成不良影响。

大量研究证明，心脏手术后脑损伤的发生率随着年龄增加而明显增加。随着整个人口以及心脏手术患者的老龄化趋势，预计心脏手术后脑部并发症的发生率还会呈增加趋势。因此，如何预防和减少心脏手术患者围术期脑损伤的发生是一个具有重大临床意义的课题。研究显示，与体外循环相关的升主动脉操作（如插管、阻断等）所引起的钙化或粥样斑块脱落、体外循环时间过长、脑动脉粥样硬化病变等都是引起围术期脑损伤的重要原因，但究其根本还是大脑的缺血-缺氧性损害。外科技术和麻醉管理水平的提高、体外循环设备和技术的改进虽然减少了缺血-缺氧性损伤的风险，但并未彻底消除；而脑功能监测则是各种神经保护措施的基础。本节主要讨论心脏手术患者术中脑

功能监测的方法。

目前，监测脑功能的神经生理学技术主要包括经颅多普勒超声测定脑血流速度和栓子发生情况、通过近红外光谱测定局部脑静脉氧饱和度、以及脑电图(EFG)监测技术。通过持续监测这些指标，结合对全身血流动力学指标的监测，可最大程度地及时发现脑缺血-缺氧的存在。

## 一、经颅多普勒超声

### (一) 概述

经颅多普勒超声(transcranial doppler ultrasound，TCD)是利用多普勒效应(波源和观察者有相对运动时，观察者接收到的波频率与波源发出的频率不同的现象)和计算机技术，将低发射频率(2MHz)与脉冲多普勒技术相结合，通过计算多普勒频移(接收频率与发射频率之差)而测定红细胞运动速度，从而检测颅底主要动脉血流动力学及其生理参数。TCD虽然不能直接监测脑血流量(cerebral blood flow，CBF)，但是可以根据脑血流速度(cerebral blood flow velocity，CBFV)间接反映CBF变化的很多生理特性，包括局部血流分布、脑血流自动调节、脑血流对$CO_2$的反应性等。通过对多普勒信号进行频谱分析，可获得血流速度随时间变化的功率谱线，进而提供有关瞬时血流速度和血流方向的信息，常用的参数有收缩期最大血流速度(Vs)、舒张末期最大血流速度(Vd)和平均血流速度(Vm)。通过血流速度还可计算搏动指数[pulsatility index，(Vs-Vd)/Vm]和阻力指数[resistance index，(Vs-Vd)/Vs]，以反映脑动脉的血管阻力和管壁顺应性。

因为颅骨可引起超声波衰减和散射，所以多普勒探头主要放在能穿越的颅骨骨质薄弱处和自然孔道，这些区域称为TCD窗。最常用的监测部位是颞窗(探头置于颞部太阳穴处)，可得到大脑中动脉、大脑前动脉、大脑后动脉、前后交通动脉、颈内动脉终末段的血流信号。枕窗(探头置于枕后叶中线位置)可得到椎动脉和基底动脉的血流信号，眼窗(探头置于闭合的眼睑上)可得到眼动脉和颈内动脉颅内段的血流信号。

TCD的优点是无创、方便、可连续监测、费用相对较低。但是以CBFV反映CBF受很多因素影响，包括脑动脉的直径、超声波的入射角度、红细胞压积等。其中超声波的入射角很重要，探头位置的轻微变动即可使信号发生显著改变，限制了这种方法在长时间临床应用时的稳定性，同时探头的位置固定在小儿也有很大难度。由于颅骨对超声波的吸收较强，而且具有较大的个体差异，使TCD不能精确地反映颅内血流速度的变化。血流速度的改变与管腔大小和血管狭窄程度都有关，TCD对管腔大的血管不太敏感，血管轻度狭窄时的TCD敏感性也较低。

虽然应用TCD监测的并发症罕见，但是使用过程中也要注意，应尽可能采用最低能量，并避开眼眶，因为可能对眼睛有影响。

### (二) 应用

在临床实践中，急性或亚急性脑卒中的患者通过TCD诊断颅内梗阻和颅内狭窄具有很重要的意义。包括美国神经病学学会2004年报告在内的很多文献都证明了这种监测的特异性和敏感性。在脑卒中的各种机制中，脑低灌注被普遍认为是最重要的

因素，而TCD在监测低灌注中的特异性和敏感性都已很明确，并且与标准的诊断技术（如影像学技术，包括数字减影血管造影、磁共振血管造影、CT血管造影等）具有良好的相关性。

1. 监测脑血流量　大脑中动脉的直径相对稳定，其血流速度可用于反映脑血流量，是目前心脏手术中监测脑血流量的常用目标血管。在CABG期间，TCD监测可发现大脑低灌注、大脑中动脉的完全或部分梗阻、血栓形成引起血管狭窄造成的CBFV增加，具有很高的特异性和敏感性。在心肺转流（cardiopulmonary bypass，CPB）期间，由于流量、灌注压力、温度等因素改变所引起的CBFV和脑灌注的改变都能及时地在大脑中动脉上有所体现，从而有助于采取措施防止术中脑低灌注、避免缺血性脑损害发生。但是，对于心脏手术中的CBF和CBFV变化的关系还没有足够充分的研究，而且现有的研究结果也多有相互矛盾之处，CPB期间的脑低灌注和过度灌注都有报道。通常大脑中动脉的CBFV与CBF的变化相平行，在麻醉诱导后都从术前的基础水平明显下降。CBF在CPB的开始阶段下降，而后期（开始低温后）则常见过度灌注，这种变化的机制还不清楚。虽然小血管的血流量可能减少，但是周围血管的继发性扩张和过度灌注可使局部CBF总体增加。由于大脑处在低温和麻醉状态时的代谢需求较低，这种血流的明显增加提示存在血流与代谢匹配的失调或代偿性血管扩张。在复温期间，CBF和CBFV回升至与基础值相似甚至更高的水平。如果血管的反应性保持完整，则CBFV的变化与体温和$PaCO_2$最具相关性。脑血流频谱在CPB期间也发生明显改变，原有的形状消失而呈锯齿状，这与CPB时采用的非搏动性泵有关。

动物试验和人体研究都显示，脑灌注自身调节在术中或术后早期可严重受损，而脑低灌注与脑损伤有关，后者可通过众所周知的脑损伤标记物S-100B蛋白来评估。为了防止围术期脑低灌注，临床上采取了各种措施，包括维持或增加CPB期间的CBF和CBFV、增加灌注压、降低贫血的程度，以及选择置管的部位、泵流速和搏动泵等。大多数病例在CPB期间的CBFV变化仍在一个相对较小的范围内。如果CPB期间的CBFV剧烈下降则提示脑低灌注，这类患者可通过升高平均动脉压而改善CBFV。大脑中动脉的CBFV随平均动脉压的变化而改变，说明此时的脑血流自动调节功能受到损害，虽然目前尚无研究表明此种改变与中枢神经系统预后有关，但普遍认为CPB时保持一定的平均动脉压对维持恒定的脑灌注具有重要作用。在CPB期间，只有通过持续监测大脑中动脉的CBFV才能了解并保证合理水平的脑灌注，因此围CPB期持续监测CBFV的动态变化非常有价值。不过，为了有效地确定CPB期间脑缺血和过度灌注的预后及其与术后并发症和术后住院时间的关系，还需对持续监测CBFV作进一步研究。

2. 在先心病手术中的应用　近年来，随着先心病患儿的手术生存率提高，术后出现的中枢神经系统并发症和发育障碍越来越受到人们重视。患儿一般在术前即已有脑血流异常，尤以发绀型先心病患者更为明显，其CBF下降与血氧含量降低和血液黏滞度增高密切相关；非发绀型先心病患者的左向右分流量大时，体循环血流量的显著减少也会导致CBF下降。术中因为各种原因而发生的低灌注可进一步导致严重的脑供血障碍。用α-稳态管理的小儿CPB和深低温停循环（deep hypothermia and circulatory arrest，DHCA）期间的TCD监测发现，CBFV在降温时下降，可能是因为脑血管收缩。

不同温度下的研究发现，CBF自身调节机制在常温下可保持，而在深低温下则完全丧失。CBFV在DHCA和低流量CPB时的下降程度相似，再灌注后也都有所回升，但脑乳酸仅在DHCA时升高。还有研究发现，尽管脑灌注压足够高，CBFV在DHCA术后仍可持续低于基础值，计算所得的脑血管阻力也增加，并且这一异常表现与EEG失常相一致。

3. 检测栓子　1990年在使用TCD监测接受颈动脉内膜剥脱手术患者的大脑中动脉时，首次发现了短暂的高强度信号，经分析认为这些信号代表栓子。这一发现使得TCD检测栓子的独特功能在随后的十余年中获得广泛研究和飞速发展。目前TCD技术已成为发现脑部栓子的唯一金标准，可探测到栓子通过脑血管时的高强度瞬变信号(high-intensity transient signals)，而且在监测期间可以通过软件对这些栓子信号进行频率和大小方面的定量分析。栓子的数目对判定脑损伤也有一定指导意义，但TCD软件容易受电刀的干扰。

心脏手术期间，脑部栓子可有许多潜在的来源。Rodriguez等发现，间隔缺损型先心病修补手术期间或进行主动脉操作时的高强度多普勒信号多数是由气泡、脂肪或血小板栓子微粒引起的；Grunwald等发现，儿科患者很少发生脑卒中，一旦发生时最常见的原因是来自右向左分流型先心病的栓子。此外，尽管CPB的技术已有很大进步(如动脉微栓滤器、膜式氧合器、肝素抗凝导管等的应用)，但CPB期间仍会发生脑栓塞，这是心脏手术中发生脑损伤的重要机制。脑部栓子并不是在整个手术过程中随时发生，通常主动脉上侧壁钳和松开阻断钳时的栓子数量明显高于其他时段；主动脉插管的部位、灌注压的大小、CPB血流的搏动性等也都能影响栓子的数量。CPB期间发生的栓子数量越多、CPB时间越长、主动脉粥样硬化病变越严重，老年患者CPB后的神经心理损害越严重。通过TCD监测，可以发现在主动脉插管、CPB开始、CPB期间、开放升主动脉、以及心脏开始收缩时脑部微栓的发生情况，甚至在术后早期也能发现栓子。一侧大脑中动脉的CBFV突然下降而血压和其他生理指标没有变化，提示同侧大脑半球发生了栓塞事件。CABG术后可因栓子而发生弥散加权(diffusion-weighted)成像异常，甚至在没有明显神经学障碍的患者也可发生。

脑部栓子的临床意义及其与脑缺氧和术后认知功能障碍的关系正在研究中，还没有明确结论。把这些栓子的数量和出现时间与临床和神经生理学所见联系起来，或可解释CPB后的脑损伤和与之有关的术后住院时间延长。了解脑栓塞的后遗症可有助于改善患者的治疗，减少栓塞引起的其他器官(不仅仅是脑)局灶性缺血的并发症。对临床症状不明显的栓子信号还没有进行定量分析，无法更精确地评估栓塞危险和判断栓子数量与CPB后脑损伤的客观联系。术中栓子与围术期脑卒中之间的关联也没有报道。栓子的数目与先心病患儿的早期神经系统预后没有关联，可能是因为引起不良神经系统事件的其他原因对于小儿来说更重要。为了减少栓塞的发生，麻醉和外科技术也在慢慢地发生着变化；如果栓塞和预后之间确实有联系，减少栓子的措施可有助于减少术后并发症的发生和缩短术后住院时间。

4. 其他　TCD还可用于确定低流量CPB期间的脑灌注阈值。在中心温度为15℃、应用α-稳态管理时，CPB流量至少应达到30ml/(kg·min)才能保证所有患者的脑灌注。因为局部低流量脑灌注(regional low-flow cerebral perfusion，RLFP)的最佳

流量与平均动脉压或局部脑氧饱和度之间没有相关性，所以在局部低流量脑灌注期间进行TCD监测是非常必要的，既能保证充分的CBF，又能防止CBF过度而增加栓塞的危险。TCD还能发现插管错位或其他原因引起的CBF急性下降；监测主动脉内球囊反搏时患者的CBF可以判断反搏的效果。

## 二、近红外分光仪

### （一）概述

单纯监测CBF并不能说明血流与代谢是否匹配，而脑氧饱和度测定（cerebral oximetry）可通过监测脑氧合情况了解有无脑缺血-缺氧，及时发现并迅速纠正脑氧饱和度降低有助于避免脑部缺氧和随之的术后并发症。自1977年Jobsis首次将红外光技术应用于研究人脑组织氧代谢以来，随着光学理论和计算方法的发展，近红外分光仪（Near Infrared Spectroscope，NIRS）测定脑血氧饱和度已从最早应用于新生儿脑氧监测逐渐发展成为一种重要的脑功能监测手段。NIRS具有无创、使用方便和可以连续测量等优点，因为是直接测量脑组织的血氧参数，所以能更直接、更准确、更及时地反映脑组织的供血和供氧情况，从而减少患者可能的脑组织损伤，改善术后的神经系统预后。

近红外光（650nm～1100nm）对人体组织具有良好的穿透性，组织中的血红蛋白（hemoglobin，Hb）和氧合血红蛋白（$HbO_2$）对光的吸收远大于其他物质。$HbO_2$ 和 Hb 对近红外光的吸收和反射不同，分别在760nm和850nm的近红外光区域形成两个吸光高峰。通过观测光在 $HbO_2$ 和 Hb 上吸收和反射的比例，即可判断血液中的含氧量。当近红外光进入脑组织之后，在脑组织和血液成分（主要是Hb和 $HbO_2$）的影响下，光线由于吸收和散射而逐渐衰减。当脑组织中的氧合代谢发生变化时，相应的吸收光谱也会随之改变，通过这种变化了的吸收光谱即可了解脑组织血液中的Hb变化。根据修正的Lambert-Beer定律，使用一个双波长近红外光源和至少两个近红外感受器（其中一个感受器是用来测定和排除头皮和颅骨等表浅组织对光的衰减，以提高测量的精确度），通过测定采样区内Hb与 $HbO_2$ 的浓度之比，即可测算出局部氧饱和度（regional oxygen saturation，$rSO_2$）。NIRS检测到的血氧饱和度是被测区域动脉、静脉、毛细血管中血液氧饱和度的混合值，而由于脑组织中的大部分血液（70%～80%）存在于静脉中，所以局部脑氧饱和度（regional cerebral oxygen saturation，$rScO_2$）更多的是反映静脉成分。

有关NIRS的敏感性和特异性方面的资料不多。氙[133]技术（是CBF测量的参考标准）证实NIRS用于血管舒缩反应性测试的敏感性为88%，特异性为75%。NIRS监测 $rScO_2$ 的灵敏度很高，发现局部脑缺氧的反应时间很快，在志愿者中已证实可比脑电图（electroencephalogram，EEG）、脉搏氧饱和度（pulse oxygen saturation，$SpO_2$）更快地反映脑氧供的变化，$rScO_2$ 开始下降要比EEG出现变化早2min，而 $SpO_2$ 的变化更为滞后。但是 $rScO_2$ 可受很多因素影响，包括吸入氧浓度、贫血、低温等；在有大脑硬膜下、硬膜外和脑室积血时，NIRS的检测效果也会受影响。外层组织的干扰和背景吸收也会影响测量精确度，需经计算予以纠正，技术难度较高。基于上述原因，$rScO_2$ 正常

范围的绝对数值尚未确定，但一般认为在72±6%左右，低于55%则为脑组织缺氧的界限。$rScO_2$ 测定在临床上最好采用动态监测方式，用偏离基础值的百分比来表示，$rScO_2$ 从基础水平下降20%具有临床意义。

虽然现有临床证据提示低 $rScO_2$ 与不良神经系统预后之间有关联，但仍需要更多的前瞻性研究来进一步证实。NIRS只是在大脑额部皮质的小部分组织中监测 $rScO_2$，而对皮质的其他区域和深层脑结构没有涉及，无法反映全脑的氧代谢状况，因此具有一定的局限性。NIRS监测的并发症包括皮肤对电极粘附剂过敏、光源引起的烧伤或压伤等，在新生儿（尤其是早产新生儿）中更容易发生，使用过程中应多加注意。

**（二）应用**

1．监测脑氧饱和度　围心脏手术期大脑氧供和氧耗之间的平衡不可避免地受很多因素影响，而NIRS可在此期间连续提供有价值的信息，使及时采取干预措施来恢复脑组织氧合成为可能。把NIRS作为一种神经监测的重要工具是基于心脏手术期间测量 $rScO_2$ 的回顾性分析和最近的前瞻性研究所见。分析表明，$rScO_2$ 与平均动脉压、$SpO_2$、混合静脉血氧饱和度等常规指标均无良好相关性，而术中 $rScO_2$ 降低与术后的额叶功能障碍、认知功能障碍、定向力障碍、恢复期和术后住院时间延长等临床表现高度相关。结合其他的重要生理数据，通过对 $rScO_2$ 变化趋势的监测可持续评价大脑氧供与氧耗之间的平衡，从而改善患者的管理。大脑 $rScO_2$ 对缺氧非常敏感，当缺氧导致脑氧供下降时，由于大脑仍有正常的氧耗，$rScO_2$ 可迅速发生变化。甚至在EEG对缺氧发生反应之前，$rScO_2$ 即已明显降低。动物试验也证实了NIRS作为脑监护仪的有效性。在一项研究中，$rScO_2$ 的基础值为68%；当 $rScO_2$ 降至44%时可见脑乳酸升高，降至42%时EEG发生改变，降至33%时脑三磷酸腺苷含量降低。

因为NIRS信号的采集不需要搏动性波，所以在CPB期间也可进行监测。研究显示在CPB早期，血液稀释可导致 $rScO_2$ 下降；随后由于CPB的氧供充分，$rScO_2$ 有所回升。CPB期间，在体温不变的情况下，$rScO_2$ 与灌注流量呈正相关；在流量不变的情况下，$rScO_2$ 与体温呈负相关。在降温时，由于低温使氧的释放减少、脑氧代谢率降低、血液稀释、动脉氧分压增高等原因，$rScO_2$ 随着温度的降低而明显增加。复温时，脑组织的氧耗量增加、血流速度加快，但脑氧代谢率的增加幅度超过了脑血流的增加，因而 $rScO_2$ 出现下降，容易发生脑氧供需失衡。一般认为CPB期间的 $rScO_2$ 应尽量维持在35%～38%以上，否则脑组织可因氧储备耗竭而致损害。一些研究显示，$rScO_2$ 在CPB后的几个小时内仍处于较低水平，可能与脑血管阻力增加有关。CPB期间的酸碱平衡处理（pH-稳态和α-稳态）也对 $rScO_2$ 有显著影响。

NIRS的使用不受低温、低血压、是否搏动性血流甚至循环停止的限制，因此是DHCA期间可连续监测脑代谢活动的唯一方法。DHCA开始后，$rScO_2$ 从基线水平持续下降，在20～40min内降至最低点（约为基础值的70%）并维持不变。$rScO_2$ 的下降幅度（尤其是 $HbO_2$ 最低点持续时间）与术中生化指标（颈静脉血神经元特异性烯醇化酶和乳酸浓度）以及术后EEG变化显著相关。在DHCA后的再灌注和复温期间，$rScO_2$ 恢复至全流量CPB时的水平。$HbO_2$ 在DHCA期间持续下降，说明脑组织对氧仍有摄取，脑代谢活动还在继续进行；直至 $HbO_2$ 降至最低点，说明氧无法再从 $HbO_2$ 上解离，此时的脑组织处于完全缺氧状态。一般认为这段停循环的时间以45min为安

全界限，有些人认为还要更短一些。$rScO_2$ 保持最低点的持续时间越长，对脑功能的损害越大，因此 $rScO_2$ 最低点持续时间能更好地预测术后脑功能。动物研究显示，DHCA 引起的神经缺陷与 CPB 时 $rScO_2$ 降至最低的持续时间呈正相关，该时间小于 25min 的动物没有脑损害的行为学和组织学表现。NIRS 还可用于局部低流量灌注期间监测不同流量下的脑氧饱和度变化。研究发现，深低温时 20ml/(kg · min)［约合 0.3L/(min · $m^2$)］的流量足以恢复脑血供，维持适宜的氧饱和度。采用单侧低流量灌注技术时也应进行双侧 NIRS 监测，因为两侧 $rScO_2$ 值可能有不同变化。

先心病患者的术前 $rScO_2$ 随解剖异常和动脉氧饱和度水平而各异，某些患者可显著低于正常。基础 $rScO_2$ 水平降低与围术期死亡之间具有较强的相关性。动脉导管未闭或左心发育不良综合征(hypoplastic left heart syndrome)的患儿基础 $rScO_2$ 较低，可能是舒张期"逸流"(diastolic "run-off")引起的 CBF 下降所致。存在左向右分流的患儿 $rScO_2$ 基础值明显低于正常人；而当分流的影响被去除后，发绀和非发绀患儿之间没有显著差异。对小儿心脏手术患者的研究表明，CPB 开始之前和 CPB 后的早期阶段是容易发生脑缺氧的时段，应加强对脑氧代谢的监测。由于上腔静脉梗阻可导致 $rScO_2$ 降低，所以进行上、下腔静脉插管的婴儿可以使用 NIRS 进行神经监测以保证充分的脑灌注。

2. 监测脑血流量　除了测量 $rScO_2$ 外，根据 Fick 原理，以脑内的 $HbO_2$ 作为示踪物，利用改变吸入氧浓度而引起大脑中 $HbO_2$ 浓度的变化，NIRS 还可通过计算单位时间内的 $HbO_2$ 变化值而得出 CBF。利用 NIRS 测量 CBF 的时间不能过长，应小于血液流经大脑所需的时间(<4s)，这样才能忽略静脉外流的影响，认为 $HbO_2$ 的变化完全是由动脉内流引起的。因为只有红细胞中有血红蛋白，而脑组织中的红细胞几乎都在血管内，所以通过测定脑的血红蛋白总量可以间接反映脑血容量。矢状窦氧饱和度与 CBF 之间也有良好的相关性。

## 三、脑　电　图

**(一) 概述**

脑电图(electroencephalogram，EEG)是通过置于患者头部的电极而获得的实时电位变化，是大脑皮质神经细胞突触后电位(包括兴奋性和抑制性突触后电位)在时间和空间上的总和。当脑内、外病变使神经组织发生病变或受压而引起脑缺血、代谢障碍或瘢痕形成时，可导致出现脑电波异常。因此 EEG 可反映脑功能状态，可用于研究和检查大脑半球神经元细胞自发放电活动。

EEG 具有连续、无创、简便、价廉的优点，是反映急性脑缺血时脑功能变化的非常敏感的指标。大脑缺氧时，EEG 的反应灵敏而迅速。动物实验发现，在细胞膜功能障碍和组织三磷酸腺苷水平降低之前就已经发生 EEG 异常，EEG 的波幅和频率变化与脑缺血的严重程度相关。

**(二) 应用**

标准的 EEG 可记录多达 16 个通道的信号，但不便于在心脏手术中应用，而且对监测结果的解释也需要接受一定训练的专业人士。EEG 信号容易受很多外界因素干扰，

包括患者的眼部活动、心电信号、电刀干扰、体温、麻醉药和 CPB 等。针对这些缺点，近年来有人将头皮脑电活动的频率经计算机处理(放大、模数转换、快速傅立叶变换等)，以数量的形式对脑电曲线进行更为直观和客观的分析，即数量化脑电图(quantitative electroencephalography)。

在 CPB 期间，常用于判断麻醉深度的临床指标都不可用，此时麻醉深度的判断比较困难。EEG 可显示脑细胞群自发而有节律的电活动，同时也记录了头皮上两点或头皮与无关电极之间的电位差，可用于反映麻醉期间脑皮质电活动，经处理后的 EEG 信号可用作麻醉深度的监测。虽然不同的 EEG 监测仪采用不同的计算方法处理 EEG 信号，但都对某些麻醉药(例如，氧化亚氮)缺乏敏感性，并随吸入麻醉药、丙泊酚和氯胺酮而有不同变化。在成人心内直视手术期间，不同的 EEG 设备测定的患者麻醉深度有很大差别。

脑电双频指数(bispectral index，BIS)是通过一种特定的非线性算法，采用计算机定量分析 EEG 不同频率之间的相互关系，将 EEG 的功率和频率经双频分析得出的混合信息拟合成一个 0～100 范围内的数值，用来表示大脑的抑制程度，数值越大，患者越趋于清醒。BIS 较传统的 EEG 更能准确地估计麻醉深度，与 MAC 具有良好的相关性，是很有前途的一种麻醉深度监测方法。BIS 电极的放置很容易，仪器也容易操作，但容易受运动伪差、肌电活动和电刀干扰的影响。BIS 值在低温 CPB 期间降低，使 BIS 降低所需要的麻醉药剂量也随着温度下降而减少；BIS 在 CPB 复温期间升高，可能反映意识水平的恢复。这些发现说明低温期间的麻醉深度是增加的。但更低温度下挥发性麻醉药理化性质的变化和 BIS 准确性仍不清楚。BIS 曾用于监测低温期间脑电静息，但是等电位的 EEG 在新生儿并不总是与无皮层活动相关，而且也有报道 BIS 值在脑死亡的患者中假性升高。

有报道 BIS 监测可用于发现脑低灌注和空气栓塞。在成人心内直视手术期间，根据 BIS 监测调节麻醉深度可减少血流动力学紊乱，缩短麻醉恢复时间。还有人将 BIS 和 NIRS 联合应用于进行心脏手术的小儿以监测脑缺血。

心脏手术期间应用其他 EEG 监测设备还缺乏研究资料。在一项大型的小儿神经监测研究中，EEG 异常仅占所有异常表现的 5%，而且这些 EEG 异常与术后不良神经系统预后之间并无关联。EEG 在某些情况下的敏感性也很差，例如当患者有发生颅内出血的危险时，TCD 可见高流速改变，而 EEG 则可完全正常。因此，EEG 监测最好与其他神经监测方法结合应用，才能及时发现和预防不良神经事件。

## 四、小　结

目前还没有一种技术能全面监测心脏手术中的脑功能状态，TCD、NIRS 和 EEG 这三种手段监测的是神经功能的不同方面，在临床实践中应相互补充而非排斥。联合应用这些监测手段是目前脑功能监测的最好措施，结合全身血流动力学指标可迅速、准确地监测脑功能，从而及时地发现和纠正心脏手术中可能出现的神经损害。在 2002 年进行的一项前瞻性非随机对照研究中，大部分 CBFV 和 $rScO_2$ 的明显改变可通过调整灌注和氧合而纠正，使 CBFV 维持在 20～80cm/s 范围内，使 $rScO_2$ 保持在基线水平或

偏离基础值的25%以内。同未监测组相比，监测组患者的术后住院时间明显缩短，术后的神经并发症和肾功能障碍的发生率明显降低。

在一项涉及250例小儿心脏手术患者的非随机对照研究中，Austin等发现如果神经功能监测值达到临床关注的标准而未采取干预措施时，26%的患者可发生早期不良神经系统后遗症（卒中、长期昏迷或轻偏瘫），而采取干预措施者的发生率仅有7%，与神经功能监测值正常者相似（6%）。在这些异常监测结果中，58%由NIRS发现、37%由TCD发现、5%由EEG发现。因此当资源有限时，NIRS可为医生提供相对全面的临床信息。

（张熙哲　王东信）

## 第五节　出凝血功能的监测

心脏外科与凝血系统几乎密不可分，尤其是体外循环。就目前来说，体外循环前不进行抗凝，任何体外循环管道等人工材料与血液的接触，均不能避免凝血的过程。体外循环或血管手术期间要确保达到足够的抗凝效果，防止血栓形成和利于血液保护，避免致命性危害的发生，抗凝监测是唯一的手段。目前监测肝素抗凝效果的最好指标是活化凝血时间（active coagulation time，ACT），简便易行，快速可靠，是监测肝素抗凝效果的金标准。尽管有研究提示通过术前常规进行凝血功能的筛选试验检查，来预示外科手术中出血并无多大帮助，但选择性进行某些凝血检验和监测，对及时发现、诊断和处理围术期的凝血功能紊乱却很重要。

### 一、一般凝血功能的检查



凝血酶原时间（prothrombin time，PT）　监测外源性和共同通路的凝血功能。抗凝分离血浆，加入组织因子，测量血凝形成的时间。用Quick法测定其参考值为12～14s，凝血酶原活动度为80%～100%。当凝血因子Ⅶ、Ⅴ和Ⅹ少于正常50%时，PT明显延长；凝血酶水平是正常30%或纤维蛋白原浓度少于1.0/L时，PT轻微延长；常用于监测华法林抗凝。

部分凝血活酶时间（partial thromboplastin time，PTT）　监测内源性和共同通路的凝血功能。枸橼酸盐抗凝血液离心，将血浆加入含有钙、部分凝血酶原活酶的试管温浴，观察血凝时间。正常为73～84s。当凝血因子Ⅷ、Ⅸ、Ⅻ和Ⅺ缺乏时，PTT延长。用白陶土或硅藻土可以加速凝血，称为激活部分凝血活酶时间（aPTT）。抗凝血浆暴露于白陶土或硅藻土表面激活，加入稀释的磷脂悬浮液激活，测量血凝形成时间。正常为35～45s，较对照值延长10s以上才有意义。凝血因子Ⅻ、Ⅺ、Ⅸ、Ⅷ、Ⅴ、Ⅹ和纤维蛋白原不足时，aPTT延长，可以作为肝素抗凝时的监测。

国际标准比值（INR）　由于凝血激酶试剂不同，PT的检测结果差异很大，因此都要与国际认可的标准凝血激酶对比，得出国际敏感指数（ISI），与国际标准相同，则ISI是1。确定ISI，以INR为结果报告。

血小板计数　直接计数全血中血小板的数量。正常值为100～300×$10^9$/L。不能代表血小板的功能。

出血时间　皮肤毛细血管被刺伤出血到停止的时间。用 Duke 法测量值 1～4min。反映血小板的数量和功能。当血小板数量小于 $50\times10^{9}$/L 时，出血时间延长。使用抗血小板药物（阿司匹林）即使血小板计数正常，出血时间也可延长。

凝血时间　监测内源性通路的凝血功能。血液离体后接触带阴电荷（玻璃）的表面，因子Ⅻ被激活，其他凝血因子也相继激活，使纤维蛋白原转变为纤维蛋白，观察整个过程所需时间。正常值试管法为 4～12min，玻片法为 2～5min。凝血时间延长见于因子Ⅻ、Ⅺ、Ⅸ、Ⅷ和纤维蛋白原不足时。

纤溶系统　用标准生物化学分析方法检测。纤维蛋白原正常值为 1700～3700mg/L，纤维蛋白原小于 1500mg/L 才有意义。纤维蛋白（原）降解产物（fibrinogen degradation products，FDP）是测定纤维蛋白溶解系统功能的试验，FDP 是血液中的纤维蛋白/纤维蛋白原被溶解所产生的各种降解产物的总称，由 X-寡聚体（X-oligomer）、D-二聚体（D-Dimer）、中间片段（intermediate fragments）、片段 E（fragment E）组成，正常值 1～5mg/L，在纤溶活性亢进时增高。在纤维蛋白降解产物中，D-二聚体定量分析是反映纤维蛋白降解的特定指标，正常值小于 0.5mg/L，浓度上升表明纤溶活性亢进。

## 二、血液黏滞弹性实验

血液黏滞弹性实验用来评估血凝块形成、收缩和溶解过程，临床上使用的有血栓弹力图和声凝分析。

### （一）血栓弹力图

血栓弹力图（thromboelastography，TEG）由麻醉医师最早用于肝脏移植时凝血功能的监测，近年亦用于体外循环后凝血异常的检查，可以提供血栓形成全过程的相关信息，包括血栓形成的速度、强度和远期稳定性。基本原理为将全血放在 37℃旋转的小杯子里，杯上端有一个活塞，小杯水平振荡，并以 9″45°角转动，当纤维蛋白与血小板相互作用，在杯壁和活塞之间产生机械力，这种血液黏滞力通过可扭转金属丝传导、量化并放大，经主机分析打印成图。该设备包含有加温的小玻璃管和悬挂在扭转的金属线上的探针，当血凝块形成时，玻璃管和探针之间的相互运动、剪切力和弹力通过探针送出并放大记录成图。与声凝分析不同，血栓弹力图需要时间更长，并受不同操作者的主观因素影响，且要求仪器具有稳定的台基。但是，血栓弹力图允许用单一血样来估测整个“凝血瀑布”反应。在心脏外科手术中，与抗凝有关的止血功能的变化可以用血栓弹力图来监测。

TEG 主要检查血小板与血浆凝血系统的相互作用，从最初血凝形成到血凝发展、回缩和溶解的整个过程。通过 TEG 分析可以发现许多凝血方面的问题，例如肝素治疗、血小板功能紊乱和纤维蛋白溶解。TEG 目前用于肝脏移植术凝血功能监测和指导抗纤溶药物治疗，判断体外循环后凝血异常，对监测肝素化效果意义不大。TEG 结合血小板计数和纤维蛋白原浓度测定，能解释大部分凝血功能障碍。如果术后出血患者有正常的血栓弹力图，提示外科出血，应重新手术探查。

TEG 测量的参数见图 2-3。其中 R 为反应时间，相当于活化凝血时间，表示最初产生纤维蛋白，正常值 10～15min；K 为凝血时间，测量纤维蛋白和纤维连结形成的速度，正常值 6～12min；α°角是从 R 值到 K 值区间切线所形成的角度，测量血凝速度，正常应大于 45°；MA 表示凝血形成的最大幅度，正常值 50～60mm，主要依赖于血小板数量和功能，以及纤维蛋白原浓度，血小板减少症和由体外循环引起的血小板功能下降表现为凝血形成最大幅度的下降；A60 显示 MA 后 60min 时幅度；A60/MA 比值为血栓溶解指数，正常值应大于 85%；F 为从 MA 回到零点的时间，测量血栓溶解的指标，正常应大于 300min。

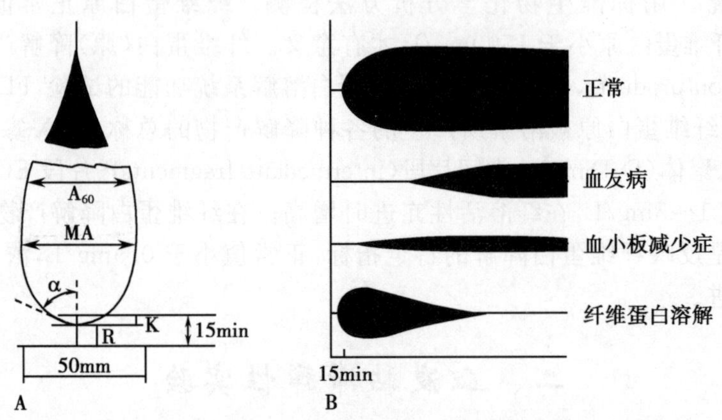


**图 2-3　血栓弹力图(TEG)标准测量示意图**

A：标准 TEG 描图，显示标准 R、K、α°、MA 和 $A_{60}$ 的测量；
B：显示不同凝血状态下的 TEG 描图

### （二）声凝分析

声凝分析(sonoclot analysis)的原理同 TEG 监测的原理相似，可估计全血凝血功能，但比血栓弹力图简单轻便。声凝分析是通过探针感受到血凝块形成对超声频率振荡波的阻抗变化。既可以使用普通的试管也可以使用含有硅藻土激活物的试管，来测定“声凝”或对凝血的血液黏滞反应。基本方法为用一个垂直振荡的活塞悬吊在全血中，振荡电极可以发出振幅低于 1μm、频率低于 200Hz 的次声波，测量时血标本保温在 37℃，当血凝发生时血液黏滞度产生变化，分析仪通过探头尖部感受到血凝对振荡电极低频振荡波的机械阻抗变化，转化为图表形式输出，产生有特征的图形。血栓开始形成的时间($T_1$)相当于 TEG 的 R，通常为 80～130s。凝血斜率为 15～30 单位，相当于 TEG 的 α 斜率。

临床意义：声凝对血小板活性相当敏感，声凝分析图形的上升枝有一个切迹，由血凝块回缩造成，由于血栓回缩为血小板诱发的纤维蛋白收缩所致，可以定性监测血小板功能。当血小板减少或功能异常，凝血开始时间延长，升枝切迹消失，收缩峰下降，升枝斜率降低等。声凝同 TEG 参数有很好的相关性，对许多凝血功能紊乱可以提供足够的筛选，但不能提供具体凝血因子的异常，对纤维蛋白的溶解诊断较 TEG 困难。

## 三、抗凝期间的监测

### （一）活化凝血时间

临床上常用活化凝血时间（activated clotting time，ACT）自动监测仪来测量 ACT，有硅藻土法和白陶土法，后者在体外循环中不受抑肽酶的影响。正常值 70～130s。由于肝素受效价、个体差异、温度和给药方法等影响，在体外循环时为确保肝素血管内给药并确保肝素达到足够的抗凝效果，必须常规进行抗凝监测。ACT 是当前监测肝素抗凝作用的最好指标，该监测能准确反应肝素的抗凝效果，简便易行，快速可靠，是目前监测肝素抗凝效果的金标准。

临床上常用的 ACT 自动监测仪很多，如 Hemochron 设备（美国）、Gem PCI Plus 监测仪（美国）、Hemotec 凝血监测系统和中国科仪 ACT 检测仪等。但基本原理一样，有硅藻土法和白陶土法，后者在体外循环中不受抑肽酶的影响。Hemochron 公司和中国科仪 ACT 检测仪，用硅藻土作为在含有磁条的玻璃管中的凝血酶激活物，自动加热使样本保持在 37℃，当凝血块形成后黏附磁条终止计时并报警。Hemochron ACT 测量仪测量的是整个"凝血瀑布"反应过程以及肝素对该过程的影响。这些设备测量的都是肝素的效应，ACT 值除肝素作用外，还依赖于血小板和纤维蛋白的相互作用。

体内用肝素抗凝，发现肝素与 ACT 之间存在直线相关，即经典的 Bull 量效曲线（图 2-4）。为确定准确的肝素化（足够抗凝）量，检测纤维蛋白单体或纤维蛋白肽 $A_2$ 水平，血小板激活以 $TXB_2$ 的为指标，研究发现，当 ACT 小于 400 秒时，有凝血前体形成和血小板激活，当 ACT 小于 300 秒时，体内可能血栓形成。因此，体外循环时 ACT 以大于 480 秒为宜。虽然肝素的量效曲线有助于指导肝素的用量和拮抗，但由于体外循

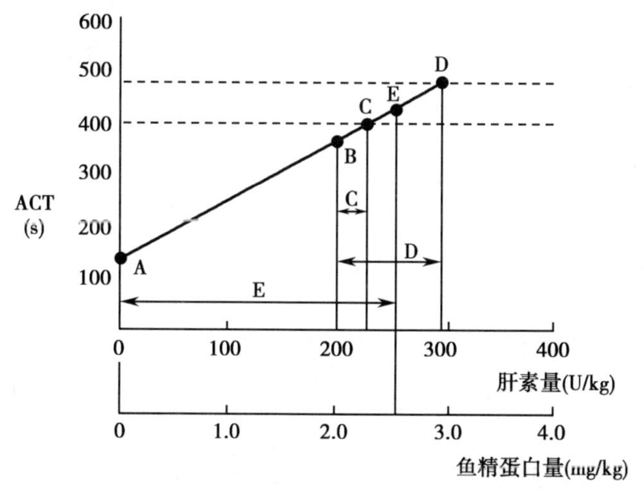


**图 2-4 肝素 Bull 量效关系及其拮抗**

图中 A 点为肝素抗凝前 ACT 对照值，给予初始量肝素 200U/kg，得到肝素量效曲线，要达到 C、D 两点相对应的 ACT 值，理论上需要追加 C、D 双箭头间肝素量。假设拮抗前 ACT 值为 E 点对应值，则理论需要鱼精蛋白拮抗的肝素量为 E 双箭头间肝素量

环时肝素和ACT并不完全呈线性相关，在肝素有足够抗凝ACT值时，并不能完全抑制凝血酶的形成。体外循环结束用鱼精蛋白拮抗时，ACT值延长并不能说明体内残余肝素是唯一原因。体外循环后ACT延长，见于残余肝素效应、血小板数量和功能损伤，低纤维蛋白血症等。ACT对判断其他凝血功能障碍无意义，包括凝血因子的缺乏、血小板功能和纤维蛋白溶解过程。凝血因子Ⅲ缺乏和血小板减少时，ACT可能正常，因为硅藻土只能激活内源性凝血系统。体外循环后，尤其是出现凝血功能障碍，为判断是否为肝素的作用，肝素浓度测定、血栓弹力图分析和其他凝血功能的监测手段，可以提供进一步的信息，辅助判断体内是否存在残余肝素或存在其他凝血紊乱，针对出血原因进行处理。

**（二）肝素浓度**

由于肝素效价、肝素与抗凝血酶Ⅲ亲和力、个体差异、温度等因素的影响，试图通过测定肝素浓度来监测肝素化意义较差，但体外循环后期指导肝素拮抗有一定意义，通过监测肝素浓度可以了解体内肝素水平，在体外循环后肝素拮抗时判断中和效果和肝素反跳，估计鱼精蛋白用量。测定方法有鱼精蛋白滴定法、荧光底物分析法等。鱼精蛋白滴定法的基本原理是一定量的鱼精蛋白可以中和一定量的肝素，即1mg鱼精蛋白中和100U肝素，含不同浓度鱼精蛋白的试管加入肝素血样本，通过观察出现血凝块判定肝素浓度，准确性较差。荧光底物分析法是将血样本加入含抗凝血酶Ⅲ的正常血浆中，再加入凝血酶原标准液，形成抗凝血酶Ⅲ-肝素-凝血酶原复合物和剩余凝血酶原，则剩余凝血酶原的量与样本肝素含量成反比，再加入纤维蛋白原样物质，剩余凝血酶原会将其裂解形成荧光样物质，分析其荧光强度，与标准曲线比较即得肝素浓度。荧光底物分析法比较准确，结果不受其他抗凝剂、纤维蛋白原、抗凝血酶Ⅲ和温度的影响，缺点是操作复杂，价格昂贵。

Hemotec公司的HMS检测仪通过下面三项之一来监测肝素浓度：①肝素酶ACT：使用另一种凝血酶激活物白陶土和白陶土＋肝素酶混合物；②肝素量效反应曲线：用白陶土＋不同浓度肝素；③肝素测定：用稀释的促凝血酶原激酶和不同剂量的鱼精蛋白。试管内带有可移动的小旗杆，其上下移动的速度通过光学系统来确定，当有血凝块形成时则速度减慢，减慢到预设值的速度则显示数值。

正常情况下肝素浓度4U/ml足以抗凝，肝素浓度大于2～3U/ml，一般ACT值大于300s。需要强调的是肝素浓度不能反应肝素抗凝效果，特别是在抗凝血酶Ⅲ缺乏患者。

**（三）体外循环肝素化期间ACT的监测程序**

1. 麻醉诱导后肝素化前测定ACT基础值。如果ACT＞300s，重复测ACT值，确定肝素的用量。

2. 主动脉插管前征询外科医师后，经中心静脉通路体内给肝素400U/kg（体外循环全量肝素化）或200U/kg（非体外循环半量肝素化），体外循环预充1000～2000U（0.5mg/kg）。

3. 给肝素5min后抽全血测定ACT值。要坚持ACT常规监测，除紧急状态外，在不能证明确实肝素化前（硅藻土法ACT值＞480s）不能转机。

4. 如果体外循环前ACT值＜480s，追加肝素。同时确定血浆抗凝血酶Ⅲ水平是

否缺乏？是否应给新鲜冰冻血浆(FFP)？一般将肝素量大于5.5～6mg/kg，而ACT值仍然小于480s，称为肝素耐药，此时应给1～2单位FFP后，再追加肝素。

5. 体外循环期间ACT监测。体外循环后3min检查ACT值，以后每隔20～30min重复检查，复温后适当缩短监测时间。如果400s>ACT值>350s，追加肝素0.5mg/kg；如果ACT值<300s，至少追加肝素1～2mg/kg。

6. 在非体外循环手术，ACT值维持在300s以上，每隔40～50min重复检查ACT值，根据ACT值和手术时间及时追加适量肝素。

7. 体外循环后鱼精蛋白拮抗前抽血检查ACT值，首次量鱼精蛋白拮抗5～10min后再检查ACT值，估计追加鱼精蛋白量。大部分情况下，ACT可以反映拮抗的效果，但ACT值延长并不是体内残余肝素的唯一原因。体外循环后出现凝血功能障碍，可以做血栓弹力图(TEG)、声凝分析和其他凝血功能检查，以寻找病因。

(于钦军)

## 参考文献


1. 于钦军. 麻醉监测. 见：于钦军，李立环主编. 临床心血管麻醉实践. 北京：人民卫生出版社，2005，41-74
2. Cheitlin MD, Armstrong WF, Aurigemma GP, et al. ACC/AHA/ASE 2003 guideline update for the clinical application of echocardiography: summary article: a report of the American College of Cardiology/American Heart Association Task Force on Practice Guidelines (ACC/AHA/ASE committee to update the 1997 guideline for the clinical application of echocardiography). Circulation. 2003; 108(9): 1146-1162
3. Shore-Lesserson L. Point-of-care coagulation monitoring for cardiovascular patients: past and present. J Caridothorac Vasc Anesth. 2002; 16(1): 99-106
4. Lake CL, Edmonds HL. Monitoring of pediatric patient. In: Lake CL, Booker PD. Pediatric Cardiac Anesthesia, Fourth edition, Philadelphia: Lippincott Williams & Wilkins, 2005, 190-227
5. Skeehan TM, Jopling M. Monitoring the cardiac surgical patient. In: Hensley Jr. FA, Martin DE, Gravlee GP. A Practical Approach to Cardiac Anesthesia. Third edition. Philadelphia: Lippincott Williams & Wilkins, 2003, 98-140
6. Bainbridge D. Preoperative monitoring in cardiac anesthesia. In: Cheng CHD, David TE. Perioperative Care in Cardiac Anesthesia and Surgery. First edtion. Toronto: Lippincott Williams & Wilkins, 2005, 99-104
7. Reich DL, Moskowitz DM, Kaplan JA. Hemodynamic monitoring. In: Kaplan JA, Reich DL, Konstadt SN. Cardiac Anesthesia. Fourth edtion. Philadelphia: W. B. Saunders Company, 1999, 321-358
8. Shah U, Bien H. Cardiac arrhythmogenesis and temperature. Conf Proc IEEE Eng Med Biol Soc. 2006; 1: 841-844
9. Kern LS, McRae ME, Funk M. ECG monitoring after cardiac surgery: postoperative atrial fibrillation and the atrial electrogram. AACN Adv Crit Care. 2007; 18(3): 294-304

10. Vassallo P, Trohman RG: Prescribing amiodarone: an evidence-based review of clinical indications. JAMA. 2007, 298(11): 1312-1322
11. Markides GA, Omorphos S, Kotoulas C, et al. Evaluation of a wireless ingestible temperature probe in cardiac surgery. Thorac Cardiovasc Surg. 2007, 55(7): 442-446
12. Severens NM, van Marken Lichtentelt WD, Frijns AI, et al. A model to predict patient temperature during cardiac surgery. Phys Med Biol. 2007; 52(17): 5131-5145
13. Kiva T Yamakage M, Hayase T, et al. The usefulness of an earphone-type infrared tympanic thermometer for intraoperative core temperature monitoring. Anesth Analg. 2007, 105(6): 1688-1692
14. Williams GD, Ramamoorthy C. Brain monitoring and protection during pediatric cardiac surgery. Semin Cardiothorac Vasc Anesth, 2007, 11(1): 23-33
15. Insler SR, Sessler DI. Perioperative thermoregulation and temperature monitoring. Anesthesiol Clin. 2006, 24(4): 823-837
16. Peng YG, Morey TE, Clark D, et al. Temperature-related differences in mean expired pump and arterial carbon dioxide in patients undergoing cardiopulmonary bypass. J Cardiothorac Vasc Anesth. 2007; 21(1): 57-60
17. Grocott HP. Perioperative temperature and cardiac surgery. J Extra Corpor Technol. 2006, 38(1): 77-80

# 第三章 麻醉药物的心血管药理

## 第一节 吸入麻醉药心血管药理

纵观吸入麻醉药对心血管功能的影响，主要是药物对心肌、外周血管、压力感受器和自主神经系统单纯或复合作用的结果，吸入麻醉药对组织中代谢产物和神经激素水平的影响也起到重要作用。还有，随着麻醉进程，无论是动物还是病人本身也会在心血管系统反应性方面有所适应性改变，即麻醉时间的长短也会改变吸入麻醉药的血流动力学效应。例如，病人在血流动力学方面可能出现的适应性变化主要是β-肾上腺素能神经张力的增加，表现趋势为：心率增快、心排出量(CO)增加和全身血管阻力(SVR)降低，血压有可能维持不变。现已证明，在氟烷、安氟烷、地氟烷、地氟烷-$N_2O$、七氟烷麻醉期间，均可见病人出现上述血流动力学适应性变化，但异氟烷麻醉期间很少会出现类似情况。健康人在吸入氟烷麻醉之前给予普萘洛尔，麻醉过程中则再不会出现这种血流动力学短暂的适应性变化，说明这的确与交感神经系统活性有关。

### 一、心血管功能

#### (一) 心肌收缩性

目前临床上所用的现代强效挥发性麻醉药，对正常离体或在体心肌的收缩功能都有程度不等的抑制作用。例如体内外研究已证实：①氟烷对动物心肌的张力-速度关系和 Frank-Startling 曲线皆呈剂量依赖性抑制，而用于临床麻醉往往会引发循环抑制；②恩氟烷和异氟烷可对心肌产生直接的负性肌力作用，表现为动物离体乳头肌等张收缩期间最大短缩速度、用力峰值和最大用力速度降低，由此提示此类麻醉药对人心血管系统功能也具有潜在的抑制作用。

1. 心肌抑制程度的差异性

(1) 氟烷与异氟烷比较：观察等容期和射血期心肌收缩性变化发现，氟烷和恩氟烷对犬或人心肌都可产生程度相似的负性变力效应，相比之下异氟烷的这种负性变力效应就显得较弱。总的来说，挥发性麻醉药对心肌抑制强弱的差异程度与自主神经系统的活性无关，例如无论自主神经功能是否健全，氟烷降低左室压力上升速率(dp/dt)的程度都比等麻醉浓度异氟烷强。借助由不同负荷性左室压力-肌节长度关系图所得心肌局部前负荷补偿搏功(regional preload recruitable stroke work，PRSW)关系曲线的斜率(Mw)，可定量显现氟烷与异氟烷间心肌负性变力作用的差别。临床上可利用等容期和射血期心肌收缩功能测定的方法，推算并比较出氟烷和异氟烷对受试者心肌抑制程度的强弱差别，异氟烷维持心肌收缩性要比等 MAC 氟烷平均高 20%。低钙血症、

$Ca^{2+}$通道阻滞剂和β-肾上腺素能受体拮抗剂都有可能会加重氟烷和异氟烷的负性肌力作用，而钙剂、$Ca^{2+}$通道激动剂、心肌磷酸二酯酶片段Ⅲ抑制剂、$\beta_1$-肾上腺素能受体兴奋剂和肌丝$Ca^{2+}$敏化剂等则可起逆转作用。但在上述这些血管活性药物改变心肌变力状态过程中，氟烷和异氟烷对心肌收缩性影响的差异依旧会存在。

(2) 异氟烷与地氟烷比较：吸入地氟烷所引起的体循环和冠脉循环血流动力学变化与异氟烷十分相似。不同种动物（犬、猪、人）心脏等容和射血期心肌收缩性测定，以及有或无自主神经系统支配时心室收缩末期压力-容量关系和局部或整体 PRSW 显示，这二种挥发性麻醉药心肌功能抑制程度非常接近。但人与其他动物间比较还有些不同，如人在快速提升地氟烷吸入浓度时，往往会因交感神经系统兴奋而表现出特有的心血管系统的兴奋性，并可能由此导致一过性心肌收缩力增强。

(3) 异氟烷与七氟烷比较：犬实验研究提示，实际上是很难界定这二种麻醉药心肌收缩力影响程度比较有多大差别。但可以肯定的是，七氟烷要比等 MAC 氟烷对心肌抑制作用轻。利用超声心动图所得出的心率矫正后心肌纤维环短缩速率-收缩末期左室壁应激关系对健康人心缩力受七氟烷与恩氟烷影响程度进行评价，证实七氟烷抑制心肌的作用比恩氟烷弱。依据 PRSW 测定，提示无论是当自主神经系统兴奋或抑制状态下，1.7MAC 七氟烷能使犬心肌收缩力降低 40%～45%，其程度与异氟烷或地氟烷抑制程度基本一致。总体上看，挥发性麻醉药对正常心肌收缩力影响强弱顺序排列应依次为：氟烷＝恩氟烷＞异氟烷＝地氟烷＝七氟烷。

2. 心肌耐受性

(1) 左心室功能：至于挥发性麻醉药对伴有左心室功能不全的心脏左室收缩功能究竟能产生什么样的影响，目前还很难说，有待更进一步研究。现有的资料显示，若与正常心脏乳头肌功能相比：①当面临慢性超负荷压力时，恩氟烷和异氟烷能明显削弱猫衰竭心脏乳头肌最大短缩速度和减少最大肌力频率（peak rate of force development）；②氟烷能显著抑制缺血；③氟烷和异氟烷对心肌病大鼠的心室肌负性肌力作用更强。由此也提示，鉴于挥发性麻醉药对衰竭心脏心肌抑制作用更明显，临床上对那些可能存在心缩功能不全的病人选择吸入麻醉要提高警惕。

(2) 心肌耐受性：通过对动物心肌缺血或梗死模型研究发现，心肌能在一定程度上耐受挥发性麻醉药对其收缩力的抑制作用，不会突发明显的心缩功能不全。尤其是在心肌缺血再灌注损伤中，挥发性麻醉药对心机械功能有一定的保护功效，主要表现在：①心肌局部缺血再灌注损伤时心梗面积减小；②心肌代谢和结构的完整性能得到较好保护；③顿抑心肌功能能得到较好的回复；④一过性冠脉梗阻时左室舒张指数有所改善。

对心衰和（或）有冠脉病变的患者来说，吸入氟烷和异氟烷固然会对心肌产生一定的抑制作用，但与此同时也能降低左室前后负荷，且随着左室负荷状态的改善能部分抵消麻醉药直接的负性变力效应，最终通过优化心脏 Startling 曲线作用范围或左室舒张功能改善而维持心功能相对稳定。同样，动物研究也显示，尽管随着吸入浓度的增加氟烷和异氟烷对心肌收缩力抑制程度会逐渐加重，但就心脏整体功能而言仍具有良好的耐受性，起搏器诱发心肌病的犬不会突发明显的左心衰。其原因在于当吸入麻醉致使轻、中度左心功能障碍时，虽然心缩力有所降低，但由于同时出现左室负荷和充盈状态

改善，从而在一定程度上能保证CO相对稳定。

**（二）舒张功能**

目前临床上常用的强效吸入麻醉药究竟会对正常或病变心肌舒张功能产生什么样影响，尚不十分清楚。

1. 等容舒张期延迟　体内研究显示，随着吸入麻醉药浓度增加，心室等容舒张期延迟会越来越明显。等容舒张期延迟虽可能会伴有左室早期充盈压下降，但尚足以影响左室僵硬度（stiffness）。由于心脏于舒张期冠脉血流量最大，等容舒张期的延迟可能会对早期冠脉血流量产生重要影响。推测氟烷麻醉时，等容舒张期的延迟会使冠脉血流量减少。至于左室等容舒张期延迟的原因，可能是吸入麻醉药对心肌收缩功能抑制的结果，而不是直接负性松弛作用（direct negative lusitropic effect）。

2. 左室充盈与负性肌力作用　挥发性麻醉药在降低左室早期充盈速率和程度的同时，也可引起负性肌力作用，如异氟烷和氟烷在使心室充盈减少的同时，也使心房收缩减弱。局部心肌或心室腔僵硬程度监测结果显示，异氟烷、地氟烷和七氟烷对左室舒张功能不会产生明显影响，也不会直接改变心肌内在的黏弹性性状（viscoelastic property）。左室收缩功能障碍时，异氟烷降低心肌收缩力的同时左室等容舒张和充盈度会有所改善，有助于CO相对稳定。即便是严重缺血性心脏病或充血性心力衰竭的病人，也可选用异氟烷或氟烷麻醉，且不会出现急性血流动力学失代偿。

3. 后负荷与心室舒张功能关系　大量研究证实，衰竭心脏的后负荷对左室舒张程度的依赖性明显增强。根据这一结果，临床上可以通过降低左室射血阻力和（或）增加左室舒张速率来降低后负荷，使左室收缩功能增强，促进或改善左室舒张期充盈和顺应性。有关异氟烷和氟烷对后负荷与左室舒张依赖性研究发现，对于患有扩张性心肌病犬，吸入麻醉药不会影响后负荷对左室舒张的依赖，也不会直接影响心衰时的左室等容舒张作用。

**（三）心肌抑制细胞机制**

挥发性麻醉药能通过改变正常心肌中的某些亚细胞靶点（subcellular target）的$Ca^{2+}$稳态来抑制心肌收缩力，如改变L型和T型$Ca^{2+}$通道的通透性，能使得跨膜瞬间$Ca^{2+}$离子流受到抑制，而且这种离子流受抑制程度会因挥发性麻醉药吸入浓度的增加而加重。等浓度挥发性麻醉约相比，在抑制细胞内$Ca^{2+}$瞬变作用方面，异氟烷要比氟烷和恩氟烷弱。此外，挥发性麻醉药还能通过分别阻抑二氢吡啶和苯烷胺类$Ca^{2+}$通道阻滞剂尼群地平和加洛帕米（galopamil）的结合，直接改变电压依赖性$Ca^{2+}$离子通道结构和功能的完整性。

1. 细胞内$Ca^{2+}$与肌质网　随着肌纤维膜钙通道的$Ca^{2+}$内流减少，可能会导致①肌纤维舒缩活动所需钙依赖性$Ca^{2+}$量减少；②肌质网$Ca^{2+}$释放和储备减少。与异氟烷不同，氟烷和恩氟烷能通过直接激活肌质网$Ca^{2+}$释放通道而促使肌质网$Ca^{2+}$释放，产生类咖啡碱样作用：心肌收缩性先短暂性增强，随后显著降低。在肌质网$Ca^{2+}$释放通道被激活的同时，氟烷和恩氟烷还能导致肌质网非特异性$Ca^{2+}$渗漏，结果肌质网内储存用于心肌收缩期可释放的$Ca^{2+}$量会进一步减少。这种肌质网功能改变加上跨膜$Ca^{2+}$离子流减弱，正是氟烷和恩氟烷比等浓度异氟烷能更明显抑制心肌细胞内钙瞬变和降低心缩力的重要机制。

2. $Na^+$-$Ca^{2+}$交换功能　挥发性吸入麻醉药也可通过抑制膜内外$Na^+$-$Ca^{2+}$交换，降低细胞内$Ca^{2+}$浓度，并由此抑制心肌收缩功能。这种作用与上述电压依赖性$Ca^{2+}$通道作用无关，但对新生儿心肌显得尤为重要，因为新生儿心肌对挥发性麻醉药所表现出的负性肌力作用要比成年人心肌敏感的多。然而对完整心脏来说，膜内外$Na^+$-$Ca^{2+}$交换抑制究竟会在吸入麻醉药引发的心肌收缩力减弱中起到什么样作用，还有待更深入的研究。

3. 其他细胞器功能　氟烷、恩氟烷和异氟烷可直接影响心肌细胞内与收缩有关的细胞器与肌丝对活化$Ca^{2+}$(activator $Ca^{2+}$)的敏感性。在降低肌原纤维张力和ATP酶活性的同时，能导致心肌收缩时肌动蛋白-肌球蛋白间的横桥动力减弱。至于肌钙蛋白对$Ca^{2+}$的亲和力和肌丝对$Ca^{2+}$的敏感性，一般不会受这些麻醉药影响。即便有所影响，其程度也十分轻微。虽然也有一些研究显示，临床常用浓度吸入麻醉药能降低肌丝$Ca^{2+}$敏感性，但这在心肌负性肌力产生过程中仅起到相对次要作用。

关于挥发性麻醉药是如何对衰竭心脏心肌收缩性进行抑制的细胞内机制，目前的研究还很少。推测挥发性麻醉药所引起的正常心肌细胞内$Ca^{2+}$调节的改变，也可能出现在衰竭心肌相似的亚细胞靶点上。心肌细胞内$Ca^{2+}$稳态明显异常是衰竭心肌不可或缺的特征，挥发性麻醉药可通过对$Ca^{2+}$代谢所产生的一系列影响或干扰，进一步降低心肌收缩功能。

**（四）血流动力学稳定性**

1. 心率　离体研究发现，挥发性麻醉药能通过抑制窦房结兴奋性而产生直接的负性变时效应。但在体研究显示，挥发性麻醉药对心率的影响则不仅仅取决于窦房结兴奋性单一因素，更重要的是窦房结兴奋性与压力感受器反射活动间的相互作用的结果。例如在吸入麻醉期间：①氟烷能使人体内压力感受器反射活动钝化，故不会显著改变心率；②恩氟烷虽会不同程度地使心率加快，但仍不足以维持CO稳定；③异氟烷使心率加快是对同期动脉压下降的一种反射性反应；④地氟烷呈剂量依赖性心率加快，其中异氟烷和地氟烷所致的心动过速现象，在小儿或同时服用迷走神经松弛药的病人显得尤为突出，而对于新生儿、老年人或应用阿片类药物的病人则显得不怎么明显。在1.0MAC基础上，快速提升地氟烷或异氟烷吸入浓度，心率和动脉压可随着交感神经系统兴奋(气管-肺和相应感受器兴奋)而呈一过性加快和升高，预先给予$\beta_1$-肾上腺素能受体拮抗剂、$\alpha_2$-肾上腺素能受体激动剂或阿片类药物有一定预防作用。但七氟烷与地氟烷和异氟烷不同，快速增加吸入浓度并不会使心率发生明显改变和(或)兴奋心血管系统。

2. 动脉压和右房压

(1) 动脉压：目前临床所用的强效吸入麻醉药都会随吸入浓度的增加，引起程度不等的血压下降，且导致血压降低的机制也互不相同，如氟烷和恩氟烷是通过降低心肌收缩力和CO使血压降低，而地氟烷、异氟烷和七氟烷则是通过降低左室后负荷(心肌收缩力相对不变)显现出血压降低迹象，但能维持CO稳定。相比较而言，地氟烷和异氟烷在维持自主神经系统对循环系统功能调节能力方面要明显强于其他吸入麻醉药，如麻醉期间出现因压力感受器介导的心动过速，即使心肌收缩力降低和每搏量减少，也会维持稳定的CO。除药物本身作用外，挥发性麻醉药降低血压的作用还可因手术刺激

或 $N_2O$ 同期吸入被削弱。

(2) 右房压:由于多数挥发性麻醉药都有一定的负性变时作用,因而在吸入麻醉期间随着吸入浓度的逐渐升高可能会出现右房压(right atrial pressure,RAP)明显增加,地氟烷、异氟烷和七氟烷的扩血管作用使其在吸入麻醉期间 RAP 增加的幅度要比氟烷和恩氟烷低。

3. 吸入麻醉时程　挥发性麻醉药对心血管功能的影响程度受麻醉时间长短的影响。若以恒定的 MAC 麻醉数小时后,心肌收缩性和 CO 会有所增加,同时左室前后负荷皆会降低。同样,长时间氟烷或恩氟烷麻醉后,心率虽会加快,但动脉压能维持恒定。相比之下,长时间吸入麻醉后循环功能抑制的恢复能力,氟烷要明显优于异氟烷和地氟烷。挥发性麻醉药的这种时间依赖性血流动力学的改善,可能是交感神经系统活性增强的结果,其作用可被普萘洛尔所拮抗。

4. 左室功能不全　挥发性麻醉药对正常状态下和左室功能不全时血流动力学的影响大致相同,但也存在一定差异。挥发性麻醉药能轻度增加或不改变起搏器或阿霉素诱导的扩张型心肌病动物心率,以及冠心病或左室功能不全患者的心率,其原因可能与心衰时机体压力感受器反射活性(reflex activity)改变、$\beta_1$-肾上腺素能受体功能下调、中枢交感张力增加和副交感张力降低等有关。但在降低 MAP 的同时,异氟烷、恩氟烷和氟烷能显著降低心肌病犬的左室舒张末压和心室腔容积,冠心病或心衰病人肺动脉压会有所下降,提示此间血流动力学是以静脉扩张为主。鉴于上述原因以及同期可能出现的左室前负荷和心肌收缩性减低,左室功能不全的病人吸入异氟烷或氟烷时 CO 减少的程度会更加明显。

## 二、心脏电生理

### (一) 心脏传导功能

1. 窦房结功能与房-室传导　如前所述,挥发性麻醉药能通过直接或间接抑制窦房结自主活动而使其放电频率减慢,且在体内这种对窦房结放电的抑制作用会在相当大的程度上受血管活性药物和(或)自主神经系统张力影响。对于正常浦肯野纤维,氟烷、恩氟烷和异氟烷能在一定程度上缩短其动作电位时程和有效不应期,也延长希氏束-浦肯野纤维和心室的传导时间,以及房-室传导时间和不应期。由此可以断言,挥发性麻醉药具有致心动过缓和房-室传导异常的作用。对于手术麻醉病人来说,只要术前未曾有过心脏传导阻滞性疾病或未服用过能直接延长房-室传导时间的药物,因吸入麻醉药所引起的原发性房-室传导阻滞一般不会发展为Ⅱ°或Ⅲ°房-室传导阻滞(A-V block)。

2. 心肌缺血或梗死　挥发性麻醉药对因心肌缺血或梗死所引起的异常心脏电生理活动具有保护作用,即表现出一定的抗心律失常效能,如:①氟烷、恩氟烷和异氟烷对因冠脉阻塞和心肌再灌注导致的室颤,具有心脏保护作用;②氟烷对毒毛花苷 G 所诱发的心律失常有保护效应;③挥发性麻醉药能抑制心梗时异位起搏点活动(subsidiary pacemaker activity),达到抗心律失常效果。但应当注意的是,人体内氟烷、恩氟烷和异氟烷能延长 $QT_c$ 间期,对伴有原发性或继发性 QT 综合征的病人来说,使用这些吸入

麻醉药易导致尖端扭转型心动过速(*torsades de pointes* tachycardia)。

### (二) 肾上腺素性心律失常

挥发性麻醉药尤其是氟烷能使心肌对肾上腺素诱发心律失常的作用更敏感,这种敏化作用是麻醉药与体内儿茶酚胺相互间作用致使房性和室性心律失常阈值降低的结果。氟烷麻醉期间若持续加大肾上腺素剂量,会导致室性期前收缩和快速性心律失常。病人若预先给予硫喷妥钠,则能通过影响房-室结或希氏束传导减少氟烷-肾上腺素性心律失常的发生。究其发生机制,氟烷-肾上腺素诱发的室性心律失常与心脏 $\alpha_1$ 和 β-肾上腺素能受体间的协同作用有密切关系。氟烷麻醉时,肾上腺素能刺激希氏束-浦肯野纤维系统中的 $\alpha_{1A}$-肾上腺素能受体,通过磷酸脂酶 C 和细胞内第二信使-三磷酸肌醇(inositol triphosphate,$IP_3$)介导,使浦肯野纤维传导速度一过性减慢。随着经 $\alpha_{1A}$-肾上腺素能受体所导致的浦肯野纤维传导抑制,浦肯野纤维-心室肌结合部传导增强在氟烷-肾上腺素性心律失常的发生过程中起十分重要的作用。地氟烷和七氟烷麻醉时诱发心律失常所需肾上腺素剂量相似,且明显小于氟烷和异氟烷。此外,氟烷-儿茶酚胺的敏化作用也会促使窦房结和心房潜在起搏点产生异常自主节律,引起心室期前收缩和希氏束性心律失常。可以肯定的是,若窦房结功能完整,则可在很大程度上减少氟烷-肾上腺素引发的室性逸搏的发生,并对希氏束性心律失常有抵御和保护作用。

## 三、冠状动脉与冠脉血流

### (一) 冠脉血管对吸入麻醉药反应

1. 体外效应　挥发性麻醉药对离体冠状动脉有直接的扩张作用,并能通过影响心率、前负荷、后负荷和肌变力状态降低心肌氧耗(myocardial oxygen consumption,$MVO_2$)。氟烷、异氟烷和恩氟烷都能使离体冠状动脉扩张,对内径>2000μm 的冠状动脉,氟烷扩血管效应要比相同 MAC 的异氟烷强许多。相反,异氟烷在扩张心外膜上内径<900μm 冠状动脉方面,要比相同 MAC 的氟烷好得多。但由于氟烷抑制电压依赖性 $Ca^{2+}$ 通道的作用更强,总的比较在扩张冠状动脉方面,氟烷的作用还是要胜过异氟烷。

通过监测挥发性麻醉药对心肌氧摄取和心肌氧供-需比值也证实,挥发性麻醉药的确是一种冠状动脉扩张剂,如氟烷和异氟烷在降低离体搏动心脏心肌氧摄取的同时,也使心肌氧供-需比值增加,即心肌氧供超过了氧耗,冠状动脉窦氧张力提高。对于河豚毒素作用下的停跳离体心脏,氟烷、异氟烷和七氟烷能相同程度地降低腺苷介导的冠脉血流储备作用。

2. 体内效应

(1) 氟烷:体内研究显示,伴随 $MVO_2$ 改变,氟烷对冠脉血流和冠脉血管阻力可产生不同的影响。氟烷麻醉时 $MVO_2$ 的下降可引起冠脉血流的减少,冠脉阻力相对稳定或略有上升。尽管冠脉血流有所减少,但氟烷能使冠脉窦氧张力增加并减少心肌氧摄取量。

(2) 异氟烷:与氟烷相同,异氟烷对体内冠脉血流的影响也呈多样化。总体上异氟烷有直接扩张冠脉作用,在降低心肌 $MVO_2$ 的同时也能使心肌氧摄取。在麻醉诱导期

间，异氟烷能轻度增加冠脉血流，其持续时间短暂且不依赖 $MVO_2$ 变化和自主神经系统活性。异氟烷影响左冠脉前降支血流灌注可引起冠脉血流显著增加，但与此同时并不会伴有心外膜冠脉扩张，这意味着异氟烷只是使小冠状动脉扩张，但其程度不及强效冠脉血管扩张剂-腺苷。

(3) 恩氟烷：对体内冠脉循环的影响目前尚未达到共识，但在减低 $MVO_2$ 方面比异氟烷强，同时能使受代谢影响的冠脉血流也有所减少。与异氟烷相比，恩氟烷降低心肌氧摄取方面显得不怎么突出，冠脉血管扩张能力方面也不如前者。

(4) 其他新型挥发性麻醉药：新型挥发性麻醉药在完整的心血管系统功能状态下对冠脉血流的影响，目前也不十分清楚。就现有的资料来看，地氟烷与异氟烷作用相似，也能增加心肌氧供/需比值和降低氧摄取，提示此药也有扩张冠脉作用。但在用药物人为阻抑自主神经系统兴奋性时，地氟烷增加冠脉血流(冠脉扩张)作用会有所降低，而此时异氟烷对冠脉的作用并未受影响，说明后者比前者于体内对冠脉的扩张作用强。与其他挥发性麻醉药相比，可以说七氟烷没有明显的冠脉扩张作用。

**(二) 冠脉血管扩张储备及自身调节**

1. 冠脉扩张储备　系指短暂冠脉阻塞后(反应性充血)，冠脉血流峰值与冠脉血流基础值之间的比值。吸入麻醉期间，其比值的高低也会受到挥发性麻醉药影响。异氟烷麻醉期间冠脉扩张储备作用要比氟烷明显，这是因为氟烷是一种强效冠脉扩张药，在此基础上往往会伴有冠脉血流对心肌短阵缺血进一步反应性增强能力的降低。这二种吸入麻醉药在对冠脉扩张储备功能影响方面的差别，只是反映冠脉阻塞时缺血强度的差别，并不能反映在扩血管效能方面的差别。

2. 自身调节　挥发性麻醉药对冠状动脉小血管的扩张作用，会明显影响整个冠脉血管系统压力的自身调节。血管活性药物和挥发性麻醉药对冠脉自身调节功能的影响程度，取决于冠脉进行性狭窄所能引起的血管压力-流量曲线斜率的变化。异氟烷所引起的冠脉自身调节功能改变幅度，比氟烷和恩氟烷大，表现为压力-流量曲线斜率增加的更快。当然，麻醉状态下冠脉灌注压也是决定冠脉血流的重要因素之一。虽然挥发性麻醉药能在一定程度上弱化冠脉血流自身调节功能，但并不能因此会产生更强的冠脉扩张作用，也不会抑制腺苷和潘生丁对冠脉自身调节功能的影响。相对于挥发性麻醉药，腺苷和潘生丁冠脉扩张作用最强，在抑制冠脉血管压力自身调节作用的同时，能使得冠脉血流直接取决于冠脉灌注压。

**(三) 冠脉血管扩张机制**

挥发性麻醉药引起冠脉血管扩张的机制，大体上是由于麻醉药通过血管平滑肌细胞上多个部位影响细胞内 $Ca^{2+}$ 调节，而产生冠脉舒张或血管扩张。确切的机制可能是挥发性麻醉药能：①通过冠脉血管平滑肌的电压依赖型和受体依赖型钙通道抑制 $Ca^{2+}$ 内流；②减少冠脉血管平滑肌细胞内肌质网中 $Ca^{2+}$ 的储存、聚集和释放；③抑制能与G蛋白耦联的磷脂酶C；④减少细胞内第二信使 $IP_3$ 的形成。

1. 一氧化氮(nitric oxide，NO)　虽然通过对离体冠脉和主动脉血管以及犬完整的冠脉循环研究显示，挥发性麻醉药的冠脉扩张作用与血管内皮细胞中NO(内皮依赖性舒张因子)的形成和释放无关，但仍有一些实验发现：①某些吸入麻醉药如异氟烷的直接冠脉扩张作用可能就是通过内皮细胞进行调节的，而且氟烷、恩氟烷和异氟烷会对

血管内皮细胞NO的释放和作用产生不利影响；②氟烷虽然不会改变NO供体（硝普钠、硝酸甘油）的血管扩张作用，但能在一定程度上减少NO诱导的环磷酸鸟苷（cGMP）的生成；③挥发性麻醉药虽不会影响NO的释放和对血管平滑肌的作用，但能通过产生氧自由基降低NO稳定性。由此可见，目前就有关挥发性麻醉药对冠脉扩张影响过程中NO究竟起何作用的问题，达成共识仍须大量研究。

2. ATP敏感性$K^+$通道　氟烷和异氟烷能通过激活血管平滑肌细胞膜上的ATP敏感的$K^+$通道（$K_{ATP}$）使冠脉血管扩张。离体心脏和麻醉状态动物研究表明，$K_{ATP}$通道拮抗剂格列本脲（glyburide）可以使异氟烷增加冠脉血流的作用减弱，选择性腺苷受体（$A_1$ receptor）阻断剂DPCPX（8-cyclopenty-1,3-dipropylxanthine,DPCPX）能弱化异氟烷降低冠脉阻力的作用。上述这些研究结果提示，异氟烷所引起的冠脉扩张作用可能与激活$A_1$受体耦联的$K_{ATP}$通道有关。

**（四）心肌缺血与心肌保护**

1. 心肌缺血

（1）冠脉窃血与心内膜下血流：冠脉狭窄或冠脉灌注压降低时，氟烷和异氟烷能使心内膜下血流和心肌乳酸盐的生成减少，引起心肌收缩功能障碍和相应的心肌电生理变化。可以说异氟烷扩张冠脉血管时，若机体同时发生低血压，可能会引起冠脉窃血，对整个机体会带来不利影响。若能及时恢复或维持稳定的冠脉灌注压，则可避免挥发性麻醉药对缺血心肌的不良影响。另外，异氟烷引起动脉压降低的同时，也会使严重狭窄冠脉远端灌注区域的心内膜下血流减少，此时若以苯肾上腺素纠正低血压，心内膜下血流可很快恢复至异氟烷吸入前水平。即便是异氟烷麻醉时能控制动脉压，冠脉血流于心内、外膜下之间的血流比值（透壁分布）也有可能会降低，给予苯肾上腺能促使心外膜下血流增加幅度略高于心内膜。随着冠脉灌注压恢复正常和冠脉侧支血流增加，将会有助于缺血心肌氧张力恢复正常。

（2）冠脉侧支循环：有研究显示，在冠脉完全阻塞且供应侧支血流的邻近血管伴有严重狭窄情况下，当动脉舒张压保持稳定时，氟烷或异氟烷不会改变依赖侧支循环或缺血心肌的血供、心内/外膜血流比值和心肌细胞电生理。MAP保持在50mmHg水平时，氟烷、异氟烷、七氟烷和地氟烷都不会影响冠脉侧支血流灌注，也不会引起冠脉窃血。

2. 心肌保护

（1）心肌保护证据：无论挥发性麻醉药是否会因冠脉扩张引起冠脉窃血，仅就目前现有资料来看，挥发性麻醉药对心肌缺血再灌注损伤的保护作用证据确凿。例如：①氟烷能减轻冠脉阻塞所引起的短暂ST改变，在对血流动力学影响相同的情况下，降低ST段的程度较硝普钠和普萘洛尔明显；②氟烷和异氟烷能使冠脉阻断后的心梗面积减小；③严重冠脉阻塞且能认为控制好灌注压时，恩氟烷能使心肌乳酸盐产物减少；④急性局灶性心肌缺血时，氟烷、异氟烷和恩氟烷有利于左室舒张期肌力活动；⑤氟烷、异氟烷和恩氟烷能减轻离体心脏全心缺血后再灌注损伤并能促使心功能恢复；⑥短暂心肌缺血前给予挥发性麻醉药吸入，能促使心肌缺血再灌注后顿抑心肌收缩功能的恢复；⑦挥发性麻醉药能减轻氧自由基对离体心脏左室压力升高的影响；⑧常温下经心脏停搏液灌注心脏停跳后，氟烷能对维护停跳后再灌注的心脏左室功能和超微结构的完

整性有一定帮助。

(2) 缺血心肌血流:挥发性麻醉药对缺血心肌的血供能产生积极的影响。氟烷降低冠脉阻塞后侧支血流的作用较其降低正常心肌血流的作用弱,且在麻醉期间冠脉侧支依赖性心肌氧供-需比值也会有所增加。维持病人清醒状态下的动脉压,七氟烷也能增加依赖冠脉侧支供血的心肌血流。此外,氟烷还能通过增加血小板 cAMP 浓度抑制血小板血栓的形成,使严重冠脉狭窄时冠脉血流的变化不是那么明显。挥发性麻醉药减轻心肌缺血再灌注损伤后冠脉血管中性粒细胞和血小板的黏附作用,对缺血心肌的血流改善也会有一定帮助。

(3) 心肌保护机制:目前还说不清楚挥发性麻醉药对心肌缺血再灌注损伤保护作用的确切机制,可能与下列因素有关:①挥发性麻醉药直接负性肌力、松弛和变时作用;②左室后负荷降低;③心肌主动收缩时氧需减少;④细胞内能量储备增加;⑤通过抑制 $Ca^{2+}$ 通道活动和减弱跨膜 $Ca^{2+}$ 瞬变,显著降低再灌注时心肌细胞内 $Ca^{2+}$ 浓度;⑥激活心肌细胞膜 $K_{ATP}$通道。

## 四、各种吸入麻醉药心血管药理学特点

### (一) 氟烷

1. 剂量依赖性低血压　正常人以机械通气保持血碳酸水平正常时,吸入氟烷可产生颇具特征性的剂量依赖性血压下降,当肺泡浓度达 MAC 的 20%～25%时,尽管心室充盈压有所增加,但仍可显现出低血压。导致低血压的最主要原因有二:①心肌抑制和心排出量减少。氟烷表现出的是直接的心肌抑制作用,这种负性肌力作用可能与心肌细胞内 $Ca^{2+}$ 浓度降低有关;②压力感受器介导的对低血压产生心率增快的反射钝化,表现为氟烷吸入期间低血压时不伴有明显的心动过速,甚至出现心动过缓。但当有外源性儿茶酚胺或交感-肾上腺系统刺激因素存在时,吸入氟烷的病人可出现心率加快。应当注意的是,氟烷麻醉时造成的上述特征性的血压降低的同时,心率减慢的现象会随着持续性氟烷吸入进行性的交感神经刺激而消失。

2. 外周血管阻力　虽然氟烷对体循环血管阻力无显著影响,但仍可以在某种程度上改变一些局部血管床的阻力并影响血流再分布调节,随着血管扩张可导致皮肤和脑血流量增加。总体上看,氟烷吸入麻醉期间,脑血管床、肾血管和其他内脏血管或循环自身血流调节能力有所降低,血压降低的同时要当心这些组织可能会出现血流灌注减少。冠状血管例外,氟烷吸入时冠状循环仍能保持对心肌需氧的反应,维持心肌氧供-需平衡。另外,氟烷可以抑制肺血管缺氧性收缩反应,当通气不良时该区域血管扩张,从而增加肺泡-动脉氧梯度。

3. 心脏节律　氟烷会对心脏节律产生明显影响。一方面,氟烷能直接抑制窦房结放电,临床上窦性心动过缓和房-室交界心律是氟烷吸入麻醉期间常见的心律变化表现,但这些异常的心脏节律往往都是良性的。另一方面,氟烷能增加心肌对肾上腺素致心律失常作用的敏感性,表现为当给予外源性肾上腺素或内源性肾上腺素生成增加,致使血浆肾上腺素水平升高时,病人可出现室性期前收缩和(或)持续性室性心动过速。至于氟烷吸入麻醉期间肾上腺素诱发心律失常的原因,目前认为是心脏 $\alpha_1$ 与 $\beta_1$-受体

协同作用的结果。

**(二) 恩氟烷**

在与氟烷吸入时条件相同的情况下,实验室和临床研究均显示恩氟烷吸入也能表现出剂量依赖性血压降低,心脏充盈压维持不变或轻度升高,其原因与每搏量(stroke volume,SV)、CO和SVR降低有关。吸入麻醉期间,心率会加快,以试图维持正常的CO。但若SV降低明显,即使心率增快也很难维持CO稳定。

总之,恩氟烷吸入麻醉也可以引起剂量依赖性动脉血压下降,其原因部分是由于心肌收缩力受抑,部分是由于一定程度上的扩张血管作用。一般情况下,恩氟烷对心率影响很小,不会产生明显的心动过缓或心动过速。随着更多具有某些药动学优点、不良反应更少的新型吸入麻醉剂的问世,恩氟烷目前在临床上应用已越来越少。

**(三) 异氟烷**

1. 剂量依赖性低血压 与氟烷和恩氟烷一样,异氟烷吸入麻醉期间也会因SVR降低和CO不变或减少而导致剂量依赖性低血压,但程度较轻。在作用机制上与氟烷和恩氟烷相比还是有一定特点。例如,常规吸入麻醉浓度异氟烷应用期间CO可以得到很好的维持,导致血压下降的原因缘于外周阻力降低。常规浓度异氟烷麻醉期间之所以能保持CO相对稳定,主要是由于HR可因SV减少代偿性增快。心脏充盈压升高的同时SV降低,说明异氟烷对心肌还是有一定的抑制的。

2. 外周血管阻力 异氟烷能使大多数外周血管床扩张,尤其是皮肤和肌肉血管扩张明显。异氟烷有较强的扩张冠脉血管作用,吸入麻醉时冠脉血流量增加,同时心肌氧耗量减少。鉴于异氟烷所具有的这种增加冠脉血流和减少心肌氧耗的优势,从理论上说,此药相对于其他吸入麻醉剂用于缺血性心脏病病人显得更为安全。但实际上临床常见一些缺血性心脏病病人,心脏狭窄血管支配区域的心肌血供依赖于侧支循环,而异氟烷所引起的心脏正常区域的血管扩张很可能会造成从侧支循环血管"窃血",从而加重心肌缺血。至于是否真的会发生这种"窃血"现象,目前的实验和临床研究尚未证实。

3. 交感神经 异氟烷吸入麻醉时,病人常常会出现轻微的心率增快,且当吸入浓度快速变化时,病人也可显现一过性心动过速和(或)血压升高。其原因是异氟烷直接诱发的交感神经刺激的结果。

**(四) 地氟烷**

1. 动物实验研究 地氟烷对循环系统的影响与其他吸入麻醉剂(如异氟烷)基本相似。吸入麻醉时血压下降也呈剂量或浓度依赖性,主要是由于地氟烷所引起的全身血管阻力下降以及心肌收缩力轻度抑制,但其间CO往往保持不变,重要脏器血流量也不会有明显减少。与异氟烷相比,地氟烷对SVR和心肌收缩力影响程度较轻,因而对血压保护作用也比较好。

麻醉诱导期间或陡然增加吸入浓度,由于交感神经兴奋,有时会导致心率短时间内明显加快(超过清醒时的心率),但心率增快幅度并非与吸入浓度成正比。与其他强效吸入麻醉剂相比,地氟烷吸入麻醉期间低血压的发生率还是非常低的。

2. 临床研究 正常人机械通气维持正常血碳酸浓度情况下,地氟烷麻醉期间血压和SVR降低程度取决于吸入浓度的高低。吸入0.83～1.0MAC地氟烷,心率可保持不变,但随着吸入浓度提高和麻醉加深,心率可逐渐增快。心室充盈压增加的同时SV

却降低，但心肌纤维短缩速度并不受影响。1.0～1.5MAC 地氟烷可导致 CO 小幅下降，而当吸入浓度增加到 2.0MAC 时，CO 反而又能回复到基础值。延长地氟烷麻醉时间，无论受试者是否复合吸入氧化亚氮($N_2O$)，都会进一步致使 SVR 降低、心率增快和心指数(cardiac index，CI)增加。自主呼吸条件下地氟烷麻醉期间，除 SV、CI、CVP 和左室射血分数(left ventricular ejection fraction，LVEF)增加以及心肌纤维短缩速度提高外，血压能得到较好的维护，而对心血管功能影响的其他方面类似与机械通气。若地氟烷麻醉同时吸入等量 MAC 的 $N_2O$，除 SVR、血压和心率受影响程度较轻微外，左室每搏功指数(left ventricular stroke work index，LVSWI)也能保持较好水平。而随着地氟烷-$N_2O$ 麻醉深度增加(＞2.0MAC)或吸入时间延长，心率和 CO/CI 比值会进一步增高，而由于 β-肾上腺素能受体活性增强，血压反而又回复到基础对照值水平。

可以说地氟烷吸入浓度陡然增加或深麻醉状态会引起明显的心血管系统血流动力学变化，其中人们不期望出现的心率与血压的变化系地氟烷兴奋交感神经活性所致。但从临床实际使用情况来看，手术病人多种多样，既有大血管又有心脏手术，地氟烷或异氟烷麻醉都会带来对心血管功能的不利影响，且病人术后转归也无显著差异，因而很难断定优劣。

**(五) 七氟烷**

鉴于七氟烷具有诱导迅速恢复快的特点，目前此药已在临床上得到普遍使用，尤其适用于门诊病人手术麻醉和小儿患者麻醉诱导，2%～4%的七氟烷吸入即可迅速诱导麻醉。与其他强效吸入麻醉剂(尤其是异氟烷)相同，七氟烷对循环系统的影响也主要表现在 SVR 降低和轻度抑制心肌收缩力(CO 不变或轻度降低)所致的浓度或剂量依赖性血压下降，同时还伴有轻度的剂量依赖性心输出量减少。正常人在吸入七氟烷时，即便 HR 不变，血压也会有所下降。对心率的影响，七氟烷与地氟烷、异氟烷有所不同，前者不会导致心动过速，因而也更适用于心肌缺血病人的手术麻醉。健康人吸入七氟烷时，血压降低的同时心率并不会有明显改变。动物研究证实，与异氟烷吸入麻醉对心血管功能影响类似，七氟烷吸入麻醉时所产生的剂量依赖性低血压的主要原因是 SVR 降低，同期 CO 也可维持不变或轻微减少。临床实际应用显示，在相同辅助麻醉用药前提下，七氟烷比异氟烷对心率的影响类似或更小。值得一提的是，与氟烷麻醉相比，小儿七氟烷麻醉期间心动过缓或心动过速的发生几率明显减少。

总的看来，无论是对老年病人还是伴有明显心血管疾病的患者来说，仅在对血流动力学影响程度方面，七氟烷和异氟烷是相类似的。

**(六) 氧化亚氮**

氧化亚氮($N_2O$)对心血管功能的影响体内、体外作用结果显现各异。$N_2O$ 在体外具有一定的抑制心肌收缩力的作用，但在体内往往很少见到类似作用，这主要是因为 $N_2O$ 可以刺激交感神经系统。$N_2O$ 在对心血管系统作用的结果，也常常受同时合并应用的其他麻醉药的影响，如①同时合并吸入上述含卤素强效吸入麻醉剂，可以使心率增快、动脉压升高和心输出量增加；②若与阿片类药物联合应用，则可产生血压下降和心输出量降低的结果。

对血管阻力或血管张力的影响包括外周血管和肺血管床，$N_2O$ 能使静脉壁张力增

加，也能使原先就存在的肺动脉高压的肺血管压力进一步升高，因而对于术前有肺动脉高压的病人，不宜选用 $N_2O$ 吸入麻醉。

1. 心脏功能　$N_2O$ 对心肌往往能产生直接的负性肌力作用，但动物与人体研究的结果又不完全一致，可能影响的因素有：$N_2O$ 能增强交感神经系统兴奋性，且不同物种体循环或自主神经系统反射应答结果不一；$N_2O$ 用于麻醉其气体压力往往需超过 1 个大气压才能得到满意的效果，所出现的结果不能简单地以 $N_2O$ 进行解释；$N_2O$ 对心脏功能的影响也会受到其他麻醉药或合并用药的干扰；目前尚缺乏能用于检测负荷非敏感性(load-insensitive)心肌收缩力的方法。

(1) 心肌收缩性与左室舒张功能

1) 心肌收缩性：通过对心肌 PRSW 关系曲线研究发现，失自主神经系统活性的犬在异氟烷或舒芬太尼麻醉下，$N_2O$ 能抑制心肌收缩力，70% $N_2O$ 能使 PRSW 斜率($M_W$)分别降低 41%和 28%，其程度与单独 1.0MAC 异氟烷吸入对心肌收缩性的抑制程度相当。左室收缩末期压力-容积关系监测结果提示，上述这种 $N_2O$ 介导的心肌抑制效应常常会被同时增加的交感神经张力所抵消。但在左室功能不全情况下，$N_2O$ 的负性肌力作用就显得比较明显了。对冠心病或瓣膜病患者来说，$N_2O$ 心肌抑制作用要强于拟交感作用，也不会进一步提高原有的交感神经系统活性。

2) 左室舒张功能：$N_2O$ 对左室舒张功能的影响，目前尚无定论。动物心乳头肌研究显示，$N_2O$ 在降低心肌收缩力的同时，能使乳头肌最大伸长速度和肌力下降最大速率轻度增加，而等容或等张舒张速率未受影响。这意味着从真正意义上来说，$N_2O$ 并未改变心肌舒张功能。近来有实验和临床研究证明，$N_2O$ 能轻度增加左室腔顺应性节段指数(segmental indices of LV chamber compliance)并同时减低左室早期充盈压，可能会导致体外循环 CABG 病人出现左室舒张功能不全。

3) 细胞内 $Ca^{2+}$：体外研究显示，$N_2O$ 能使心肌细胞内的 $Ca^{2+}$ 的瞬间变化呈剂量相关性降低，这意味着 $N_2O$ 抑制心肌收缩性和(或)降低心肌收缩活动与细胞内可利用的 $Ca^{2+}$ 量有密不可分的关系。$N_2O$ 不会影响肌原纤维对 $Ca^{2+}$ 敏感性，也不会影响肌质网(sarcoplasmic reticulum，SR)$Ca^{2+}$ 摄取和释放以及舒张期心肌细胞内 $Ca^{2+}$ 瞬变，这也从另外一个层面提示 $N_2O$ 对心肌舒张功能的影响是十分有限的。

(2) 心率与心排出量

1) 心肌电生理：当 $N_2O$ 与其他强效吸入麻醉剂或阿片类镇痛药联合使用时，有时能引起可逆性房-室分离。例如，$N_2O$-氟烷麻醉时，在 $N_2O$ 使交感神经系统张力增加和氟烷使心肌敏感性增强的双重作用下，心律失常的阈值会有所降低。但是与单用氟烷吸入麻醉相比，$N_2O$-阿片类药物麻醉时，心律失常的发生率明显减少。

2) 心率：临床常用浓度(40%～70%)、高压或与其他强效吸入麻醉剂联合使用的 $N_2O$，皆能使健康志愿者 HR 小幅增加。冠心病患者氟烷或异氟烷麻醉时复合 $N_2O$ 吸入，可引起 HR 减慢。心脏手术病人采用吗啡、芬太尼麻醉期间，$N_2O$ 吸入也会引起 HR 减慢。

3) 心排出量：志愿者 60% $N_2O$-$O_2$ 吸入期间，CO 和每搏量(stroke volume，SV)会轻度增加，而高压 $N_2O$ 状态下 CO 可维持不变。与单纯氟烷吸入相比，健康人若同时吸入 $N_2O$，伴随着交感神经系统张力增加，CO 也会明显增加。除氟烷外，$N_2O$ 与恩

氟烷、异氟烷或地氟烷复合吸入时，同样也会出现 CO 轻度增加。与此相反，健康人和心脏病人采用阿片类药物麻醉期间吸入 $N_2O$，会导致 CO、SV 下降。

（3）冠脉循环与心肌收缩力：犬体外实验研究证实，$N_2O$ 对冠脉血管无直接作用，在使冠脉血流改变的同时心肌氧耗（$MVO_2$）也会有相应变化。冠心病试验动物显示，$N_2O$ 能使肌节短缩降低和收缩后肌节短缩增加，并使跨膜血流重新分布优先供应心外膜下（心内/心外膜血流比值降低）。$N_2O$ 吸入会使顿抑心肌的收缩功能恢复时间延长，原因可能出自于 $N_2O$ 使交感神经系统兴奋和心肌氧供/需失衡。例如，$N_2O$ 与挥发性吸入麻醉药混合吸入时，心肌氧摄取和 $MVO_2$ 水平降低。在此基础上，若同时伴有动脉压降低，冠心病患者可能会出现心肌缺血或心肌缺血加重。但利用经食管超声检测发现，$N_2O$ 与挥发性吸入麻醉药或阿片类药物联合应用时，室壁运动障碍新灶发生率并不增加。

2. 血管舒缩功能

（1）外周血管阻力：1.5MAC $N_2O$ 吸入，能较明显地降低体循环阻力（systemic vascular resistance，SVR），而无 $N_2O$ 复合的吸入麻醉期间 SVR 显得比较高。鉴于会受到交感神经张力的影响，若预先给予神经节阻滞药（如六烃季铵），则能在相当程度上弱化 $N_2O$-氟烷麻醉增高 SVR 的作用。健康人和心脏病人采用阿片类药物麻醉期间吸入 $N_2O$，可能会导致 SVR 下降。

（2）动脉压：60％$N_2O$ 可使病人动脉压轻度升高。高压 $N_2O$ 或与氟烷联合应用，因拟交感作用的结果，病人动脉压将会有所上升。在恒定 MAC 值恩氟烷、异氟烷或地氟烷麻醉下，以 $N_2O$ 替代部分吸入麻醉药一般不会影响动脉压，即便有影响也只是使 MAP 略微升高。冠心病患者吸入 $N_2O$ 时，无论是否联合应用阿片类药物，都会表现出动脉压降低。

（3）肺血管阻力：非心脏病人吸入 $N_2O$ 时，静脉张力增加和静脉容量减少。冠心病患者采用吗啡和地西泮或氟烷麻醉期间，$N_2O$ 复合吸入能小幅增加肺动脉压力（pulmonary artery pressure，PAP）和肺血管阻力（pulmonary vascular resistance，PVR）。受静脉张力、PVR 和 PAP 增加以及心肌收缩功能抑制等多重因素影响，CVP 可能会上升。$N_2O$ 吸入期间之所以会出现特异性 PVR 升高，其原因可能是由于 $N_2O$ 抑制肺组织细胞对去甲肾上腺素的摄取，致使血液去甲肾上腺素浓度升高。这种特异性 PVR 升高表现，对肺高压和肺血流增加的儿童来说显得尤为明显，将会导致无益或有害的右向左分流增加，且不利于先天性心脏病患者动脉血氧合。

3. 交感神经系统活性

非心血管疾病者氟烷麻醉麻醉期间，复合吸入 $N_2O$ 能导致散瞳、出汗、SVR 上升、中央血容量和前臂血管阻力增加等表现，提示 $N_2O$ 的确有激活交感神经系统作用。采用交感微神经描记仪（sympathetic microneurography）测定也证实，$N_2O$ 确实可以加快交感神经信号传输速度，特别是在 $N_2O$ 开始吸入后的 15～30min 内显得突出。尽管 $N_2O$ 能削弱压力感受器自动调控心率的能力，但其间通过交感神经冲动传出调节血管张力的能力非但没有减弱，反而有所加强。由此可见，$N_2O$ 吸入麻醉期间血流动力学之所以相对稳定，可能就是因为这种交感性血管收缩功能得以保护。

### （七）氙气

是一种惰性气体，1951年首次被证实可作为吸入麻醉剂使用。至于为何迄今未在临床上得到推广，主要是因为氙气是一种罕见气体，大气中的含量极少，又无法人工制造，惟有从空气中提取。由此所制成的氙气量十分有限，且价格昂贵。虽然如此，由于氙气自身所具有的独特优点（如麻醉诱导迅速恢复快），使其成为一种十分理想的吸入麻醉气体，尤其非常适用于一些危重病人手术麻醉。通常氙气与30% $O_2$ 混合吸入即可达到有效的麻醉深度，此时既不影响心排出量和心脏节律，也不会明显影响外周血管阻力。动物和临床研究均发现，氙气吸入对体循环和肺循环血流动力学影响十分有限，能维持良好的心肌收缩力，即便心肌收缩力受抑其程度也很微弱。但目前有关氙气对心血管功能的影响研究观察，多半还是在动物体内进行。

1. 心肌细胞电生理　由于氙气不会影响心肌细胞膜上主要的离子电流，因而也不会改变离体心脏或心房肌细胞功能。心脏局部缺血再灌注早期，氙气吸入能在一定程度上对心肌起到保护作用。此时若依据全心肌细胞膜片钳技术可发现，氙气对心肌细胞膜上的 $Na^+$ 通道、L-$Ca^{2+}$ 通道和内向整流 $K^+$ 通道的电流幅度皆无影响。

2. 心脏舒缩功能　至于氙气对心肌功能的保护作用的确切机制，目前有说服力的资料还不多。观察氙气对快速起搏器诱发心肌病的犬发病前后体循环血流动力学、左室舒缩功能和后负荷变化影响发现，异氟烷麻醉下的正常或有心肌病的犬血流动力学能保持稳定，心肌病犬等容舒张的时间常数明显增加的同时左心室早期充盈和心室腔顺应性指数保持不变。提示异氟烷麻醉期间，氙气并不会显著地削弱左心室舒张功能。就现有的研究资料来看，可以说无论是否有扩张性心肌病，氙气对异氟烷麻醉的犬所能产生的心血管效应是很微弱的。择期手术的非心血管疾病患者当氙气呼末浓度达56%时，其抑制交感神经和副交感神经冲动传递的作用显得比0.8MAC异氟烷强。

## 第二节　静脉麻醉药心血管药理

从某种意义上来说，各种静脉麻醉药都会直接或间接地对心血管功能产生一定影响，其影响的程度取决于药物剂量、注药速度、给药方式、心血管疾病种类、术前用药、意识状态（清醒或无意识）、个体差异以及与其他麻醉药间的相互作用等诸多因素。例如从安全性和有效性二方面考虑，不同的心血管疾病病人适合不同的静脉麻醉药（表3-1）。

**表3-1　不同心血管疾病状态下静脉麻醉药安全性和有效性比较**

| 心血管疾病 | 地西泮 | 依托咪酯 | 氯胺酮 | 咪达唑仑 | 硫喷妥钠 | 丙泊酚 |
| --- | --- | --- | --- | --- | --- | --- |
| 缺血性心脏病 | 是 | 是 | 否 | 是 | 是 | 否 |
| 瓣膜性心脏病 | 是 | 是 | 是 | ? | 是 | ? |
| 先天性心脏病 | 是 | ? | 是 | ? | 是 | ? |
| 低血容量/低血压 | ? | 是 | 是 | ? | 否 | 否 |
| 充血性心脏病 | 是 | ? | ? | 是 | 否 | 否 |
| 心脏压（填）塞 | ? | ? | 是 | ? | 否 | 否 |

# 一、苯二氮䓬类药

总的说来，此类药物临床常用剂量对正常人心血管的影响非常微小，除非出现严重中毒情况。当然，作为麻醉前用药，常规剂量的苯二氮䓬类药也都有可能会在某种程度上降低血压和使心率增快，其中咪哒唑仑的影响是继发于外周血管阻力的降低，地西泮的影响则来自于左心室做功的降低。地西泮降低心室做功(负性肌力作用)的可能原因是，该药在增加冠脉血流的同时细胞间腺嘌呤核苷酸浓度增加或积聚，后者属心脏抑制性代谢产物。临床常用苯二氮䓬类药物药代动力学参数比较如下表 3-2：

**表 3-2　苯二氮䓬类药物药代动力学参数**

| 参数 | 地西泮 | 劳拉西泮 | 咪哒唑仑 |
| --- | --- | --- | --- |
| 分布半衰期 $t_{1/2}\alpha$(min) | 30～66 | 3～10 | 6～15 |
| 消除半衰期 $t_{1/2}\beta$(min) | 24～57 | 14 | 1.7～2.6 |
| 分布容积 $V_d$(L/kg) | 0.7～1.7 | 1.14～1.3 | 1.1～1.7 |
| 廓清率[ml/(kg·min)] | 96～99 | 86～93 | 97 |
| 活性代谢产物 | − | + | + |

### (一) 地西泮

有关地西泮(diazepam)对血流动力学的影响，已在正常人、各种心血管疾病甚至ASA Ⅲ～Ⅳ级的患者中进行了详尽的观察。地西泮进行麻醉诱导时对心血管功能的影响，与其他苯二氮䓬类药物药相比，最主要的特点是血流动力学稳定(表 3-3)。

**表 3-3　苯二氮䓬类药物麻醉诱导后对血流动力学变化**

| 血流动力学参数 | 地西泮 | 劳拉西泮 | 咪哒唑仑 |
| --- | --- | --- | --- |
| 心率(HR) | −9%～+13% | — | −14%～+21% |
| 平均血压(MBP) | 0～−19% | −7%～−20% | −12%～−26% |
| 外周血管阻力(SVR) | −22%～+13% | −10%～−35% | 0～−20% |
| 肺动脉压(PAP) | 0～−10% |  | — |
| 肺血管阻力(PVR) | 0～−19% | — | — |
| 左房/肺动脉嵌压(LA/PAO) | — |  | 0～−25% |
| 右房压(RAP) | — |  | — |
| 心脏指数(CI) | — | 0～+16% | 0～−25% |
| 每搏量(SV) | 0～−8% |  | 0～−18% |
| 左室每搏功指数(LVSWI) | 0～−36% |  | −28%～−42% |
| 右室每搏功指数(RVSWI) | 0～−21% |  | −41%～−57% |
| dP/dt | — |  | 0～−12% |

1. 给药剂量与速度对血压、心率影响　用药后，在充盈压和 CI 不变的情况下，HR 可能会有些改变，但幅度不大。在常规麻醉诱导剂量范围内，地西泮所引起的血流动力

学变化，似乎并不与剂量多少相关。例如冠心病患者分别给予0.1mg/kg或0.5mg/kg地西泮后，虽然二者剂量相差5倍，但病人除了MAP分别降低了7%和18%外，其HR、CI、SVR、SI(每搏指数)和LVSWI均未发生明显改变。瓣膜性心脏病患者在20秒内静脉注射0.2mg/kg、0.4mg/kg或0.6mg/kg地西泮，都可引起MAP、HR改变，且程度几乎一致。另外，常规诱导剂量地西泮(0.5mg/kg)无论是快速给药(5s)，还是缓慢注射(10s)，药物对血流动力学影响的程度也不会有明显差异。

2. 血流动力学稳定性　鉴于地西泮血流动力学的稳定性，该药比较适合用于缺血性心脏病病人的麻醉诱导。此外地西泮还具有硝酸甘油样作用，如静脉注射0.1mg/kg地西泮虽然能明显降低LVEDP和体循环灌注压，但能确保冠脉血流和CI不变。与硝酸甘油一样，地西泮也会影响外周动、静脉管壁张力，且与自主神经系统功能无关联。甚至有研究证明，如此小剂量(0.1mg/kg)的地西泮竟能使冠心病患者的冠脉血流增加73%。大量研究也证实，地西泮能明显降低心肌氧耗(myocardial oxygen consumption，$MVO_2$)，即心率-收缩压乘积减小。

地西泮这种稳定的血流动力学产生的原因，目前尚不十分清楚，可能除了与血液儿茶酚胺水平降低有关外，还与影响血管张力的前列腺素活性等因素有关。对于缺血性心脏病患者来说，地西泮的优点在于降低$MVO_2$，而不是增加缺血心肌的血供。

3. 不同性质心脏病用药安全性

(1) 瓣膜性心脏病：对于瓣膜性心脏病和心室充盈压升高的心脏病患者观察发现，总体上地西泮对血流动力学影响不大。瓣膜性心脏病患者静脉给予0.3～0.4mg/kg地西泮后，HR增减幅度在9%～10%之间或没有明显变化，MAP不变或略有降低(15%～19%)，CI保持稳定。由于地西泮对心肌收缩力影响微乎其微，且能使冠心病患者LVEDP降低，对瓣膜性心脏病患者来说，其安全性和有效性是能得到保证的。例如，心脏瓣膜病变和肺动脉高压的病人静脉滴注地西泮(0.4mg/kg)15min后，肺动脉压(pulmonary artery pressure，PAP)由47mmHg降至43mmHg，肺血管阻力(pulmonary vascular resistance，PVR)由909dyn・s/$cm^5$下降到820dyn・s/$cm^5$，CO能保持不变。

(2) 危重病人用药：大量的ASA Ⅲ～Ⅳ病人研究也证实，麻醉诱导期间地西泮的血流动力学稳定性要优于硫喷妥钠。如非心脏手术的病人分别给予0.2mg/kg地西泮和2mg/kg硫喷妥钠，观察麻醉诱导期间CO变化情况。结果采用硫喷妥钠诱导的病人CO降幅≥15%者占绝大多数(85%)，而地西泮诱导的病人CO降幅≥15%者仅为极少数(0.75%)。但是对缩窄性心包炎患者而言，对地西泮(0.3mg/kg)的耐受性远不如氯胺酮(1.0mg/kg)，静脉注射地西泮后有30%的病人会发生严重的血压和CO降低，右房压(right atrial pressure，RAP)从19mmHg降至13mmHg。推测这可能是由于地西泮使血管扩张，随着回心血流量减少和RAP下降，导致心脏充盈压降低之故。

(3) 联合用药：地西泮与其他麻醉药联合应用，可能会提高前者的安全性，但尽管如此，也仍不可忽视有发生心血管功能抑制的危险。缺血性心脏病病人3mg/kg吗啡麻醉后给予地西泮(0.25～0.35mg/kg)，病人HR、PCWP、PAP、PVR和SVR不发生改变，但MAP和CI有轻度降低，分别由84mmHg降至73mmHg和2.91L/(min・$m^2$)降至2.36L/(min・$m^2$)。芬太尼与地西泮同时使用，要比单独用药对血流动力学的负

性影响略强。例如，以 50μg/kg 芬太尼麻醉的二尖瓣病变的患者加用 10mg 地西泮，会对血流动力学稳定性产生明显影响，虽然 HR 保持不变，但 CO、MAP 和 SV 分别降低 21%、10%和 17%。CABG 病人以 0.125～0.5mg/kg 地西泮和 50μg/kg 芬太尼联合麻醉诱导，对心血管系统功能的抑制程度要比单独用药明显的多。地西泮、芬太尼依次给药后，MAP 和 SVR 会明显下降。此外，地西泮与阿芬太尼或苏芬太尼联合用药，也会导致血管舒张和低血压。地西泮与 50% $N_2O$-$O_2$ 吸入联合进行麻醉诱导，对血流动力学稳定性影响的程度类似于地西泮单独用药。二者唯一的区别是，加用了 $N_2O$ 后 MAP 和 LVSWI 可能会有所下降。

4. 临床应用　与心脏病病人一样，即便是多器官或系统功能病变的患者也可采用地西泮进行麻醉诱导。ICU 病人也常用此药进行镇静。需要注意的是，地西泮血浆清除时间相对较长，当在使用大剂量情况下，可能会产生长时间或数小时的 CNS 和呼吸抑制。成年先天性、瓣膜性或缺血性心脏病病人可以按 0.3～0.5mg/kg 剂量缓慢静脉注射(5～15s)行麻醉诱导，麻醉维持可辅助其他麻醉药和心血管药，即可保持良好肌松和将血流动力学参数控制在理想范围内。低血容量和心包填塞的病人禁用地西泮，以防严重低血压发生和 CO 进一步减少。但就维持 SVR 而言，地西泮可能要比其他苯二氮草类药物好些(表 3-3)。

### （二）劳拉西泮

1. 试验研究　对健康志愿者和进行小手术的 ASA Ⅰ～Ⅱ病人以劳拉西泮(lorazepam)作为术前用药研究发现，手术前夜口服 3～4mg 并不会明显降低血氧饱和度，但其血氧饱和度谷值与未服药病人相比的确有所降低。健康志愿者在口服 2.5～7.5mg 劳拉西泮范围内，除了随剂量加大催眠深度增加外，HR、CO 和 SVR 能保持不变，无论是手术前夜口服还是术前 2 小时肌肉注射，都不会影响血流动力学稳定性。用于麻醉诱导，可以说劳拉西泮对心血管功能的影响类似于地西泮和咪哒唑仑。对心肌收缩力的影响，劳拉西泮与地西泮不同，前者不会诱发腺苷样负性肌力作用。CABG 病人微泵持续滴注劳拉西泮达到中央室 0.1mg/kg 浓度水平并复合使用大剂量芬太尼麻醉时，虽然 MAP 下降 7%～20%，但 SVR 增加 10%～35%，CO 提高 2%～16%，总体上能保证血流动力学处于稳定状态(表 3-3)。

2. 临床应用　劳拉西泮对心血管手术病人可以说这是一种很好的术前药和催眠药，它不仅具有水溶性、肠外吸收可靠、再分布半衰期短和肌肉或静脉注射无痛等药代动力学特点，还具有良好的镇静、遗忘作用，以及心血管和呼吸系统副作用小等临床用药优势。劳拉西泮一般不用于麻醉诱导，但可与芬太尼复合用于麻醉维持。鉴于其药代动力学特点，在一定程度上劳拉西泮可能会取代地西泮。

### （三）咪哒唑仑

1. 血流动力学稳定性　总体上来看，无论是正常人群、ASAⅢ级病人还是缺血性心脏病病人，作为术前用药静脉注射 0.2～0.3mg/kg 咪哒唑仑(midazolam)后，除了 MAP 降低 20%和 HR 增加 15%外，其他血流动力学参数(如 CI、心室充盈压)几乎没有发生明显变化，但原先 PCWP 升高的病人心室充盈压可能会有明显下降。行心导管检查的病人静注 0.05mg/kg 咪哒唑仑镇静，不会对心血管功能产生任何不利影响。0.2mg/kg 咪哒唑仑麻醉诱导能使脑血流(cerebral blood flow，CBF)降低 24%，$MVO_2$

减少26%。缺血性和瓣膜性心脏病患者咪哒唑仑麻醉诱导后，CI、HR和MAP变化都不大，但由于不是镇痛药，气管插管后往往HR和MAP会明显升高。如果联合使用镇痛药，可避免此类情况发生。

2. 负性肌力作用　在对血流动力学影响方面，咪哒唑仑与地西泮的最大区别在于，前者用药后4～5min在CI、SVR不变的情况下，MAP下降的幅度比较大，这可能是由于咪哒唑仑的负性肌力作用略强于地西泮之故，心率和心脏充盈压变化能起到代偿作用。动物研究证明，无论是咪哒唑仑还是地西泮都会随着用药剂量的逐渐增加，dP/dt max逐渐降低。受试者给予咪哒唑仑后LVSWI和SI降低，可能是心肌收缩力减弱或PCWP下降的缘故。清醒动物在开始给予亚麻醉剂量(0.25mg/kg)咪哒唑仑后，即便再增加40%剂量，也不会引起血流动力学参数大幅下降，说明该药具有比较宽的安全用药范围。但当动物处于低血容量状态下，咪哒唑仑所引起的低血压要比血容量正常的动物严重得多。

3. 对容量血管的影响　咪哒唑仑对容量血管的影响要比地西泮明显。在体外循环(CBP)手术中可以见到，用咪哒唑仑后体外循环机静脉回流量要明显低于用地西泮后的静脉回流量。此外，CBP期间地西泮降低SVR的作用要比咪哒唑仑强。就正常人而言，虽然硫喷妥钠和咪哒唑仑对血流动力学的影响大致是相同的，都可以引起血压下降和心率增快，但咪哒唑仑可维持CO不变，而硫喷妥钠则可导致CO减少。

4. 药物间相互作用　咪哒唑仑与其他麻醉药间的相互作用对心血管系统功能影响不大，也没有不可预知的因素。作为麻醉前用药，无论是与吗啡还是东莨菪碱合用，都能使麻醉诱导时间缩短。50% $N_2O$吸入与0.2mg/kg咪哒唑仑联合用药进行麻醉诱导，不会发生心血管功能抑制现象，其效果可与$N_2O$-阿片类药物联合用药相媲美。与氟烷联合给药，病人也能很好耐受。急诊手术病人麻醉快诱导采用0.15mg/kg咪哒唑仑与1.5mg/kg氯胺酮联合用药的方法，相对于单独用硫喷妥钠来说，是既安全又实用，不但心血管抑制作用轻、遗忘效果好，而且病人术后嗜睡现象少。虽然咪哒唑仑与芬太尼联合用药也会像地西泮-芬太尼一样，可能会引起血压下降，但就目前临床实际用药情况来看，心脏手术麻醉维持人们已习惯将咪哒唑仑与芬太尼搭配，且尚未发现任何对心血管系统功能的不良影响。

5. 临床应用　咪哒唑仑与其他苯二氮䓬类药物相比，最突出的特点是起效快、作用时间短、水溶性强以及不会产生明显的血栓性静脉炎。药物经口服和肌肉注射都能很好吸收，是一种很好的麻醉前用药。尽管此药是否能安全用于低血容量病人以及会否导致严重低血压，目前尚缺少可靠的研究资料进行论证，但根据其起效快和对血流动力学影响相对较小的特点，还是可以用于急诊手术病人麻醉诱导和危重病人镇静的。尤其适用于短小手术病人麻醉或镇静，如心脏电复律、心导管和内镜检查等。CABG病人术中持续滴注咪哒唑仑-芬太尼即可获得满意的麻醉效果，而无须辅助吸入麻醉药，并在确保病人无术中知晓的情况下达到非常好的血流动力学稳定状态。若采用微量泵给药，能在取得同样效果的前提下，咪哒唑仑-芬太尼用量大为减少。由于咪哒唑仑使用方便、血流动力学稳定、遗忘作用可靠且能减少镇痛药用量，与阿片类药物持续静脉给药用于心脏手术病人麻醉，效果颇佳。

## 二、巴比妥类药物

若只是口服镇静或催眠剂量的巴比妥类药，不会对心血管系统产生明显影响，病人仅仅表现如同平时睡眠状态下的血压轻度降低和心率减慢。麻醉剂量的巴比妥类药可产生剂量依赖性血压下降，这主要是由于血管扩张尤其是静脉扩张所致。虽然巴比妥类药物的确可抑制压力感受性反射，但在血压下降的同时心率通常还是表现出反射性增快。总的看来，硫喷妥钠麻醉时，对心血管功能的影响程度要比挥发性麻醉药轻，麻醉期间平均动脉压(MAP)趋于平稳。

值得注意的是，在服用巴比妥类药期间，心血管系统的诸多反射(如压力感受性反射)因自主神经节被部分抑制而反应迟钝，对某些静脉扩张代偿功能受损十分严重的病人如充血性心力衰竭或低血容量休克、心肌病、瓣膜性心脏病、冠心病、心包填塞以及使用β-受体阻滞剂的病人，使用巴比妥类药物应特别小心。这些病人用药前往往体内各种有利于维持心血管功能稳定的各种反射已起到最大限度作用，即便是小剂量的巴比妥类药也会导致血压大幅度降低。冠心病并非为硫喷妥钠使用绝对禁忌证，只要血压能维持正常，心肌对氧的供需平衡仍能维持在适当水平。巴比妥类药也会使肺充气时的心血管功能调节发生障碍，麻醉期间切勿轻易采用加压呼吸，加压呼吸的同时一定要确保有足够的换气量。

在正常情况下，口服巴比妥类药很少会引发心律失常，但若静脉给药如硫喷妥钠，可增加室性心律失常的发生率，尤其是在同时应用肾上腺素或氟烷期间。麻醉浓度的巴比妥类药对心脏有直接的电生理作用，除抑制心肌细胞 $Na^+$ 通道外，还至少减少二种 $K^+$ 通道功能。但是临床上只有当所给予的巴比妥类药剂量达到麻醉剂量的数倍时，才能显现心肌收缩力受抑征兆，如急性巴比妥类药中毒的病人。

### (一) 硫喷妥钠

1. 血流动力学变化　硫喷妥钠对正常人和心脏病患者的血流动力学稳定性都会产生程度不等的影响(表 3-4)，其中最突出的表现是心肌收缩力减弱。除此之外，用药期间 HR 也会增快，CI 不变或降低，MAP 保持稳定或略有下降。静脉滴注和小剂量给药对血流动力学影响程度，要比大剂量单次静脉注射小得多。至于血浆药物浓度与药物对心血管系统功能抑制强度间有无相关性，目前尚未得到证实。可以肯定，由于硫喷妥钠能使容量血管扩张(静脉血管容积增加)和回心血流量减少，100mg～400mg 即可导致 CO 降低 24%、MAP 下降 10%。常人与缺血性心脏病患者一样，给予硫喷妥钠后进行气管插管皆可引起血压明显升高和心动过速。静脉注射 0.01mg/kg 芬太尼即能预防这种插管应激性心动过速发生。

2. 作用机制　硫喷妥钠导致 CO 降低的原因，可能与①药物的直接负性肌力作用；②静脉容积增加导致静脉回流减少，造成心室充盈不足；③一过性来自 CNS 的交感神经传出冲动减弱等因素有关。硫喷妥钠导致心肌收缩乏力的原因在于，药物使心肌纤维膜上 $Ca^{2+}$ 结合位点和 $Ca^{2+}$ 内流减少，最终导致心肌细胞可利用的 $Ca^{2+}$ 量下降。硫喷妥钠所引起的心率增快幅度可从 10%至 36%不等，是一种压力感受器介入的心交感性刺激反应。

3. 用药安全　硫喷妥钠对心血管功能的影响，健康人与代偿性心脏病患者之间虽然看起来差别不大，但对于瓣膜性或先天性心脏病患者来说，还是要小心谨慎，有时甚至小剂量(4mg/kg)也会导致 MAP 降幅达 20%。冠心病病人用硫喷妥钠麻醉时若发生心动过速，是十分危险的，因为心率增快的同时往往伴有被动性 $MVO_2$ 大幅增加，可能会引发或加重心肌缺血缺氧。硫喷妥钠麻醉诱导期间，非冠心病患者一般都能通过增加冠脉血流满足心肌氧供，即使是缺血性心脏病患者也能维持心肌正常的乳酸代谢。

大剂量给药快速静脉注射，往往会严重抑制心血管功能，但若缓慢静脉推注或滴注，可以将健康人甚至心脏病患者心血管功能受影响程度最小化。低血容量病人由于心血管功能代偿有限，硫喷妥钠麻醉诱导后 CO 降幅可高达 69%，同时伴有明显的血压下降。对 ASA Ⅲ～Ⅳ级病人而言，麻醉诱导硫喷妥钠对心血管功能的抑制作用要比地西泮明显。

4. 临床应用　硫喷妥钠可安全地用于无心血管系统疾病和代偿性心脏病患者麻醉诱导。但由于此药有负性肌力作用，能减少静脉回流且随着剂量增大 CO 降低越明显，用于左/右心衰、心包填塞和低血容量病人要特别当心。缺血性心脏病患者给予硫喷妥钠时，要注意防范心动过速。

### (二) 美索比妥

美索比妥(methohexital)是否比硫喷妥钠对心血管功能抑制程度轻，目前还难下结论。但可以肯定的是，等效剂量的美索比妥与硫喷妥钠对心血管功能抑制程度是相同的。非心脏手术病人给予美索比妥后，能导致 CO 小幅下降和代偿性 HR 增快(表 3-4)。美索比妥对 HR 的影响程度比短效麻醉药丙泮尼地(propanidid)轻，但比阿法多龙(安泰酮，althesin)或依托咪酯(etomidate)来得明显。与硫喷妥钠相比，高血压病人用美索比妥后，血压下降幅度更大。总的来说，美索比妥是目前唯一常用的一种有别于硫喷妥钠的巴比妥类药物，多半用于急救病人早期用药，其对心血管功能的影响与硫喷妥钠比较并无明显优势。

**表 3-4　巴比妥类药引起的血流动力学变化**

| 血流动力学参数 | 硫喷妥钠 | 美索比妥 |
|---|---|---|
| 心率(HR) | 0～+36% | +40%～+50% |
| 平均血压(MBP) | −18%～+8% | 0～−10% |
| 全身血管阻力(SVR) | 0～+19% | ? |
| 平均肺动脉压(PAP) | 无变化 | ? |
| 肺血管阻力(PVR) | 无变化 | ? |
| 左房或肺动脉嵌压(LA/PAO) | 无变化 | ? |
| 右房压(RAP) | 0～+33% | 0～+5% |
| 心脏指数(CI) | 0～−24% | 0～−12% |
| 每搏输出量(SV) | −12%～−35% | ? |
| 左室每搏功指数(LVSWI) | 0～−26% | ? |
| 右室每搏功指数(RVSWI) | ? | ? |
| 心室内压上升速率(dP/dt) | −14% | ? |

## 三、非巴比妥类药

### （一）丙泊酚(propofol)

丙泊酚(propofol)是目前最常用的静脉麻醉药。有关此药对心血管功能的影响，人们已对不同的人群进行了观察和研究，这其中包括ASA Ⅰ～Ⅱ病人、老年病人以及冠心病合并左室功能正常或异常的病人。同时也与其他临床最常用的麻醉诱导药如苯巴比妥类药物和依托咪酯进行了比较(表3-5)。

**表3-5　非巴比妥类药物麻醉诱导后血流动力学变化比较**

| 血流动力学参数 | 依托咪酯 | 丙泊酚 | 氯胺酮 |
| --- | --- | --- | --- |
| 心率(HR) | 0～+22% | -6%～+12% | 0～+59% |
| 平均血压(MBP) | 0～-20% | 0～-47% | 0～+40% |
| 全身血管阻力(SVR) | 0～-17% | -9%～-25% | 0～33% |
| 平均肺动脉压(PAP) | 0～-17% | -4%～+8% | +44%～+47% |
| 肺血管阻力(PVR) | 0～+27% | | 0～+33% |
| 左室舒张末压/肺动脉嵌压(LVEDP/PAO) | 0～-11% | +13% | 无变化 |
| 右房压(RAP) | 无变化 | -8%～-21% | +15%～+33% |
| 心脏指数(CI) | 0～+14% | -6%～-26% | 0～+42% |
| 每搏容积(SV) | 0～-15% | -8%～-18% | 0～-21% |
| 左室每搏做功指数(LVSWI) | 0～-27% | -15%～-40% | 0～+27% |
| 心室内压上升速率(dP/dt) | 0～-18% | | 无变化 |
| 心脏收缩时间间隔(STI) | 无变化 | | |

所有资料来自于无心血管疾病或代偿性缺血性心脏病病人。

1. 心率　丙泊酚对HR的影响并非一定。就是说在给予丙泊酚后，有时即便MAP有显著降低，但HR并不一定就会发生变化。HR变化也呈多样性，有时表现为心动过速，有时表现为HR减慢。如果是在$N_2O$麻醉下交感神经系统兴奋，丙泊酚可引起HR加快。MAP下降的同时HR减慢，很有可能是丙泊酚在不影响颈动脉压力感受器反射的前提下，重调了压力感受器调控阈值，结果是在低水平血压状态下，HR保持不变或也同步略有下降。

心脏手术病人体外循环(CBP)前静脉持续滴注丙泊酚，在等同的EEG抑制水平下，与神经安定镇痛或异氟烷麻醉病人比较，血浆肾上腺素和去甲肾上腺素水平较低。与咪唑安定比较，丙泊酚能降低CBP期间病人血浆肾上腺素、去甲肾上腺素和皮质醇水平。绝大多数研究证明，静脉给予丙泊酚后，外周血管阻力(SVR)、心脏指数(CI)、每搏量(SV)、左室每搏作功指数(LVSWI)明显降低，其中SVR可下降9%～30%。

2. 血压　尽管各项研究因所采用的麻醉方法不同、药物剂量差异以及资料采集和分析技术不一，其结果难以直接进行直接比较，但是总体结果还是相差无几，十分明确。即丙泊酚麻醉诱导时，若以2.0mg/kg静脉注射再予100μg/(kg·min)静滴维持后，病

人动脉收缩压(SAP)和舒张压(DAP),以及平均动脉压(MAP)皆会下降15%~40%。

麻醉剂量丙泊酚可使血压下降,作用比硫喷妥钠强,也呈剂量依赖性。导致血压下降的原因是外周静脉扩张和心肌收缩力抑制。由于此药能重调压力感受器反射调节阈值,且对迷走神经有一定抑制作用,因而不同剂量所引起的血压下降的同时心率反射性增加幅度微乎其微。与硫喷妥钠相比,丙泊酚用于有低血压倾向的病人更应当心。

3. 心肌收缩力 尽管尚有争论,但众多证据还是显现,丙泊酚对心肌收缩力影响程度取决于药物剂量。

(1) 动物实验:通过采用压电晶体电极(piezo-electric crystals)测定心肌短缩长度的动物实验研究发现并证实,丙泊酚血浆浓度与心肌收缩力减弱程度密切相关。利用超声方法测定不同的静脉麻醉药对正常或缺血心肌短缩程度的影响,发现心肌舒张末期长度(end-diastolic length,EDL)减小(即左室充盈降低)和心脏收缩时心肌短缩程度均呈剂量依赖性变化,其中对硫喷妥钠尤为敏感。而丙泊酚只有在大剂量[250μg/(kg·min)]情况下才可显现心肌抑制效应,且对缺血和非缺血心肌短缩程度的影响相同。

(2) 临床研究:利用放射性核素心室造影发现,丙泊酚血浆浓度达3000ng/ml~6000ng/ml时对拟行CABG手术的病人心脏射血分数(EF)没有影响,心输出量的减少是心脏前负荷降低所造成的。但也有研究通过经食道超声心动图(TEE)观察EF和心室收缩末期容积变化,以及结合同期SAP参量,分析发现无论是小剂量(1.5mg/kg)还是大剂量(2.5mg/kg)丙泊酚麻醉诱导,都可对心脏产生明显的抑制作用。而且这种抑制作用要比等效剂量硫喷妥钠更明显,持续时间更长。

4. 扩血管作用 丙泊酚能引起血管扩张,这是不争的事实。但究竟是以动脉或小动脉扩张为主,还是以容量血管扩张为主,目前尚不确定。

(1) 动物实验:体外研究发现,丙泊酚能降低$K^+$介导的动脉或静脉血管平滑肌张力,其张力降低程度随药物剂量的逐渐增加而愈加明显。而且这种作用在静脉血管平滑肌上显得更加突出。

(2) 临床研究:有一项研究观察7例安装人工心脏(Jarvik-7型)病人,在维持恒定的心输出量(CO)和保持心脏前负荷不变的情况下,丙泊酚对SVR的影响。结果显示,用药后病人右房压(RAP)、肺动脉压(PAP)、左房压(LAP)和MAP均降低,由此推测动静脉血管和肺动脉血管张力是降低的。对心肌血供和心肌氧耗检测表明,丙泊酚在降低心肌氧耗31%的同时,心肌血供也减少26%,1例病人有心肌乳酸堆积,也有局部心肌氧供-需失衡情况。也有研究证实,以苏芬太尼麻醉的心脏手术病人,CBP期间静脉注射2.0mg/kg丙泊酚,可导致血压显著下降,且血压下降持续时间甚至有可能超过依托咪酯或硫喷妥钠。

总体上看,无论是离体还是在体实验,动物还是临床研究,其结果皆提示丙泊酚单独给药或与其他麻醉药联合应用,都可因血管扩张引起动脉压、CI和心脏前负荷降低,以及明显的心肌抑制。

**(二) 依托咪酯**

与其他静脉麻醉如硫喷妥钠、丙泊酚等相比,依托咪酯的最大优点在于,无论是心脏病或非心脏病病人麻醉诱导后心血管功能都较为稳定(表3-5)。诱导剂量的依托咪酯能略使心率增加,但对同期血压和心输出量无明显影响。由于在不影响冠状血管灌

注压的同时，可减少心肌耗氧量，因而依托咪酯用于冠心病、心肌病、脑血管病变和低血容量等手术病人的麻醉诱导要比其他静脉麻醉药显得更加合适。

1. 对血流动力学影响

（1）血流动力学稳定性：心功能正常或代偿性缺血性心脏病患者静脉注射 0.15～0.3mg/kg 依托咪酯后，反映循环功能状态的各项参数如 HR、PAP、PCWP、左室舒张末压（LVEDP）、RAP、CI、SVR、肺血管阻力（PVR）和 dP/dt，以及心缩间隔时间（systolic time intervals，STI）都不会发生明显变化。在保持心肌氧供-需平衡方面，依托咪酯是静脉麻醉药中效果最好的。对失血性休克犬（MAP 40～45mmHg）研究也发现，硫喷妥钠（10mg/kg）要比依托咪酯（1.0mg/kg）对血流动力学抑制程度大得多，死亡率明显增加。提示，临床上低血容量休克病人采用依托咪酯麻醉，安全性能得到保证。

大多数病人用药后血压不会受到影响，但若是瓣膜性心脏病患者，血压或许会下降 10%～20%，尤其是随着剂量增加，MAP 和 LVSWI 降低显得尤为突出。例如分别给予 0.3mg/kg、0.45mg/kg 或 0.6mg/kg 依托咪酯后，在血压均值（mean blood pressure，MBP）和 LVSWI 明显降低的同时，HR、PAP、PCWP、CVP、CI、SV 和 SVR 可不受影响。

（2）剂量依赖性抑制：尽管在一定程度上依托咪酯对血流动力学的影响幅度呈剂量依赖性，但是在临床实际使用过程中，即便常规用药剂量增加 20%，也能确保血流动力学稳定。离体动物心脏研究证实，依托咪酯对犬心肌可显现剂量依赖性直接的负性肌力作用，但其强度只及等效麻醉剂量硫喷妥钠负性肌力作用的 50%。体内研究比较困难，因为很难维持恒定的 HR 以及心脏前/后负荷。推测依托咪酯对血流动力学这种剂量依赖性抑制作用，可能与下列因素有关：①CNS 交感刺激减弱；②心肌氧耗减少所致的一种心血管功能自动调节作用；③静脉回流减少使 SV 降低。

2. 特殊病人应用

（1）急性心肌梗死病人麻醉：急性心梗拟行经皮冠脉成形术（PTCA）的病人，静脉注射 0.3mg/kg 依托咪酯进行麻醉，不会影响 HR、MAP 和心率-血压乘积（rate-pressure product，RPP）。说明此药用于这类病人手术麻醉，因有良好的血流动力学稳定性，而显得十分安全。

（2）瓣膜性心脏病病人麻醉：瓣膜性心脏病可能会影响血流动力学对依托咪酯的反应。用药（0.3mg/kg）后尽管绝大多数病人血压能维持住，但主动脉瓣和二尖瓣瓣膜性心脏病患者收缩压和舒张压下降 17%～19%，PAP 和 PCWP 分别降低 11% 和 17%，CI 最大降幅<13%。至于药物对血流动力学影响程度，主动脉瓣和二尖瓣瓣膜性心脏病病人之间无显著差别。

3. 药物间相互作用　尽管目前尚未进行详尽的研究，但是总的看来在复合麻醉中，依托咪酯对心血管的作用不会受其他麻醉药很大影响。例如吸入 66% $N_2O$-$O_2$ 麻醉不会对静脉注射依托咪酯后的心血管功能（除心肌收缩力外）变化产生更进一步影响。

但是静脉注射依托咪酯后，采用神经安定镇痛麻醉时，应小心谨慎。0.3mg/kg 依托咪酯能使给予神经安定药麻醉病人 dP/dt 下降 18%，给予芬太尼和阿芬太尼麻醉的心脏病患者 CI、HR、SVR、MAP 和 PAP 分别降低 4%～17%、17%～20%、14%、20%

和4%～17%。无论是冠心病还是瓣膜性心脏病病人，依托咪酯与阿片类镇痛药联合应用，心血管功能受抑制的几率增加。氟烷吸入麻醉时也要当心。非心脏病病人0.3%氟烷-66% $N_2O$-$O_2$ 吸入麻醉时给予0.3mg/kg依托咪酯后，体循环血压下降14%，SVR减少17%，dP/dt降低9%。

### （三）氯胺酮

氯胺酮广泛用于临床麻醉与镇痛已40多年历史，主要作用于中枢神经系统（CNS）、交感神经末梢、心血管平滑肌和心肌等。既能通过直接兴奋CNS和抑制交感神经末梢儿茶酚胺递质耗竭，产生拟交感作用，兴奋心血管系统，表现出正性变力效应；又能通过对心肌和血管平滑肌的直接抑制作用，直接抑制心血管功能，产生负性变力效应（negative inotropic effect，NIE）。

与大多数静脉麻醉药不同，诱导剂量氯胺酮多半会导致血压升高、心率加快和心输出量增加。这种心血管效应是药物直接作用的结果，主要原因与中枢和外周神经儿茶酚胺再摄取受抑有关。

尽管氯胺酮有直接地抑制心肌收缩力和扩张血管作用，但通常情况下这些作用往往被其拟交感作用所掩盖，故可临床上可安全用于手术麻醉中有低血压风险的病人。此药虽无明显地致心律失常作用，但麻醉期间心肌耗氧量增加，用于有心肌缺血倾向或潜在心肌缺血风险的病人要十分谨慎，最好选用其他静脉麻醉药。

1. 对心肌的直接作用

（1）负性肌力作用：氯胺酮中枢和外周性交感兴奋作用常掩盖了其本身对心肌的直接负性肌力作用。以不同的刺激条件下诱发兔游离心室肌收缩，20～40mg/ml浓度的氯胺酮溶液能强烈抑制静息状态下心肌收缩（RSC）和慢动作电位的上升速度，而对快速冷刺激性心肌收缩（RCC）无影响，对动作电位下的心肌收缩（PSC）的影响轻于对RSC的影响。由此认为，氯胺酮引起NIE的原因在于能抑制或减少跨肌膜 $Ca^{2+}$ 内流，而对肌质网功能以及 $Ca^{2+}$ 释放几乎没什么影响。

（2）负性肌力作用与药物浓度间关系：尽管人们一致认为，氯胺酮对心肌的内在收缩力可能会产生直接的负性肌力效应，但在不同的药物浓度下其结果可能截然不同。例如，氯胺酮在 $10^{-5}$～$3\times10^{-4}$mol/L浓度范围内实际上表现出的是正性肌力作用，若浓度超过 $5\times10^{-4}$mol/L，则会表现出直接的心肌抑制作用。已有的研究结果也证明，唯有高于治疗（麻醉）浓度的情况下，氯胺酮才可能压抑其本身的正性肌力效应。例如，以0.5μmol～1.0mmol/L氯胺酮液灌注豚鼠心脏，药物浓度≥50μmol/L即可抑制心肌收缩功能，浓度达100μmol/L能使冠脉血流减少11%±20%，后者也与心肌收缩力受抑有内在关系。而之所以会出现NIE，是由于肌质网功能受损之故。据此，人们建议对低血容量治疗对象，氯胺酮用量应减少50%～70%。

（3）其他影响因素：除药物浓度外，氯胺酮对心肌的直接作用结果还取决于心肌的病理生理状态，如对患有心肌病的鼠心肌不产生正性肌力效应。究其原因，可能与下列因素有关：①氯胺酮不增加跨肌膜 $Ca^{2+}$ 内流；②氯胺酮虽增加跨肌膜 $Ca^{2+}$ 内流，但尚不足以导致心肌收缩力增强；③氯胺酮明显地抑制了肌质网功能，从而抵消了 $Ca^{2+}$ 内流的作用。动物实验和临床研究都显示，使用氯胺酮产生心血管功能抑制还取决其他一些因素，如细胞外液量少、自主神经功能紊乱、心血管疾病等。

2. 松弛血管平滑肌

(1) 交感-肾上腺素能系统活性：当机体交感-肾上腺素能系统活动受抑时，氯胺酮对周围血管的直接作用，即松弛血管平滑肌的作用显得尤为突出。氯胺酮对周围血管的影响机制较为复杂。借助大鼠后肢灌注模型观察氯胺酮注入后肢动脉后的灌注压变化，呈先下降继而迅速上升的双曲线，约15min才恢复至注药前水平。利用中枢抑制药、肾上腺素能受体阻滞剂和/或钙通道阻滞剂研究氯胺酮对后肢灌注压影响的机制，认为可能与氯胺酮直接作用于周围血管、交感兴奋以及压力受体反射等因素有关。对鼠心肌纤维检测发现，氯胺酮可以通过促进平滑肌细胞内 $Ca^{2+}$ 外流直接抑制血管平滑肌，其作用类似维拉帕米。

(2) 血管平滑肌张力：总体上说，正常情况下氯胺酮对周围血管影响的机制为先兴奋 $\beta_2$ 受体，使血管扩张，随后 $\alpha_1$ 受体兴奋使血管收缩。病理状态下，氯胺酮主要显现抑制外周血管作用。如给重度失血性休克恢复后的大鼠静脉注射氯胺酮5mg/kg，1min后后肢动脉灌注压下降显著，较对照值降低约27%，随着时间延长灌注压虽能缓慢上升，但30min内仍明显低于对照值，同时伴有轻度乳酸水平升高。这说明在重度失血性休克血容量恢复后，氯胺酮之所以使平均动脉压(MAP)、灌注压以及HR再次明显降低的原因在于，休克期儿茶酚胺的大量耗竭与病理状态下药物对休克后血管平滑肌和心肌的显著的抑制作用。同期血浆乳酸水平升高，也加重了氯胺酮对平滑肌舒缩功能的抑制。

3. 临床应用须注意的问题　氯胺酮可增强心肌对循环中的儿茶酚胺敏感性，提高肾上腺素诱发的心律失常几率，故当用于成人心导管术时，有可能会产生十分明显的低血压。对于右心储备功能有限的病人(如肺栓塞、原发性肺动脉高压)，用氯胺酮弊大于利，往往可能在使冠脉血流减少和增加心肌氧耗的基础上加重心肌缺血。休克病人拟用氯胺酮时应把握好以下几点：对轻、中度休克和心功能正常的病人，氯胺酮可产生心血管兴奋作用；只有在机体维持一定的代偿机能的基础上，氯胺酮的拟交感活性才能体现出来，故用药前应注重抗休克综合治疗措施；对心功能差或因重度休克而处于严重应激状态的病人，氯胺酮须慎用，剂量和注药速度要严加控制；对心血管功能失代偿的危重病人，急诊手术麻醉时禁用氯胺酮。

**(四) 右美托咪啶**

右美托咪啶(dexmedetomidine)为美索比妥的同分异构体(D-isomer of methoexital)，是一种高选择性和特异性、作用强的肾上腺素能受体兴奋剂。此药是由芬兰和美国联合开发的一种新的镇静药物，2000年才问世美国市场，国内应用经验不多。与传统典型的 $\alpha_2$-肾上腺素能受体兴奋剂-可乐定相比，右美托咪啶对 $\alpha_2$-肾上腺素能受体的选择性更高。该药能显著减少吸入麻醉剂用量，在足够的剂量下甚至完全能作为一种麻醉药。右美托咪啶能使麻醉药用量减少的确切机制，目前尚不十分清楚，可能与药物对中枢神经系统(CNS)突触前、后膜上的 $\alpha_2$-肾上腺素能受体作用有关。

1. 实验研究　右美托咪啶对心血管功能的影响程度取决于用药剂量。小鼠麻醉前预先给予大剂量右美托咪啶，会使血压升高。若小鼠能保持自主呼吸且无明显呼吸抑制，则动脉血气分析各项数值能保持正常。犬肌注或静注右美托咪啶80μg/kg或30μg/kg后，SVR增加的同时HR、CO降低。但在麻醉且自主神经功能被完全阻断的

情况下，仅静脉注射 5～10μg/kg 右美托咪啶就足以使 CO 直线下降，而导致 CO 下降的原因并非是心肌收缩力减弱所致，而是受血管阻力增高和 HR 减慢的影响。大剂量右美托咪啶致使 SVR 增高的主要原因，是药物激活了血管平滑肌突触后膜上的 $\alpha_2$-肾上腺素能受体。

2. 临床研究与应用

(1) 临床研究：ASA Ⅰ女性患者术前给予小剂量右美托咪啶(0.5μg/kg)，血压和心率会有轻度降低和减慢。氯胺酮-$N_2O$-$O_2$ 麻醉诱导前肌注右美托咪啶 2.5μg/kg，不但能使氯胺酮心脏刺激作用明显减弱，而且术中和术后窦性心动过缓的发展率也明显增加。因冠状动脉病变而需行血管手术的患者围术期持续静脉滴注小剂量右美托咪啶，虽然能因术前 HR 减慢和收缩压降低，以及术后心动过速几率降低，使心脏做功减少，对心脏起到一定保护作用，但术中往往需要用较多的药物支持来维持满意的血压和心率。右美托咪啶导致病人心率减慢和血压降低的原因，可能与药物的麻醉作用使 CNS 交感神经传出信号减弱所致。

究竟右美托咪啶导致心动过患和低血压是否一定就是该药麻醉作用的结果，也有不同的观点。例如清醒动物给予右美托咪啶后，的确可引起血压下降，但若随后再给予强效吸入麻醉剂，MAP 有可能保持不变甚至升高。这提示右美托咪啶与吸入麻醉剂之间的相互作用，可能是通过其他机制影响心血管功能。自主呼吸条件下，给予右美托咪啶后不会对呼吸产生明显抑制，$PaCO_2$ 能保持正常，相对于其他麻醉药均容易引起呼吸抑制来说，这无疑是一大优点。此外，右美托咪啶还能通过抑制脊髓背根痛敏神经元，显现一定的抗伤害性刺激作用。

(2) 临床应用：根据各种临床研究结果来看，$\alpha_2$-肾上腺素能受体激动剂的确能使麻醉药用量减少和麻醉期间血流动力学更加稳定，而且用药安全有保障。这类药物的优点在于，在促进麻醉药的镇静和镇痛效果的同时，并不会造成呼吸抑制和/或麻醉后恢复期延长。有些人甚至建议，可以用右美托咪啶替代苯二氮䓬类药物来对付氯胺酮麻醉后病人所出现的谵妄症状。此外，$\alpha_2$-肾上腺素能受体激动剂可能还具有抑制阿片类药物所诱发的肌僵直的作用，因而在采用大剂量阿片类药物进行心血管手术麻醉时，可以选其为辅助药，减少或消除肌僵直的发生。与其他麻醉辅助药如苯二氮䓬类药物相比，$\alpha_2$-肾上腺素能受体激动剂—右美托咪啶用于大剂量阿片类药物麻醉期间，病人的心血管和呼吸功能能维持的更好。简言之，对于心血管手术麻醉来说，右美托咪啶作为一种辅助用药，其前途一片光明。

## 四、阿片类药物

阿片类药物不但能起到很好的镇痛作用，而且能确保无论是否存在害刺激都能维持血流动力学稳定，在这一点上要优于吸入麻醉药。绝大多数研究证实，以大剂量阿片类药物为主的麻醉，在整个手术期间病人血流动力学能始终保持稳定。当然，麻醉期间能影响血流动力学稳定性的因素还是很多的，如①心肌细胞 β-肾上腺素能受体和细胞膜 $Ca^{2+}$ 通道阻滞程度；②术前左、右心室功能；③全身血容量状况；④病人习性；⑤给药方式或途径；⑥病人意识水平(术中知晓)等。此外，选择不同的阿片类药物，也会有一

定的影响。例如，心脏手术中以芬太尼或舒芬太尼为主的麻醉效果比较，总的来看二者都能达到良好的血流动力学稳定性，但严格说来后者要比前者效果好，而且舒芬太尼还能减少围 CBP 期间和术后扩血管药物用量。

**（一）内源性阿片肽和阿片受体**

1. 体内分布和生理作用　内源性阿片肽(endogenous opioid peptides, EOPs)及其受体广泛存在于体内多处组织、器官中，如脑心血管调节中枢、心脏、自主神经节和肾上腺髓质等，在影响和调节心脏和外周血管功能方面发挥极为重要的作用。例如，EOPs 既参与血压调控，也在心脏缺血和再灌注期间参与某些心血管疾病如充血性心力衰竭、心肌缺血和心律失常的发生发展过程，甚至与急性心肌梗死的发生有关。心脏阿片受体主要是 δ、κ 受体。

2. 负性肌力作用　健康人给予 κ 受体兴奋剂，不会影响心血管功能，但在充血性心力衰竭情况下，δ、κ 受体的激活会削弱心肌收缩力和影响心肌局部血流再分布。这种负性肌力作用的产生原因，是由于 δ、κ 受体激活产生过量的肌醇-1,4,5-三磷酸($IP_3$)后，心肌细胞内贮存的 $Ca^{2+}$ 释放增加，导致心肌细胞内游离 $Ca^{2+}$ 浓度—$[Ca^{2+}]i$ 的升高。心律失常时心肌细胞内$[Ca^{2+}]i$ 升高，心肌收缩力减弱就是细胞内 $Ca^{2+}$ 贮存耗竭所造成的。

3. β-肾上腺素能受体作用　急性心衰病人体内 EOPs 浓度升高，慢性心衰病人体内 EOPs 浓度降低，可能是由于后者体内阿片类物质已耗尽。无论对于正常心脏还是衰竭心脏，吗啡都会使心肌收缩力减弱，且随着剂量增加负性肌力作用显得更明显。而且这种吗啡所引起的负性肌力作用，并不能被阿片类药物特异性拮抗剂—纳洛酮所逆转。这说明，这种负性肌力作用的产生不仅仅涉及到阿片受体，可能也有 β-肾上腺素能受体的参与，阿片类药物能抑制 β-肾上腺素能受体敏感的腺苷酸环化酶。

**（二）对血流动力学影响**

1. 中枢性交感神经系统张力　阿片类药物对血流动力学产生的种种影响，绝大多数可能与来自 CNS 交感神经尤其是迷走神经传出冲动受影响有关，在一定程度上也与吗啡或哌替啶可能会引起的组胺释放有关。芬太尼及其衍生物一般不会引起组胺释放。阿片类药物抑制压力感受器反射也可导致全身性心血管反应。颈动脉化学感受器对调节呼吸和循环极为重要，芬太尼可削弱该感受器反射，从而抑制机体呼吸和心血管自动调节功能。

2. 心肌动作电位　芬太尼和舒芬太尼能使心肌动作电位平台期 $Ca^{2+}$ 内流增加，复极化末期 $K^+$ 外流减少，结果心肌动作电位时程明显延长。人们认为，芬太尼和苏芬太尼这种对心肌细胞电生理的影响，是一种直接地对心肌细胞膜作用的结果，类似与临床上所用的Ⅲ类抗心律失常药作用机制。给予大剂量阿片类药物的病人，ECG 显示 Q-T 间期延长，提示阿片类药物也具有抗心律失常作用，尤其是在心肌缺血情况下。动物实验也证实，犬冠状动脉嵌闭后，无论是给予 60μg/kg 芬太尼还是 10μg/kg 舒芬太尼，都能使心室纤颤阈值明显升高。

3. 心率　除哌替啶外，几乎所有的阿片类药物都可引起心动过缓，但个别未用术前药的非心血管手术病人吗啡也可引起心动过速。麻醉前给予阿托品，能在很大程度上起到预防作用。尤其是对于服用 β-肾上腺素能受体拮抗剂的病人，给予阿片类药物

之前，一定要预先给予阿托品。为减轻对心血管功能的影响，阿片类药物静脉给药速度要慢，特别镇痛效能强的药物更应当心，减慢注药速度能最大限度降低心动过缓发生率。在注意预防严重的心动过缓同时，也要有意识地控制好心率，适当地减缓心率对心血管手术麻醉病人还是有利的，尤其是冠心病病人，心率减慢能降低心肌氧耗。

4. 血药浓度与心肌收缩力　实验研究证实，吗啡、哌替啶、芬太尼和阿芬太尼对离体心脏和心肌的负性肌力作用可随着剂量逐渐增加而逐渐增强。但由于实验中所到达的血浆阿片类药物浓度是临床常用剂量或大剂量阿片类药物麻醉下血药浓度的几百倍或几千倍，其结论能否适用于临床还很难说。例如经犬冠状动脉直接注射芬太尼，即使血浆浓度达到240ng/ml，心肌收缩功能也未受影响。一次性注射75～100μg/kg芬太尼，血浆药物峰值浓度很少能超过100ng/ml，而5min内即可迅速降至20ng/ml左右。

**（三）常用阿片类药物**

1. 吗啡　长期卧床病人接受治疗剂量的吗啡样阿片类药物，虽然不会对血压、心率（律）产生明显影响，但可以导致外周血管扩张、血管阻力降低和压力感受器反射受抑。这样的病人往往在试图采取站立位时，易发生体位性低血压，甚至晕厥。

（1）动、静脉管壁张力：吗啡引起的外周小动脉和静脉血管扩张机制，涉及到多种因素如：①吗啡类阿片类药物所引起的组胺释放可导致血压下降；②吗啡导致的血管扩张通常仅能部分地被$H_1$受体拮抗剂阻断，而这种阻断作用又能被纳洛酮有效地反转；③吗啡能在一定程度上削弱$PaCO_2$增高所致的血管收缩反射。

（2）心功能与心肌氧耗：吗啡对正常人心肌功能影响不明显。对伴有冠状动脉病变的非内科急诊病人，静脉注射8～15mg吗啡可以降低心肌耗氧、左室舒张末期压力和心脏做功，但对心脏指数的影响甚微。急性心肌梗死（AMI）的病人对吗啡的心血管反应较正常人敏感，变化的幅度如血压下降的程度也非常明显。

吗啡用于心绞痛和AMI病人，能通过有效镇痛、降低前负荷、变力和变时效应，在减少心血管氧耗的基础上缓解心肌缺血缺氧。至于其中的镇痛作用是归因于刺激局部酸敏感离子通道所致的酸中毒的逆转，还是直接阻断来自心脏的伤害性感受的传入，目前尚无定论。

（3）心肌保护：实验研究发现，心肌缺血前应用吗啡可对心脏产生明显的保护作用。吗啡可模拟心肌缺血的预适应（preconditioning）现象，而在这种预适应期间短暂的缺血发作中能出人意料地保护心脏免受进一步缺血性损害。多数人认为吗啡的这种心脏缺血保护效应是由δ受体所介导，经心肌细胞线粒体ATP-$K^+$通道进行信号传导和/或其他G蛋白耦联的受体从Gi亚单位进行信号传导。现有的研究资料显示，在心肌缺血或缺血期后，δ阿片类药物具有抗心律失常和抗心脏纤维颤动作用，但也有可能会引发心律失常。

（4）联合用药：对血容量明显不足的病人应慎用吗啡样阿片类药物，后者可引发或加重低血容量性休克。尤其是对肺源性心脏病患者更应当心，稍有不慎即便是常规剂量的吗啡也可导致病人死亡。若与吩噻嗪类药物联合应用，吗啡致严重低血压的危险性增加。

2. 哌替啶　哌替啶对心血管系统的作用基本上与吗啡相似。但哌替啶常常会引起心动过速，主要原因可能是其药物结构与阿托品类似。阿片类药物引起心动过缓，系

因中枢性迷走神经刺激作用结果。通常情况下，肌肉注射给药不会显著影响心率，而静脉注射给药往往会使心率明显增加。此外，哌替啶在一定程度上还显现出奎尼丁样作用，可导致心肌应激性降低和心肌受抑，这样的情况特别是在病人心血管代偿机制十分有限或近乎耗竭的状态下显得尤为明显。

临床常规剂量用于镇痛、镇静和麻醉时，哌替啶虽然一般不会对血压有较大影响，但偶尔也会遇到个别病人(全身情况差、过敏体质)因外周血管的扩张和组胺的释放出现严重的低血压，甚至休克。要保持警惕。

3. 芬太尼及其衍生物　芬太尼及其衍生物可以使心率减慢和血压轻微降低。此类药物无组胺释放作用，且对心肌的直接抑制作用很小，因而能为手术麻醉提供稳定的血流动力学环境。正因如此，大剂量芬太尼和舒芬太尼一直被当作心血管手术病人或心功能较差病人主要的麻醉性镇痛药。等效剂量芬太尼族对血流动力学稳定性影响比较，接受冠脉手术的缺血性心脏病患者以阿芬太尼、芬太尼或舒芬太尼麻醉，在防止麻醉诱导、胸骨劈开、纵隔分离和主动脉手术期间心率增快和血压增高方面，阿芬太尼的可靠性不及芬太尼和舒芬太尼。阿芬太尼非但不能杜绝麻醉诱导期间和诱导后的心血管刺激反应出现，而且麻醉期间心肌缺血的发生率也较高。但是，对心血管手术麻醉来说，虽然单用舒芬太尼麻醉的效果可能要比等效芬太尼更好，但也不能确保对术中血压的完全有效控制。

大剂量的吗啡可达到临床手术所需的麻醉效果，但与此同时外周血管阻力和血压的明显降低也会给麻醉管理带来相当的难度。相比之下，芬太尼和舒芬太尼由于不会引起组胺释放，很少会导致手术麻醉中血流动力学的不稳定。

## 第三节　肌肉松弛药心血管药理

80年代临床麻醉中最常用的肌肉松弛药多半是琥珀胆碱、氯筒箭毒碱、氯二甲箭毒、泮库溴铵，以及少量的加拉碘铵(三碘季铵酚)。这些肌松药都可导致程度不等的心血管系统副作用，从而限制了其临床应用。所产生心血管副作用的原因与多种因素有关，主要有：①对外周自主神经刺激或抑制；②促进组胺释放；③促使血管巨细胞产生血管活性物质；④继发于运动终板去极化的血清 $K^{+}$ 浓度升高。为克服这些不利因素，近十几年来人们陆续研发了各种类型、不同时效的新型的肌肉松弛药，如在阿曲库铵、维库溴铵问世后，相继又有长效(哌库溴铵、杜什氯铵)、中效(罗库溴铵、顺阿曲库铵)和短效(米库氯铵)非去极化肌肉松弛药广泛用于临床。这些新型肌肉松弛药在药代动力学方面，都具有对心血管功能稳定性好的突出优点。本节主要介绍目前临床上常用的肌肉松弛药，对心血管功能影响的相关内容。



### 一、对心血管功能的影响

**(一) 阿曲库铵**(atracurium)

1. 动物实验　由动物实验所得出的肌肉完全松弛所需的和抑制自主神经活动所需的阿曲库铵量-效曲线，有很大偏离。例如猫或恒河猴给予 4mg/kg 阿曲库铵后，能发生低血压和轻度心动过缓，但这一剂量已是达到神经-肌肉完全阻滞所需剂量的16倍。犬给予2mg/kg阿曲库铵后，MAP可较对照值下降53%，而此剂量已是达到完全神经-肌肉阻滞所需剂量的8倍。研究证实，高浓度阿曲库铵对自主起搏的豚鼠心房并没有变力或变时作用。

2. 临床研究　发现在呼气末氟烷浓度为0.7%～0.9%的吸入麻醉状态下，静脉注射0.2mg/kg和0.4mg/kg阿曲库铵后，病人MAP和心率变化的最大幅度可分别达到6%和8%，但也有报道认为平均变化幅度不会超过5%。而在吸入1.0%～1.25%安氟烷麻醉期间，给予0.2～0.4mg/kg阿曲库铵，病人心率(HR)、心脏指数(CI)、心搏指数(SI)、中心静脉压(CVP)或MAP可能不会发生明显变化，但外周血管阻力(SVR)与对照值相比可能会有一定幅度降低，最高降幅可达7%。若在1.25%吸入浓度异氟烷麻醉状态下，给予0.2～0.4mg/kg阿曲库铵，HR、CI、SI、CVP、MAP和SVR都不会有显著变化，即便有改变，其临床意义也十分有限。

3. 麻醉药的影响　氧化亚氮-阿片类镇痛药麻醉下，静脉注射2.5倍于完全肌松所需剂量的阿曲库铵(0.6mg/kg)后，病人HR、MAP会有显著改变，峰/谷值往往出现在给药后的1～2分钟内，大约在5分钟内能回复正常。这可能是由于剂量依赖性组胺释放作用，其血浆组胺水平与HR、MAP变化是相互一致的。若缓慢注射(75s)阿曲库铵，或在用药前预先静脉给予$H_1$和/或$H_2$受体阻滞剂——氯苯吡胺和西咪替丁，能消除这种肌松药对HR和MAP的影响。在缓慢注射的前提下，即便单次给予0.8mg/kg阿曲库铵，也不会威胁血流动力学稳定性。虽然相对于神经-肌肉阻滞效能而言，阿曲库铵诱发组胺释放的能力还不及氯筒箭毒碱的1/3，但单次大剂量静脉注射阿曲库铵所导致组胺释放可能带来的副作用，还是应高度警惕。

**(二) 维库溴铵**(vecuronium)

1. 动物实验　维库溴铵神经阻滞剂量与能影响心血管和自主神经功能的剂量之差很大，这意味着该肌松药在临床正常使用剂量下，几乎不会给心血管系统功能带来不利影响，安全范围大。动物实验表明，猫和犬即使静脉注射20倍于达到完善肌松所需剂量的维库溴铵，也不会影响HR和MAP，以及自主神经节、α-肾上腺素能受体、β-肾上腺素能受体功能和压力感受器反射。观察维库溴铵对豚鼠心房组织细胞功能的影响发现，该肌松药对心脏毒蕈碱受体或对心肌细胞去甲肾上腺素再摄取机制并无影响，其间接的交感神经兴奋活性远不及同类肌松药泮库溴铵。

2. 临床研究　诸多临床研究结果也显示，只有当维库溴铵用量高达0.4mg/kg或8倍$ED_{95}$时，心血管功能才有可能会受到轻微影响。皮内分别注射氯筒箭毒碱、氯二甲箭毒(metocurine)、泮库溴铵和维库溴铵，观察皮肤红肿和硬结反应。维库溴铵引起的皮肤反应最轻，氯筒箭毒碱和氯二甲箭毒引起的皮肤反应最重。提示上述肌松药中，以维库溴铵诱发组胺释放作用最弱。与氯筒箭毒碱、氯二甲箭毒和阿曲库铵比较，0.2mg/kg(相当于正常插管剂量的2倍)维库溴铵不足以使HR、MAP和血浆组胺水平发生改变。

**(三) 哌库溴铵**(pipecuronium bromide)

1. 药效特点　哌库溴铵为20多年前由匈牙利研发出的一种长效肌松药，最早在东欧用于临床，现如今在我国也得到普遍应用。作为一种长效甾体类非去极化肌松药，

与泮库溴铵不同的是，其化学结构式上没有乙酰胆碱样片段，而且二个铵离子键之间的距离比较大。哌库溴铵药效略强于泮库溴铵，达到同等肌松效果所需剂量($ED_{95}$)分别为0.045mg/kg和0.06mg/kg，但在等剂量条件下，二者其他的一些药代动力学参数尤其是起效时间、作用持续时间、恢复时间和神经-肌肉阻滞残余作用逆转难易程度等，十分近似。

2. 临床应用　与泮库溴铵相比，哌库溴铵的最突出的优点在于对心血管功能无影响。有时在长时间用药期间也可能会见到HR减慢现象，但这并不是哌库溴铵的直接作用或影响。而是原本被泮库溴铵的迷走神经抑制效应所遮掩的某些麻醉和手术刺激所致的迷走神经亢奋征兆，在使用哌库溴铵的过程中偶尔显现出来。同样的现象，在使用维库溴铵期间也可见到，而维库溴铵在临床正常使用剂量范围内，是不会对心血管系统有任何影响的。临床用药发现，给予接受CABG手术病人3倍于$ED_{95}$剂量的哌库溴铵，病人血流动力学仍能保持稳定。由此提示，临床上对于心血管手术麻醉病人，可用哌库溴铵替代泮库溴铵，以此在最大程度上避免用药期间可能发生的心动过速。

**(四) 米库氯铵**(mivacurium)

1. 临床研究　在笑气-阿片类药物麻醉下，给予病人1～4倍$ED_{95}$的大剂量米库氯铵，结果发现：①HR受影响程度很小，0.03m～0.3mg/kg剂量范围内HR平均最大波动幅度仅7%；②快速注射3倍$ED_{95}$及其以上剂量(0.2～0.3mg/kg)，后，少部分病人可出现短暂性(0.2～4.5min)血压下降；③剂量达3倍$ED_{95}$时，血浆组胺水平升高，随着剂量增加，血浆组胺水平升高愈加明显。说明米库氯铵对心血管功能的影响，是由于药物剂量依赖性组胺释放作用的结果，其中血浆组胺水平高低与血压波动幅度密切相关。如果用药时米库氯铵缓慢注射(30～60s)，可在很大程度上阻抑心血管不良反应和血浆组胺水平升高的发生。麻醉中追加给药时，一般不会引起明显的HR、MAP改变。因此可以说，米库氯铵所导致的不同程度的血压下降的原因，根本在于该药所具有的相对微弱的组胺释放特性。若改变给药方式，有研究对72例病人观察证实，以平均速率8.3μg/(kg·min)持续泵注米库氯铵，维持95%神经-肌肉阻滞效果时，血流动力学不会发生任何变化。

2. 不同人群的反应

(1) 一般病人：新近研究也发现，异氟烷麻醉下单次快速静脉注射2倍$ED_{95}$剂量的米库氯铵，病人HR、MAP未发生明显变化。ASAⅠ～Ⅱ病人阿片类药物-笑气-氧静吸复合麻醉平稳期间，静脉注射≥0.15mg/kg(2倍$ED_{95}$剂量)米库氯铵，注射持续时间5s～15s，HR、MAP变化微乎其微。即便米库氯铵单次用量≥0.2mg/kg(≥3倍$ED_{95}$剂量)，也只是部分别人出现短暂的MAP降低和HR增快。这其中MAP谷值通常出现在给药后1～3min内，随后能在短时间内(1～3min)迅速恢复正常。在血压下降过程中，往往伴有血浆组胺浓度的升高。同样，若将药物注射持续时间延长至30～60s以上，也能削弱米库氯铵对血压的影响程度。

(2) 患有严重心血管疾病的心脏手术病人：麻醉前即合并有严重心血管疾病的成年病人，在进行CABG和/或瓣膜置换术时，静脉缓慢(>60s)注射0.15mg/kg米库氯铵，不会出现有重要临床意义的MAP和HR变化。若剂量加大至0.2～0.25mg/kg，则有可能会出现一过性血压降低和心率增快，但其中需要处理的病人为数不多。

(3) 小儿麻醉：对90例小儿(2～12岁)研究发现，无论是采用氟烷麻醉，还是阿片类药物麻醉，在给予≥2倍于$ED_{95}$剂量的米库氯铵后，患儿心率、血压保持不变。其中给予0.25mg/kg(相当于2.5～3倍$ED_{95}$剂量)米库氯铵的患儿，有3例出现皮肤潮红，并于5min内自行恢复正常。

**(五) 罗库溴铵**(rocuronium)

罗库溴铵与维库溴铵属于同一类甾体类非去极化肌松药。绝大多数研究表明，在药物对心血管系统功能影响方面，罗库溴铵有与维库溴铵同样的优势，即也没有心血管副作用。但也有个别临床和实验室研究结果有异议，认为罗库溴铵能引起剂量依赖性HR增快，在给予4.4倍于神经-肌肉完全松弛所需剂量的条件下，可因迷走刺激引起心动过缓。但这其中真正的符合率，只有10%～15%。

由此也提醒人们，病人在使用这种药效较低的肌松药时，其迷走神经阻滞安全范围并不宽裕，在大剂量给药时某些迷走神经阻滞作用的本身往往会以心动过速的形式显现出来，这就如同在使用泮库溴铵时常见到的一样。

**(六) 杜什氯铵**(doxacurium)

对不同的人群采用不同剂量的杜什氯铵，观察药物对心血管系统功能的影响，杜什氯铵最大剂量达0.08mg/kg(3倍$ED_{95}$)，人群包括无心血管疾病的病人、老年病人、小儿患者、心脏病进行CABG手术病人等。

1. 术前无心血管疾病的病人　在平衡麻醉下，单次静脉注射0.01～0.08mg/kg杜什氯铵后，除0.02mg/kg组的病人HR、MAP降低11%和0.03mg/kg组的病人HR、MAP降低8%外，其余剂量的各组病人心血管功能稳定，即使剂量达0.08mg/kg也未出现血浆组胺水平明显增高迹象。由此可见，杜什氯铵并不会因剂量增加而影响心血管功能，即便一次给药量达3倍$ED_{95}$剂量，也不会影响组胺释放。由于研究设计方法不一，也有研究发现，给予无心血管疾病的病人0.06mg/kg杜什氯铵后的确不会引起血浆组胺水平上升，但是注药后2～5min可出现一定程度的心率减慢和血压下降，应引起注意。异氟烷麻醉下，对于无心血管疾病的中老年病人来说，$ED_{95}$剂量杜什氯铵是不会对MAP、HR有明显影响的。

2. 小儿麻醉　氟烷麻醉下，2岁～12岁小儿给予0.05mg/kg杜什氯铵后，未发现心率、心律和血压有明显变化，也没有皮肤潮红等组胺释放迹象。

3. 心脏手术麻醉　成年心脏病人(ASAⅢ～Ⅳ)行一般心脏手术时，静脉注射1.5倍$ED_{95}$剂量杜什氯铵不会对MAP、HR和心脏指数(CI)产生明显影响。若达3倍$ED_{95}$剂量，可能会出现轻度且明显的心率减慢，但其间MAP和CI不会有显著变化。成年心脏病人(ASAⅢ～Ⅳ)行CABG和/或瓣膜置换术时，静脉注射2倍$ED_{95}$和≥3倍$ED_{95}$剂量(0.08mg/kg)的杜什氯铵，采用经食管二维超声心动图监测心功能变化情况，发现右心室腔和收缩力没有变化，该肌松药静脉注射对左、右心室前负荷或心脏射血分数皆无显著影响。如果在杜什氯铵用药期间也同时给予阿片类镇痛，其间所出现的心率减慢可能就是受阿片类药物的影响。因为杜什氯铵并没有降低迷走神经张力作用，故也无法中和或缓解阿片类药物所诱发的心动过缓。

4. 评价　杜什氯铵是一种药效非常强的长效非去极化肌松药，其作用强度大约是泮库溴铵的3倍。由于该药在数倍于$ED_{95}$剂量下，也不会对心血管系统有任何不良影

响，因此目前很有可能会以此替代泮库溴铵，用于麻醉前无心脏病或有心脏病的心脏手术病人麻醉。

**（七）顺阿曲库铵**(cis-atracurium)

1．动物实验　研究证实，顺阿曲库铵安全用药范围很大。如猫给予不同剂量的顺阿曲库铵，所产生的作用从肌肉-神经阻滞到影响自主神经系统功能程度不等，不会对心血管系统功能有任何不利影响。犬和恒猩猴麻醉状态下，静脉注射等同于人神经-肌肉阻滞 25 倍剂量的顺阿曲库铵，未见有心血管系统不良反应和/或组胺释放征兆。

2．临床研究　关于顺阿曲库铵的量-效关系的研究显示，无论麻醉前有没有心血管系统疾病的小儿（年龄 2～12 岁）或老年（>65 岁）患者，在静脉注射顺阿曲库铵后的最初 5min 内，都不会出现有临床价值的心率、收缩压、舒张压和 MAP 变化。临床研究证实，即使顺阿曲库铵的用量达到 $ED_{95}$ 量的 8 倍，对那些没有心血管疾病的麻醉病人来说，不会引起组胺释放和心血管副作用。鉴于顺阿曲库铵上述特点，此药用于心血管手术麻醉是相当安全的。

## 二、心脏手术与体外循环

**（一）心脏手术麻醉期间用药**

1．心血管功能稳定性

（1）维库溴铵、顺阿曲库铵、杜什氯铵和哌库溴铵：几乎对心血管功能没什么影响，对于接受心脏手术或心脏病非心脏手术病人来说，这些药物是非常适合的肌松药。例如，维库溴铵剂量即便高达 0.3mg～0.4mg/kg，也不会出现心血管不良反应；健康人顺阿曲库铵即使用量达到 8 倍于 $ED_{95}$ 剂量，也不会导致心血管副作用。

（2）阿曲库铵与顺阿曲库铵比较：接受 CABG 手术的病人，顺阿曲库铵用量递增至 $ED_{95}$ 剂量 6 倍，其心血管功能的稳定性也还能与维库溴铵相媲美。但是阿曲库铵用于心血管手术的安全性不如顺阿曲库铵，大剂量阿曲库铵有可能会引起低血压。有研究显示，9 例 CABG 手术病人经右房导管给予 0.6～1.0mg/kg 阿曲库铵，其中 4 例 MAP 降低幅度超过 10%。8 例行择期 CABG 手术的病人给予 0.3mg/kg 阿曲库铵后，其中 1 例 MAP 由 70mmHg 降到 55mmHg 并伴有其他一些与组胺释放相符的征兆。

2．其他药物影响　在用大剂量芬太尼或苏芬太尼麻醉时，维库溴铵、顺阿曲库铵、杜什氯铵和哌库溴铵的血流动力学稳定性会受到一定影响。泮库溴铵具有相对的交感兴奋作用，能预防阿片类药物引起的心动过缓。而上述这些肌松药无兴奋交感神经性能，在与大剂量阿片类药物联合应用时，往往会使心率减慢，尤其是在心脏手术麻醉中接受 β-受体阻滞剂治疗的病人，这类肌松药对心脏负性频率作用更为明显。

**（二）低温和体外循环(CPB)对肌松药作用影响**

低温和 CPB 也会在相当程度上影响心血管手术麻醉期间肌松药需要量。临床研究发现，低温 CPB 期间以不及 43% 的阿曲库铵剂量，即可维持 90%～95% 的肌松效果。这是由于低温使药物 Hofmann 降解效率减慢，致使阿曲库铵药效明显增强的缘故。同样的道理也适用于顺阿曲库铵。对 CPB 前后泮库溴铵和维库溴铵药效比较发

现,CPB前泮库溴铵作用持续时间是维库溴铵的2倍,但在低温CPB期间泮库溴铵和维库溴铵作用持续时间分别增长了18%和50%。由此可见,低温CPB期间泮库溴铵和维库溴铵作用持续时间似乎非常接近。提示低温CPB期间往往伴有肌松药作用时间明显延长,对那些短效肌松药来说用量可大幅减少。

## 三、对心脏节律的影响

### (一)非去极化肌松药

1. 引发心律失常的原因　非去极化肌松药一般来说不会引发心律失常。其实动物实验研究已证明,氯筒箭毒碱能使氟烷和氧化亚氮(笑气)麻醉下的犬,肾上腺素性心律失常的阈值提高。至于静脉注射泮库溴铵和三碘季铵酚出现心律失常,可能与下列因素有关:①由于药物对迷走神经的阻滞作用,自主神经间的功能平衡突然偏向肾上腺素能神经一侧;②可能存在的间接的拟交感神经作用;③药物对房-室结的抑制作用比对窦房结的抑制作用相对较强。

2. 心律失常表现特点　受上述因素的直接和/或间接影响,临床上病人可表现出单源性或多源性室性早搏、室性心动过速或房-室交界性心动过速。氟烷吸入浅麻醉下给予三碘季铵酚的病人,室性心律失常的发生率较高,可能是由于氟烷所致心室兴奋性的阈值降低之故。窦房结病变的患者,迷走神经活性降低可能会造成房-室结自主节律快于窦房结自主节律,并由此而导致房-室结性心动过速。

### (二)去极化肌松药

1. 引发心律失常的原因　临床上,去极化肌松药琥珀胆碱可能是唯一的于麻醉期间本身即可促发心律失常的肌肉松弛药。此药可刺激交感和副交感神经节上所有的胆碱能受体和烟碱样受体,也能刺激心脏窦房结上的毒蕈碱受体。给予琥珀胆碱后心律失常的发生或出现,就是药物对上述各种受体综合刺激作用的结果,其心律失常可表现为窦性心动过缓、交界性心律、单源或多源性室性早搏、室颤等多种形式。其实麻醉医生在麻醉诱导期间所见到的上述心律失常,往往是发生在有强烈自主神经刺激因素(多半是气管插管)存在的情况下,这样有时就很难能分清楚所出现的心律失常,究竟是琥珀胆碱独自作用所造成的,还是由外源性自主神经刺激作用所致。

2. 窦性心动过缓　临床上最为常见。琥珀胆碱所引起窦性心动过缓,是由于药物刺激了窦房结上毒蕈碱受体,常见于麻醉前未预先给予阿托品的小儿。成人在使用琥珀胆碱时,也会出现窦性心动过缓,尤其是在首次用药后的5分钟内二次给药时多见。琥珀胆碱短时间内反复用药窦性心动过缓发生率升高的原因,可能与药物的水解产物使心脏更加敏感有关。硫喷妥钠、阿托品、神经节阻断药和非去极化肌松药等皆可用来预防这种由琥珀胆碱所引起的窦性心动过缓。

3. 其他形式心律失常　与窦性心动过缓一样,琥珀胆碱引起房-室结结性心律也比较常见,其原因可能是由于药物对窦房结的刺激强度要相对高于对房-室结的刺激强度,结果窦房结受抑制,取而代之的是房-室结兴奋性显得较强,发挥心室起搏点的作用。若在短时间内二次给予琥珀胆碱,这种交界性心律的发生率较高,但若预先给予氯筒箭毒碱能起到预防作用。

4. 动物研究观察　对犬和猴的实验发现，在麻醉平稳的情况下，琥珀胆碱能降低心室对儿茶酚胺诱发心律失常的阈值。与此同时，其他的一些自主神经刺激如气管插管、缺氧、高碳酸血症和手术，都有可能会在一定程度上使琥珀胆碱这种作用增强。最终的结果一是诱发异位心脏节律。如果给予琥珀胆碱后窦房结和房室结兴奋性传导明显减慢，就有可能会发生室性逸搏。

5. 血 $K^+$ 水平与心律失常关系

(1) 血 $K^+$ 浓度升高：去极化肌松药所特有的去极化性质，能使大量的 $K^+$ 从骨骼肌细胞中释放出来，由此也促使了室性心律失常的发生。正常人给予 1.0mg/kg 琥珀胆碱后，血 $K^+$ 可升高 0.5mmol/L。

(2) 特殊人群：临床上下列病人在给予琥珀胆碱后 1～2min 内，血 $K^+$ 可明显升高：①烧伤病人；②因中枢神经系统损伤或病变导致的广泛性骨骼肌去神经化的病人；③大面积创伤病人；④严重腹腔内感染的病人。这些病人在选用去极化肌松药时要特别谨慎。他们的用药危险期从几天（如烧伤和去神经化的病人）到数小时（如大面积创伤病人）不等。多项研究显示，手术去神经化所引起的高 $K^+$ 血症在术后第 4 天开始出现，14 天内可达到高峰。上述 4 类病人用琥珀胆碱后所出现的这种高 $K^+$ 血症反应，是否代表骨骼肌永久性损伤，目前还难以定论。

(3) 用药安全：因为临床上，尿毒症和烧伤痊愈 6 个月以上的病人常规使用琥珀胆碱并未发生危险。动物实验也显示，骨骼肌废用性萎缩的犬在给予琥珀胆碱后，也不会诱发高血 $K^+$ 反应。虽说如此，对于上述 4 类病人还是应当视为琥珀胆碱用药禁忌。用琥珀胆碱前预先给予小剂量非去极化肌松药（如氯筒箭毒碱 6mg 或泮库溴铵 1mg），能削弱高血 $K^+$ 反应，但并不能确保不会出现血 $K^+$ 水平升高。

## 四、药物间的相互作用

### (一) 去极化肌松药

琥珀胆碱能使心室对儿茶酚胺引发的心律失常阈值降低。在使用洋地黄、三环抗抑郁药、单胺氧化酶抑制剂和某些麻醉药如氟烷期间，琥珀胆碱这种影响更为突显。因为上述所有药物都可以降低心室异位活动的阈值，或强化儿茶酚胺致心律失常作用。

### (二) 非去极化肌松药

与去极化肌松药一样，非去极化肌松药在与其他药物作用的同时，也会在一定程度上影响心血管功能。以叠加的方式在给予泮库溴铵同时给予丙米嗪，能导致心动过速。动物研究表明，氟烷麻醉下静脉注射 0.08mg/kg 泮库溴铵，能引起长期服用丙米嗪的犬发生室性早搏和室性心动过速，其中每天服用 8mg/kg 剂量丙米嗪的犬有 20%，每天服用 16mg/kg 剂量丙米嗪的犬有 40%，会迅速发展成室颤。说明对在氟烷麻醉和长期服用下丙米嗪的动物而言，泮库溴铵的确会导致严重室性心律失常。

### (三) 麻醉用药

另外一些实验室研究发现，氟烷麻醉下无论是泮库溴铵还是氯筒箭毒碱都不会改变致犬心律失常的肾上腺素剂量。提示在氟烷麻醉期间即便是同时使用泮库溴铵和氯筒箭毒碱等非去极化肌松药，若要使用肾上腺素还是可按常规进行，勿用担心肌松药影

响。氯筒箭毒碱与琥珀胆碱的影响相反，前者可降低肾上腺素性心律失常的发生率，而后者可使肾上腺素致心律失常作用增强。

## 五、肌松药拮抗剂

### （一）对心血管功能影响

抗胆碱酯酶药用于拮抗非去极化肌肉松弛药作用期间会影响心血管功能，甚至可导致某些严重的心血管系统并发症，如静脉注射新斯的明和阿托品后造成心律失常和心搏骤停。为此，临床采取了各种各样的技术来努力改善和/或提高拮抗肌松药残余作用的用药安全性，如①过度通气造成轻度呼吸性碱中毒；②新斯的明和阿托品同时注射；③新斯的明与阿托品剂量比例为2.5∶1，缓慢注射；④用药期间确保氧供充分等。

### （二）心律失常原因

1. 心搏骤停　肌松药残余作用拮抗过程中心搏骤停的原因在于，与新斯的明一同使用的阿托品或胃长宁（格隆溴铵）剂量不足，而产生对心脏的胆碱（蕈毒碱）样刺激作用。

2. 其他类型心律失常　至于可能发生的其他类型心律失常如P波反向、房性期前收缩、文氏现象（Wenckebach's phenomena）、交界性心律、房-室分离、室性期前收缩和二联律，是与阿托品还是与新斯的明有关，或者是二者作用的共同结果，目前还不十分清楚。这是因为临床上所报道的上述心律失常，大多数往往是在麻醉转浅或麻醉药浓度由高转低（如挥发性麻醉剂排放或停止吸入）期间发生的，而此间手术刺激和呼吸（或机械通气）也可能会引发各种心律失常。有时甚至是在没有上述各种因素存在的情况下，也会发生。减小阿托品用量，或以其他抗胆碱能药物如胃长宁替代阿托品，能减弱阿托品致心动过速作用，以及降低用药期间的心律失常发生率。

### （三）心律失常防治

1. 联合用药　胃长宁与新斯的明联合应用的病人，心率变化程度要比阿托品与新斯的明联合应用的病人小得多。胃长宁与新斯的明、溴吡斯的明（pyridostigmine）或依酚氯铵（edrophonium）联合使用，也能降低心律失常发生率。就现有的研究资料来看，与胃长宁相比，尽管阿托品用药期间心律失常的发生率比较高，但从病因学角度出发，还难以断定所发生的心律失常一定与阿托品有关。只能说是胃长宁在阻断抗胆碱酯酶药的致心律失常刺激（arrhythmogenic stimulus）作用方面，比阿托品更为有效。

2. 拮抗剂及剂量选择　总的来说，若欲以药物拮抗肌松药残余作用，其选用的拮抗剂剂量不宜过大，只要能达到迷走神经阻滞预防心动过缓的剂量即可，在进行有效的拮抗肌松药残余作用的同时，诱发心律失常的几率也很低。依酚氯铵具有二大突出的优点：①起效比新斯的明、溴吡斯的明快；②与新斯的明比较，阿托品阻断其不良心脏毒蕈碱效应的剂量减半。为了尽可能避免用药期间的心率变化，起效迅速的依酚氯铵应当与阿托品一起注射，而起效比较慢的新斯的明应当与胃长宁一起用。依酚氯铵的心脏蕈毒碱效应比新斯的明轻，多数人认为其机制可能与神经-肌肉接头突触前作用有关。

3. 药物间相互作用　长期服用三环抗抑郁药治疗的病人在进行神经肌肉阻滞效

应逆转时，也有可能会导致 ECG 波形异常。例如动物研究发现，长时间给予阿米替林的猫在氯醛麻醉下，单纯给予新斯的明或与阿托品联合用于逆转箭毒的神经肌肉阻滞作用，原先所观察到的轻微的 ST-T 波形和心脏传导变化，显得更加明显。这其中可能既有新斯的明对心脏的影响，也有三环抗抑郁药奎尼丁样活性和对心肌的直接作用。

4. 前景　随着一些新型中短效和作用消失迅速的肌肉松弛药问世于临床，如果用药剂量合理，给药时间掌握得当，神经-肌肉功能监测手段完善，可能在绝大多数情况下是无需在麻醉结束后给予拮抗剂拮抗肌松药残余作用。如果真需要使用拮抗剂，一定要根据临床实际情况用药，而不是简单地按常规给药。尤其是当病人在能正常显现四个成串刺激（train-of-four，TOF）、呼吸功能良好、刺激有反应、抬头或握拳有力的情况下，不要使用抗胆碱酯酶药。

（方　才）

## 参考文献


1. Kaplan JA, Reich DL, Konstadt SN. Cardiac Anesthesia. 4th edition, W. B. Saunders Company, London, Toronto, Montreal, Sydney and Tokyo, 1999, 535-635
2. Aitkenhead AR, Smith G. Textbook Of Anaesthesia. 3rd edition. Churchill Livingstone, Harcourt Asia Pre, Ltd. , Singapore, 1999, 121-179
3. Miller RD. Anesthesia. 6th edition, Elsevier Pte Ltd, Singapore, 2006, 96-124
4. Breukelmann D, Housmans PR. Halothane, isoflurane, and sevoflurane increase the kinetics of $Ca^{2+}$-induced conformational change of recombinant human cardiac troponin C. International Anesthesia Research Society, 2007; 104(2): 332-337
5. Rodríguez-López JM, Conde PL, Lozano FS, et al. Laboratory investigation: effects of propofol on the systemic inflammatory response during aortic surgery. Can J Anesth. 2006; 53(7): 701-710
6. Yu CH, Beattie WS. The effects of volatile anesthetics on cardiac ischemic complications and mortality in CABG: a meta-analysis. Can J Anesth. 2006; 53(9): 906-918

第四章

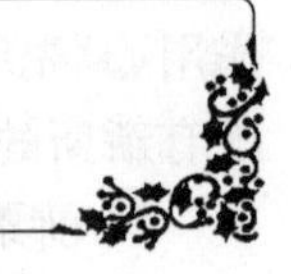

# 心血管药物的药理

## 第一节 正性肌力药和血管加压药

### 一、正性肌力药和血管加压药的一般特性

#### (一) 正性肌力药和血管加压药的概念与分类

1. 临床上所用的正性肌力药(positive inotropic drugs)指可以用来增强心肌收缩力的药物,大部分是通过交感神经受体起作用的拟交感神经类药。该类药物往往与血管加压药(pressors)的药理很难分开。正性肌力与血管加压作用常常相互重叠,甚至依剂量不同而相互转化。

2. 分类 根据其作用机制和效应,并结合临床,可简单地分为两大类。

(1) 肾上腺素类:指能够兴奋肾上腺素能受体而发挥正性肌力和(或)血管加压作用的药物。该类药物的化学结构可分为两大类,即苯乙胺类和苯异丙胺类。苯乙胺类(如去甲肾上腺素、肾上腺素、异丙肾上腺素、多巴胺和多巴酚丁胺等)的化学结构主要是苯乙胺,由于分子结构中都具有由苯环和带烷基侧链组成的苯乙胺结构,同时苯环上都有两个邻位(3和4位)羟基,即具有儿茶酚胺结构,故统称为儿茶酚胺类。

苯异丙胺类药物,大多数也含有苯乙胺的结构,与前者所不同主要在苯环侧链的α、β碳位和末端的胺基上。属于此类的药物有麻黄碱、间羟胺和去氧肾上腺素等,称为非儿茶酚胺类。这类药物的作用部分是对肾上腺素能受体的直接作用,部分是通过释放神经元中囊泡内储存的去甲肾上腺素来产生交感神经效应。因此,此类药物效应的大小可能与去甲肾上腺素储存量有关。若反复或长期使用此类药物,可使去甲肾上腺素的储存量减少,以致于在临床上出现快速耐药现象。



(2) 非肾上腺素类

1) 洋地黄糖苷类:强心苷又称强心性配糖体,由特异性配基(又称苷原)与糖苷两部分组成。由于临床常用强心苷主要来源于狭叶洋地黄(又名毛花洋地黄)、紫花洋地黄和毒毛旋花子等,故有时也笼统称之为洋地黄类药物。由于地高辛具有较好的药代动力学特性和灵活的给药途径,其血药浓度测定也已在临床普及,是目前临床最常用的强心苷制剂,而去乙酰毛花苷丙则是一快速作用药物,只能经静脉注射给药,在麻醉手术过程较常用。

2) 磷酸二酯酶Ⅲ(phosphodiesterases Ⅲ,PDEⅢ)抑制剂:其机制主要通过抑制心肌细胞的磷酸二酯酶同工酶Ⅲ,使心肌内环磷酸腺苷(cAMP)增加、细胞质中可利用$Ca^{2+}$增高,从而增强心肌的收缩作用。由于此类药兼有正性肌力和血管扩张作用,能

降低心脏前、后负荷和改善心功能，故也称之为变力扩血管药(inodilator drugs)。主要有氨力农(amrinone)、米力农(milrinone)和依诺昔酮(enoximone)等。此类药的特点是对心肌正性肌力作用较强，短期内应用效果较好，成为外科围术期尤其心脏手术期间心功能支持的重要手段。

3）其他：钙增敏剂(calcium sensitizers)其药理作用是增加心肌收缩成分对 $Ca^{2+}$ 的敏感性，此方面不同于米力农，故又称此类药物为钙增敏剂。

还包括钙盐、甲状腺素(thyronine)、胰高血糖素(glucagon)等。

**(二) 肾上腺素能受体激动药理**

1. 受体相关理论　受体(receptor)是细胞组分，为突触前膜、突触后膜或效应细胞膜上的一种特殊分子结构，对生物活性物质具有识别能力，能选择性地只同相应的递质或药物结合并发生效应，受体按与之结合的递质命名。传出神经(自主神经和运动神经)末梢释放的递质或为乙酰胆碱，或为去甲肾上腺素，其中能与去甲肾上腺素或肾上腺素结合的受体称为肾上腺素能受体。肾上腺素能受体根据它们的功能分为两大类，α-肾上腺素能受体和β-肾上腺素能受体。

2. α-肾上腺素能受体　$\alpha_1$-肾上腺素能受体分布在血管平滑肌，兴奋时激活磷酸酯酶C，引起血管平滑肌收缩，去氧肾上腺素为 $\alpha_1$-肾上腺素能受体激动剂。$\alpha_2$-肾上腺素能受体分布在外周神经系统的交感神经末梢和中枢神经系统(脑皮质和髓质)，子宫、腮腺和平滑肌细胞也分布有 $\alpha_2$-肾上腺素能受体，它兴奋时抑制腺苷酸环化酶，使钾、钙通道失活，减少去甲肾上腺素的释放，可乐定是 $\alpha_2$-肾上腺素能受体兴奋剂。

3. β-肾上腺素能受体　进一步分为 $\beta_1$、$\beta_2$、$\beta_3$ 三种亚型，均通过G-蛋白兴奋腺苷酸环化酶，使细胞内cAMP增加，钙离子通道开放。$\beta_1$-肾上腺素能受体分布在心脏组织，兴奋时使心率增快，心肌收缩力增强，而 $\beta_2$-肾上腺素能受体兴奋，使血管和支气管平滑肌松弛，引起肾脏分泌肾素，使脂肪分解和糖原水解，血糖升高。随着血糖升高，钾离子离开肝细胞，引起血清钾离子一过性升高；红细胞和肌肉细胞上 $\beta_2$-肾上腺素能受体兴奋，激活腺苷酸环化酶和 $Na^+$-$K^+$-ATP酶，驱使钾离子进入红细胞和肌肉细胞，出现较长时间的血清低钾，可能会引起心律失常。$\beta_2$-肾上腺素能受体同样存在于心肌细胞中，正常心室肌细胞的β-肾上腺素能受体中，15%为 $\beta_2$-肾上腺素能受体，正常心房肌细胞30%～40%为 $\beta_2$-肾上腺素能受体。当慢性心力衰竭时，长期受儿茶酚胺的作用，$\beta_1$-肾上腺素能受体数量减少，但是 $\beta_2$-肾上腺素能受体几乎不受影响，因此，$\beta_2$-肾上腺素能受体在维持心脏功能，特别是在病变心脏和充血性心力衰竭时，增加心肌细胞内cAMP水平，在维持正常心率和心肌收缩力中起重要作用。交感神经末梢也存在 $\beta_2$-肾上腺素能受体，激动交感神经末梢上的 $\beta_2$-肾上腺素能受体可促进去甲肾上腺素的释放。$\beta_3$-肾上腺素能受体存在于脂肪细胞、骨骼肌和肝细胞中，它与分解代谢和热量生成密切相关。

4. 多巴胺受体　多巴胺是去甲肾上腺素的前体，能够兴奋多巴胺受体(DA)。五个DA中最重要的是多巴胺-1($DA_1$)、多巴胺-2($DA_2$)受体。$DA_1$ 受体分布在肾脏、肠系膜、内脏和冠状血管平滑肌上，兴奋时刺激腺苷酸环化酶，增加cAMP的生成，引起血管扩张。这种血管扩张效应在肾动脉最强，另外位于肾小管的 $DA_1$ 受体通过钠-钾ATP酶和钠-氢交换调节钠离子的排泄。$DA_2$ 位于交感神经末梢，其作用为抑制去甲

肾上腺素的释放，中枢 $DA_2$ 调控恶心和呕吐，氟哌利多的止吐功能与其作用于 $DA_2$ 受体有关。

5. G-蛋白　G-蛋白在肾上腺素能受体兴奋产生相应生理效应的过程中起着重要作用。肾上腺素能受体兴奋后，通过信号传导过程，细胞外的信号被传导至细胞内。在信号传导的过程中，α-肾上腺素能受体和β-肾上腺素能受体与位于细胞内表面的G-蛋白耦联，改变跨膜离子通道的特性。G-蛋白含有α、β和γ三个亚单位，α亚单位决定G-蛋白的活性。在静息状态，G-蛋白与二磷酸鸟苷(GDP)结合，并不和受体接触。当受体被第一信使(去甲肾上腺素)激活时，刺激G-蛋白释放GDP，并将三磷酸鸟苷(GTP)结合到G-蛋白的α亚单位，同时使G-蛋白裂解成两部分，α-GTP结构和β-γ亚单位。α-GTP结构释放出α亚单位与效应器结合，并激活效应器。α亚单位迅速离开效应器再次与β-γ亚单位结合，重新组成G-蛋白，GTP转化成GDP与α、β和γ亚单位结合，G-蛋白又处于静息状态位于细胞膜的内表面。

β-肾上腺素能受体兴奋时，激活G-蛋白，增强腺苷酸环化酶的活性，使cAMP生成增加。肾上腺素或去甲肾上腺素与细胞膜β-肾上腺素能受体短暂接触后，数分钟内可使细胞内cAMP水平升高，超过基础值的400余倍。cAMP合成增加激活蛋白激酶，从而使靶蛋白磷酸化，引发效应细胞各种反应。$\alpha_2$-肾上腺素能受体兴奋，增强抑制性G-蛋白对腺苷酸环化酶的抑制，减少cAMP的生成。G-蛋白的数量相对较多，远远超过β-肾上腺素能受体和腺苷酸环化酶的数量，这样在信号传导过程中，受体兴奋的效应得到保证，而受体的浓度以及腺苷酸环化酶的数量和活性成为对儿茶酚胺反应的限速因素。

$\alpha_1$-肾上腺素能受体的作用是通过G-蛋白激活存在于细胞膜内的磷酸酯酶C，进而增加磷酸肌醇二磷酸盐($PIP_2$)水解成三磷酸盐和甘油二酯。三磷酸盐和甘油二酯使肌浆网中储存的钙离子释放，从而使胞浆内钙离子的浓度显著增加，引起平滑肌收缩，并引起其他效应器官产生相应的反应。

G-蛋白分为两类，兴奋性G-蛋白($G_s$)和抑制性G-蛋白($G_i$)。不同的第一信使兴奋不同的受体，经过与不同种类的G-蛋白耦联，引起心肌细胞产生不同的反应。去甲肾上腺素刺激β-肾上腺素能受体，激活兴奋性G-蛋白，继而进一步激活腺苷酸环化酶，使cAMP生成增加，心肌收缩力增强。

6. 肾上腺素能受体密度的调节　β-肾上腺素能受体对存在于突触裂隙或血浆中的一定量去甲肾上腺素的动力学反应并不是固定不变的，器官或组织内肾上腺素能受体的密度和对去甲肾上腺素的反应性，可因内环境改变或药物应用而发生迅速的改变。在去除交感神经或给予β-肾上腺素能受体阻断剂后30min内，β-肾上腺素能受体的数量增加，即肾上腺素能受体上调，这也就是突然停用β-肾上腺素能受体阻滞剂导致反跳性心动过速和心肌缺血或心肌梗死发生率增加的机制。

如果持续给予肾上腺素能受体激动剂，β-肾上腺素能受体密度显著减少，出现肾上腺素能受体下调。β-肾上腺素能受体下调出现较慢，在慢性应激或慢性心力衰竭时，给予β-肾上腺素能受体激动剂数小时后，受体实际上被破坏，必须合成新的受体，才能使交感神经的反应重新恢复到基础状态。

### （三）洋地黄糖苷类

推测在 $Na^+$-$K^+$-ATP 酶 α 亚单位上存在内源性洋地黄（哇巴因）的结合部位，外源性洋地黄可与该部位结合，对 $Na^+$-$K^+$-ATP 酶钠泵产生抑制，降低主动性 $Na^+$ 的外向流率，使胞浆内 $Na^+$ 含量升高，也使细胞内 $Ca^{2+}$ 外流减少，使细胞去极化周期中有更多的 $Ca^{2+}$ 参与激活收缩，从而增强心肌收缩力。

1. 增强心肌收缩力　这种作用见于正常和衰竭心肌，使心肌缩短的速率和幅度增加、收缩力增强，Frank-Starling 曲线向左上移位。其结果是心脏的收缩时间缩短，舒张期相对地延长，心室排空更完全，有利于静脉血回流。

强心苷加强心肌收缩力作用有以下三方面特点：首先，加强心肌的能量转换效率，在相对节省能量和氧耗的条件下加强心肌的收缩。虽然对正常心脏，在加强心肌收缩时心肌耗氧仍然是增加的。但对心力衰竭心脏，强心苷延长心脏的排空，使心室容积缩小，室壁的张力减小，从而心肌的氧耗不仅不增加反而是减少的。这是与儿茶酚胺类药物的显著不同点。其次，在增强正常心脏收缩的同时，直接收缩外周血管，致使阻力增高，心排血量不能得到有效增加；而在加强衰竭心脏的收缩时，可通过压力感受器的反射性调节，使过度增强的交感神经活性减弱、外周血管阻力下降，有利于心排血量的进一步增加。再者，强心苷的正性肌力作用通过维持给药可持续几周或几个月而不发生脱敏或耐受。

2. 减慢心率　治疗剂量强心苷对窦房结基本无影响，不减慢正常心脏的心率，对发热或其他原因引起的窦性心动过速无效。对心力衰竭心脏，由于增强心肌收缩力而使心排血量增加，可使原来因心排血量低而代偿性增快的心率减慢。高水平地高辛可引起窦性心动过缓或窦性静止。

3. 血管　强心苷可通过影响外周小动脉平滑肌的 $Na^+$、$Ca^{2+}$ 交换而直接增加血管张力和外周阻力，但临床尚无证据表明标准剂量强心苷能显著影响血压，或增加血管床对内源或外源性血管收缩剂的敏感性。事实上长期应用地高辛的心衰患者，由于过度增高的交感神经活动得到有效控制，外周血管阻力是降低的。但中毒量强心苷仍可显著增加外周阻力，甚至可使冠状动脉收缩。

4. 肾脏　强心苷除通过增强心肌收缩力，增加心排血量，从而使肾血流量和肾小球滤过率增加，产生间接利尿作用外，还可直接刺激心房分泌心钠素（ANP），以及心排血量增加后使原来增加的醛固酮分泌减少，产生协同利尿效果。

5. 毒性反应及其防治　强心苷的治疗量与中毒量之间的安全范围很窄。据统计，强心苷毒性反应在临床药物不良反应中发生率最高，约占住院病人中药物不良反应的21％。因此应当重视对毒性作用的防治。

强心苷的心脏毒性反应首先是电生理改变，表现为各种心律失常，与心肌细胞内 $K^+$ 丢失、$Ca^{2+}$ 超载和交感神经张力增高等有关。低 $K^+$ 导致静息膜电位降低，心肌细胞应激性增高；$Ca^{2+}$ 超载和交感神经张力增高使自发性（4 期）舒张除极速率增加、自律性增高及希-浦传导系统抑制，产生各种心律失常，如室性早搏，并常呈二联律、三联律、各种心脏传导阻滞和心动过缓、甚至室性心动过速或心室颤动等。原有心力衰竭加重或发生新的心力衰竭是心脏毒性反应的另一表现。

预防措施主要是控制给药剂量和免除诱发因素。一旦诊断为强心苷中毒，首先应

停用强心苷以及可诱发毒性反应的药物(如排钾性利尿药),并及时地纠正电解质紊乱、缺氧等诱发因素。如有心律失常,根据其性质给予相应的药物治疗。

**(四) 磷酸二酯酶Ⅲ**(phosphodiesterases Ⅲ,PDEⅢ)**抑制剂**

包括氨力农和米力农等。

1. 正性肌力作用　PDEⅢ抑制剂与儿茶酚胺类药物都是通过增加细胞内 cAMP 发挥正性肌力作用的,但二者在诸多方面有明显不同:首先,PDEⅢ抑制剂发挥作用无需 β-肾上腺素受体介导,即使在 β-受体功能下调情况下也不会影响此类药物的正性肌力效应。其次是在心脏的机械性能方面,PDEⅢ抑制剂仅引起左心室舒张充盈压下降,不减少心室的容积,而多巴酚丁胺既能持续降低左心室的舒张充盈压又能减少其容积。此外,对缺血性心肌病并发的心衰,PDEⅢ抑制剂在增强心肌收缩力时不致发生缺血性电生理变化,表明其所需能耗明显低于多巴胺。

2. 血管舒张作用　此类药物兼有舒张小动脉和小静脉作用,即既有正性肌力又有扩张血管作用。体外实验显示此类药物可对抗由去甲肾上腺素和血栓素 $A_2$ 等诱发的血管收缩,预防和控制离体内乳动脉和桡动脉痉挛的发生,使血管保持舒张,可扩张血管和增加血流。所产生的血管扩张作用强度与罂粟碱或硝酸甘油相似。研究提示氨力农等对全身小动脉和小静脉也有舒张作用,使已增高的体循环血管阻力(SVR)和肺循环血管阻力(PVR)降低,改善左、右心室与主动脉或肺动脉的耦联。因此,对由于心衰、感染性休克或心脏手术体外循环过程造成的组织尤其是内脏灌注不足者具有调整、改善作用。

血管舒张作用的机制也与 PDEⅢ受抑制、血管平滑肌内 cAMP 含量增加有关,后者促使 $Ca^{2+}$ 从平滑肌细胞逸出,导致动脉和静脉平滑肌弛缓而发生血管舒张。此外,氨力农尚可能通过内皮衍生 NO,介导舒张血管效应。

**(五) 其他**

1. 钙增敏剂(calcium sensitizers)。此类药物虽也具有 PDE 抑制作用,但其药理作用是增加心肌收缩成分对 $Ca^{2+}$ 的敏感性,此方面不同于米力农,故称此类药物为钙增敏剂。

钙增敏剂主要改变细胞内 $Ca^{2+}$ 浓度与力产生的速率和程度之间的关系,使心肌在任何给定的细胞内钙浓度下增加力的产生。此种通过增加 $Ca^{2+}$ 的敏感性实现的正性肌力作用较通过增加细胞内 cAMP 水平的正性肌力作用者更具有节省能量的效益,提示此类药物更有利于缺血性心肌病所致的心力衰竭。实验及临床也证实其药效作用与米力农相似,即增强心肌的收缩性和左、右心室的收缩指数、扩张血管降低外周阻力和心室的前、后负荷。

2. 钙盐、甲状腺素(thyronine)、胰高血糖素(Glucagon)等。

## 二、儿茶酚胺类肾上腺素能受体激动剂

**(一) 多巴胺**(dopamine)

**【药理作用】**

多巴胺是体内合成去甲肾上腺素的前体,作为一种神经递质存在于外周肾上腺素

能神经和中枢神经系统的某些部位，是黑质-纹状体通路的递质。药用多巴胺是人工合成的多巴胺盐酸盐。多巴胺作用于α、β-肾上腺素能受体和多巴胺受体，还能够促进去甲肾上腺素释放，因此，它对于自主神经系统具有直接和间接作用。它的最重要作用是通过作用于突触后膜多巴胺受体，增加肾脏和肠系膜血管床的血流量，并能够引起外周血管扩张。它迅速被单胺氧化酶(monoamine oxidase，MAO)儿茶酚氧位甲基转移酶(catechol-o-methyltransferase，COMT)代谢，其半衰期仅2min，经肾排泄，静脉注射5min内起效，持续5～10min，因此，不需要给予负荷剂量，而必须持续静脉输注。

1. 输注速率为0.5～2μg/(kg·min)，兴奋$DA_1$受体，使肾脏和肠系膜血管扩张，肾血流量、肾小球滤过率和钠的排除量增加。

2. 输注速率为2～10μg/(kg·min)，兴奋$β_1$-肾上腺素能受体，使心肌收缩力增加，心排出量增加。输注速率大于5μg/(kg·min)，能够刺激内源性去甲肾上腺素的释放，使心肌收缩力增加，心脏传导加快。

3. 10～20μg/(kg·min)大剂量输注时，兴奋α、$β_1$-肾上腺素能受体，主要呈现出$α_1$-肾上腺素能受体缩血管效应，肾脏血流量减少。

【适应证】

1. 低血压时紧急治疗。

2. 心脏手术后低心排血量综合征。

3. 用于抗休克治疗。

4. 心脏复苏。

5. 急性肾衰竭。

【临床应用】

1. 心血管手术中最常用的正性肌力药物(一线用药)，静脉注射1～2μg/kg多巴胺紧急情况下提升血压和心率，无效时可增大剂量，但冠心病和心动过速患者应慎用。

2. 心脏手术后低心排时输注速率为3～10μg/(kg·min)，大于10μg/(kg·min)输注时，则血管发生强烈收缩，正性肌力作用不良，宜换用或加用肾上腺素。冠状动脉旁路移植术(coronary artery bypass graft，CABG)中用量以小于5μg/(kg·min)为宜。

3. 用于抗休克治疗，适宜输注速率为2～10μg/(kg·min)，对伴有心肌收缩力减弱及尿量减少而血容量已补足的患者疗效好；亦可用于急性心功能不全。

4. 心脏复苏，静脉注射1～2mg，可增加心肌兴奋性，有利于复苏。

【注意事项】

1. 使用前积极纠正患者的低血容量状态，补充有效循环血容量。

2. 较大剂量可引起心动过速和心律失常。

3. 血管外注射可引起皮肤坏死，高浓度需经中心静脉输注。

4. 患者对多巴胺的反应差异较大，使用时必须监测患者器官和外周组织灌注情况，大剂量时监测尿量，及时调整多巴胺的输注速度。

5. 不宜与氟哌利多、氯丙嗪等多巴胺受体阻滞剂合用。

**(二) 多巴酚丁胺**(dobutamine)

【药理作用】

多巴酚丁胺是多巴胺的衍生物，兼有多巴胺和异丙肾上腺素结构的特点，由于不存

在异丙肾上腺素侧链上的羟基，故明显减弱了引起心率增快及心律不齐的效应。

多巴酚丁胺能够兴奋$\beta_1$-肾上腺素能受体，对$\alpha$和$\beta_2$-肾上腺素能受体无显著作用，对多巴胺受体无作用，且无促进去甲肾上腺素释放作用，故可使心肌收缩力增强，而对心率和心肌氧耗量影响较小，肺血管阻力可减少或无明显改变，可使肺动脉压下降。口服无效，静脉注射1～2min内起效。多巴酚丁胺进入体内后在肝脏内迅速被代谢，或与葡萄糖醛酸结合而失活。它的半衰期为2min，故需连续静脉输注，速率为2～20μg/(kg·min)。

【适应证】

1. 适用于心源性休克患者。

2. 心脏手术后低心排综合征。

【临床应用】

1. 心脏手术后低心排综合征的患者和心肌梗死后心排出量降低的患者疗效较好，应从小剂量用起，2～10μg/(kg·min)，作用快，可控性强，效果显著。

2. 同多巴胺相比，正性肌力作用比正性频率作用显著，很少增加心肌耗氧量，也较少引起心动过速。在心排出量(CO)增加的同时，降低了SVR和PVR，对血压和心率影响较小。

3. 心脏手术后低心排血量时，多巴胺和多巴酚丁胺可联合应用，尤其是使用单一种药物剂量超过10μg/(kg·min)时。

4. 多巴酚丁胺不需要MAO代谢，适于MAO抑制的患者。

【注意事项】

1. 使用前及时补充有效循环血量。

2. 大剂量可引起心动过速和心律失常。

3. 可引起轻度低血钾，注意监测血钾。

4. 梗阻型肥厚性心肌病患者禁用。

5. 不能与碱性溶液混合，并且该药若连续应用，输注3天后效力减弱(因β受体的"下调"而出现耐受)。

6. 可促进房室传导，对伴有房颤和快速心率的患者，使用前应先用洋地黄控制心率。

**(三) 多培沙明**(dopexamine)

【药理作用】

为新合成的儿茶酚胺类药物，化学结构与多巴胺相似，有很强的$\beta_2$-肾上腺素能受体兴奋作用，但对多巴胺$DA_1$和$DA_2$受体，以及$\beta_1$-肾上腺素能受体的兴奋作用较弱；尚能抑制神经元对儿茶酚胺的摄取。其正性频率作用和正性肌力作用是通过药物间接兴奋$\beta_1$-肾上腺素能受体，提高压力感受器的反射活性，抑制去甲肾上腺素的再摄取，以及直接兴奋心脏$\beta_2$-肾上腺素能受体而产生的。本品还能增加肾脏、心肌和骨骼肌的血流量。特点为增强心肌收缩功能，增加心输出量，扩张体循环血管，增加肾脏灌注。口服无效，半衰期为6～7min，在肝内降解。

【适应证】

1. 急性心力衰竭。

2. 心脏术后低心排血量综合征。

【临床应用】

1. 常用量静脉输注 0.5～4μg/(kg·min)，最大剂量 6μg/(kg·min)，作用类似于多巴胺和硝普钠联合应用。

2. 严重慢性心力衰竭患者 $\beta_1$-肾上腺素能受体下调，多培沙明通过兴奋 $\beta_2$-肾上腺素能受体，扩张全身小动脉，降低后负荷，又由于直接和间接的正性肌力作用，选择性扩张肾血管，有利于慢性心衰患者的治疗。

3. 体外循环后常以 1～5μg/(kg·min)静脉输注，输注速率大于 4μg/(kg·min)，则增加心率和氧耗量，对缺血性心脏病患者不利。

4. 选择性扩张肾血管，保护肾功能，有助于感染性休克的治疗，应注意其扩血管导致的降压作用。

【注意事项】

1. 心动过速的发生率为约 5%～8%，有些患者心率增快呈剂量依赖性，心肌氧耗增加。

2. 应注意其快速耐受性。

**（四）肾上腺素**(adrenaline)

【药理作用】

肾上腺素是肾上腺髓质分泌的主要激素，是去甲肾上腺素在肾上腺髓质嗜铬细胞中，经苯乙醇胺-N-甲基移位酶的催化，甲基化后形成的。临床使用的肾上腺素是人工合成的肾上腺素盐酸盐，其化学性质不稳定，在碱性溶液中或暴露于空气及日光下易氧化变色而失去活性。

肾上腺素能够兴奋所有的肾上腺素能受体($\alpha_1$、$\alpha_2$、$\beta_1$ 和 $\beta_2$)，使 $\beta_1$-肾上腺素能受体兴奋，引起心脏传导加快，心率增加、心肌收缩力增强和心肌兴奋性提高。使 $\beta_2$-肾上腺素能受体兴奋，产生血管和支气管平滑肌松弛。使 $\alpha_1$-肾上腺素能受体兴奋，导致血管平滑肌收缩，血压升高。主动脉舒张压增加，能够增加冠状动脉血流量，增加心脏停搏病人的复苏成功率。对于肺血管具有双重作用，即小剂量时，引起肺血管扩张，大剂量时，导致肺血管收缩，甚至引起严重的肺水肿。肾上腺素增加糖原分解和糖原异生，抑制胰岛素释放，促进胰高血糖素分泌，减少外周组织对葡萄糖的摄取，使血糖升高。肾上腺素还能够激活脂肪组织的 β-肾上腺素能受体，加速脂肪分解，使血中游离脂肪酸的水平增加，胆固醇、磷脂及低密度脂蛋白增多。肾上腺素并能提高机体代谢率，增加热量的产生。进入体内的肾上腺素大部分被肝、肾及胃肠道等组织的 MAO 和 COMT 分解，代谢产物主要随尿排出。

肾上腺素 1～2μg/min 主要是兴奋 $\beta_2$-肾上腺素能受体，使血管和支气管平滑肌松弛；剂量为 2～10μg/min[25～120ng/(kg·min)]时，主要是兴奋 $\beta_1$-肾上腺素能受体，使窦房结的传导加快，不应期缩短，心率增加，心肌收缩力增强；剂量超过 10μg/min[120ng/(kg·min)]，引起 α-肾上腺素能受体显著兴奋，产生血管收缩。肾上腺素可通过直接兴奋 α-肾上腺素能受体和间接刺激肾素释放导致肾脏血管强烈收缩，因此，它常常和“肾脏剂量”的多巴胺同时使用，以避免肾脏缺血。值得注意的是，按照上述剂量给予肾上腺素后，并不能够保证所有的病人都达到预期的血药水平，获得相应的临床效

应，因此，必须根据不同病人的反应，及时调整给药的剂量，以达到最满意的“加压效果”。

【适应证】

1. 心搏骤停患者的复苏。

2. 过敏性休克。

3. 心脏手术后低心排血量综合征。

4. 支气管痉挛。

5. 严重低血压。

【临床应用】

1. 肾上腺素可在心搏骤停、循环虚脱或过敏性休克时静脉注射，剂量为0.02mg/kg或1mg，心脏复苏小剂量无效时，可给予大剂量肾上腺素(0.1～0.2mg/kg)，以显著改善冠脉灌注压和心脑血流量，紧急情况下可以将肾上腺素稀释至10ml气管内给药。

2. 肾上腺素为心脏复苏首选药物，适用于各种原因引起的心搏骤停，使心肌细颤转为粗颤，有利于电击除颤。

3. 皮下注射肾上腺素每20min为300μg，最大到900μg，特别是在过敏反应时，可以缓解支气管痉挛。还能够减轻黏膜、声门水肿，增加通气量，缓解哮喘的发作。

4. 心脏手术后低心排、心力衰竭时，肾上腺素小剂量0.01～0.05μg/(kg·min)左右强心作用明显，轻微增加心率，不增加心脏后负荷。

5. 利用肾上腺素α-肾上腺素能受体兴奋缩血管效应，肾上腺素常常和局麻药同时用于局部浸润、神经阻滞和硬膜外腔阻滞，以减缓局麻药的血管摄取，延长局麻药的作用时间，减低局麻药血药峰值水平。

【注意事项】

1. 大剂量或快速静脉注射肾上腺素可致血压骤然升高，引起脑出血或严重心律失常，甚至诱发心室纤颤，老年人应慎用。

2. 大剂量时血管收缩，可引起器官特别是肾脏缺血，必要时并用血管扩张药。

3. 皮下渗漏可引起坏死，需中心静脉用药。

4. 可升高血糖，糖尿病患者慎用。

5. 氟烷使心肌对儿茶酚胺的敏感性增加，故氟烷麻醉时，不宜应用肾上腺素。

**(五) 异丙肾上腺素**(isoprenaline)

【药理作用】

异丙肾上腺素是人工合成的儿茶酚胺，遇光和空气渐变色，在碱性溶液中迅速失活。异丙肾上腺素为β-肾上腺素能受体激动剂，但对$\beta_1$和$\beta_2$-肾上腺素能受体无选择性，对α-肾上腺素能受体几无作用。它对心脏具有正性变力性与变时性作用，使心率、心肌收缩力、心脏自律性增高，故心肌耗氧量也随之增加。对心率和心搏量的影响远较肾上腺素显著。异丙肾上腺素对皮肤和黏膜血管无明确的作用，通过兴奋$\beta_2$-肾上腺素能受体使骨骼肌血管扩张，对内脏血管有微弱的扩张作用，使周围血管总阻力下降，舒张压和平均动脉压下降，收缩压可以保持不变或增加，收缩压的升高是继发于心排血量的增加。可使脑和冠脉血流量增加，冠脉血流量增加是由于此药对冠状血管除了直接扩张作用外，同时还与其使心脏做功增加、局部使血管扩张的代谢产物浓度升高有关。

异丙肾上腺素能够兴奋$\beta_2$-肾上腺素能受体，使支气管平滑肌松弛，同时能够抑制

巨细胞释放炎性介质，从而有效地终止或缓解支气管平滑肌痉挛。但对支气管黏膜血管无收缩作用，特别是对 $\beta_1$ 和 $\beta_2$-肾上腺素能受体的选择性较差，其心脏兴奋效应使某些支气管哮喘病人难以耐受，并有导致严重心律失常的危险。近年来高选择性 $\beta_2$-肾上腺素能受体激动剂的问世，已经不再使用异丙肾上腺素来治疗支气管哮喘。

【适应证】

1. 对阿托品治疗效果差的心动过缓、Ⅱ、Ⅲ度房室传导阻滞，心脏复苏。安置心脏起搏器之前的应急处置措施。

2. 合并肺动脉高压的低心排血量综合征患者。

3. 右心衰竭。

4. 哮喘持续状态。

5. β受体阻滞药过量。

【临床应用】

1. 心脏手术停止体外循环后，出现严重心动过缓时，给予 2～10μg 异丙肾上腺素能够有效地提高心率，常用输注速率为 0.005～0.02μg/(kg·min)。

2. 心室自身节律缓慢、高度房室传导阻滞或窦房结功能障碍而并发的心跳骤停。

3. 支气管哮喘，一般雾化吸入。

4. 拮抗β受体阻滞剂过量。

【注意事项】

1. 异丙肾上腺素剂量稍大，即可引起心动过速，甚至心律不齐，将显著增加心肌耗氧量，因此，给予异丙肾上腺素过程中必须遵循低浓度和低剂量的原则，最好使用注射泵持续输注 0.005～0.12μg/(kg·min)，并严密监测心率和心律的变化。

2. 该药不是血管加压药，其血管扩张作用可导致低血压发生，减少组织器官血流灌注。不宜单独用于心脏复苏。

3. 快速性心律失常、甲状腺功能亢进和高血压患者不宜使用异丙肾上腺素。

4. 异丙肾上腺素进入体内后，主要在肝脏和其他组织中被 COMT 代谢，不被肾上腺素能神经摄取，其作用时间比肾上腺素略长。

**（六）去甲肾上腺素**(noradrenaline，NE)

【药理作用】

去甲肾上腺素是交感神经末梢释放的递质，正常肾上腺髓质分泌的量极少。药用去甲肾上腺素是人工合成的重酒石酸盐，它的化学性质不稳定，见光易失效，在酸性溶液中较为稳定，在碱性溶液中迅速氧化失活。

输注外源性儿茶酚胺和机体释放内源性儿茶酚胺的生理效应有很大的差别，输注去甲肾上腺素通常是引起心动过缓，而应激时释放的去甲肾上腺素能引起心动过速。去甲肾上腺素既能兴奋 α-肾上腺素能受体，也能兴奋 β-肾上腺素能受体。其半衰期较短，仅 2.5min，因此应该持续静脉输注。输注剂量小于 2μg/min[30ng/(kg·min)]，主要兴奋 $\beta_1$-肾上腺素能受体，使心肌收缩力增强，心率加快，传导加速，但对心脏的兴奋作用较肾上腺素弱。输注速率大于 3μg/min[50ng/(kg·min)]时，主要兴奋 α-肾上腺素能受体，引起皮肤、黏膜、骨骼肌、肝脏、肾脏和小肠血管收缩，使收缩压、舒张压以及平均动脉压升高，反射性心率减慢。静脉收缩后回流增加，心排出量通常无改变或者降

低，由于舒张压升高，冠脉血流量、心肌氧耗量显著增加，肺血管阻力增大。去甲肾上腺素强效缩血管作用可以导致肾脏、肠管缺血和外周低灌注。同时给予小剂量去甲肾上腺素和低剂量的多巴胺可以有效地维持肾脏的灌注压和肾脏的功能。口服无效，去甲肾上腺素进入体内后部分被神经组织摄取，部分被 MAO 和 COMT 代谢，仅 4%～16%以原型由尿排泄。

【适应证】

1. 各种危及生命的严重低血压状态，抗休克或嗜铬细胞瘤术后低血压。

2. 用于晚期重症休克病人(如感染性休克)，及心脏术后体外脱机困难病人。

3. 心血管手术后低心排血量综合治疗中仅作为三线用药。

【临床应用】

1. 常用剂量 0.02～0.1μg/(kg·min)，根据血压、外周阻力、心率调节用量。

2. 用于体外循环后“血管扩张状态(post cardiotomy vasodilatory state)”表现为外周阻力下降、心排出量高，因其升高血压同时不增加心率，尤其适用于感染性休克及 CABG 后高排低阻患者。

3. 对其他缩血管药物反应欠佳时，可改用去甲肾上腺素，以改善心肌供血，但剂量应该严格控制在 0.01～0.05μg/(kg·min)。

4. 去甲肾上腺素强效缩血管作用可以导致肾脏、肠管缺血和外周低灌注，给予小剂量去甲肾上腺素同时伍用低剂量的多巴胺可以有效地维持肾脏的灌注压和功能。

【注意事项】

1. 应该选用中心静脉给药，须用生理盐水稀释用药。

2. 一旦药物漏出血管外，可用酚妥拉明 5～10mg 溶于生理盐水 10～15ml 进行局部浸润，或 0.25%普鲁卡因 10～15ml 局部封闭。

3. 明显升高 PVR，肺动脉高压病人慎用。

## 三、非儿茶酚胺类肾上腺素能受体激动剂

### (一) 麻黄碱(ephedrine)

【药理作用】

麻黄碱是从麻黄中提取的生物碱。临床使用的是人工合成的盐酸盐制品，化学性质稳定。麻黄碱既能直接作用于肾上腺素受体，又能促进肾上腺素能神经末梢释放去甲肾上腺素，对 α 和 β-肾上腺素能受体均有激动作用，引起血压升高，心肌收缩力增强，心排血量增加，心率改变不甚明显，对心血管的作用仅为肾上腺素的十分之一，反复用药可出现快速耐受性。它对皮肤、黏膜和内脏血管的收缩作用比肾上腺素弱而持久，对支气管平滑肌的舒张作用较异丙肾上腺素弱。它能透过血脑屏障，具有较强的中枢兴奋作用。少量经肝脏代谢，60%～70%以原形经肾脏排出。

【适应证】

1. 麻醉中由于 SVR 下降引起的低血压，尤其伴心率较慢者。

2. 区域麻醉引起的低血压、低血容量性低血压在补足容量前的紧急治疗。

【临床应用】

1. 全麻经鼻气管内插管前也常用麻黄碱注射液滴鼻，借以收缩鼻粘膜血管，减少插管过程中的出血。

2. 临床麻醉中主要用于纠正椎管内阻滞后的低血压，静脉注射剂量在成人每次5～15mg，小儿0.3～0.6mg/kg。缓慢静脉注射，必要时可重复使用。

【注意事项】

去甲肾上腺素储存耗竭，则作用减弱。重复应用可发生耐药。

**（二）去氧肾上腺素**(phenylephrine)

【药理作用】

又称苯肾上腺素，为人工合成的纯α-肾上腺素能受体激动剂，引起外周血管收缩，使收缩压和舒张压升高，心率反射性减慢，它对α-肾上腺素能受体的作用比去甲肾上腺素弱得多，静脉注射立即起效，持续15～20min，被MAO降解，不宜口服。

【适应证】

1. 外周血管扩张引起的低血压

2. 室上性心动过速

3. 非停跳冠脉搭桥术中血压的调控。

【临床应用】

1. 特别适用于处理全麻期间的低血压，能够使血压升高，保证心肌的灌注压，但并不使心率增快、心肌氧耗量增加，每次可静注稀释后的药物50～100μg，小儿1～2μg/kg，必要时可重复给予，输注速率为0.1～0.15μg/(kg·min)。

2. 法洛四联症手术中缺氧发作，减少右向左分流。

3. 可用于CABG或瓣膜置换手术后的高排低阻状态。手术改善了心脏功能，但术前服用的钙通道阻滞剂和血管紧张素转换酶抑制剂的持续作用，以及体外循环的血液稀释效应可能是产生高排低阻的原因。在这种状态下，心排出量正常或高于正常，心率较快，外周阻力低，血压较低，持续输注低浓度的去氧肾上腺素，可增加外周血管阻力，使血压升高，维持心肌有效的灌注压，并减慢心率，有利于心肌的氧供需平衡。

4. 治疗阵发性室上性心动过速。

【注意事项】

1. 由于血管收缩，后负荷增加，心功能不全患者CO下降。由于较强的肺血管收缩作用，可促发右心衰。使肾血流减少作用比去甲肾上腺素更为明显，需监测尿量。

2. 可发生心动过缓。

3. 敏感患者可发生冠状动脉痉挛，用钙离子通道阻滞剂或硝酸甘油可治疗。

**（三）间羟胺**(metaraminol)

【药理作用】

又称阿拉明(aramine)，间羟胺系人工合成的苯异丙胺类药物。它除了直接作用于肾上腺素能受体外，还能够被肾上腺素能神经末梢摄取，并进入囊泡，通过置换机制使储存在囊泡内的去甲肾上腺素释放出来，产生效应。主要兴奋α-肾上腺素能受体，对β-肾上腺素能受体作用很弱，能够使外周血管收缩，血压升高，心率反射性减慢，静脉收缩后可使中心静脉压升高，心搏量增加，但心排出量通常不变。特点为作用弱而持久，对外周作用强于心脏，对肾血管影响轻微。

【适应证】

1. 间羟胺主要作为去甲肾上腺素的替代品用于各种休克的早期，麻醉中低血压。

2. 感染性休克。

3. 非停跳冠脉搭桥术中血压的调控。

【临床应用】

1. 静脉注射：成人 1～2mg/次，小儿每次 0.04～0.2mg/kg

2. 将 10～20mg 的药物稀释到 100ml 后静脉滴注。还可用于处理全麻过程中的低血压，每次静脉注射稀释后的药物 50～100μg，必要时可重复给予。

【注意事项】

1. 可引起皮肤、肾脏缺血。

2. 升高 PVR，使之恶化。

3. 可引起心肌缺血和心律失常。

4. 可产生快速耐受性。

## 四、洋地黄糖苷类(digitalis)

### (一) 地高辛(digoxin)

【药理作用】

抑制细胞膜 $Na^+$-$K^+$-ATP 酶，钠泵产生抑制，降低主动性 $Na^+$ 的外向流率，使胞浆内 $Na^+$ 含量升高，也使细胞内 $Ca^{2+}$ 升高，$Ca^{2+}$ 从肌浆网向胞质的释放也增加，使细胞去极化周期中有更多的 $Ca^{2+}$ 参与激活收缩，从而加强心肌收缩力，房室传导和心率减慢。非心衰患者心肌氧耗和 SVR 增加；而心衰患者由于心率减慢，每搏量增加，SVR 降低，心脏缩小，因而心脏氧耗减少。地高辛对心脏病人有较强的利尿作用。静脉注射 10～30min 起效，作用高峰 1～2h，消除半衰期为 1.7d，经肾排泄，少量在肝内代谢。

【适应证】

1. 心力衰竭：对瓣膜病、高血压和先心病引起的充血性心衰效果最佳。

2. 快速房颤时减慢心室率，尤其是心力衰竭病人。

3. 控制和预防室上性心动过速。

【临床应用】

1. 是临床上最常用的强心苷，既可口服，也可静脉注射。对于慢性心力衰竭，一般采用口服给药。对于轻型病例，可用缓给法，每日 0.25mg，持续 7 天左右达到全效量(即所谓洋地黄化剂量)，再改为维持量(每日 0.125～0.25mg)。

2. 对于病情较重者，可用中速法，首剂 0.5mg，以后每 8h 0.25mg，共 4～6 次达到全效量，后改为维持量。

3. 对于急性心力衰竭，可用静脉注射快速达到全效量：首次静脉注射 0.5mg，2～4h 后再注射 0.25～0.5mg。

【注意事项】

1. 由于治疗量和中毒阈值接近(治疗量为中毒量的 60%)，安全范围小，易中毒且易产生耐药性，约 20%的病人在治疗量内可出现中毒症状。同时密切注意是否存在低

钾血症、低镁血症等潜在危险。

2. 可加速 QRS 波增宽的预激综合征的房室旁路传导，诱发室颤，应避免使用。

3. 与钙盐合用，可引起恶性心律失常，应慎用。

4. 增强流出道肥厚心肌的收缩，使梗阻加重，故梗阻性心肌病患者慎用。

5. 静脉给药时，地高辛注射的时间不应少于 15min，以避免产生血管收缩反应。地高辛肌肉注射吸收效果很难确定，并引起局部疼痛，一般不采用。

**（二）去乙酰毛花苷**(deslanoside)

【药理作用】

又名毛花苷丙(cedilanid)即西地兰。作用机制和药理作用类似地高辛，但对窦房结、心房自律性和房室传导的作用较强。由于起效快，蓄积小，安全范围大，是术中预防和治疗快速性房颤和室上性阵发性心动过速的常用药物。静脉给药后 5～30min 起效，作用高峰 1～2h，持续 2～5h，消除半衰期为 36h，作用完全消失需 3～6d，经肾脏排泄。

【适应证】

同地高辛。

【临床应用】

1. 去乙酰毛花苷主要用于急性心力衰竭，首次静脉注射 0.4～0.8mg，2～4h 后再注射 0.4mg。

2. 手术中需用强心苷时，也多用此药。未接受强心苷治疗者，首次可静脉注射 0.4～0.8mg，每 2～4h 追加 0.2～0.4mg，总量可达 1～1.2mg(洋地黄化量)，已接受强心苷治疗者，应减少用量，单次静脉注射 0.2～0.4mg，如洋地黄化后仍难以控制心率，则应加用 β 受体阻滞剂。

**（三）毒毛花苷 K**

【药理作用】

作用机制和药理作用类似地高辛，属速效强心苷，亦是术中预防和治疗快速性房颤和室上性阵发性心动过速的常用药物。静脉给药后 10～15min 起效，作用高峰 1～2h，持续 2～3h，消除半衰期为 21h，在体内代谢，以原型经肾脏排泄。静脉作用较西地兰快，排泄亦快，蓄积小。

【适应证】

同地高辛。

【临床应用】

毒毛花苷 K 起效快，但作用时间短，由于减慢心率和抑制房室传导的作用较去乙酰毛花苷弱，故适用于心衰而心率较慢的危急病例。首次静脉注射 0.25mg，必要时 2～4h 后再注射 0.125～0.25mg。

## 五、磷酸二酯酶Ⅲ抑制剂

**（一）氨力农**(amrinone)

【药理作用】

有较强效正性肌力作用，可增加心肌收缩力和心室的舒张速率，兼有动、静脉血管

舒张作用，使心脏前、后负荷降低，尤其是左心室充盈压的降低，使心室功能得到改善。因此在心衰治疗中，循环阻力高的患者可更有效增加心排血量和改善症状；若循环阻力正常或偏低的患者可出现明显的血压下降，需要应用缩血管药物处理。氨力农一般不影响心率，也不引起心律失常，但有增强房室结功能和传导系统功能，对存在室内传导阻滞者更为合适。氨力农的正性肌力作用呈剂量相关，以 10～100μg/(kg·min)的速率输注，心肌收缩力可增加 10%～80%。

氨力农口服给药有很好的生物利用度，但以静脉给药为多见。静脉注射后的药代动力学符合开放二室模型。分布半衰期为 1.4min，分布容积 1.3±0.36L/kg，血浆蛋白结合率低于 50%。单次以 1mg/kg 静脉注射后 1min 开始产生正性肌力效应，2min 起效，10min 产生最大效应，持续 30min，半衰期为 2～4h，心衰时可延长到 6h，30%～50%以原型经肾排泄。

【适应证】

1. 低心排血量综合征：对左右心室衰竭均有效，尤其适用于高 LVEDP、高肺动脉压和右心衰竭时的治疗。

2. 围术期特别是心脏手术中发生的心功能不全，撤离体外循环困难时，因起效缓慢，可作为正性肌力药的二线选择。在治疗肺动脉高压和右心衰竭时，可作为一线药物与肾上腺素类合用。

3. 心脏移植前的过渡用药。

4. 某些较严重的慢性心功能不全如原发性扩张性心肌病并心衰，对传统方法治疗无效或晚期心力衰竭者(及双室衰竭)。

5. 心源性肺水肿导致呼吸衰竭患者。

【临床应用】

给药剂量与方法：单次注射用药剂量一般为 1.0～1.5mg/kg，5～10min 内缓慢静脉注射。在麻醉手术中更多采用注射负荷剂量后继以持续输注给药方法。负荷剂量为 0.5～1.0mg/kg 维持量 5～10μg/(kg·min)，疗程不宜超过 2 周。

【注意事项】

1. 因为氨力农与葡萄糖可发生缓慢的相互作用，经 24h 药效丧失 11%～13%，因此不宜用葡萄糖溶液稀释，由生理盐水稀释，溶液中一般也不宜加入其他药物，特别是遇呋塞米可发生沉淀。

2. 手术后短时间应用未见不良影响；长期反复应用氨力农的主要不良反应是血小板减少症，发生率约 10%，用药期间应监测血小板和肝脏功能的变化。

**(二) 米力农**(milrinone)

【药理作用】

与氨力农基本相同，只是其正性肌力作用较后者强 10～30 倍。小剂量米力农以扩张血管作用为主，较大剂量时除降低后负荷外，出现明显增强心肌收缩力作用。米力农注射给药后可迅速被心肌摄取并发挥效应。静脉注药后药物的最大效应是在峰浓度后 7～10min。给药 12.5min 后心肌的药物浓度降低至峰浓度的 69.1%。米力农的清除主要经肾脏，约 80%的药物以原形从尿排出，其消除半衰期为 2～3h，严重心衰或肾功能受损病人的半衰期延长。

【适应证】

同氨力农

【临床应用】

1. 米力农给药多以静脉负荷剂量开始，继以持续静脉输注。典型方法为：负荷剂量 37.5～50μg/kg，10min 内给予，最好在停机前给予，维持量 0.375～0.75μg/(kg·min)，持续静脉输注。

2. 米力农常常用于严重右心或左心收缩功能不全心衰病人的短期治疗，也常与多巴胺或多巴酚丁胺等儿茶酚胺药物联合用于体外循环心脏手术中的循环支持。对于因较长时间应用儿茶酚胺支持循环而发生耐受或依赖性的病人，也可以米力农作替换治疗或撤除用药的过渡。

3. 急性心肌梗死合并充血性心衰病人短期持续应用米力农，可增加心指数，降低肺毛细血管楔压，迅速改善肺充血。

【注意事项】

1. 米力农的不良反应较少，有报道可触发窦性心动过速，艾司洛尔可控制之。

2. 血小板减少症在长时间治疗患者中较少见。

3. 单次静脉注射时，由于外周血管扩张，可发生低血压。

## 六、其　　他

### （一）左西孟旦(levosimendan，Levo)

【药理作用】

为钙增敏剂，增加肌钙蛋白对 $Ca^{2+}$ 的敏感性。Levo 在低浓度时，主要发挥 $Ca^{2+}$ 增敏剂的作用。它属于Ⅱ类 $Ca^{2+}$ 增敏剂，并不直接增加肌钙蛋白 C(troponin C，Tnc)与 $Ca^{2+}$ 的亲合力。研究表明，Levo 与心肌细肌丝上 Tnc 的氨基酸结合，使 TnC-$Ca^{2+}$ 结合物构型的稳定性增强，肌钙蛋白与 $Ca^{2+}$ 结合后，原肌凝蛋白的分子构相发生改变，解除了它对于肌纤蛋白和横桥相互结合的阻碍作用。横桥与细肌丝的结合，肌丝出现扭动，心肌纤维收缩，同时 Levo 可使二者的解离减速，进一步加强了心肌的收缩力。Levo与 Tnc 的结合呈 $Ca^{2+}$ 浓度依赖性，在收缩期的作用最强，舒张期的作用较弱，因此可防止或减轻 $Ca^{2+}$ 增敏导致的舒张功能损害，但对于舒张功能受损并无修复作用。此外，Levo 不直接增加肌浆网囊泡摄取 $Ca^{2+}$ 的能力，即抑制磷酸二酯酶，但只有在 Levo 浓度较高(≥0.3μmol/L)的情况下，才发挥此作用。左西孟旦不影响心肌舒张，也不增加恶性心律失常的危险，且 Levo 在心肌缺血和再灌注损伤时具有心脏保护作用。具有独特的双重作用模式，增加心脏输出，扩张血管，且在改善心脏泵功能时并不增加心率，既增加心肌收缩力同时又不增加心肌氧耗，可有效缓解症状，改善患者预后。

【适应证】

1. 急性失代偿性心力衰竭。

2. 急性冠脉综合征血管再通后心肌顿抑。

3. 心脏手术围术期。

4. 感染性休克。

5. 心肺复苏后改善心肌功能。

【临床应用】

1. 左西孟旦的具体用法如下：先静脉注射 6～24μg/kg 的负荷量(>10min)，然后以 0.05～0.1μg/(kg·min)的速度持续静脉输注，最大输液速度 0.2μg/(kg·min)。

2. 治疗心力衰竭　治疗心力衰竭是 Levo 的主要作用，持续治疗 24h 后心力衰竭症状常有明显改善。

3. 治疗心肌顿抑，心肌顿抑主要表现为心室的射血分数和舒张峰值下降。败血症所致的心脏功能不全，使心肌对 β 肾上腺素呈现低反应性，对于败血症所致的心肌顿抑的患者在常规给予 5μg/(kg·min)的多巴胺后，加用 Levo 明显增加治疗效果。

4. 危重心肌梗死患者实行搭桥手术前 24h 或 48h，连续滴注 Levo，术后随访患者，其血流动力学参数稳定，不需要使用其他传统的正性肌力药，可避免传统用药的不良反应。

【注意事项】

1. 头痛和低血压是较常见的不良反应，其发生率分别为 2%～9%和 5%，且常发生在大剂量应用时。

2. 大剂量应用时可以增加诱发室性心律失常的发生率，对正处于心肌缺血的患者尤其应慎用。

**（二）钙盐**(calcium)

【药理作用】

正常血浆浓度 1～2.67mmol/L，其中 40%呈蛋白结合状态，10%与阴离子结合，剩下呈离子状态，只有离子状态的钙才具生理活性。临床使用钙盐后迅速与血浆蛋白结合，作用短暂，故不能取代其他正性肌力药。临床心脏手术期间常使用氯化钙或葡萄糖酸钙。

【适应证】

1. 低钙血症。

2. 高钾血症。

3. 心脏手术中由于麻醉过量、钙通道阻滞剂、鱼精蛋白等药物引起心肌收缩力下降，而导致的低血压。

4. 过敏反应。

5. 心脏电机械分离。

【临床应用】

钙盐的临床制剂有 10%氯化钙和葡萄糖酸钙，葡萄糖酸钙对酸碱平衡影响小，心律失常少见，但含钙量低，氯化钙则正相反。

1. 用量：氯化钙 10～20mg/kg，或葡萄糖酸钙 30～60mg/kg 静脉注射，正性肌力可持续 10min 以上。对严重低钙血症，氯化钙可用到 1.5mg/(kg·min)。

2. 大量输血时，成人每输 1L 库血补 1g 钙盐，小儿每输 100ml 库血补葡萄糖酸钙 100mg。

3. 体外循环后期，可用钙盐对抗高钾停跳液引起的心肌抑制。

4. 拮抗高钾血症对心脏的毒性，如心律失常，传导阻滞和心肌收缩无力。

【注意事项】

1. 过高浓度的钙可导致心动过缓，房室分离和结性心律等心律失常，故给钙剂时

应结合血钙及血钾情况。

2. 钙剂能增强洋地黄的强心作用及毒性，洋地黄期间及停药后1周内慎用。

3. 钙剂影响血镁，应及时补充镁盐。

4. 体外循环心血管手术，尤其是缺血性心脏病，不应常规给钙，应根据血钙水平综合判定。

**（三）甲状腺素**(thyronine)

【药理作用】

甲状腺激素又称四碘甲腺原氨酸（tetraiodothyronine，$T_4$），其活性形式为三碘甲腺原氨酸（triiodothyronine，$T_3$）。对心血管系统作用显著，可能与胞浆内 $Na^+/K^+$ ATP酶活性增高，提高肌浆网和肌膜上 $Ca^{2+}$-ATP酶的活性，提高腺苷酸环化酶的活性，及增加β受体对儿茶酚胺的敏感性。

【适应证】

心脏术中低血压。

【临床应用】

1. 用量：负荷量0.4μg/kg静脉注射，6h内再静滴2～5μg/h，6h后逐步减量。目前尚处研究阶段，不宜常规应用。

2. 对“临床脑死亡” 移植心脏供体者，可用于改善心脏功能，静脉输注2μg/h，可减少其他正性肌力药物的用量。

**（四）胰高血糖素**(glucagon)

【药理作用】

胰高血糖素是由α胰腺细胞产生的单体多肽，增强糖原分解，抑制糖原合成；通过激活胰高血糖素受体，活化腺苷酸活化酶，增加细胞内的cAMP，使 $Ca^{2+}$ 升高，从而增加心肌收缩力、窦房结、房室结的自律性，从而加快房室传导，心率增快，血糖升高，CO增加，血压升高，外周阻力无明显变化或减少，大剂量有类似儿茶酚胺对心脏的作用。作用时间20～30min，通过肝脏、肾脏和血浆的蛋白酶水解而消除。

【适应证】

1. 心血管手术后低心排血量综合征。

2. 顽固性心衰和β受体阻滞剂过量。

3. 低血糖，特别术中低血压伴低血糖时。

【临床应用】

用法：静脉注射50μg/kg，或持续输注5μg/(kg·min)，1～3min起效，10～15min达高峰，维持约30min。由于较强的胃肠道反应和心动过速，一般仅用于β受体激动剂治疗无效或拮抗β受体阻滞剂。

【注意事项】

1. 心动过速。

2. 高血糖、低钾血症。

3. 胃肠道反应：恶心和呕吐。

（赵聚钊　薛玉良）

# 第二节 血管扩张药

## 一、血管扩张药的作用机制

血液在心血管系统中流动的一系列物理问题属于血流动力学范畴。血流动力学和一般的流体力学一样，其基本的研究对象是流量，阻力和压力之间的关系。因此，同样遵循泊肃叶定律(Poiseuille's law)：单位时间内液体的流量(Q)与管道两端的压力差 $P_1-P_2$ 及管道半径 r 的 4 次方成正比，与管道的长度 L 及血液的黏滞度 η 成反比。

$$Q=\pi(P_1-P_2)r^4/8\eta L$$

血管的长度一般变化很小，但当血管半径增加 2 倍，阻力就会减少 16 倍，如果血压保持恒定，血流就成比例增加。这是我们应用血管扩张药的理论出发点。但由于血管是有弹性可扩张的管道，血液中含有血细胞和胶体物质等多种有形成分，而不是理想的液体，因此血流动力学除与一般流体力学有共同点外，又有它自身的特点。

心排血量主要取决于心率，前负荷，心肌收缩力，后负荷。这些参数相互配合，互相依赖，以维持循环系统的稳定性。血管扩张药本身对心肌收缩力没有作用，但由于药物对心脏前，后负荷的影响，可以改善循环动力功能。心力衰竭时心肌收缩力实际上已经固定，此时心脏做功和心肌收缩力主要由周围循环阻力决定。周围血管阻力的增加是机体固有的代偿表现，每个代偿机制有其有利的方面，但也会对心功能引起不同程度的害处。随着 PVR 和 SVR 的升高，增加了心脏射血的阻力，当阻力增加，超过心脏代偿时(先是通过 Frank-Starling 机制，而后心肌肥厚心脏扩大)将使心排血量进一步减少而形成恶性循环；急性的 PVR 和 SVR 的升高将会导致心脏无法负荷，CO 骤减，循环难以维持。因此，采用血管扩张药，适当的阻断代偿过程，降低心脏的排血阻力，可以改善整个循环动力功能。从图 4-1 可以看到周围阻力对心搏量的影响。

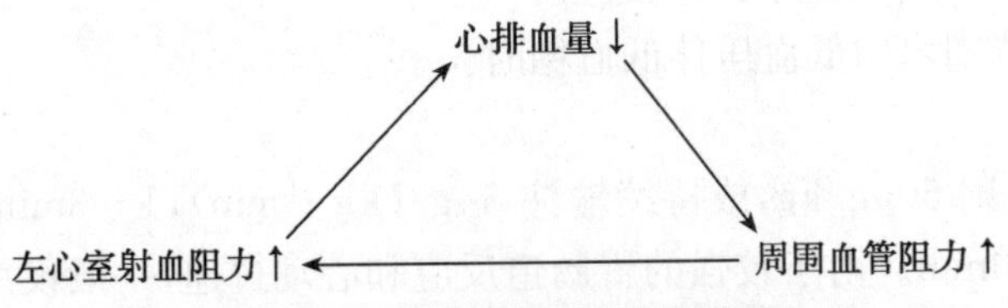


**图 4-1 心力衰竭时的恶性循环**

心排血量降低代偿性增加周围血管阻力以保持动脉压，然而周围血管阻力增加后阻碍左室射血，引起排血量进一步下降

不同的心脏功能状态，应用血管扩张药所发挥的作用也不相同。对于心功能正常的心脏，应用血管扩张药降低周围血管阻力，可在心排血量很少改变的情况下使动脉压下降，达到降压的目的；对于衰竭的心脏，应用血管扩张药降低 PVR 和 SVR，减轻衰竭

心脏排血时的负荷，心排血量相应的增加，其结果可不发生血压下降。

对于心肌缺血，应用血管扩张剂后，因前后负荷的降低，心室充盈压降低使舒张末期的容积的减少，使心肌的耗氧量降低，心肌耗氧量与舒张末期容量呈正相关系，恢复心肌对氧的供需平衡。在舒张压未发生变化的情况下，由于心室内压的下降，则心肌灌注梯度（主动脉-左室舒张压）增加，心肌有效灌注压升高对改善心内膜下区的缺血特别有利。

## 二、血管扩张药的分类

依据药物对动静脉的不同作用程度，可分为三组：第一组主要扩张静脉，如硝酸甘油、亚硝酸酯和咪噻芬等；第二组，主要扩张小动脉，如酚妥拉明、肼苯哒嗪等；第三组，对动脉和静脉具有相互平衡的作用，引起动静脉扩张，如硝普钠、哌咪嗪等。这样分类只是提供临床选药的方便。不同等血管扩张药对动静脉的作用只是程度的差别，并不意味着药物单纯的引起静脉或动脉的扩张。不同的病人周围循环状况不同，对血管扩张药的效应也不相同；同一病人，在不同的治疗阶段，尤其是体外循环心脏手术后，机体环境有较大的改变，药物引起的血流动力作用会有差别。

依据药物对肺血管的作用，可分为四组：第一组为非选择性血管扩张药：常用药物有硝普钠，硝酸甘油，肼屈嗪和酚妥拉明。因为这类药可以引起体循环低血压，不再作为治疗肺动脉高压的一线药物。第二组为部分选择性血管扩张药：前列腺素如 $PGE_1$ 和 $PGE_2$（前列环素），经呼吸道给药因肺的首过效应就有相当部分被代谢，对肺循环有特异的扩张作用。但静脉通路给药，可导致体循环低血压。第三组为特异性肺血管扩张药：NO 的吸入可以立即扩张肺血管，而没有体血管扩张作用。NO 吸入用于小儿治疗肺动脉高压优于传统的血管扩张药，并已经成功地用于心脏移植后的成年病人。第四组为混合性：磷酸二脂酶抑制剂，增加环磷酸腺苷（cAMP）水平，兼有正性肌力和扩血管的作用。米力农已经成为肺动脉高压的一线药物，西地那非和双嘧达莫，都有成功地用于 CPB 后肺动脉高压治疗的报道。

依据药物作用部位和机制分类，见表 4-1。目前，在心血管外科麻醉中应用最多的是直接血管平滑肌松弛剂和磷酸二脂酶抑制剂。

**表 4-1　依据药物作用部位和机制分类**

| 作用机制和部位 | 药　　物 |
|---|---|
| 直接血管平滑肌松弛 | 硝酸甘油、硝普钠、肼苯哒嗪、一氧化氮、前列腺素 |
| 通过阻滞外周血管 α 受体 | 氯丙嗪、氟哌利多、酚妥拉明 |
| 交感神经节阻滞作用 | 咪噻芬 |
| 血管紧张素转换酶抑制药 | 卡托普利 |
| 中枢性 $\alpha_2$ 受体兴奋药 | 可乐定 |
| 钙通道阻滞药 | 硝苯地平、地尔硫草、尼卡地平 |
| 磷酸二酯酶抑制药 | 安力农、米力农、西地那非 |
| 通过中枢和外周双重作用 | 乌拉地尔 |

## 三、血管扩张药的适应证及注意事项

### (一)适应证

1. 围术期高血压的控制　大血管手术病人高血压是最主要的合并症之一，发生率高达70%或更高，有些动脉瘤，尤其是腹主动脉瘤本身就是高血压、动脉硬化所致，如果高血压得不到良好的控制，将影响心脏、血管、中枢神经系统及肾脏的功能，严重者可能导致左心衰，脑出血，肾衰，甚至动脉瘤的破裂而丧失手术机会。先天性心脏病中主动脉狭窄患者，狭窄部位以上的血流量增加，血压升高，使左心负荷增加，出现左室肥大和劳损，进一步左心衰，长时间的高血压也会引起脑血管意外及肾脏的损伤。对于这两类患者，围术期合理的使用血管扩张药，有效的控制血压，对于赢取手术时间及手术的顺利进行乃至患者的预后起着至关重要的作用。

动脉导管未闭手术是控制性降压的绝对适应证，合理使用血管扩张药，是手术成功的关键。

术中CPB转流期间，如果排除其他因素，血压仍然较高，就要选择血管扩张药降低SVR，保证组织有效的灌注流量，减轻心脏复跳后的负担，促进心功能的恢复。

心血管手术易于发生大出血及术后渗血，术中及术后应用血管扩张药控制血压可以减少出血的发生，对于患者术后平稳恢复起到一定作用。

2. 围术期低心排血的治疗　心脏手术术前某些重症患者就已经存在低心排；手术后，特别是体外循环下心内直视手术后，心脏，体循环，肺循环都经历了不同程度的打击，循环功能不全，低心排血量是常见并发症。自从血管扩张药应用以来，同时联合应用正性肌力药，已使治疗效果得到了很大的提高。

3. 缺血性心脏病　对于冠状动脉病变，或其他原因引起的缺血性心脏病，围术期使用硝酸甘油等硝酸异戊脂类扩血管药，可以降低心肌耗氧量，扩张冠状动脉，促进心肌血流再分布。减少围术期心肌缺血及心梗的发生率。

4. 体肺动脉分流及瓣膜反流患者　对于这两类患者，通过使用血管扩张药，调整PVR和SVR状态，以调节主动脉和肺动脉的血流比值，分流的方向和分流幅度，获得最佳的血流动力学状态。

5. 肺动脉高压　基于右心泵功能生理特点，肺动脉高压可能会引起灾难性右心衰，肺动脉压力急剧升高后，心输出量和氧饱和度明显下降，循环难以维持。先天性心脏病中典型的病例是永存动脉干和完全性房室通道，心脏移植术后早期死亡者中19%是右心衰引起的。近年来，选择性肺血管扩张药的研制和应用，为肺动脉高压的治疗开辟了新的途径。

6. 动脉导管依赖性先天性心脏病　窦弓反射消失，严重的主动脉缩窄，左心发育不良综合征的病例，下半身血流经动脉导管右向左的血流来供给，PGE1可维持导管开放，为患儿手术治疗赢得机会。使用PGE1维持动脉导管的开放，对于肺动脉闭锁、三尖瓣闭锁、严重的F4的病人也是有益的，可使动脉血流进入肺循环。

7. 体外循环复温　CPB患者复温过程中，如果SVR增高，血管扩张药可改善组织灌注，加快中心温度和外周温度的平衡。这对于深低温停循环的手术尤为重要。

**（二）注意事项**

1. 掌握临床用药的指征，以达到合理用药的目的。对于血容量不足、低血压、贫血、严重的肝、肾功能障碍、无尿、脑水肿、颅内压升高、ARDS等，禁用血管扩张药。

2. 前面已经讲到不同个体间或同一个体，在治疗的不同阶段对血管扩张药的反应也不相同。为确保用药的安全性，必须进行多方面的监测，如连续监测动脉压、心电图和中心静脉压，观察周围的循环状态，肢端的温度，色泽；记录尿量，测定动脉血气和pH值，及早发现代谢性酸中毒，判断组织氧和状态。若能直接测定毛细血管楔压和心排量更为理想，由此可计算出肺血管和周围血管阻力，对治疗有指导意义。

3. 对于血管扩张药使SVR和血压下降而引起的交感兴奋和肾素-血管紧张素系统兴奋，在临床上会出现心率增快，控制血压效果欠佳，联合应用β-受体阻滞剂或血管紧张素转换酶抑制剂药物，大多可以获得满意的治疗效果。

4. 需要终止降压时，应逐渐减少药物用量，使血压逐渐恢复正常，不要突然停药以防高血压反跳。停用血管扩张药后期，还必须观察血压变化，不能疏忽。

## 四、常用的血管扩张药

**（一）硝普钠**(sodium nitroglycerin，SNP)

SNP药理活性成分是亚硝基NO，直接松弛血管平滑肌，是强效、速效的药物，静滴30s～1min起效，停药后2min～5min效应消失，效果确切，容易控制。SNP同时扩张阻力血管和容量血管，降低心脏的前后负荷，但以扩张小动脉，降低后负荷优先。如果静脉充盈良好，便能增加心排血量。SNP还能降低肺动脉压和肺血管阻力，缓和肺动脉的应激反应。由于它同时降低收缩压和舒张压，可引起冠脉血流减少，所以不适用于缺血性心脏病患者。

SNP几乎适用于所有类型的高血压，CPB术后心功能不全，常用量为0.5～8μg/(kg·min)持续滴入或泵入。因其效果确切，可控性强，仍然是控制性降压的首选用药。

SNP水溶液不稳定，光照，高温或放置时间过长即分解产生有毒性的氰化物。因此SNP应新鲜配置，一次配置液使用时间不宜超过6h～8h。对于严重肝肾功能紊乱，家族性视神经萎缩及烟草性弱视等患者，均易引起中毒，当存在上述情况需引起重视，应及时检测血气，混合静脉血氧饱和度，或联合使用其他扩血管药，减少硝普钠剂量。

氰化物中毒的表现：对SNP产生快速耐药；因硫氰酸盐(SCN)水平的升高，细胞内氧利用障碍，混合静脉血氧饱和度升高，组织缺氧但无发绀；SCN水平超过500mg/L时，病人可出现疲劳，恶心，食欲减退，瞳孔缩小，食欲不振，惊厥抽搐和精神错乱等；偶有甲状腺功能减退的报道(抑制甲状腺摄碘)。SCN在20～30mg/L以下者大多是安全的，超过100～120mg/L即达中毒水平，必须立即停药。氰化物中毒的治疗：立即停药，用25%～50%硫代硫酸钠20ml～50ml缓慢推注；亦可静注羟钴胺12.5mg，每30min一次；紧急情况，可吸入亚硝酸异戊脂，每2min一次，或静注亚硝酸钠5mg/kg(溶于20ml注射用水中)，3～4min注射完毕，使中毒症状暂时缓解。

SNP其他的不良反应包括：反射性心动过速，反跳性高血压，颅内压升高，凝血异

常，肺分流量增多。

**（二）硝酸甘油**（nitroglycerin，NTG）

NTG的基本作用也是松弛血管平滑肌，能拮抗去甲肾上腺素，血管紧张素等缩血管作用。NTG扩张全身动脉和静脉，但扩张静脉的作用强于扩张小动脉，所以优先降低前负荷。静滴NTG 1～3min起效，停药后5～10min效应消失。NTG常用于冠心病患者，因其最大的优点是舒张压的下降较收缩压少，降低心室容量和室壁张力，并能扩张冠状动脉，故有利于血流从心外膜及侧支血流向缺血区的心内膜下流动，促进冠脉血流再分布，改善心内膜层供血供氧，从而缩小心肌缺血范围改善心室功能，达到预防和治疗心绞痛、心肌梗死和急性心功能衰竭的效果。

硝酸甘油舌下含化0.4mg多用于高血压，冠心病患者，供预防及解除心绞痛症状用。口服与舌下含化产生等同的效应，但因肝脏的首过代谢效应，其剂量较舌下含化剂量大10倍，故一般不采用口服用药。皮肤贴剂的生物利用度约80%，且血药浓度较高。静脉用药的半衰期仅2min，一般都需静脉持续滴注或静脉持续泵入。紧急降压可用50～100μg（1～2μg/kg）静注，常规治疗范围为0.1～5.0μg/（kg·min）。

硝酸甘油制剂为乙醇溶液，无色澄清，有乙醇味，难溶于水，遇碱易分解。具有挥发性，因此，应减少暴露，储存于密闭容器内，并遮光保存。NTG易被聚氯乙烯吸附，所以体外循环中较SNP应用的少。输注时应用聚丙烯的输液管道。

硝酸甘油可引起眼内压及颅内压升高，所以应禁用于脑出血和青光眼病人；长时间使用硝酸甘油可出现耐药性，长期口服大剂量长效硝酸异山梨醇酯的病人，也会产生交叉耐药；用药过量可出现高铁血红蛋白血症；硝酸甘油可增加肺内分流，抑制血小板凝聚，但作用较硝普钠轻；硝酸甘油可以增强和延长泮库溴铵的神经肌肉接头组织作用。

**（三）酚妥拉明**（Phentolamine）

酚妥拉明又名苄胺唑啉或里其丁（regitin），是α肾上腺素能阻滞药，主要扩张动脉系统血管。酚妥拉明阻滞突触前$\alpha_2$受体的作用，可以间接地引起儿茶酚胺的释放，使心率增加并有正性肌力作用。由于NTG和SNP效力强可控性好，目前在心脏麻醉中已经较少选用酚妥拉明，但仍可用于前两种药降压效果不足或耐药的补充和替代药物。

酚妥拉明常用于嗜铬细胞瘤术中的高血压。体外循环过程中仍使选用酚妥拉明降压，用法为将其稀释为1mg/ml，每次1～3mg。也可用于术后心衰的患者。但是如果有冠状动脉供血不足、心绞痛、心肌梗死应慎用；严重动脉硬化或肾功能不全者禁用；因其拟胆碱作用，能使胃酸分泌增加，所以不宜用于有胃炎或胃溃疡患者。

**（四）三磷酸腺苷和腺苷**（adenosine triphosphate，ATP）

三磷酸腺苷是体内重要的内源性辅酶和储能物质。腺苷（Adenosine）是ATP的降解产物之一。两者都是机体的正常代谢产物，其生理作用主要是调节心血管功能，属于内源性血管扩张物质，具有明显的血管扩张作用。ATP起效极为迅速，静注后22s±1s即产生降压效果，血浆半衰期仅30s，无蓄积和快速耐药性。复压时间为22s±4s，最适合于动脉导管未闭的结扎之前，可使导管张力显著减小。

三磷酸腺苷和腺苷最大优点是：即使血压降得很低仍能维持脏器的血流，而且不引起反射性心动过速和高血压反跳。腺苷对冠脉有扩张作用，致心肌氧供增加，氧耗减少，因此有利于心肌氧供需平衡。ATP降压的个体差异较大，降压效果与注药速度及

药物浓度相关，缓慢注药可能毫无效果，相反，血压可急剧下降，同时出现心动过缓或房室传导阻滞，甚至窦性停搏。但停药后一般都能迅速恢复，必要时可静注麻黄素处理。近几年对三磷酸腺苷和腺苷的研究比较多，包括其对心肌预缺血的心肌保护作用等许多问题仍有待进一步探索。

**（五）一氧化氮**(nitric oxide，NO)

NO由内皮细胞产生，来源于L-精氨酸，称为内皮细胞舒张因子。NO从内皮细胞扩散到血管平滑肌细胞，增加环磷酸鸟苷(cGMP)水平，引起血管扩张。其降低肌浆网内$Ca^{2+}$水平也可扩张血管。NO是非常重要的细胞间信息传递物质，NO的缺失，可产生再灌注损伤及冠状动脉痉挛等。

NO适用于各种类型的肺动脉高压(心脏瓣膜，心脏移植，先天性心脏病手术和原发性肺动脉高压，呼吸窘迫综合征)。NO吸入1～2min即起效，半衰期大约6s，选择性的作用于肺血管，迅速降低PVR。由于NO进入血液后快速失活，所以对SVR没有影响。NO不影响通气/血流比值。临床使用的浓度范围：0.05～80ppm。但是，突然停药可导致危险的肺动脉高压反跳；成年病人对吸入NO反应多样，大约30%的病人对吸入NO没有反应。

NO与氧气结合可产生有毒的$NO_2$，$NO_2$过量可产生肺水肿，所以应使用最低有效浓度，并监测$NO_2$和NO浓度。同时，避免输入液量过多和低氧血症的发生。NO入血后与血红蛋白结合，降解为高铁血红蛋白，应隔日监测血中高铁血红蛋白水平，避免发生高铁血红蛋白血症。长期使用有可能损伤终末支气管纤毛，是黏膜增生。

**（六）前列腺素类**(prostaglandin)

1. 前列腺素$E_1$($PGE_1$，依洛前列腺素)作用于平滑肌细胞的前列腺素受体，直接扩张血管。对肺血管有很强扩张作用，适用于严重肺动脉高压合并右心衰的患者及某些非血流减少的紫绀型患者，如大动脉转位等。$PGE_1$可以选择性扩张新生儿的PDA，维持出生后60d内导管的开放，并可以开放生后10d～14d闭合的导管，为导管依赖性先心病患儿的外科治疗创造条件。

使用剂量范围0.05～0.4μg/(kg·min)，为避免PVR的下降可同时经左房输注去甲肾上腺素。应注意$PGE_1$有抑制血小板聚集作用；婴幼儿可发生呼吸暂停(发生率10%～12%)，尤其是出生时体重小于2kg者；可能引起发热和抽搐。

2. 前列环素($PGE_2$，依前列醇)

静脉用前列环素对肺血管的作用机制相同，使用剂量范围25～20ng/(kg·min)，也有降低PVR的作用。吸入雾化的前列环素，对体循环影响就很小了，临床常用剂量为20000ng/ml(使用雾化器8ml/h)。

前列环素用于治疗小儿肺动脉高压，已经显示优于传统的血管扩张药；已有成功地用于成人心脏移植的患者。前列环素代谢产物稳定，无毒性，不需要特殊监测，有很好的使用前景。

**（七）磷酸二脂酶抑制剂类**(phosphodiesterase inhibitor)

该类药兼有正性肌力和扩血管的作用，是磷酸二脂酶(存在于肺血管平滑肌细胞中，影响3'5'-磷酸鸟苷的循环代谢)的选择性抑制剂，是通过增加肺血管中cGMP的浓度而起到扩张肺血管的作用；cGMP是NO调节肺血管的第二信使，使内源性的NO

更持久的起效。PDEⅢ抑制剂中米力农(milrinone)已成为治疗肺动脉高压的一线用药,静脉使用范围0.5～0.75μg/(kg·min);米力农也可单独吸入或同前列环素吸入合用,可以增强后者的作用而没有扩张体血管的作用。这类药还有氨力农(amrinone)、依诺昔酮。PDEⅤ抑制剂有双嘧达莫(dipyridamole)和西地那非(sildenafil)已经分别成功地用于CPB后肺动脉高压的治疗,特别是对吸入NO治疗没有反应的患者。2005年6月美国FDA已经批准Pfizer公司的西地那非(商品名为Revatio)用于治疗肺动脉高压,使用方法:西地那非50mg/8h口服或鼻饲;双嘧达莫0.2mg/kg缓慢静滴。

**(八)肼苯哒嗪**(hydralazine)

肼苯哒嗪是最早的口服活性血管扩张剂之一。酞嗪双环第1位点的肼基(HN-$NH_2$)有扩张血管的活性作用,直接扩张小动脉。其作用机制可能NO和/或血管平滑肌细胞超极化以及细胞内钙活性阻断有关。肼苯哒嗪血浆浓度半衰期为1～2h,降压作用可以持续6～12h。初始剂量为10～20mg,每日2～3次,根据病人的治疗反应逐渐增加剂量。慢速乙酰化人群中,肼苯哒嗪的生物活性较低,要达到同样程度的降压作用需要口服更大的剂量。静脉用药5～15min起效,20min达峰值,15～20min后可重复给药。首次量2.5～5mg,最大量可用至20～40mg,也可20～40mg肌注,间隔4～6h。小儿可以0.2～0.5mg/kg缓慢注射,间隔4～6h。

肼苯哒嗪降压程度适中,特点是舒张压下降较显著,同时肾血流量增加,适用于第二,三期高血压治疗,特别适用于肾性高血压,肾功能不全和舒张压较高的病人。用于麻醉期间控制降压,不致引起颅内压升高。肼苯哒嗪可以有效的治疗原发性高血压(常作为第三或第四线降压药),也可用于妊娠性高血压,以及充血性心衰的患者。与硝普钠合用,可防止硝普钠过量引起的氰化物中毒。

与药物的血流动力学作用相关的并发症有头痛,面部潮红,心悸,心绞痛等,这些都是肼苯哒嗪扩张血管以及显著激活交感反射的结果。与其特定的生化特性有关的并发症有系统性红斑狼疮、血清病样反应、溶血性贫血,以及肾小球性肾炎。还要注意的是其与麻醉药并用,血管扩张作用协同增强,容易引发低血压。

**(九)卡托普利**(captopril)

卡托普利通过抑制血管紧张素转化酶活性,降低血管紧张素Ⅱ水平而产生降压效果;同时,还能减慢体内缓激肽的灭活,增强缓激肽的作用,使血管扩张。卡托普利对各种类型的高血压均有明显的效果,此外可以改善充血性心力衰竭病人的心功能,降低PVR和SVR,有利于冠心病心肌梗死后的左室重构,改善生存率。

作用特点为起效快,作用强,疗效高,不增加心率,不引起直立性低血压,同时改善心脏功能及肾血流量,不导致水钠潴留,对冠状动脉血流也没有明显影响。口服本药后70%吸收,15min显效,1～2h药效达高峰,初始剂量12.5～25mg,每天三次,最大可达100～300mg/d。静脉给药用量25mg,稀释后缓慢注射。术前应用可改善心功能,有助于术中控制血压,并可减少阿片类药的用量。

使用卡托普利醛固酮分泌减少,升高血钾。可引起慢性咳嗽。妨碍运动时冠脉灌注压的上升。

(程文莉　薛玉良)

# 第三节 β-肾上腺素受体阻滞药

β-肾上腺素受体阻滞药(简称β-阻滞药)是心血管病治疗中极重要的一组药物。到目前为止,还无药物像β-阻滞药那样产生如此大的影响。作为一种药物治疗方法,β-阻滞药始于上世纪五十年代。随后的50年间,β-阻滞药的认识不断深入,生理和药理学的进展,为β-阻滞药在心血管方面更广泛应用提供了新的依据。目前,β-阻滞药已成为降低心脏发病率和死亡率的主要药物之一,也为治疗慢性心力衰竭的标准药物。该类药物是临床上治疗心绞痛、心肌缺血、高血压、肥厚性心肌病、心律失常和法洛四联症等的基础药物,也是减少心肌梗死后死亡率的重要药物。麻醉和围术期常用于治疗室上性心率增快、血压升高和心肌缺血等。

## 一、历　　史

1948年,Allguist第一次提出存在两种不同的肾上腺能受体α和β受体。Lilly的实验室发现了第一个具有β受体拮抗作用的药物(dichloroisoprenaline,DCI),然而当时并未对其心血管作用引起注意。J. W. Black(后被授予爵士地位,并获得了诺贝尔奖金)在英国皇家化学工厂工作时,专注于寻找一种可以减少心脏做功和降低心肌氧耗的药物,设想该药物对治疗心绞痛有帮助。他研究了DCI的作用,但因DCI增快心率(内在拟交感活性)而被放弃。他和John Stephenson(药理化学家)发现了另外一种药物-普萘洛尔。随着对普萘洛尔的进一步研究,L. H. Smith于1963年在英国用于治疗高血压病和心绞痛。随着对β-阻滞药研究的不断深入,人们又发现了β受体的其他亚型,心脏选择性的β-阻滞药也得到了发展。

## 二、β-肾上腺能的生理作用

目前已知至少存在9种肾上腺能受体(AR)亚型,分别有9个不同的基因编码,属于3个不同的受体族($\alpha_1$-AR、$\alpha_2$-AR、β-AR)。β-AR至少有3种亚型$\beta_1$、$\beta_2$和$\beta_3$。现已提出是否存在$\beta_4$亚型的设想。$\beta_3$受体在人类心血管系统中的作用正在研究中。β-AR在健康和疾病信号转导途径方面的研究已取得很大进展,这有助于了解β-阻滞药的作用机制和其治疗作用。

所有β-AR($\beta_{1}$-3)均和G蛋白耦联在一起。$\beta_1$、$\beta_2$-AR与兴奋性G蛋白耦联,刺激cAMP的生成。在心肌细胞,cAMP增加可激活cAMP依赖性蛋白激酶,后者又激活钙通道,使细胞内钙浓度增加而增强心肌收缩力。$\beta_1$-AR在心肌收缩力、心率、冠脉血管舒张和肾素释放的调节方面起主要作用。正常心脏,$\beta_1$-AR是优势亚型,其表达占70%～80%。但在由特发性扩张性心肌病或缺血性心肌病等心脏疾病导致的心力衰竭中,$\beta_1$-AR选择性下调,$\beta_1$-AR与$\beta_2$-AR的比率接近于50∶50。肾上腺能激动药的心脏毒性作用也由$\beta_1$-AR介导。

与$\beta_1$-AR不同,$\beta_2$-AR虽然也与信号通路耦联,但却不是传统的兴奋性G蛋白/α

腺苷酸环化酶通路。$\beta_2$-AR可与抑制性G蛋白相互作用，并能调节其他几种G蛋白依赖性通路，包括通过调节因子抑制钠-氢通道交换，不受蛋白激酶A的影响并与L型钙通道相互作用。$\beta_2$-AR在平滑肌舒张，尤其是外周血管的舒张、支气管舒张、子宫平滑肌舒张和代谢调节方面起关键作用。心脏β-AR常被特指为$\beta_1$-AR，但人类配体研究显示：左、右心室壁的20%和右心耳的35%由$\beta_2$-AR构成。心率和心肌收缩力受这两种受体支配。

激动药与相应受体结合后，不仅激活了受体的活性，而且同时启动了受体对激动药的脱敏。脱敏是防止受体过度活动的一项调节机制。临床上可观察到β-阻滞药的快速脱敏或耐药现象。它有几个独立而又有内在联系的部分组成，包括受体的脱耦联、受体的隔离和下调等。脱耦联过程发生较快，为特定的β-AR激酶磷酸化过程，失活激动药和受体耦联后生成的G蛋白活性。受体隔离为受体转移后、细胞表面受体蛋白缺失，虽然受体仍有活性。下调同样也可以导致细胞表面的受体数量减少，但过程较慢，是由于受体被蛋白酶水解或合成酶下降所致。受体的脱敏现象在临床上常见。

## 三、β-阻滞药的药理学

1. 构效关系　异丙肾上腺素为β受体兴奋药原形。各种β阻滞药分子结构与异丙肾上腺素相似，故能可逆性占据β受体，与内源性和外源性激动药呈典型的竞争性β阻滞作用。

β阻滞药与β受体的亲合力及作用时效等与空间构型的关系主要表现在以下方面：①在末端以烷基或芳烷基取代胺根，将增强对β受体的亲合力；②以甲基取代α-位碳原子，则增加作用时效；③从侧链β碳原子上加OH，也增加对β受体的亲合力。几乎所有β阻滞活性均存在于左旋同分异构体中，右旋体无活性，但临床上应用的都是消旋化合物。

2. 膜稳定性　膜稳定性又称奎尼丁样作用或局麻样作用。具备“膜稳定性”者，能降低心肌细胞动作电位上升速率，但不影响静息电位，也不延长动作电位的时限，普萘洛尔（propranolol）、氧烯洛尔（oxprenolol）、阿普洛尔（alprenolol）及醋丁洛尔（acebutolol）具有这种作用。

3. 选择性　根据β阻滞药对$\beta_1$、$\beta_2$和α肾上腺能受体的特异性作用将其分为3类。对$\beta_1$受体和$\beta_2$受体都有作用的β-阻滞药称为非选择性β-阻滞药，如：普萘洛尔、替米洛尔、索它洛尔等。主要对$\beta_1$受体起阻滞作用的称为$\beta_1$受体选择性或“心脏选择性”β-阻滞药，如：醋丁洛尔（acebutolol）、阿替洛尔（atenolol）、美托洛尔（metoprolol）、普拉洛尔（practolol）、艾丝洛尔（esmolol）、比索洛尔和奈比洛尔等。第3类是对α、β受体都有作用，主要包括拉贝洛尔和卡维地洛。然而，所谓的选择性只是相对的，大剂量的$\beta_1$-阻滞药也可显示出对$\beta_2$受体的阻滞作用，即$\beta_1$选择性与剂量呈负性相关。阿替洛尔和美托洛尔对$\beta_1$受体的选择性是$\beta_2$和$\beta_3$受体的5倍。比索洛尔对$\beta_1$受体的选择性是$\beta_2$受体的15倍，是$\beta_3$受体的31倍。卡维地洛对这几种β受体亚型无选择性。在一般剂量时，$\beta_1$选择性阻滞可保留血管及支气管等组织的效应。但由于每一器官都含有$\beta_1$、$\beta_2$受体，仅比率不同而已，如肺内$\beta_1$与$\beta_2$受体之比率约为30：70。现已知，普

萘洛尔对心脏与肺的选择性阻滞比率为 2∶1，普拉洛尔为 15∶1，阿替洛尔为 200∶1，而比索洛尔的选择性则更高。

4. 内源性拟交感活性（ISA） 即药物与受体结合后不仅能阻滞激动药的作用，其本身又表现出一定的 β 受体激动药的特性，醋丁洛尔、阿普洛尔、氧烯洛尔、普拉洛尔、品托洛尔（pindolol）、普端地洛尔（prizidilol）及巴森多洛尔（bucindolol）等都具有这一特性。

ISA 具有一定的临床意义，在预防支气管收缩方面，ISA 可能较心脏选择性更重要。ISA 能使快速心率减慢及运动期间的心率减慢，却能使静止期缓慢的心率加快，故静息卧位时、夜间交感张力最低时，心率下降较无 ISA 要轻。因此，较适用于老年、心动过缓、高气道压反应的患者。具 ISA 作用的 β 阻滞药治疗高血压能减轻 β 阻滞药治疗中老年人常发生的心动过缓及孕妇降压时的胎儿心动过缓。此类药物对血脂无不良影响，不降低 HDL-胆固醇，也不发生普萘洛尔引起的皮肤发冷、发绀等副反应。轻度心功能不全者用后也无心排血量下降。虽有无 ISA 的 β 阻滞药抗心绞痛效果相同，但静息时心动过缓或心功能不全者应选用具 ISA 的药物，而静息时心率较快或稍活动心率即增快者宜选用非 ISA 药物。心肌梗死后预防用 β 阻滞药治疗者应选用非 ISA 药物，因非 ISA 药物降低死亡率的效果明显好于具 ISA 的药物。另具 ISA 的 β 阻滞药亦无明显的撤药反应。

## 四、药代动力学

β 阻滞药均可被胃肠道吸收，口服后约 1～3 小时血中达高峰值，但由于“首次通过效应”，肝代谢很明显，故生物利用度很低。由于个体间生物可利用性的差异，口服后血浆浓度差别可达 7～20 倍。通过肝脏代谢清除的有普萘洛尔、氧烯洛尔、阿普洛尔和美托洛尔，这些药物为脂溶性，患者间生物利用度的差异显著，半衰期较短（2～6h）。由肾脏排出的有阿替洛尔、奈度洛尔（nadolol，萘羟心安）、普拉洛尔和索它洛尔（sotalol），它们为水溶性，有相对持久的生物利用度，半衰期长达 6～17h。普萘洛尔的代谢物为 4-羟普萘洛尔，仍具 β 阻滞作用。其他药物的代谢产物大多无药理学作用。药物的药代动力学特性很大程度上决定于其脂溶性，脂溶性药物（如普萘洛尔）更易被吸收，大部分被肝脏代谢，广泛分布到全身多个组织，易于通过血脑屏障，半衰期较短。水溶性药物（如阿替洛尔）不易被吸收，少被肝脏代谢，多以原型经肾脏清除，半衰期较长，不易通过血脑屏障。



## 五、药效动力学

β-阻滞药对心血管方面的作用的研究最为深入。β-阻滞药与围术期密切相关的方面为对心血管、代谢和呼吸方面的影响。

**（一）心血管方面**

β-阻滞药对心血管系统可产生十分显著的影响。它们对心脏有负性变时、变力作用。$\beta_1/\beta_2$ 受体阻滞使 cAMP 生成减少，细胞内钙离子浓度下降，从而使心肌收缩对儿

茶酚胺的反应性降低。β-阻滞药减慢窦性频率，延缓窦房结和房室结的传导时间，延长房室结的相对不应期。由于心肌收缩力减弱和心率减慢（主因），心输出量可降低。普萘洛尔可增加外周血管阻力（SVR）。原因可能为阻滞了介导血管舒张的 $\beta_2$ 受体，增强了 $\alpha_1$ 受体介导的血管收缩作用。也可能为同时阻滞了突触前膜的 $\beta_2$ 受体，使得突触前膜去甲肾上腺素释放增加。选择性 $\beta_1$-阻滞药增高 SVR 的作用不明显。拉贝洛尔由于同时阻断了 α 受体的作用，SVR 降低，但长期应用 SVR 可逐渐恢复正常。由于 β 受体阻滞后 α 受体介导的血管收缩作用增强，因此 β-阻滞药可降低冠脉血流（coronary blood flow，CBF）。但也有认为这是心肌氧耗减少后局部自身调节的结果。普萘洛尔可使肝脏血流量降低 20%～25%，肾脏血流量降低 14%～50%，但 $\beta_1$-阻滞药和拉贝洛尔均无此作用。

某些 β-阻滞药还有其他作用。卡维地洛和比索洛尔有抗氧化特性。卡维地洛和美托洛尔可降低中性粒细胞的化学毒性、减少其释放氧自由基。奈比洛尔可导致氧化亚氮的释放，后者已知有明显的抗高血压作用。部分 β-阻滞药有膜稳定作用和内在拟交感活性，但目前应用于围术期治疗的 β-阻滞药较少有内在拟交感活性。

**（二）代谢方面的影响**

普萘洛尔可明显降低葡萄糖的代谢，尤其是糖尿病病人。这是由于阻滞了 $\beta_2$-受体所介导的糖原分解、糖异生和胰岛素分泌等过程。这在选择性 $\beta_1$-阻滞药则少见。β-阻滞药还可扰乱脂类的代谢（使 HDL 减少，VLDL 和甘油三酯增加），但在临床表现上尚不明显。

**（三）呼吸系统的影响**

$\beta_2$ 受体的激动可扩张支气管。由于 $\beta_2$ 受体的阻断，可增加呼吸道阻力，诱发支气管哮喘，尽管这种情况多见于非选择性 β-阻滞药如普萘洛尔。但由于 $\beta_1$ 受体选择为相对性，即当浓度增加时，也可以产生显著的 $\beta_2$ 受体阻滞作用。比索洛尔对 $\beta_1$ 受体的选择性最强，呼吸系统的副作用也最少，其次是阿替洛尔和美托洛尔。所以对有严重支气管哮喘、慢性阻塞性肺疾病和肺气肿的病人应用非选择性的 β-阻滞药应十分谨慎。



## 六、β-阻滞药在围术期的应用

β-阻滞药在围术期的应用可分为两个主要方面。一是治疗作用，包括：高血压、心律失常、心绞痛、急性心肌梗死的急性期和减少心肌再梗死，以及轻到中度充血性心力衰竭。二是预防作用，例如：冠心病、大血管手术和高危病人预防性应用 β-阻滞药可减少围术期心脏相关性事件的发病率和死亡率。近几年来取得的显著进展，证明 β-阻滞药作为预防性药物有确切的作用。

**（一）抗高血压**

β 阻滞药降压机制至今尚未明了，可能与以下有关：

（1）降低心排血量：β 阻滞药的负性肌力及负性变时性作用可减弱心肌的收缩力及减慢心率，故可降低心排量，其降压作用尤其对高血压伴有心排血量增加者效果更好。但具有 ISA 的 β 阻滞药对心肌收缩力及心排血量的影响不明显或不稳定，也有肯定的降压效果，故降低心排血量不能完全解释 β 阻滞药的降压作用。

(2) 中枢神经系统效应:β阻滞药可直接作用于中枢神经系统,减少交感神经冲动的传出而降低血压。具脂溶性的β阻滞药易通过血脑屏障,可能较非脂溶性药物有较强的中枢神经系统效应。

(3) 抑制肾素-血管紧张素系统:β阻滞药的降压作用与其对肾素-血管紧张素系统的抑制有关。研究表明,β阻滞药的降压效果与治疗前肾素水平密切相关,血压降低程度与肾素降低程度也密切相关。但应用β阻滞药后,肾素-血管紧张素系统立即受到抑制,而血压下降则出现较晚。另控制高血压的剂量较降低血浆肾素活性所需的剂量大的多,而且大剂量β阻滞药对低肾素活性患者也有降压作用等则与通过抑制肾素活性而降压的概念相矛盾。

(4) 压力感受器敏感性重新调整:高血压时压力受体在较高水平进行调节,β阻滞药提高压力受体敏感性使血压下降,且很少引起体位性低血压,支持β阻滞药重建压力感受机制的学说。但β阻滞药降压时,压力受体敏感性提高应有心率增快,而且压力受体敏感性增强如何解释长期、稳定性血压下降,也是一个未能解决的问题。

总之,在各种高血压状态,β阻滞药可能通过上述一种或几种机制起作用达到降压目的。

围术期高血压易发生于气管插管、术中强烈刺激、术后疼痛、气管吸引、机械呼吸等情况下。高血压易诱发恶化的血流动力学反应,特别对缺血性心脏病病人更为危险。对应激引起的高血压反应,β-阻滞药治疗效果不但良好,而且有利于缺血心肌的氧供耗平衡,减少与此相关的心血管事件。但对由血管阻力增高引起的高血压,不应首选β-阻滞药治疗。

β-阻滞药与肌源性血管扩张药联合应用于术中控制性降压具有下列优点:①避免血管扩张药引起的反射性心率增快,减少血管扩张药物的用量。②在低血压状态下对心、脑、肾重要脏器有保护作用,延长控制性低血压的安全时限。③停药后不易发生高血压反跳。β-阻滞药的选择应依以下原则:脂溶性药物优于水溶性药物;选用无 ISA 作用的药物;联合应用血管扩张药施行控制性降压时应以血管扩张药为主。拉贝洛尔由于具有α受体的拮抗作用,与血管扩张药物联合应用于控制性降压,效果更好。

**(二) 心肌缺血、心绞痛**

β阻滞药对心肌缺血的有益作用一般认为与以下因素有关:①降低心率血压乘积;降低心肌氧耗:减慢心率、减弱心肌收缩速度及程度和血压等儿茶酚胺反应,降低外周血压,从而减少收缩期左室壁张力。降低收缩力、心率和室壁张力的联合作用使心肌氧耗降低,有利于改善缺血状态。②不影响心脏机械做功的同时改善缺血心肌的生物代谢活性,延长舒张期时间,促使血流从心外膜向心内膜下再分布等改善和维持整个心肌的血液供应。③减少冠脉血流对易损斑块的剪切作用,从而减少其破裂。④抑制血小板凝集活性,减少血小板的黏附和血栓素 $A_2$ 的产生,减少血管收缩因素。⑤降低中性粒细胞的化学毒性,减少氧自由基的释放。⑥增强内源性氧化亚氮的释放。抗氧化作用及氧合血红蛋白解离曲线右移等。⑦使氧合血红蛋白解离曲线右移,而改善氧向缺血心肌的转运。⑧降低运动及缺血β受体受刺激的正性肌力和变时性作用;劳力型心绞痛患者接受β阻滞药治疗后,心绞痛阈及运动耐量均明显提高,但对变异性心绞痛的疗效尚存争议。

对于围术期应用β-阻滞药是否可改变围术期神经-激素(肾上腺素、去甲肾上腺素、神经肽Y、皮质醇和促肾上腺皮质激素等)应激反应性,目前尚有争论。

**(三)心肌梗死**

大量临床资料表明,β-阻滞药治疗急性心肌梗死可降低再梗死率、死亡率,减少梗死面积。改善病人的血流动力学状况,降低肺嵌压,缩短病人的住院天数。心肌梗死的急性期β-阻滞药与溶栓治疗联合使用,可减少颅内出血,减少心肌再梗死。心肌梗死并非全或无现象,在梗死心肌的周围绕以缺血带,如降低 $MvO_2$ 则周围缺血心肌不致发展成坏死,梗死范围得以缩小,反之则可扩展。使用β阻滞药后:①减弱交感活性,降低 $MvO_2$。②交感活性增高时脂肪溶解增加,血游离脂肪酸升高。β阻滞药降低游离脂肪酸,使心肌代谢由脂肪酸转为利用葡萄糖而改善能量利用。③交感活性升高冠状动脉扩张可发生冠脉窃血,β阻滞药能延长舒张期灌注,使血流更多地进入心内膜下区,增加缺血最重区域的血供。另交感活性增高使存活的心肌收缩增强,加重局部肌壁运动异常,β阻滞药能对抗此作用。④β阻滞药的抗血小板凝聚作用,可减少冠脉循环的血栓形成机会。⑤急性心肌梗死时循环儿茶酚胺增加,诱发心律失常,游离脂肪酸也有致心律失常作用,$β_2$ 兴奋血钾下降等都促发心律失常,β阻滞药能对抗之。但需注意:①对广泛梗死患者,β阻滞药的负性肌力作用可使左室容积及左室舒张末压上升而增加心肌氧耗。②由于患者的交感活性不同,β阻滞药常无一定的安全剂量,静注此药必须谨慎并细心监测。即使如此,对需交感张力来维持心泵功能和心率的患者,也可导致循环衰竭。

**(四)心律失常**

β阻滞药的抗心律失常作用是由于其β阻滞作用,可减缓自主窦性心率和异位起搏点的频率,延长房室结的功能不应期,并延缓异常旁道中的前向和逆行传导,阻断肾上腺素能刺激:降低自律性,打断折返环。缺血状态下能提高心室颤动的阈值。可有效地治疗各种室上性心律失常。对肾上腺素能过度兴奋或对儿茶酚胺高度敏感所致心律失常的治疗,β阻滞药可能最有效。β阻滞药的抗心肌缺血作用,亦为治疗某些心律失常的重要药理学基础。该类药物可降低房颤、房扑时的心室率,也可应用于一过性室性心律失常的治疗。对洋地黄毒性诱发的室性心律失常也有良好疗效。抗心律失常药效果不佳时,联合应用β-阻滞药可获满意效果。与抗心律失常药相比,β-阻滞药可明显降低病死率。

临床上,β阻滞药的抗心律失常作用主要应用于以下几个方面:①洋地黄中毒、麻醉、嗜铬细胞瘤或心导管引起的心律失常,某些阵发性及急性心肌缺血导致的心律失常,β阻滞药治疗常能使之转为窦性心律。②能使窦性心动过速、房颤或房扑及室上性心动过速的心室率减慢。③预防阵发性心律失常,特别是由活动或预激综合征引起的心律失常的复发。④与血管扩张药合用于控制性降压时,可预防或治疗血管扩张药引起的反射性心动过速,并利于控制性降压。

**(五)充血性心力衰竭**

交感神经的兴奋虽然在心衰的初期有助于循环的维持,但长期交感神经系统过度兴奋可使心肌β受体脱敏感(反应能力下降)和下调(受体数目减少)。1975年Waagstein等首次应用β阻滞药成功地治疗扩张性心肌病后,许多临床研究进一步证实β阻

滞药可治疗各种类型的充血性心力衰竭。机制为抑制心衰病人β受体脱敏感，降低儿茶酚胺对心肌的毒性作用，减少心肌细胞能量消耗。但即至目前β阻滞药治疗充血性心力衰竭仍处于试用阶段，而且开始用药及增量必须格外慎重。

**（六）法洛四联症**

β阻滞药治疗法洛四联症缺氧发作已20余年，机制如下：①减弱心肌收缩力，包括右心室漏斗部，因而减轻了肺动脉梗阻和右向左分流。②降低心排血量，反射性增加外周血管阻力，使右向左分流减少。③因快速心率增加右向左分流，β阻滞药减慢心率的作用故可减少右向左分流。④使氧合血红蛋白离解曲线右移，改善氧向组织的转运。

**（七）其他治疗作用**

β阻滞药可改善肥厚性心肌病的左室功能，缓解左室流出道梗阻，改善呼吸困难、心绞痛、晕厥等症状，为治疗肥厚性心肌病的基础药物。甲状腺功能亢进症用β阻滞药治疗能明显降低心率、改善脉压、震颤、反射亢进、突眼等症状，并能迅速控制甲状腺危象。β阻滞药也常用于嗜铬细胞瘤的术前准备，并能降低肝硬化食道静脉曲张出血率，延长存活时间。

## 七、临床注意事项及药物选择

20世纪70年代初曾就麻醉前是否停用β阻滞药发生争议，目前认为不应停药。原因为：①长期使用β阻滞药可使心肌细胞膜的β受体数目上调，突然停药使增多的β受体与循环血液中的儿茶酚胺结合，导致β功能亢进；②某些β阻滞药降低血儿茶酚胺的清除率，突然停药使高浓度的儿茶酚胺占据β受体呈现激动现象；③围术期许多因素刺激交感肾上腺髓质系统，儿茶酚胺释放增加，使β受体兴奋。停药后，上述因素将增加心肌氧耗量，血小板聚集性增高可阻塞冠脉血流，加重心肌缺血，肾素-血管紧张素也大量增加。临床表现有紧张、焦虑、心率加快、血压升高、心律失常、心绞痛等，甚至可出现心肌梗死。大量的临床实践也证实不应突然停用β阻滞药。

由于β阻滞药在循环、呼吸、中枢神经、胃肠道、代谢等方面的不良反应，故在选择何种β阻滞药时，应考虑各种药物的药理学特性。

（1）$\beta_1$ 选择性：β阻滞药引起疲倦、软弱、运动耐量下降、间歇性跛行等并不完全是肌血管收缩引起，也和中枢作用及心排血量减低等有关。非选择性β阻滞药收缩皮肤血管使皮温下降或雷诺氏现象恶化，而 $\beta_1$ 选择性药物无皮温变化，故有周围血管病者应选用选择性 $\beta_1$ 阻滞药。如支气管腔径的变化依赖于交感活性，即使选择性 $\beta_1$ 阻滞药也能引起严重哮喘发作，故对高血压或心绞痛患者有气道阻塞病时不宜用β阻滞药，可改用钙通道阻滞药。门脉高压食道静脉曲张用 $\beta_1$ 阻滞药，只降低心排血量而不收缩内脏血管，不如非选择性β阻滞药效好。胰岛 $\beta_2$ 受体兴奋释放胰岛素，糖原新生通过肝内 $\beta_2$ 受体，因此用胰岛素治疗的糖尿病患者应选用 $\beta_1$ 阻滞药。但由于 $\beta_1$ 阻滞的相对性，有报告 $\beta_1$ 阻滞药也能引起严重的低血糖反应，故此类患者不宜使用β阻滞药。

（2）ISA：应用具ISA作用的β阻滞药治疗高血压能减轻β阻滞药治疗中老年人常发生的心动过缓及孕妇降压时的胎儿心动过缓。此类药物对血脂无不良影响，不降

低 HDL-胆固醇，也不发生普萘洛尔引起的皮肤发冷、发绀等副反应。轻度心功能不全用后也无心排血量下降。虽有无 ISA 的 β 阻滞药抗心绞痛效果相同，但静息时心动过缓或心功能不全者应选用具 ISA 的药物，而静息时心率较快或稍活动心率即增快者宜选用非 ISA 药物。对心肌梗死后预防用 β 阻滞药治疗者应选用非 ISA 药物，因非 ISA 药物降低死亡率的效果明显好于具 ISA 的药物。另具 ISA 的 β 阻滞药亦无明显的撤药反应。

(3) β 阻滞药对循环抑制的处理：β 阻滞药常见的严重副反应是对循环抑制，须及时处理。严重心动过缓者应首选阿托品治疗，机制为阿托品解除迷走神经的作用，使心脏交感神经的支配起效应。选择性 $\beta_1$ 受体阻滞药治疗引起心动过缓时，应避免应用异丙基肾上腺素，因此时需大剂量才能发挥拮抗作用。有报道异丙基肾上腺素治疗 β 阻滞药引起的心动过缓时，剂量需提高 25～50 倍，拮抗负性肌力作用的剂量也需提高8～13 倍。如此大剂量可引起 $\beta_2$ 受体介导的严重血管扩张。此时宜选用 $\beta_1$ 受体激动药，如多巴酚丁胺或羟苯心安(prenalterol)，不宜选用多巴胺。因多巴胺只能在大剂量时拮抗 $\beta_1$ 受体阻滞后的效应，此时将会激动 α 受体引起广泛的血管收缩，使外周阻力增高，降低心排血量。如循环抑制不伴有心动过缓，静注氯化钙或葡萄糖酸钙可增加心肌收缩力，拮抗 β 受体阻滞药的负性肌力作用，提升血压。胰高血糖素能增加心肌细胞内 cAMP 含量，增强心肌收缩力，也可治疗 β 受体阻滞后的循环抑制。小剂量肾上腺素主要激动 $\beta_1$、$\beta_2$ 受体，增强心肌收缩力和扩张血管，也可用于拮抗 β 受体阻滞后的循环抑制。

## 八、临床麻醉中常用的β-阻滞药

### (一) 非选择性 β-阻滞药



1. 普萘洛尔　该药是最先在临床上使用的 β 阻滞药，非选择性地阻滞 $\beta_1$ 和 $\beta_2$ 肾上腺素能受体，无 ISA 活性，具膜稳定作用。麻醉过程中静脉注射治疗心动过速和血压升高。

普萘洛尔对因交感肾上腺素能兴奋诱发的心动过速有良好的治疗效果，这些情况常见给予阿托品、潘库溴铵等药物、手术刺激、甲亢、嗜铬细胞瘤、病人的恐惧和焦虑等。普萘洛尔对缺血或正常心肌，可使室颤阈值增加 5 倍。由于普萘洛尔有良好的抗心肌缺血作用，故对因心肌缺血引起的心律失常，亦有良好的治疗效果。

1970 年，Gettes 等推测，由折返机制引起的室上性心律失常，无论有否预激综合征，都可用普萘洛尔治疗。但继后的研究存在较大争议：一些学者认为，静注普萘洛尔对预激综合征无效；另有些学者则声称，普萘洛尔对预激综合征有明显的预防和治疗效果。现临床上普萘洛尔不作为预激综合征治疗的首选药物。

普萘洛尔口服后 1～2h 血浆浓度可达高峰。由于个体间生物可利用性的差异，口服后血浆浓度差别可达 7～20 倍。静脉注射达峰浓度时间为 1～2min。血浆半衰期为 3～5h。西咪替丁可降低对普萘洛尔的清除，使其血液浓度升高。普萘洛尔对利多卡因的代谢有直接抑制作用。对肝硬化、严重肾脏功能衰竭和黏液水肿的病人，普萘洛尔应减量使用。而对甲状腺功能亢进的病人需要加量。普萘洛尔由肝脏代谢排出，清除半衰期为3～6h。低温体外循环可显著减小普萘洛尔的分布容积及血浆清除速率，使血浆含量高于正常。

普萘洛尔血浆含量与药物疗效间的关系尚有争议。Mullane等报道，普萘洛尔血浆浓度由0.5ng/ml向80ng/ml增高时，β受体的阻滞程度随之增强。血浆浓度在0.5～5ng/ml时，60%的患者表现出明显的β受体阻滞。血浆浓度为20～30ng/ml时，几乎所有患者均出现显著的β受体阻滞。但另一些研究却表明，尽管连续用药较紧急用药使血浆普萘洛尔浓度增加2倍，但运动耐力改善类似。口服普萘洛尔后1.5或12h进行运动实验，尽管药物血浆含量差别显著，但引起心绞痛的运动时间几乎一样。在对人类靶细胞肾上腺素能受体的几项研究中观察到，控制50%以上的患者的心律失常所需的普萘洛尔血浆浓度分别为40～85ng/ml、40～322ng/ml和12～1100ng/ml。另由于普萘洛尔的生物半衰期长于清除半衰期，因此应结合普萘洛尔药代学特点和临床反应综合判断其疗效。

2. 拉贝洛尔　为非选择性β-肾上腺能受体拮抗药，同时具有α受体的拮抗作用。β阻滞是α阻滞效能的4～16倍，对$\beta_1$受体的选择性也比普萘洛尔强。静脉注射后α与β的拮抗作用的比例是1∶7，而口服应用为1∶3。拉贝洛尔围术期的抗高血压作用主要是因为它的负性变时、变力作用，而血管扩张的作用少一些。与普萘洛尔一样，该药也是脂溶性，大部分通过肝脏代谢，静脉注射的常用药量是0.1～1mg/kg。达峰效应时间是5min，半衰期是3～6h。拉贝洛尔的生物活性随年龄的增长而增加，建议从小药量开始使用。慢性肝功能不全的病人应适当减量。

3. 卡维地洛　新的第3代、非选择性兼具有血管扩张作用的β受体阻滞药。分子式是$C_{24}H_{26}N_2O_4$，分子量是40.648。该药可阻滞$\beta_1$、$\beta_2$及$\alpha_1$受体，$\alpha_1$∶β阻滞作用为1∶10，无内源性拟交感神经活性。卡维地洛具有高度的亲脂及亲蛋白能力，口服后表现为线性药物动力学特征，血药浓度与剂量相关。绝对生物利用度为20%～25%，吸收后98%与蛋白等结合。进食可减慢吸收速率。血浆浓度在给药后1～2h到达峰值。脂溶性高，分布容量达1.5～2.0L/kg，血浆清除半衰期为2～8h，体内排除半衰期7～10h。经肝细胞色素氧化酶$P_{450}ZD_6$降解，大部分代谢产物经胆汁和粪便排泄(69%)，少量经尿排泄(16%)。多次给药体内无蓄积。肾衰竭病人无需调整用药剂量，而肝功能不全者可能对药代动力学产生影响。65岁以上的老年人，卡维地洛的清除减慢。

卡维地洛除具有β受体阻滞药的药理学作用外，由于另有独特的药理学特点，近年来已成为临床及基础研究中一个令人瞩目的亮点，表现为：

(1) $\alpha_1$受体阻滞作用：卡维地洛的$\alpha_1$受体作用可扩张周围血管和冠状动脉，降低心脏负荷，改善肾血流，增加钠排泄。对减少心肌细胞增殖和死亡、减轻去甲肾上腺素毒性亦明显有益。卡维地洛的扩血管作用可有效减少美托洛尔用药初期的加重心衰现象，避免常用血管扩张药的水钠潴留的副作用。

(2) 抗自由基和抗氧化作用：卡维地洛是一强有力的抗氧化剂，它的抗氧化作用比维生素E大10倍，是有别于传统β阻滞药的特点之一。卡维地洛抗氧化作用的结构基础在于侧链上的咪唑基团。该药体外抑制脂质过氧化的有效浓度为0.1～10μmol/L，常用口服量50mg后，血浆峰值浓度为0.3μmol/L，故认为在常用剂量情况下，卡维地洛也具有抗氧化活性。卡维地洛的抗氧化作用具体表现在：①能直接与氧自由基

相互作用，在水或脂溶性环境含有超氧化或羟基产生系统，阻止电子化合物形成。②能阻止脑和心脏膜氧化反应，对抗高血压患者LDL的氧化。③通过抑制细胞的脂质过氧化保持细胞的完整性，并能维持谷胱甘肽水平，阻止氧化应激所致的组织内源性抗氧化剂维生素E和谷胱甘肽的缺失。④保护多种细胞(如神经原、血管平滑肌细胞、内皮细胞)在接触自由基产生系统时不受氧自由基的损害。这可能是由于卡维地洛能清除过氧化物离子和抑制超氧化物产生的作用所致。⑤保护和增强内源性抗氧化防御机制。⑥在体内的代谢产物为含羟基的类似物，如BM91083、BM14086及BM140830较该药有更强大的抗氧化活性。Schwarz等结扎大鼠的冠脉造成心肌缺血后应用卡维地洛治疗，表明卡维地洛可以减小梗死范围，具有阻止缺血再灌注导致的心肌坏死和心肌细胞的凋亡。这种作用是独立于β受体阻滞之外，可能与其抗氧化作用有关。

最新研究证实，在心肌缺血-再灌注引起的细胞凋亡中，主要表现为氧自由基增多，心肌细胞内钙离子浓度升高和心肌局部RAS的激活。应用CAR干预，改善AMI大鼠心功能的同时，可降低死亡受体和死亡受体配体(Fas、FasL)基因家族的mRNA水平，上调Bcl-2的表达，从而不同程度地降低大鼠心肌细胞凋亡指数。其凋亡作用主要源于其强大的抗氧化特性。心肌细胞凋亡是心肌疾病演化为CHF的细胞学基础，与心功能进行性减退有关。

(3) 抑制平滑肌细胞增殖及心血管系统重构：异常平滑肌细胞增殖与许多心血管疾病有关，如动脉粥样硬化、高血压和血管内操作所致的再狭窄。卡维地洛可抑制平滑肌细胞增殖因子，如血管紧张素Ⅱ、凝血酶、内皮生长因子、血小板源生长因子等引起的血管平滑肌细胞(VSMC)的迁移和增殖，不仅保护血管对由切变应力或机械介入(如PTC A，C A B G)引起的损伤，而且对由慢性病理过程(如动脉粥样硬化、糖尿病性血管病变)也有有益作用。即使在血管受严重损伤时，卡维地洛也具有保持血管完整性的特殊能力。有实验表明，实验动物如高血压鼠饲以含卡维地洛的食物，10周后显著减低左室壁肥厚和阻力血管中层增厚，同时伴有动脉血压降低。卡维地洛还能抑制粥样硬化斑块的沉积，减低粥样硬化损害中泡沫细胞的数目。这种抑制可能来自抑制LDL氧化，阻滞泡沫细胞形成和阻止白细胞黏附VSM C的结果。有研究提示，应激激活蛋白激酶(SAPK)在心肌缺血再灌注减轻心脏损伤中起重要作用，卡维地洛对SAPK活化的抑制体现了它的心血管保护效应。有学者研究，低中高剂量的卡维地洛与美托洛尔比较治疗大鼠心梗后的左室重构作用，观察到卡维地洛抑制左室重构的作用与剂量明显相关。

(4) 钙拮抗作用：卡维地洛可抑制钙向细胞内流，减慢房室传导，延长有效不应期，降低心肌收缩力，减少心脏做功和心肌耗氧。对切断脊髓的大鼠，卡维地洛能抑制钙通道激动剂诱发的血管加压反应。对离体犬动脉，能抑制因高钾和钙通道激动剂BAY K8644引起的血管收缩反应。有人研究卡维地洛钙离子转移作用和对心血管平滑肌细胞L型钙通道的拮抗作用，观察到卡维地洛不抑制钙离子的释放，但明显抑制钙浓度的增加，较钙拮抗药尼莫地平更有效。在通道关闭状态，卡维地洛抑制L型钙通道的浓度与通道的状态无关，这一作用可参与血管舒张和阻止细胞增殖。

(5) 血管保护作用：卡维地洛能抑制氧自由基对血管内皮细胞及平滑肌细胞的损

伤,抑制血管平滑肌细胞的增殖及迁移以及血管损伤后新生内膜的形成。Romeo 证实了卡维地洛可以防止冠状内皮细胞在 E 作用下的细胞凋亡。CAR 能够剂量依赖性的抑制氧自由基的脂质过氧化损伤,减少内皮细胞及平滑肌细胞对低密度脂蛋白(LDL)的氧化修饰及释放,并能抑制氧化 LDL 所介导的细胞毒作用。Sung 等观察到卡维地洛对培养的大鼠主动脉平滑肌细胞产生浓度依赖性的抑制作用,亦可抑制有丝分裂的内皮素-1(ET-1)、AngⅡ、血小板源性生长因子(PDGF)和凝血酶诱导的细胞增殖。CAR 对平滑肌细胞增殖的抑制作用是可逆的。Ohlstein 也观察到卡维地洛尚可抑制促分裂因子诱发的平滑肌细胞的迁移。大鼠腹腔用药,可明显减少损伤的颈总动脉球囊局部新生内膜形成的范围,内膜横截面积减少 84%,内膜/中层的比例减少 81%,但中层及外膜的横截面积不受影响,从而有效防止动脉损伤后再狭窄的形成。卡维地洛抑制活体动物 PDGF 诱导的平滑肌增殖,可能是其防止血管成形术后再狭窄的主要机制,抗氧化作用也可能是其机制之一。卡维地洛的其他优势也有利于在心血管疾病中的应用,如可提高胰岛素的敏感性,减轻胰岛素抵抗,对人体脂质代谢有良性作用,对肾功能有保护作用,不改变肾血流量,降低肾血管阻力和蛋白尿等。

### (二)选择性 $\beta_1$-受体阻滞药

1. 美托洛尔　选择性 $\beta_1$-阻滞药,无 ISA,与普萘洛尔一样是脂溶性的,主要通过肝脏代谢,半衰期为 3~7 小时,静脉常用药量是 5mg,可以短期内重复使用,但总量不超过 15mg,达峰浓度时间大约为 20min。西咪替丁和肼苯哒嗪同样可降低美托洛尔的生物活性,但该药对利多卡因的影响尚不清楚。和地西泮合用时,后者的清除半衰期可以延长 25%。美托洛尔可以通过血脑屏障,长期服用时应注意可能出现中枢神经系统的副作用。明显肝功能障碍者应减量使用。肾功能不全或老年病人无需调整药量。根据血浆含量和对心率作用的评价,美托洛尔的效力约为普萘洛尔的 1/3。产生等同作用的美托洛尔与普萘洛尔的口服剂量比为 4∶5。

美托洛尔几乎全由肠道吸收。口服后 1.5h,血药浓度可达峰值。分布容积约为 5.5L/kg。美托洛尔的肾脏清除率为 109ml/min,给药后 95%以上的药物 72h 内从尿清除,清除半衰期为 2.5~7.5h(平均 3h)。

美托洛尔的临床治疗适应证及用药汴意事项与普萘洛尔和其他 β 阻滞药相同。有研究报道,在抗心绞痛治疗中,美托洛尔较普萘洛尔更能延长运动时间和改善 ST 段。在抗高血压治疗中,美托洛尔治疗的患者,不能耐受的副作用的发生率为 8%,而阿替洛尔组则高达 28%。

静脉给药的剂量及注意事项　美托洛尔与其他 β 阻滞药一样,在麻醉中静脉给药,尤其对心血管病患者,应遵循以下原则:①在 ECG 和血压的监测下,稀释后以小剂量(0.5~1mg/次)叠加的方式从深静脉(锁骨下或颈内静脉)路径给药,避免从下肢静脉给药。②在治疗室上性心动过速,如窦性心动过速,心房纤颤心室率过快时,一旦心率出现下降趋势,应立即停止注射。如此,则可避免循环意外。

美托洛尔治疗室上性心动过速的剂量一般为 0.1mg/kg,而控制血压的剂量则为 0.2~0.3mg/kg。麻醉和术后早期静注美托洛尔应适当减量。

2. 阿替洛尔　为另一种较常用的 $\beta_1$-阻滞药。无 ISA,水溶性为主,几乎全部由肾

脏清除，半衰期是 6～9 小时。由于不通过肝脏代谢，因此与西咪替丁、肼苯哒嗪和地西泮等无明显的相互作用。肝脏病人无需调整用药，而肾脏疾病者应减量使用。

阿替洛尔和美托洛尔为目前临床上常用的β阻滞药。由于两药的药代动力学的差异，临床药效学也不尽相同。一般来说，同等剂量的情况下，美托洛尔降低血压的作用强于阿替洛尔，而阿替洛尔减慢心率的作用则可能强于美托洛尔。由于国内目前无阿替洛尔注射液，故麻醉和术后早期多用美托洛尔。

3. 艾司洛尔　目前临床上多数可用的β阻滞药，由于作用时间较长，应用于血流动力学不稳定的患者常使病情复杂化。靠交感神经兴奋维持循环的患者，血流动力学可能因而急剧恶化，一旦发生，至少持续数小时。艾丝洛尔为具超短作用的心脏选择性β阻滞药，具极轻微的 ISA 和膜稳定作用，清除半衰期为 9.2min。静脉给药几秒钟内即起作用，5min 内达高峰，16min 内β受体阻滞作用消失。该药由红细胞酯酶代谢，只有静脉用药。单次药量为 500μg/kg 或持续输入 50～300μg/(kg·min)。与其他药物没有明显的相互作用。肝肾疾病的病人也无需调整用药。

4. 索他洛尔(sotalol)　又名心得怡或甲磺胺心定，为非选择性和无内在拟交感活性的β受体阻滞药，具有第三类抗心律失常药的独有特性。

索他洛尔的β阻滞强度为普萘洛尔的 1/3，为脂溶性很低的亲水化合物。索他洛尔具有延长心肌复极时间的独特的电生理作用，以浓度依赖的方式延长动作电位时间，延长有效与绝对不应期，而对动作电位 0 相的上升速度无影响。此药延长窦房传导和心房至房室束的传导时间，延长心房、心室肌、房室结内传导、浦肯野纤维和旁道的顺向或逆向传导的不应期，提高心肌的室颤阈而有抗室颤作用。静注索他洛尔 0.2mg/kg，心率和心排血量下降，但每搏量不变，提示此药的药效动力学作用主要是负性频率作用。

索他洛尔口服吸收迅速，生物利用度 60%～90%，血浆峰值时间为 2～4h，半衰期 5～8h，静脉给药半衰期 5.2h。血浆浓度为 1.7±0.12mg/L 时血压下降，4.3～5.5mg/L，降压作用最为明显。血浆浓度达 1.9mg/L 即有抗心律失常作用。此药 60%～75%经肾排泄，肾功能减退时，作用时间延长。

临床上主要用于抗心律失常，可使室性期外收缩减少 80%以上，利多卡因无效时，此药有特效。对其他药物治疗无效的室性心动过速，此药的有效率可达 76%。终止阵发性室上性心动过速的有效率为 83%。

5. 比索洛尔　高选择性$\beta_1$-阻滞药，其效应分别是普萘洛尔、阿替洛尔和美托洛尔的 5、7 和 10 倍，但只能口服使用。半衰期 9～12h，常用药量是 2.5～20mg，每日一次口服。介于脂溶性和水溶性之间，由肝脏代谢，50%以原型由肾脏排出，因此肝肾疾病均可延长其半衰期。

(1) 药代动力学：比索洛尔口服后几乎完全吸收(>90%)，肝脏首过效应小(<10%)，生物利用度高(90%)，且不受餐后食物的影响。本品既亲水又亲脂，血浆蛋白结合力相对较低(30%)。大鼠实验资料显示脑内药物浓度为血浆浓度的两倍。每天口服比索洛尔 10mg，数天后血浆高峰浓度(服药后 2～3h)为 45～55ng/ml，稳态血浆浓度为 8～10ng/ml。正常人口服半衰期 10～13.1h，静脉给药后为 10.3h。在 2.5～100mg 剂量范围内，剂量和药物动力学作用呈线性相关。比索洛尔 50%在肝脏内代谢为无活

性代谢产物，50%以原形经肾脏从尿中排泄。该药很少在体内蓄积，肝或肾脏中有任何一个器官功能受损时，其清除半衰期会延长，但无需调整用量。另一优点则是不同性别、年龄及各个体之间药物动力学的差异较小，临床处理容易掌握。

（2）药理作用：

1）对心血管系统的作用：比索洛尔为心脏选择性极强的制剂，其减慢心率和降低血压的作用有剂量依赖关系。每天口服 2.5mg 时，平均每分钟心率减慢 3.7 次；每天口服 40mg 时，每分钟心率减慢 14.6 次。小剂量（8μg/kg）服用时，心排出量（CO）和外周血管总阻力（TPR）无变化；大剂量（64μg/kg）时，CO 下降，左心室舒张末压升高，TPR 增加。比索洛尔的负性肌力作用弱，冠脉血流的下降反映了心肌氧耗量减少，左心室收缩的时间指数（PEP/LVET）不变。

2）肺功能：比索洛尔对 $\beta_1$ 受体有极高的选择性，对肺功能无明显影响，每天口服 20～30mg 时，极少数人会出现 $\beta_2$ 受体阻断的症状。有人对高血压合并哮喘的病人进行观察，服用比索洛尔每天 10～20mg，共 1 周，与服安慰剂相比，最大呼气流速（PEFR）和第一秒用力呼气容积（FEV1）无明显变化，肺活量及吸入舒喘灵的反应性不受影响。另有人对 16 例心绞痛伴慢性支气管炎病人进行比索洛尔剂量效应的研究，发现服用≥20mg，对呼吸道阻力（AWR）无影响，每天服用 30～40mg 时，AWR 增加，FEV1 下降。

3）肾脏保护作用：比索洛尔单剂量静脉注射后，发现狗的肾血管流量阻力下降，肾血流量增加，对肾小球滤过率无影响。Vehara 等对盐敏高血压大鼠的研究发现，比索洛尔降低血压的同时对肾小球及其动脉的损害有保护作用。比索洛尔治疗组大鼠肾皮质组织切片中，内皮素 I（ET-I）和血栓素 A2（TXA2）分别下降 17%和 30%，肾脏内引起组织损伤的脂质过氧化合物的生成比对照组下降 27%。病理形态观察发现，治疗组肾小球硬化（分级）程度总积分下降 29%，并证实肾小球硬化的形态改变与 ET-I 和 TXA2 的生化测定值之间有相关性。但对肾小管的损害无影响。

4）激素和代谢变化：高血压病人服用比索洛尔 5mg、10mg 和 20mg 治疗 12 周后，对血浆肾上腺素和卧位去甲肾上腺素无影响。有报告认为比索洛尔每天 10mg 治疗高血压患者，血压下降的同时伴有心房利钠激素升高（20%）。比索洛尔能抑制异丙肾上腺素（$\beta_1$ 受体介导的）肾素释放。甲亢病人每天服 10mg，1 周后，甲状腺素无变化。糖尿病患者，在比索洛尔的治疗量范围内，对血糖水平和血红蛋白 A 1 无变化。也有人发现患者每天服比索洛尔 20mg，共 3 个月后，甘油三酯和极低密度脂蛋白轻度升高，而高密度脂蛋白小量下降，但继续治疗血脂的异常逐渐趋向正常。

5）肾上腺素受体及免疫机能等变化：有人对服用比索洛尔的高血压病人和正常志愿受试者，进行淋巴细胞 $\beta_2$ 受体的研究，未发现明显变化，血小板的 $\alpha_2$ 受体下降（可能是血压下降的结果），并发现随比索洛尔用量增加，肾上腺素触发血小板凝聚的敏感性进一步下降。Yamada 等发现慢性心力衰竭患者经比索洛尔治疗 2～3 个月后，淋巴细胞 β 受体密度显著增高。鼠的实验证明，比索洛尔能抑制抗人 β 受体的自主抗体，增快心率的作用。Maisel 等报道充血性心力衰竭病人经 β 受体阻断药治疗获益，并能使交感神经介导的免疫机能异常逆转。

## 九、新近围术期应用β-阻滞药的动向

1. 降低冠脉血管重建病人的死亡率　美国在20世纪末期在大样本CABG和PT-CA的研究表明，接受β-阻滞药治疗与未接受β-阻滞药治疗相比，一年死亡率分别为12.3%和23.6%，结论为β-阻滞药能明显降低冠脉血管重建病人的一年死亡率。

Raby等人术前通过Holter测量了一组冠心病人的缺血阈值，术后持续静注艾司洛尔48h，使心率保持在低于术前缺血阈值心率20%的水平，并维持这一目标心率。结果表明，艾司洛尔可以降低缺血的发生率。Poldermans和同事在研究中也十分强调β-阻滞药对心率直接影响的重要性。他们前瞻性地评估了比索洛尔在冠心病高危病人血管手术中的作用。试验对象是用小剂量多巴酚丁胺超声心动图负荷试验来确定有无冠心病。至少在择期手术前一周开始应用比索洛尔治疗（最短7d，最长89d，平均57d）。术前控制目标心率为50～60次/min，围术期维持心率小于80次/min，术后持续给予比索洛尔治疗。结果对照组有9例死亡，9例发生非致命性心肌梗死（34%）。而比索洛尔组，仅有2例死亡，1例心肌梗死（3.4%）。由于比索洛尔组发病率和死亡率仅为对照组的1/10，因此安全监控委员会决定提前终止试验。

2. β-阻滞药在冠心病人行非心脏手术中的作用　Pasternack和同事选择了32例择期行腹主动脉瘤手术的冠心病人。入手术室前，每人口服美托洛尔50毫克，并在术后5天内，每天两次静注美托洛尔。结果在术后48h治疗组PMI发生率明显下降（3.1%，对照组为17.6%）。该组人员在另一项非随机、非双盲、前瞻性的研究中观察到，术前接受美托洛尔50毫克口服也可降低术中心肌缺血的发生率。这些试验均显示了β-阻滞药在围术期有潜在的有利作用。之后，Managano和Wallace等人分别实施了随机、双盲、安慰药对照的试验。他们研究了20例病人，术前30min和术后7d内接受静注阿替洛尔治疗。结果证实，围术期短期应用阿替洛尔可以减少手术后心肌缺血事件30%～50%，与对照组相比，远期死亡率减少55%（阿替洛尔组为10%，对照组为21%）。

3. β-阻滞药降低高危病人的麻醉、手术风险和改善预后　JAMA杂志在2002年报道了63万病例的研究。63万病例中包括老年、糖尿病、慢性梗阻性肺疾病和中度心衰的病人。β-阻滞药治疗组与不用β-阻滞药的标准治疗组比较，在总死亡率、中风致残率、肾衰竭等方面，β-阻滞药治疗组均好于标准治疗组。

Prys-Robert等人在设计一项关于β-阻滞药应用的研究的当时，人们对于麻醉中应用β-阻滞药还存在许多疑虑。他们研究了23名高血压的病人，在氟烷和氧化亚氮麻醉中，给予pracotolol（一种选择性$\beta_1$-阻滞药）。结果表明，与传统的麻醉方法比较，治疗组心律失常和心肌缺血的发生率明显下降（4%∶38%）。尽管该研究不是随机分组并有许多局限，但结果表明，标准麻醉中加用β-阻滞药不仅没有表现出其不利的副作用，而且可以降低高血压病人心肌缺血的危险。随后，Stone等实施了一项前瞻、随机、但非双盲的试验，对象是128例有轻度高血压的病人，以观察气管插管中心肌缺血的情况。麻醉诱导前2h给予拉贝洛尔、阿替洛尔或oxoernalol中的一种、并且只给单一药量。与对照组比较，治疗组心肌缺血发生率明显下降。因此，他们认为，即使是术前单

一药量的β-阻滞药也可降低轻度高血压病人心肌缺血的发生率。

4. 冠状动脉旁路移植术中的脑保护作用　美国 Duke 大学医学中心的 Newman 等报告，冠状动脉搭桥术中应用β-阻滞药，病人的卒中发生率为 1.9%，而未用β-阻滞药病人的卒中发生率为 4.3%，几乎可将术后卒中发生率减少一半。他们同时还观察到，应用β-阻滞药的病人，意识模糊、谵妄和一过性缺血发作的发生率为 3.9%，而未应用β-阻滞药的病人发生率为 8.2%。Newman 等对 1994 年 6 月至 1996 年 12 月间，接受择期冠状动脉搭桥术的 2575 例病人的转归进行了比较。对以前确定的 5 个危险因素进行校正后，多变量逻辑回归分析显示，β-阻滞药降低卒中和昏迷的作用仍有显著性差异。但目前尚需要前瞻性、随机的研究来进一步证实。

## 十、β-阻滞药的临床应用现况

Sohmidt 等人在最近的一项调查研究中看到：实施非心脏手术的 158 例病人中，有 67 例应该给予β-阻滞药，但仅有 25 例(37%)得到了应有的治疗。另一项对加拿大麻醉医师的调查也显示了类似的结果。93%的麻醉医生认为β-阻滞药对冠心病人有利，但仅 57%的医师在术中应用，而能坚持到术后应用的医生只有 34%。事实上临床医生对β-阻滞药的副作用的担心似乎超过了对心肌缺血不利影响的担心，这使许多病人失去了从β-阻滞药获益的机会。而大量临床资料已经证实，围术期和长期应用β-阻滞药可明显改善病人的预后而不增加副作用。如北美胸外科协会成人心脏外科数据库对 629,877 例手术的资料显示，术前β-阻滞药使用率越高的医院，围术期死亡率越低。

## 十一、临床中存在的问题和争论

1. β-阻滞药治疗的最佳时机和维持时间尚无统一标准　β-阻滞药的给药时机和维持时间在已发表的研究中没有统一的实施方案。尽管所有的给药方法都显示有一定的改善作用，但设计方案、研究对象、治疗参数(血压、缺血阈值相关的心率、测量结果)等的不同使得一个方案不能适用于所有病人。治疗方案应该因人而异。这些研究也均未明确提出需要一种什么程度的β受体阻滞，以提供最佳的围术期心肌保护。

2. β-阻滞药的慢性治疗是否与急性治疗有相同的益处　Boersma 等在最近的一项回顾性分析中报道，血管手术病人长期应用β-阻滞药具有保护作用。然而，其他的一些研究并不支持该结论。两项回顾性研究提示：长期应用β-阻滞药可能对减少术后心肌梗死或围术期 30 天内由于心血管因素死亡无任何效果。该问题尚需大规模前瞻性、双盲、对照的研究来证实。

3. 严重冠心病或有冠心病需行急症非心脏手术的病人的应用　Poldermans 等以 8 名负荷试验提示有左主干或三支病变的病人为研究对象。观察显示：8 例手术病人 2 例死亡，4 例心肌血运重建的效果不好。这 4 例病人都接受了β-阻滞药治疗，虽然有 1 例发生了围术期心肌梗死，但这 4 例均存活。但最近的一项回顾性研究表明：3 支病变或合并有多种危险因素(脑血管病史、充血性心衰病史、缺血性心肌病史、糖尿病史、肾

衰竭和高难手术等)的病人,或多巴酚丁胺超声心动图负荷试验提示有新的室壁运动异常的病人,接受β-阻滞药治疗的心脏风险性仍相当大(大于6%),与对照组无明显差别。另外老年高血压病病人(>80岁)对β-阻滞药的反应不如利尿药。老年病人应用β-阻滞药是否能获得年轻病人同样的益处也不明确。

4. β-阻滞药在轻到中度充血性心力衰竭病人(CHF)围手术期中的应用　目前心血管内科领域,已把β-阻滞药用于轻到中度心衰病人的治疗。最近又有证据显示:新型β-阻滞药卡维地洛对于晚期充血性心衰(NYHA分级Ⅳ级、LVEF小于25%)的病人也有益处。但目前尚无心衰病人围术期预防性或治疗性应用β-阻滞药方面的研究。迄今为止,所有的围术期研究方案均不包括中、重度心衰病人。麻醉医师将会遇到愈来愈多的缺血性心脏病和心衰病人,这些病人在长期的内科治疗中应用$β_1$-阻滞药(美托洛尔、比索洛尔、阿替洛尔)或卡维地洛等药物。术前是否需要停药?术中和术后是否需要继续应用这些药物?剂量如何?卡维地洛在围术期的应用是否能够提供和选择性$β_1$-阻滞药同样的益处?卡维地洛与现有的麻醉药物的相互作用如何?是否对预后有不利影响?对于这些问题目前尚无答案。需要进一步的研究来解答。

## 十二、围术期如何应用β-阻滞药

美国ACC/AHA 2006围术期β-阻滞药使用指南可作为临床工作中的参考(见表4-2和表4-3)。

1. 围术期哪些病人需用β-受体阻滞药

(1) 缺血性心脏病病人:心肌梗死、心绞痛、运动试验阳性、舌下含服硝酸甘油、ECG上有Q波、PCI、CABG等病史者。

(2) 脑血管病:短暂脑缺血、脑卒中发作病史者。

(3) 需胰岛素治疗的糖尿病病人。

(4) 慢性肾功能不全(血肌酐≥177μmol/L)者。

(5) 外科高风险手术(胸腹腔和大血管手术等)者。

(6) 有以下2条或以上高危因素者:年龄65岁或以上者;高血压;吸烟者;血清总胆固醇>6.2mmol/L;有糖尿病但尚未需要胰岛素治疗者。

表4-2　围术期β受体阻断剂治疗的建议(基于已发表的随机临床试验)

| | 低心脏风险患者 | 中心脏风险患者 | 冠心病或高心脏风险患者<br>术前检查发现患者有心肌缺血 |
|---|---|---|---|
| 血管手术 | Ⅱb级<br>证据水平:C | Ⅱb级<br>证据水平:C | Ⅰ级<br>证据水平:B*<br>Ⅱa级<br>证据水平:B† |
| 高/中风险手术 | ‡ | Ⅱb级<br>证据水平:C | Ⅱa级<br>证据水平:B |
| 低心脏风险手术 | ‡ | ‡ | ‡ |

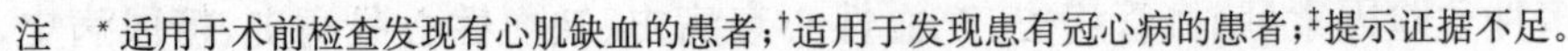

注　*适用于术前检查发现有心肌缺血的患者;†适用于发现患者有冠心病的患者;‡提示证据不足。

**表 4-3 预示围术期心血管风险(心肌梗死、心衰和死亡)增加的临床情况**

高风险
- 不稳定性冠脉综合征
- 急性或近期心肌梗死*,并且临床症状或无创检查提示有严重的缺血风险
- 不稳定或严重† 的心绞痛(加拿大评级Ⅲ或Ⅳ)
- 失代偿性心衰
- 严重的心律失常
- 高度房室传导阻滞
- 症状性室性心律失常并有基础心脏疾病
- 心室率未得到控制的室上性心律失常
- 严重的瓣膜病变

中风险
- 轻度心绞痛(加拿大评级Ⅰ或Ⅱ)
- 病史和心电图的病理性 Q 波提示此前有心肌梗死
- 代偿性或轻度的心衰
- 糖尿病(尤其是胰岛素依赖型)

低风险
- 高龄
- 心电图异常(左室肥厚、左束支阻滞和 ST-T 异常)
- 非窦性节律(如房颤)
- 活动耐量低(如不能提一包东西上一层台阶)
- 卒中史
- 未控制的高血压

* ACC 的数据库对于近期心肌梗死的定义为:大于 7 天但不足或刚好 1 个月(30 天);急性心梗是指 7 天以内。†可以包括那些经常伏案工作的稳定性心绞痛患者。

2. 术前如何应用 β-阻滞药

(1) 术前没有长期服用 β 受体阻滞药者:术前数天或数周口服美托洛尔 50~100mg/d、阿替洛尔 50~100mg/d 或比索洛尔 5~10mg/d 直至将静息心率逐渐控制在 50~60 次/min。

(2) 术前已经长期口服 β 受体阻滞药者:继续服药,必要时调整剂量使心率达到靶目标。

3. 术中如何应用 β-阻滞药 无论是否长期服用 β-受体阻滞药,如病人心率≥55 次/min,收缩压≥100mmHg,无心功能不全,无Ⅲ°房室传导阻滞和支气管哮喘,则应在麻醉前 30min,缓慢静推美托洛尔 5mg,观察 5min。若病人心率未达 50~60 次/min,继续静注美托洛尔直至心率达标。

4. 术后如何应用 β-受体阻滞药

(1) 若病人不能口服 β-受体阻滞药,血流动力学稳定者:每天 2 次静注美托洛尔 5~10mg 使心率达标。血流动力学不稳定者:小剂量美托洛尔或艾司洛尔静注,继后艾司洛尔 50~200μg/(kg·min)使心率达标。

(2) 若病人可口服 β-受体阻滞药,没有长期用药指征者在整个住院期间或最长达 1 个月口服治疗,剂量逐渐递减直至停药。有长期用药指征者则按照目标心率调整剂量持续治疗。

(王剑辉 李立环)

## 第四节　钙通道阻滞药

钙通道阻滞药是通过干扰 $Ca^{2+}$ 通道活性，阻滞膜外 $Ca^{2+}$ 从细胞外经电压依赖性钙通道流入细胞内的药物。根据其对钙通道的选择性分为：选择性和非选择性钙通道阻滞药。选择性钙通道阻滞药包括：苯烷胺类（维拉帕米）、二氢吡啶类（硝苯地平、尼莫地平、尼群地平、氨氯地平）和苯硫䓬类（地尔硫䓬）；非选择性钙通道阻滞药包括二苯哌嗪类（氟桂利嗪和桂利嗪）和哌克昔林。

### 一、药 理 作 用

由于钙离子对细胞多种生化、生理反应的影响，所以理论上钙通道阻滞药应有广泛的药理作用。然现有的钙通道阻滞药却主要作用于心血管系统而对其他组织细胞影响较小，这可能与心血管系统细胞膜上 L 型钙通道密度较高有关。钙通道阻滞药由于阻滞 $Ca^{2+}$ 的内流，使细胞内 $Ca^{2+}$ 量减少而引起各种作用。

1. 对心肌的作用

（1）负性肌力作用：钙通道阻滞药使心肌细胞内 $Ca^{2+}$ 量减少，因而呈现负性肌力作用。它可在不影响兴奋除极的情况下，明显降低心肌收缩性，这就是兴奋-收缩脱耦联（excitation-contraction decoupling）。钙通道阻滞药还能舒张血管降低血压，继而使整体动物中交感神经活性反射性增高，抵消部分负性肌力作用。硝苯地平的这一作用明显，可能超过其负性肌力作用而表现为轻微的正性肌力作用。收缩性减弱可使心氧耗量相应减少，又由于血管舒张，使心后负荷降低，耗氧量也将进一步减少。

（2）负性频率和负性传导作用：窦房结和房室结等慢反应细胞的 0 相除极和 4 相缓慢除极都是 $Ca^{2+}$ 内流所引起的，所以它们的传导速度和自律性就由 $Ca^{2+}$ 内流所决定，因此钙通道阻滞药能减慢房室结的传导速度，延长其有效不应期，可使折返激动消失，用于治疗阵发性室上性心动过速。钙通道阻滞药对窦房结则能降低自律性，从而减慢心率。这种负性频率作用在整体动物中也可被交感神经活性的反射性增高所部分抵消，所以钙通道阻滞药治疗窦性心动过速的疗效欠佳，硝苯地平更差。

（3）心肌缺血时的保护作用：缺血时，心细胞的能量代谢出现障碍，渐趋耗竭，使心细胞各项功能衰退。由于钠泵、钙泵抑制及钙的被动转运加强，乃使细胞内钙积储，形成“钙超负荷”，最终引起细胞坏死。钙通道阻滞药可减少细胞内钙量，避免细胞坏死，起到保护作用。

2. 对血管的作用　血管平滑肌细胞的收缩也受细胞内 $Ca^{2+}$ 量的调控，其细胞内 $Ca^{2+}$ 量主要来自经钙通道而内流者。细胞内 $Ca^{2+}$ 量多，将通过钙调蛋白激活肌凝蛋白轻链激酶（MLCK），后者催化肌凝蛋白轻链的磷酸化，继而触发肌纤、肌凝蛋白的相互作用而引起收缩。

钙通道阻滞药阻滞 $Ca^{2+}$ 的内流，能明显舒张血管，主要舒张动脉，对静脉影响较小。动脉中又以冠状血管较为敏感，能舒张大的输送血管和小的阻力血管，增加冠脉流量及侧支循环量，有效治疗心绞痛。

脑血管也较敏感，尼莫地平和氟桂利嗪舒张脑血管作用较强，能增加脑血流量。钙通道阻滞药也舒张外周血管，解除痉挛，可用于治疗外周血管痉挛性疾病如雷诺病(表 4-4)。

**表 4-4　三种钙通道阻滞药心血管效应的比较**

| 效应 | 维拉帕米 | 硝苯地平 | 地尔硫草 |
|---|---|---|---|
| 负性肌力作用 | 4 | 1 | 2 |
| 负性频率作用 | 5 | 1 | 5 |
| 负性传导作用 | 5 | 0 | 4 |
| 舒张血管作用 | 4 | 5 | 3 |

注　0～5 指作用强度由弱到强的程度

3. 对其他平滑肌的作用　钙通道阻滞药对支气管平滑肌的松弛作用较为明显，较大剂量也能松弛胃肠道、输尿管及子宫平滑肌。钙通道阻滞药治疗或防止哮喘有效，此时，除松弛支气管平滑肌外，还能减少组胺的释放和白三烯 $D_4$ 的合成，又有减少黏液分泌的作用。

4. 改善组织血流的作用　钙通道阻滞药通过对血小板和红细胞的影响而改善组织血流。

(1) 抑制血小板聚集：$Ca^{2+}$ 促使血小板第一时相的可逆性聚集和第二时相的不可逆性聚集。因此钙通道阻滞药能抑制血小板聚集。

(2) 增加红细胞变形能力，降低血液滞度：正常时红细胞有良好的变形能力，能缩短其直径而顺利通过毛细血管，保持正常血液黏滞度。当红细胞内 $Ca^{2+}$ 增多，其变形能力降低，血黏滞度增高，易引起组织血流障碍。钙通道阻滞药减少红细胞内 $Ca^{2+}$ 量，即能降低血黏滞度。

5. 其他作用

(1) 抗动脉粥样硬化作用：钙通道阻滞药能防止实验性动脉粥样硬化的发生，这一作用与多种效应有关，如减少细胞内 $Ca^{2+}$ 的超负荷；抑制血小板聚集；减少血管痉挛收缩或舒张血管；抑制血管壁肥厚增殖，特别对血管平滑肌细胞的增殖。

(2) 抑制内分泌腺的作用：较大剂量的钙通道阻滞药能抑制多种内分泌功能，如脑垂体后叶分泌催产素、加压素；垂体前叶分泌促肾上腺皮质激素、促性腺激素、促甲状腺激素；胰岛素及醛固酮的分泌。此外，还能抑制交感神经末梢对去甲肾上腺素的释放，表现出微弱的非特异性抗交感作用。

## 二、作 用 方 式

各类钙通道阻滞药作用略有差异，各有侧重面，不能用统一的构效关系或一种机制来解释其作用。兹介绍与作用方式有关的几个问题。

1. 钙通道的三种功能状态　电压门控性钙通道受电压调控，在不同电压影响下，通道发生构象变化而表现出不同功能状态。一般设想它有双重门控系统即激活门与失活门，并有三种功能状态即静息态，开放态和失活态。静息态时通道关闭，$Ca^{2+}$ 不能通过，通道的激活门关闭而失活门打开，此时，通道小孔被激活门所闭。细胞兴奋除极时通道转为开放态，$Ca^{2+}$ 内流，此时，激活门开放，失活门由开放而缓慢趋于关闭，通道小

孔开放。随后是失活态，通道关闭，$Ca^{2+}$不能通过，此时，失活门关闭，激活门由开放而趋于关闭，小孔为失活门所闭。失活是恢复过程，经静息态为下次除极后的开放作好准备。一般，钙通道阻滞药与静息态的亲和性较低，而对其他状态作用较显著，如维拉帕米作用于开放态，地尔硫䓬作用于失活态，硝苯地平则主要作用于失活态。

2. 频率依赖性　电压门控钙通道的功能和药物对它的作用深受电压的影响，这称“电压依赖性”。此外，药物的作用还呈“频率或使用依赖性”，即通道开放愈频繁，药物的阻滞作用愈强。这样，药物对高频除极的细胞更为有效，治疗频率较高的室上性心动过速就远比治疗频率较低的室性心动过速更为有效。各类钙通道阻滞药的“频率依赖性”程度不一，维拉帕米和地尔硫䓬有明显的“频率依赖性”，而硝苯地平则无。

3. 受体间的相互影响　三类钙通道阻滞药的受体，即它们在钙通道 $\alpha_1$ 亚单位的结合部位已如前述。这几类受体在钙通道中又相互作用而影响各自对钙通道阻滞药的亲和力，例如，二氢吡啶受体或地尔硫䓬受体各被药物占领后，都会提高另一方对药物的亲和力。又如维拉帕米受体被占领后，就会减弱另二类受体对药物的亲和力。反之，另二类受体被占领，也将减弱维拉帕米受体对药的亲和力。

钙通道中药物受体的发现可提示钙通道阻滞药的作用不是简单的药物分子阻塞通道，而是经通道蛋白构象改变而发生的。又提示体内可能有内源性激动物或阻滞物存在，调控着钙通道。

## 三、药物体内过程

钙通道阻滞药化学结构各异，其体内过程既有差异也有共性。三种重要药物口服吸收都较完全，蛋白结合率高，代谢较多。硝苯地平生物利用度高，维拉帕米利用度低，因其首关消除效应较强。维拉帕米在肝中先经 N-脱甲基成去甲维拉帕米，仍有拮抗钙作用，后经 O-脱甲基及链解裂而失去活性。地尔硫䓬先脱乙酰基成有活性的代谢产物，后继续代谢成失效物。兹将三种重要钙通道阻滞药的药代动力学参数列表于下(表 4-5)。

表 4-5　三种钙通道阻滞药的药物代谢动力学参数

| 效　应 | 维拉帕米 | 硝苯地平 | 地尔硫䓬 |
|---|---|---|---|
| 口服吸收率(%) | >90 | >90 | >90 |
| 生物利用度(%) | 10～20 | 60～70 | 20 |
| 起效时间(min) | iv 1 | 舌下 3 | 舌下 3 |
| 口服(min) | <30 | <20 | <30 |
| 达峰效时间(min) | iv 5 | 舌下 | 20～30 |
| 口服(h) | 3～5 | 1～2 | 0.5 |
| 治疗血药浓度(ng/ml) | 30～300 | 25～100 | 50～200 |
| 蛋白结合率(%) | 90 | 90 | 85 |
| 消除 t1/2(h) | 8 | 5 | 5 |
| 代谢部位及产物 | 肝、有活性代谢物 | 肝、有活性代谢物 | 肝、有活性代谢物 |
| 首过消除效应(%) | 85 | 20～30 | 90 |
| 分布容积(L/kg) | 6.1 | 1.3 | 5.3 |
| 排泄(%)消化道 | 15 | 10 | 60 |
| 肾(%) | 70 | 90 | 30 |

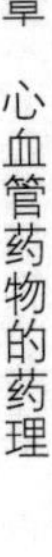

## 四、临床应用

钙通道阻滞药的临床应用主要是防治心血管系统疾病，近年也试用于其他系统疾病(表 4-6)。

**表 4-6　钙通道阻滞药的治疗应用比较表**

| 疾　　病 | 维拉帕米 | 硝苯地平 | 地尔硫䓬 |
|---|---|---|---|
| 心绞痛 | | | |
| 　稳定型 | +++ | +++ | +++ |
| 　变异型 | +++ | +++ | +++ |
| 　不稳定型 | +++ | +++ | +++ |
| 心律失常 | | | |
| 　阵发性室上速 | +++ | − | ++ |
| 　心房颤动、扑动 | ++ | − | ++ |
| 高血压 | ++ | +++ | + |
| 肥厚性心肌病 | + | − | − |
| 雷诺病 | ++ | ++ | + |
| 脑血管痉挛(出血后) | − | + | − |

注：+++很常用，++常用，+可用，−不用。

1. 心绞痛　钙通道阻滞药对各型心绞痛都有不同程度的疗效。

(1) 变异型心绞痛：常在休息时如夜间或早晨发作，由冠状动脉痉挛所引起。钙通道阻滞药是治疗的首选药物，三种主要药物都能收到良好效果，三者疗效基本相等。

(2) 稳定型(劳累型)心绞痛：常见于冠状动脉粥样硬化患者，休息时并无症状，此时心血液供求关系是平衡的。劳累时心做功增加，血液供不应求，导致心绞痛发作。钙通道阻滞药通过舒张冠脉，减慢心率，降低血压及心收缩性而发挥治疗效果。维拉帕米的负性肌力、频率作用较显，地尔硫䓬降低血压、减慢心率较强，二药都可应用。硝苯地平降低后负荷较明显，其反射性加快心率的作用可能诱发心绞痛，长期给药时未见此不良反应。

(3) 不稳定型心绞痛：较为严重，昼夜都可发作，由动脉粥样硬化斑块形成或破裂及冠脉张力增高所引起。维拉帕米和地尔硫䓬疗效较好，硝苯地平宜与β-受体阻断药合用。

2. 心律失常　钙通道阻滞药治疗室上性心动过速及后除极触发活动所致的心律失常有良好效果。

三类钙通道阻滞药减慢心率的作用程度有差异。维拉帕米和地尔硫䓬减慢心率作用较明显。硝苯地平较差，甚至反射性加速心率，因此它不用于治疗心律失常。

对阵发性室上性心动过速，静脉注射维拉帕米或地尔硫䓬可迅速中止发作，口服则可预防发作。二药对房室结的减慢传导和延长不应期的作用可以取消折返激动，使由折返所引起的阵发性室上性心动过速有 90%以上转复为窦性节律，合用β-受体阻断药还可维持此效。

房颤时静脉注射二药能抑制房室传导而减少冲动下达心室，控制心室频率；并使少数新发病者转复为窦性节律。地尔硫䓬合用地高辛控制房颤时的心室频率效果最好。

3. 高血压　高血压时血管平滑肌细胞的 $Ca^{2+}$ 内流有所增加，因此钙通道阻滞药治疗有效。三类钙通道阻滞药都可应用。

硝苯地平控制严重高血压效果较好，用药中并不伴发显著的反射性心动过速，也不引起体位性低血压。长期应用后，全身外周阻力下降 30％～40％，肺循环阻力也下降。后一作用特别适合于并发心性哮喘的高血压危象患者。

维拉帕米和地尔硫䓬治疗轻、中度高血压有效，可以单用，也可与其他抗高血压药合用。单用时可使 40％～45％原发性高血压患者的血压得到控制，对老年人疗效较好。二药常能增加心、脑、肾血流量，改善其功能，也适于治疗并发外周动脉阻塞性疾病的高血压。静脉注射可治疗高血压危象。

4. 肥厚性心肌病　肥厚性心肌病时，心肌细胞内 $Ca^{2+}$ 量超负荷，因此钙通道阻滞药治疗有效。它能改进舒张功能。维拉帕米疗效较好，还能减轻左心室流出道梗阻。

5. 脑血管疾病　尼莫地平、氟桂利嗪等钙通道阻滞药能较显著舒张脑血管，增加脑血流量。治疗短暂性脑缺血发作、脑血栓形成及脑栓塞等有效。治疗或预防蛛网膜下腔出血所致的脑血管痉挛有效，可减少神经后遗症及病死率。

维拉帕米、氟桂利嗪等还能有效地预防偏头痛，长期用药三个月以上也可用作治疗，能减轻症状，减少发作频率及发作时间。

6. 其他　雷诺病时由寒冷及情绪激动引起的血管痉挛可被钙通道阻滞药所解除，常用尼莫地平、硝苯地平。另外，支气管哮喘，食管贲门失弛缓症，急性胃肠痉挛性腹痛，早产，痛经等用钙通道阻滞药治疗也有效。



## 五、常用钙通道阻滞药

### (一) 地尔硫䓬(diltiazem)

【药理作用】

抑制窦房结和房室结功能，减慢房室传导，降低心率。抑制心肌收缩力，降低 SVR 和血压，对前负荷无明显影响。

【药代动力学】

60％在肝脏代谢，35％通过肾脏排泄，消除半衰期为 3～5h，活性代谢产物是脱乙酰基地尔硫䓬。

【临床应用】

1. 适应证　心肌缺血、急慢性高血压、室上性心动过速、窦性心动过速。

2. 剂量　起始用量为 0.05～0.25mg/kg 缓慢静注，观察 15min，追加剂量和总用量视循环反应，持续输注为 5～15mg/(kg·h)。

3. 抗心律失常　急性或慢性室上性心律失常，静注可快速转复室上性心动过速为窦性心律，减慢心室率。排除缺氧和低血糖等原因后，对左室功能不良的窦性心动过

速、难治性心律失常，地尔硫䓬有时有效。

4. 治疗和预防血管痉挛引起的心肌缺血。

5. 控制围术期高血压，改善心脏舒张期顺应性和抗心肌缺血，无反射性心动过速。

【注意事项】

1. 可以引起窦性心动过缓，甚至发展为窦房阻滞，但发生率明显低于维拉帕米。

2. 窦房结功能不良、合并使用地高辛或β受体阻滞药者慎用。

**（二）尼卡地平**（nicardipine）

【药理作用】

1. 二氢吡啶类。对冠状动脉有较强的扩张作用，同时降低SVR，减轻后负荷，降低心肌耗氧量，增加心输出量。有明显的剂量依赖性降压作用，降压的同时增加脑和其他重要器官的血流量。对血管平滑肌的作用优于心肌，故有较强的血管选择性，还能抑制磷酸二酯酶，使细胞内cAMP升高，直接作用于血管的平滑肌，使血管扩张。无抗心律失常作用，也无明显的负性肌力作用。

2. 增加肾血流和肾小球滤过率，增加尿量。

【药代动力学】

静脉给药起效迅速，静脉注射后血浆半衰期为30～60min。

【临床应用】

1. 适应证　围术期高血压、围术期心肌缺血和预防移植动脉血管的痉挛等。

2. 用量　10～30μg/kg缓慢静脉注射，观察15min后可重复应用。持续输注为0.5～6μg/(kg·min)，根据血压调节用量。

3. 控制术后高血压　尤其适合缺血性心脏病，降低血压的同时，不明显增快心率，能较好治疗和预防因血管痉挛引起的心肌缺血。

【注意事项】

注意与其他扩血管药物的相互作用。

**（三）硝苯地平**（nifedipine）

【药理作用】

又名硝苯啶，属二氢吡啶类。对动脉平滑肌有较好的扩张作用，对冠状动脉的作用较维拉帕米强10～20倍。由于反射性兴奋交感神经，对心肌的抑制作用不明显。对窦房结和房室传导有轻微的抑制作用。

【药代动力学】

口服和舌下给药，30～60min血浆浓度达峰值，血浆半衰期为4～5h，维持8～12h。静脉注射时消除半衰期为1.3h。主要通过肝脏代谢。

【临床应用】

1. 适应证　围术期心肌缺血和围术期高血压。

2. 剂量　静脉单次剂量10～20μg/kg，持续输注为1～3μg/(kg·min)。

3. 由于对动脉血管的选择性扩张作用，可以较好的降低血压，对冠状动脉痉挛和变异型心绞痛有较好疗效。

【注意事项】

1. 由于无内在性抗交感作用，反射性交感兴奋可引起心率增快，尽管发生率极低，

在老年病人可以发生反常性心绞痛，可能与过度降低血压和心率增快有关。

2. 对阻力血管的选择性作用，毛细血管压增高，血管外液增多，可致外周水肿。

**(四) 维拉帕米**(verapamil)

【药理作用】

1. 通过抑制钙内流，选择性地阻滞慢通道。延长房室结传导和不应期，抑制窦房结发放冲动的频率，可降低缺血缺氧所致膜电位下降的心房、心室肌及浦肯野氏纤维的异常自律性。减少或消除后除极所引发的触发活动。显著的抗心律失常作用，尤其是室上性心律失常。

2. 对血管平滑肌的钙通道阻滞作用，扩张外周血管，降低血压。通过影响心肌细胞的能量代谢过程和减低后负荷，直接和间接降低心肌氧耗。由于干扰钙介导的兴奋-收缩耦联作用，故心肌收缩力减弱。

【药代动力学】

蛋白结合率大约90%。静注后2min起效，持续时间大约2h，血流动力学作用持续10～20min。静脉给药的药-时曲线呈双相，分布半衰期仅大约3.5min，消除半衰期为2～5h。通过肝脏代谢。

【临床应用】

1. 适应证　治疗室上性心动过速、减慢房扑和房颤时的心室率；治疗心肌缺血，包括各种心绞痛；抗高血压，缓解肥厚性梗阻型心肌病的症状。

2. 用量　静注1～5mg，密切观察心率和血压，必要时重复，总剂量一般小于10mg。

3. 治疗体外循环升主动脉开放后顽固性室颤，此类室颤与再灌注损伤和触发活动的早期后除极有关。

4. 抗心律失常　注射速度不可过快，否则可使心搏骤停。备有急救设备和药品，并严密监测血压、心律和心率的变化。

【注意事项】

1. 既往有传导阻滞或病窦综合征者，警惕心动过缓、房室传导阻滞和心搏停止。

2. 低血压常见，对左室功能不全者，注意其心肌抑制，慎用。

3. 对预激综合征并发的室上性心动过速，有诱发室颤的危险。

(王伟鹏　李立环)

## 第五节　抗心律失常药

心脏手术心律失常的检出率可高达90%～100%，但有临床意义，需要处理的心律失常仅约30%～60%。发生率依次为瓣膜置换术，法洛四联症纠正术，冠状动脉旁路移植术(CABG)，一般多数为室上性心律失常，室性心律失常在CABG术中较多见。严重的快速或缓慢型心律失常，有致命性威胁。心血管麻醉医师应掌握抗心律失常药的作用并全面了解围术期发生心律失常的原因，加强预防措施，正确诊断与处理，可提高麻醉及围术期的安全性，减少严重心律失常的病死率。

# 一、抗心律失常药物的分类与作用

抗心律失常药可分为治疗快速型及缓慢型心律失常的两大类。各类中药物品种繁多，但适用于手术和麻醉中的抗心律失常药，应是起效迅速，疗效最佳的注射用剂型。

**（一）治疗快速型心律失常的药物分类及作用**

1. Ⅰ类　抑制快反应药　此类药统称为膜抑制剂，通过抑制细胞膜快通道 $Na^+$ 内向除极电流，或兼有增强 $K^+$ 通道的通透性而抑制 0 位相 Vmax 减慢传导，抑制自律性，影响动作电位和有效不应期。根据这类药物对心电生理作用的差异，又分为以下 3 个亚组：

(1) Ⅰa 组　对 0 位相除极与复极的抑制作用均较强。如普鲁卡因胺（procainamide）、丙吡胺（disopyramide）等。

(2) Ⅰb 组　对 0 位相除极与复极的抑制作用均较弱。如利多卡因（lidocaine）、美西律（mexiletine）、苯妥英（phenytoin）等。

(3) Ⅰc 组　对 0 位相除极有明显抑制作用，而对复极过程的抑制作用较弱。如普罗帕酮（propafenone）、氟卡尼（flecainide）等。

3 个亚组药的电生理效应详见下表 4-7。

**表 4-7　手术中常用 1 类三个亚组药的电生理效应**

| | Ⅰa<br>普鲁卡因胺<br>丙吡胺 | Ⅰb<br>利多卡因<br>美西律<br>苯妥英 | Ⅰc<br>普罗帕酮<br>氟卡尼 |
|---|---|---|---|
| 0 位相最大上升速度 | 减慢 | 不变或增快 | 减慢 |
| 动作电位时间 | 延长 | 缩短 | 稍延长 |
| 有效不应期 | 延长 | 轻度延长 | 稍延长 |
| P-R 间期 | 不变 | 不变或轻度延长 | 延长 |
| H-V 间期 | 减慢 | 不变或缩短 | 延长 |
| QRS 间期 | 延长 | 不变或轻度延长 | 延长 |
| Q-T 间期 | 延长 | 不变或轻度延长 | 轻度延长 |

2. Ⅱ类　抑制交感神经兴奋药　以普萘洛尔（propranolol）为代表，包括各种肾上腺素能受体阻滞剂（β-受体阻滞剂）。主要抑制心肌对 β-肾上腺素能的应激作用，同时具有Ⅰa 组药阻滞 $Na^+$ 内流和Ⅰb 类药缩短动作电位间期、延长有效不应期，改善膜反应性的效应。可降低窦房结自律性及房室传导时间，对 QRS 及 Q-T 间期影响甚小。除能减慢心率外，可终止折返性室上性心动过速（室上速）。β-受体分为 $β_1$ 和 $β_2$ 两个亚型，与心脏有关的是 $β_1$ 受体。所有 β-受体阻滞剂都具有抑制 $β_1$ 和不同程度的抑制 $β_2$-受体的作用，故选择性 $β_1$-受体阻滞剂用量大时，对 $β_2$-受体也会有抑制作用。$β_1$-受体阻滞剂对室性期前收缩，尤其是因交感神经兴奋及儿茶酚胺增加诱发的室性期前收缩有较好疗效。β-受体阻滞剂能提高缺血心肌的室颤阈值，故对室颤的发生可能有预防作用。选择性 $β_1$-受体阻滞剂可避免非选择性 β-受体阻滞剂对阻塞性肺疾患，支气管哮喘，糖尿病等产生的不良反应。故术中选择 $β_1$-受体阻滞剂美脱洛尔（metoprolol）比普萘洛尔更安全。此外新型超短效 $β_1$-受体阻滞剂艾司洛尔（esmolol），起效迅速，半衰期

仅9分钟，静脉给药于1分钟内生效，5分钟达最佳疗效，20分钟内作用消失，很少引起房室传导阻滞，是术中紧急治疗快速型室上性心律失常安全，易控制的理想药物。

3. Ⅲ类　延长动作电位药　此类药均具有延长动作电位时间的共性，如胺碘酮(amiodarone)、索他洛尔(sotalol)，但各自又有不同的特性：

胺碘酮　可明显延长窦房结、房室结、心房与心室肌，浦肯野纤维及附加旁束的动作电位间期和有效不应期，抑制窦房结起搏，减慢窦房与房室传导，对心室内传导无明显影响，但能延长心室肌复极时间。对0位相Vmax有轻度抑制作用，尤其对失活的$N^+$通道亲和力强，故具有部分Ⅰa类药的特性。能直接扩张冠脉，降低体循环阻力和非竞争性阻滞肾上腺素能受体及对$Ca^{2+}$通道的拮抗作用，因此胺碘酮属广谱高效抗心律失常药。对常规用药不能终止或难以控制的危险性室性心律失常，用它多能奏效。其药代动力学静脉给药与口服不一致，静脉用药负性肌力及周围血管扩张作用明显，可出现一过性低血压及心功能减低，降低程度与剂量和基础心功能状态正相关。静脉给药后心肌内药含量高于血药浓度近100倍。注药后2～5分钟起效，15～30分钟血药浓度达峰值，2小时后明显下降，半衰期为11.6～20.7小时。

索他洛尔　属非选择性β-受体阻滞剂，β-受体阻滞作用类似普萘洛尔，也具有Ⅲ类药延长动作电位间期的特性，现被认为是兼有Ⅱ和Ⅲ类抗心律失常药作用的独特药物。主要电生理效应是延长窦房传导及窦房结恢复时间减慢心率，并通过抑制$K^+$外向电流及轻度降低$Na^+$内向电流而延长动作电位时间，从而延长心房、房室结、希氏束、浦肯野纤维、心室肌及旁道的有效不应期。能终止折返性室上速，转复心房扑动(房扑)及房颤或减慢其心室率。因其具有抗肾上腺素能作用，可能抑制室早、阵发性室性心动过速(阵发室速)及预防室颤。索他洛尔也兼有β-受体阻滞剂和Ⅲ类抗心律失常药的副反应(心动过缓、传导阻滞、尖端扭转型室速、心功能不全恶化等)。

4. Ⅳ类　抑制慢通道药　以维拉帕米为代表，包括地尔硫䓬等钙拮抗剂。此类药能直接降低窦房结及房室结的自律性，减慢窦房与房室传导时间，阻滞$Ca^{2+}$通道的慢内向电流及延迟的后除极电位。可转复室上速与房扑、房颤，或减慢房扑、房颤的心室率。对可能因延迟的后除极产生触发活动所引起的室速也有效。静脉用药可因血压下降，反射性儿茶酚胺释放增加，间接影响旁道前向不应期缩短，从而增加旁道传导速度，故对预激综合征(WPW)合并房扑、房颤，或室上速并房颤者，为避免心室率进一步加快导致血流动力学恶化，禁用维拉帕米。

5. Ⅴ类　洋地黄及其他类药物　毛花甙C、某些α-肾上腺素受体激动剂(去氧肾上腺素、甲氧明胺)用于治疗室上性心律失常。腺苷化合物ATP通过与房室结细胞膜上的腺苷受体相结合，及通过抑制$Ca^{2+}$内流，促进$K^+$外流，和延长心房至房室结的传导时间，而阻断折返，是能终止成人或儿童室上速最快、成功率最高的药物。虽不良反应多见，但无需处理，均可瞬间消失。此外，氯化钾和硫酸镁也有时用于治疗心律失常。

**(二) 治疗缓慢型心律失常的药物**

1. 抗胆碱药

阿托品　通过解除迷走神经对心脏的抑制使心率增加，及对抗迷走神经过度兴奋所致的房室传导阻滞。

2. β-肾上腺素能受体激动剂

异丙肾上腺素　通过兴奋心脏$\beta_1$-受体，增加窦房结、房室结的自律性及传导速度，使心率加快及对抗房室传导阻滞。剂量过大易产生心律失常，尤其当心肌处于缺血缺氧状态时，可能引起快速室性心律失常。

## 二、常用抗心律失常药的药理作用

### （一）利多卡因(lidocaine)

【药理作用】

1. 为Ⅰb类药物，主要作用于浦肯野氏纤维和心室肌。抑制$Na^+$内流，促进$K^+$外流，明显缩短动作电位时程(APD)，相对延长有效不应期和相对不应期，降低心肌兴奋性，减慢传导速度，提高室颤阈。对受损和部分去极化的纤维，能恢复传导功能。减慢浦肯野氏纤维4相除极速度，降低自律性。

2. 血药浓度过高，可引起心脏传导速度减慢、房室传导阻滞和抑制心肌收缩力。

【药代动力学】

静注后立即起效，持续10～20min，药物迅速分布，分布半衰期小于10min。药物在血浆中大约60%与白蛋白结合，主要(约95%)在肝脏代谢。消除半衰期为2～3h。治疗血药浓度1.5～5μg/ml，中毒血药浓度在5μg/ml以上。

【临床应用】

1. 适应证　用于转复和预防室性快速性心律失常，是治疗室性心律失常的首选药物。对室上性心律失常无效。

2. 用量　单次静注1～1.5mg/kg，起效后可以1～4mg/min持续输注维持。接受同类药物(如慢心律)者需要减少负荷量和维持量。

【注意事项】

1. 中枢毒性作用　兴奋和抑制双相作用。随着血浆浓度的增加，中枢神经系统从抑制(进行性瞌睡)到兴奋(肌肉抽搐、定向力障碍、兴奋和惊厥等)。

2. 利多卡因一般无心血管副作用，但对严重心室功能不全病人的心脏功能有一定抑制作用。利多卡因极少进一步减慢窦性心动过缓病人的心率。

3. 存在严重心脏传导阻滞、窦房结功能障碍、严重低血压等情况慎用。国外有引起心脏停搏的报道。

### （二）美西律(mexiletine)

美西律化学结构与利多卡因相似。对心肌电生理特性的影响也与利多卡因相似。可供口服，持效较久达6～8小时以上，用于治疗室性心律失常，特别对心肌梗死急性期者有效。不良反应有恶心、呕吐，久用后可见神经症状，震颤、眩晕、共济失调等。

### （三）胺碘酮(amiodaronc)

【药理作用】

1. 广谱抗快速性心律失常药物，属于Ⅲ类抗心律失常药，同时具有轻度非竞争性α和β肾上腺素能受体阻滞效应，以及轻度Ⅰ类和Ⅳ类抗心律失常特性。通过阻滞钠通道而减慢心室内传导。阻滞β肾上腺素能受体、钙离子通道而降低心率、减慢房室传导。抑制钾通道延长心房、心室的复极。主要电生理效应为延长所有心肌组织，包括窦

房结、心房肌、心室肌及其他传导系统的动作电位时程和有效不应期,抑制窦房结及房室结的功能以及旁路传导,利于消除折返。

2. 具直接细胞膜效应和抗交感活性作用。对冠状动脉及外周血管有直接扩张作用,但通常并不抑制左室功能。

【药代动力学】

静脉注射10min左右起效,可维持1～2h。排泄缓慢、可在组织中蓄积。

【临床应用】

1. 适应证　室上性及室性快速心律失常。可使阵发性心房扑动、颤动及室上性心动过速转为窦性心律。对预激综合征合并心房颤动或室性心动过速者,疗效也较好。可用于利多卡因无效的室性心动过速。

2. 用量　静注3～5mg/kg,用葡萄糖溶液稀释后缓慢注射(5min以上),继以用0.5～1mg/min的速度输注,在24h内总量应小于20mg/kg,逐渐减量。

【注意事项】

1. 窦性心动过缓、房室传导阻滞、QT间期延长等常见,甚至出现一过性窦性停搏。若原有房室传导阻滞或发生上述情况又必须用药者,最好预先安置起搏器。

2. 有促心律失常作用,可发生多形性室性心动过速或尖端扭转型室速,特别在伴有低钾血症时易于发生。

3. 可以引起血压下降,使原有心力衰竭者加重、恶化等。

**(四)普罗帕酮(propafenone)**

【药理作用】

1. 属Ⅰc类抗心律失常药,具膜稳定性。抑制心肌和浦肯野氏纤维的快$Na^+$内流,减慢动作电位0相除极速度,延长所有心肌组织的传导和不应期。对房室旁路的前向和逆向传导的有效不应期有延长作用,并可以产生完全性阻滞。同时提高心肌细胞阈电位,明显降低心肌细胞的自律性,抑制触发激动。由于结构与普萘洛尔相似,有轻度β受体阻滞作用。

2. 常规剂量即有较弱的慢$Ca^{2+}$通道阻滞作用。对心肌收缩力有抑制作用,减少左室心输出量,程度与剂量相关。对冠状动脉有扩张作用。

【药代动力学】

蛋白结合率达97%。主要经肝脏代谢,90%患者属快代谢型,而10%的患者属慢代谢型。90%以氧化代谢物形式经肾脏和肠道清除。

【临床应用】

1. 适应证　阵发性室性心动过速、阵发性室上性心动过速、预激综合征伴室上性心动过速、房扑或房颤。

2. 用量　静脉1～1.5mg/kg缓慢注射,用于治疗室上性或室性心动过速。对室性心动过速,可以先静脉2mg/kg缓慢注射,然后以2mg/min的速度维持。

【注意事项】

1. 可以产生心动过缓、心脏停搏和传导阻滞,尤其原有窦房结或房室传导功能障碍者。若原有房室传导阻滞或发生上述情况又必须用药者,术中最好预先安置起搏器。

2. 有促心律失常作用,据文献报道发生率为4%左右,多发生在原有器质性病变的

基础上。

3. 低血压　对原有心功能不全者可以加重或诱发,甚至出现心源性休克。

**(五) 腺苷**(adenosine)

【药理作用】

1. 腺苷是一种嘌呤核苷,具有广泛的心脏效应,是能终止阵发性室上性心动过速的独特药物,不适合用通常的抗心律失常分类。可以降低窦房结和浦肯野氏纤维自律性,抑制窦房结传导,使心房动作电位缩短并超极化,产生一过性房室传导阻滞,从而打断室上性心动过速在房室结的折返环。对预激综合征患者的旁路前向传导无作用。由于窦房结和房室结对腺苷均很敏感,因此能快速终止房室结参与折返的室上性心动过速。

2. 可以产生负性变时、变力、变传导以及快速显著的冠脉扩张作用。研究表明,腺苷还具有触发或介导缺血预适应、减轻再灌注损伤等心脏保护效应。

【药代动力学】

腺苷的半衰期很短,不超过 1.5 秒。通过细胞摄取而失活,在细胞内脱氨基变成次黄甙或磷酸化变成单磷酸腺苷。腺苷仅能静脉用药,经中心静脉单次快速(10～20 秒)注入,血流动力学反应轻微。

【临床应用】

1. 适应证　腺苷是美国 FDA 批准的转复阵发性室上性心动过速的一线药物,已成为处理快速性心律失常的常规用药。腺苷几乎可以终止所有以房室结作为部分折返通路的阵发性室上性心动过速,有望成为室上速转复的首选药物。腺苷可以使隐性预激或间歇预激的预激波变得明显。由于半衰期短,无明显毒副作用,可在使用维拉帕米无效或禁忌时使用。另外,腺苷的负性变时作用还可用于诊断病窦综合征,敏感性达 80%,特异性高达 97%。

2. 用量　直接静脉内快速注射,初始剂量 3mg,第二次给药 6mg,第二次为 12mg,间隔 1～2min。如出现房室传导阻滞不得再增加药量。小儿以 50μg/kg 开始,逐渐增量。茶碱可拮抗腺苷的作用。

【注意事项】

腺苷的不良反应,最常见的是面红、呼吸困难和胸部压迫感,可在 60 秒内消失。腺苷可加剧支气管哮喘病人的支气管痉挛。

**(六) 去乙酰毛化甙**(deslanoside)

【药理作用】

1. 又名西地兰(cedilanid)。抑制细胞膜的 $Na^+/K^+$-ATP 酶,$Na^+$ 在细胞内积蓄,导致细胞内 $Ca^{2+}$ 升高,$Ca^{2+}$ 从肌浆网向胞浆的释放也增加,心肌收缩力增加,房室传导和心率减慢。

2. 延长房室结的不应期,间接增加迷走神经的活性并减弱交感神经的活性,以减慢房颤时的心室率。房颤时的心室率较房扑时的心室率容易控制。

【药代动力学】

静脉给药后 5～30 分钟起效,作用高峰 1～2 小时,持续 2～5 小时,消除半衰期为 36 小时,作用完全消失需 3～6 天,经肾脏排泄。

【临床应用】

1. 适应证　作为抗心律失常药物，适用于减慢房颤、房扑和室上性心动过速时的心室率。

2. 用量　未接受强心甙治疗者，首次可静注 0.4～0.8mg，每 2～4h 追加 0.2～0.4mg，总量可达 1～1.2mg(洋地黄化量)。已接受强心甙治疗者，应减少剂量。如洋地黄化后仍难以控制心室率，则应加用β受体阻滞药。

【注意事项】

1. 中毒剂量对心脏的影响主要引起各种类型的心律失常，以室性早搏最常见，可为单源性或多源性，通常表现为二联律或三联律。治疗时密切注意是否存在低钾血症、低镁血症等潜在危险因素。

2. 钙离子在心肌收缩和电生理方面和强心甙有协同作用，与钙盐合用，可引起恶性心律失常。

3. 增强流出道肥厚心肌的收缩，使梗阻加重，故梗阻性心肌病病人禁用。

## 三、围术期常见心律失常的处理

围术期对心律失常的处理原则取决于心律失常的性质、持续时间和危险程度，及其影响血流动力学的程度和原发病的性质与心功能状态等。处理的对策是解除病因，终止发作，减少并发症，预防复发，维持正常窦性心律或适宜的心室率。

**(一) 快速型心律失常的临床意义与处理**

1. 窦性心动过速(窦速)最常见，文献报道发生率为 64%。多与术中交感神经兴奋，机械刺激，低血压，低血容量或药物影响等有关。一过性窦速(成人<130/min，婴幼儿<160/min)不需处理，消除诱因是最佳治疗。若窦率持续>130/min，合并低血压，或 CABG 术患者>100/min，为防止心肌耗氧量增加或血流动力学恶化，可给予：①β-受体阻滞剂普萘洛尔 3～5mg、美托洛尔 5～10mg、或艾司洛尔 10～30mg 稀释后缓慢静脉内注入，必要时可重复注射或持续滴入以维持理想心率；②钙拮抗剂维拉帕米 5～10mg 或地尔硫䓬 15～30mg 稀释后缓慢静脉内注入，需要时可于 15～30 分钟后重复注射。钙拮抗剂避免与β-受体阻滞剂合用，心功能代偿者无洋地黄适应证。

2. 快速室上性心律失常

(1) 房早与结早：偶发者无需处理。频发或连发可能是房颤或室上速的先兆，可试用：①普罗帕酮 1～2mg/kg 静脉内注入，20 分钟后可重复第二剂；②维拉帕米、地尔硫䓬或艾司洛尔(用法同前)；③心脏扩大、心功能失代偿者也可试用毛花甙 C(用法用量见房颤治疗)。

(2) 房颤：最常见于风湿性心脏病二尖瓣病变，二尖瓣脱垂等行瓣膜置换术的患者，或有心房扩大，窦房结功能不良的患者。治疗目的是转复房颤或减慢房颤的心室率，治疗选择：①心室率<100/min，心功能代偿好或术前已有房颤者可暂不处理；②心室率>100/min，有心功能不全者首选毛花甙 C，首剂 0.4～0.8mg 稀释后缓慢静脉注入，必要时 2 小时后再给 0.2～0.4mg，但心脏扩大明显或严重心功能障碍者用量宜严格个体化；③心室率<180/min，无明显心功能不全者，除选用毛花甙 C 外，也可用胺碘

酮、普罗帕酮、艾司洛尔、维拉帕米、地尔硫䓬；④心室率＞180/min，并血流动力学严重障碍，药物未能很快复律者，需选用同步电击除颤；⑤对慢性房颤不合并房室传导阻滞者，关胸前可试用体内同步电击除颤，但远期成功率不高。

（3）房扑：病因同房颤，多为一过性，易转变为房颤，药物治疗与房颤相同，但所需剂量较大，且效果不及房颤。若心室率持续＞150/min，呈 2∶1 房室传导，药物使心室率减慢不理想，已产生明显血流动力学障碍者，选用同步电击复律多能成功。

（4）室上速：发生的原因：①绝大多数为房室结内存在双径（或多径）路产生的折返激动，或原有 WPW 综合征或有隐匿性房室间旁路束引发的折返激动。由于手术与麻醉中的应激反应、机械刺激、电解质紊乱、药物及自主神经张力变化影响双径或旁路束的传导速度及不应期，是使双径或旁路束折返显露的诱因；②少数为心房或房室结的自律性增加所致。室上速呈短阵发作可自行终止，无重要临床意义。若心率持续＞160/min，可导致明显的血流动力学变化，应积极处理。治疗措施：①心率快伴血压下降者可用去氧肾上腺素 5～10mg 或甲氧明 10～20mg 稀释后缓慢静脉注射；②无明显血流动力学变化者可选用艾司洛尔、维拉帕米或地尔硫䓬。也可用 ATP（用量成人为 5～15mg，婴幼儿为 0.04～0.3mg/kg，稀释后快速或缓慢静脉注射，20～40 秒可起效，转复率高达 90%～100%，转复时可发生瞬间即消失的窦缓、窦静止、房室传导阻滞）；③心脏扩大或心功能不全，而不合并 WPW 者，可选用毛花甙 C 或合用艾司洛尔或维拉帕米合用；④合并 WPW 综合征者，可选普罗帕酮或氟卡尼 1～2mg/kg，于5～10 分钟内静脉注射，也可用胺碘酮。忌用毛花甙 C、维拉帕米或地尔硫䓬；⑤心律规则，频率＜150/min，可能是自律性增高的房速者，可选用普鲁卡因胺 100mg 每 5～10 分钟静脉注射一次，至有效或达总量（2.0～3.0g），也可选用丙吡胺 2mg/kg 5～10 分钟内注入或胺碘酮；⑥有潜在窦房结和心肌受损的患者，不宜选用对其有较强抑制作用的药物，如氟卡尼、普罗帕酮、胺碘酮及维拉帕米等；⑦当室上速与房扑 2∶1 房室传导不易鉴别时，用维拉帕米后房室传导比例可增加而显露房扑波；⑧经食管心房调搏治疗：用超速起搏和/或程控刺激，阻断房室结内或旁路束（WPW 综合征）折返而终止室上速，尤其适用于有显性或潜在房室传导阻滞或病窦综合征者，已用过多种抗心律失常药者，已有高水平洋地黄血药浓度者，药物治疗无效或禁忌者。

（5）加速交接区心律：可能因手术刺激或损伤房室交接区所致，多为一过性，不产生明显的血流动力学变化，无需处理。若持续在 100～130/min 时，可试用小剂量艾司洛尔、美托洛尔或地尔硫䓬。

3. 快速室性心律失常

（1）室性期前收缩：手术和麻醉中最常见的心律失常，多种原因均可诱发。首要是纠正诱因，＜5/min 的单形性室性期前收缩可暂不处理。通常认为按 Lown 分级Ⅲ级以上的复杂性室性期前收缩（频发、多源、成对、连发、R-on-T 或 R-on-P 型）具有诱发室速、室颤的危险，应予处理。药物治疗可首选利多卡因或美西律；与低钾或洋地黄有关者可补充钾盐或硫酸镁（2.0g 稀释后缓慢静脉内注入，继以 3～20mg/min 滴入，总量＜5.0g/d）；也可用苯妥英 100～125mg 稀释后 3～5 分钟内静脉注射，必要时可 5～10 分钟重复，至有效或总量达 1.0g。

（2）阵发室速：属严重心律失常，发生率约 2%～5%。多见于冠心病心肌梗死或

并有室壁瘤的患者，或心脏明显扩大，心功能严重受损的各种心血管病患者。有些是应用对心肌抑制较强的药物（麻醉剂、抗心律失常药），或术中低血压、休克，或心内探查直接刺激心肌等均可诱发室速。治疗措施有：①频率<150/min，短阵发作者，严密观察；②频率<200/min，无严重血流动力学影响者：首选利多卡因（50～100mg 静脉推注，5～10 分钟可重复，总量<4mg/kg，继以 1.5～2.0mg/min 恒速滴注，偶尔需用 3～4mg/min 输注，总量<3.0g/d。开始必需给冲击量，否则需 6 小时血药浓度才能达到稳态有效水平。年龄>70 岁，心、肝、肾功能不全者，药物半衰期可延长到 4～20 小时，应减量或慎用；其次选美西律（100～200mg 稀释后于 5 分钟内静脉注入，5～10 分钟后可重复 50～100mg，或 250mg 于 30 分钟内滴入）；再次选胺碘酮（75～150mg 稀释在 20ml 生理盐水中，分 3 次，每次 5～10 分钟内静脉注入，继以 0.5～0.75mg/min 滴注，若室速复发，在距首剂推注后 15 分钟，重复推注一次，剂量<75～150mg，总量<1.2g/d）；也可选索他洛尔 1.5mg/kg 稀释后缓慢静脉注入，继以 0.5mg/kg 在 60 分钟内滴入；③频率>200/min 有发生室颤危险者，应首选同步直流电转复心律，体内转复心律所需电能量成人为 10～30ws，儿童为 3～5ws。频率过速，心室波酷似室扑形状者，应用非同步电击复律（因同步电击不易避开易损期而不放电）。

（3）加速室性心律：多见于冠心病或心肌梗死患者，或 CABG 术患者心肌缺血再灌注时出现。短阵发作无需处理；窦率较快，由室早促发或兼有阵发室速者，可用利多卡因或胺碘酮（用法同前）；以逸搏开始，窦率<60/min 者，可伍用利多卡因和阿托品（0.5～1.0mg 稀释后静脉推注，或用 5～10μg/min 滴注，并可递增剂量至达疗效）。

（4）扭转型室速：多由于低钾、低镁、或某些药物（洋地黄、抗心律失常药）引起Q-T 间期延长而诱发。严重心律失常，应紧急处理，治疗措施：①低钾、低镁者，补充氯化钾和硫酸镁；②伴 Q-T 间期延长者，用异丙肾上腺素静脉滴注（从 1μg/min 开始，调节剂量，使心率维持在 100～120/min）使心率增快，以减轻心室复极的不均匀；③不合并房室传导阻滞者，用利多卡因可能有效；④伴高度房室传导阻滞者，应安装心外膜电极用临时起搏器治疗。扭转室速忌用Ⅰa 类，Ⅰc 类或Ⅲ类抗心律失常药。

（5）室扑与室颤：最有效的处理是紧急用非同步直流电除颤。对室颤波细小者，可心腔或静脉内注射肾上腺素 0.5～1.0mg，使室颤波增大，有利于除颤成功。除颤未成功或复发者，可加大电功率重复除颤。除颤成功后为预防复发，可用利多卡因或胺碘酮。在抢救过程中有关呼吸管理、维持血压、纠正酸中毒、防止脑水肿等治疗措施同心肺复苏治疗。

**（二）缓慢型心律失常的临床意义与处理**

1. 窦缓、窦房阻滞及窦静止　其发生与迷走神经亢进、低氧血症、药物（麻醉镇痛剂、β-受体阻滞剂、钙拮抗剂等）影响及窦房结动脉供血不足等有关。首要的是解除诱因，对一过性窦缓或窦房阻滞可暂不处理，心率过缓或窦性静止时间较长，则心排血量减少，血压下降，可导致心脏骤停。心动过缓也可形成电不稳定性而促发折返性快速性心律失常（房颤、室上速、室速、室颤）。成人心率<60/min，小儿<100/min，应静脉注射阿托品（成人 0.5～2mg，小儿 0.02～0.05mg/kg）或异丙肾上腺素（从 1～3μg/min 开始滴注，逐渐增量至达效）。合并低血压者可与多巴胺合用。药物治疗不满意者，应积极采用临时心外膜电极按需起搏器治疗（成人维持心率在 90～100/min，小儿 100～

120/min)。

2. 交接性节律　凡能使窦房结功受抑制的因素(迷走神经受刺激或药物影响)均可诱发交接区逸搏节律,多为一过性,去除原因多能自行恢复。持续性缓慢的交接性节律的临床意义与治疗与窦缓相同。

3. 房室传导阻滞　术中新发生的房室传导阻滞,多见于心脏复跳后早期,一过性传导障碍的出现,是心脏从缺血停跳到复跳传导系统自然恢复的一个过程,非手术损伤传导系统所致。新发生的Ⅰ度房室传导阻滞可密切观察其演变暂不处理。Ⅱ度2∶1传导或Ⅲ度房室传导阻滞,QRS不宽,心室率>40/min未出现停搏者,可先用阿托品或异丙肾上腺素(用法同前)或与多巴胺合用,有时血压上升传导也获改善,但应警惕上述药物使心房率增快后,有时传导阻滞反而加重则不宜再用。经用药及延长辅助循环时间等处理仍不能纠正的,考虑为传导系统水肿、出血或不可逆性损伤,或高度房室传导阻滞QRS增宽,或有明显低血压者,均应尽早安装心外膜起搏电极,用起搏器保持理想的心室率,减少围术期的病死率。

4. 束支传导阻滞　多为术前存在,与原发病因有关。无论原有或新发生的完全性右束支或左束支,左前或左后分支传导阻滞,心率在正常范围,无血流动力学变化者,不需特殊处理。若并发室早、室速,为便于用抗心律失常药,或出现双束支、三分支传导阻滞者,应尽快安装临时起搏器。

(王伟鹏)

## 第六节　抗凝血和促凝血药

正常血管内皮与血液之间因“非血栓源性”机制不会引起凝血反应,但如果在体外循环前不进行抗凝,任何体外循环设备及其管道等人工材料与血液的直接接触,均不能避免引起凝血过程,体外循环使用肝素抗凝可以抑制体外循环初始凝血反应和凝血因子的消耗,并且可以连续使用而很少有不良作用,体外循环后通过对肝素作用的拮抗,可以恢复正常的凝血功能,到现在为止临床上尚未有理想的肝素替代药物。体外循环是心脏外科发展的立程碑,尽管心脏外科技术得到了飞速的发展,但同样为此作出卓越贡献的抗凝药物肝素及其拮抗药物鱼精蛋白的使用已经超过50年直到今天而不变。本章主要介绍心脏外科中常用的抗凝血和促凝血药。

### 一、肝　素　钠

【理化特性】

肝素(heparin)因最早得自肝脏而得名,但以肺脏含量最多。由氨基已糖、葡萄糖醛酸和硫酸聚合而成的阴离子酸性粘多糖混合物,分子量为2000～30000,大部分在12000～19000之间,水溶性,呈强酸性。硫酸基团特别是氮位硫酸带有强大的阴电荷,与肝素的抗凝作用密切相关。

肝素通常从牛肺或猪小肠获得,来源不同,生物活性不同。从牛肺提取的肝素与从猪小肠提取的肝素相比,硫酸化程度高,抗凝作用稳定,但作用时间较短,拮抗也较困

难，临床使用的大部分制剂都是从猪小肠中提取的。

肝素的作用强度通常用同标准样本的抗凝效果（测量对动物血浆的抗凝效应）相比较来确定，即肝素效价用生物测定的方法来确定，而不是用重量来衡量，由于肝素制剂组成混合物的分子量的不同，即使美国的药典（USP）标准，也不能正确的反应真正的临床效价。最早的原始定义：在0℃时延长猫的血液凝血24h为1U肝素。第一个国际标准是1937年的瑞典标准：130U肝素相当于1mg。到第4个国际标准改为猪的黏膜标本。我国临床常用的肝素钠（sodium heparin）制剂生物效价1mg相当于125U。

【药理作用】

**（一）药效学**

1. 抑制凝血酶原激酶的形成　抗凝血酶Ⅲ（AT-Ⅲ）是体内的丝氨酸蛋白酶抑制物，抑制灭活有丝氨酸蛋白活性的凝血因子（如因子Ⅻa、Ⅺa、Ⅸa、Ⅹa）。肝素与AT-Ⅲ分子的δ氨基赖氨酸残基结合，加速AT-Ⅲ对以上凝血因子的灭活，从而抑制凝血酶原激酶的形成，并对抗已形成的凝血酶原激酶的作用。

2. 抑制凝血酶。肝素与AT-Ⅲ结合后使AT-Ⅲ的反应部位（精氨酸残基）更易与凝血酶的活性中心（丝氨酸残基）结合成稳定的复合物，从而使凝血酶失活，此复合物还与血小板表面结合，使位于血小板膜的凝血酶失活。肝素分子大约有30%与AT-Ⅲ分子的赖氨酸残基结合形成肝素-抗凝血酶Ⅲ复合物，使AT-Ⅲ与凝血酶及因子Ⅹ的亲和力升高几百倍，加速AT-Ⅲ与凝血酶的结合，从而达到抗凝作用。

3. 抑制纤维蛋白原变为纤维蛋白单体，干扰凝血酶对Ⅻ的激活，阻止凝血酶对因子Ⅷ和Ⅴ的激活，从而影响纤维蛋白单体聚合成不溶性的纤维蛋白。

4. 阻止血小板的黏附和聚集，并抑制血小板破坏崩解时释放血小板第3因子（$PF_3$）和5-羟色胺等，还能中和$PF_4$。

5. 肝素的抗凝作用与肝素分子中具有强阴电荷的硫酸根有关，当硫酸基团被水解或被带有强阳电荷的鱼精蛋白中和，立即失去抗凝活性。由于肝素必须与抗凝血酶Ⅲ相互作用才能发挥抗凝效应。因此，肝素的抗凝效应依赖于血浆抗凝血酶Ⅲ水平，血浆中肝素的浓度单独不能反映抗凝的活性。肝素也与其他血液和内皮蛋白结合，包括纤溶酶原、vW因子、纤维连结蛋白、脂蛋白、内皮细胞受体和血小板等，同样潜在影响肝素的抗凝效果。

6. 尽管肝素与AT-Ⅲ结合抑制凝血酶是其作用的基本机制，但肝素可以结合和激活辅因子Ⅱ，一种非AT-Ⅲ依赖性凝血酶抑制物，这可以部分解释肝素在ATⅢ明显缺乏时仍然具有抗凝效应。

7. 低分子量肝素（LMWH）　高纯度LMWH（分子量为2000～10000）具有抑制Ⅹa的选择性，抗血栓作用强，而普通肝素的抗凝血酶（因子Ⅱ）作用强。之所以在体外循环时不使用LMWH抗凝，是因为其以下特点：

（1）生物利用度更高，作用时间长，半衰期为4～7h，在体内不易被清除。

（2）鱼精蛋白拮抗后仍部分残留抗因子X的作用，对术后防止血栓有一定意义，但同时意味着更难拮抗。

（3）抗因子X的作用较抗凝血酶的作用强，对血小板功能影响较小，较少引起血小板数量减少，因此并发出血少。

（4）可促进纤溶酶原激活物的释放，加强 t-PA 的纤溶作用。所以 LMWH 比较适合治疗心脑及周围血管血栓形成，不适于体外循环抗凝，在使用常规肝素引起血小板减少时可以选用。

**（二）药代动力学**

肝素属水溶性，静注后 5～10min 起效，消除半衰期为 1～2h。主要在肝脏代谢，经肝内肝素酶作用，且受肝脏血流和代谢因素影响。部分以尿肝素的形式从尿中排出。低温（26～28℃）时肝素基本上停止清除。肝素-抗凝血酶Ⅲ复合物的清除主要在肝脏和网状内皮系统，循环中肝素-抗凝血酶Ⅲ复合物的分离可以导致血浆抗凝血酶Ⅲ水平的下降。吸烟和服用慢性升高肝素酶活性的药物，可以使肝素代谢加快。

【临床应用】

1. 体外循环抗凝　体外循环时使用肝素，不能通过外周血管给药，通常由麻醉科医师通过中心静脉通路给药。体外循环前肝素化首次量通常为 400U/kg，5min 后抽全血测定 ACT 值（全血激活凝血时间）达 480s 以上可转机。肝素量大于 5.5～6mg/kg，而 ACT 值仍然小于 480s 时，应给予新鲜冰冻血浆后，再追加肝素。体外循环中定时检查 ACT 值，及时追加肝素。如果 ACT＜480s，建议每少 50s，追加肝素 50～60U/kg。体外循环预充液需要同病人血液大约相同浓度的肝素，即预充液中加肝素 3～4U/ml。

2. 在常温非体外循环手术（如血管外科、非体外循环冠状动脉旁路移植术等）肝素首次量可以 200U/kg，然后通过监测 ACT，每 40～50min 追加首次量的 1/2，使 ACT 值维持在 250～500s 即可。

【注意事项】

1. 低血压　某些病人在体外循环前给予肝素可以引起明显的低血压，与组织胺释放、钙离子浓度降低有关。由于肝素化到建立体外循环的时间较短，临床有时将其归因于外科的操作。给予抗组胺药（苯海拉明）、钙剂等治疗有效，很少需要缩血管药。肝素的过敏反应罕见。

2. 肝素耐药（heparin resistance）　常规首次肝素化剂量，不能达到要求的 ACT 标准值（ACT＜480s），称为肝素耐药。多见于贫血、血小板计数高、左房黏液瘤患者等，与 AT-Ⅲ水平低下有关，但不是所有病人肝素耐药的唯一原因，实质上是肝素与 ACT 值之间不呈直线量效关系。常需追加另外剂量的肝素或输入新鲜冰冻血浆（FFP），才能获得满意的体外循环抗凝效果。

3. 肝素诱发性血小板减少症（heparin-induced thrombocytopenia）：肝素在某些病人可以引起特发性血小板减少症。在所有接受肝素治疗的病人中，HIT 的发病率可高达 1～5％。通常分为两种类型：

（1）Ⅰ型：某些病人在接受肝素治疗的过程中，最初几天可能出现血小板轻度减少，但并无临床症状，并且在几天内自愈，其机制是非免疫介导的肝素-血小板反应。

（2）Ⅱ型：是由于产生抗血小板抗体的原因，病人体内产生抗肝素-血小板因子 4（$PF_4$）复合物抗体，主要是 IgG。由于免疫引起血小板聚集、沉淀、并伴有血栓栓塞现象，并引起血小板数量下降，血栓通常由血小板和纤维蛋白组成，故称“白血栓（white clots）”。停用肝素数天后血小板可以恢复正常，重新给予时可再发生。此类病人体外循环手术时进退两难，肝素抗凝同时必须给予阿司匹林、双嘧达莫和 $PGI_2$ 等药物，以

防止血小板聚集和“白血栓”形成。肝素替代物蛇毒蛋白酶(Ancrod)是从蛇毒中提取的酶,能降解纤维蛋白原,导致不能形成坚实的血栓,但必须在外科手术前滴注12～24h,才能将纤维蛋白原降低到400mg/L水平,从而达到抗凝目的,而且只能用含有纤维蛋白原的血液制品反转。因此,病人有出血倾向和需要输血。其他肝素替代物有重组水蛭素(r-Hirudine)和凝血酶抑制物Argatroban等,尚待进一步研究,其中Argatroban美国FDA已批准用于此类病人代替肝素,但用于体外循环未被批准。

4. 肝素化与硬膜外阻滞　硬膜外麻醉用于心血管手术的普遍关注问题是肝素化出现硬膜外血肿的可能性,可以造成下肢瘫痪等严重神经系统并发症。术前接受抗凝治疗者,禁忌硬膜外穿刺。因肝素对已形成的血栓无影响,故在肝素抗凝前一定时间内可以放置硬膜外导管。据大量的病例报道(超过4000例)表明,对术前无凝血障碍并未进行抗凝治疗者,硬膜外穿刺后50～60min低量肝素化是安全的。全量肝素化(300～400U/kg)前20～24h先行硬膜外穿刺置管也已证明了其安全性。阜外心血管病医院在肝素化前2h行硬膜外穿刺置管,累计病例超过200例,未发现任何有关神经系统并发症。因此,肝素化前一定时间放置硬膜外导管,只要病例选择合适,操作熟练,安全可行。但移出硬膜外导管时有潜在出血危险,必须用鱼精蛋白充分拮抗后再拔除导管。

## 二、华　法　林

【药理作用】

### (一) 药效学

1. 属香豆素类口服抗凝血药。因化学结构与维生素K相似,在肝脏与维生素K竞争性抑制凝血酶原和依赖于维生素K的凝血因子Ⅱ、Ⅶ、Ⅸ、Ⅹ、蛋白S和蛋白C的合成。其作用机制在于抑制肝脏微粒体内的羧基化酶,阻断维生素K环氧化物还原成维生素K,即干扰维生素K的再生,使凝血因子不能作用,而对已经合成的上述因子并无直接对抗作用,必须等待这些因子在体内相对消耗,才能发挥抗凝作用,故起效较慢。停药后凝血酶原和上述凝血因子的合成需要一定时间,因此作用持久。因对已形成的凝血酶原和凝血因子没有拮抗作用,所以体外无效。

2. 华法林(warfarin)还可以诱导肝脏产生维生素K依赖性凝血因子前体物质,即维生素K拮抗剂诱导蛋白,其抗原性和凝血因子相同但无凝血功能(假凝血因子),并具有抗凝效应,降低凝血酶诱导的血小板聚集反应。

### (二) 药代动力学

口服用药,吸收较慢,入血后几乎全部与血浆蛋白结合,半衰期为剂量依赖性,代谢产物仍有抗凝活性。口服12～24h起效,抗凝的最大效应时间为72～96h,抗血栓形成为6d。经肝脏代谢,从胆汁或尿中排泄。

【临床应用】

1. 心脏瓣膜置换术后抗凝　生物瓣需术后抗凝治疗3个月。机械瓣手术后48小时开始口服华法林,需要终生抗凝。根据化验检查调整给药量,维持凝血酶原时间在正常凝血酶原时间的1.5～2倍左右,凝血酶原活动度在30%左右。或用国际标准比值

(INR)监控,控制靶标 INR 范围 2.0～3.0 之间。

2. 抗血栓形成　用于心脏瓣膜病合并有慢性房颤者,预防血栓形成或栓塞后的治疗。血栓性疾病如心肌梗死、肺栓塞、脑栓塞和静脉栓塞等抗凝治疗。

【注意事项】

1. 华法林抗凝期间禁忌椎管内麻醉。华法林的半衰期为 36～48h,停药后作用仍可维持 4～5 天,但 48～72h 后凝血酶原时间可得到足够的恢复,能安全地进行外科手术。但至少要停药一周以上,待凝血功能完全恢复正常后,才可慎重选用椎管内麻醉。

2. 因华法林过量引起的自发性出血如皮肤、黏膜、胃肠道和泌尿道出血,可用大剂量维生素 K 对抗。

## 三、阿司匹林

【药理作用】

**(一)药效学**

1. 阿司匹林(aspirin)现在主要用其抑制血小板功能。该药使环氧酶活性部位发生不可逆的乙酰化而失活,从而抑制血小板血栓素 $A_2$(TXA$_2$)和前列腺素 $I_2$(PGI$_2$)的合成。大剂量还抑制血管内皮细胞环氧酶,使血管壁 PGI$_2$ 合成减少。抑制血小板的聚集和释放,但是否影响血小板黏附尚有争议。研究证明小剂量有抗血栓作用,大剂量则可能促进血栓形成。

2. 经典非甾体抗炎、解热镇痛药。通过抑制前列腺素、缓激肽、组胺及其他能引起炎性反应物质的合成,并抑制溶酶体酶的释放及白细胞趋化性等,产生解热、镇痛和抗炎作用。

**(二)药代动力学**

口服给药,小肠吸收,吸收后迅速被酯酶水解,故血浆半衰期 15min。水解产物水杨酸盐在肝脏代谢,经肾脏排泄。

【临床应用】

阿斯匹林作为抗血小板药,近年来广范用于心脑血管病的防治。防治心绞痛、心肌梗死、短暂性脑缺血发作、脑卒中、心脏瓣膜修补术后血栓、冠状动脉搭桥术后血栓形成等。国内采用小剂量(50mg/d)阿司匹林预防心肌梗死和脑卒中。

【注意事项】

1. 术前停药问题　口服阿司匹林的心脏手术病人术后出血及需要输血的危险增加。由于血小板半衰期为 7～9d,建议心脏外科手术前停服阿司匹林至少 1 周,以允许有正常环氧酶的新血小板进入血循环。

2. 药物相互作用　阿司匹林与华法林的抗凝有相加作用。阿司匹林可以降低血糖,与抑制前列腺素合成和促进胰岛素释放有关,还能置换与血浆蛋白结合的口服降血糖药,因此两者合用时降血糖作用增强,甚至引起低血糖昏迷,应适当调整剂量。

# 四、溶 栓 药

【药理作用】

纤溶酶为非特异性蛋白溶酶，不仅消化纤维蛋白，也能将循环纤维蛋白原、凝血酶原、因子Ⅴ、因子Ⅷ等消化，循环中也存在许多纤溶酶抑制因子，主要为 $\alpha_2$ 抗纤溶酶，维持纤溶酶形成不活动片断，但在血栓内浓度很低。因此，过度纤溶酶原活化，必将造成出血并发症。溶栓药为内源性或外源性纤溶酶激活剂，直接或间接激活纤溶酶原使其成为纤溶酶，从而降解纤维蛋白，溶解血栓。围术期常用的药物主要有链激酶、尿激酶等。

1. 链激酶(streptokinase)　由C族β溶血性链球菌的培养滤液内制成的一种蛋白质，分子量为47000。在室温下稳定，为异蛋白，具有抗原性。链激酶为间接纤溶酶活化剂，链激酶按1∶1mmol/L比例形成链激酶-纤溶酶原复合物，此复合物将未结合之纤溶酶原活化为纤溶酶，链激酶-纤溶酶原复合物逐渐转变为链激酶-纤溶酶复合物，后者也能转变纤溶酶原。链激酶激活“前激活因子”变成纤溶酶原激活因子，产生溶解血栓作用，先与纤溶酶激活剂形成复合物后，才能催化纤溶酶原转变为纤溶酶。

2. 尿激酶(urokinase)　是从人尿或人肾组织培养液制取的一种蛋白水解酶，无抗原性，分子量为32000和54000两种，作用相同。作用机制为纤溶酶原的直接激活剂，使纤溶酶原转变为纤溶酶。

3. 组织型纤溶酶原激活剂(tissue type plasminogen activator，t-PA)　最初由人黑色素瘤细胞分离提取，现已用基因工程DNA重组制备，称为重组t-PA，是一种存在于血管内皮及其他器官的丝氨酸蛋白酶，它可生理性地催化纤溶酶原变为纤溶酶。其特点是对血液循环中纤溶酶原结合不佳，但具有高度血栓纤维蛋白亲和力和选择性，因此t-PA具有特异的溶解纤维蛋白凝块作用，而对血中纤维蛋白原浓度改变很少。有单链和双链两种形式，单链t-PA分子量68000，经纤溶酶水解为双链，由双硫键联结。

【临床应用】

1. 急性心肌梗死　由于严重狭窄的冠状血管突然阻塞，部分心肌发生严重持久缺血并迅速丧失功能，20min左右即可发生坏死，梗死过程在4～6h内完成，大多数在3～4h已达不可逆损伤。应用溶栓药去血栓后，可使阻塞冠脉开通挽救心肌，减少坏死范围，便于随之进行的冠脉血管成形术，如果在发生1～2h内进行溶栓治疗，可使左心功能改善，明显降低死亡率。

2. 肺栓塞、深静脉血栓形成和周围动脉血栓栓塞　对近期肺栓塞效果良好，栓塞超过一周则无效。对下肢静脉、中央网膜静脉、上肢静脉及肾静脉血栓形成等都有成功报道。急性动脉栓塞发病10天内给药，可获得明显疗效，主张在急性发病或手术重建血管失败或探查不到栓子时采用溶栓治疗。

【注意事项】

1. 溶栓药和肝素合用时，可以增加出血并发症，预防的重点在于严格掌握适应证或禁忌证，出血素质、近期出血史、脑血管意外史、椎管内麻醉、10天内手术史或侵入性

检查包括锁骨下静脉穿刺、未控制的严重高血压等属绝对禁忌。应用溶栓药时，一般应避免同时应用其他抗凝药或抗血小板药。

2. 链激酶具有抗原性，可出现过敏反应，包括休克、荨麻疹、血管神经性水肿和支气管痉挛等，使用前应作皮试，是否同时给予氢化可的松等抗过敏药物，存在争议。

3. 冠脉再通后，易发生再灌性心律失常，多为快速反应心律及频繁室早，使用心脏活性药物时慎重。

## 五、噻氯匹定

【药理作用】

**（一）药效学**

抗血小板聚集。在血小板的活化和聚集的过程中，二磷酸腺苷（ADP）起重要作用，ADP与其特异性受体结合，使血小板表面的纤维蛋白原受体-糖蛋白Ⅱb/Ⅲa活化，从而引起血小板聚集，血小板活化后再释放ADP，使血小板进一步聚集。噻氯匹定（ticlopidine）对ADP诱导的血小板聚集有强力而持久的抑制作用，同时可以降低纤维蛋白原浓度和血液黏滞性。同阿司匹林、双嘧达莫不同，不仅抑制血小板聚集激活因子，而且抑制聚集过程本身，是目前较好的广谱血小板聚集抑制药。

**（二）药代动力学**

口服吸收良好，蛋白结合率达98%，血中达峰浓度时间为2h。消除半衰期受年龄和给药方式的影响，单次给药为8～12h，多次给药为3～5d。由肝脏代谢，代谢产物经肾脏（60%）和粪便（25%）排出。常规用药2d即可测得血小板聚集抑制，临床明显见效在4d之内，达最强作用需8～10d，停药后血小板功能在1～2周恢复。

【临床应用】

1. 预防心、脑血管及周围动脉粥样硬化伴发的血栓栓塞，是美国FDA批准的降低脑卒中危险的抗血小板聚集药物。

2. 用于体外循环可以保护血小板，防止微血栓形成，明显减少术后出血及输血量，减少术中肝素用量，但有待进一步验证。

【注意事项】

1. 与任何抗凝血药物合用，均可加重出血，故联合用药时要加强监测。

2. 可以引起粒细胞减少、血小板减少和胃肠道功能紊乱。

## 六、硫酸鱼精蛋白

【药理作用】

**（一）药效学**

1. 鱼精蛋白是具有强碱性基团的碱性蛋白，在体内和酸性的肝素发生中和反应，形成无活性的稳定复合物，使肝素失去抗凝活性。还可分解肝素和抗凝血酶Ⅲ的结合，从而中和其抗凝作用。

2. 鱼精蛋白本身可以干扰凝血酶原的激活，延长凝血酶原时间，激活蛋白酶系统，使血管活性多肽物质释放，引起因子Ⅷ、纤维蛋白原和血小板减少，当其用量过大时也影响凝血功能。

**（二）药代动力学**

静注 0.5～1min 即发挥止血功能，作用可持续 1～2h，半衰期为 30～60min，用量越大则半衰期延长。

【临床应用】

用于拮抗（中和）肝素的作用，按 1mg 硫酸鱼精蛋白（protamine sulfate）可以中和 100U 肝素计算。首次量冠状动脉旁路移植术按鱼精蛋白∶肝素 0.5∶1 中和；先心病和瓣膜病 0.8～1∶1；大血管手术 1～1.5∶1。然后测定 ACT 值，再根据具体情况按首次量的 1/2～1/3 给药。总量可用至冠状动脉旁路移植术 0.5～1.2∶1；先心病和瓣膜病 1～1.5∶1；大血管手术 1.5～1.8∶1。回输体外循环机内剩余肝素血时，用鱼精蛋白 3～5mg/100ml 中和。

【注意事项】

1. 低血压　多发生在给药过快时，药物直接作用于心肌或周围血管扩张所致。表现为低血压，肺毛细血管嵌楔压下降，提示低血容量。处理措施为减慢给药速度、预注抗组胺药或类固醇激素、静脉给予钙剂、输血等。

2. 特发性过敏反应　较少见。对海生动物过敏者、输精管切除、既往手术、血液透析用过鱼精蛋白者，体内可能存在依赖补体的 IgG 抗体。多表现为血管神经性水肿、荨麻疹。偶见非心源性肺水肿，低血压伴有大量血性泡沫痰从气管导管内涌出，肺顺应性下降，氧饱和度下降，多发生在给药 20min 后，可能与白细胞毒素等多因子对肺的损伤有关，围术期应用钙通道阻滞药可能减弱这种损伤。对有上述危险因素的患者应缓慢给药并密切观察，一旦发生，立即停止给药，迅速按严重过敏反应处理（肾上腺素等）。

3. 肺血管收缩　以肺血管和支气管收缩为主要表现，较多见。血栓素 $A_2$ 可能是导致肺血管收缩的原因。表现为气道压上升，肺动脉明显膨出，右室涨满、中心静脉压升高、左房压下降、低血压。对术前有严重肺动脉高压的高危患者，可以从主动脉根部注射或静脉稀释后滴注鱼精蛋白，给药前加深麻醉以降低肺血管收缩反应，给药时注意观察气道压（常最早出现变化）、血压和肺动脉压力变化，一旦出现反应处理以迅速降低肺动脉压力为主，给予丙泊酚、硝酸甘油等，同时可给予钙、正性肌力药物，此时不应再还血增加右心负荷。如果经过处理仍不能维持血压，则需要重建体外循环。

4. 肝素反跳　鱼精蛋白的半衰期较肝素短，肝素-鱼精蛋白复合物可以分离，储留在组织或内皮细胞中的肝素可以重新释放入血，因此鱼精蛋白完全中和肝素后数小时内，约 50% 患者血中肝素测定阳性，ACT 和 APTT 延长，可再追加小剂量鱼精蛋白拮抗。

5. 抗凝效应　鱼精蛋白本身可以激活血小板上的凝血酶受体，引起部分活化，继发性损伤血小板聚集，给药后的第一个小时可以引起体外循环后血小板数量的下降。

## 七、氨基己酸

【药理作用】

**（一）药效学**

特异性的抗纤维蛋白溶解药。抑制纤溶酶原激活物，阻碍纤溶酶原生成纤溶酶，从而抑制纤维蛋白的溶解，产生止血作用。在高浓度时能直接抑制纤溶酶的活性。同时也因减弱了纤溶酶对血小板膜受体 GPIb 的作用，而对血小板有保护作用。

**（二）药代动力学**

在胃肠道中吸收完全，有口服制剂。静脉给药 4～6h 约 90%以原形从尿中排出。据报道可能导致肾小球毛细血管栓塞，故禁用于肾功能不全者。

【临床应用】

1. 体外循环预防出血　在体外循环用氨基己酸(aminocaproic acid)预处理的病人可以减少 30%的失血量，从而降低手术后期的输血需要。用法为氨基己酸 100～150mg/kg 切皮前静注，继以 10～15mg/(kg・h)输注至体外循环结束。

2. 用于纤溶性出血　体外循环后纤溶性渗血较多时用 4～6g 溶于 100ml 生理盐水在 10～20min 内滴注。

【注意事项】

1. 使用抗纤溶药物时必须了解病人的凝血和纤溶状态，不是纤溶活性增高的出血无效，过量或与抑肽酶等合用，有形成血栓倾向，对缺血性心脏病有诱发心肌梗死的危险。目前建议对体外循环高危出血病人使用。

2. 肾功能不全者禁用。

## 八、氨甲环酸

【药理作用】

氨甲环酸(tranexamic acid)药理作用同氨基己酸。抑制纤溶酶原激活物，阻碍纤溶酶原生成纤溶酶，从而抑制纤维蛋白的溶解，在高浓度时能直接抑制纤溶酶的活性，产生止血作用。同氨基己酸相比，作用更强及持久，止血作用强 6～10 倍。

【药代动力学】

静脉给药维持有效时间 6～8h，其消除半衰期约 2h，约 90%在 24h 内经肾脏排出。可以透过血脑屏障，进入脑脊液。

【临床应用】

1. 体外循环预防出血　体外循环中使用可减少术后纵隔引流量的 30%～45%，用法为 10～20mg/kg 切皮前静注，继以 1～2mg/(kg・h)输注至体外循环终止。

2. 治疗纤溶亢进引起的出血　用 0.2～0.4g 生理盐水稀释后滴注或静注。

【注意事项】

尽管目前尚未见明确报道，使用时应注意术后有血栓形成的倾向，对肾功能可能有不良影响。目前建议对体外循环高危出血病人使用。

## 九、氨甲苯酸

【药理作用】

同氨基己酸。抑制纤溶酶原激活物，阻碍纤溶酶原生成纤溶酶，从而抑制纤维蛋白的溶解，在高浓度时能直接抑制纤溶酶的活性，产生止血作用。氨甲苯酸（para-aminomethylbenzoic acid）作用较氨基己酸强4～5倍，且排泄慢，毒性低，不易形成血栓。

【药代动力学】

静脉给药维持有效时间3～5h，其消除半衰期约60min，约60%～70%以原形从尿排泄，其余为乙酰化衍生物。不易通过血脑屏障。

【临床应用】

1. 体外循环预防出血　体外循环前静注280mg，体外循环机预充280mg，肝素中和后再给280mg。

2. 治疗纤溶亢进引起的出血　将氨甲苯酸0.1～0.3g用生理盐水稀释后滴注或静注。

【注意事项】

同氨基己酸。

## 十、蛇凝血素酶

【药理作用】

蛇凝血素酶（hemocoagulase）商品名为“立止血”。由蝮蛇蛇毒提取的不含毒性的凝血素酶，具有类似凝血激酶样作用。促进血小板在血管损伤部位的聚集、释放，包括$PF_3$，可以加速凝血酶的生成，从而促进纤维蛋白原形成纤维蛋白。在完整无损的血管内无促进血小板聚集的作用，主要由纤维蛋白Ⅰ单体形成的复合物，易在体内降解。

【药代动力学】

静脉注射5～10min起效，持续时间可达24h。肌肉注射20～30min起效，维持可达48h。1KU（Klobusitzky Unit，克氏单位）相当于0.3IU的凝血酶。

【临床应用】

围术期止血可用1～2KU静脉注射。体外循环术后渗血增多常用1KU静注，再加1KU肌注维持。

【注意事项】

大剂量使用可以引起纤维蛋白原降低。偶见过敏反应。

## 十一、抑肽酶

【药理作用】

1. 抑肽酶（aprotinin）由牛胰腺或肺提取的单链多肽，为广谱丝氨酸蛋白酶抑制

剂。其活性单位为激肽释放酶灭活单位(KIU)或胰蛋白酶灭活单位(EURP units,U),1U相当于1800KIU。

2. 对各种激肽酶原、胰蛋白酶、糜蛋白酶、纤维蛋白溶解酶、胃蛋白酶等均有抑制作用。拮抗纤溶酶原的活化,也可直接抑制因子Ⅻ、Ⅺ的活化。还可阻止纤维蛋白溶解过程中激肽的产生,保护血小板功能,起到血液保护作用。

3. 在体外循环中使用,通过抑制补体的激活,减少白细胞介素6和氧自由基的产生,有抗炎和减少再灌注损伤作用。从而发挥心肌、肺保护作用。

【药代动力学】

静脉给药后迅速分布,半衰期约2h。由肾脏细胞溶酶体代谢灭活随尿液排泄,不以原形从肾脏排出。不通过正常的血脑屏障。

【临床应用】

1. 用量　用于体外循环手术血液保护。体外循环前成人静滴556~1112U,体外循环预充556~1112U,体外循环后再给人556~1112U。小儿使用剂量50~100U/kg,体外循环前静滴和体外循环预充各一半。

2. 适应证　各种高危出血因素体外循环手术:二次心脏手术、双瓣膜替换术、冠状动脉旁路移植术、大血管手术、复杂性先心病畸形矫治、肝功能不良(包括无症状性HBsAg阳性)、血小板减少症、使用抗凝药物和其他手术时间较长的高危出血病人。大部分临床试验证实在体外循环心脏手术中使用大剂量抑肽酶可以减少血液丢失在30%以上和减少输血需要(超过50%)。

【注意事项】

1. 过敏或类过敏反应　第二次接触发生率明显上升。临床主要表现为全身潮红、皮疹,严重者可出现支气管痉挛、血压急剧下降,甚至导致心脏骤停。使用前应常规给予试验剂量,特别是在再次使用时更应谨慎,使用前给予1~2U试验剂量,严密观察5~10min,无不良反应后,再通过静脉缓慢滴注稀释后的抑肽酶溶液。一旦发生过敏现象,立即停止给药,同时给予肾上腺糖皮质激素、苯海拉明、麻黄素、肾上腺素和钙剂,同时扩容。可预防性应用$H_1$和$H_2$受体阻滞药,并切记要在具备紧急建立体外循环的条件下(如劈胸骨后或游离出动脉插管的位置)谨慎使用。

2. 使肝素化后ACT值(硅藻土法)明显延长(750s才可转机),白陶土法ACT值不受影响。

3. 肾脏毒性　从2006年1月美国《新英格兰医学杂志》发表Mangano等人的文章,报道抑肽酶与严重肾毒性和其他缺血性疾病相关以后,随后的多项研究同样证明了抑肽酶的肾毒性。同年美国食品药品监督管理局(FDA)于9月和12月两次发布公共卫生警告并建议限制性使用。

4. 其他危险　抑肽酶和抗纤溶止血药同时使用,因对纤溶活性均有抑制作用,可能出现术后高凝状态,导致血栓形成。2007年加拿大渥太华健康研究所的一项多中心、双盲、随机对照临床试验显示使用抑肽酶可增加患者的死亡风险。

5. 由于以上危险美国FDA在2007年11月和中国SFDA同年12月宣布暂时性禁止使用。

## 十二、重组因子Ⅶa

【药理作用】

重组因子Ⅶa(recombined factor Ⅶa，rF-Ⅶa)源自仓鼠肾细胞株重组，完全不含人蛋白。rF-Ⅶa的作用机制并不完全了解，主要以内源性凝血因子Ⅶ在体内的作用为基础，血管损伤，内皮细胞释放组织因子(tissue factor，TF)，由因子Ⅶ与TF相互作用形成复合物，在$Ca^{2+}$的参与下激活因子Ⅹ为Ⅹa，导致凝血酶形成和血小板激活。同样，rF-Ⅶa在组织因子的辅助下，与血管损伤部位相结合，加速Ⅸa与Ⅹ的结合，从而激活凝血酶产生，同时还能激活血小板，稳定纤维蛋白血凝块，从而发挥止血作用，但有证据表明，这并不是唯一的机制，高血浆浓度的rF-Ⅶa可以直接激活因子Ⅹ，而不需要TF的相互作用。

rF-Ⅶa的半衰期为1.7～3.1h，肝脏疾病对其没有明显影响。研究证明，rF-Ⅶa的作用依赖于足够的凝血因子水平(＞30%)，尤其是纤维蛋白原(＞500～750μg/L)、因子Ⅴ、因子Ⅹ(＞5%～10%)和足够的血小板数量($50\times10^9$/ml)。如果pH值小于7.2，rF-Ⅶa的作用减弱。低温(中心温度小于33℃)减弱rF-Ⅶa的效应。

【临床应用】

rF-Ⅶa已被美国FDA批准用于血友病病人的止血。在许多未设对照的临床研究表明，给予rF-Ⅶa可以迅速纠正体外循环心脏手术中严重的凝血功能异常。由于对使用这种药物的安全性和有效性尚缺乏随机对照性临床研究，现在仅作为对心脏手术后大量难治性出血病人的挽救性治疗措施，因为只有此类病人的进行性出血危险性远大于rF-Ⅶa治疗的潜在危险性。根据出血的程度，给予rF-Ⅶa 35～90μg/kg静脉内推注，在2～4h后可以重复注射，据报道最大累积量可达400μg/kg。由于心脏外科尤其是冠状动脉外科血栓形成的危险性，使用rF-Ⅶa的影响尚待进一步评估。另外，rF-Ⅶa对肾功能的影响也值得关注，在一项心脏外科出血病人的研究表明，急性肾功能不全的发生率是对照组的2.4倍。

(于钦军)



## 参考文献


1. 蒋豪，缪长虹. 作用于心血管的药物. 见：庄心良，曾因明，陈伯銮 主编. 现代麻醉学. 第3版. 北京：人民卫生出版社，2004，635-640
2. 于钦军，李立环. 常用心血管药物. 见：于钦军，李立环 主编. 临床心血管麻醉实践. 第1版. 北京：人民卫生出版社，2005，109-149
3. 穆玉，于钦军 译. 体外循环后肺动脉高压和右心功能不全. 见：李立环，薛玉良，岳云 主译. 心血管手术和麻醉临床指南. 第1版. 北京：人民卫生出版社，2006，138-140
4. 徐卓明，苏肇伉 译. 见：刘锦纷 主译. 小儿心脏外科学. 第1版. 北京：北京大学医学出版社，2005，112-128
5. 王义军. 心血管手术麻醉的相关药物. 见：卿恩明主编. 心血管手术麻醉学. 第1版. 北京：人民军医出版社，2005，83-130

6. 晏馥霞,李立环. 围术期心律失常. 见:于钦军,李立环主编. 临床心血管麻醉实践. 第1版. 北京:人民卫生出版社,2005,384-406
7. 吴新民. 围术期低心排的处理. 中华麻醉学杂志,2000,20(3):191-192
8. 郑斯聚. 新型正性肌力药—左西孟旦. 国际麻醉学与复苏学杂志,2007,28(2):118-121
9. Shore-Lesserson L, Gravlee GP, Horrow JC. Coagulation management during and after cardiopulmonary bypass. In: Hensley Jr. FA, Martin DE, Gravlee GP. A Practical Approach to Cardiac Anesthesia. Third edition. Philadelphia: Lippincott Williams & Wilkins, 2003, 490-509
10. Karkouti K, Beattie WS, Wijeysundera DN, et al. Recombinant factor Ⅶa(rF-Ⅶa) for intractable blood loss after cardiac surgery. Transfusion. 2005, 45(1):26-34
11. Karski J, Djaiani G, Carroll J, et al. Tranexamic acid and early sa-phenous vein graft patency in conventional coronary artery bypass graft surgery: A prospective randomized controlled clinical trial. J Thorac Cardiovasc Surg. 2005; 130(2): 309-314
12. Bayram M, De Luca L, Massie MB, et al. Reassessment of dobutamine, dopamine, and milrinone in the management of acute heart failure syndromes. Am J Cardiol, 2005, 96 :47G-58G
13. Natalini G, Schivalocchi V, Rosano A, et al. Norepinephrine and metaraminol in septic shock: a comparison of the hemodynamic effects. Intensive Care Med, 2005, 31(5):634-637
14. Albrecht CA, Giesler GM, Kar B, et al. Intravenous milrinone infusion improves congestive heart failure caused by diastolic dysfunction: a brief case series. Tex Heart Inst J, 2005, 32(2):220-223
15. Hoffman TM, Wernovsky G, Atz AM, et al. Efficacy and safety of milrinone in preventing low cardiac output syndrome in infants and children after corrective surgery for congenital heart disease. Circulation, 2003, 107(7):996-1002
16. Alhashemi JA. Treatment of cardiogenic shock with levosimendan in combination with beta-adrenergic antagonists. Br J Anaesth, 2005, 95:648-650
17. Toller WC, Stranz C. Levosimendan, a new inotropic and vasodilator agent. Anesthesiology, 2006, 104:556-569
18. Douglas JS Jr. Pharmacologic approaches to restenosis prevention. Am J Cardiol. 2007; 100(5A):10k-6k
19. Levy JH, Mancao MY, Gitter R, et al. Clevidipine effectively and rapidly controls blood pressure preoperatively in cardiac surgery patients: the results of the randomized, placebo-controlled efficacy study of clevidipine assessing its preoperative antihypertensive effect in cardiac surgery. Anesth Analg. 2007, 105(4):918-925
20. Verbrugge LB, van Wezel HB. Pathophysiology of verapamil overdose: new insights in the role of insulin. J Cardiothorac Vasc Anesth. 2007, 21(3):406-409
21. Rockx MA, Haddad H. Use of calcium channel blockers and angiotensin-converting enzyme inhibitors after cardiac transplantation. Curr Opin Cardiol. 2007, 22(2):128-132
22. Matsou H, Watanabe S, Watanabe T, et al: Prevention of no-reflow/slow-flow

phenomenon during rotational atherectomy—a prospective randomized study comparing intracoronary continuous infusion of verapamil and nicorandil. Am Heart J. 2007,154(5):994

23. Fischell TA, Subrava RG, Ashraf K, et al. "Pharmacologic" distal protection using prophylactic, intragraft nicardipine to prevent no-reflow and non-Q-wave myocardial infarction during elective saphenous vein graft intervention. J Invasive Cardiol. 2007,19(2):58-62
24. Fitzsimons MG, Walker J, Inglessis I, et al. Left main coronary artery spasm: medical versus surgical management. J Cardiothorac Vasc Anesth. 2006, 20(6): 834-836
25. Toraman F, Karabulut H, Goksel O, et al. Comparison of antihypertensives after coronary artery surgery. Asian Cardiovasc Thorac Ann. 2005,13(4):302-306
26. Fleisher LA, Beckman JA, Brown KA, et al. ACC/AHA 2006 guideline update on perioperative cardiovascular evaluation for noncardiac surgery: focused update on perioperative Beta-blocker therapy. J Am Coll Cardiol. 2006,47:2343-2355

# 第五章 心脏病人的液体管理

低容量血症在心脏外科病人中十分常见。除显性的液体丧失外，血管扩张或血管内皮屏障功能障碍导致的弥漫性毛细血管渗漏也是液体丢失的重要原因。特别是需要体外循环(cardiopulmonary bypass，CPB)的心外科患者常表现出全身炎症反应综合征(systemic inflammatory response syndrome，SIRS)，可导致大量的液体丢失。全身炎症反应综合征以血管内皮损伤导致其通透性增加，血浆蛋白丢失及组织水肿为特征。

血资源的短缺及输血传播病毒和免疫性疾病的风险迫使我们应尽量减少输注血液和血液制品。许多研究已经证明，代偿机制能够保证组织的氧供和全身氧运输，所以红细胞压积和动脉血氧含量的降低并无害处。因此，心外科的血液治疗和成分输血应严格限于严重贫血和凝血功能障碍的病人。用非血液制品代替输血进行容量治疗的方法已经确定。争议一直在于使用液体的种类和用法，另外容量治疗的最佳方案也在激烈的争论中。“理想”的容量治疗方案的争议不仅包括晶/胶之争，而且必将扩展为胶/胶之争。不同扩容药物的药代学和药效学存在显著的差异。当讨论心外病人的容量治疗方案时，不仅应考虑药物对全身血流动力学的影响，也应考虑到对微循环、脏器功能和凝血功能的影响。

## 第一节 心脏病人的液体管理原则

输入的液体可在血管内或在组织间/细胞内达到动态平衡。每部分液体的成分和容积通过一个复杂的系统来调节。调节系统包括抗利尿激素(antidiuretic hormone，ADH)、肾素-血管紧张素-醛固酮系统(renin angiotensin aldosterone，RAA)和交感神经系统。这些系统的主要作用是保水以补充水分或血容量，保钠以维持血容量，收缩血管以增加静水压。抗利尿激素分泌的控制有赖于血浆渗透压，而血容量的降低是肾素-血管紧张素-醛固酮系统最有效的刺激因素。然而，存在应激状态如创伤或手术时，抗利尿激素、肾素-血管紧张素-醛固酮系统和儿茶酚胺的活性增加。对手术和饥饿的正常反应是代谢增加，但预先存在的缺水或低血容量可能进一步增加代谢。如果缺水或血容量降低的刺激和应激导致的抗利尿激素、肾素-血管紧张素-醛固酮系统和儿茶酚胺的效应叠加，液体治疗可以通过反向调节机制抑制代谢的增加。有许多给予不同量的等渗晶体溶液以抑制或降低抗利尿激素、肾素-血管紧张素-醛固酮系统活性的尝试。然而，众所周知抗利尿激素的生成有赖于细胞外液特别是血容量的水平。输入一定量的晶体也许可以补充水分的丧失量，但是要维持血容量以抑制相关的激素分泌则需要更多的晶体。由此可知，仅补足水分并不能抑制抗利尿激素、肾素-血管紧张素-醛固酮系统的分泌，而联用晶体和胶体溶液(补充水分的同时可以增加血容量)可能达到这个

目标。因此,应区分“液体治疗”(补充组织间液)和“容量治疗”(补充血容量)的不同。

Starling 假说描述和分析了液体怎样通过生物膜进行交换。在 Starling 的容量分布平衡中,胶体渗透压(COP)成为决定液体透过毛细血管壁进行交换的重要因素。与 Starling 平衡一致,血管内容积由其内非通透胶体的渗透压维持。因此,胶体渗压成为循环血容量的保障。这个容量效应的强度和持续时间依赖于:

1. 胶体的锁水能力(胶体渗透压)

2. 输入的胶体有多少能够停留在血管内

由于不同的生化特性,常用血浆代用品的胶体渗透压、初始效应、血管内存留时间各不相同。

## 一、心脏手术病人的容量治疗

心脏手术后 24 小时内易出现血容量降低。潜在的疾病、术前用药、低体温、麻醉及血管活性药物的应用,都可能对病人术中的循环血容量产生巨大的影响。出血会导致血容量绝对不足,血管扩张药物(如硝酸甘油、鱼精蛋白)、复温及继发的扩血管物质(如细胞因子)的释放导致血管扩张和血容量相对不足。

心脏手术,特别是体外循环,激活了复杂的生理和生化机制。心脏手术的心肺流转期相当于临床上控制性休克的第一阶段。尽管近年来体外循环设备的生物材料有所改进,但体外循环仍会导致“全身炎症反应”,最有可能的原因是“血液中充满了酶和化学物质”。体外循环的损伤作用最可能与血液暴露于非内皮(非生理)表面、剪切力和产生的异常物质共同作用有关。使用体外循环的心脏手术病人器官功能障碍的发生与补体、激肽、凝血和纤溶级联系统的激活,各种细胞因子的合成、中性粒细胞激活继发蛋白酶的释放,氧自由基的产生有关。另外,在非体外循环的心脏手术中,足够的血容量对提高心脏功能十分必要。心脏外科的容量治疗包括三个阶段:

1. 体外循环前(需体外循环)或心脏操作前(非体外循环);
2. 体外循环期(需体外循环:转机并给循环以必要的预充);
3. 体外循环后,包括在重症监护病房期间。

## 二、心外科的容量治疗策略

### (一) 晶体

晶体可分为低渗(如:葡萄糖溶液)、等渗(如:乳酸林格氏液)和高渗溶液(如:7.5%氯化钠溶液)。选择液体进行容量治疗时必须注意病人本身的电解质情况。高钾血症的病人应避免使用含钾溶液。晶体可以自由通过血管壁分布于血浆和组织间液中。输入 1000ml 生理盐水,血浆仅扩容 180ml。输注的盐水中,仅有 25%停留在血管中,而 75%外渗到组织间隙。晶体液会降低血浆渗透压并驱使水分进入组织间隙。因此,补足血容量需要大量的晶体液。与胶体相比,需要 4~5 倍的晶体来达到相似的扩容效果。输注大量不能被缓冲的盐溶液的容量治疗,会导致高氯性酸中毒。另外,血浆蛋白的稀释可以导致(严重的)血浆胶渗压下降。

由于需要快速输入大量晶体才能维持血流动力学的稳定，所以单纯依靠晶体似乎不能有效扩容。

**（二）胶体**

1. 天然胶体白蛋白　白蛋白是天然存在的血浆蛋白并且得到广泛地应用。白蛋白来源于人血浆，由于已经经过加热和滤过灭菌，应无传播疾病的风险。普遍认为它是安全的，并且经常作为一种对病人最有益的液体（“金标准”），白蛋白的分子量为66 000～69 000 道尔顿。5%的白蛋白溶液是等渗的，而 20%～25%的白蛋白溶液是高渗的。因此液体从组织间隙进入血管内，使血容量增加。5%的白蛋白溶液的扩容效果不易估计：输注 500ml 的白蛋白溶液可扩容 490～750ml。

由于维持胶渗压是容量治疗的目标，对低血容量或心衰导致低排综合征的病人应给予白蛋白治疗。在以往的研究中，浓缩的人白蛋白能渗透吸水，减轻肺水肿。白蛋白的这种作用依赖于其在血管内和组织间的移动。由于心外手术对毛细血管的通透性有影响，这种作用很难估计。输入的白蛋白存留在血管中的量以及其血流动力学效果因病人的情况而异。在血管内皮完整性受损的病人（如：体外循环后脓毒血症的病人），血浆蛋白可能会进入组织间隙，促使水分进入组织间隙，导致组织间隙的水分大量增加。

2. 非蛋白胶

（1）右旋糖酐类：右旋糖酐类是高分子量的直链多糖。有两种不同的制剂：6%的中分子右旋糖酐（平均分子量 70kD）和 10%的低分子右旋糖酐（平均分子量 40kD）。输入 1000ml 中分子右旋糖酐血容量增加 600～800ml。这两种溶液的主要区别在于对微循环的影响。输入低右扩容使红细胞减少，血小板沉积和血液稀释导致全血粘度降低，增加了微循环灌注。由于右旋糖酐可导致严重的过敏反应、凝血异常并影响交叉配血反应，作为血浆代用品的右旋糖酐在大多数国家渐渐消失。

（2）明胶：明胶以不同的形式存在。不同制剂间主要的区别在于电解质浓度不同。血容量的增加与输入明胶的量相近（从 70%～90%）。然而，由于分子量较低（大约35 000 道尔顿），血浆半衰期短（2～3 小时），维持血容量稳定需要重复用药。明胶是容量效应最小的胶体。通过减少交联因子数量，组胺介导的严重过敏反应发生率已经下降。

（3）羟乙基淀粉（贺斯）：贺斯是支链淀粉的衍生物。在人类和动物，支链淀粉被 α 淀粉酶快速水解并经肾脏代谢。为了减少降解，支链淀粉上的脱水葡萄糖残基被羟乙基取代。羟乙基主要取代碳 2 和碳 6 位点上的脱水葡萄糖残基。贺斯溶液的特性有：

- 浓度有 3%，6%及 10%三种。
- 重量平均分子量（MW）：所有贺斯分子的分子量的算术平均值。
  —低分子量[LMW]贺斯：70 千道
  —中分子量[MMW]贺斯：130-270 千道
  —高分子量[HMW]贺斯：大于 450 千道，如：羟乙基淀粉
- 数目平均分子量（MN）：所有贺斯分子的分子量的中位数。
- 摩尔取代比（MS）：羟乙基总数与葡萄糖基数量的摩尔比。
  —低取代比：0.4 和 0.5
  —高取代比：0.62 和 0.7

（如：万汶，新研制的第三代中分子量贺斯，其取代比为 0.4，即每 10 个葡萄糖基中

有4个被羟乙基取代)。

• 置换度(DS):被取代的葡萄糖基与葡萄糖分子总数之比。

• 碳$_2$/碳$_6$:有证据表明α淀粉酶的活性有赖于羟乙基在葡萄糖分子上的位置(碳$_2$,碳$_3$,碳$_6$)。碳$_2$与碳$_6$位点上羟乙基出现的比率是影响贺斯药代动力学的重要因素,也有可能影响其副作用(如:蓄积、组织沉淀及出血)。

贺斯常规溶于氯化钠溶液(154mmol/L)。Hextend® 是新研制的贺斯,是一种缓和的、接近生理的第一代高分子量贺斯制剂(MS:0.7;重量平均分子量:约670kD;数目平均分子量550kD),含有平衡盐($Na^+$:143mmol/L,$Cl^-$:124mmol/L,乳酸根:28mmol/L,$Ca^{2+}$:2.5mmol/L,$K^+$:3mmol/L,$Mg^{2+}$:0.45mmol/L,葡萄糖:5mmol/L)。平衡后的高分子贺斯除去了标准高分子贺斯的副作用,如:出血并发症。但另一方面,不能排除高分子量和高取代的变化使贺斯制剂对凝血有消极影响。

区别不同贺斯制剂十分重要,因为不同制剂的理化性质不同,所以扩容的强度和持续的时间以及其对血液流变、凝血系统和其他临床变量的作用不同。贺斯的水解和容量为20～30ml/g。因此,贺斯有很强的扩容能力。随着贺斯的输入,出现淀粉酶依赖的快速衰减,肾脏在24小时内将其排出50%以上。羟乙基残基,特别是碳2位点结合的残基,妨碍血浆淀粉酶,从而增加贺斯血管内的半衰期。分子量和取代比越高,消除越慢。较小的贺斯分子(小于50～60kD)被肾小球滤过快速清除。还有一小部分贺斯进入组织间隙,随后会再分布和消除。

## 三、心外科相关的扩容药物的副作用

### (一) 对凝血的影响

由于血液稀释,容量治疗的所有扩容药物都降低凝血蛋白的浓度。除血液稀释外,晶体对凝血无明显影响。由于存在特殊的不良反应,非蛋白胶体可能影响凝血。

### (二) 白蛋白

白蛋白对凝血没有或仅有很小的影响。动物研究表明,狗可被白蛋白或乳酸林格氏液复苏。数个凝集反应及aPTT在白蛋白治疗组延长。在试管中一系列的血液稀释试验(11%,25%,33%,50%,75%)和血栓弹性描记试验中发现,白蛋白也是早期严重凝血障碍的危险因素之一。白蛋白早期严重影响血栓弹性试验。

### (三) 右旋糖酐类

右旋糖酐通过减少血管性血友病因子(vWF)或损害血小板功能影响止血。人工胶体损害血小板功能的机制目前还未完全阐明。应用右旋糖酐时,vWF抗原(ⅧR:Ag)及其辅助因子(ⅧR:RCo)的水平明显降低。由于vWF辅助因子的减少,血小板膜上黏附的受体蛋白GPⅠb和GPⅡb/Ⅲa降低,导致血小板黏附能力下降和出血倾向增加。

### (四) 明胶

明胶被认为对血液凝固无负面影响。然而一项体外试验表明,明胶制剂被证明显著抑制血小板聚集(聚明胶肽,琥珀酰明胶)。另一项体外实验采用3.5%的聚明胶肽和4%的琥珀酰明胶,证明两种明胶制剂明显降低血凝块的质量。一项6位健康男性

参加的试验中，输入1升明胶导致出血时间延长1.7倍，vWF抗原（ⅧR：Ag）（－32%）和瑞斯托霉素辅助因子（－29%）明显降低，瑞斯托霉素诱导的血小板聚集明显受损。因此，使用明胶除导致血液稀释之外，也有可能在某种程度上影响凝血。

**（五）羟乙基淀粉**

使用取代比为0.7的第一代高分子量贺斯（羟乙基淀粉），出现几种止血指标的变化，包括PT和aPTT延长，以及出血倾向增加。有报道指出与右旋糖酐相似，羟乙基淀粉可降低Ⅷ因子的促凝活性，减少vWF：Ag和Ⅷ因子相关的辅助因子从而诱发Ⅰ型血友病样综合征。高分子量贺斯比低分子量贺斯降低ⅧR：Ag和ⅧR：RCo的浓度更明显。而且，血小板功能也明显降低。一项研究采用了不同的预冲液（低分子量贺斯和高分子量贺斯[羟乙基淀粉]），分析是否需要血液或血制品及凝血相关的几个数据。作者得出结论："在体外循环中或许应避免使用羟乙基淀粉，特别是对那些术后出血风险增加的患者"。低分子量贺斯（如6%的贺斯130/0.4）没有显示出像高分子量贺斯那样的抑制血小板聚集的作用。此次输注的高分子量（450kD）高取代比（MS 0.7）贺斯很大程度上增加了出血的风险：Cope等人的一项心外科病人的回顾性研究证明，输注高分子量贺斯（羟乙基淀粉）的病人出血更多，但与应用血液或血制品者无明显差异。另一项心外科病人的回顾性研究中，Knutson等人证明羟乙基淀粉治疗的病人出血增加，并且对血液和血制品的需求增加。与之相反，在一项包括887例体外循环下单根主冠脉搭桥患者的非随机回顾性研究中，采用了5种不同的预充方法：晶体（500ml；n＝211）；25%的白蛋白（50ml；n＝217）；6%的羟乙基淀粉（500ml；n＝298），25%的白蛋白加6%的羟乙基淀粉（500ml；n＝161）。作为体外循环预充液，羟乙基淀粉用量太小，不能影响对库血、血小板和新鲜冰冻血浆的需要。一项包含238例体外循环的病例对照研究中采用了多变量模型，控制了各种人口学和临床特征，Avorn等人发现，那些术中输注了1U羟乙基淀粉的病人出血风险是未接受羟乙基淀粉者的2倍，输注了2～3U羟乙基淀粉的病人术后出血风险增加4倍。由于这些研究的消极结果，美国食品与药品管理局批准，将6%的羟乙基淀粉盐溶液说明中的特别适用于体外循环改为："当正在进行体外循环或刚停机时，病人的凝血功能已经受损，羟乙基淀粉会使凝血障碍和出血的风险增加，所以本药不推荐使用于体外循环预充液"。

现代的低（70kD）、中（130kD，200kD，260kD）分子量贺斯制剂采用了较低的取代比（如：0.4或0.5），除血液稀释外，对凝血几乎没有不良影响：在一项多中心双盲的研究中，Gallandat-Huet等人比较了一种新的低取代（MS 0.4）中分子（130kD）贺斯与标准贺斯200/0.5在冠脉搭桥病人的效果。两种贺斯进行急性等容血液稀释（ANH）用于预充、术中和术后的容量替代治疗。在130/0.4贺斯治疗组，vWF增加比标准贺斯组更多。130/0.4贺斯治疗组失血和浓缩红细胞用量更少，这表明使用这种新的贺斯制剂有很大的益处。在另一项关于心外科病人的研究中，Haisch等人比较了明胶和新一代贺斯制剂（低分子量低取代贺斯[130/0.4]）的效果。两组之间的血栓弹性和出血量没有明显差别，这表明贺斯制剂可以安全的用于心外科病人。

## 四、对肾功能的影响

一些研究表明，采用某些贺斯（HES）制剂（高取代贺斯）会导致肾功能不全。现有一些假说和危险因素能够解释贺斯相关的肾衰竭的机制。一些组织学研究已经证明，给予某些贺斯制剂后，肾小管细胞可出现可逆膨胀，似乎与大分子的重吸收有关。肾小管细胞的膨胀导致管腔阻塞，急性肾衰的出现有两个重要的危险因素。在一项回顾性研究中，Legendre 等人报告了常规应用中分子量（200kD），高取代（0.62），高 $C_2/C_6$ 贺斯使 80%脑死亡的肾移植供体出现渗透性肾损害（肾小管基底部细胞空泡样变性）。然而，这种变化对移植后肾脏的功能和血肌苷无不良影响。也有应用其他药物（明胶，甘露醇）导致类似的肾小管阻塞的报道。出现肾功能不全的最可能机制是对脱水病人应用高渗透压胶体导致尿液黏度增加。肾小球从胶体中滤过高渗分子导致尿的黏度增加，阻塞肾小管，导致肾小管腔的闭塞。基于这种病因学考虑，有理由假设所有的高渗透压胶体均可导致肾功能损害（“高渗透压性肾衰”）。至于贺斯，高血浆胶渗压以及急性肾功能不全的风险也许应该随胶体浓度（10%贺斯）的增加或重复给予高分子量贺斯而增加。应用合适量的晶体能防止其对肾功能的不良影响。大量（＞2000ml）低取代（0.4；0.5）的低分子或中分子贺斯（如 6% HES 130/0.4 或 6% HES 200/0.5）可以安全地应用而不影响病人的肾功能。避免使用贺斯的“危险的”血浆肌酐水平还不清楚。在不同的肾功能不全志愿者中（平均肌酐清除率 50.6ml/min/1.73$m^2$）应用贺斯 130/0.4。使用 500 毫升贺斯 130/0.4 后肾功能没有变化，证明这种新制剂对肾功能没有影响。因此，最新的贺斯制剂可以安全地应用于肾功能不全的病人。

关于心外科容量治疗液体的新陈代谢机制了解的还很少。由于明胶的分子量比较小（35 000D），被肾脏快速代谢。右旋糖酐在血管内不被代谢，肾脏滤过较小的分子，大一些的分子进入组织，被右旋糖酐-1，6-葡萄糖苷酶水解。贺斯在血管内被 α 淀粉酶缓慢分解。较小的分子经肾小球滤过，快速消除。由于贺斯制剂的种类不同，输入的贺斯不同程度的离开循环被网状内皮系统摄取（单核巨噬系统，MPS）。这对于贺斯的功能似乎没有什么不良影响。完全消除的速度很慢，这种蓄积的长期影响目前还不清楚。蓄积的程度有赖于输注贺斯的种类：高取代的贺斯制剂蓄积明显，特别是联合（重复）给药。与其他贺斯相比，第三代贺斯（HES 130/0.4）显示出了良好的理化性质和较少的贮存和蓄积。



## 五、过　　敏

包括白蛋白在内的所有用于容量治疗的液体都有可能导致过敏反应。严重的右旋糖酐过敏反应出现的频率和程度都很高，即使预防性使用右旋糖酐半抗原也不能完全消除其发生。据一项约 20,000 名病人的试验估计，与淀粉制剂相比，明胶似乎导致了一大批过敏或类过敏反应。贺斯导致的严重的、危及生命的过敏反应非常罕见。

## 六、扩容剂的其他效应:对炎症和内皮功能的影响

扩容剂的其他效应可能会与心外科病人特别相关,因为心外科病人本身存在发生炎症应答和内皮功能变化的风险。有趣的是,医学会一项报告担心使用乳酸林格氏液复苏增加,而乳酸林格氏液与复苏后炎症过程的恶化有关。

白蛋白对免疫功能和内皮完整性的作用的相关资料很少。在一项试验中,Nohe等人研究了试管中不同的白蛋白制剂对内皮细胞黏附分子作用的结果。人脐静脉内皮细胞培养在5mg/ml四种不同厂家的人白蛋白的中6小时。用流式细胞仪检测未刺激和被肿瘤坏死因子α刺激的内皮细胞的E-选择蛋白、细胞间黏附分子(ICAM-1)及血管细胞黏附分子(VCAM-1)表达的影响。未刺激细胞分化的两支中ICAM-1分别增加22%和15%。因此,有些白蛋白制剂可能改变内皮细胞黏附分子的表达,特别是在危重的心外科病人会导致不良影响。仅有很少的研究认为,不同的容量替代治疗对体内的炎症应答的效应和内皮损伤是有利的。在60名接受矫形外科手术的病人中,给予7ml/kg的5%人白蛋白(HA)、4%的明胶、6%的羟乙基淀粉(200/0.5的贺斯)或林格氏液。用流式细胞仪检测,中等量的白蛋白的人工明胶或贺斯对粒细胞的黏附和活性分子没有不良影响。在对泌外科小手术病人进行的试验中,给予不同的贺斯制剂(HES70/0.5;HES200/0.5;HES450/0.7)对多形核白细胞的吞噬活性没有不良影响,然而明胶导致粒细胞和单核细胞的吞噬能力降低。在腹外科大手术的一般年龄和老年病人组,围术期24小时内晶体治疗组比6%的贺斯130/0.4炎症和内皮损伤/激活的标记明显增高,表明这类新的贺斯制剂能够减弱炎症反应。

## 七、小儿心外科的容量治疗

心外手术的患儿术中通常需要扩容治疗。全血、浓缩红细胞、血液制品(如:FFP)和新鲜全血都曾用于心外手术的患儿。非血液的容量替代治疗(人血白蛋白或贺斯)在他们的应用很少被系统地研究。全身的血流动力学被两种液体充分恢复,两组之间凝血参数和其他的实验室检查都无区别。概述这个有局限的研究,结论是贺斯是白蛋白安全的替代品,然而此时应该使用的是现代的贺斯制剂而不是羟乙基淀粉。通过预充胶体(如:白蛋白或新鲜冰冻血浆)提高毛细血管渗透压显示了体外循环后降低体重或改善书后护理的好处。

## 八、怎样进行心外科的容量替代治疗

估计必需的容量仍然是一个挑战。怎样对心外科病人进行容量治疗引导的问题还没有定论。尽管有一些不利的资料,肺动脉导管仍然应用于一些心外科中心并从中获得检测资料来指导容量治疗。强调心脏的充盈压(中心静脉压,CVP),肺毛细血管楔压(PCWP)经常误导对最佳左室负荷的估计。心脏的充盈压可能会被除血容量之外的

其他因素影响，包括那些影响心脏做功能力、血管顺应性和胸内压的因素。特别是心室顺应性有变化的病人，通常的监护数据如：CVP、右房压（RAP）或右室压（RVP）常常不能真实地反映心脏负荷情况。通过热稀释法（TD）监测右室收缩和舒张期末容积（RVESV 和 RVEDV）是一项简单易行的床旁监测技术，不会蓄积有害的指示剂，通过这种方式得到的心脏负荷可能更为准确。它不受压力换能器的调零情况的影响并且可以在床旁进行。超声心动图是最可靠的监测手段，但是由于价格昂贵，它不是每个心外科病人都能在术中使用的。用 PICCO-系统来测量胸内血容量（ITBV）是另一项指导容量治疗的技术。这些监测系统各自的优越性还未被证实。

导致器官灌注不足的隐性低容量血症的重要性被一些研究所支持。没有可信的、最佳的常规临床检测能检出灌注不足。心血管不稳定的病人，如果有内脏灌注显著不足，可导致多器官功能衰竭（MOF）的发生。已经证明体外循环后肠缺血可达 8 小时以上。测量胃粘膜内 pH 值（pHi）是诊断和监测内脏血流灌注不足的一种有吸引力的选择。非心脏大手术的病人保持血流动力学的稳定并不能保证合适的内脏灌注，也不能完全防止术后并发症的发生。监测 pHi 对于预测术后并发症十分重要（灵敏度 93.3%，特异度 50%）。尽管采用这种监测方式可以得到一些预测结果，但这远不是指导心外科病人容量管理的新的"金标准"。

目前，监测低容量血症并指导容量替代治疗的最好途径应该是综合尽可能多的信息。包括全身的血流动力学资料（如：血压和心率）、充盈压（如：CVP，PCWP）、流动变量（如：心排出量）、血气分析（如：酸中毒）和尿量。

## 第二节　不同心脏病人前后负荷的综合处理

### 一、瓣膜性疾病

#### （一）二尖瓣狭窄

二尖瓣狭窄的主要问题是左房容量负荷增加和左室容量负荷不足。二尖瓣狭窄引起左房压力增加和容量增加，导致肺循环血流受阻。肺静脉高压引起肺动脉压升高，肺下动脉痉挛及内膜增生，导致慢性肺动脉高压和右室肥厚和扩大。扩大的右心室可使室间隔左突，使已经减小的左室的容积进一步变小，左室射血量减少。随着右室进一步扩大，可出现三尖瓣反流，右房扩大，右房压升高，导致右心功能不全和体循环淤血。由于从左房到左室的血流受限，二尖瓣病人左室舒张末容积和压力降低，左室收缩末容量减少，每搏量下降。慢性的充盈不足可引起左心室收缩力降低，甚至舒张顺应性也下降。在二尖瓣狭窄的晚期，左室收缩力降低可导致严重的充血性心力衰竭。

二尖瓣狭窄的病人应根据 CVP、PCWP、血压、心率、尿量等指标指导输液量，使血容量维持正常。由于二尖瓣狭窄的病人肺静脉扩张，肺血管顺应性降低，对液体过量非常敏感，容易出现肺间质水肿。重度肺动脉高压或心立衰竭的病人需要使用肺动脉扩张药，如硝酸甘油、硝普钠和 NO 等，以减轻右心后负荷。对低血压的处理应尽量避免使用血管收缩药物。这些药物可使肺血管收缩，肺动脉压升高，引起右心衰竭。应早期

使用正性肌力的药物以增加心排出量，升高血压。

### （二）二尖瓣关闭不全

左室收缩时，除向主动脉排出血液外，部分血液反流回左房。向左房反流导致流向主动脉的血流量减少，左房容量和压力升高。左房和左室除接受正常的肺循环血流外，还接纳返流到左房的血量，因而左室泵功能增强。左房扩大，75%发生房颤。严重时左室功能下降，每搏量下降，反流增加，肺循环淤血，肺动脉高压及右室衰竭。二尖瓣关闭不全的血流动力学改变主要是左房左室负荷增加，承受无效血流的来回返流，临床症状主要来自肺静脉压升高和低心排出量。在慢性病程中，只要左室功能能够维持，由于舒张期时左房压的迅速下降，使左房与肺静脉压力升高程度得以缓解，临床症状轻微。在急性二尖瓣关闭不全中，由于病情急，左房左室尚无明显扩大，左室舒张末压增加，使左房顺应性降低，可出现肺水肿。

在二尖瓣关闭不全病人的液体管理中应避免增加左房压是液体管理的关键。减轻心脏后负荷是降低左房压最有力的措施。维持较低的外周血管阻力，以增加左室向动脉内搏血增加，可有效的降低反流。急性二尖瓣关闭不全与慢性病人在液体管理上有所差异。急性病人由于左室代偿能力差，轻微增加的心脏前后负荷将导致严重的肺水肿和心脏功能衰竭。慢性病人由于左室代偿功能较好，能够耐受一定的前后负荷的增加，临床处理较容易。因此急性病人应更加严格地进行液体管理。心率增快对二尖瓣关闭不全的病人有利，因为心率增快可减轻反流。二尖瓣置换后，由于消除了瓣膜反流，收缩期左室腔内压力升高，舒张末期左室容量下降。瓣膜置换后射血分数和每搏量下降可能是前负荷降低的缘故，故应适当增加前负荷，以维持适当高的左房压。

### （三）主脉瓣狭窄

维持适当的窦性心率及充足的血容量，避免心动过速、后负荷增加及严重的心肌抑制。心动过速使舒张期充盈量减少，LVEDV 和 LVEDP 降低，每搏量下降。主动脉舒张压下降，冠状动脉灌注压降低，对主动脉瓣狭窄的病人极为不利。因此，不管任何性质的心动过速都必须立即处理，使血压正常。可谨慎静注新斯的明 0.5～1mg，$\beta_1$ 受体阻滞剂美托洛尔 1～3mg 或艾司洛尔 0.5～1mg/kg。如为室上速，可静注维拉帕米1～2mg 或普罗帕酮 1～1.5mg/kg 等。如出现室性心动过速，在静脉注射利多卡因 1～2mg/kg 的同时，应立即急性心脏按压，同时准备电击复律。

低血压降低冠状动脉灌注压，损害心肌做功。处理首先应注意有无低血容量和心动过速。低血压如果因外周阻力降低所致，可选择苯肾上腺素。如果心肌收缩力降低，可选择正性肌力的药物。术中高血压应及时处理，因为动脉阻力增加可使跨膜压差降低，每搏量下降。可使用硝酸甘油降压。

### （四）主动脉瓣关闭不全

避免增加后负荷，维持较低的外周阻力能够增加血压搏出，减少反流。心率增快可减少反流。保持充足的血容量。

## 二、先 心 病

先心病可分为发绀型和非发绀型两大类。

发绀型先心病的主要特点为肺血减少。发绀型先天性心脏病的基本病理生理有三类情况:①肺血流不足,如TOF等;②肺静脉血与周围静脉血在心内混合,如单心房、单心室等;③周围静脉血回心后不通过肺氧合而直接流入主动脉,如三尖瓣闭锁。右向左分流伴肺血流减少和心腔内氧合血与未氧合血的混合是引起发绀的两种主要发生机制。

非发绀型先心病的主要特点是肺血增加,表现为肺充血和淤血。

发绀型先心病容量管理的处理原则是,适度的血液稀释。由于脱水可能会引起血流动力学的潜在危险,特别是红细胞增多者,可因血液黏滞度增高而增加心脏作功,甚至有中风和血栓形成的危险。因此,在紫绀型先心病患儿如Hb＞160/L或Hct＞60%,在术前禁食阶段应给予静脉维持输液,通常可选用乳酸钠复方氯化钠溶液(10ml/kg),但血液稀释应谨慎控制,Hct不应＜50%。

非发绀型先心病容量管理的原则是,维持心室射血,降低后负荷和控制肺血管阻力。

如果先心病伴充血性心衰,心室通常需要维持较高的充盈压,应适当补液,但补液应精确,避免容量负荷过重而加重心衰。

由于先心病患儿种类复杂,年龄差别大,术中容量管理困难。容量管理的基本原则是维持血流动力学稳定,并维持尿量在0.5～1ml/(kg·h)。

(张诗海)

## 参考文献


1. Boldt J, Brosch C, Ducke M, et al. Influence of volume therapy with a modern hydroxyethylstarch preparation on kidney function in cardiac surgery patients with compromised renal function: a comparison with human albumin. Crit Care Med. 2007;35(12):2740-2746
2. Van der Linden PJ, De Hert SG, Deraedt D, et al. Hydroxyethyl starch 130/0.4 versus modified fluid gelatin for volume expansion in cardiac surgery patients: the effects on perioperative bleeding and transfusion needs. Anesth Analg. 2005;101(3):629-634
3. Hofer CK, Müller SM, Furrer L, et al. Stroke volume and pulse pressure variation for prediction of fluid responsiveness in patients undergoing off-pump coronary artery bypass grafting. Chest. 2005;128(2):848-854
4. Barron ME, Wilkes MM, Navickis RJ. A systematic review of the comparative safety of colloids. Arch Surg. 2004; 139(5):552-563
5. James MF, Latoo MY, Mythen MG, et al. Plasma volume changes associated with two hydroxyethyl starch colloids following acute hypovolaemia in volunteers. Anaesthesia. 2004; 59(8):738-742
6. Boldt J. New light on intravascular volume replacement regimens: what did we learn from the past three years? Anesth Analg. 2003; 97(6):1595-1604

# 第六章 先天性心脏病的麻醉

## 第一节　小儿先天性心脏病的病理生理

从胎儿的脐带循环和体循环、肺循环并行状态发展到婴幼儿不成熟的体循环和肺循环呈串联状态的循环系统至成人完善的循环系统，身体各脏器发生一系列复杂的生理和解剖变化，加上先天性心脏病小儿心血管发育畸形，整个过程变得更加错综复杂。掌握先天性心脏病的病理生理变化，是做好小儿心血管手术的麻醉的基础。

### 一、心脏结构与功能关系

胎儿娩出后由于肺膨胀、肺血管阻力下降、动脉导管关闭及卵圆孔关闭，体循环和肺循环由胎儿期的并行循环转变为串联状态，左右心分别担负体循环和肺循环的动力，维持正常的生命状态。由于左右心室的结构特点，它们对压力负荷和容量负荷的耐受性有很大的差别。

左心室腔略呈圆柱状，心肌壁厚。深层肌束收缩最适合产生心腔内高压。因此，左室结构是一高压力泵，适合向高压高阻力的体循环排血。左室收缩包括圆柱直径和心腔纵轴的缩短，环肌收缩，缩小了心腔的直径，射血作用最大，是左心室射出大血量的主要原因。正常左室容量负荷的适应性比右室小，当左心承受长时间大血容量负荷（如主动脉瓣关闭不全），心室腔扩大也会非常明显。

右室腔呈新月形，壁薄，有两个较宽大的侧面即室间隔和游离壁，心腔内表面面积甚大，有利于向低压低阻力的肺循环排出大量血液。右心射血时发生的心腔结构的变化包括：①肌小梁和乳头肌收缩将三尖瓣拉向心尖，以及心腔纵轴的缩短。②右室游离壁收缩向心室间隔靠拢。③深层环肌收缩，缩小了左室腔的同时使室间隔向右侧并与右心室游离壁靠拢，因而右室腔也产生了风箱样作用。这些作用，使右室射血极大。室间隔收缩是右心室射血的主要成分，而游离壁作用是较小的。

根据上述情况，显然右心室的结构适合于用轻度心肌收缩，而能排出大量血液。相反，此结构不利于产生心室腔高压力。右心室的结构特别适合于用一非常低的输出压，泵出大量血液。因为肺血管正常时对血流阻力很小，所以在正常情况右室用比较低的压力就可以将血液射入肺循环。突然增加肺动脉压（如大片肺动脉栓塞）常导致突然死亡，因为心肌不能承受将足够血量射入肺内所需的压力。

综上所述，显然心室的解剖和结构的形态特点反映了每个心室必须做其不同的工作。同样表现了循环系统为每个心室所建立的自然负荷或工作环境的功能特点，即左室的解剖、结构形态最适合向高压高阻力的体循环排血，而右心室的解剖结构形态，能

向低压低阻力的肺循环排出大量血液，从而维持循环系统的相对平衡。如此，左心室对压力负荷耐受性强，而右室则对容量负荷的耐受性好。

## 二、心脏的泵血功能

心室充盈和泵血，驱使血流到微循环供应组织细胞的代谢所需。泵血虽为单调的运动，但具有许多主动和被动的相互调控关系，包括心脏本身的性能、血管及其支丛、神经和内分泌等的复杂而和谐的协作，使每次泵血量能满足生理的需要。如果无心内或心外的畸形短路分流，左右二心室的每搏输出量应相等。过去认为心率、前负荷、后负荷以及心肌收缩力为决定心排量的四大决定因素，近年来认为这四大因素互有关系并非各自独立运作的。

收缩的功能决定于：①前负荷：或射血前心腔的血容量。②后负荷，为射血时所需克服的阻力、血流的惯性、大血管的阻抗、及周围血管的阻力。③心率。④心肌本身的收缩力，此为心肌细胞的内在性能，能根据代谢需要和内分泌环境调节运作。心肌收缩所产生的力量大小决定于肌节激活钙的多少和肌节对钙的敏感性。在生理范围内心脏收缩功能与心肌的三个基本性能有关：①长度-张力关系：心肌所产生的力量与其拉长的程度有关，即前负荷。②力量-速度关系：心肌收缩的速度与所遇的阻力有关，即后负荷。③力量-频率关系：心肌收缩时所产生的力量与心肌的收缩频率有关，心肌除极的加快减少了细胞内钙离子向肌浆网转移和舒张时穿回肌膜的时间，这样使下一次心肌收缩时激活的钙离子增加，心肌收缩更有力。

舒张力可有两种不同的成分：即心肌主动的松弛力和被动的坚挺性(stiffness)。当心脏完成泵血时，大多数肌节已充分短缩而开始伸张，主动的松弛很快发生，而被动的坚挺度决定于非心肌细胞成分，包括细胞外的基质，支撑结构及冠状血管床，这些被动的坚挺度可防止肌节过度拉伸，以使下次除极时又有交叉的桥样组合。坚挺度或称回弹性(elactance)为静止时心肌拉伸至一定长度时所产生的应力，除内在的回弹性外，心房压亦为决定因素之一，右室及心包对左室舒张的充盈亦有影响，在有肺动脉高压时室间隔向左心室移位，而心包约束左心室的急性扩张而影响左心室的充盈。此外，胸腔内的邻近结构和胸腔内压力亦可限制心室急速充盈，尤以用正压通气时影响更大。

左室的压力-流量环：

左室不停地泵血产生血管中的压力和流量，如以压力和流量作纵横坐标，可将心动周期中的各时段连成一环(图 6-1)，以评估心功能，此图为 5 岁小儿的压力-容量环环，由①开始，此为舒张末期的容量，约 75ml，压力为 5mmHg。在舒张末期时一定的容量所产生压力反映心肌的被动坚挺度或回弹性；此后接等容收缩期，当肌节急速短缩，但主动脉瓣尚未开启，压力呈垂直上升，但心室尚未射血，容量未变故称等容收缩期(图中①到②段)。此时的压力不再依靠心肌的被动回弹性，而完全依靠肌节的短缩。压力上升的最快速率(dp/dt)为心肌收缩指数，这一指数决定于前负荷(舒张末期容量)和心肌细胞的内在收缩力。当左室压力超过主动脉的舒张压时，主动脉瓣被打开，左室射血开始(图中②)，左室容量急速减少，而压力稳中有升，至③时收缩结束，压力可高至100mmHg，心肌已收缩至最高程度，心腔容量只剩 25ml。以后左室开始舒张，主动脉

的压力超过左室舒张压，主动脉瓣于是关闭（图中④），容量由②至④为每搏量（50ml），每搏量与舒张末容量之比为射血分数，约为 67%，即每搏时有 67%的左室腔血射出，此为心功能的主要指标之一。图中④至⑤为心室肌急速放松，压力直线下降，此时虽进入舒张期，但二尖瓣尚未开启，左房尚未向左室充盈，所以左室腔容量未变，称等容舒张期。当左房压超过左室舒张压时二尖瓣开启，左房向左室急速纳血，在 M 型超声上表现为 E 波，如左室心肌顺应性差，室壁较坚挺，E 波可变钝。急速充盈后心肌仍在放松，纳血稍慢，称心室肌的休整期（diastasis），至⑥时心房收缩，心房向心室充盈作最后的补充，相当于 M 型超声上的 A 波，心房收缩完毕后心室腔充盈满，又回至①称舒张末期。此后又重复一次心动。

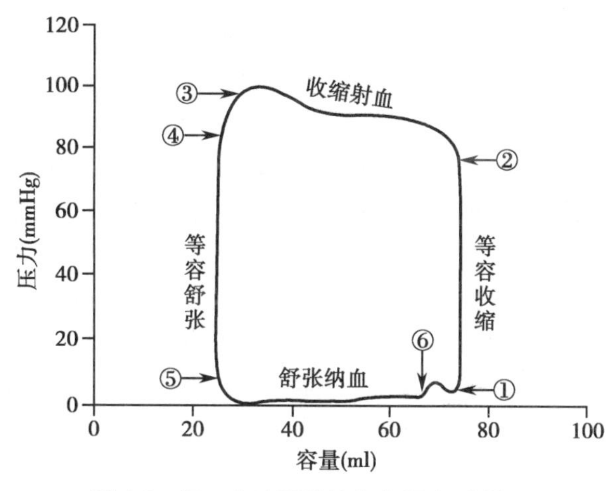


**图 6-1 每一心动周期的左室压力-容量环**

左室的压力-容量环可因各种疾病而变化，环的面积反映每一心动周期中的左室对压力-容量的做功，且其形态亦反映各时段的特殊改变，图 6-2 为 3 岁室间隔缺损小儿手术前后及肺动脉高压的图形，B 环为术前因有大量分流，占肺血流量的 60%，由左房回左室流量亦大增，所以环的面积很大，左室工作量约 93g·m，术后三个月 A 环面积正常，工作量为 28g·m。B 环的等容收缩时压力上升但容量并未垂直上升，而是有倾斜，反映此期已开始有左向右分流，容量已非“等容”。在等容舒张期时亦有左向右分流，容量在减，所以“等容”舒张线向右倾斜。C 圈为大型室间隔缺损，肺循环阻力已有所升高，但左向右分流量仍大，占肺血流量的 70%，压力-容量环面积大增，此环在等容收缩时容量在减，而非“等容”，上升线倾斜，此为已有左向右分流之故，每一心动左室工作量约为 124g·m。在舒

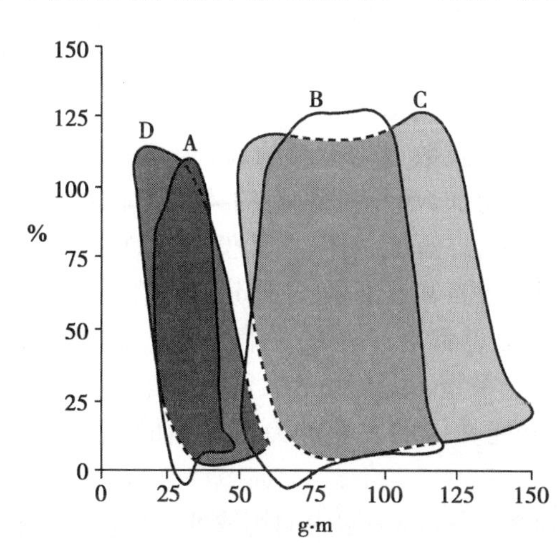


**图 6-2 四种室间隔缺损的不同生理所绘的压力-容量环**

张时容量在增，而非等容，垂直下降线向右倾斜，反映因肺动脉高压时在等容舒张期发生右向左分流。D环为大型室隔缺损，肺循环阻力很高，右室压达到左室水平，分流量很小，肺循环流量近乎正常，左室的压力，容量环面积接近正常，工作量为43g·m。

心排血量的调节：心脏的收缩力受心脏本身和心外的调节因素调节。

自身调节：心脏能根据静脉回心血量随时调节收缩力。心室的充盈压影响心肌的舒张程度，舒张程度的提高增强了心肌收缩力，每搏量和心排血量均增加。心腔的充盈压决定于血液总量与血管床容量的关系。静脉是一容量血管，约70%的总血量在静脉血管床，宛如血流的暂存库，其张力有利于随时调节充盈压和回心血量。血容量决定于血管内和血管外间质液之间的交换调节以及肾脏的调节作用。在微血管内和其外的间质液之间的交换使血管内液体静压和血浆蛋白渗透压保持平衡。血容量减少时激活动脉的压力感受器，小动脉于是收缩，微血管内液体静压下降。血浆蛋白的胶体渗透压使更多的液体向血管内移动，提高了血容量。肾脏的排液受肾小球滤过压以及肾小管回收而定，血压下降可反射性地使进球动脉收缩，肾滤过减少；肾素、血管紧张素和醛固酮于是增高，后者使肾小球回收率增加。血容量增加后使心腔充盈压得到恢复，心排量增加，这样解除了动脉的压力受体刺激、进球动脉的收缩和肾素的过度分泌。

心外的调节：交感神经起主要的调节作用，其兴奋使心肌收缩力增强，而充盈压并未增加，还使肾上腺髓质释出更多的儿茶酚胺，亦使心肌收缩更有力；交感的兴奋还使心率加快。体内各部的血供与压力保持稳定，不但依靠心排血量，还要依靠血管的自身调节。必须强调，循环系统如都扩张，其总容量远大于实际生理的血容量，这样要维持血压和各器官的血流灌注，必须依靠交感神经控制的血管舒缩运动来达到目的。

局部的血流调控：体内各部的血流并非平均分配，这主要根据各器官的生理需要而定，各器官的动静脉血氧差相距很大，提示各器官对氧的提取率亦有不同。动物实验证明血流量大的脏器和血流量小的脏器离体后以常压灌注，差异仍如前，提示血流的分配到各部多少决定于器官本身，而并非决定于中枢的分配调控。



## 三、心功能的发育及影响

### (一) 心功能的发育

心脏的发育过程中其结构、心肌细胞的大小及数目均不断的成长。在胎内，心肌细胞分裂增生，直至出生后数周，数目即停止增加，而增加细胞的体积，每个细胞由圆形渐变成圆柱形，肌原纤维的部分增加，排列亦逐渐齐整。肌膜上有许多离子通道和跨膜受体，以调控表面的化学信息进入胞内，离子的通过通道以控制除极及复极。钠钾泵、钠氢的交换器及电压依赖的钙通道都有一定的发育过程，当心肌细胞发育成熟时，肌膜向肌细胞深层延伸构成小管系统，以大大扩大细胞的表面面积，细胞能更快速激活。细胞上的α和β肾上腺素能受体的发育亦有规律，使交感神经管制心功能的能力日趋成熟。

肌浆网为包绕在肌原纤维以外的一系列微管，控制细胞内的钙浓度，具有一系列的泵以控制对肌原纤维的钙释放，启动收缩并又提取钙启动舒张(三磷酸腺苷依赖的肌浆网钙泵。在未成熟的心脏，肌浆网的钙传输未充分发育，造成钙传输依赖细胞外的钙以启动收缩，而发育成熟的心脏，绝大部分启动收缩的钙来自肌浆网，所以婴儿的心脏对肌膜的钙通道阻滞剂（如维拉帕米）很敏感，可致收缩的无力甚至停搏。

心肌收缩的主要蛋白（肌浆蛋白，肌动蛋白，原肌球蛋白，肌钙蛋白）组成心肌收缩的单元，即肌节。每肌节中有各种同型体，在心房和心室表达不同，在各发育阶段（胚胎、胎儿、新生儿和成人）亦有异。心肌的结构和生化的改变在发育过程中使功能日趋成熟，在心功能实验中，心肌的收缩力自胎内至成熟日益增强，胎儿心功能对前负荷和后负荷反应迟弱，如要增加心功能，只有依靠增快心率；出生成长后，主要依靠增减前后负荷调节心功能。心肌的舒张在发育过程中亦渐敏捷，未发育成熟的肌浆网钙泵移去钙的能力较低。这种未成熟心肌对前负荷的增加不能增强心功能，可以解释早产儿有动脉导管未闭时易致心衰，左室在胎内仅泵血至躯体上部及大脑，出生后需负担全身的泵血动力，所以储备力很少，因此心衰时毛地黄类药物效果不显著（表 6-1）。

**表 6-1　未发育成熟的心功能**

| 新生儿心功能特点 | 生理影响 |
|---|---|
| 心肌可有无氧代谢 | 对缺氧较能耐受<br>碳水化合物的依赖 |
| 具有复制能力 | 对损伤有过度增生和过度肥大的反应 |
| 心肌的非收缩成分较多 | 心室顺应性差<br>不能耐受前负荷增多 |
| 心肌的收缩蛋白量较少 | 生成的收缩力低弱 |
| 细胞内钙贮量少 | 不能耐受后负荷增高<br>收缩力较低 |
| 肌浆网对钙重摄取功能幼稚 | 对后负荷增高不耐受<br>心室顺应性差 |
| 心肌的交感神经分布尚稀少 | 对前负荷增加不耐受<br>对循环中儿茶酚胺的依赖性 |
| 肺血管床已完全灌血，储备少 | 肺血流量如增加，压力风速升高 |

### （二）先天性心脏病对心脏发育的影响

1. 心室对容量负荷过重的代偿　由于左心室为真正的压力血泵，并非是有效的容量负荷血泵，所以左心室逐渐扩大甚至严重扩大时，心脏稍有收缩。则可排出大量血液。如左心室进行性扩大能维持生命数年，心腔容积可变得很大，而无充盈压力上升，直至心力衰竭。慢性左心室扩大几乎均合并不同程度的心肌增厚。

研究表明左心室的扩大，并不产生二尖瓣同等扩大。乳头肌、腱索和二尖瓣变化在形态上各有不同特色，急性左心室扩大时可产生二尖瓣关闭不全，而慢性逐渐扩大，则不产生关闭不全。

正常右心室为容量血泵，最适用于容量负荷过重，心脏稍微收缩，就能排出大量血液。因此，右心室对慢性容量负荷过重能维持良好代偿，而无扩大。如房间隔缺损，血流经缺损通过肺再循环，右心室可排出比左心室多 2～3 倍的血量。如肺循环阻力低，

可无明显的右室扩大。但长期肺血流增加常导致肺血流阻力增高和肺动脉高压,如此产生右心室压力负荷过重,则产生右心室肥厚,心室壁增厚。

容量超负荷解除后心肌适应性的恢复:如果适时将容量负荷过重加以解除;如动脉导管结扎、室间隔缺损修补闭合、主动脉瓣关闭不全的成形术或瓣膜替换术等,则扩大的左心室腔又可能转变至正常大小。这种变化说明经心室代偿机制是可以恢复。

2. 心室对压力负荷过重的代偿　心肌肥厚是心肌对压力负荷过重的典型反应。心室排血阻力增加,心室内压力必然提得很高。根据 Laplace 定律,心腔扩大必需有较高的心肌张力以提高心腔内压力。虽然心肌纤维不能增殖,而其直径可以增加。心室对压力负荷的代偿,主要是有较粗较强的收缩单位,而心腔要保持较小的容量,避免收缩和扩张期的容量扩大,以增加心肌的张力。心室对压力负荷过重的一般反应是心肌肥厚和某种程度的扩大。心室肥厚能利用收缩的储备能力而牺牲舒张能力,心室扩大则能利用其舒张储备而牺牲收缩能力,在心室肥厚和扩大时,冠状动脉血液供应均受到某些限制。当心室过度扩大到一定程度时,心肌收缩力下降,最终发生心力衰竭。

压力超负荷解除后心肌肥厚的恢复:突然解除实验性主动脉缩窄能与严重主动脉瓣狭窄瓣膜替换相比,心室壁应力下降到正常水平之下。产生心搏量需要比较低的前负荷,升高的充盈压下降了。如果低心室壁应力标志着这个过程(心肌肥厚)是可以恢复的,而心肌肥厚的恢复将进一步降低充盈压。

3. 部分病人术前(如矫正型大动脉转位)或术后,右室在功能上是体循环心室。由于体循环后负荷较高常导致右室极度缺血、肥厚,另外右室本身解剖和形态特点也不能适应过高的后负荷,因此常出现右室功能紊乱。

4. 手术本身对心肌和血管功能的影响　除心血管畸形本身外,术中切开心室、心肌缺血性损伤、瘢痕的形成和纤维化,也可导致术后心肌功能紊乱。流出道跨环补片、不带瓣通道、瓣切开和瓣成形术等均可导致瓣膜关闭不全,心室容量负荷增加。同样手术本身及房内或室内异常肌小梁,也可导致心室流入道或流出道梗阻,病人即使无症状,心脏储备功能也轻度受损。部分病人手术矫形不成功,是术后低心排的一个主要原因。

5. 手术影响心脏传导功能　切开心房可能损伤窦房结和房内传导系统,切开心室可能损伤室内传导系统,出现右束支阻滞或完全性传导阻滞。除直接损伤传导系统外,营养性冠状动脉和淋巴管损伤也可引起电生理紊乱。

6. 小儿心血管和肺的发育成熟,有赖于正常体、肺循环血流和压力。CHD 小儿,体、肺循环血流和阻力异常,严重影响了心血管系统发育并降低心脏储备。容量和压力负荷过重,使心肌纤维退化,心脏储备进一步降低。



## 四、肺　循　环

### (一) 肺循环的特点

肺循环将静脉血由右室泵入肺血管,换气后进入左心,虽与体循环连锁,但具有以下特点:

1. 肺循环的流程短,阻力小,压力低,但每分钟的流量却与体循环大致相等。

2. 仅泵入单一的肺组织，不似体循环需供应结构和功能各异的许多器官血管床。

3. 局限于负压的胸腔中，灌注空腔的肺泡壁上的微血管甚为便捷，不似体循环有很大组织压力造成的阻力。

4. 肺血管较相应的体循环血管为粗，但管壁厚度仅为其半，顺应性很佳。自肺动脉（平均压 12～15mmHg）至肺静脉（6～10mmHg）的压差仅为（2～10mmHg），证明血流通过的阻力很小，因此，肺动脉的搏动可传过微血管而使肺静脉亦有搏动，肺静脉高压可后向地传过肺微血管而使肺动脉压力升高，这些都与体循环迥异。

5. 肺血管亦有舒缩的生理活动，但较体循环为弱，其生理和药理的调节与体循环血管亦有不同。肺泡缺氧对肺血管最为敏感，如伴有酸中毒则肺血管收缩更为有力（表6-2），循环缺氧时则为血管舒张。此外血管内皮细胞亦可分泌血管收缩物质如血栓素、白三烯及内皮素等。

**表 6-2　影响肺循环阻力的因素**

| 提高阻力 | 降低阻力 |
|---|---|
| 缺氧 | 高氧 |
| 高碳酸血症/酸中毒 | 低碳酸血症/碱中毒 |
| 肺泡过度灌气 | 功能性残气量正常 |
| 红细胞比积高 | 红细胞比积低（贫血） |
| 肺不张 | 一氧化氮（NO）量 |

6. 肺循环有丰富的血管床储备，即使血流量增加三、四倍仍可借助血管扩张和启用后备的管路而不使压力明显增高。肺循环的血容量远较体循环为小（1/10），容量增多易产生肺水肿．不似体循环有庞大的小静脉容量血管床。

7. 肺有两路血源，一为由右室肺动脉而来的静脉血，次为由主动脉分出的支气管动脉血。后者为供应支气管壁、结缔组织、大血管壁的营养血管、纵隔的淋巴结及胸膜的脏层等。支气管静脉汇入奇静脉进右房，亦可与肺循环系统相通汇入肺静脉。支气管动脉血流量只占左心排出量的 1%左右，但在法洛四联症等肺血减少的情况下可扩张增至 30%，先天性肺动脉闭锁时甚至可替代肺动脉功能。

8. 肺循环具有血流的过滤作用，全身及静脉血入肺后如有微小颗粒可被小动脉堵截而免入体循环，但有右向左分流未经肺滤过时即易形成体循环栓塞。肺循环具有溶纤功能，使进入的微栓子消融，还富有抗凝物资如肝素等，且能产生一些内分泌物质如血管紧张素转化酶使血管紧张素Ⅰ转化成血管紧张素Ⅱ等。

**（二）心脏外科手术对呼吸系统的影响**

1. 体外循环使机体血流与广大异物面接触并经受剪切力作用，致使红细胞、血小板和血浆蛋白受到损伤，并使出血量和感染可能性增加。

2. 心脏手术使内源性血管物资释放，而是肺毛细血管及小动脉痉挛收缩，肺循环阻力升高，血流阻滞。

3. 体外循环和吸引器使用致血液有形成分破坏，产生微栓。

4. 肺毛细血管损伤使通透性增加，加之输液不当而致肺间质发生水肿，肺泡透明

膜形成。

5. 长时间体外循环，使肺表面活性物质明显减少，导致肺不张。

6. 麻醉药物可以抑制呼吸、纤毛上皮细胞及气管黏膜功能；肌松药则可使肌肉麻痹和支气管痉挛。

7. 某些心脏手术畸形后可使肺血流突然增加而诱发肺水肿和呼吸功能不全。

8. 手术创伤及心肌保护不当产生左心功能不全，可加重肺淤血和水肿。

9. 手术对肺及胸膜的刺激、膈神经损伤、胸腔气液积存、伤口疼痛，可导致呼吸功能下降。

10. 体外循环后可使气道阻力增加 20%～25%，动脉氧差增加 20%～25%，静态肺顺应性下降 10%。

**(三) 出生后肺血管床发育**

随着新生儿开始呼吸肺膨胀后，肺泡内液体迅速由血管和淋巴管所吸收，肺泡充气，氧分压($PaO_2$)增高，于是肺循环的血管张开，肺血管阻力(PVR)迅速降低，肺动脉的血流可畅流入肺。PVR 在生后 24h 内急剧降低，随着肺小动脉与肺泡比例的增加，PVR 不断降低。在 3 月龄时 PVR 接近成人正常值，并在数年内持续缓慢的降低。肺血管的发育需要合适的肺血流量以及较高的氧环境。肺血流异常增多(如未经治疗的室间隔缺损病人)病人可导致高动力性肺动脉高压。而肺动脉高压影响肺血管的发育，肺高压导致肺血管床发育延迟和肺血管阻力增高的机制有两个：肺血管平滑肌反应性收缩、肥厚，导致肺小动脉腔狭窄；肺血管发育形成分支受到抑制，使肺血管量减少。肺血流异常减少时肺血管床正常发育分支也会受到影响，临床上 PVR 增高也可见于肺血流减少的病人。因此肺血流的增加与减少均可抑制肺血管床的发育。

许多先天性心脏畸形病人的肺循环不仅受相关畸形(如左向右分流引起的肺血管病变)的影响，也影响病理生理学发展和临床表现。相关结构畸形依次造成的循环变化可能影响 PVR 的血管调节机制。例如，肺血流增多引起 eNOS 活性增强。很多病变的 PVR 和体循环血管阻力之间的关系体现了心内分流和大血管间分流的方向和程度。根据其特性，这种情况被命名为依赖性分流，而有些情况下，这些关系无法影响到分流性质(强制性分流)。依赖性分流的典型例子是动脉导管未闭和室间隔缺损；强制性分流的例子是动静脉交通。

理解 PVR 如何影响体循环氧运输的特性是很重要的。体循环血流(心输出)和体循环动脉氧含量(有一小部分来自溶解的氧气)形成了体循环氧运输。某些先天性心脏病，PVR 通过影响肺血流量的绝对值和肺静脉回流量，来影响体循环氧含量。发绀型先天性心脏病，例如三尖瓣闭锁，其体循环动脉氧含量取决于肺静脉和体静脉回流量之间的关系。在一定的体循环血流下，肺血流量降低时，体循环动脉血氧含量降低。

**(四) 肺动脉高压**

先天性心脏病如不早期手术，30%将发生肺动脉高压。肺动脉高压是决定心脏外科手术后生存状况的重要因素之一，对患儿手术效果和预后有着直接影响。

肺动脉高压的诊断：居于海拔低的正常人肺动脉压正常肺动脉压力为 15～30mmHg，平均 10～20mmHg，如以导管由肺动脉深插楔嵌其分支不能再前进时所量压力称肺动脉嵌压，约 5～12mmHg，可反映左房压。如导管由卵圆孔进左房入肺静脉

逆行楔嵌所量压力称肺静脉嵌压，可反映肺动脉平均压。血流阻力可按欧姆(Ohm)定律，即压降与流量之比：$R=\triangle P/Q=8nL/\Pi r^4$(Poiseuille 公式)。R＝阻力，P＝一定距离间压力下降数，Q＝流量，n＝黏度，L＝长度，r＝半径。以上计算假设血粘度、血管长度及半径均为常数，管道为非搏动性的硬管，当然临床并非如此，但可借估。为了简化计算，可用肺循环阻力＝压力下降数(肺动脉压－左房压)/心排血指数(每平方米心排量)得出阻力单位，正常肺循环阻力为 1～3Wood 单位。若肺动脉收缩压＞30mmHg，舒张压＞15mmHg，平均压＞20mmHg，称为肺动脉高压。肺循环阻力＞3.7Wood 亦提示存在肺动脉高压。表达肺动脉高压的程度有不同参数，以下介绍几种常用的供参考。

1. 肺动脉收缩压评价法

(1) 轻度肺动脉高压 30～40mmHg；

(2) 中度肺动脉高压 40～70mmHg；

(3) 重度肺动脉高压＞70mmHg。

2. 肺动脉收缩压/体循环收缩压(Pp/Ps)之比

正常值小于 0.3；轻度肺动脉高压时为 0.3～0.45；中度为 0.45～0.75；重度＞0.75。

3. 肺血管阻力评价法

(1) 肺小动脉阻力：又称肺血管阻力，是最常用的较准确反映肺血管床状况的参数之一，需精确地获得肺动脉压力、肺小动脉压力及右心输出量，经计算公式获得。按肺血管阻力升高的程度可分为：

正常肺血管阻力＜0.6～2Wood 单位；

轻度增高 2～5Wood 单位；

明显增高(包括中、重度肺血管阻力升高)＞5Wood 单位。

(2) 全肺阻力：亦是反映肺血管状况的参数之一，按肺总阻力升高的程度可分为：

正常全肺阻力＜2.5～3.7Wood 单位；

轻度升高 3.7～5.5Wood 单位；

明显增高(包括中、重度肺血管阻力升高)≥5.6Wood 单位。

如果肺动脉高压是由于左向右分流破坏肺血管引起梗阻性病变，或是因缺氧引起肺小动脉收缩阻力增高所致者，称微血管前(pre-capilary)脉动脉高压；如果是因二尖瓣狭窄或肺静脉异位回流等所致的肺静脉高压(后向的肺动脉高压)称微血管后(post-capillay)肺动脉高压。

肺动脉高压的原因：

(1) 左向右大量分流：如大型室间隔缺损缺口之大已不能限制分流，使左室、右室、主动脉、肺动脉压力持平，称动力性(hyperkinetic)肺动脉高压，特征是分流量很大，阻力不高。

(2) 先天性心脏病所致的梗阻性肺动脉高压：由于大量左向右分流破坏肺血管引起梗阻性病变，因此分流量渐减，阻力增高(艾森门格综合征)，见于大型室间隔缺损、动脉导管未闭、大动脉错位等。

(3) 肺静脉高压：肺微血管后的左心病变，如完全性肺静脉异位回流、三房心、二尖

瓣疾病等。病变解除后肺动脉压力可下降。

(4) 通气不足:缺氧和酸中毒引起肺血管收缩而致阻力增高,见于高山反应、上气道部分梗阻、睡眠呼吸暂停(鼾症)、肥胖症及胸廓疾病等。

(5) 肺动脉受阻:见于血栓栓塞、肺动脉支狭窄、一侧肺动脉缺如或肺叶切除等。

(6) 原发性肺动脉高压。

先天性心脏病患者的肺动脉高压可分为高动力型肺动脉高压和阻塞型肺动脉高压,高压型肺动脉高压的特征是分流量大,阻力不高,这部分患儿手术矫形后肺动脉压降至正常。阻塞型肺动脉高压的特征是肺血管阻力(PVR)升高。肺血管阻力主要与肺血管数量、长度、直径以及血液黏滞度等有关。先天性心脏病合并肺动脉高压患儿,肺血管长度是否出现病理性改变尚不清楚,但肺血管数量的减少却是病理改变之一。肺血管平滑肌张力增高和血管壁病理性改变导致的血管狭窄是决定肺小动脉直径的主要因素,这也是导致肺血管阻力增加的主要因素。肺血管阻力升高常常暗示肺血管数量和直径减少。肺高压性质的鉴别诊断,即判断肺血管阻力是否升高以及升高的肺血管阻力是否是可逆的,具有重要的临床意义。

肺动脉高压的发病机制:

1. 缺氧性肺血管收缩　已知缺氧可引起肺血管收缩,但其确切机制目前尚不明了。作为一种内环境稳定机制,肺局部组织缺氧可引起通气差的区域的肺血流减少以维持适当的通气-血流关系,这可能是缺氧性肺血管收缩的原因。研究表明,许多介质,如儿茶酚胺、组胺及血小板活化因子等与缺氧性血管收缩无关。最近的研究表明缺氧性肺血管收缩部分依赖于钙离子经电压依赖型钙通道内流,后者由外向钾离子流缺氧性抑制启动,从而引起膜的除极。对缺氧的反应是多种多样的,依赖多种因素,包括肺血管床的肌化程度、基础肺血管张力、性别、氢离子浓度和红细胞压积。

导致慢性缺氧时肺血管重建的刺激因子及机制尚不明了。维持肺动脉高压可能与末梢肺血管的病变及多血症有关。慢性缺氧可增加肺血管肌化及平滑肌向$<100\mu m$的非肌化肺小动脉延伸。除缺氧外,其他因素也可能与肺高压时的肺血管重建有关。另外一些物质可减轻动物缺氧性肺动脉高压的发生。这些物质包括肝素、钙通道阻滞剂、β受体阻滞剂、血管紧张素转换酶抑制剂、环氧化酶及脂氧化酶抑制剂、羟基清除剂、内皮素拮抗剂等。这些物质抑制平滑肌增殖的机制是不同的,因而推断肺动脉高压可由多因素引起。

对急性缺氧的反应通常快速而可逆,慢性缺氧引起的病变完全逆转的可能性小,且逆转所需要的时间也长得多。目前已知,缺氧可伴有细胞增殖及基质蛋白合成的增加,弹性蛋白离解活性增加及蛋白合成的表型由收缩型转化为合成型。

2. 内皮功能异常(表 6-3)

新近的研究表明血管内皮在维持正常肺血管张力及肺循环病理状态(如先天性心脏病肺动脉高压)的发生中起关键作用。内皮产生的与血管活性有关的因子有:NO、内皮素(ET)、前列环素、组织纤溶酶原活化剂(TPA)、Ⅰ型纤溶酶原活化剂抑制剂(TPA-Ⅰ)、血栓调节素、硫酸葡糖胺聚糖肝素、Ⅷ因子、生长因子和细胞因子。血流剪切力或肺血流增加、肺血管伸展、缺氧、酸中毒、纤维蛋白及炎症产物可刺激内皮产生改变肺血管张力的介质。

**表 6-3　肺动脉高压时的内皮功能异常**

| | |
|---|---|
| 血管收缩： | 促血栓形成 |
| ET 产生增加 | PAI-I 产生增加 |
| NO(NOS)产生减少 | TPA 产生减少 |
| 前列环素产生减少 | 血栓调节素产生减少 |
| 有丝分裂作用 | 前列环素产生减少 |
| NO 减少 | NO 减少 |
| ET 增加 | Ⅷ因子增加 |
| 血管紧张素Ⅱ增加 | |

越来越多的证据表明对内皮的损害可导致血管的反应性及平滑肌增殖的改变，从而引起肺动脉高压病理状态的发生。肺动脉高压患者的内皮还显示代谢活性增加，其表面微绒毛、粗面内质网和微丝束均增加。内皮素产生增加、NO 及前列环素的产生减少可促进血管的收缩及平滑肌增殖。此外，血管紧张素转换酶局部表达的增加可导致血管紧张素Ⅱ产生增加，后者也是平滑肌的有丝分裂原。内皮损害而造成的 NO 及前列环素产生减少都可增加血小板聚集，PAI-I 产生增加而 TPA、肝素及血栓调节素产生减少从而也促进血栓形成。肺动脉高压患者血栓素 $A_2$ 及前列环素的生物合成可能失衡，这提示内皮功能异常及这些花生四烯酸代谢产物间的失平衡可能导致肺动脉高压的发生。先天性心脏病及原发性肺动脉高压时内皮Ⅷ因子产生增加，这也是肺动脉高压时促血栓形成异常的一个原因。

3. 肺血管重构的机制(表 6-4)

**表 6-4　肺动脉高压肺血管重构的机制**

| | |
|---|---|
| 平滑肌和成纤维细胞增殖 | PGF |
| 基质蛋白合成增加 | 受体数目减少 |
| 弹性蛋白 | 蛋白离解活性增高 |
| 胶原 | EVE |
| 纤维连接素 | 胶原酶 |
| 生长因子增加 | 增强的肌源性收缩 |
| TGF-$B_1$ | 细胞内信号传输异常 |
| IGF-I | 腺苷酸环化酶减少 |

肺动脉高压时的肺血管重构主要包括平滑肌向末梢延伸(即非肌性肺小动脉的异常肌化)、中层和外膜肥厚以及肺血管壁的基质蛋白产生增加。在缺氧性或野百合碱所致的肺动脉高压模型，一些结构变化的机制已被阐明。在牛缺氧性肺动脉高压模型，血管中层与外膜的肥厚与对血管扩张剂反应性的进行性丧失有关。此外，动物实验还显示，抑制异常增殖及基质蛋白的合成可减轻肺动脉高压的发生。

肺动脉高压的病理生理：

右心功能与左心功能是相互影响的，一侧心室功能不全最终会导致双侧心室衰竭。肺动脉高压增加了右室后负荷，降低了右室排血量和左室前负荷，从而降低左心室排血量。左心排血量和左室功能对肺血管床的影响也很大，当心排血量和肺血流量降低时，

肺血管阻力会升高，肺动脉压力可不变或升高。但是，对肺动脉压力的变化，应参考体循环压力、心排血量甚至肺血管床病变程度，进行综合评价。因此，计算肺动脉压/全身动脉压比率和测定肺血管阻力非常重要。治疗右心功能紊乱和肺循环异常的关键，是维持合适的右心室排血量，也就是左室前负荷。肺血管阻力急剧升高会触发恶性循环导致右心功能衰竭（右室舒张末容积和压力升高），有时会引起气道阻力急剧升高，诱发低氧血症、高碳酸血症和酸血症，反过来进一步引起肺血管阻力升高。正常情况下右室壁相对较薄，对右室后负荷急剧升高的代偿能力较差。对慢性右室后负荷升高的患儿，右室游离壁肥厚，右室可克服一定的阻力。右室主要在舒张期得到冠脉血流灌注，肺血管阻力急剧升高可引起心内膜下缺血和右室功能失常。右室功能失常，可损害三尖瓣瓣环导致三尖瓣反流，并有可能损害窦房结或房室结诱发心律失常。肺动脉高压除对右室游离壁的影响外，常常改变左室几何形状。右室舒张末容积升高，使室间隔向左室腔移动，左室顺应性和左室舒张末容积降低，最终导致心排血量降低和左房压升高。

当同时存在肺动脉高压和左心功能紊乱时，降低肺向管阻力的措施应慎用。在心肌缺血性疾病患儿，肺血管阻力突然降低右室负荷减小、肺血流增加，功能紊乱的左室前负荷会突然增加。伴随着左室前负荷的增加左房压会升高，有可能导致肺水肿，扩血管药物和利尿治疗有效。

## 五、不同类型先天性心脏病的病理生理

先天性心脏病按病理生理变化分为四类：分流（左向右，右向左），血液混合，血流阻塞和瓣膜反流。麻醉与围术期处理将密切围绕这些变化进行。

1. 分流性病变系指心脏所排出的一部分血液未能沿着正常通路流动，血液在心脏内或心外发生了分流。分流方向取决于分流通路的大小和其两侧的相对阻力。

（1）左向右分流病变：包括室间隔缺损（VSD）房间隔缺损（ASD）、动脉导管未闭（PDA）等。因左心压力和阻力高于右心而使一部分血液经异常通道流入右心或肺动脉，而致右心室容量负荷过重和肺血增加，甚至可发生肺动脉高压和充血性心衰。

（2）右向左分流病变：包括法洛四联症（TOF）、肺动脉闭锁（合并 VSD）及艾森曼格综合征。因肺血管或右室流出道阻力超过体循环阻力，而使一部分血液未经氧合流入左心，并致肺血减少，因体循环接受部分未氧合血而出现紫绀和低氧血症。

2. 混合性病变　包括完全性肺静脉异位连接、右室双出口、大动脉错位（合并 VSD）、三尖瓣闭锁、单心房、单心室及永存动脉干等，其肺动脉与主动脉类似两条并联的管道，造成肺循环与体循环血流量比例（Qp/Qs）失调及体循环和肺循环的血液相混合。可引起严重低氧血症，其严重程度取决于肺血流多少。

3. 阻塞性病变　不产生分流，只造成左或右心室排血受阻及心室压力负荷过重，病情可很轻或很重，包括肺动脉瓣和肺动脉狭窄、主动脉瓣狭窄、主动脉缩窄、主动脉弓中断等。此类多依赖于动脉导管提供主动脉或肺动脉远端血流。

4. 反流性病变主要是艾勃斯坦畸形（三尖瓣下移）及其他原因所致瓣膜关闭不全，心脏排出的血液有一部分又返回心腔，使心脏容量负荷过重，可逐渐导致心室扩大和充血性心衰。

要做好先天性心脏病的麻醉，我们不但要掌握手术前病人的病理生理，还要掌握手术后病人的病理生理变化，以下介绍几种常见的先天性心脏病的病理生理。

**（一）室间隔缺损病理生理**

室间隔缺损（ventricular septal defect，VSD）（室缺）为最常见的先天性心脏畸形。室间隔如有缺口，左室压力（80～130/5～10）mmHg 远超过右室（15～30/2～5）mmHg，缺口发生左向右的分流，这引起两方面的不良后果，一为体、肺循环之间有短路交通，二为肺血管床因“决口”而“泛滥成灾”。左向右分流使左室已氧合血的一部分又徒劳的再进肺循环，其分流量决定于缺口的大小和肺循环的阻力；缺口的大小可粗分为大中小三档；小型者分流量有一定的限度，左右室的压力仍保持很大的差距，虽然右室压力较正常稍高。大型缺损缺口之大已达到或接近主动脉开口的面积，无法限制分流量，左右心室压力持平，这时分流量决定于肺循环和体循环的阻力。中度缺损口径约为主动脉之 1/3～2/3，仍能保持左右心室间有一定的收缩压差距（≥20mmHg），但对分流阻力较小。关于解剖部位对分流的影响，一般说来，各部位的缺损对血流动力学的差别很小，至于心脏收缩时缺口是否缩小，只有小型缺口在收缩后期可暂闭，对大、中型缺损的分流无影响。

左向右分流的血流动力学改变：①左室因由肺来血太多而超容；②肺循环流量太多；③体循环流量不足。左室因超容而扩大和逐渐肥厚，心脏扩大使心肌拉长，在生理范围内可以增强收缩，但心腔内超容使舒张压上升。心肌的肥厚可减轻室壁上的应力，但室壁的顺应性因此减弱，也使左室舒张压上升。左室舒张压上升使左房充盈左室受限，因此肺静脉、肺微血管等后续血流受堵，导致肺内淤血引起肺间质水肿，水分渐渐向肺泡渗出引起肺泡水肿，使肺的顺应性减低，呼吸于是费力，通气和换气都受到障碍，所以左心衰竭和呼吸衰竭同时表现出来。这种肺微血管压力上升所致的肺水肿除因肺血太多外，肺血不能畅通流出肺亦为主因。试看房间隔缺损时，肺循环血流量也可数倍于体循环，但由肺出来的大量血流到左房由房隔洞口泄到右房，左室舒张压不会升高，所以常无左心衰竭，这样左房和肺静脉压力保持正常，无肺水肿之忧。

左室氧合血由室间隔缺口的走失必然减少左室向主动脉的泵血量；循环系统的主要目标毕竟是要有足够的血流射向体循环，体循环血流量不足导致许多代偿机制出现；血流中的儿茶酚胺增高和交感神经兴奋，使体循环血管收缩，阻力增高以维持血压；肾脏血流量减少兴奋肾素血管紧张素系统引起钠水潴留血容量增多，使肺循环和体循环的静脉血管床淤血，引起肺水肿和肝增大及皮下水肿。

肺循环的血流郁积自然增加肺动脉的阻力，引起肺动脉高压。此外，年龄、海拔高度、红细胞压积、体力活动的程度以及肺血管的结构等均可影响肺动脉的压力。新生儿的肺循环阻力很高，因胎儿肺无呼吸，要拒肺动脉血于肺外，由动脉导管入降主动脉到胎盘；如有大室缺，出生后向成人型肺血管结构改型要较正常推迟，所以分流量不大，心衰表现在新生儿期很少；而且此时红细胞压积仍较高（约 50%），血流黏滞也使肺循环阻力增高。早产儿的室缺症状出现较早，因早产肺血管壁的平滑肌尚未发育完善，所以肺循环阻力较低。正常新生儿在二、三日之内肺循环的阻力即下降至近成人水平，但在高原地带，肺循环阻力不易下降；所以在青藏高原的室缺患婴，有心衰的症状较少且轻，这是由于氧分压较低，肺血管收缩，肺动脉和右室压力持续偏高使分流量减少。

长期的左向右大量分流使肺血管受到破坏，Heath 和 Edwards 早就对此进行病理研究，做出程度不同的六级分法，肺血管的结构改变如发展严重终至无法回逆，使肺动脉由于流量增加所致的动力性(hyperkinetic)高压向梗阻性(obstructive)高压演变，肺动脉的压力可达到或超过主动脉的高度，使缺口发生右向左分流，称艾森门格复合征(Eisenmanger complex)，其后发现除室缺外，其他各种左向右分流的先心亦可继发此病理生理，所以 Wood 统称此为艾森门格综合征。这一领域所涉及的解剖生理和分子生物学的探究成了当今热点之一。

**(二) 房间隔缺损病理生理**

房间隔缺损的病理生理为心房水平的左向右分流，通过缺口的分流方向为由左房而右房，右上肺静脉回左房距缺口较近，分流入右房尤多，使肺循环的流量可三、四倍于体循环，右房右室和肺动脉都呈扩张。房隔缺损产生大量的左向右分流的机制如下：

1. 压力的差别　正常左房压为 5～10mmHg，高于右房 2～4mmHg，但左右两房之间的压力差距并不悬殊。有缺损时压差更小，不能解释临床所见的巨大分流量。

2. 引力的作用　立位时左房位于右房的左后上方，血流可借引力的作用由左房流入右房；但患儿取睡位或倒位时分流的方向仍不变，说明引力与分流方向无关。

3. 左右心室的充盈阻力不同　左室壁较厚，心腔狭长，二尖瓣的面积较小(成人约 4～6$m^2$)；而右室壁薄，顺应性能良好，易于舒张，且心腔短阔，三尖瓣口的面积亦较大(11～13$cm^2$)，纳血便捷，这样当心室舒张时血流由右房充盈右室远较左房充盈左室为易。在房隔缺损时，左右两房的压力趋于相等，约 4～5mmHg，以此压力充盈右室自属轻而易举，但以之充盈左室则稍嫌不足，所以造成左房的血流在心室舒张时通过缺损向右房右室倾泻而下，这是房隔缺损有大量左向右分流的机制。当心室收缩时在两房之间也有左向右分流；除右房壁较左房为薄、压力较低外，右房连腔静脉系统，其纳血能力远较左房所连的肺静脉系统为大，所以在心室的收缩晚期缺损口已有左向右分流的发生；但在心房收缩早期由于右房收缩较左房稍早，可有少量右向左分流，随着大量左向右分流，少许分流入左房的血流又被驱赶回右房。由于右肺静脉开口接近缺损口，所以房隔缺损的左向右分流部分大多由右肺静脉而来。



循环系统的根本目的，毕竟是为了保证体循环的血流供应，如果回至左房的血流大量走失，则肺循环回至左房的总流量必须相应增加，使进入到左室的流量能满足体循环的要求，所以房隔缺损时左室的排血指数仍能保持正常。但左室的充盈总是不够丰满，所以年长后左室的功能亦有减退；因房间隔有缺损，左室功能减退所致的左房高压可由缺损的分流得到缓解，所以临床可表现为右心衰竭；待手术修补后左室功能不足的症状有可能表现出来。

正常肺循环的阻力很小，通过缺损的分流量即使很大，右室仍能将全部血流泵入肺循环。在婴幼期，因右室壁仍较厚，顺应性较差，所以分流量较少，这样肺血管有足够的时日进行正常的发育和成熟。年长后分流量虽增，但因肺血管已经发育成容量大、阻力小的完善结构，所以在 20 岁以前多无明显的肺动脉高压，除非居于海拔很高的患者。

**(三) 动脉导管未闭的病理生理**

动脉导管为胎儿肺动脉与主动脉之间的正常通道，出生后即自行关闭。如关闭的机制有先天缺陷，即构成临床上的动脉导管未闭。在某些先心病中，未闭的动脉导管为患儿生存的必需血源，自然关闭或手术堵闭可致死亡。

动脉导管主要为肌性结构，与其相连的主动脉和肺动脉的环形弹力纤维结构有异，其管壁厚度与主动脉和肺动脉相仿，但其中膜主要为平滑肌所组成，平滑肌的内层为螺形纵向的纤维，外层为环状排列。肌层中亦有少量弹力纤维和壁薄的小血管分布。导管的内膜凹凸不平，并有增厚的垫墩(mounds)，以利密闭，管壁中有粘样物质，其作用未明。

在胎儿，血氧本很低，胎儿血红蛋白的氧离解曲线左移，所以能在低氧的条件下向细胞释氧。此外，胎儿的前列腺素浓度很高，胎盘为前列腺素产生的主要部位；肺为前列腺素降解的主要场所，胎肺血流很少，所以胎儿有很高的前列腺素维持动脉导管开放。

出生后胎盘脐循环割断，前列腺素大部断源，而肺血大增，使前列腺素能及时降解。再者导管组织对氧敏感，出生开始呼吸后血氧很快升高，血氧的升高和前列腺素的降低为导管关闭的最主要的因素，其螺形和环形的平滑肌即行收缩，使导管的管壁增厚，短缩，不规则的内膜增厚和垫墩发挥堵闭管腔的作用。出生 15 小时内大多已功能关闭；管壁的营养血管断源和破裂，使细胞无菌性坏死，代之以纤维组织增生而成动脉韧带。

胎儿肺未膨胀，入肺的血流亦无换气作用，所以右室血流向肺动脉入肺前大多循动脉导管入降主动脉去胎盘换气，入肺的血流仅占心排出量的 5%～8%。而通过动脉导管达 55%～60%之多，所以动脉导管在胎内很粗，与其所连的肺动脉主动脉相仿。出生数次呼吸后肺泡即相继灌气，肺循环阻力下降，动脉导管因血氧的升高和前列腺素突减而收缩，主动脉血流少量漏向阻力低的肺循环，使即将关闭的导管可有些左向右分流，但出生 10～18 小时导管中基本无血流通过，15～21 天已在结构上堵闭不通。一般认为出生后三个月仍未闭方认为是临床上的动脉导管未闭。在出生后短时间导管未闭尚有另一附带作用，如初建肺循环时遇到障碍(持续肺动脉高压)，导管可暂作为“安全门”，以免右室一时的窘困。动脉导管未闭时，因主动脉的收缩压和舒张压总是超过肺动脉，所以分流是川流不息的。

主动脉分流来的动脉血和右室出来的静脉血在肺动脉混合，入肺循环回到左房左室，左室的每搏量大增；除非有肺动脉高压，否则右室的前后负荷均无大变，而左房左室容量大增。左室于是肥厚以适应容量的超负荷。左室每搏量虽增，但通过导管向肺动脉大量走失，收缩时因血流大量涌入主动脉，所以主动脉收缩压不低甚至偏高，而舒张期主动脉瓣关闭，血流继续向阻力很低的肺动脉分流使舒张压下跌，脉压增宽，并产生周围血管的一些体征。左室搏出的血流一部分即在导管走失，有一部分血流在左室、主动脉、导管、肺动脉、肺静脉及左房徒劳地兜圈子，这样血容量必须相应地增加方能满足体循环的流量要求。婴儿肺循环阻力下降时产生大量分流，回左心血太多，左室无法完成泵血量而有积余，左室于是扩大，舒张压上升，使左房及后续血管床淤滞引起肺水肿。但这种症状表现轻重各人不同，有的相当粗的导管竟无症状，因肺血管对这些反应强烈，保持收紧的状态以阻挡太多的分流量；有的反应微弱，无法限制分流来的洪流，造成明显的左心衰竭表现。导管的长度与分流多少亦有关，流程长者阻力增大；还可有扭曲而使分流减少，甚至还可因体位不同而与纵隔脏器位置关系变更压迫导管，称“间歇性”导管，杂音时有时无。

分流的多少除以上因素外，肺循环的阻力至关重要，阻力主要发生于肺动脉至小分支段；但肺静脉如受阻，如二尖瓣狭窄或左室衰竭时，亦后继地使肺动脉压上升，分流减少。如肺循环阻力很高，甚至超过体循环，可发生肺动脉向主动脉分流，肺动脉血向降主动脉灌注，产生下身青紫上身不紫的差异性青紫。

动脉导管未闭引起肺动脉高压的原因有四：①因分流太多使肺动脉压力增高（动力性）；②主动脉的压力直接传至肺动脉；③年长后产生梗阻性肺动脉高压；④肺静脉压增高（微血管后的肺动脉高压）。一般说来，大多患者为左向右分流，仅少数5%～7%有右向左分流，此时患儿已届青少年。偶有肺循环的血管保留胎内阻力很高的结构，自幼即有右向左的持续分流；高原居民肺动脉压本高，导管即使不很粗，亦可发生肺动脉高压。新生儿如红细胞过多所产生的黏滞综合征，可使肺循环阻力增高，导致右向左分流，此为新生儿“持续肺动脉高压”的原因之一。

凡有左向右分流的先天性心脏病如室隔缺损、房隔缺损等可能有动脉导管未闭的伴发，使分流量加大，治疗当然必须同时解决或分期手术。但动脉导管未闭如伴发于其他严重心血管畸形，则这一分流管道可能对病理生理有利，慎勿贸然切断，如肺动脉瓣闭锁或主动脉瓣闭锁，其肺循环或体循环的血源完全要依靠导管未闭由一根大动脉向另一大动脉供血，在此情况动脉导管成了患婴的生命线，不但不能切断，即使吸氧也要考虑，因新生儿提高血氧可促使导管关闭。与此相反，一切使导管保持畅通的措施都对患婴有利，如用前列腺素$E_1$或$E_2$点滴以保持导管开放，使患婴有较好的条件进入手术室。其他如四联症、三尖瓣闭锁、主动脉缩窄、主动脉弓离断等，动脉导管的开放都对病理生理有利，事实上一切肺血太少的青紫型先天性心脏病采用体、肺分流术，在功能上宛如制造一动脉导管而已。

**（四）肺动脉狭窄的病理生理**

肺动脉狭窄为右室流出道梗阻的先天性心脏病，根据狭窄部位可分为瓣膜部、漏斗部、肺动脉干以及肺动脉分支狭窄，可呈单纯性或合并其他心血管畸形，约占先心病总数的25%～30%，约半数病例室间隔完整，其中以单纯性肺动脉瓣狭窄最常见。

肺动脉狭窄，使右室向肺动脉射血受阻，右室必须提高收缩压方能向肺动脉射血，其收缩压增高的程度与狭窄的严重性成正比。肺动脉严重狭窄时由于室间隔是完整的，右室收缩压可超过左室，此与法洛四联症时左右心室压力相等不一样。随着年龄增长，如果狭窄不解除可造成右室进行性向心性肥厚，右心室顺应性下降，右室舒张压增高，有时伴有三尖瓣反流，右房、右室扩大，随之出现右心衰竭。此外，年长儿严重肺动脉瓣狭窄未获治疗可继发肝硬化，这与长期肝静脉淤血有关。

中、重度肺动脉瓣狭窄，在胎儿期因有右室心肌相应增厚，右室心输出量可维持正常。如狭窄程度很重，腔静脉血回右房后，大多通过卵圆孔或房间隔缺损进入左房、左室，可使右室心腔偏小呈先天性发育不良，三尖瓣环也偏小。出生后由于心房水平大量右向左分流，临床可产生持续性中央性青紫，呈严重低氧血症，其血流动力学改变类似于室间隔完整的肺动脉闭锁，在婴儿期如未及时处理将危及生命。所以新生儿重症肺动脉瓣狭窄，为心脏科急诊，需及时予以持续静脉滴注前列腺素$E_1$以维持动脉导管开放，改善低氧血症，全身情况稳定后应立即行经皮球囊扩张术或外科手术治疗。

周围肺动脉狭窄约占先天性心脏病总数的2%～3%。狭窄可呈单发，仅累及肺动

脉总干或其分支，或多发性狭窄同时累及肺动脉总干及若干较小肺动脉分支，孤立性周围肺动脉狭窄约占总周围性肺动脉狭窄 2/3；周围性肺动脉狭窄与其他先天性心脏病同时存在，如肺动脉瓣狭窄、法洛四联症、主动脉瓣上狭窄、室间隔缺损等。单纯周围性肺动脉狭窄的病因未明，目前认为可能与胎内风疹病毒感染有关。单纯周围肺动脉狭窄血流动力学改变类似肺动脉瓣狭窄。根据狭窄范围及狭窄的程度，可造成不同程度的右室收肺期压力负荷增加，右心室肥厚，随着年龄的增长，肺动脉狭窄可加重。周围肺动脉狭窄治疗首选经皮球囊血管成形术。严重的分支狭窄，尤其是多发性外周分支狭窄，给外科手术带来很大的困难，即使手术修补成功，其疗效也不满意。

**（五）法洛四联症病理生理**

法洛四联症（tetralogy of Fallot，TOF）是一种最常见的发绀型先天性心脏病，其发生率为 0.2/1000 左右，占先天性心脏病的 12%～14%。它的基本特征是不同程度的右心室流出道或（和）肺动脉狭窄及室间隔缺损。1671 年 Stensen 首次描述了 TOF 的解剖特征。1888 年 Fallot 描述了此症的四种病理特点，即：肺动脉狭窄、主动脉骑跨、室间隔缺损和右心室肥厚。故此病称为法洛四联症。在 TOF 的四项病理改变中，肺动脉狭窄及室间隔缺损是最主要的病变。因肺动脉狭窄，进肺血量严重不足，故由体循环向肺循环丛生侧支血管以济补匮乏，这在法洛四联症伴肺动脉闭锁中尤为明显。有作者认为侧支血管可分为三类。第一是支气管动脉与肺动脉二者在肺内深部相连接；其次为发自主动脉支丛至肺门与肺动脉相连；第三为主动脉的分支发出，最常见为锁骨下动脉与肺动脉在进肺门之前相连接。

法洛四联症的室间隔缺损往往是非限制性的，因此左右心室收缩压是相等的。通过室间隔缺损的血流方向与血流量由肺动脉狭窄的程度所决定。若肺动脉狭窄较明显，右室至周围肺动脉的阻力与体循环阻力相仿，心室水平呈双向分流；当肺动脉重度狭窄，其阻力超过体循环阻力，引起心室水平以右向左分流为主，同时伴有低肺血流量灌注，肺静脉回流量减少．通过主动脉的血流大部分来自右心室，故造成明显的青紫。尽管有明显的肺动脉狭窄，但肺动脉压力正常或低于正常，而心搏出量正常或增加。由于有非限制性室间隔缺损的存在，右心室压力不会超过体循环压力。

在法洛四联症中室间隔缺损的位置、肺动脉狭窄部位及主动脉骑跨的程度对血流动力学改变不起决定性作用，而右心室肥厚则是继发于右室收缩压增高的代偿性改变。此外法洛四联症的青紫程度还与血红蛋白的增高程度和是否伴有动脉导管未闭以及体肺侧支血管的多少等因素有关。

法洛四联症很少有心力衰竭，其右室压力很高，如有大的室间隔缺损存在，右室血可通过肺动脉、室间隔缺损及骑跨的主动脉到达肺及体循环，通常不引起右室容量负荷增加，因此很少有右心衰竭发生。法洛四联症肺血减少，回流至左心血液亦减少，左心容量负荷亦较少，因此左心衰竭亦罕见。所以法洛四联症中心脏不大甚至偏小。慢性低氧血症可代偿性地产生肺部侧支循环及红细胞增多症，肺部侧支循环多发生在出生后数年，而后者在婴儿期即可出现。另外婴儿铁的储备及含铁食物供给有限，故有小红细胞及低色素性贫血倾向发生。因红细胞增多，致使血液黏滞度增加，易发生血栓，脱落后可致栓塞。

若 TOF 病人侧支循环丰富，肺血减少不明显，手术前病人发绀可不严重，但行根

治手术后侧支循环的病理生理就相当于没有结扎 PDA,引起术后肺血增加,这在麻醉中要引起注意。

**(六)三尖瓣畸形**

1. 三尖瓣闭锁　三尖瓣闭锁必然存在心房间交通,使体静脉、冠状静脉的回血经卵圆孔或房间隔缺损得以进入左房,与肺静脉回血相汇合后注入左室。若房间隔缺损太小,血流受阻,使右房和外周静脉压增高,出现体循环淤血和右心衰竭表现。由于左室接受的是动静脉混合血,故外周动脉血氧饱和度降低,临床上出现青紫症状。青紫的严重程度与肺循环血流量的多少有关,而肺血流量又取决于室缺大小和肺动脉狭窄程度而异,因为肺部的血流来自左心室,通过室间隔缺损进入肺动脉,若室间隔缺损大又无肺动脉狭窄的病例,肺血流量增多,青紫可不明显,如果肺血流量明显增多,还可能导致左心衰竭。反之若合并肺动脉狭窄、闭锁或限制型室间隔缺损,肺血流量减少,青紫症状就较严重。在合并大动脉换位和室间隔缺损时,左室血流直接流入肺动脉,并经动脉导管注降主动脉,故动脉导管可为正常大小;若室间隔缺损小,主动脉接受来自右室的血流量很少,可引起主动脉的发育不良。三尖瓣闭锁合并肺动脉闭锁和室间隔完整的情况十分罕见,此时血液到达肺部的惟一通道为动脉导管未闭或体—肺侧支循环。

2. 三尖瓣下移(downward displacement of tricuspid valVe,Ebstein 畸形)　三尖瓣下移是指三尖瓣隔瓣或(和)后瓣偶尔连同前瓣下移附着于近心尖的右室壁上,约占先心病 0.5%~1.0%。流行病学调查显示每 2 万名新生儿中有 1 个患有三尖瓣下移畸形。1866 年,德国学者 Ebstein 在尸检中首先发现本病,并对其病理解剖作了详细地描述。之后许多学者也作了报道,并将该畸形称为"Ebstein 畸形"。1949 年,Taussig 在临床上诊断首例 Ebstein 畸形。1969 年,Lundstrom 报道了本病的超声心动图诊断。本病无性别差异,偶有家族史报道,母亲妊娠早期服锂制剂者其子代易患本病。

本病的病理生理改变轻重不一,轻者瓣膜功能基本正常;重者三尖瓣口狭小,右室腔狭小,从右室射入肺动脉的血流量少,而且由于瓣叶变形、腱索短缩或乳头肌发育不良致使三尖瓣关闭不全,导致三尖瓣反流。三尖瓣狭窄加上关闭不全,使右房压力日益增高,右房扩大,右房的血流分流至左房,临床出现青紫症状。而且由于房化右室与功能右室同时收缩,而与右房活动不一致,故当心房收缩时,血流由右房流向房化的右室,待心室收缩时,这部分血流又返回到右房,因此右房压持续明显增高和阻力较高,而右室容量较小,三尖瓣严重反流,可造成右室收缩期无前向血流射入肺动脉,这种现象称为"功能性肺动脉闭锁",这时肺循环血流完全依赖动脉导管分流或侧支循环。之后,随着肺循环的阻力下降,右室的压力亦相应减低,则三尖瓣的反流量、右房压及右房向左房的分流量均有所减少,从右室射入肺动脉的血流量增多,动脉血氧于是提高,因此新生儿期所见的青紫症状逐渐减轻或消失。如以后又多次出现青紫加重,可能当时曾有阵发性心动过速的发作,因心动过速可加重三尖瓣反流,且使右室的舒张期缩短,右房无法向右室充盈,右房压力更加增高。

青紫即使能在婴儿期缓解,但年长后仍不可避免地重新出现,可能因三尖瓣和右室心肌的功能逐渐减退,三尖瓣反流使三尖瓣口逐渐扩大,反流加重,并形成恶性循环,导致右房压升高,右房向左房分流加重。轻型病例,房间隔缺损可为左向右或双向分流。如卵圆孔出生后关闭,患儿可不出现青紫,但右房压显著增高,体循环淤血严重。

**（七）主动脉狭窄的病理生理**

主动脉狭窄(aortic stenosis)可分为主动脉瓣狭窄、主动脉瓣下狭窄和主动脉瓣上狭窄，主动脉狭窄引起的基本血流动力学改变是由于左心室流出道梗阻，导致左室与主动脉收缩压间存在压力阶差，但这个压力阶差很少超过200mmHg。轻度狭窄可无明显血流动力学改变，随着病情发展，狭窄程度加重，血流动力学改变也更明显。有作者指出，正常人主动脉瓣口面积为2.5～3.0$cm^2$，如瓣口面积小于0.8$cm^2$，小儿的标准大致为每平方米体表面积小于0.65$cm^2$，或瓣口面积减少到原来正常的1/4即可发生明显的血流动力学改变。

1. 左室后负荷加重　由于左心室流出道狭窄，左室排血时阻力增高，为克服排血阻力，左心室产生代偿性收缩压增高，严重者可达200～250mmHg，导致左心室肥厚，甚至扩大。

2. 主动脉瓣狭窄前后产生收缩期压力阶差　压力阶差主要取决于狭窄面积和循环血量，在循环血量不变的状况下，收缩压的压力阶差与左心室收缩力和外周血管阻力有关。狭窄越严重，压力阶差越大。

3. 左室顺应性降低　大多数主动脉狭窄患者，左室舒张末压在正常上限。但当左室舒张末压增高时，往往提示左心功能受损。由于严重主动脉瓣狭窄继发左室肥厚，心内膜呈弹力纤维增生而导致左心室收缩功能降低。当左室功能衰竭发生，心排量减少，左心室舒张末压、左房和肺血管压增高。

4. 冠状动脉供血不足

（1）严重的主动脉瓣狭窄，左心室排血量减少及主动脉内压力降低，使冠状动脉灌注量减少。

（2）左心室收缩力增加，使心内膜心肌组织受压，冠状动脉灌注压下降，又因为左心室舒张末压增高，主动脉舒张压降低，使冠状动脉灌注量减少。

（3）左心室收缩时限延长，而舒张期时间缩短，使冠状动脉灌注时间也短。

（4）左心室收缩期负荷加重，心肌代谢和心肌耗氧量增加，形成相对缺血。

**（八）主动脉缩窄和主动脉弓离断的病理生理**

1. 主动脉缩窄　主动脉缩窄指主动脉有一局限的狭窄，其内且有隔膜的“搁板”(shelf)阻挡血流。缩窄部位多在动脉导管的开口或其上至左锁骨下动脉的一段，隔膜型的体躯下部血仍由左室通过主动脉弓及缩窄隘口供应（“成人型”），管型者则来自右室循肺动脉经动脉导管而入降主动脉（“婴儿型”）。但婴儿期亦可有成人型病变，成人亦可有婴儿型的病变。本病男多于女(3∶1)，因有主动脉弓缩窄时上肢血压较下肢为高的特征性体征，所以辨认较易。

本病的主要病理生理为左室的后负荷增高，射血时既要克服缩窄部的机械性阻挡，又要面对在缩窄前的动脉高血压；左室壁张力增加使室壁增厚，以减轻应力。缩窄前的高血压与其后的低血压为必有；用动物实验，主动脉管腔缩小至45%～55%开始影响血压，先是收缩压升高，以后舒张压亦升高，但不如收缩压之多，使缩窄前脉压愈益增宽。缩窄后收缩压先降，以后舒张压亦下降，收缩压下降较舒张压明显，但平均压不低于50mmHg，以保证向肾脏的血流灌注。其脉波上下起伏很慢；与缩窄前正相反，桡动脉脉波不但幅度大，上下起伏也快。临床上桡动脉的脉搏较股动脉为早，实非脉传下肢

延迟，而系因其波形特征使脉感较迟之故。缩窄程度相仿的患者缩窄前后的血压改变可因人而异；这是由于侧支循环各人不同之故；侧支多者前后差异即缩小，侧支循环大致有三簇：

（1）锁骨下动脉分出的胸廓内动脉与腹腔动脉相串连而将血流送往髂动脉。

（2）由锁骨下动脉分出的肋间动脉与降主动脉分出的肋间动脉互相沟通。

（3）肩胛动脉与肋间动脉相串连。

高血压的原因除缩窄的机械阻挡外，主动脉的弹性减低和缩窄前的血管床容量减小亦至关重要。其他的因素如主动脉弓压力受体的重新调节和肾血减少而致肾素等增加亦有关。肾脏对主动脉缩窄所致的高血压肯定重要，但非全部，因周围血的血浆肾素测定结果常有矛盾，在童年，肾素的作用似不很重要。在临床上，主动脉缩窄的表现主要集中在年长儿的高血压和婴幼儿期的心力衰竭。

2. 主动脉弓离断　主动脉的弓有一段缺如，形成前后断离，或仅有纤维束带与降主动脉相连（主动脉闭锁）。血流动力学变化为：左室血泵入升主动脉，而右室血向肺动脉、动脉导管、降主动脉泵去；如有室缺，则存心室水平为左向右分流，而动脉导管为右向左分流。左室血流有两条去路，一为入升主动脉，一为通过室缺入右室、肺动脉、动脉导管而降主动脉。降主动脉的血源虽由右室而来，但因右室掺有左室分流而来的氧合血，血氧并不很低，所以体躯下部的青紫可不明显。如无动脉导管未闭和室缺，则降主动脉的血源全靠肋间动脉上下串连和断离前后的头臂动脉侧支供血。断离的部位决定了侧支交通发生的部位。如本病既不伴有动脉导管未闭，又无室缺，则肺动脉的压力可正常不高。

### （九）完全性大动脉转位

在正常心脏，非氧合血由右室泵入肺（肺循环），在肺循环氧合后入左心主动脉（体循环），该两个循环连锁相接。在完全性大动脉转位（D-TGA），右心室将非氧合血泵入主动脉，而左心室将氧合血泵入肺脏，该两个循环如果平行无任何混合（图 6-3），体循环的器官不能接受到足够的氧气，将产生渐进的酸中毒，患儿无法生存。大动脉转位患儿之所以在刚出生当时尚无症状主要是因为有动脉导管未闭（非氧合血从主动脉进入肺动脉）及卵圆孔未闭（氧合血从左房进入右房）的血液混合。上图为正常的线路，下图示完全性大动脉转位时体循环和肺循环的孤独运行线路，失去循环的生理意义，中间必需有房缺、室缺或动脉导管在两个循环之间交换血流后方能暂时存活出生后，随着肺动脉阻力（PVR）的下降，如果存在动脉导管未闭或室间隔缺损，将有更多的血流从体循环进入肺循环。几乎在所有的患者，左房压力均高于右房压。所以，如果存在房间隔缺损，分流绝大多数是左向右分流（氧合血从左房进入右房），仅有少量的右向左分流。此时，房间隔缺损提供了氧合血进入右室、主动脉的途径。

在室间隔完整的 D-TGA，由于生后动脉导管开始关闭（通常在数小时内）导致氧合不足，患儿出生后不久即会出现青紫。此时应用前列腺素 $E_1$（$PGE_1$）可以挽救生命。但是虽然动脉导管未闭可使非氧合血进入肺循环，但卵圆孔必须开放使氧合血左向右分流进入体循环，而且只有在两者的血流量相仿的情况下才能保持患儿生命体征的稳定。通常情况下，卵圆孔开放是限制性的，阻止心房水平的左向右分流，导致左房压升高（肺静脉及毛细血管压也相应升高）。房间隔缺损可非常有效解决此问题，当有房间

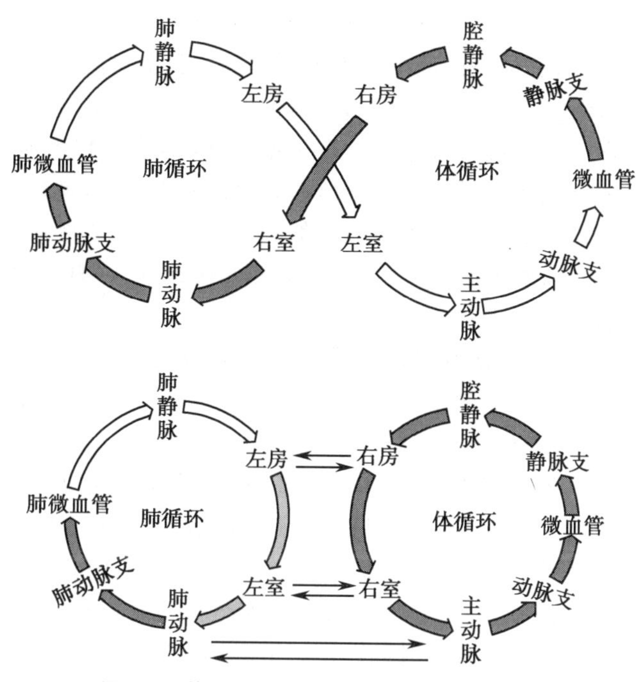

图 6-3　体循环和肺循环的单向连锁线路图

隔缺损(无论先天性或有球囊房隔造口术形成的)时,通过房间隔缺损可形成有效的双向分流,稳定患儿的生命体征,从而减少前列腺素的使用。

在少数情况下,大动脉转位新生儿对前列腺素 $E_1$ 反应较差,甚至在球囊房隔造口后仍很青紫,此类患儿血氧混合较差,需要进一步观察和治疗。在极少见的情况下,可伴发持续性的肺动脉高压,需要采用通常不用于心源性青紫的治疗方法(如高压通气和 pH 偏碱疗法)。

在 D-TGA 伴有室间隔缺损时,中等至大型室间隔缺损多见,主要为右向左分流(右室→左室→肺动脉)。尽管由于完全性大动脉转位体循环低氧,此类患儿的血流动力学与单纯室间隔缺损一致,球囊房隔造口术形成左向右分流对此类患儿很有裨益。

如果大动脉转位患儿伴有室间隔缺损及肺动脉狭窄常有较充分的心内分流,体肺循环血流较平衡,使得血流动力学比较稳定且不必立即手术。肺动脉狭窄的程度可轻度(不限制肺动脉血流)至重度(明显限制肺动脉血流且导致发绀),需要密切随访。

**(十)矫正型大动脉转位(L-TGA)病理生理**

血流动力学变化较多见于合并心脏畸形者。如无其他心脏畸形,血液循环正常。合并室间隔缺损,其血流动力学改变与单纯的室间隔缺损相似,心室水平左向右分流,即自解剖右室向解剖左室分流。如合并室间隔缺损及肺动脉流出道梗阻,由于室间隔缺损往往较大,其血流动力学改变类似于法洛四联症。如存在三尖瓣关闭不全,可产生类似于结构正常心脏伴二尖瓣关闭不全时产生的一系列血流动力学改变。伴完全性房室传导阻滞,则影响心脏功能。

**(十一)完全性肺静脉异位连接**

完全性肺静脉异位连接(total anomalous pulmonary venous connection,TAPVC),体

静脉和肺静脉都到右房汇合，自右房分两路发出，一路入右室，另一路通过房缺、卵圆孔入左房左室，此路是左心和体循环的唯一血源。房间的孔道对血流动力学的影响很大；在胎内，因肺循环的阻力很大，肺静脉虽回右房但流量不大，所以通过卵圆孔的血流仅较正常稍多，不需要扩大卵圆的洞口，这与三尖瓣闭锁、肺动脉瓣闭锁（无室缺型）等在胎内即为惟一通道而呈大型房缺不同。出生后肺循环阻力下降，流量大增，回右房血大增，涌向三尖瓣口入右室肺动脉，如因房隔上的洞口太小，到左心的血源匮乏，造成肺循环血太多，体循环血太少的局面。患婴的心肺功能每况愈下，这时如用球囊导管拉大房隔洞口，症状可大为改善。

如房间隔的洞口太小，右房容量增多压力上升，使回到右房的体静脉和肺静脉的压力均升，肺循环流量可1.5～5倍于体循环，右室于是扩大，正常向右室凸出的室间隔这时向左室凸出，肺动脉压要高于主动脉1.5倍以上。左房的容量因来血太少可仅及正常之半；左室容量亦少，不但因来血太少，而且还由于室间隔向左占位，其射血分数亦偏小。主动脉的氧饱和度可不很低，约85%～90%，此因肺循环流量特多，回右房与腔静脉来血会合时占压倒优势。体、肺动脉血源既同自右房，血氧应相仿，但肺动脉的血氧可稍高于股动脉，此因心脏上型和心脏型的异位肺静脉回流在右房有层流流向右室肺动脉，而血氧较低的下腔开口对准卵圆孔，所以股动脉与肺动脉因心房中的层流而产生氧差。肺静脉回右房受阻往往位于连接的管口狭隘，或受外界器官的压迫所致。再者回右房的管路越长，亦越易受阻；膈肌下型除管路漫长外，肺静脉回右房还需通过肝静脉窦方可出肝静脉进下腔至右房，梗阻不可避免。血流堵塞在肺内产生肺水肿，致使肺内淋巴管扩张以泄水，还有肺静脉与体循环的支气管静脉串通以解压疏淤。因肺循环阻力很大致肺动脉高压，右室压力上升，右房压亦高，通过房隔的洞口入左房的血流于是增多，所以胸片上心影可不大，但发绀明显，代谢性酸中毒愈益加重，引起多脏器缺氧而死亡。这时如扩大房缺亦无济于事。

（徐军美　曹丽君）

## 第二节　小儿先心病的一般麻醉处理

小儿先天性心脏病（先心病）的麻醉是麻醉医师面临的巨大挑战之一。由于先天性心脏病在严重程度、解剖结构及病理生理等方面有非常大的差别，先心病的麻醉处理较为复杂。在体外循环期间，麻醉管理除了使病人意识消失、充分镇痛与肌松外，还应包括许多方面，如降低全身血管阻力、维持血流动力学稳定、合理实施呼吸管理、降低体外循环的激素和代谢反应等。同时还需兼顾体外循环期间的酸碱平衡，控制动脉血压，管理Hct水平和撤离体外循环等。这些工作显然需要与外科医师、灌注师和护士等有默契的合作，要求麻醉医师必须有扎实的心脏解剖、生理、病理生理及药理学等方面知识的基础，而且要有丰富的心脏手术麻醉的经验、果断处理问题的能力和高度的责任心。小儿先天性心脏病治疗的成功取决于仔细的麻醉前评估和准备、精湛的围术期技术以及精心的术后处理。

## 一、先天性心脏病的分类

先天性心血管系统发育异常种类繁多而又复杂，引起的血流动力学改变是麻醉过程中需要特别注意的。不同的畸形都有其独特的表现和处理方法。因此，对心脏畸形发育的病理解剖、病理生理及各种麻醉用药对心肌功能、肺循环、体循环和交感神经系统张力影响的全面了解，是管理好先心病手术麻醉的基础。

先心病种类繁多，临床较常见仅 10 余种。一般根据先心病血流动力学特点进行分类，如是否存在分流、肺血流是增加还是减少、瓣膜周围是否有异常导致血流梗阻或减少等。因此，先心病分类方法也有多种，对于麻醉医师而言应采用有利于术中麻醉管理的分类方法，下面介绍几种常见的分类方法。

紫绀型和非紫绀型先心病是比较常用的分类方法。紫绀型先心病通常存在右向左分流或以右向左为主的双向分流或动静脉血混合；非紫绀型先心病通常又分为无分流型和左向右分流型（表 6-5）。

**表 6-5　根据紫绀的发生分类**

| 紫绀型先心病 | 非紫绀型先心病 |
|---|---|
| 肺动脉瓣狭窄或闭锁伴房缺或室缺 | 无分流型 |
| 法洛四联症 | 主动脉缩窄 |
| 右室双出口 | 主动脉瓣狭窄 |
| 大动脉转位 | 异常血管环 |
| 单心室 | 有分流型 |
| 完全性肺静脉畸形引流 | 房间隔缺损 |
| 三尖瓣闭锁 | 室间隔缺损 |
| 艾伯斯坦畸形 | 心内膜垫缺损 |
| | 动脉导管未闭 |
| | 大动脉共干 |
| | 主动脉肺动脉间隔缺损 |

根据心脏血流动力学特点和缺氧原因先心病又可分为：①左或右室压力超负荷；②心室或心房容量超负荷；③肺血流梗阻性低血氧；④共同心腔性低血氧；⑤体、肺循环隔离性低血氧。

根据分流血流对于肺循环的改变可分为：①肺血流增多型：肺血流增多导致肺循环容量或压力超负荷；②肺血流减少型：异常分流或肺血流梗阻使肺血流减少导致全身血液氧合较差；③正常肺血流型：梗阻性病变虽然心内和心外血液无异常分流，但常导致心肌做功增加、心室肥厚、顺应性降低及氧耗增加。

根据解剖病变和临床症状分类：单纯交通型（在心房、心室、动脉和静脉间直接交通）、心脏瓣膜畸形型、血管异常型、心脏位置异常型、心律失常型等。

## 二、麻醉处理基本原则

小儿心脏手术的麻醉根据患病种类、病变程度、手术方式以及是否需要在体外循环下手术而有所不同，但麻醉处理的基本原则是一致的：即应该尽量减少麻醉对小儿先天性心脏病病理生理的影响，维持肺血管阻力和外周血管阻力比例（PVR/SVR）的平衡。因为PVR/SVR是影响分流量的重要因素，先天性心脏病常发生肺血流的紊乱，因此麻醉过程中PVR的控制特别重要。常见先天性心脏病要求的血流动力学改变如表6-6：

**表6-6　先天性心脏病理想的血流动力学改变**

| | 前负荷 | 肺血管阻力（PVR） | 外周血管阻力（SVR） | 心率 | 心肌收缩力 |
|---|---|---|---|---|---|
| 房间隔缺损（左向右分流） | ↑ | ↑ | ↓ | 正常 | 正常 |
| 室间隔缺损（左向右分流） | ↑ | ↑ | ↓ | 正常 | 正常 |
| 动脉导管未闭 | ↑ | ↑ | ↓ | 正常 | 正常 |
| 主动脉缩窄 | ↑ | 正常 | ↓ | 正常 | 正常 |
| 肺动脉狭窄 | | | | | |
| 瓣膜型 | ↑ | ↓ | 正常 | ↓ | ↑ |
| 漏斗型 | ↑ | ↓ | 正常 | ↓ | ↓* |
| 主动脉瓣狭窄 | ↑ | 正常 | ↑* | ↓* | 正常～↑ |
| 主动脉瓣反流 | ↑ | 正常 | ↓ | 正常～↑ | 正常～↑ |
| 二尖瓣狭窄 | ↑ | 正常～↓ | 正常 | ↓* | 正常～↑ |
| 二尖瓣反流 | ↑ | 正常～↓ | ↓ | 正常～↑ | 正常～↑ |
| 法乐四联症 | ↑ | 正常～↓ | ↑ | ↓ | ↓* |

注　↑＝增加　↓＝降低　*主动脉骑跨

小儿心脏病麻醉处理的基本原则如下：

1. 应用对心血管系统扰乱最小的技术，多环节多途径加强对全省各脏器特别是心肺的保护。

（1）术前维持患儿最佳的心肺功能状态，包括水电解质及酸碱平衡。部分患儿须维持动脉导管处于开放状态。

（2）应用适当的术前用药，减少患儿焦虑、激动和氧耗量。

（3）麻醉诱导要平稳，维持理想的血流动力学状态。

（4）术中维持适当的麻醉深度，在保证重要脏器充分的血供和氧供情况下减少心肌的做功和氧耗。较大剂量芬太尼等麻醉性镇痛药可减轻手术引起的神经内分泌及代谢反应，可以选用。

（5）控制呼吸，保持手术野安静，使$PaCO_2$应维持在30～40mmHg。

（6）采取适当措施降低左心室后负荷及（或）降低PVR。

2. 手术时维持最佳心功能及心排血量

（1）使用对心功能影响小的麻醉药物。

(2) 调节液体平衡，以提供最佳充盈压。

(3) 维持内环境相对平稳，使其处于有利于组织摄氧及功能最佳状态。

3. 预防分流的不利影响，维持 PVR/SVR 平衡

(1) 对于左向右分流的患儿，应降低 SVR，维持一定的 PVR；而对于右向左分流的患儿在畸形矫正前应维持较高的 SVR，避免血压下降，否则导致右向左分流增加，肺血流减少，加重缺氧。一般小儿心脏手术均应采取措施降低 PVR。因缺氧和酸中毒均可使 PVR 增加，麻醉期间应避免低氧血症和酸中毒。但某些先天性心脏病如永存动脉干、左心发育不良综合征等，麻醉期间应注意维持较高的 PVR。

(2) 注意机控呼吸对 PVR 的影响，避免胸内压过高。呼吸末正压(PEEP)可使萎陷的肺泡复张，但增加 PVR。正压通气时当肺容量接近功能残气量(FRC)时，PVR 最低，而高于或低于此肺容量时，PVR 增高。

4. 手术期间维持良好的心肌灌注　维持良好的心肌灌注能减轻心肌缺血性损害和手术后心功能继发性损害。舒张期及舒张压是维持心肌灌注的重要因素。心肌肥厚时心肌容易灌注不足，心动过速时舒张期缩短，可能损害心肌灌注，应尽量避免。此外，应适当输血输液来维持舒张压。

5. 减少心脏做功及负荷

(1) 麻醉期间要预防发生高血压及心动过速，保证完善镇痛，用适当血管扩张药及(或)β 受体阻滞药。

(2) 不用或慎用易引起血压增高的药物。

(3) 控制肺动脉高压，减轻右室后负荷。除加强呼吸管理和保持适当的 $PaCO_2$ 及 $PaO_2$ 外，可应用血管扩张剂，还可用前列腺素 $E_1$($PGE_1$)和吸入 NO。

6. 其他　麻醉期间应避免低血压、低血容量、低氧血症、冠状动脉气栓、冠状动脉收缩以及血液黏度增加。手术期间加强心肺保护及全身各脏器的保护。手术不同时期维持合适的体温，注意体温变化对机体产生的不利影响。

## 三、麻醉前评估

根据患儿的病理生理状况和拟行手术的相关知识制定正确的麻醉计划。即使患儿病情稳定，麻醉处理仍需充分考虑到小儿生理和心理方面的特性。麻醉医师需要用足够的时间去掌握患儿的病情状况和病史资料，以及回答家属对麻醉的疑问。每次麻醉诱导前，麻醉医师应考虑到对麻醉前评估的诸多因素。

麻醉前评估分为几部分，包括病史、体检和实验室检查等内容。其他的相关准备工作还包括缓解患儿及其家属的焦虑情绪，并与外科医师和儿科医师共商处理意见。通过麻醉前评估，麻醉医师得以制定出针对患儿特殊需要的整体计划，以便病人平安度过围术期。

### (一) 临床病史

麻醉前了解病史的重点在于既往手术史和本次手术的原因。虽然对麻醉医师而言，不同的先天性心脏病解剖病变特别重要。但是解剖纠正或姑息性手术决定了病人的生理学状况。详细查阅既往住院病史。除麻醉记录单以外，还包括手术记录、实验室

检查和出院小结。如对病人既往手术有疑问，应与有关医师联系。应特别关注手术和并发症方面的情况。心律失常、心力衰竭、撤离体外循环(CPB)困难和输血反应等均是病史中的重要方面。此外，应仔细询问有关呼吸道的情况，如缺齿、打鼾、呼吸道感染等，了解麻醉处理有无任何困难，如气管插管和动静脉穿刺困难、药物反应、个别药物敏感或耐药性、拔管后喉水肿等情况。完整的病史有助于发现可能存在的其他问题。例如，新生儿或小婴儿受母体状况的影响较大，虽然，并非所有需外科手术的新生儿都能追踪到相关的母体病史资料。如果可能，应当了解妊娠和分娩过程(如妊娠中毒综合征、羊水过多、早产)、母体病史(如糖尿病、镰状细胞病)、母体用药史(阿片类药、地西泮类药、胰岛素)，有助于新生儿病情的估计。例如，已经发现如母亲患有胰岛素依赖性糖尿病，新生儿在出生后的头几天内心肌收缩力明显减弱，确切的原因尚不清楚。

出生后有窒息、肌张力减退、发绀、呼吸窘迫或惊厥等表现的病史，麻醉医师应警惕新生儿可能患有心脏病以外的其他病变。施加刺激不能诱发哭吵和剧烈活动常提示新生儿并非健康。即使无心脏疾病，新生儿窒息可能影响新生儿的心脏、呼吸和代谢的反应能力。这些患儿迅速发生低体温和低血糖、麻醉用药后低血压，以及术后较长时间的通气不足等并发症。新生儿和婴儿哺乳时情况很重要，如哺乳时出汗、呼吸急促、发绀、激动和易疲劳，表明严重充血性心力衰竭和(或)低氧血症。

对于较年长的幼儿和婴儿，病史重点在于一些异常情况和体征。喂养困难、生长发育迟缓和活动减少均是心脏储备功能不足的表现。左冠状动脉起自右室的患儿，哺乳时常激动不安，表明可能出现婴儿心绞痛。当然，还可能发现其他较为敏感的体征。心排血量不足或心力衰竭可以导致失眠、夜间咳嗽、烦躁不安、发生晕厥、动则出汗等症状。洋地黄中毒也可表现为恶心、呕吐。心力衰竭和肺高压早期可表现为反复肺部感染和哮喘发作。最后，活动后蹲踞和发绀加重常提示法洛四联症患儿的右室流出道梗阻加重。

了解目前和既往的用药情况十分重要。如果近期洋地黄、抗惊厥、利尿药等治疗方案有所改变，应复查血药浓度。对于接受利尿药治疗的患儿是否都必须进行血液电解质监测，麻醉医师们尚无一致的意见。虽然，慢性缺钾的清醒病人并不一定伴随心律失常，但是，在全麻、体外循环转流和酸碱失衡等状态下慢性缺钾可能会加重心律失常。当然，比较保守的方法是对所有接受利尿药治疗的患儿进行血液电解质监测，虽然此举尚未得到流行病学证据的支持。此外，还需向家属了解有无药物过敏或异常的药物反应的病史。用于控制法洛四联征漏斗部痉挛或心动过速的普萘洛尔(心得安)应持续用至手术当日。治疗充血性心力衰竭的血管活性药物或钙通道阻滞药、维持动脉导管开放的前列腺素 $E_1$ 须持续使用。

应了解家族史。异常出血或皮肤瘀瘢通常多见于遗传性凝血疾病。糖尿病多具有家族性和不能耐受过量糖负荷的倾向。

麻醉前病史的最后一点是应对患儿目前的既往史和全身状况做出正确的评价。先天性心脏病患儿可分为未矫治、姑息(或部分)性矫治、已经矫治三类。这三种类型分别代表三种不同的功能状况。“已经矫治”的患儿仍有可能存在严重的功能障碍和某些解剖异常，这容易影响麻醉医师的判断。熟悉心脏的解剖缺损对麻醉医师来说很有用。但是了解患儿特殊的病理生理状况更为重要，必须以此来保证病人麻醉的安全有效。

### （二）体检和实验室检查

体检时首先应了解先天性心脏病患儿的整体状况。如静态生命体征、体格、活动能力和敏捷程度等。正常婴幼儿脉搏、血压、呼吸频率及潮气量的正常值见表 6-7 和表 6-8，慢性疾病和个体发育与年龄不相称常常提示其循环和呼吸功能易被麻醉药抑制。

**表 6-7　小儿血压和脉搏正常值**

| 年龄(岁) | 脉搏(次/min) | 血压 kPa(mmHg) |
|---|---|---|
| 新生儿 | 120 | 9.33/5.33(70/40) |
| 1 | 120 | 10.7/8.0(80/60) |
| 2 | 110 | 10.7/8.0(80/60) |
| 4 | 100 | 11.3/8.0(85/60) |
| 6 | 100 | 12.0/8.0(90/60) |
| 8 | 90 | 12.7/8.0(95/60) |
| 10 | 90 | 13.3/8.66(100/65) |

**表 6-8　小儿呼吸频率和潮气量正常值**

| 年　龄 | 呼吸频率(次/min) | 潮气量(ml) | 年　龄 | 呼吸频率(次/min) | 潮气量(ml) |
|---|---|---|---|---|---|
| 新生儿 | 50 | 21 | 3 岁 | 24 | 112 |
| 6 个月 | 30 | 45 | 5 岁 | 23 | 270 |
| 1 岁 | 24 | 78 | 12 岁 | 18 | 480 |

特别关注呼吸道、牙列、舌颚大小、颈椎活动度、张口度的检查和评估。需经鼻气管插管者，检查每侧鼻腔的通畅程度，即堵住一侧鼻孔后观察对侧鼻孔吸气时是否通畅。如预计可能发生插管困难，麻醉诱导前准备好相应的呼吸道管理装备。因此麻醉医师应掌握纤维镜技术在小儿插管中的应用，能更容易对以往插管有困难或者无法插管的病人进行麻醉插管。

肺部检查时要注意心力衰竭、感染和支气管痉挛的体征。观察有无吸凹、呼吸费力、呼吸过快和呻吟等疾病体征。听诊啰音、哮鸣音和鼾音以完成肺部检查。要重视先天性心脏病患儿的哮鸣音，因为可能对进行麻醉和术前准备有困难。如果哮鸣音与充血性心力衰竭或肺部感染有关，应针对这些相关问题做好充分术前准备。当然，哮鸣音也可能与小儿的一种常见病即外源性哮喘有关。一旦确诊哮鸣音的原因是外源性哮喘，选择性手术应当延期，直至支气管痉挛得到有效控制。可采用选择性 β 受体激动剂吸入和短期内进行类固醇激素治疗，以确保支气管痉挛不会给麻醉管理造成困难。

心脏检查时，首先触摸脉搏。如果需要进行动脉监测，这就有助于为选择外周动脉置管部位做准备。各种体-肺动脉分流术后，桡动脉搏动减弱甚至消失。虽然 Allen 试验是检测手部尺动脉侧支循环是否通畅的传统方法，但尚缺乏足够的证据表明这个试验可有效地鉴别哪些病人在桡动脉置管后面临缺血的危险。检查颈静脉有无怒张表现，也为开放静脉通路或中心静脉做好准备。触诊可了解心脏增大、心前区抬举感和震

颤、肝脾大以及毛细血管再充盈不良等体征。听诊有无心脏杂音或奔马律。

麻醉前进行实验室检查，获取与外科有关的心脏特异性病变和患儿整体状况的资料。超声心动图和心导管资料有助于了解疾病的本质，并作为以后检查结果的对照资料。重要的是，不仅要知道当前的检查资料，还应明确与以前的检查资料有无显著差异。查阅实验室检查资料后，麻醉医师除应了解患儿的心脏解剖缺损，还应当了解所有生理性分流的方向和大小、压力和氧饱和度异常、心律失常和心肌功能、PVR 和 SVR 等情况。PVR 往往是决定手术方式和病人预后非常重要的因素。如果麻醉医师对实验室检查的结果仍有疑问，在制定麻醉方案之前应与心内科医师或外科医师进行讨论。如果在没有收集到有关信息前就制定麻醉计划，术中可能出现意想不到的情况。术前完成胸部 X 线摄片，如有可能应与以前的资料进行比较。特别要注意肺部浸润、心脏扩大、胸水和肺血管影增多的情况。如有不明之处，应与手术医师或放射科医师进行讨论。

心电图检查能提示心室肥厚和非特异性 T 波改变，心脏节律是最重要的信息。麻醉医师必须识别已有的显著心律失常。若存在完全性心脏阻滞，可考虑在术前安置临时起搏器。心律失常的相关知识不仅在术中非常重要，尤其在撤离体外循环时，而且对了解术后心律失常与术前相比是否存在变化也是非常重要的。

术前血液检验十分重要。接受利尿药和洋地黄治疗者需检查血电解质。血电解质、洋地黄浓度的明显异常应在选择手术前予以纠正。贫血可造成血携氧能力降低，伴心力衰竭时更加明显。因为 3 个月小儿的正常血红蛋白常低于 95g/L，所以应在诱导前纠正严重贫血。另一方面，发绀型先天性心脏病患儿常伴有红细胞增多，严重的红细胞增多可引起血液黏滞度过高、导致脑和肾内的血流淤滞和栓塞。红细胞比容达到什么程度需进行放血，目前的观点尚不统一，虽然一般在红细胞比容大于 65%时进行放血处理。然而，红细胞比容并不是实施放血的合适指标。与红细胞增多和血黏滞度过高同时存在许多因素，如器官血流淤滞、血小板功能异常和纤维蛋白溶解系统异常等情况，也应作为术前是否需要放血的参考。

## 四、麻醉前准备

麻醉前准备直接决定了无症状病人是否需要预先用药或对慢性充血性心力衰竭、肺部感染等进行合理的治疗。如果患儿病情不稳定，术前处理应着重于改善患儿的心肺功能状态。根据生理功能的改变情况，采用包括变肌力和变时药物、改善通气和氧合，以及血管扩张药物等处理。应与儿科医师和心外科医师仔细讨论病人的麻醉前准备。如果在不纠正解剖病变，患儿的生理功能就无法改善的情况下，只能决定实施限期手术。然而，由于存在风险，在病情不稳定的情况下不能轻易决定手术。

### （一）术前用药

有关术前用药的意见尚不统一。术前用药的作用主要包括：控制减少分泌物、阻断迷走神经反射、减少烦躁，以及降低麻醉诱导期的心血管不良反应。随着越来越多对呼吸道刺激性小的吸入性麻醉药的出现，抗胆碱能药的使用遭到怀疑，目前在成人术前已很少使用抗胆碱能药物，虽然小儿使用还比较普遍，但有少报道小儿术前没有常规使

用阿托品并没有增加不良后果。同时也发现呼吸道副作用与小儿的年龄、体重有关，即低体重和低年龄的患儿更易发生，因此＜3 月的婴儿，尤其是新生儿，他们的迷走神经张力高，麻醉诱导药、接触喉镜、手术刺激等因素均可能通过迷走反射引发婴儿心动过缓，许多麻醉医师采用在术前肌注或在麻醉诱导时静注方式给予阿托品或其他颠茄类药物，以减轻婴儿的这类迷走反射作用。多数小儿使用阿托品后会引起口干、发热、心动过速等，使小儿感到不适。阿托品常用剂量 40μg/kg 和 20μg/kg 没有显著的疗效差异，口服、静注、肌注都不影响血药浓度。

长托宁(perlehyclidine)为 M 受体拮抗剂，该药对 M 受体亚型有选择性，主要选择性地作用于亚型 $M_1$、$M_3$ 受体，而对 $M_2$ 受体无明显作用和作用较弱，用于麻醉前给药，可减少麻醉时唾液和呼吸道的分泌物，减少术后肺炎的发生率，防止术中刺激诱发迷走神经反射或其他内脏反射导致喉头痉挛等并发症。由于长托宁对心脏和神经元突触前膜的 $M_2$ 受体选择性作用不明显，故能有效地避免了心率增快、术后尿潴留、肠麻痹等不良反应的发生。根据体重小儿麻醉前用药长托宁推荐剂量为 0.1mg(体重＜3kg)，0.2mg(7～9kg)，0.3mg(12～16kg)，0.4mg(20～27kg)，0.5mg(体重≥32kg)。

小于 8 个月的婴儿很少需要镇静药，大于 1 岁的小儿在麻醉前是否需要使用镇静药尚存在分歧。循环功能稳定而又烦躁不安的年长儿或青少年使用镇静药物，有助于缓解术前烦躁情绪和降低围术期经历引起的高血压反应。如果病人十分虚弱、呼吸道不通畅或心肺储备功能处于临界状态，则可能对术前用药的耐受性较差，用药后可能发生通气不足、呼吸道梗阻、氧饱和度降低、低血压等不良反应。因此，必须充分权衡术前用药可能给病人带来的益处和不良作用。目前最常用的镇静药是咪哒唑仑。口服咪哒唑仑已成为小儿麻醉前最常用的药物，1998 年以后才有咪哒唑仑口服溶液面市(Versed 糖浆)，此前使用的口服咪哒唑仑溶液都是由咪哒唑仑针剂和甜味糖浆临时混合而成的稀释液，Versed 糖浆的 pH 为 2.8～3.6，是水溶性和亲脂性的闭合环为主，经口服后接触口腔黏膜的是更稳定的亲脂成分，吸收效果好。由于 Versed 糖浆口感好，小儿很容易接受，常用口服剂量为 0.25mg/kg，用药后 10～15 分钟即产生镇静效果，20～30 分钟达峰值，OAA/S 评分满意，且不影响术后苏醒时间。咪哒唑仑(0.25～0.5mg/kg)联合氯胺酮(4～6mg/kg)口服可获得更好的效果，也没有明显的呼吸、心血管负反应，此方法也可用于接受诊断性检查的小儿(如小儿 CT 检查)，应用氯胺酮的小儿必须同时加用阿托品或长托宁，以减少由于分泌物增多引起喉痉挛的潜在危险性。选择术前用药的总体原则应着眼于病人的需求和病人可能对镇静药物的反应。小儿术前药后，最好有氧饱和度监测，以提高安全性。

**(二) 术前禁食**

近年来，术前禁食的原则发生了较大的变化。过去，因过分担心麻醉诱导时发生误吸的危险，而在手术当日禁止饮食。经过较长时间的禁食，婴幼儿有可能发生低血糖和低血容量的危险，也可能使小儿产生饥饿和口渴的烦躁情绪。有关是否需要长时间禁食的研究发现小儿清饮料的胃排空时间约为 2 小时左右。固体食物的胃排空较慢，尤其是动物脂肪含量较高的膳食。据此，美国麻醉医师协会改变了相应的禁食时间指南，指南(表 6-9)建议手术当日固体食物(包括牛奶)的禁食时间为 6～8 小时，而清饮料只需 2～3 小时。这种方法大大减轻了选择性手术小儿的口渴和饥饿感，降低了低血容量

和血液浓缩的危险，且不会增加误吸的危险。急诊手术的禁食时间难以做出硬性规定，并无法制定出有效的指南来权衡推迟手术的危险性和误吸的危险性。麻醉医师必须对不同的病人制定个体化的应对方案。

**表 6-9 降低肺部吸入危险的推荐禁食时间**

| 摄入食物 | 最短禁食时间（小时）* | 摄入食物 | 最短禁食时间（小时）* |
|---|---|---|---|
| 清饮料** | 2 | 乳品（非母乳）*** | 6 |
| 母乳 | 4 | 清淡食物**** | 6 |
| 婴粥 | 6 | 高脂肪食物 | 8 |

该推荐方案适用于各年龄组的选择性择期手术的健康病人。但不适用于产妇。该指南并不能完全保证胃排空。

* 全年龄段的禁食时间。

** 清饮料包括水、不含果肉的果汁、碳酸饮料、清茶和清咖啡。

*** 乳品的胃排空时间与固体食物相似。必须考虑到摄入量，以正确估计禁食时间。

**** 清淡食物包括面包等。含有油炸食物、肉或脂肪的食物会延长胃排空时间。必须考虑到食物类型，以正确估计禁食时间。

特别应注意禁食与长期用药的问题。病人可能在接受与心血管有关或无关的药物日常剂量治疗，如抗惊厥药或哮喘类药。一般说来，手术日清晨吞服药物时饮入的少量水并无误吸的危险。长期用药的目的并非为了维持术中血药浓度的稳定，而是着重于其术后作用，因为术后常需相当长时间才能恢复正常的口服用药。

**（三）患儿的准备**

开放静脉和补液：禁食、禁水时间过长有引起脱水的危险，发绀患儿红细胞增多（特别是血细胞比容超过 60%者），如果液体不足，脑、肾栓塞的危险增加。相反，充血性心力衰竭的患儿通常需要限制液体，以预防心室功能的进一步恶化，但可耐受较长时间的禁食。对所有先天性心脏病患儿应特别注意从静脉通路中，小心仔细地排除气泡，因为在一些情况下会出现短暂的右向左分流如心肺介入治疗（正压通气、人工挤压心脏）或咳嗽等。对小婴儿应采用微量输液器或输液泵以精确控制液体输注。术中是否输注含糖液体目前尚有争论，如存在缺血、高血糖可加剧神经系统并发症。对年龄不足 1 岁或体重不足 10kg 患者，麻醉诱导后体外循环前输注一组含糖液体（5%葡萄糖液 5ml/kg），其他晶体液以平衡液为主，同时术中应随时监测血糖浓度。目前笔者单位采用的方法是患儿在父母的陪同下在病房建立外周静脉通道，可避免入手术室后需肌注氯胺酮基础麻醉引起哭闹，还可节省时间，安全又快捷。

**（四）麻醉相关用品准备**

先心病手术因为手术复杂，患者多为小儿，出现困难的可能性及解决的难度都大。先心病手术的麻醉较普通全身麻醉所涉及的器械、药品及设备多且复杂。

器械、辅助设备：

（1）小儿专用的麻醉机，或带有小儿呼吸程序和回路的麻醉机。要求运行精准，回路密闭、报警设备灵敏准确。呼吸参数为：潮气量 10～15ml/kg，呼吸频率 16～22 次/分，患儿越小频率越快，溢气阀门 3.2kPa。单独使用的三相电源。备用的儿童简易呼吸囊和儿童加压面罩。

(2) 小儿间接喉镜或新生儿直达喉镜，电池电量充足，光线强；小儿牙垫或自制牙垫代替物、听诊器。

(3) 按患儿情况准备的气管导管、上一号和下两号导管各 1 根及相应吸痰管。先心病患儿发育较同龄患儿差，小气管导管需多备一号。经鼻腔插管者同样需要准备经口插管导管，以备鼻腔插管失败时使用。最好选用内径较大的导管，除可降低呼吸作功外还有利于肺内吸引、不易被分泌物堵塞，并且抗扭结性能强。对全身水肿的患儿应准备较正常略小的导管(水肿有可能累及气道)。

(4) 小号插管钳或蚊钳。

(5) 动脉穿刺用 24G、22G 动静脉穿刺针：深静脉穿刺用 20～16G 穿刺针(包)；压力换能器；中心静脉测压尺等。

(6) 多功能监护仪，包括无创血压、有创压力、温度、氧饱和度、心电图、呼气末二氧化碳及麻醉气体监测等。可准确计量的尿容器。

(7) 便携式血气生化测试仪，ACT 测试仪，除颤仪。

(8) 微量泵 3～4 个，标准 50ml 注射器，连接管。

(9) 液体加温装置。

(10) 冰帽或冰袋。

药物：先天性心脏病患儿，特别是婴幼儿，麻醉和手术操作等对血流动力学影响较大，有时会出现剧烈的血流动力学波动，而且不同病理状态下患儿对药物反应性不一。使用合适的注射器将常规和抢救用药抽好备用(体重<10kg 的患儿用 1ml 注射器，10～20kg 的患儿用 5ml 注射器)，以便紧急情况下快速精确用药。持续使用的药物浓度，应能满足剂量范围较宽，同时液体不会过量。小儿心脏病患儿术中常用的非麻醉类药物和剂量(表 6-10)。

特殊监测所需用具

(1) 动脉套管针：经皮穿刺桡动脉或股动脉置入一个动脉套管针，可监测瞬时血压变化并可采集动脉血样。不足 10 岁患儿选择 22G 动脉套管针，年长患儿可用 20G 套管针，体重小于 10 公斤的患儿行桡动脉穿刺置管可用 24G 动脉穿刺针，行股动脉穿刺置管时最好选用较长的套管针以便固定。换能器用肝素水排气备用。

(2) 中心静脉导管：中心静脉通路可用于监测中心静脉压、血管活性药物的应用和快速输液。常用的中心静脉通路有颈内静脉和锁骨下静脉，一般使用多腔中心静脉导管便可同时完成所有这些功能。对不同年龄的患儿应选用不同型号的中心静脉导管，以下可供参考：

早产儿及新生儿　　4Fr，5cm

<1 岁　　5Fr，5～7cm

1～2 岁　　5Fr，7～8cm

3～8 岁　　5Fr，7～10cm

如果患儿发育较实际年龄小，应注意调整所用导管。对于部分病人如行 Glenn 分流术的病人需分别建立上腔静脉和下腔静脉通道。复杂先心患儿术后可能用到多种血管活性药物，最好能不同血管活性药物有单独的通道。

(3) 其他创伤性压力监测：新生儿可通过脐带动、静脉置入导管，用于术中和术后

**表 6-10　术中常用非麻醉类药物和剂量**

| 药　物 | 剂　量 |
| --- | --- |
| 正性肌力药物 | |
| 肾上腺素(epinephrine) | 0.01～0.1μg/(kg·min) |
| 异丙肾上腺素(isoproterenol) | 0.01～0.1μg/(kg·min) |
| 去甲肾上腺素(norepinephrine) | 0.01～0.1μg/(kg·min) |
| 多巴酚丁胺(dobutamine) | 2～10μg/(kg·min) |
| 多巴胺(dopamine) | 2～10μg/(kg·min) |
| 米力农(milrinone) | 50μg/kg(负荷量),随后 0.25～0.75μg/(kg·min) |
| 扩血管药物 | |
| 硝酸甘油(nitroglycerin) | 1～2μg/(kg·min) |
| 硝普钠(sodium nitroprusside) | 1～5μg/(kg·min) |
| 氨茶碱(aminophylline) | 0.5mg/kg 慢推,随后 0.5～1mg/(kg·h) |
| 前列腺素 $E_1$(prostaglandin $E_1$) | 0.05～0.1μg/(kg·min) |
| 拉贝洛尔(labetalol) | 10～100mg/h |
| 抗心律失常药物 | |
| 利多卡因(lidocaine) | 1mg/kg 静推,随后 0.03mg/(kg·min) |
| 腺苷(adenosine) | 0.15mg/kg 单次 |
| 胺碘酮(amiodarone) | 5mg/kg 慢推至少 1h,随后 5mg/kg 至少 12h,必要时可重复 |
| β受体阻滞药 | |
| 普萘洛尔(propranolol) | 0.01～0.1mg/kg |
| 艾司洛尔(esmolol) | 0.5～1mg/kg 单次,100～300μg/(kg·min) |
| 其他 | |
| 氯化钙(calcium chloride) | 10～20mg/kg |
| 碳酸氢钠(sodium bicarbonate) | 1mmol/L(1mEq/kg)(或根据血气分析 BE 确定) |
| 去氧肾上腺素(phenylephrine) | 1～10μg/kg |
| 肝素(heparin) | 3mg/kg |
| 鱼精蛋白(protamine) | 3～4mg/kg |

监测。另外,术中应准备一额外压力传感器,用于外科医师在术中直接测定心内各心腔和大血管内的压力。

(4) 除颤仪:麻醉诱导期间和体外循环前、后,有许多因素可导致心室颤动,应根据患儿年龄和体重备好体外和体内除颤设备。

(5) 其他:用于吸入和呼出气中挥发性麻醉药浓度和呼气末二氧化碳浓度的监测,经食管或体表超声显像和心电图,经颅脑血流和脑氧饱和度等。

环境:常温非体外循环手术,手术室温度应接近心脏需要的温度并有变温装置,以避免低温对肺血管床和心肌的有害作用。低温体外循环手术特别是循环阻断者,可预先降低手术室温度,体外循环前使患儿温度逐渐降低,达到体表降温的目的。

## 五、麻 醉 监 测

### （一）无创性监测

无创性监测主要包括心电图、无创血压、经皮脉搏氧饱和度、呼气末二氧化碳分压、双肺呼吸音、吸入氧气浓度和温度等，如果使用笑气还应监测笑气浓度，如有条件可进行呼气末挥发性麻醉药和食管超声的监测等。

1. 心电图(ECG) 心血管手术中 ECG 主要用于监测心律失常和心肌缺血，但是小儿心率较快，心律失常的诊断较困难。术中出现心肌缺血性改变时，常须进行 ST 段的监测和分析。婴幼儿应该准备专用的电极片并妥善固定。

2. 无创血压 血压袖带的宽度一般应为患儿上臂长度的 2/3，袖带过小常导致听诊血压偏高。由于血压太高或太低时袖带测压不准，且不能反映瞬间血压，心脏手术中袖带血压只是在建立动脉直接测压前使用。

3. 经皮脉搏氧饱和度 经皮脉搏氧饱和度在许多手术中应用，但在小儿心血管手术中特别重要，可立即反应氧合情况的变化，尤其在动脉穿刺直接测压困难者。脉搏氧饱和度的使用大大提高了麻醉安全性，特别是发绀患儿，对预防和早期诊断和治疗低氧血症和缺氧发作意义重大。但是，在氧饱和度低于 70%时，多数脉搏氧饱和度监测仪的精确性降低。另外，手术中许多因素对脉搏氧饱和度精确性有影响，如高频电刀、手术灯光、晃动、血压计袖带充气、血管收缩、注射染色剂和探测部位温度低、局部循环差等。肢端脉搏氧饱和度常滞后明显，当脉搏氧饱和度出现下降时说明患儿已经出现了明显的缺氧，小儿麻醉过程中应对此特别引起注意。

4. 呼气末二氧化碳 呼气末二氧化碳定量分析仪是临床麻醉中使用最多的气体分析仪，定量监测呼气末二氧化碳可确认气管内插管、及早发现呼吸回路的改变、各种接头意外脱开、气管内导管扭结或意外拔管等。另外，通过对二氧化碳波形变化的观察也可获得病理生理方面的信息。如法洛四联症右室流出道痉挛肺血减少导致缺氧发作的患儿，呼气末二氧化碳浓度会很低，而动脉血二氧化碳浓度很高。随着麻醉的加深和体温的降低，婴幼儿氧耗和代谢降低，在呼吸条件不变的情况下，呼气末二氧化碳浓度也会逐渐降低。

### （二）有创动脉压监测

术中由于血压波动、体外循环和反复动脉采样血气分析，直接动脉穿刺置管十分重要。直接动脉腔内测压适用于所有体外循环心脏手术和小儿非心脏手术，且特别适用于新生儿。直接动脉内置管测压期间，应使用抗凝液防止套管针内形成血凝块堵塞测压管路。小儿抗凝液中肝素含量一般减半，为每毫升生理盐水中含肝素 1U。虽然股动脉、足背动脉、肱动脉、腓动脉、颞动脉和腋动脉均可穿刺置管，但临床最常使用的是桡动脉。

1. 桡动脉测压

(1) 术前检查：桡动脉穿刺前应检查手部两侧的血液循环，通过触诊可对桡动脉搏动情况做出评价，通过 Allen 试验可对手部伴行循环的血液供应做出评价。小儿 Allen 试验可按下列方法进行：首先，检查者压住桡动脉和尺动脉，助手间断紧握患儿

手 10 次左右，使患儿手的颜色变苍白；助手松开紧握的手，在检查者松开尺动脉后 5～7 秒内手的颜色应恢复正常，如超过 7 秒表明血流不足。尺动脉堵塞者只要压住桡动脉，手的颜色就变苍白。注意患儿手过度背伸时，可使掌动脉弓受到压迫导致血流不足的假象。

(2) 穿刺技术：10 岁以上或体重超过 30kg 的患儿一般选用 20G 套管针，婴幼儿和较小患儿选用 22G 套管针，体重不足 10kg 的婴儿选用 24G 套管针。患儿腕部适当伸展，消毒铺巾后在平桡骨小头部位桡动脉上方与皮肤成 20°～30°夹角方向刺入动脉，可采用穿透法或非穿透法。如套管针刺入组织和动脉时有摩擦感，表明套管针尖部受损应更换新针，尖部受损的套管针置入动脉腔较困难，置入后可能损伤动脉内膜并形成血栓。反复穿刺容易引起桡动脉痉挛使穿刺更为困难。

(3) 问题和并发症：刚脱离体外循环时，桡动脉压可能低于中心大动脉或股动脉压，一般情况下临床意义不大。早期研究认为这种压力梯度可能与周围血管收缩或低温体外循环复温期间前臂血管阻力的降低有关；近来研究表明缩血管药和扩血管药均对体外循环引起的该压力梯度无影响。动脉内套管针可留置 3 天或更长时间，但是出现血管功能不全、血肿或感染时应立即拔除。套管留置时间过长可能出现血栓堵塞，应更换新套管针。在拔除套管针时注意抽吸，以排出血栓性物质。动脉套管与连接管道意外脱开引起的出血虽不多见，但却是致命性的并发症。其他并发症有桡动脉血栓形成、前臂皮肤缺血性改变、血管痉挛、中枢或周围栓塞、血肿，正中神经或桡神经损伤、动脉瘤和假性动脉瘤以及感染等。

2. 其他动脉测压

(1) 股动脉：股动脉位于股三角中，股神经位于股动脉的外侧，股静脉位于股动脉的内侧。在腹股沟韧带中点的下方，股动脉位置浅表，仅有阔筋膜覆盖，在体表可触摸到搏动，穿刺易于成功。穿刺点不宜过高或过低，过高易误入腹膜后或腹腔，过低刺中后置管困难。股动脉通常可置入 20G 或 22G 长 4～6cm 的动脉套管针，穿刺成功率也比较高，腹膜后血肿和腹腔内出血是其严重并发症。股动脉穿刺置管的缺点是术后腿部须制动，固定较困难，容易脱出，其并发症和桡动脉穿刺类似，包括短暂的血管功能不全、感染或缺血性改变等，管理和注意事项同桡动脉穿刺。

(2) 肘动脉：肘动脉位于肘部，较桡动脉明显粗大，但活动度较大，穿刺成功后受肘部活动的影响，术后护理难度也大。另外，肘动脉向下发出桡动脉和尺动脉，一旦出现并发症对整个前臂和手部血液循环影响较大。目前一般不主张肘动脉穿刺置管。

(3) 足背动脉：由于足背动脉位置浅表，在跗长伸肌腱外侧即可触摸到动脉搏动。虽然有报道 3%～12%的人缺乏足背动脉，但在小儿足背动脉穿刺相对比较容易。在小儿足背动脉收缩压和脉压较肱动脉和桡动脉高，而成人肱动脉和桡动脉的平均压和舒张压较足背动脉高。因此，采用足背动脉测压时应注意，避免高血压处理过度和低血压处理不足。

**(三) 中心静脉压监测**

中心静脉穿刺置管可用于中心静脉压监测、快速给药、输液输血、置入肺动脉管或起搏导管及术后静脉营养等。中心静脉穿刺置管常用途径有，颈内静脉、锁骨下静脉、股静脉、颈外静脉和肘前静脉等，其中颈内静脉和锁骨下静脉穿刺置管最常用。

1. 颈内静脉置管

(1) 穿刺技术:患儿头低位15°仰卧使静脉充盈并减少气栓的危险。肩下放一枕垫,使患儿颈部伸展充分暴露穿刺部位。患儿头部稍转向左侧,定位胸锁乳突肌胸骨头、锁骨头和锁骨组成的颈三角。用左手食指和中指的指尖触摸颈总动脉搏动,判明颈总动脉走向。在颈三角的顶部向胸锁乳突肌锁骨头平行方向进针穿刺颈内静脉,患儿越小进针角度越大,避免进针太深太平误入胸腔。刺中颈内静脉后置入J型钢丝,导入静脉套管,根据患儿年龄和身高等确定静脉套管留置的深度。

(2) 并发症:误穿颈总动脉、血肿、气栓、血气胸、血栓形成、损伤神经和感染等。

2. 锁骨下静脉置管

(1) 穿刺技术:锁骨下静脉较粗大位置相对固定,穿刺比较容易。虽然左锁骨下静脉平缓回流入右房(二者角度较大)较适合穿刺置管,但穿刺时可能伤及位于左侧的胸导管,因此较少采用。患儿头低位15°仰卧,头部转向左侧,在锁骨中、内1/3交界处与锁骨成45°夹角,锁骨下1cm处进针,紧贴锁骨下面向胸骨上窝方向穿刺锁骨下静脉。

(2) 并发症:血气胸、误穿动脉和感染等是比较常见的并发症。误穿锁骨下动脉后有时可出现急性呼吸道梗阻,其他并发症有胸导管损伤后淋巴液外漏、血胸和血栓形成等。

3. 股静脉置管　股静脉位于股动脉内侧,以股动脉搏动为标志,进行股静脉穿刺,注意事项同股动脉穿刺。

**(四) 肺动脉压监测**

许多先天性心脏病左、右室功能差异很大,中心静脉压仅反应右心充盈压和血容量状态。不能反应左心状态。通过Swan-Ganz导管监测肺动脉楔压可间接反应左心充盈压(左室舒张末压),同时可用于术后测定右室肺动脉压差、测定混合静脉血氧饱和度,为诊断和治疗提供手段和指标。在无心动过速、二尖瓣疾病、肺高压或严重肺部疾病时,左室舒张末压、左房压、肺动脉楔压和肺动脉舒张压基本一致。因此,在不能获得肺动脉楔压时,可参考肺动脉舒张压。对心室顺应性变异较大者,肺动脉楔压也不能准确反应左室舒张末容积。

Swan-Ganz导管使用指征:充血性心力衰竭、左室功能差、肺动脉高压及主动脉瓣和二尖瓣病变等。

**(五) 左房压监测**

婴幼儿放置Swan-Ganz导管有时很困难,可在术中左房置管直接测量左房压,通常由外科医师经上肺静脉置入。缺点是须行胸腔造口术,并有栓塞和拔除导管时出血的危险。另外,也可在术中由外科医师通过房间隔造口,将位于右房的中心静脉管放入左房,用于监测左房压。5岁以内小儿,用于左房测压的中心静脉管应置入10～14cm。

**(六) 中枢神经系统监测**

体外循环心脏手术后中枢神经系统并发症,是一个非常复杂有待深入研究的问题。中枢神经系统的监测手段,包括脑电图(EEG)、双频谱分析(BIS)、经颅多普勒脑血流图(TCD)和颅内压监测等。但是,在敏感性、可靠性、定位和定量等方面,均存在不足。

**(七) 食管超声**

食管超声心动图(TEE)经口腔将超声探头放置在食管内观察心血管,消除了肺组

织干扰和胸壁引起的超声能量衰减，又可使用 5MHz 的高频探头提高分辨率，可获得高清晰图像，特别适用于术中明确诊断、评价手术效果和心室功能。许多心脏病治疗中心将 TEE 视为术中常规监测，用于指导麻醉和手术。

## 六、麻醉诱导和维持

先心病患者麻醉诱导，是通过口服、肌注、静推、吸入及直肠给药等途径，使患者在尽快地时间内意识消失，并随着麻醉的加深，使机体对操作、创伤、疼痛等因素引起的应激反应得以有效抑制，并在血流动力学稳定的前提下，顺利完成气管插管，动、静脉穿刺等操作。先心病患儿常合并其他畸形，如舌体肥大、扁桃体和腺样体肥大、唇腭裂、声门下狭窄等。先心病患儿麻醉诱导过程中给氧不足，可导致高碳酸血症、酸中毒和低氧血症，从而使肺血管阻力升高、肺血流减少，最终出现心肌功能紊乱和低血压。因此，小儿先心病麻醉诱导主要危险来自呼吸道。心功能正常的患儿麻醉诱导时低血压并不常见，但是，患儿存在低血容量、气道梗阻或失去窦性节律时低血压较常见。心功能处于边缘状态的患儿，如左室发育不良综合征、严重主动脉梗阻新生儿，静脉麻醉药应缓慢注射，因为这类患儿往往不能耐受静脉容量扩张导致的血容量相对不足。麻醉诱导方案应根据患儿年龄、呼吸道通畅度、合作程度、预计手术时间、是否用过术前药、病种、心血管功能对各种麻醉剂预期的反应等制订。主管麻醉医师的经验和习惯对制订诱导方案也非常重要。

**（一）麻醉对血流动力学的影响**

1. 麻醉中许多因素可以影响先天性心脏病血流、压力和阻力之间的关系，导致复杂的病理生理改变。

（1）增加体、肺循环血流因素：增加容量负荷、使用正性肌力或变时性药物、血管扩张药物；左或右室流出道梗阻性缺损患儿，使用挥发性麻醉药或β受体阻滞药，如特发性肥厚性主动脉瓣下狭窄或 TOF。

（2）降低体、肺循环血流因素：低血容量、心律失常和心肌缺血；使用血管扩张药物、挥发性麻醉药、钙通道阻滞药；气道平均压高(容量不足)。

2. 麻醉对心肌的抑制作用　麻醉用药可抑制左、右心室泵血能力，影响心室收缩功能，从而改变左、右心腔间的压差。但是，麻醉对心肌收缩性的抑制，并不总是产生不利的病理生理改变，适度抑制心肌收缩力，有助于缓解心室流出道肥厚引起的血流梗阻，如法洛四联症漏斗部肌性流出道肥厚狭窄的小儿，通过对漏斗部梗阻的调节，可改变前向血流和心肌氧平衡，而心动过速和低血容量通过降低心室大小和心肌过度收缩，可加重漏斗部右室流出道梗阻。全身血管扩张通过反射性增加心率和心肌收缩性，也可加重漏斗部右室流出道梗阻。在这种情况下应避免交感神经张力过高、保证足够的静脉回流并控制全身血管阻力。负性频率及负性肌力作用的麻醉药物和β肾上腺素能拮抗药有助于肌性右室流出道梗阻。

3. 麻醉对血管的作用　可以引起 PVR 和 SVR 的变化，而 PVR/SVR 之间平衡的改变，直接影响到分流量甚至分流(心内分流)方向。

（1）增加 PVR 因素：低氧血症、高碳酸血症或酸血症；气道平均压高；交感神经刺

激、使用α受体兴奋药;血容量过多。

(2) 降低PVR因素:麻醉药物,氧、低碳酸血症或碱血症,血管扩张药物,α受体阻滞药。

(3) 增加SVR因素:交感神经刺激、使用α受体兴奋药。

(4) 降低SVR因素:麻醉药物,血管扩张药物,α受体阻滞药,β受体兴奋药,钙通道阻滞药。

4. 理想的血流动力学状态　麻醉应针对CHD不同的病理生理,制定出合理的麻醉方案,通过选择适当的麻醉药物、麻醉方法和正确的处理措施,使血流动力学参数朝理想的方向发展。

**(二) 选择麻醉用药**

全面理解先天性心脏病病理生理和血流动力学特点,是麻醉管理和麻醉用药的基础。选择麻醉用药除考虑理想血流动力学变化外,还须综合考虑其他因素如疾病严重程度、心血管功能状态、年龄、有无静脉通路、入室时精神状态和有无气道梗阻等。许多药物在先天性心脏病患儿麻醉中有特殊效应,但无一种麻醉药十分理想。因此只有掌握各种麻醉药血流动力学效应特点,相互配伍取长补短,才能达到满意的麻醉状态和手术条件。

常用麻醉药的药理特点本书前面章节已有详尽介绍,本部分重点在于常见麻醉药物在小儿患者的特殊作用。

1. 吸入麻醉药的药理作用和药代动力学特点是多方面的,先心病手术应用吸入麻醉药,主要从八个方面进行评价:①对心肌收缩力的影响;②对心律的影响;③对体循环的影响;④对动脉压的影响;⑤对心率的影响;⑥对压力反射系统的影响;⑦对冠脉循环的影响;⑧对肺循环的影响。

恩氟烷:恩氟烷在心血管手术中应用很广,恩氟烷引起的心肌抑制作用与应用剂量相关,它降低心排量的作用是降低每搏输出量的结果,这种作用与血液中$PaCO_2$值呈负相关关系。恩氟烷不增加心肌对外源性儿茶酚胺的敏感性;恩氟烷麻醉时心律稳定,心电图上虽可见房室传导间期延长,但对心室内传导无影响;即使出现室性早搏,持续时间也较短,改善通气后即可消失。对动脉压影响的程度与心排血量相似或稍重,由于低血压与麻醉深度成正比,临床上把血压下降程度作为麻醉深度的反映。血压下降是恩氟烷抑制心肌和扩张外周血管的综合作用。恩氟烷麻醉时心率不增加,冠脉扩张,肺血管阻力下降,压力反射系统轻度受抑制。在快速诱导和复苏方面许多研究证实,恩氟烷舒张支气管作用较强,对于哮喘患者很有益处。恩氟烷的肝脏毒性作用在小儿不明显,由于增加脑血流,恩氟烷禁用于已有颅内压增高或脑顺应性降低的患者。

异氟烷:异氟烷由于组织及血液溶解度低,血/气分配系数仅1.48,在现有强效吸入性麻醉药中仅略高于七氟烷,故其肺泡浓度较快接近吸入浓度,因而诱导迅速。它对心功能的抑制小于恩氟烷,心脏麻醉指数为5.7,大于恩氟烷和氟烷,2MAC(MAC即为肺泡气最低有效浓度)以内则较安全。随着吸入浓度的增加,心排血量才明显减少。异氟烷引起的血压降低与剂量有关,但对心肌抑制程度较轻微。血压的改变可能是由于前、后负荷改变所致。随着外周血管阻力的下降(血管扩张)而引起血压的降低。异氟烷能减低心肌氧耗量及冠状动脉阻力,但冠状动脉血流量不变。异氟烷常引起成人

心率增快,但在儿童大部分却表现为心率减慢。麻醉诱导时异氟烷有诱发喉痉挛倾向。异氟烷能产生较满意肌肉松弛,增强非去极化肌松药的效能,随麻醉深度加深,肌松药用量也减少。异氟烷是强效吸入性麻醉药中更安全的一种。

七氟烷(sevoflurane):七氟烷是具有诱导迅速、嗅味好、对循环抑制轻,且无组织毒性等特点的吸入性麻醉药。七氟烷的物理性质优于其他吸入性麻醉药,血/气分配系数低(0.63),故有诱导快、苏醒也较快的特点。与其他强效吸入性麻醉药相比,其效能较弱,MAC值较高。由于分配系数低,故吸入后肺泡内浓度升高迅速。七氟烷降低猪脑血流,但与$N_2O$合用时,脑血流量显著增加。2MAC使脑内压显著升高,故对颅内压已高的病人,不宜使用七氟烷。七氟烷降低心肌灌注量和冠状窦血流,加深麻醉后,冠状窦血流有所恢复。心肌耗氧量及乳酸摄取量均呈剂量依赖性下降。深麻醉状态下,心肌摄取氧和左室每搏功能降低。七氟烷对心肌传导系统无影响,不增加对外源性儿茶酚胺的敏感性也是它的一个显著优点。七氟烷对循环系统的影响可概括为:存在剂量依赖性抑制,血管的扩张效应强于心肌的抑制。

笑气:笑气对心肌有直接抑制作用,婴幼儿较成人严重。婴幼儿心排量和肺泡通气量相对较大,血供丰富组织相对较多,因此对笑气及其他吸入麻醉剂的摄取较快。笑气可增高全身血管阻力、肺血管阻力、中心静脉压和吸气峰压,降低心率、每搏量和平均动脉压。尽管婴儿使用笑气时(不超过50%)未见肺动脉压和肺血管阻力的增加,但在肺血流受限或肺动脉高压患儿最好避免使用。笑气使用中可使小气泡扩大,导致动脉或毛细血管血流梗阻并使原有的冠脉气栓和静脉气栓后果恶化。较大左向右分流患儿咳嗽或Valsalva运动时,心腔间正常的压差可能逆转出现短暂右向左分流,因此右心系统潜在的气泡有可能进入体循环。在心脏手术打开左心、心导管检查或治疗中使用较大的静脉或动脉鞘管时,均应注意避免出现气栓。

2. 静脉麻醉药物　静脉麻醉用药种类很多,有确切镇痛作用的仅有氯胺酮一种。同时,都有程度不同的副作用和不足。可以说,目前尚无一种药物在安全浓度下可满足心脏外科手术麻醉的要求,需多种药物配伍才能达到满意的麻醉状态。麻醉医师应根据患儿不同状况,制订个体用药方案。如对肾上腺皮质功能低下者,包括长期使用皮质激素者,麻醉后可能出现低血压,围术期应给予激素治疗。

依托咪酯:依托咪酯(etomidate)作用类似中枢性抑制物GABA,镇痛效果不明显。催眠量可产生皮层下位抑制,出现新皮层样睡眠,脑干网状结构的激活和反应处于抑制状态。临床推荐剂量为0.3mg/kg。其主要优点是起效快、时效短;苏醒迅速、完全、平稳;呼吸抑制轻微、短暂;对心肌收缩力影响较小,仅外周血管稍有扩张;不释放组胺;无变态反应;对肝、肾无毒;体内无明显积蓄;减少脑血流量及降低颅内压。适应证:经静脉给药用于麻醉诱导,其起效快、作用强、清醒迅速而完全。没有镇痛作用,单次剂量可维持麻醉6~10分钟,还可与其他药物配合用于复合麻醉的维持中。术前给予阿片类镇痛药可减少肢体非自主活动的发生率。不良反应:可出现轻重不同不能自制的肌肉僵直或阵挛,左右对称或仅限于一侧,与芬太尼合用时,约32%的病人(22.7%~63%)发生,辅以苯二氮䓬类药物可缓解症状,肌肉松弛药也可预防发作。注射部位可出现局部疼痛。偶见恶心、呕吐、心律失常、呼吸频率变化及一些高敏反应(包括过敏反应)。对于肾上腺皮质功能低下者,使用前应酌情补充皮质激素。

咪哒唑仑(midazolam):具有良好的水溶性、稳定、注射无痛、代谢物活性低、短效、作用迅速等特点。有良好的抗焦虑、镇静、催眠、抗惊厥及中枢性肌松作用,属于镇静类静脉全麻药。新生儿表观分布容积(Vd)为1.1~1.7L/kg,清除率是6.4~11ml/(kg·min)。口服利用率较低,肌肉注射后生物利用度为80%~90%。因其对循环系统干扰较轻,如对外周阻力及心室收缩功能影响较小、心肌氧耗减少等,比较适用于心脏手术的麻醉。诱导剂量为0.1~0.4mg/kg静脉注射。小儿可直肠用药0.3mg/kg作为术前用药。小儿按0.2mg/kg滴鼻,并合用其他基础麻醉药,也可获得满意的麻醉诱导效果。因其本身没有镇痛作用,手术中应合用麻醉性镇痛药。麻醉维持中如必要可按0.05mg/kg追加,或采取持续输入法给药,速度为1~2μg/(kg·min)。根据辅助用药、手术种类及病人情况不同,用量和输注速度应有改变。

氯胺酮:氯胺酮因其独特血流动力学效应、可肌肉给药并能维持自主呼吸,常用于发绀型患儿麻醉诱导和心导管检查。氯胺酮对呼吸系统抑制较轻,并可松弛支气管平滑肌。理论上氯胺酮的交感兴奋作用使心率增快心肌收缩力加强,对肺动脉漏斗部狭窄的患儿可能有不良反应,但临床使用时未见到这种危险。据报道小儿心导管检查使用氯胺酮对平均心率、血压、肺动脉压、肺毛细血管楔压,肺循环、体循环血流比率和动脉血氧分压等无明显影响。使用氯胺酮时只要保持气道通畅维持足够通气量,对肺血管阻力无明显影响;但如存在气道梗阻,肺血管阻力将增高,梗阻解除后肺血管阻力可恢复到原有水平。气道梗阻在婴幼儿较易出现,氯胺酮静脉给药过快可引起小婴儿窒息。术前给予阿托品或东莨菪碱可避免氯胺酮分泌物增多而引起的喉痉挛。口服氯胺酮作为术前用药时,可不用阿托品或东莨菪碱。氯胺酮个体间剂量-反应曲线变异很大。当与肌肉松弛药合用时,追加药物的时间间隔很难确定。充血性心力衰竭患儿氯胺酮清除半衰期是正常成人的一半。一般氯胺酮可肌注4~6mg/kg或静脉注射1~2mg/kg,肌内注射后麻醉/镇痛作用在3~5min内起效。6mg/kg氯胺酮口服后约20min达到镇痛效果,出现眼球震颤说明药物作用开始。一般静脉单次给药后作用持续5~8min,根据临床情况可追加0.5~1.0mg/kg。氯胺酮的相对禁忌证有冠状动脉异常和严重主动脉瓣狭窄致冠脉血流不足者、左心发育不良伴主动脉瓣闭锁和降主动脉发育不良等。由于冠脉相对缺血易出现室颤,氯胺酮引起的心动过速和儿茶酚胺释放使室颤危险增加。术后呕吐是氯胺酮最常见的不良反应,其发生率为1/3。术中和术后做梦和幻觉在年长儿童较多见,与东莨菪碱或苯二氮䓬类合用时可减少其发生。

丙泊酚:丙泊酚(propofol)静脉注射前可用5%的葡萄糖溶液稀释,但不要低于2mg/ml。如采用聚氯乙烯的静脉输液管输注会降低此药的浓度。它可与5%的葡萄糖、0.9%的生理盐水或5%的葡萄糖盐水混合使用。临床剂量对呼吸抑制作用轻微,但应注意有时发生短暂的呼吸暂停;对循环功能有一定影响,血压下降程度与用药量、循环容量及病人本身的心功能有关,机制可能与外周血管阻力下降、心排血量减少、心肌抑制、压力感受器受到抑制有关。外周血管扩张诱发的反射性心动过速较少发生,可能由于迷走神经张力增加的缘故。适应证:用于3岁以上的儿童与成人的全身麻醉。静脉给药用于全麻诱导时,因为起效迅速,诱导期平稳,少有躁动而优于某些静脉麻醉药。同时可用于全身麻醉的维持中,也可作为镇静药用于ICU的人工通气病人中(不超过3天)。由于蓄积作用较轻,清醒迅速而完全,明显优于目前常用的静脉麻醉药。

静脉诱导剂量成人为2～2.5mg/kg，低于8岁的健康儿童所需剂量略大。麻醉维持可采用分次追加法和连续输注法，根据临床需要追加剂量每次25～50mg；在输注使用时，根据使用不同的其他全身麻醉药及不同病情，输注速度为4～12mg/(kg·h)，儿童为9～15mg/(kg·h)。

3. 麻醉性镇痛药　吗啡：充血性心力衰竭和(或)紫绀型先心病患儿，吗啡和笑气合用不抑制心肌收缩力可产生较满意的镇痛作用，对交感神经系统也无抑制作用。单独使用吗啡使静脉血管容量增加，外周血管阻力降低，与笑气联用时外周血管阻力增加，因此，组胺释放引起低血压在小儿不常见。儿茶酚胺存在时吗啡并不降低心律失常阈值。小量吗啡(0.1mg/kg)可使患儿从手术室平稳地转移到监护室，从而避免手术结束时麻醉突然减浅，且对术后通气无明显影响。

吗啡引起全身血管阻力降低的主要机制：①组胺释放；②对血管平滑肌直接抑制作用；③交感神经节传导阻滞。

芬太尼及其衍生物：大剂量芬太尼麻醉可用于所有严重先心病患儿心脏手术。芬太尼麻醉在新生儿和婴幼儿可提供稳定的血流动力学状态，并可抑制神经体液应激反应。芬太尼或其他麻醉性镇痛剂与笑气合用时，可表现出笑气的负性肌力作用，特别是在病情较重的患儿。早产儿行动脉导管结扎时，大剂量芬太尼麻醉效果较好。在高危足月新生儿和严重充血性心衰月龄较大婴儿，大剂量芬太尼(可高达75μg/kg)和泮库溴铵合用麻醉中血流动力学改变很小，对手术刺激仅有轻度反应。泮库溴铵的迷走阻断作用与芬太尼的迷走兴奋作用抵消，因此二者合用效果满意。使用大剂量麻醉性镇痛剂(芬太尼和苏芬太尼)时，术后需注意呼吸支持。

随着“快车道(fast tracking)”的心外科麻醉得到普遍提出和应用，瑞芬太尼在心脏手术中的应用越来越多。瑞芬太尼对呼吸有较强的抑制作用，但停药3～5分钟自主呼吸便会恢复；可使心率出现较明显的下降，阿托品可以用于拮抗。

4. 肌肉松弛药　去极化肌松药琥珀胆碱常用于辅助气管内插管。但高血钾患儿使用琥珀胆碱后血钾水平会进一步升高，可能达到引发心律失常的阈值，导致心室颤动和心室停搏。由于婴儿细胞外液体间隙与成人相比较大，婴儿插管时须要2mg/kg。用药后心动过缓是该药最大的不良反应，反复用药时较多见。

非去极化肌松药用于气管插管及术中维持肌肉松弛。肌松药的选择通常以血流动力学效应、起效时间、作用持续时间、不良反应及患儿疾病和治疗用药等为依据。我们的用药经验是麻醉诱导时维库溴铵0.15mg/kg静推，然后70～80μg/(kg·h)泵入。

**(三) 麻醉诱导**

1. 诱导方式　麻醉诱导主要有吸入、静脉、肌肉等给药方式，目前大多数医院还是以静脉用药为主。病情轻、无严重低氧血症和明显心功能损害的患儿麻醉诱导用药选择范围大。紫绀型患儿选用氯胺酮和芬太尼为好，前者可提高体循环血管阻力(SVR)，后者能抑制肺血管阻力。有利于调节右至左分流的PVR/SVR平衡。芬太尼无心肌抑制、血压下降等副作用，具有强效、快效等优点，已成为心血管麻醉首选药物，可用于那些不能耐受强效吸入麻醉药、安定类药物的患者。心脏病患者诱导时，几乎都加芬太尼(5～20μg/kg)以加强诱导效果和抑制气管插管时的心血管反应。芬太尼引起心率减慢，可用抗胆碱药阿托品预防。芬太尼、氯胺酮对循环影响甚微，也适用于心

功能差的患儿。氯胺酮具有兴奋交感神经系统的作用，可代偿药物本身轻度负性肌力的效应，但对重症体弱婴儿仍应慎用。应根据患儿不同情况决定麻醉诱导方案。

2. 患儿入室时入睡　入手术室已入睡的患儿如采用吸入麻醉诱导，吸氧后可先用氧化亚氮和氧气的混合气吹向患儿面部。非发绀型患儿可用70%氧化亚氮加氧气，发绀型患儿可用50%氧化亚氮加氧气，异氟烷可逐渐加至1.5%～3%。一旦患儿可耐受面罩加压呼吸，挥发性麻醉药浓度可降至0.5%～1%。建立静脉通路后给予维库溴铵0.1～0.12mg/kg和芬太尼2～5μg/kg，气管插管后纯氧通气。

3. 患儿入室时清醒并合作　进入手术室时清醒的患儿如采用静脉诱导，应在局麻下建立外周静脉通路，同时连接心电图、无创血压和脉搏氧饱和度监测等。缓慢注射咪哒唑仑(0.1～0.25mg/kg)或依托咪酯(0.3mg/kg)至眼睑反射完全消失，面罩加压给氧静注维库溴铵和芬太尼后插管。对心排血量较低或严重发绀的患儿，可不用咪达唑仑等药物，直接缓慢静注芬太尼5～15μg/kg，血流动力学改变较小。为了预防麻醉诱导时出现低血压，可静脉给予氯化钙10～15mg/kg。

4. 患儿入室时不合作　对进入手术室后哭闹、挣扎、不合作的患儿，应肌注氯胺酮5～7mg/kg。一旦氯胺酮起效，迅速建立外周静脉通道，纯氧面罩控制呼吸后注射维库溴铵和芬太尼气管插管。也可用七氟烷吸入，注意监测血压和脉搏氧饱和度。该法特别适用于小婴儿和建立外周静脉有困难的儿童。

5. 新生儿、小婴儿和危重婴儿　在新生儿、早产儿和危重婴儿无静脉通路时，可清醒插管，如能建立静脉通路，给予芬太尼(1～5μg/kg)和维库溴铵(0.1～0.15mg/kg)后气管插管。

笔者单位常规的方式是患儿入手术室前在病房以套管针建立静脉通道后肝素盐水封管备用，入手术室前在家属陪同下静脉推注氯胺酮1.5mg/kg，患儿安静后抱入手术室接监护仪静脉用药为主麻醉诱导。

右向左分流患儿麻醉诱导时应注意外周血管扩张和心排血量的降低，维持充分的氧供但不要使气道压过高。外周血管扩张使分流量增加，心排血量降低供氧不足使发绀加重，出现酸血症后又可加重心肌抑制。肺血少的患儿(如肺动脉瓣狭窄或闭锁、三尖瓣闭锁或重症法洛四联征)体、肺循环间的交通是维持肺血流量的重要通路，而肺血流量有赖于一定的体循环阻力。血压降低时体、肺循环间压差减小，肺动脉血流会进一步减少，发绀加重。动脉氧分压降低和酸血症的出现加重了缺氧性肺血管收缩，反过来使缺氧进一步加重。高气道压使肺循环阻力增加从而减少肺血流，因而控制呼吸时应引起注意，避免使用PEEP。

左向右分流性先天性心脏病患儿静脉麻醉诱导时，由于血液在到达大脑前被分流部分稀释，麻醉药浓度降低。分流程度决定了其对麻醉诱导的影响程度。诱导时增加剂量并快速注射可克服左向右分流的影响，但加大麻醉药剂量对心肌的抑制程度也加重。左向右分流的患儿在全身灌注正常、肺血流增多、动脉血二氧化碳正常或略低时进行吸入麻醉诱导，由于分流部分血液麻醉药分压较高，肺灌注的增加反而减少了肺泡麻醉药分压的降低，因此高溶解度麻醉药诱导加速。由于体、肺循环相对阻力的改变和机械通气时气道正压，心内分流的方向可出现短暂的改变。控制呼吸时可适当提高胸腔内压力或使用PEEP以增加肺血管阻力减少左向右分流。

6. 气管导管的选择和插管深度　一般可根据患儿年龄估计其所需气管导管内径（表 6-11）。不足 6 岁的患儿，一般最好选用不带气囊导管，在吸气峰压为 20～30cm$H_2O$ 时导管周围应有轻微漏气。选用不带气囊导管优点在于允许插入一内径较大的导管有助于减少气道阻力和吸痰。另外，不带气囊气管导管和导管周围轻微漏气，可减小环状软骨内表面压力，有助于降低拔除气管导管后发生水肿的危险。不带气囊导管经鼻气管插管时损伤小，鼻黏膜出血几率低。确定所用气管导管内径后，应同时准备大于和小于该导管型号的导管各 1 根。如选用带气囊的气管导管，气囊充气后应保证在吸气峰压为 20～30cm$H_2O$ 时导管周围应有轻微漏气。麻醉中如使用笑气，应反复检查气囊压力，因笑气可扩散入气囊使气管黏膜受到压迫。新生儿到 1 岁小儿主气管（从声门至气管杈）长度变异很大（5～9cm），因此插管深度应视具体情况而定。一般大多数 3 个月至 1 岁婴儿，门齿位于气管导管 10cm 标记处时导管口正好在气管杈上方。早产儿和足月新生儿插管稍短些，2 岁小儿插至 13cm 处较合适。>2 岁的患儿可用下式估算（cm）：年龄（岁）/2±12 或体重（kg）/5＋12。经鼻气管插管深度一般增加 2cm 左右。

**表 6-11　小儿气管插管的内径和深度参考表（无气囊导管）**

| 年龄 | 内径（mm） | 长度（cm） | |
|---|---|---|---|
| | | 经口插管 | 经鼻插管 |
| 早产儿 | 2.5～3.5 | 9～10 | 11～12 |
| 足月新生儿 | 3.5～4.0 | 10～11 | 12～13 |
| 1～3 月 | 4.0～4.5 | 11～11.5 | 12～14 |
| 3～12 月 | 4.5～5.0 | 11.5～12 | 14～15 |
| 1～2 岁 | 5.5 | 13 | 15 |
| 4 岁 | 6.0 | 14 | 16 |
| 6 岁 | 6.5 | 15 | 18 |
| 8 岁 | 7.0 | 17 | 20 |
| 10 岁 | | 19 | 21 |

（本表数据为我院多年经验数据，和文献有一定差异）



（1）经鼻气管内插管：体重低于 15kg 及术后可能需长时间呼吸支持治疗的患儿一般多采用经鼻腔气管内插管。经鼻气管插管具有留置时间长、易于固定和清洁口腔、术后较易耐受等特点。主要缺点是插管时可引起鼻腔黏膜出血，但是只要掌握正确的插管方法、避免导管误入中或上鼻道和操作轻柔可大大降低其发生率。插管过程中导管对下鼻道黏膜有不同程度的损伤，但导管固定后有一定的压迫止血作用，除非反复插导管误入中或上鼻道，因此鼻腔出血严重者并不常见。在我院小儿经鼻气管插管中，虽然插管过程中导管前端出现血迹者时有发生，但严重鼻腔出血者少见。

插管方法及注意事项：麻醉诱导过程中应保证良好的通气和氧供，插管过程中除一般的给氧通气、临床常规监测和插管后确认外，经鼻腔插管有其特殊的问题。

1）鼻腔的准备：无鼻道畸形的患儿均适用于经鼻插管，术前访视时应注意检查上呼吸道特别是鼻腔有无畸形，以避免插管困难引起损伤。清洁鼻腔很重要，可防止插管时鼻腔内异物如鼻垢等进入气管或气管导管。检查两侧鼻腔的通畅情况，选择较通畅的一侧鼻腔进行插管准备。

2）鼻道的检查与润滑：小儿一般下鼻道较宽，血管黏膜较少，较适合经鼻插管。用液状石蜡棉签润滑下鼻道时，应注意探查下鼻道宽敞程度和走行。鼻腔滴入麻黄素可减少鼻出血几率。

3）导管的准备：导管的准备同经口插管，一般选用无套囊的气管导管，并同时准备3根号码相邻的导管。为了减少插管时的阻力，导管表面液状石蜡（石蜡油）涂至预计的插管深度，管腔内插入一吸痰管，此吸痰管的作用主要是为气管导管导向，还可将气管导管放入42℃的温箱中软化一段时间，可有效地减少经鼻气管插管出血的发生率。

4）气管导管的插入：气管导管应由下鼻道插入，否则插管困难易引起鼻腔出血。通常麻醉医师以左手拇指在鼻尖部向头侧牵拉鼻翼暴露鼻腔后，右手将导管垂直插向枕部：由于小儿鼻翼比较短，导管进入鼻腔后如先指向头侧，易误入中或上鼻道引起出血。插管过程应轻柔，过后鼻孔有阻力下降感。

5）导管钳的使用：喉镜明视下，以大小合适的导管钳将导管送入声门。导管钳不要误伤周围组织。如气管导管过声门困难，可旋转气管导管。一般气管导管能通过后鼻孔，过声门不会有困难。

6）插管困难或鼻腔出血：导管进入鼻道后发紧、受阻或不能出鼻后孔时，可旋转导管，如仍不能出鼻后孔应拔出导管充分通气后再行插入。经鼻腔插管确有困难者，应改行经口插管。对于插管过程中引起鼻腔出血者，应注意观察，并用负压吸引清洁鼻咽腔和气管导管。

7）导管留置深度：在经口插管留置深度的基础上增加1～3cm。同时根据临床表现如双侧胸廓运动幅度、呼吸音是否对称、脉搏氧饱和度和呼气末二氧化碳浓度等进行校正，摆体位后应听诊双肺以确保导管深度合适，术后可根据胸部平片再次校正导管位置。

（2）气管插管后处理

1）气管插管完成后应注意观察控制呼吸时两侧胸廓呼吸活动度及是否对称、听诊两侧呼吸音并监测呼气末二氧化碳浓度和脉搏氧饱和度，调整气管导管深度使其处于最佳位置。如果脉搏氧饱和度出现持续性的下降，必须立即检查核实气管导管位置而不是增加吸入氧浓度。

2）固定：以牢固、不滑、不折为原则，避免对鼻翼的压迫。摆体位后应确保手术过程中能行气管内吸痰。一般选择以鼻腔为中心的3条胶带：鼻中至前额、左上唇至腮、右上唇至腮。

3）负压吸引清除口腔和气管导管内分泌物，以免口腔分泌物流入呼吸道和气管导管内分泌物堵塞导管。开放上下腔静脉前应充分吸痰膨肺，如必要可更换气管导管。

4）鼻道出血：经鼻插管失败改行经口插管鼻腔出血的患儿，首先清理鼻咽腔压迫止血，清理后可滴入少量麻黄素，继续观察，特别是肝素化后。出血不止者可向鼻道内填入液状石蜡纱条压迫止血。术后以生理盐水冲洗鼻咽腔，重新固定气管导管，并视情况决定是否请耳鼻喉科专家处理。另外，应注意是否有血液流入气管和肺内，并与气管或肺内出血进行鉴别。

### （四）有创动脉压和中心静脉压穿刺置管

全麻诱导、气管插管后，行有创动脉压和中心静脉压穿刺置管。有创动脉压穿刺血管选择以桡动脉为首选，尤其是左侧桡动脉；其次是股动脉、足背动脉。主动脉狭窄和主动脉弓中断的病人上下肢均要建立动脉直接测压。合作的大龄患者可于诱导前进行，病重患儿可于基础麻醉下先行桡动脉穿刺置管，依据有创动脉压进行诱导。中心静脉压穿刺血管选择，可选择经右侧颈内静脉穿刺置管，也可选择经右侧锁骨上入路行锁骨下静脉穿刺置管。如果上述径路穿刺均失败，则可选择股静脉穿刺置管。穿刺入路的选择必须结合病人的具体情况和麻醉医师的临床经验而定。部分患儿需同时建立上腔静脉和下腔静脉系通路。

### （五）诱导期间的注意事项

在诱导过程中，尤其应注意保持患儿气道的通畅和心率变化。婴儿和新生儿的迷走神经张力较高，一旦受到刺激，有可能发生心动过缓，甚至引起心排血量的骤降、血压下降、冠状动脉供血不足，可能造成严重后果，所以，对心动过缓应及时处理，如纠正气道梗阻，改善通气和提高吸氧浓度，减浅麻醉或停止吸入麻醉药，必要时可静脉注射阿托品、麻黄碱或异丙肾上腺素。另外，笑气诱导用于紫绀型心脏病患者尚有争议。笑气增加血管内气栓的危险和使成人心排血量降低、动脉压下降、心率减慢、肺血管阻力增高是其问题所在。

先天性心脏病患儿对气道梗阻的耐受性很差，特别是婴幼儿和发绀型心脏病患儿。气道方面任何小的问题，都有可能迅速转化成威胁生命的问题。气道梗阻会引起低氧血症或高碳酸血症，升高肺血管阻力；逆转心内左向右分流或增加右向左分流，导致恶性循环。

患儿出现心动过缓或结性心律，导致心排血量下降。器官灌注不足，很快出现酸血症，反过来进一步抑制心肌收缩力，升高肺血管阻力，降低全身血管阻力。引起心律失常的原因很多，如低氧血症、高碳酸血症、药物和电解质紊乱等。深静脉穿刺过程中，体位变化导致气管导管扭曲、导引钢丝和导管机械刺激等，均可引起心律失常。

### （六）麻醉维持

先心病患儿麻醉维持主要根据患儿术前状态、对全麻诱导后的反应、手术时间长短、术中操作和术后对呼吸方式的需求等因素综合处理。一般麻醉维持方法主要是麻醉性镇痛药加挥发性麻醉药、肌松药或其他静脉麻醉药。因为先心病手术绝大部分是在体外循环下进行，所以，结合体外循环特点，我们将麻醉维持分为三个阶段：体外循环转流前、体外循环转流中和体外循环转流后。不同阶段采用不同的处理。

体外循环转流前：此阶段麻醉要求保证患儿的血流动力学平稳，使其顺利过渡到并行体外循环。来自手术的刺激如切皮、锯胸骨、胸腔内操作对心血管的压迫及出血等，可诱发血流动力学的明显变化。因此，在维持一定的麻醉深度，可追加适量的芬太尼和肌松药，调整吸入麻醉药浓度。游离升主动脉和上、下腔静脉时，容易发生血压变化和心律失常，切开心包后应严密观察手术区和监测参数的动态变化，以便及时判断和处理。对手术区的直接观察可以了解心肌收缩和两肺的膨胀是否良好。输液量应根据手术中的血压、中心静脉压进行调整。输入量应适当控制，出血量应准确计算，根据失血量来进行补充。如无特殊情况，一般情况下体外循环前不需输血，但对体重小、转流前

失血多、血压低的患儿，应及时补充胶体或输血；或在并行转流前，先动脉输入适量预充液，从而维持血流动力学的稳定。麻醉诱导后即可头部冰枕局部降温。

体外循环转流中：体外循环及降温给患儿机体带来明显的病理生理变化，因此，开始转流前要加深麻醉深度。阻断升主动脉后停止机械呼吸，但应继续吹氧使气道压力保持在 5～10cm$H_2O$。目的是使两肺得以膨胀，减轻手术后肺部并发症。体外循环中需间断膨肺协助手术医师的情况有：室间隔修补后检查残余分流特别是多发室缺者、二尖瓣修补成形检查瓣膜关闭是否完全及开放升主动脉前协助排除左心气体等。一般在主动脉开放前要吸尽气道内分泌物，上下腔静脉开放后开始恢复机械呼吸。充分的膨肺使肺泡处于开放状态，注意检查气道压力，及时发现和清除气道内分泌物，如气道内分泌物清除干净后气道压力依然很高，氯胺酮静推及吸入异氟烷可能有效。体外循环可能对肺气体交换功能有损害，体外循环后应及时进行血气分析，以便校正呼吸机参数设置，一般呼吸频率可增加 2 次/分左右。体外循环期间停止外周液体的输入。体外循环开始后注意观察头面部肤色和中心静脉压，有助于及时发现上腔静脉管道阻塞或动脉插管方向偏差。通过平均动脉压(MAP)和 CVP、尿量、体温下降速度、pH 和 $SpO_2$ 等监测，可及时观察灌注是否良好。根据体外循环转流时间的长短适时追加麻醉药。开放升主动脉后，根据心脏复跳情况及时应用血管活性药物。常用药为多巴胺、多巴酚丁胺微量注射泵持续注射；另外，钙剂、阿托品、异丙肾上腺素、碳酸氢钠、硝酸甘油、肾上腺皮质激素、利多卡因、米力农、前列腺素 $E_1$ 等药物，根据不同情况选择应用，以维持心脏复跳后、并行循环期间血流动力学的稳定。该阶段麻醉处理非常重要。由于受体外循环、低温、心脏停跳、停搏液心肌灌注及手术操作等多因素的影响，心脏复跳后心律、心率及血压往往有明显波动，需要麻醉医师与手术医师密切配合，果断、及时处理；对室颤者，要及时行电除颤；复跳后心电图显示Ⅲ°房室传导阻滞时，要及时静脉注射异丙肾上腺素，如果不能纠正，应建议手术医师给病人安装心脏起搏器，或检查缝线情况是否缝扎传导束。该期间除及时追加麻醉药外，要密切观察各项监测指标，并注意电解质和血气分析结果，随时予以补充和调整，使患者安全脱离体外循环。该期间还是呼吸管理的一个重要时期，并行循环下可有充足的时间吸痰和清理呼吸道通畅，而且可用较高的气道压力充分膨肺，而不用担心高胸腔压力对肺血流产生的影响。对手术效果不明显者，要做好继续体外循环的准备。

体外循环转流后：停止体外循环后，除了维持好适当的麻醉深度外，还应注意如下处理：①维持良好的心肌收缩力和 MAP；②补充血容量；③纠正电解质酸碱平衡，特别是低钙血症及低钾血症；④保持满意的尿量；⑤维持体温。体外循环后维持麻醉的深度要视患儿的心功能而定。心功能较差者只给小剂量芬太尼；心功能好的患儿可选用静脉或吸入药物。笑气不是最好的选择，因笑气可使循环内的气泡扩大。一旦排气不彻底，则有发生空气栓塞的可能。病情轻者，勿使麻醉过深，以便术后早期拔管。此时，维持血流动力学稳定非常重要。通常转流停止后继续静滴正性肌力药和血管扩张药。依据左房压(LAP)、MAP、CVP 或 PAWP 以及尿量等参数，纠正血容量不足或过多。上述药物可持续数日，一般在重症监护病房逐渐减量或停药。补充血容量需注意晶体与胶体液之比，切勿使血浆渗透压过低或过高。经实验室证实后，可进行必要的血液成分的补充。为了对抗肝素抗凝作用，鱼精蛋白的用量应与肝素相当。依据 ACT 时间来

计算药量。当鱼精蛋白给药后ACT恢复正常值即表明用药足够。鱼精蛋白注入后，可能引起血管扩张、心肌抑制和一过性血压下降。可用钙剂或正性肌力药纠正。同时鱼精蛋白也会引起肺动脉收缩、肺血管阻力增加、右心负荷加重、中心静脉压升高，偶可出现支气管痉挛、气道阻力突增。这些与过敏反应有关。所以用鱼精蛋白时应缓慢注入，应密切观察血流动力学与呼吸系统的反应。体外循环停止后，有些患儿发生呼吸功能障碍。表现为低氧血症，或伴有气道压力升高或伴有 $PaCO_2$ 升高。可以通过延长吸气平台时间、增加吸氧浓度或给予呼气末正压通气(PEEP)治疗，大部分可以升高 $PaO_2$ 至100mmHg以上。为了避免手术结束后送ICU期间麻醉突然减浅，导致血流动力学波动，在止血关胸期间应以静脉麻醉为主或逐渐过渡到以静脉麻醉为主，并适当追加麻醉辅助药物如催眠药和肌肉松弛药等。

手术结束后，经麻醉医师和手术医师共同检查。认为患儿情况满意，血流动力学稳定，可将患儿送至ICU，同时完善各种麻醉相关记录。途中继续机械呼吸，观察血压、心电图、末梢血氧饱和度等指标变化，并备好急救药；入ICU后，仔细连接好各种监护设备、呼吸机及各种管道无误后，详细同ICU医师、护士交接班，待患儿无需麻醉医师特殊处理后返回手术室。

## 七、围体外循环期的常见并发症及处理

### (一) 低心排血状态及处理

开放主动脉心脏复跳后心肌收缩力下降，部分患儿心功能恢复不良导致低心排出量状态。低心排出量(低心排)的治疗应基于其病因。心排出量取决于心率和每搏量，而每搏量取决于前负荷、后负荷和心肌收缩力。低心排的原因有：①心率或心律的变化；②因出血、过度利尿、液体补充不足或心包压塞等引起的前负荷降低；③因肺动脉高压或外周血管收缩等引起的后负荷增加；④因酸中毒、电解质失衡、继发于缺氧缺血的心肌受损、心室切开或心肌保护不够等引起的收缩力下降；⑤心内修补不够满意，残余心内分流或瓣膜损伤等。

1. 心率　根据患儿的年龄和大小，其术后正常的心率各异。因新生儿特有的心血管生理特点，其低心排治疗不同于年长儿和成人。新生儿心室舒张顺应性降低，其增加每搏量的能力有限。这种顺应性的降低与新生儿非收缩性心肌与收缩性心肌的比值较大有关。其每搏量一般固定于1.5ml/kg左右。由于新生儿心脏的每搏量变化有限，因此其心输出量依赖心率。新生儿可耐受每分200次的窦性心律，且可增加心排出量。可用起搏或静脉滴注变时性药物改善心率，如多巴胺、多巴酚丁胺、异丙基肾上腺素等药物。在某些病例，我们加用异丙基肾上腺素来增快心率。异丙基肾上腺素应用于新生儿病例，不仅可增加心率，还可降低其体、肺血管阻力。术后存在房室完全性或间歇性传导阻滞的病例，心室或房室顺序起搏可调整其适宜的心率以增加心输出量。病窦综合征或窦房结功能不良的病例须放置心房起搏导线。

2. 前负荷　确保足够的循环血容量是维持术后良好的心输出量的基础。低容量血症可引起心室充盈减少和低心排。相反地，增加舒张末容积可增加肌动蛋白和肌球蛋白间的反应数，从而增加每搏量和心输出量。这就是众所周知的Frank-Starling定

律。所补液体的种类、数量取决于血红蛋白水平、红细胞比容、白蛋白水平及容量丢失量的多少。正常循环血容量的范围为：婴儿 95ml/kg，年长儿 75ml/kg。选择静脉推注方式补液量为 5～10ml/kg，补液速度需不宜过快。通过补液使左心房压大于 14～16mmHg 时，再予补液则已无法增加心输出量；若左心房压大于 20mmHg，会导致肺水肿。由于婴儿的静脉容量很大，右心房压不能正确反映容量需求，不能作为扩容的唯一指标。尤其是当患儿存在面部肿胀、外周水肿或前囟饱满时提示液体补充可能已足够。

3. 后负荷　后负荷是收缩期作功的反向力的总和，后负荷可通过测定体、肺血管阻力来评估。体循环阻力或肺血管阻力增高会明显降低每搏量及室壁收缩的程度和速度，最后导致心输出量和心室功能的下降。体外循环后新生儿和成人病例的血管阻力增高很常见。生理因素如低氧、酸中毒、低温、疼痛等均会增加体、肺血管阻力。这些因素在肺血管床高反应性的新生儿病例的监护中尤其重要。消除这些血管收缩因素对降低后负荷很重要。相反，增加的后负荷可能是心肌收缩力下降时为了维持血压的代偿性反应。残余的右心室或左心室流出道梗阻也会引起后负荷的增加。

不管何种原因，后负荷可通过药物扩张血管来降低。大多数复杂手术后使用米力农效果较好。米力农是磷酸二酯酶抑制剂，通过增加细胞内环磷酸腺苷酸(cAMP)来发挥正性肌力作用，从而改善心肌收缩力，它还是一种体、肺血管床有直接血管扩张作用。米力农的有效剂量为 0.3～0.7μg/(kg・min)。米力农的血小板减少的发生率较低。静脉滴注硝普钠 0.5～3.0μg/(kg・min)也可有效降低外周和肺血管阻力。硝普钠是一种直接的平滑肌松弛剂，用非生理盐水溶液稀释，且需避光。使用硝普钠期间，需监测氰化物水平。滴注液中加入硫代硫酸钠可减少氰化物中毒的危险性(10g 硫代硫酸钠对 1mg 硝普钠)。硝酸甘油是另一种直接的平滑肌松弛剂和潜在的冠状血管扩张剂。硝酸甘油的滴注浓度为 1.0～5.0μg/(kg・min)，需根据血压调整剂量。需用非聚氯乙烯针筒和泵管。若用其他材料的针筒，硝酸甘油黏附于针筒内壁而失活。使用这些血管扩张剂时，需补充容量来充盈扩张的血管腔，维持足够的前负荷。使用这些药物，尤其是硝普钠，会引起严重的低血压。若出现低血压，需减少这些药物用量，甚至停药，直至补充足够的前负荷。

在某些病例，体外循环后体循环阻力下降导致低血压。危险因素有术前心力衰竭和主动脉阻断时间过长。造成这种状况的原因并不清楚，可能与炎性介质的释放或后叶加压素的相对不足有关。文献报道，小儿和成人病例中，静脉滴注 0.0003～0.002 单位/(kg・min)后叶加压素可改善低心排。

4. 收缩力　心肌收缩为非负荷依赖性，由心肌本身产生动力。术前因存在心脏缺损造成压力或容量超负荷而致收缩力长期受损。术中药物、麻醉、心肌缺血、大范围心室切开或心肌切除也可抑制收缩力。术后低氧、酸中毒和药物会影响收缩力。体外循环后应用改良超滤可改善术后早期左心室收缩功能、舒张顺应性、提高血压及减少正性肌力药物的应用。我们在手术室体外循环结束即刻给予正性肌力药物，根据不同病情，选用不同的正性肌力药物。

**(二) 呼吸功能障碍**

心脏手术停机后呼吸功能障碍很常见。受多因素影响致术后病程延长。由于心肺之间相互作用的本质，心功能的变化可引起肺功能继发性改变。术前存在的心脏畸形，

造成肺功能的长期改变。肺血流过多引起呼吸道阻力增加、肺顺应性降低。呼吸衰竭的原因有:内皮功能障碍、左心室衰竭、因液体超负荷所致的肺水肿、大量残余的心内左向右分流、术中左心减压不够等。造成肺功能明显损害的原因可能是与体外循环相关的全身炎症反应。血液与体外循环环路的接触及其他因素(出血、末梢器官缺血、体温变化)可触发细胞素和补体激活。肺有着丰富的血管床,极易受炎症反应的影响,围术期超滤技术可减轻这些副作用。静脉推注地塞米松可改善术后的肺泡-动脉氧阶差。气管支气管分泌物蓄积、大片肺不张、可造成呼吸功能障碍。继发于液体超负荷的肺水肿,利尿剂和洋地黄治疗有效。肺水肿所致的左心衰竭可予正性肌力药物支持。

**(三) 肺动脉高压**

我们在此讨论的肺动脉高压是由于肺血管阻力(PVR)升高所引起的。区分肺动脉高压是否伴有 PVR 升高非常重要,因为 PVR 升高常常暗示肺血管数量减少和口径缩小。PVR 升高的患儿心脏术后常常立即出现肺动脉高压,心脏缺损纠正后,PVR 有时甚至会进行性升高。特别是在缺氧、二氧化碳蓄积、酸血症、疼痛刺激、使用肾上腺素、吗啡等收缩肺血管药物、气管内吸痰,甚至无诱因的情况下,出现肺动脉高压危象。

右心功能肺循环与左心功能体循环是相互影响的,一侧心室功能不全最终会导致双侧心室衰竭。肺血管阻力升高增加了右室后负荷,降低了右室排血量和左室前负荷,从而降低左室排血量。左心排血量和左室功能对肺血管床的影响也很大,当心排血量和肺血流量降低时,肺血管阻力会升高。

肺血管阻力急剧升高会触发恶性循环导致右心功能衰竭(右室舒张末容积和压力升高),有时会引起气道阻力急剧升高,诱发低氧血症、高碳酸血症和酸血症,反过来进一步引起肺血管阻力升高。正常情况下右室壁相对较薄,对右室后负荷急剧升高的代偿能力较差。对慢性右室后负荷升高的患儿,右室游离壁肥厚,右室可克服一定的阻力。

尽管有许多方法可以控制肺血管阻力,但临床上缺乏一种可控性强、良好肺血管选择性、给药方便、毒性反应小且停约后不反弹的治疗方法。对合并肺动脉高压的患儿,应详细了解其病史、病理解剖和病理生理,以及预期达到的目的。

当同时存在肺动脉高压和左心功能紊乱时,降低肺血管阻力的措施应慎用。在心肌缺血性疾病患儿,肺血管阻力突然降低右室负荷减小、肺血流增加,功能紊乱的左室前负荷会突然增加。伴随着左室前负荷的增加左房压会升高,有可能导致肺水肿,扩血管药物和利尿治疗有效。

下面主要讨论控制肺血管阻力的一些方法:

1. 维持一定的麻醉深度,降低机体的氧耗,降低肺血管反应性。

2. 机械通气　尽管人体内氧引起肺血管扩张的机制还不清楚,许多临床经验和资料表明增加吸入氧浓度可降低 PVR,而且肺实质疾病患儿吸氧也是其必要的治疗措施,吸入氧浓度超过 60%时引起肺损伤,应避免长时间吸入高浓度氧,除非吸入高浓度氧可产生明确的临床效应。由于 FRC 正常时 PVR 最小,因此肺适度膨胀非常重要。

气管内吸引的刺激有可能通过神经反射引起 PVR 急剧升高;合并肺动脉高压的患儿术后气管内分泌物常较多,不同的患儿应设计不同的气管内吸引间隔时间,并设法减少吸引的危险。

根据患儿肺部情况确定合适的 PEEP：PEEP 有助于维持正常 FRC 和正常的肺泡氧浓度，维持肺泡的开放状态，降低 PVR；但是 PEEP 使胸腔内压力增高，又会使肺血管阻力增加；因此合理的应用适当大小的 PEEP 可降低 PVR。合并肺部疾病患儿使用 PEEP 不增加 PVR，有时甚至降低 PVR。

3. 维持一定的 pH　血液 pH 对 PVR 有很强的影响，碱化血液（pH 接近 7.50～7.60）常用于 PVR 升高患儿的治疗。以单纯降低血管张力而言，无论是通过过度通气（机械呼吸）还是输注碱性液体碱化血液均可降低肺血管阻力。但过度通气有许多不良反应如：平均气道压升高、增加了全肺阻力、减少了静脉回心血量（以及心室充盈），并可引起气压伤，低碳酸血症还可降低脑血流。因此碱化血液不能完全依靠过度通气，在血清钠允许时应输部分碱性液体。

4. 静脉用药　临床上许多扩血管药物曾用于肺动脉高压的治疗，如 α 受体阻滞药、钙通道阻滞药、硝基扩血管药物、血管紧张素转换酶抑制药和磷酸二酯酶抑制药等，但所有这些药物用于控制肺血管阻力有两个缺点：缺乏选择性肺血管扩张作用，同时引起体循环血管扩张出现全身低血压。

前列腺素 $E_1$、硝普钠和异丙肾上腺素，以及其他许多药物都曾用于治疗肺动脉高压，但在治疗急性肺动脉高压方面没有一种可靠效应。

（1）前列腺素：前列腺素是一种强力肺血管扩张药物。另外，由于前列腺素的抗炎特性，可能使中性白细胞相关的炎性介质的形成，由前炎性介质转变成更具有抗炎特性的介质。抗炎作用在治疗肺高压时也可能很重要，因为前炎性介质升高和巨噬细胞激活表明炎性过程在发病机制中起重要作用。静脉持续使用依前列醇可改善 PPH 患儿存活率、活动量和血流动力学。近年来，静脉依前列醇广泛用于系统性红斑狼疮、新生儿 PPH、先天性心脏病以及其他合并肺动脉高压的疾病。吸入前列腺素类药物开始用于选择性的扩张通气良好区域的肺血管。与静脉用药相比，成人呼吸窘迫综合征（ARDS），机械通气的患儿吸入依前列醇，通过肺内血流重分布改善通气/血流比增加氧合。雾化吸入前列腺素或其衍生物可显著降低肺动脉压力和肺血管阻力，同时增加心排血量避免全身不良反应和通气/血流比失调。吸入前列腺素主要表现出肺血管扩张作用，可能是因为肺动脉高压的主要阻力血管腺泡内小动脉与终末细支气管平行排列，且周围是通气良好的肺泡。药物最终沉积在终末细支气管，在肺泡表面直接影响肺血管平滑肌细胞。吸入前列腺素效应持续时间是 10～15min，明显长于其血浆半衰期，这可能是由于 cAMP 在靶细胞聚集的结果。

吸入前列腺素结合静脉磷酸二酯酶抑制药　磷酸二酯酶抑制药可抑制细胞内 cAMP 降解。有研究显示静脉小剂量磷酸二酯酶抑制药结合吸入依前列醇（前列腺环素），可强化并延长前列腺素雾化吸入的作用，不影响全身血压和肺通气/血流比。

（2）吸入 NO：一氧化氮是一种气态内皮依赖性血管舒张因子。吸入低浓度 NO 可松弛处于收缩状态的肺血管平滑肌。透过肺泡上皮和血管壁到达毛细血管的 NO，与血红蛋白结合后迅速失活，从而表现出选择性肺血管扩张作用。许多研究证实吸入低浓度 NO 可用于小儿先天性心脏病围术期、新生儿持续性肺动脉高压和成人肺动脉高压或成人呼吸窘迫综合征。在合并重度肺动脉高压先天性心脏病患儿，吸入 NO 已是一种重要的诊断和治疗手段。与静脉扩血管药物相比，吸入低浓度 NO 有很多优点，

特别是无全身低血压和改善肺内通气/血流比的作用。吸入低浓度NO术前可用于肺动脉高压性质的鉴别(动力性还是器质性)有助于合并肺动脉高压患儿手术适应证的选择,术中和术后可用于肺动脉高压危象的预防和治疗。

临床治疗最佳NO吸入浓度目前尚不清楚。在治疗体外循环后合并肺动脉高压急性呼吸衰竭方面,吸入NO有其特殊优点。合并肺动脉高压的严重肺实质疾病患儿,吸入较高浓度NO($80\times10^{-6}$),通过调节通气/血流比,可产生最大的肺血管扩张效应。NO引起的肺血管扩张,使肺血流由通气不足区域向通气正常区域重分布,从而改善肺内分流提高$PaO_2$。吸入外源性NO有潜在的细胞损伤作用,同时应注意二氧化氮和高铁血红蛋白的产生。在设计合理的NO输送装置和严格监测下,吸入低于$40\times10^{-6}$ NO尚未见有急性毒性反应的报道。与其它扩血管药物一样,停吸NO后肺动脉压会反弹。

(3) 西地那非:美国药品食品管理局(FDA)已批准西地那非可用于肺动脉高压的治疗。Ghofrani等前瞻性地研究了伊洛前列腺素吸入治疗失败的重症肺动脉高压患者口服西地那非的作用。结果显示,西地那非与伊洛前列腺素的联合治疗可逆转患者的病情恶化。因此,对于肺动脉高压的治疗,西地那非可能有应用前景。

(4) 理想的血细胞比容:升高血细胞比容可增加携氧能力和氧输送。对右向左分流的患儿,高血细胞比容通过升高混合静脉血氧饱和度可提高动脉血氧饱和度。但是,血细胞比容升高,血黏度升高,肺血流阻力也升高。合并肺动脉高压患儿,合理的血细胞比容是多少目前尚不清楚。Lister等根据经验和理论计算得出,血细胞比容由33%升高到55%时,PVR升高36%。血细胞比容与PVR间的关系是否适用于所有临床情况尚不清楚。PVR对患儿的影响依具体情况而不同,因此很难比较血细胞比容对PVR和携氧能力的影响程度。例如,Fontan术后患儿血细胞比容引起的PVR微小变化就可能对心排血量产生明显影响,而PVR明显升高也可能不会对单纯VSD修补术后的患儿心排血量产生影响,但其氧输送能力可能受血细胞比容变化的影响较大。

(徐军美 曹丽君)



## 第三节 不同先心病的麻醉处理

先天性心脏缺损多种多样目前已知100余种,但临床较常见者仅10余种。先天性心脏缺损常引起患儿心血管系统发育异常,每一心脏缺损在麻醉中有其特殊问题。先心病患者的存活有赖于循环系统病理生理与代偿机制间的平衡,但是该代偿机制常导致心肺储备降低。因此,全面了解先天性心脏缺损的病理解剖、病理生理及各种麻醉用药对心肌功能、肺循环、体循环和交感神经系统张力的影响,是做好小儿先心病手术围术期管理的基础。

### 一、先心病的临床分类

#### (一) 发病率和构成

1. 美国先天性心脏病的发病率为6‰~8‰,而国内的CHD发病率据报道为6.3‰~

14‰，由此估算每年有近 20 万 CHD 小儿出世，全国可能有近 200 万小儿需要手术。

2. 尽管随着冠心病外科的开展，CHD 外科构成比例在下降，但我国心脏手术中小儿 CHD 手术仍占 60%以上。据阜外医院近 5 万例心脏手术统计，CHD 占 60%，其中 70 年代为 67%，90 年代为 65%。近年全国 4 万例心脏手术普查，CHD 占 65%～70%。

3. 已知 CHD 的种类很多，但临床常见的 CHD 仅 10 余种(表 6-12)。美国有一半以上的 CHD 小儿在 1 岁以内进行手术，其中 25%在出生一个月内手术。同样，阜外医院的 CHD 手术年龄也越来越小，低体重和新生儿手术已占一定比例。

**表 6-12　出生时各种心脏缺损的发病构成**

| 病种 | 构成比(%) | 病种 | 构成比(%) |
|---|---|---|---|
| 室间隔缺损(VSD) | 30.5 | 法洛四联症(TOF) | 5.8 |
| 房间隔缺损(ASD) | 9.8 | 完全性大动脉转位(CTGA) | 4.2 |
| 动脉导管未闭(PDA) | 9.7 | 永存性动脉共干(PTA) | 2.2 |
| 肺动脉瓣狭窄(PS) | 6.9 | 三尖瓣闭锁(TA) | 1.3 |
| 主动脉缩窄(COA) | 6.8 | 其他 | 16.5 |
| 主动脉瓣狭窄(AS) | 6.1 | | |

**(二) CHD 的形态学(分流)分类**

1. 单一分流性缺损(simple shunt lesions)

(1) 缺损在左、右心之间形成单一分流交通。血液分流的方向和程度，取决于缺损的大小和远端对血液分流的阻抗(如左、右心室顺应性之比对于房间隔缺损，或 PVR 和 SVR 对于室间隔缺损)。

(2) 小缺损常称为限制性缺损，在缺损两端存在压差，分流量受缺损影响相对固定。分流远端血流阻抗的改变对分流量的影响不大。

(3) 大缺损常称为非限制性缺损，缺损两端的压差常常较小，分流量很大程度上取决于血流阻抗。

(4) 共同心腔(单心室、大动脉共干、单心房)病人，左右心腔间无压差，血流方向和程度完全取决于远端血流阻抗间的平衡。

2. 梗阻性缺损(obstructive lesions)

(1) 成人梗阻性缺损常见于心脏瓣膜。先天性梗阻性缺损可见于瓣膜下、瓣膜、瓣膜上。

(2) 瓣膜下的梗阻性缺损可能比较固定或可变。可变的缺损(如漏斗部肌肉痉挛和不对称性室间隔肥厚)可采取措施进行控制以改善血流，而固定性的缺损不易被控制。

(3) 梗阻性缺损可引起心室内压和做功增加，有可能加速心室衰竭。

(4) 完全性血流梗阻的情况下(肺动脉瓣闭锁和主动脉狭窄-闭锁)，通常在梗阻的近端和远端均有血液分流通路，以维持血液供应。

3. 复杂分流性缺损(complex shunt lesions)(单一分流加梗阻)

(1) 血液分流的程度和方向决定于交通口的大小和远端血流阻抗比率，包括心室

顺应性、流出道梗阻形成的阻力和血管阻力。

(2) 梗阻程度的可变性(如继发于漏斗部痉挛的功能性梗阻)和肺血管阻力与全身血管阻力比值(PVR/SVR),控制着全身血流和肺血流。

**(三) 根据血流动力学特点和缺氧原因分类**

1. 左或右室压力超负荷　主动脉瓣狭窄(AS)、主动脉缩窄(COA)、肺动脉瓣狭窄(PS)、左室发育不良综合征。

2. 心室或心房容量超负荷　房间隔缺损(ASD)、室间隔缺损(VSD)、动脉导管未闭(PDA)、部分性心内膜垫缺损(PECD)、主-肺动脉间隔缺损(A-PSD)。

3. 肺血流梗阻性低血氧　法洛四联症(TOF)、肺动脉瓣闭锁(PA)、三尖瓣闭锁(TA)。

4. 共同心腔性低血氧　完全性心内膜垫缺损(TECD)、大动脉共干、右室双出口(RVDO)、单心室(SV)。

5. 体、肺循环隔离性低血氧　大动脉转位(TGA)。

**(四) 根据临床表现和症状分类**

1. 紫绀类　由于肺血流减少(PA、TA)或心内右向左分流(TOF),存在共同混合腔室(SV、TECD)或TGA。

2. 充血性心衰(CHF)类　由于肺血流过多或左向右分流(ASD、VSD、PDA),或左室流出道梗阻和压力超负荷(AS、COA)。

3. 混合性病变　同时有紫绀和充血性心衰。

## 二、麻醉对先心病的影响及对策

**(一) 麻醉对血流动力学的影响**

1. 麻醉中许多因素可以影响CHD血流、压力和阻力之间的关系,导致复杂的病理生理改变。

(1) 增加体、肺循环血流因素:增加容量负荷;正性肌力或变时性药物;使用血管扩张药物(足够的容量);对左、右室流出道梗阻性缺损,如特发性肥厚性主动脉瓣下狭窄或TOF,使用挥发性麻醉药;β-受体阻滞药对左、右室流出道梗阻性缺损,如特发性肥厚性主动脉瓣下狭窄或TOF。

(2) 降低体、肺循环血流因素:低血容量;心律紊乱和心肌缺血;使用血管扩张药物(容量不足);使用挥发性麻醉药;钙慢通道阻滞药;气道平均压高(容量不足)。

2. 麻醉对心肌的抑制作用　可以使左、右心室泵血能力受到限制,也会影响心室收缩产生的压力,从而改变左、右心腔间的压差。但是,麻醉对心肌收缩性的抑制,并不总是产生不利的病理生理改变,如对心室流出道肥厚引起血流梗阻者有益。与成人瓣膜狭窄不同,小儿主动脉瓣狭窄和肺动脉瓣狭窄常位于瓣下(如漏斗部),如法洛四联症漏斗部肌性流出道肥厚狭窄的小儿。通过对漏斗部梗阻的调节,可改变前向血流和心肌氧平衡,心动过速和低血容量通过降低心室大小和心肌过度收缩,可加重漏斗部右室流出道梗阻。全身血管扩张通过反射性增加心率和心肌收缩性,也可加重漏斗部右室流出道梗阻。在这种情况下应避免交感张力过高、保证足够的静脉回流并控制全身血管阻力。负性频率

及肌力作用的麻醉药物和β-肾上腺素能拮抗剂有助于肌性右室流出道梗阻。

3. 麻醉对血管的作用　可以引起 PVR 和 SVR 的变化，而 PVR/SVR 之间平衡的改变，直接影响到血流（心内分流）方向。

（1） 增加 PVR 因素：低氧血症、高碳酸血症或酸中毒；气道平均压高；交感神经刺激、使用α-受体兴奋药；血容量过多。

（2） 降低 PVR 因素：麻醉药物；氧、低碳酸血症或碱血症；血管扩张药物；α-受体阻滞药。

（3） 增加 SVR 因素：交感神经刺激、使用α-受体兴奋药。

（4） 降低 SVR 因素：麻醉药物；血管扩张药物；α-受体阻滞药；β-受体兴奋药；钙慢通道阻滞药。

4. 理想的血流动力学状态　麻醉应针对 CHD 不同的病理生理，制定出合理的麻醉方案，通过选择适当的麻醉药物、麻醉方法和正确的处理措施，使血流动力学参数朝理想的方向发展（表 6-13），从而维持各项生命体征。

**表 6-13　常见 CHD 理想血流动力学变化的麻醉处理**

| 缺损 | 前负荷 | 肺血管阻力 | 体循环阻力 | 心率 | 收缩性 |
|---|---|---|---|---|---|
| 左向右分流： | | | | | |
| ASD | ↑ | ↑ | ↓ | 不变 | 不变 |
| VSD | ↑ | ↑ | ↓ | 不变 | 不变 |
| PDA | ↑ | ↑ | ↓ | 不变 | 不变 |
| 右向左分流： | | | | | |
| TOF(漏斗部狭窄) | ↑ | ↓ | ↑ | 不变或↓ | 不变或↓ |
| 大动脉共干 | ↑ | 不变 | ↑ | ↑ | ↑ |
| TGA | 不变 | ↓ | 不变 | ↑ | 不变 |
| TOF(无漏斗部狭窄) | ↑ | ↓ | ↑ | ↑ | 不变或↑ |
| 完全性肺静脉畸形引流 | ↑ | ↑ | ↓ | 不变 | 不变 |
| 梗阻性缺损： | | | | | |
| 主动脉瓣狭窄 | ↑ | 不变 | ↑ | ↓ | 不变 |
| 特发性肥厚性主动脉瓣下狭窄 | ↑ | 不变 | 不变或↑ | ↓ | ↓ |
| PS | ↑ | ↓或不变 | 不变 | ↑ | 不变 |
| 肺动脉漏斗部狭窄 | ↑ | ↓ | 不变 | ↓ | ↓ |
| 二尖瓣狭窄 | ↑ | ↓ | 不变 | | 不变 |
| 主动脉缩窄 | ↑ | 不变 | ↓ | 不变 | 不变 |
| 三尖瓣狭窄 | ↑ | 不变 | ↑ | ↓或不变 | 不变 |
| 肺动脉环 | ↑ | ↓或不变 | 不变 | ↑ | 不变 |
| 反流性缺损： | | | | | |
| 主动脉瓣反流 | ↑ | 不变 | ↓ | ↑ | 不变 |
| 二尖瓣反流 | ↓或不变 | ↓ | ↓ | ↑或不变 | 不变 |
| 艾伯斯坦畸形 | ↑ | ↓ | 不变 | ↑或不变 | 不变 |

**(二) 肺血流增加型的处理**

1. 合并CHF类CHD　对继发于左向右分流、心室射血受阻或原发性心肌病的CHD,尤其是合并CHF者,麻醉处理的原则是维持心室射血、降低后负荷和控制PVR。紫绀性缺损病人,动脉低血氧常引起心室功能的进一步损害。伴CHF的心室通常需要维持较高的充盈压,但应精确计算容量,以避免容量负荷进一步加重。

2. 通过增加右心压力与左心压力的比值,可以减少分流,增加全身血流灌注。虽然临床上选择性调节右心和左心充盈压、心室顺应性或心肌收缩状态不太容易,但是通过控制各心室血流阻抗,可以改变右心和左心压力。

3. 尽管低氧血症、高碳酸血症、酸中毒、气道平均压增高、交感神经刺激和血容量过多等,可以增加肺血管阻力减少肺血流。但是,这并不是维持肺血管阻力的正确方法,临床上应避免过度通气(维持正常的$PaCO_2$)、维持适度气道平均压、限制吸入氧浓度。

4. 使用血管扩张药物来降低全身血管阻力,以增加PVR/SVR比值,效果不理想。因血管扩张药物包括麻醉药,对肺循环和体循环无选择性,不能改变PVR/SVR比值。

5. 瓣膜病变可以参考成人瓣膜病的麻醉处理原则,避免心肌抑制,必要时继续心肌正性肌力支持。

6. 混合分流:对肺血流增多性缺损(如单心室),麻醉管理的方向是减少肺血流。增加肺血流可能加重CHF,引起肺"窃血",导致重要器官的低灌注和代谢性酸中毒。临床上可维持正常的$PaCO_2$,适当限制吸入氧浓度,从而降低肺血流。

**(三) 肺血流减少型的处理**

1. 紫绀类先心病　麻醉对紫绀病人的影响,取决于紫绀产生的机制。因此,麻醉应针对其病理生理而异,麻醉处理的原则是设法改善组织氧供,尽可能维持氧供需平衡。首先要保证血液氧合和全身灌注(氧供),其次可通过麻醉管理降低氧耗(氧需),并根据缺损的不同调整麻醉策略。

2. 避免增加右向左分流,促进肺血流。通过降低右心与左心的压力比值,可增加肺血流,减少右向左分流。例如,通过缓解右心梗阻的程度和维持较高的全身血管阻力,可使跨室间隔缺损的两侧压差发生有益性改变。

3. 对右室流出道阻力相对固定的缺损,增加全身血管阻力可明显减少分流量,增加肺血流量。麻醉适当偏浅和使用α受体兴奋药,有助于维持或增加全身血管阻力。例如,法洛四联症使用苯肾上腺素,可减少心内分流,提高全身血氧分压。相反,使用血管扩张药或麻醉过深,可降低全身血管阻力,增加心内分流,从而减少肺血流量,加重紫绀。

4. 肺血流梗阻性CHD,如果低血容量和低血压同时存在,右向左分流和紫绀均会加剧,应及时处理。提高吸入氧气浓度、适当过度通气和避免平均气道压增高,有助于控制肺血管阻力,增加肺血流。右室流出道严重受限的病人(如肺动脉瓣狭窄),PVR的改变对肺血流的影响较小。

5. 不稳定性右室流出道狭窄:右室圆锥部在收缩期增厚可阻塞肺动脉血流,负性肌力药物可以缓解此类病人(如TOF)右室流出道痉挛,增加肺血流。

**（四）无分流梗阻型的处理**

1. 调节血流、压力和阻力的关系同样重要。通过适度抑制心肌收缩力，可缓解梗阻前后产生的压差。心脏射血有赖于足够的心室充盈和心肌收缩，应避免过度抑制心肌、低血容量和丧失有效的心房收缩。

2. 适当的调节全身血管阻力，维持冠状动脉灌注压，但在无分流的梗阻性缺损也应避免血管阻力的过度增高。

## 三、不同病种的麻醉处理

**（一）室间隔缺损**（VSD）

1. 病理解剖

（1）因室间隔在胚胎期发育不全，形成异常通道，在室水平产生左向右分流。可以单独存在，也可以合并其他心脏畸形。

（2）VSD 可见于室间隔的任何部位，以膜周部最常见。临床通常分为膜部、漏斗部和肌部缺损。膜部缺损有单纯膜部、嵴下和隔瓣下型，漏斗部缺损有干下和嵴内型，肌部缺损比较少见。

2. 病理生理

（1）正常情况下，左心室收缩压可达 120mmHg，而右心室收缩压仅 30mmHg，压差悬殊。因此，当 VSD 存在会产生左向右的分流。分流量的大小和分流方向取决于缺损的大小、两心室的压力差和肺血管的阻力。

（2）血流动力学特点：血流通过 VSD 形成左向右分流（简单分流），引起肺血流、左房容量和左室做功增加。如果 VSD 较大，左向右血液分流量取决于 PVR/SVR 比值。由于左、右心室间存在压差，分流量在较小的 VSD 受口径的限制，因此 PVR/SVR 比值影响较小。肺血流增多，导致肺顺应性降低，呼吸做功增加，并有可能引起呼吸衰竭。肺血流增多的肺高压（如 Qp/Qs＝2～4∶1），以及 PVR 正常到中度增高者，与肺血流较低的肺高压（肺血管阻塞性改变）相比，缺损修补后肺动脉压较易恢复正常。肺血管阻力增加，导致右心室肥厚。不可逆性肺血管改变，可见于较大的 VSD。当肺循环阻力等于体循环阻力时，左向右分流变为双向分流，临床出现紫绀，即艾森曼格综合征。一般在生后一年内，应进行 VSD 手术修补。

3. 麻醉要点

（1）术前用药取决于心室功能，目的在于使小儿进入手术室时处于睡眠状态，哭闹和挣扎可以进一步加重对循环系统的损害。严重肺高压术前用药剂量减少或取消，因为呼吸抑制引起的 $PaCO_2$ 升高，可进一步增高肺动脉压，并减少肺血流量。在使用术前药的同时应注意给氧。

（2）心室功能较差者可用氯胺酮或阿片类麻醉诱导，能耐受一定程度心肌抑制的小儿，可考虑使用吸入麻醉诱导。麻醉后应注意补充静脉容量。如 VSD 为非限制性且肺血流增多，应维持正常二氧化碳分压并限制吸入氧浓度，以预防 PVR 降低引起肺血流进一步增加（肺窃血），而体循环血流减少。

（3）原有肺高压、右室功能紊乱以及需要切开心室进行修补的小儿，脱离体外循环

时可能困难，可以联合使用正性肌力药和血管扩张药。在脱离体外循环前应设法降低PVR，维持最低的右室后负荷。脱离体外循环时特别困难，应考虑是否存在多发VSD（通常在肌部）或分流（PDA）等因素。

（4）房室传导阻滞时有发生，通常与手术操作引起传导系统周围水肿、缝合部位不当、不正确的缝合技术有关。短暂者可以使用山莨菪碱、阿托品或异丙肾上腺素等纠正，通常需要使用临时起搏器。

（5）肺动脉高压：体外循环后可以采取以下措施，降低肺血管阻力，维持血流动力学的稳定：

1）维持一定的麻醉深度，加强镇痛和镇静，降低肺血管的反应性。

2）吸氧，防止缺氧性肺血管收缩。过度通气，维持 $PaCO_2$ 在25～28mmHg。吸入0.05～80ppm的NO。

3）选用血管扩张药：硝普钠0.1～8μg/（kg·min）；硝酸甘油0.1～7μg/（kg·min）；$PGE_1$ 0.05～4μg/（kg·min）结合NE左房输注；酚妥拉明1～20μg/（kg·min）；异丙肾上腺素0.02～20μg/（kg·min）。

4）右心衰竭选用：多巴酚丁胺2～20μg/（kg·min）；多巴胺3～6μg/（kg·min）；氨力农5～20μg/（kg·min）；米力农：0.5～0.75μg/（kg·min）；右心辅助。

5）术后镇痛通常选择芬太尼1～10μg/kg单次负荷剂量后，开始输注速度5～10μg/（kg·h）维持。由于芬太尼可引起胸壁强直，应同时使用肌松药（如泮库溴铵、维库溴铵和哌库溴铵等）。病人对芬太尼往往很快适应，有时需要每天增加用药剂量。芬太尼可减缓气管内吸引所致的肺（体）血管反应。对已知肺血管反应性较高的病人，可在气管内吸引前追加芬太尼。镇静常用的是咪达唑仑和地西泮等。

### （二）房间隔缺损（ASD）

1. 病理解剖

（1）ASD指原始心房间隔在发生、吸收和融合时出现异常，左、右心房之间存在交通。通常分为原发孔缺损和继发孔缺损，具有相同的病理生理改变，前者常合并二尖瓣关闭不全。

（2）ASD有三种类型：①中央型缺损（最常见）位于房间隔中部是隔膜原发孔处的缺损。②上腔型缺损邻近房室瓣。③下腔型缺损又称静脉窦型缺损位于腔静脉、心房连接处，而且常常合并部分肺静脉畸形引流。

2. 病理生理

（1）ASD基本的血流动力学特点是房水平左向右分流，右室容量超负荷。分流量的大小取决于缺损大小和左、右心房间的压力差（简单分流生理）。房水平左向右分流，流经右心和肺部的血液远较左心为多，使右心房、室和肺动脉扩大，而左心房、室和主动脉相应较小。

（2）早期由于右室顺应性相对较差，分流量较少，随着左室顺应性的改变和PVR的降低，分流量增加。一般ASD肺动脉压仅轻度增高，分流引起明显肺血管改变较少见，但ASD的存在增加了心内膜炎和异常栓子的发生率，应尽早进行手术修补。缺损较大的ASD，左向右分流量大，随年龄增长肺小动脉发生痉挛，内膜和中层增生，肺动脉压力会逐渐增加，左向右分流量会逐渐减少，当右心房压力升高到一定限度时，将出

现右向左分流和紫绀。由于肺动脉高压形成，右心室后负荷增加，最终可以引起右心衰竭。

3. 手术操作

（1）通过右房进行手术修补。缺损小可直接缝闭，缺损较大则补片修复。对伴有部分肺静脉畸形引流的静脉窦型缺损，使用补片可使异常的肺静脉血流通过ASD引入左房。原发型缺损几乎总是伴有二尖瓣前瓣裂，如果有二尖瓣反流存在，则需进行手术修复。缝合补片时必须注意避开房室结和传导束的穿透支。手术方式主要采用体外循环心脏停跳或不停跳下直视修补术。

（2）问题和并发症：可能出现房性心律紊乱、房室传导阻滞和房室瓣反流。因缝合技术原因出现补片裂开仍然存在左向右分流。

4. 麻醉要点

（1）可根据年龄选择术前用药。麻醉诱导可选用多种药物，包括硫贲妥钠。麻醉维持应考虑对术后拔管的影响。

（2）尽管ASD分流为左向右，也应注意避免静脉气栓。许多麻醉操作（如正压通气）可一过性出现右房压高于左房压，导致血液分流方向短暂的逆转。

（3）缺损修补后房水平左向右分流消失，在血流动力学满意心室充盈饱满情况下，与术前相比中心静脉压往往较低，应注意体外循环后输血输液时不要过快，以避免左室容量负荷过重，否则容易引起急性左心衰。

（4）体外循环时间通常不超过1小时。脱离体外循环一般较顺利，困难时应考虑是否存在其他心内缺损。体外循环结束时应限制追加阿片类药物，以免影响术后拔管。如果病人满足拔管条件也可在手术室拔管。

（5）术后室上性心律紊乱可用维拉帕米或地高辛治疗。

**（三）心内膜垫缺损或房室通道**(atrioventricular canal)

1. 病理解剖

（1）指房室瓣水平上下的间隔组织发育不全或缺如，同时伴有不同程度的房室瓣异常，使心腔之间相互交通。

（2）部分型心内膜垫缺损为原发孔ASD合并二尖瓣大瓣裂。完全型心内膜垫缺损为原发孔ASD、二尖瓣大瓣和三尖瓣隔瓣发育不全及VSD并存。

2. 病理生理

（1）血流动力学特点：缺损存在于房间隔下部（原发孔ASD）、室间隔入口和房室瓣。完全性房室通道仅有一个共用房室瓣，部分性房室通道房室瓣可有一个连续体，从一个共用瓣膜到通常的两瓣排列，房室瓣通常是完整的，瓣膜反流对预后不利。由于四个心腔间均有交通，房、室间交叉分流及房室水平双向分流及房室瓣反流，病理改变差别各不相同。通常引起肺血流增多，右室负荷过重，早期即可出现肺动脉高压或心力衰竭。由于缺损的非限制性，血液分流的方向和程度，完全取决于SVR与PVR之比和舒张期心室充盈的差异。

（2）心内膜垫缺损有大约50%伴有唐氏综合征。

3. 手术操作

（1）手术一般经右房进行，首先补片修补VSD，然后在房室瓣瓣叶中点将房室瓣

与 VSD 补片缝合形成两个房室瓣，最后闭合 ASD。为了预防损伤传导系统，缝线应避开房室结和传导束穿透支。有时为了避开传导系统房间隔补片需要缝合在冠状静脉窦的右侧，这样冠状静脉窦的血液将引流到左房。对二尖瓣或三尖瓣有时需要进行环缩以重新建立瓣膜的完整性。

（2）问题和并发症：持续肺高压可引起右室衰竭；二尖瓣反流加重肺高压；长期房室传导问题非常罕见，出现Ⅲ度房室传导阻滞有 90%术后年内可恢复。

4．麻醉要点

（1）合并唐氏综合征，因对镇静药物敏感，术前用药应减量。

（2）选用静脉麻醉诱导以避免对心肌的抑制和出现低血压。

（3）体外循环前应设法降低过多的肺血流，同时应避免 SVR 急剧升高以免引起肺血流进一步增多，吸入氧浓度以 50%为宜。

（4）婴幼儿可采用深低温停循环或低流量体外循环方法。

（5）脱离体外循环时会有心室功能紊乱、PVR 高及房室瓣反流的可能。应给予正性肌力药物并设法降低 PVR。房室传导出现问题时通常需要使用房室起搏器。

（6）肺血管反应性增高者，特别是唐氏综合征，术后应持续镇静和采用机械通气。

**（四）动脉导管未闭（PDA）**

1．病理解剖

（1）动脉导管为胎儿时期主动脉与肺动脉之间的生理性血流通道，通常在生后2～3 周自动关闭，如持续开放即为动脉导管未闭。

（2）动脉导管未闭可以单独存在，也可以与其他畸形合并存在。按形态分为管型、漏斗型和窗型。

2．病理生理

（1）血流动力学特点：由于 PDA 的存在，主、肺动脉之间构成异常交通，产生左向右分流，分流量的大小随导管的粗细和肺循环的阻力而变化。左向右分流，使左心室容量负荷增加，逐步导致左心室的增大和肥厚；肺血流的增加导致肺动脉压力增加，右心室后负荷增加，使右心室逐渐肥厚；当主、肺动脉舒张压相等时，仅见收缩期左向右分流；当肺动脉压超过主动脉压时，产生双向分流，进一步发展，可以成为艾森曼格综合征（Eisenmenger's syndrome）。

（2）PDA 的病程发展因动脉导管的粗细、分流量的大小而不同，左向右分流类似于 VSD 的发展，主要并发症为肺动脉高压和心衰。

3．麻醉要点

（1）因发育不良和肺部疾病，容易导致缺氧，术前应吸氧、限制液体入量。

（2）新生儿有时只需用阿片类药和肌松药气管插管。年龄较大者，可以在手术室内拔管。非体外循环者麻醉维持可以选择异氟烷吸入，辅助控制性降压，利于早期气管拔管。

（3）术中应进行直接动脉测压、ECG、$SpO_2$、温度和 $P_{ET}CO_2$ 监测。挤压术侧肺脏有时可以引起缺氧，应维持 $SpO_2$ 在 95%以上。控制性降压期间密切注意 ECG、$SpO_2$ 的变化，可反映降压时外周和心肌的灌注状况。

（4）常温结扎时可以用硝普钠或硝酸甘油降压，平均动脉压在结扎或切断时可以

暂时控制在40～50mmHg。结扎后由于分流到肺的血流重新分布到外周，可出现舒张压升高和脉压差缩小。

（5）低流量体外循环经肺动脉缝闭时，应注意警惕主动脉进气，采取头低位利于头部灌注和防止气栓。

**（五）主动脉缩窄**（coarctation of aorta）

1. 病理解剖

（1）主动脉缩窄好发于动脉导管近端部位和主动脉峡部（左锁骨下动脉和动脉导管之间）。动脉导管近端缩窄者很少伴有其他心内缺损。峡部极度缩窄即为主动脉闭锁或中断，常见于左颈总动脉和动脉导管之间，常伴有其他心内缺损。

（2）主动脉缩窄的范围通常比较局限，狭窄的程度不一，临床通常根据狭窄的发生部位分为导管前型和导管后型。前者狭窄位于动脉导管前，动脉导管多呈开放状态，狭窄范围广，侧支循环不丰富，常合并其他心内畸形；后者狭窄位于动脉导管后，动脉导管多闭合，狭窄范围局限，侧支循环建立充分，较少合并其他畸形。

2. 病理生理

（1）血流动力学特点：动脉导管近端缩窄对血流动力学的影响与缩窄的程度有关。胎儿期血流通过动脉导管流向降主动脉，由于不受缩窄的影响，因此侧支循环并不出现。出生后动脉导管开放的新生儿，血液通过动脉导管右向左分流到降主动脉，血流仅轻度梗阻。当导管收缩时通向降主动脉血流只能流经缩窄的主动脉，因此降主动脉血流严重受损，左室后负荷剧烈增高。通常在缩窄的上部表现为收缩期高血压，而在缩窄的下部表现为全身性低血压。新生儿心室顺应性相对较差没有能力克服压力负荷的急剧增高，如梗阻严重可能出现左室衰竭。一般左室衰竭在生后3～6月未出现者，以后也不会出现。如梗阻相对较轻或发展较慢，则会形成至降主动脉的侧支循环，因此年龄较大的小儿可见左室肥厚和侧支循环的形成。峡部缩窄或主动脉中断者常合并VSD，降主动脉血流经动脉导管来自肺动脉。严重主动脉梗阻者，如果动脉导管闭合会出现严重酸中毒、少尿或无尿及严重心衰。

（2）侧支循环：通常狭窄部位近心端的血流主要通过锁骨下动脉的分支与胸部和下半身的动脉相沟通，包括内乳动脉、肩胛部动脉网和椎动脉等。

3. 麻醉要点

（1）术前：合并左心衰的新生儿，输注$PGE_1$可以维持远端血流和减少酸中毒。如果已经气管插管，要过度通气和给予碳酸氢钠。扩血管药要持续给药。

（2）术中：动脉压监测应进行右桡动脉和下肢动脉同时直接测压。阻断升主动脉时，可以引起上部高血压、颅内压升高，而下部远端可以出现低灌注、酸中毒或脊髓缺血。在阻断以前就应该开始应用硝普钠等血管扩张药，以控制血压升高和维持下部侧支循环。适度的浅低温（34℃）可能有助于减少神经并发症。

（3）年龄较大的主动脉缩窄小儿，一般不会出现心衰，可以选用吸入麻醉药。术中高血压可用艾司洛尔等β-受体阻滞药治疗。

（4）术后：宜早期气管拔管，可以避免气管内插管引起的高血压。

**（六）肺动脉瓣狭窄**（pulmonary stenosis，PS）

1. 病理解剖

（1）单纯肺动脉瓣狭窄指室间隔完整，由肺动脉瓣本身的发育不良所致的膜部狭窄，可同时合并或不合并右室漏斗部的狭窄。通常是由于肺动脉瓣的三个交界相互融合，使半月瓣开放受限，结果造成瓣口狭窄。

（2）肺动脉瓣狭窄临床分为轻、中和重度狭窄三型。轻度狭窄右室收缩压＜75mmHg，右室肺动脉压差＜50mmHg；中度狭窄右室收缩压75～100mmHg，右室肺动脉压差50～80mmHg；重度狭窄右室收缩压＞100mmHg，右室肺动脉压差＞80mmHg。轻度和中度狭窄多能见到完整的瓣叶结构，瓣环一般不窄。重度狭窄者肺动脉瓣多发育不良且常伴有瓣环的狭窄。

2. 病理生理

（1）肺动脉瓣狭窄对循环的影响与狭窄程度和是否伴有心内缺损有关。轻度肺动脉瓣狭窄对循环功能影响较小，重度狭窄在婴儿期即可出现右室衰竭。出生时肺动脉瓣狭窄较重者，肺血流靠动脉导管分流维持。轻度狭窄者在动脉导管闭合后也能维持一定的肺血流，但右室压力明显增高，生后数月可能出现右心衰，由于右室肺动脉压差较小，右室壁轻度肥厚；中、重度狭窄者右室壁肥厚且右室腔减小，如右室压持续增高导致右房压增高，通过卵圆孔可引起右向左分流。右心室后负荷增加，使右心室壁向心性肥厚，长期的右心室内高压，可导致三尖瓣关闭不全。重度狭窄时，心输出量降低，临床表现经常性晕厥和周围型紫绀。

（2）正常情况下小儿主要依靠增快心率增加CO，肺动脉瓣狭窄者，右室肥厚心腔变小，每搏量相对固定，由于通过狭窄瓣膜的血流量与跨瓣压差平方根成正比，心动过速时收缩期时间缩短使右室收缩压增高，但降低了右室冠脉血流。因此，肺动脉瓣狭窄也使心率增快的代偿能力受限。

（3）麻醉要点：①任何年龄右室压力超负荷的小儿，须维持稳定的心率、充足的充盈压和心肌收缩力。心率的维持在不同年龄小儿不同，而且与心脏功能受损程度有关。因此，右心梗阻性缺损小儿不能耐受心率减慢。②从开胸至建立体外循环要迅速，尽量避免发生室颤。③严重肺动脉瓣狭窄的新生儿，充血性心衰儿茶酚胺耗竭很快，最好不用抑制心肌收缩力的药物如氟烷，麻醉以阿片类药和肌松药为主。由于该类小儿对前、后负荷剧变的耐受较差，因此用药应缓慢。④机械通气时适当过度换气，降低肺血管阻力，维持体循环阻力，使肺血流增多。



**（七）法洛四联症**（tetralogy of Fallot，TOF）

1. 病理解剖

（1）TOF在紫绀型先天性心脏病中居首位。病理解剖特征为肺动脉狭窄、VSD、升主动脉开口向右侧偏移（升主动脉"骑跨"）和右心室向心性肥厚等病理改变。狭窄多在漏斗部，也可在肺动脉瓣膜或肺动脉环和主干。VSD位于室上嵴下方膜部，亦有位于肺动脉瓣下者。主动脉向右移位骑跨在VSD上。

（2）TOF可合并有动脉导管未闭、右位主动脉弓、房间隔缺损、卵圆孔未闭、左上腔静脉、冠状动脉前降支起源于右冠状动脉、迷走锁骨下动脉、肺静脉异位回流及主动脉瓣关闭不全等其他心血管畸形。

2. 病理生理

（1）血流动力学特点：肺动脉狭窄引起肺血流减少，而肺的侧支循环增多。主动脉和 VSD 所形成的立体关系，使主动脉可同时接受右室和左室射出的血液。当心室收缩左心室排血入主动脉的同时，右心室也经心室间隔缺损排血入主动脉，产生右至左血液分流，血液分流的量与右室流出道梗阻程度和 SVR 密切相关，PVR 也有一定影响。右室流出道梗阻使肺血管床免受高压引起的组织改变，但是肺血管可能先天性发育不良。体-肺分流性减状手术，可以增加肺血流，改善氧合，同时刺激肺血管床发育，肺血管床的正常发育，使后期的根治术成为可能。

（2）肺循环血流量减少和右向左分流引致体循环血氧含量降低，导致组织缺氧，血红蛋白和红细胞代偿性增多，血液黏滞度增加。尽管血红蛋白增加，但凝血因子缺乏。肺循环血流量减少还促进支气管动脉侧支循环的形成。

3. 麻醉要点

（1）术前：详细查阅病历的重要资料。了解"缺氧发作（tet spells）"的频率和程度，有无减状手术史和心衰的症状与体征。熟悉心导管检查资料，重点了解肺动脉的大小，是否存在跨过右室漏斗部的异常冠状动脉左前降支，心室功能和肺动脉瓣环的大小。

（2）体外循环前：维持血管内有效容量，维持 SVR，降低 PVR（尽管引起肺血流梗阻的主要原因是狭窄的右室流出道），预防缺氧发作。负性肌力药物，如吸入麻醉药（氟烷）、普萘洛尔或艾司洛尔（esmolol），可能有助于缓解漏斗部痉挛和增加肺血流。尽管理论上使用氟烷有许多缺点，如血液麻醉药分压改变较慢、心肌抑制和可能降低 SVR 增加分流，但氟烷可能通过降低全身氧耗和松弛右室漏斗部，从而增加肺血流，提高动脉血氧饱和度。如果采用静脉麻醉诱导，需注意维持适当的 SVR，可以选择氯胺酮和芬太尼。体外循环前低血压，常常是由于血容量不足，一般对静脉补液反应良好，可以静注去氧肾上腺素 1～2μg/kg 暂时纠正。通过放血进行血液稀释，降低血液黏度，对增加肺血流和心排量临床上有一定作用，对体重超过 20kg、Hct 超过 0.5 者，可以考虑放血 10～20ml/kg 备用，但应注意麻醉管理和无菌操作，主张在体外循环初始，通过腔静脉引流管放血，安全可靠。

（3）体外循环后：应支持右室功能，并设法降低 PVR。成功的脱离体外循环，有赖于成功的手术矫正、右室功能、肺动脉大小和反应性、以及心肌保护。体外循环后大多需要使用正性肌力药物[如多巴胺 3～10μg/(kg·min)]，特别是婴幼儿和右室切开者。有时对短暂房室传导紊乱，需要安置临时起搏器。

**（八）大动脉转位**（transposition of the great arteries，TGA）

1. 病理解剖

（1）大动脉转位的主要特征是主动脉口和肺动脉口同左、右心室的连接或/和两根大动脉之间的位置关系异常。TGA 属复杂型全心综合性 CHD，在新生儿期紫绀型心血管畸形中占发生率的首位和病死率的首位。未经手术约 45%死于 1 个月内，69%死于 3 个月内，75%死于 8 个月内，80%死于 1 岁内。

（2）形态分类：①完全型大动脉转位：单纯性完全型大动脉转位指主动脉和肺动脉对调位置，不合并室间隔缺损。复杂性大动脉转位则合并有房间隔缺损、室间隔缺损或动脉导管未闭等。②矫正型大动脉转位：大动脉和心室同时发生转位，血流由腔静脉→右心房→右侧的左心室→肺动脉→肺静脉→左心房→左侧的右心室→主动脉，血流的基本生理功能正常。矫正并存的心内畸形即可，无心内畸形不需手术。

2. 病理生理

(1) 血流动力学特点:完全型大动脉转位是两个循环系统相互独立。一个循环向肺内射血并接收肺血回流,即左房→左室→肺动脉;另一个循环向全身射血并接收全身血液的回流,即右房→右室→主动脉。在这种情况下,如果两个循环间没有交通患儿将不能成活。两个循环间的交通可能存在于心房、心室或动脉(动脉导管)水平。如果动脉导管是唯一的交通通路,动脉导管的快速闭合常常是致命性的。近15%的TGA常常合并有VSD。如果室间隔完整,计划作大动脉调转手术(Switch手术),应在PVR降低前和左室心肌尚未萎缩的新生儿期进行。

(2) 由于两大动脉和心室的互换,形成大循环和右心、小循环和左心分别循环的非生理状态。因此,存活的前提条件是存在左向右和右向左的双向分流,缺氧的程度取决于有效分流量和血液混合的状态。肺血流或多或少且与紫绀的程度无明确关联。

3. 麻醉要点

(1) 术前:所有动脉导管依赖性缺损的新生儿,应使用$PGE_1$维持动脉导管的开放。尽管动脉导管维持开放,由于肺循环和体循环隔离,血液混合不足,可出现严重的低氧血症。在心导管检查时可行气囊房间隔切开术(Rashkind手术),该手术可在左右心房间建立一个较大的交通,从而在房水平改善血液混合。婴幼儿通常可省略术前用药。

(2) 麻醉诱导可用静脉和吸入麻醉,但应注意不要引起PVR的剧烈波动(升高或大幅降低)。一般应维持正常的$PaO_2$、pH平衡、氧合和适当的麻醉深度。体外循环开始后可停用$PGE_1$。术中应注意保护心肌和冠脉循环。

(3) 对大动脉转位冠状动脉移植,注意在开放主动脉阻断钳后,应考虑输注硝酸甘油[0.5～1μg/(kg·min)],特别是ST段抬高者。怀疑冠脉气栓时,可在主动脉插管远端间歇、短暂阻断主动脉,使冠脉"超灌注"有助于通过心肌循环排除气栓。一般情况下左室可很好的接受并适应SVR。

(4) 术后:一般应维持24小时机械通气。应监测心肌缺血,出现心肌梗死后应积极治疗(供氧、监测ECG、硝酸甘油、降低后负荷并控制心律紊乱)。

**(九) 三尖瓣闭锁**(tricuspid atresia)

1. 病理解剖

(1) 病理特征为三尖瓣口闭锁,房间隔存在交通口,室间隔缺损,不同程度的右心室发育不良。

(2) 三尖瓣闭锁时,右心房与右心室不直接沟通,左房则通过二尖瓣与左心室相连接。右心房内见不到三尖瓣瓣膜组织和三尖瓣瓣孔。右心房底部,原三尖瓣所在部位被肌性组织、薄膜状组织等所替代。

(3) 近30%的病例合并存在大动脉转位(主动脉起自发育不良的右室)。

2. 病理生理

(1) 由于三尖瓣闭锁导致从右房到右室的血流受阻,因此体循环静脉血必须通过开放的卵圆孔或ASD进入左房(右向左分流)。由于容量负荷增加,左房和左室扩大。肺血流依赖于VSD或PDA的存在。在大动脉位置关系正常条件下,血流通过VSD进入发育不良的右室,而后进入肺动脉维持肺血流。VSD较大且肺动脉瓣无狭窄时,肺

血流并不受限；存在肺动脉瓣狭窄或 VSD 较小时，肺血流往往较少。

(2) 体循环静脉血液和肺静脉氧合血液在左心房内完全混合造成不同程度的动脉血氧饱和度降低，肺循环血流量多者可不出现紫绀或轻度紫绀，肺动脉出口狭窄者则出现重度紫绀。肺血流量正常或增多者则可发生肺血管阻塞性病变，病变加重肺血流量逐渐减少则紫绀也逐渐加重。

3. 麻醉要点

(1) 术前：胸部 X 线、超声和心导管检查，对确定是否伴有 TGA 和评价肺血流通道非常重要。由于慢性容量超负荷引起的左室病变，术前可能需要使用正性肌力药物。新生儿肺血流降低时，应开始使用 $PGE_1$[0.1μg/(kg · min)]，维持动脉导管开放。如果 ASD 或开放的卵圆孔较小，可行心导管气囊房间隔切开术。

(2) 术中：麻醉管理的关键在于维持合适的血管内容量、降低 PVR 和 LAP，促进肺血流的改善。如能控制呼吸道防止 PVR 增高并能避免出现低血压(动脉导管血流依赖于动脉压)，可使用吸入麻醉诱导。对心室功能受损的病人(术前需要正性肌力药物)，最好使用对心肌抑制最轻并能维持 SVR 的药物静脉诱导(阿片类或氯胺酮)。如果病人曾经作过减状手术，由于侧支循环和心包粘连体外循环前的出血会增加。

(3) 由于支气管肺动脉侧支循环的存在，在体外循环期间虽然阻断了主动脉，血流仍可达到心肌，使心肌温度升高，从而影响低温心肌保护。由于已有的心室功能紊乱和修复缺损，有时需要相对较长的体外循环时间，在脱离体外循环时，需要使用正性肌力药物和扩血管药物。在并行循环时就开始使用这些药物，有助于增加首次脱机的成功率。术后维持一个合适的 CVP(12～15mmHg)，尽可能低的 LAP 非常重要。

(4) Glenn 或双向 Glenn 手术常在非体外循环下手术，术中应建立上腔和下腔两条深静脉通路。通过下腔静脉输液补血和给予少量多巴胺输入，同时监测上腔(术后肺动脉压)和下腔的静脉压。

(5) 正压通气可降低肺血流，术后应尽早停用。但是，在年龄较小、肺血管床反应性高者，为了预防 $PaCO_2$ 增高和肺高压，可使用正压通气辅助呼吸。如使用正压通气，应缩短吸气时间，维持尽可能低的平均气道压。

**(十) 大动脉共干**(truncus arteriosus)

1. 病理解剖

(1) 原始动脉干未能分隔成主动脉和肺动脉，以致保存胚胎期从心底发生的单一动脉干。病理特征有起源于两个心室腔的单一动脉干；仅有一组半月瓣(可呈两个、三个或四个瓣叶)；高位 VSD；肺动脉、头臂动脉和冠状动脉均起于共干。

(2) 大动脉共干可根据肺动脉的起源不同分为四型：①Ⅰ型：肺动脉主干起源于动脉干的近端，居左侧与右侧的升主动脉处于同一平面，接受两侧心室的血液，此型最常见。②Ⅱ型：左、右肺动脉共同开口或相互靠近，起源于动脉干中部的后壁。③Ⅲ型：左、右肺动脉分别起源于动脉干的侧壁。④Ⅳ型：肺动脉起源于胸段降主动脉或肺动脉缺失，肺动脉血供来自支气管动脉。

2. 病理生理

(1) 大动脉共干是从单一大动脉发出冠脉循环、肺循环和体循环。大动脉共干表明，动脉圆锥嵴在胚胎动脉干分为主动脉和肺动脉时出现失误。主肺动脉、一侧或两侧

肺动脉从动脉干发出。通常存在VSD,主动脉干骑跨于VSD上。由于体循环和肺循环血流在VSD、动脉干水平混合,导致出现紫绀。动脉干瓣膜可能有两个到六个瓣尖,而且瓣膜可能关闭不全。肺循环阻力的高低,是病理生理变化的基础,肺血流过多者,特别是在出生不久PVR降低后,紫绀可不明显。

(2) 来自肺循环的左心室氧合血和来自体循环的右心室静脉血,混合后共同进入动脉干。因此动脉血氧饱和度降低程度,取决于肺循环血流量的多少。肺血流量多临床上紫绀不明显或程度轻,但心脏负荷加重伴有动脉干瓣膜关闭不全者易造成心力衰竭,左心房压力升高可发生肺水肿、肺血流量少则紫绀明显,引致肺血流量减少。最常见原因是肺血管床承受体循环高压的大量血流逐渐产生肺小血管阻塞性病变,致肺循环阻力升高,血流量减少,肺动脉狭窄亦可造成肺血流量减少但较为少见。

3. 麻醉要点

(1) 体外循环前期,应设法降低肺血流量。限制吸入氧浓度、维持正常的二氧化碳和合适的麻醉深度。开胸后如果必要可由术者机械压迫肺动脉以限制肺血流。

(2) 缺损修补完毕脱离体外循环后,应设法增加肺血流。使用100% $O_2$ 吸入、适度过度通气、纠正酸中毒等。

(3) 术后:要预防PVR增高或外通道梗阻而出现右心室衰竭。使用机械通气,维持较低的二氧化碳分压,$PaO_2$ 应高于100mmHg,以降低PVR。

**(十一) 完全性肺静脉畸形引流**(total anomalous pulmonary venous connection)

1. 病理解剖

(1) 全部肺静脉不与左心房相连通,而引入右房或体静脉系统。通常伴有ASD,使右房血流入左房。

(2) 临床上分为四型:①心上型:肺静脉总干经垂直静脉连接左、右无名静脉或左、右上腔静脉流入右心房。②心内型:肺静脉总干连接右心房壁或冠状静脉窦流入右心房。③心下型:肺静脉总干穿过膈肌经门静脉或肝静脉流入右心房。④混合型:两侧肺静脉或各叶肺静脉分别与不同的体静脉连接。

2. 病理生理

(1) 血流动力学特点:肺静脉血引流到右心与体循环静脉血混合,部分氧合不全的血液,通过合并的动脉导管或ASD射入体循环,从而引起全身紫绀。右房扩大、右室容量超负荷和肺血流增加并存。随着分流时间延长,产生肺动脉高压而分流量明显减少,紫绀加重。如果存在肺静脉系统梗阻、房间隔缺损较小及左心室发育不良,紫绀等症状进一步加重。

(2) 由于肺循环压力显著升高,所有病人不论年龄大小,肺小动脉均显示梗阻性病理改变。

3. 麻醉要点

(1) 术前:重点在于维持正常的PVR和支持心室功能。继发于肺血流增加或肺静脉梗阻的肺水肿可能需要正压通气和正性肌力药物的支持。为了控制肺血流的进一步增加,应避免过度通气和吸入氧浓度过高。

(2) 术中:通常以阿片类麻醉药物为主,因其对心肌抑制轻微。肺血管反应性增加,且常伴有肺血流的增加和肺静脉充血。在脱离体外循环时可能需要采取降低PVR

的措施（过度通气、纯氧通气、轻度碱血症）。如果术前已开始使用正性肌力药物，通常在脱离体外循环时仍需继续使用。

（3）术后：一般需要机械通气，为了减弱肺血管反应性术后要足够的镇静，可以持续输入芬太尼等。

**（十二）左心发育不良综合征**（hypoplastic left heart syndrome，HLHS）

1. 病理解剖

（1）病理特征：左心室腔变小，主动脉瓣口和/或二尖瓣口狭窄或闭锁，升主动脉发育不良的心血管畸形。常伴有心内膜弹力纤维增生，37%可伴心外畸形。

（2）预后：新生儿期即发生心衰，25%在生后的第1周死亡。如果不治疗基本上在6周内死亡。

2. 病理生理

（1）由于二尖瓣、左室和升主动脉发育不良或闭锁，在房水平（通常血液完全混合后）存在左向右的分流。体循环血流完全依赖于通过动脉导管的右向左分流。冠脉血流通过发育不全的降主动脉逆行血流维持。如果动脉导管关闭或动脉导管保持开放但PVR降低引起肺窃血时，体循环灌注会严重受限。

（2）由于体循环灌注不足，导致代谢性酸中毒和器官功能紊乱。右室作功超负荷引起心衰。

3. 麻醉要点

（1）为了避免或尽可能的减小对心肌的抑制作用，不用术前药。麻醉诱导和维持以阿片类为优。

（2）维持PVR和SVR间的平衡，保证足够的氧合和体循环灌注是麻醉处理之关键。当体循环饱和度为75%～80%时，表明Qp/Qs接近1∶1～2∶1，估计混合静脉氧饱和度为50%。如果采用降低PVR措施，如过度通气、吸入高浓度氧等，$SaO_2$可增加到85%～90%，但肺血流的增加势必要减少体循环血流，Qp/Qs增加到4∶1～5∶1，从而导致体循环灌注不足和代谢性酸中毒。因此，维持$SaO_2$接近80%比较理想。

（3）心肌需要正性肌力药物支持。如果冠脉血流处于临界状态，心肌应激性可能会很高。有时可能存在肾功衰竭使处理复杂化。

（4）术后早期维持适度过度通气，增加肺血流。维持$SaO_2$在80%～85%前提下，将$FiO_2$降到最低。通过采用大潮气量低频率机械通气方式，使$PaCO_2$逐渐正常，同时监测对$SaO_2$的影响，预防肺血流过多。另外，可采用$CO_2$重吸入增加PVR技术，调节PVR与SVR的平衡。

（5）术后适度镇静预防出现肺高压危象。

**（十三）右室双出口**

1. 病理解剖

（1）右室双出口是指主动脉和肺动脉均起源于右心室，或一根大动脉和另一根大动脉的大部分起源于右心室，室间隔缺损为左心室的唯一出口。右室双出口实际上是在渐变过程中界于TOF和TGA之间的先天性心脏畸形，有肺动脉骑跨的右室双出口被称为Taussig-Bing综合征。随着大动脉骑跨程度的增加而改变，当肺动脉在左心室上的骑跨部分超过50%时即为完全性大动脉转位。有肺动脉瓣下狭窄和主动脉与二

尖瓣有纤维延续的病例，若主动脉骑跨于右心室之上的部分小于50%者为法洛四联症，大于50%者为右室双出口。阜外医院认为主动脉骑跨于右心室在75%以下归于法洛四联症，骑跨在75%以上者定为右室双出口。①室间隔缺损：通常比主动脉口径大，大部分心室间隔缺损(60%)位于主动脉瓣下或肺动脉瓣下(30%)，少数病例位置在主动脉和肺动脉开口下方的中间部位。②大动脉位置：常见的是主动脉与肺动脉开口并排于同一平面，主动脉位于右侧。其次是主动脉开口位于肺动脉开口的右后方，主动脉开口位于肺动脉开口的右前方。主动脉开口位于肺动脉开口的左前方这种情况较常见于房室不一致的右心室双出口。③房室联接：90%的病例房室关系一致，右心房与右心室联接，左心房和左心室联接，房室关系不一致者仅占10%左右。其他畸形有肺动脉瓣或漏斗部狭窄、主动脉瓣下狭窄、房室瓣畸形、心室发育不良、心房间隔缺损、冠状动脉开口异常等。

(2) 右室双出口分型：右室双出口的外科分型方法很多。根据室间隔缺损的解剖位置、与动脉干的关系、有无肺动脉狭窄和是否伴有其他畸形等来分型，有益于外科手术的治疗：①Ⅰ型：右心室双出口，房室一致，右位主动脉伴主动脉瓣下室间隔缺损不伴肺动脉狭窄。最常见类型，临床表现与大的室间隔缺损伴肺动脉高压相似。肺血流量增多，左、右心室压力及主、肺动脉压力相似为其特征，肺血管阻力增高，因左室射血经室间隔缺损入右心室及主动脉故动脉血氧饱和度增高。②Ⅱ型：右心室双出口，房室一致，右位主动脉，主动脉瓣下室间隔缺损，伴肺动脉狭窄。临床表现与严重的法洛四联症相似。肺血流少，其特征为因左心室射血经室间隔缺损到右心室后再入主动脉，故右心室血氧饱和度高于右心房。③Ⅲ型：右心室双出口，房室一致，右位主动脉伴肺动脉瓣下室间隔缺损，有或无肺动脉狭窄。临床表现在婴儿期就出现紫绀，呼吸困难及充血性心力衰竭。左、右心室压力与主、肺动脉压力相似，右心房、右心室及肺动脉血氧饱和度递增。④Ⅳ型：右心室双出口，房室一致伴两根大动脉开口相关的室间隔缺损，主动脉与肺动脉开口并列，室间隔缺损较大，位于两根大动脉开口之下。临床表现与主动脉瓣下室间隔缺损相似，分流量大，轻度紫绀或心力衰竭。肺血流量增多，右心室压力与体循环动脉压力相似，右心室内血氧饱和度增高。⑤Ⅴ型：右心室双出口，房室一致伴与两根大动脉开口无关的室间隔缺损，主动脉和肺动脉开口并列，室间隔缺损位于圆锥下，三尖瓣隔瓣下的房室共同通道型或位于心尖部肉柱间。临床表现为大的室间隔缺损及肺动脉高压症状。右心室血氧饱和度增高。⑥Ⅵ型：右心室双出口，房室不一致，常伴肺动脉狭窄和右位心，室间隔缺损多位于肺动脉瓣下方。临床表现为在婴儿期即出现紫绀、缺氧。左、右心室压力相似，但肺动脉血氧饱和度增高而压力降低。

2. 病理生理

(1) 右心室双出口的血流动力学变化主要取决于室间隔缺损的位置和大小，以及是否合并肺动脉狭窄及其程度，在室间隔缺损位于主动脉瓣下而无肺动脉狭窄时，左心室血流大部分经缺损直接进入主动脉，而右心室血液主要进入肺动脉，肺血流量增多，临床与室间隔缺损合并肺动脉高压相似。在室间隔缺损位于肺动脉瓣下而无肺动脉狭窄时，左心室血液主要经缺损直接进入肺动脉，而右心室血液主要进入主动脉，临床与完全性大动脉转位合并室间隔缺损相似，有肺充血和严重紫绀。室间隔缺损大，左心室排血无阻碍，左、右心室内压力相等。室间隔缺损小，左心室排血受阻，左、右心室间存

在压力阶差，左心室压力高于右心室。无论室间隔缺损位置和大小，若有肺动脉狭窄时，临床类似严重的法洛四联症，有肺缺血和严重紫绀。

（2）由于室间隔缺损的位置不同和有无半月瓣下狭窄，右室双出口的病理生理，血流动力学和临床表现有很大差异。主动脉发自右心室必将接受非氧合血而产生“右向左”分流，而左心室的血液只能通过室间隔缺损来排出，而使氧合血排到肺动脉，又产生“左向右”分流。而“右向左”和“左向右”分流的相对程度差别很大，这主要决定于主动脉和肺动脉的开口与室间隔缺损之间的关系。由于高阻力的体循环和低阻力的肺循环都承受同一压力，必然产生肺动脉高压，但如果同时伴有肺动脉狭窄则肺动脉压力可以不增高。

3. 麻醉处理要点

（1）根据右室双出口的血流动力学变化及其临床表现，大致可分为肺动脉高压型和法洛四联症型。

（2）肺动脉高压型的麻醉：①维持适当的麻醉深度，避免应激引起的肺循环阻力。②畸形纠治前使用50%～60%的吸入氧浓度。停机后使用100%的吸入氧浓度过度通气。尽量避免使用氯胺酮等导致肺循环压力增高的药物。③降低后负荷，改善右室功能，停机前尽早使用血管扩张药物，如硝酸甘油、安力农、米力农等。吸入一氧化氮。④必要时使用多巴酚丁胺、多巴胺等正性肌力药物。

（3）法洛四联症型的麻醉：①纠正酸中毒，补充容量，防止脱水和缺氧发作。②降低肺循环阻力，增加肺血流，维持体循环阻力，防止低血压引起的右向左分流增加，而进一步加重紫钳。③维持循环平稳，顺利脱离体外循环机，尽早使用肾上腺素、多巴酚丁胺、多巴胺等正性肌力药物。

**（十四）Ebstein 畸形**

1. 病理解剖

（1）即三尖瓣下移畸形，大约占先心病的0.5%，因1866年由Ebstein最先报道而命名。基本病理特征为三尖瓣位置下移，以隔瓣和后瓣的下移为主，瓣叶常发育不全。

（2）病变最常累及膈瓣，其次为后瓣，膈瓣和后瓣可部分缺失，累及前瓣者则很少见。三尖瓣瓣叶和右心室发育异常并伴有膈瓣、后瓣向右心室下移，通过乳头肌腱索附着于三尖瓣瓣环下方的右心室壁上。三尖瓣瓣叶增大或缩小，往往增厚、变形或缩短。

（3）右心房扩大，房壁纤维化增厚。下移的瓣叶使右心室分成两个部分，瓣叶上方扩大的心室称为房化右室，其功能似右心房，瓣叶下方为功能右心室。右心房和房化右室连成较大的心腔，使血液蓄积，而瓣叶下方的功能右室起排血的作用。

（4）由于三尖瓣瓣环和右心室高度扩大以及瓣叶畸形，往往呈现关闭不全。如若瓣叶游离缘部分黏着，则增大的前瓣叶可在房化心室与功能右室之间造成血流梗阻而产生不同程度的三尖瓣狭窄。

（5）约半数患者伴有卵圆孔未闭或心房间隔缺损，可出现房水平右向左分流。其他合并畸形有肺动脉狭窄、室间隔缺损、动脉导管未闭、大动脉转位、主动脉缩窄和先天性二尖瓣狭窄等。

2. 病理生理

（1）血流动力学改变取决定于三尖瓣关闭不全的程度，是否合并ASD以及缺损的

大小和右心室的功能。因右心房收缩时右心室舒张，则房化右室部分也舒张扩大，致使右心房血液不能全部进入右心室。但右心房舒张时右心室收缩，房化右室也收缩，于是右心房同时接收来自腔静脉、房化右室和因三尖瓣关闭不全而反流的血液，致使右心房血容量增多扩大，右心房压力升高，最终导致心力衰竭。

(2) 当房间隔完整，右心室收缩时，进入肺内进行气体交换的血量减少，动、静脉氧差变小，可产生面颊潮红，指端轻度紫绀。在合并卵圆孔未闭或ASD的病例，当右心房压力高于左心房时，则产生右至左分流，因体循环动脉血氧含量下降而出现紫绀。因瓣叶的下移程度不同，功能右室大小不一，而右室的功能取决于瓣叶下残留的肌肉、三尖瓣反流的时间和程度。

(3) 病变轻微，可无临床表现。如果病变严重，患者会很快死亡。但大多数病人随年龄增长才逐渐出现劳累后气急、心悸、紫绀和心力衰竭等症状。预后有较大差异，临床上表现重度紫绀者约80%在10岁内死亡，而轻度紫绀者则仅有5%。出现充血性心力衰竭后大多在2年内死亡，约3%的病例可发生猝死。常见死亡原因有充血性心力衰竭、心律失常、缺氧或肺部感染。成年病人则常死于栓塞、脑血管意外和脑脓肿。

(4) 因增厚的心内膜常压迫到右束支，可以产生不完全性或完全性右束支传导阻滞。因5%～10%的病例有异常Kent传导束而合并预激综合征(Wolff-Parkinson-White syndrome)，常伴有室上性心动过速。

3. 麻醉处理要点

(1) 术前准备：强心、利尿，纠正右心衰竭。存在凝血功能障碍可用维生素K和凝血酶原复合物等治疗。术前低氧血症者，麻醉前用药应减量，以免呼吸抑制。

(2) 术中监测：除标准监测外，术中要进行经食管超声(TEE)监测。通过TEE可以指导和评价手术效果，评估心室收缩功能，评估左、右室前负荷，指导排气，指导使用血管活性药物和静脉输液。

(3) 麻醉管理：取决定于患者病理生理改变的种类和程度。①麻醉诱导和维持：因血液在右房内潴留，从而导致静脉给药时起效延迟，注意避免用药过量。不论是麻醉诱导或维持，都应耐心观察用药效果，避免由药物过量引起的严重血流动力学后果。②降低肺血管阻力：术前肺动脉压大多正常，在严重三尖瓣关闭不全和右向左分流时，还可能降低。在三尖瓣和ASD矫治后，扩大的纤维化右室尚不能对血流动力学变化做出反应。因此，尽量避免任何可能增加右室后负荷即肺血管阻力的因素，如使用呼气末正压(PEEP)、高碳酸血症、缺氧等。在严重三尖瓣反流的病人，必要时可以使用硝酸甘油、一氧化氮等降低肺阻力的药物。③血管活性药物：因右室功能受损，必要时可以在体外循环前、后使用增强心肌收缩力的药物。首选不明显增加α-受体兴奋性的正性肌力药物，如磷酸二酯酶Ⅲ抑制药(米力农或氨力农)。使用β-受体兴奋药，如多巴酚丁胺，对肺血管阻力的影响优于多巴胺，但都有潜在引起快速性心律失常的可能。确实需要选择血管收缩药时，因去甲肾上腺素的α-受体兴奋性和较弱的β-受体兴奋性，可能成为首选。应认真分析患者当时所处的临床状态以指导药物的最终选择。④心律失常：因合并预激综合征，快速性室上性心律失常最常见。应及时纠正电解质的异常，尤其注意血钾浓度。严重心律失常的患者使用β受体兴奋药更应慎重。麻醉诱导期室上性心动过速的发生率可达10%～20%，有时需要紧急建立体外循环来终止。在合并预激综合征

者，使用洋地黄类和维拉帕米可以增加室颤发生率，慎用。⑤避免气栓：因半数以上合并卵圆孔未闭和ASD，在静脉注射时应特别注意避免注入气泡或碎片，以免形成反常性栓塞。任何可能使右房压力增高的因素，都会使右向左分流量增加。注意合此类患者在补片修补ASD后，有时需要在补片上打4mm的孔行开窗术，以避免发生术后低心排综合征，所开"窗口"可以在数月后闭合。

（4）术后处理：术后仍须积极作内科治疗，控制心力衰竭和心律紊乱，密切观察血清钾、钠、氯等离子测定和心电图改变，及时补充氯化钾。注意保持引流管通畅，可输入纤维蛋白原、新鲜血等止血措施。注意术后发生突然死亡的患者大部分因伴有围术期室上性心动过速，进而发展为室性心律失常而致命。

**（十五）部分减状手术的麻醉处理**

1. 肺动脉环缩术（pulmonary artery banding）

（1）适应证：适用于心内缺损（如VSD）导致肺血流增多，血管床的变化导致肺动脉压力升高。因修补原发性缺损在技术上不可行，通过环缩主肺动脉，可以减弱和避免过多肺血流的进一步的发展。环缩后增加右室的射血阻力，降低左向右的分流量，增加体循环的灌注。生理性的分流从简单变为复杂。婴幼儿TGA因肺血管血流量过多而又不宜作纠治手术者，通过控制肺血流，降低肺动脉压，促进左心室发育，为二期手术作准备。

（2）麻醉要点：①这些病人常常小于6个月，存在复杂的缺损，要等年龄稍大一点，才能做手术。生后最初几个月发生的肺动脉高压，限制了肺血流，但随着PVR的降低和肺血流增加，婴幼儿出现症状。术前提示存在PDA，应限制给氧和使用药物关闭。②通常不给术前药。麻醉诱导可以选择静脉麻醉。维持一定的麻醉深度，尽量避免SVR的突然升高或PVR的明显下降，因为可以进一步增加肺的血流。如果存在严重的心衰，应避免吸入麻醉。术前无气管插管的幼儿可以在手术结束时气管拔管。③保持理想的体循环压力，维护心脏功能。手术开始后可以通过中心静脉适当输注微量多巴胺等血管活性药物。术中至少准备两通道直接压力监测，连续体循环动脉压和肺动脉压监测。④严密监测$SpO_2$、$PaO_2$和$PaCO_2$，尽量维持恒定的吸入氧浓度（50%）。$SpO_2$的监测对环缩程度有指导意义。

2. 体-肺动脉分流术（systemic-to-pulmonary shunt）

（1）适应证：体-肺动脉分流术主要适用于婴幼儿大动脉转位合并肺动脉狭窄等紫绀型复杂性CHD。因肺血流不足引起的紫绀，可能通过体动脉血流分流到肺血管床而减轻，从而使部分体动脉血的氧饱和度得到改善，但是血流在进入体循环之前必须同体静脉回流的未氧合的静脉血相混合。因此，体循环的$SaO_2$依赖于肺血流与体血流的比值（Qp/Qs）和混合静脉血的氧饱和度（$SvO_2$）。假如$SvO_2$是50%，如果要获得$SaO_2$高于85%，则Qp/Qs必须达3∶1～4∶1，因而可能导致心室容量超负荷、肺血管阻塞性改变和体循环的低灌注。因此，对体肺动脉分流量的大小要选择恰当，以保证有足够的但不是过多的肺血流。另外，通过改善动脉氧含量和增加肺血流从而刺激肺动脉的发育，为二期手术提供了必要条件。

（2）麻醉要点：①术前：通过给氧、过度通气、补充血容量和及时纠正酸中毒，可以改善氧合和降低PVR。用$PGE_1$ 0.1μg/(kg·min)输注，以保持动脉导管的开放。如

果右侧严重阻塞或ASD太小，可以通过导管球囊扩张，以增加房水平血液混合和改善氧合。②术中：通过降低PVR以增加肺血流，从而改善氧合。如果患儿无心室功能不全，通常可以耐受吸入麻醉，有时可以缓解右室流出道痉挛和增加肺血流，年龄较大的小儿可以减少阿片类药量以利于早期拔管。术中要防止缺氧，保证足够的通气，尤其应注意手术操作对术侧肺的压缩、肺血管的扭曲或钳夹，此时缺氧通常加重。当钳夹肺动脉时，通过 $P_{ET}CO_2$ 监测可以及时的估计 $PaCO_2$。及时的进行血气监测，可以了解氧合、通气和酸碱平衡状态。但是，在估计手术分流量的大小时，应考虑降低PVR措施对升高肺血流的作用，因为一旦撤除这些措施分流量可能不够。分流太小或阻塞可以表现为持续缺氧，分流量过多可以表现为体循环低血压、舒张压降低、脉压增大、肺水肿和酸中毒。③术后：术后早期通常肺血流增加，年龄较大的小儿可以早期拔管，尽量不用正压通气，减少交感神经刺激。通过降低PVR，可以改善氧合，增加肺血流。

（王伟鹏）

## 参考文献


1. McQuillen PS, Nishimoto MS, Bottrell CL, et al. Regional and central venous oxygen saturation monitoring following pediatric cardiac surgery: concordance and association with clinical variables. Pediatr Crit Care Med. 2007, 8(2): 154-160
2. Piper HG, Alexander JL, Shukla A, et al. Real-time continuous glucose monitoring in pediatric patients during and after cardiac surgery. Pediatrics. 2006, 118(3): 1176-1184
3. Schlunt ML, Brauer SD, et al. Anesthetic management for the pediatric patient undergoing deep hypothermic circulatory arrest. Semin Cardiothorac Vasc Anesth. 2007, 11(1): 16-22
4. Diaz LK. Anesthesia and postoperative analgesia in pediatric patients undergoing cardiac surgery. Paediatr Drugs. 2006, 8(4): 223-233
5. Mittnacht AI, Joashi U, Nguyen K, et al. Continuous positive airway pressure and lung separation during cardiopulmonary bypass to facilitate congenital heart surgery via the right thorax in children. Paediatr Anaesth. 2007, 17(7): 693-696
6. Jacobs JP, Wernovsky G Elliott MJ. Analysis of outcomes for congenital cardiac disease: can we do better? Cardiol Young. 2007, 17(Suppl 2): 145-158

# 第七章 心脏瓣膜手术的麻醉

慢性风湿性心脏瓣膜病变术前病程长，心功能较差，加之各病人的受损瓣膜类别、性质及严重程度可有显著不同，故对血流动力学的影响也就很不一致。因此实施心脏瓣膜置换术麻醉理应了解每个瓣膜病变如狭窄、关闭不全或两者共存所造成血流动力学改变的性质与程度，瓣膜病变严重程度、心脏功能代偿、心脏扩大程度、是否存在肺高压和术前是否存在心力衰竭及其严重程度，从而指导选用麻醉药、辅助药、血管活性药以及术中、术后管理，才能维持血流动力学相对稳定。

## 第一节　二尖瓣狭窄

### 一、病理生理和临床表现

多数为风湿性心脏病引起，少数为先天性二尖瓣狭窄。正常人二尖瓣口面积约为4～6$cm^2$，轻度狭窄为1.5～2.5$cm^2$，中度狭窄为1.1～1.5$cm^2$，重度狭窄为1.0$cm^2$以下。一般瓣口面积小于1.5$cm^2$才有症状，小于1.0$cm^2$则在静息状态也出现症状。能生存的最小瓣口面积为0.3～0.4$cm^2$。大部分患者为女性，合并有二尖瓣关闭不全者更常见。

1. 二尖瓣狭窄导致左心室舒张期充盈受阻，造成左室慢性容量负荷不足，左室相对变小。二尖瓣狭窄严重时，每搏量(SV)与左室舒张末容积(LVEDV)都减少，但早期射血分数尚保持正常，后期则下降至0.4以下，与左室顺应性明显下降和左心功能严重不全有关。

2. 二尖瓣狭窄导致左心房向左心室排血受阻，左房压(LAP)增高。早期左房压中度升高，心排血量稍降低，一般病情可保持稳定。长时间二尖瓣狭窄，左房压和肺静脉压升高，肺水渗漏增加，早期可由淋巴回流增加而代偿，后期在两肺基底部组织间肺水增加，肺顺应性降低，增加呼吸做功出现呼吸困难。

3. 若病情进展，发生肺动脉高压，肺血管阻力增加使右心室后负荷增加而引起右心室功能不全和出现功能性三尖瓣反流。

4. 二尖瓣狭窄病人由于左房压增加，因此左房扩张，常伴有房颤。二尖瓣狭窄的病人由于瓣膜狭窄，瓣口面积固定，当心动过速时，舒张期充盈时间缩短较收缩期时间缩短更明显。洋地黄可减慢心室率、延长舒张期，改善左室功能。心脏电复律常不能恢复窦性节律，且有可能造成左房内血栓脱落而发生致命的栓塞。

## 二、术前评估

1. 肺动脉高压　听诊、X线平片、超声心动图、呼吸功能测定和临床表现。

2. 房颤与左房血栓　房颤患者易形成左房血栓，可继发脑和全身栓塞。左房血栓的患者对肝素有耐药倾向。

3. 心功能　反复发作的肺水肿、呼吸困难、夜间阵发性呼吸困难、疲劳、胸痛、心悸、咯血以及因扩大的左房和增粗的肺动脉压迫喉返神经而引起的声嘶等症状都有助于了解患者心功能的状态。

4. 肺功能　肺功能检查。

5. 凝血功能　有左房血栓的患者易出现凝血功能的异常。右心衰竭亦可引起的肝瘀血，使凝血功能下降。

6. 高心排出量状态　应注意有无甲状腺毒症、妊娠、贫血或发热等可引发高心排出量状态的情况。导致机体氧需增加，可引起左房和肺动脉压力的突然增高，从而导致严重的充血性心力衰竭。

## 三、麻醉管理

对二尖瓣狭窄病人，麻醉管理的目标时维持心排出量，同时避免肺充血。维持一定的前负荷，但应避免急性肺充血、肺动脉高压和右心衰。加强呼吸管理，避免低氧和高碳酸血症，以减轻对肺血管的影响。

1. 术前控制心率　在麻醉诱导前或麻醉期间应避免心动过速、保持适当的血管内容量和避免加重业已存在的肺高压。病人术前存在心房颤动用洋地黄类药控制心室率，一般应连续应用至术前。抗胆碱能药应考虑使用东莨菪碱而不是阿托品以避免心动过速，并有镇静作用，成人用量一般为 0.3mg，对心率偏快的病人，可不用抗胆碱能药。

一旦病人入手术室出现快速房颤，心室率过快显然由于焦虑紧张引起，若肯定洋地黄用量不足可静脉追加小量洋地黄类药，同时注意血钾水平。更恰当的方法是立即静注镇痛药如吗啡 0.1mg/kg，解除病人焦虑紧张，降低基础代谢及肺动脉压，并给面罩加压吸氧。病人情况尚可、血压、脉压接近正常范围，为控制心动过速可试用小剂量普萘洛尔，维拉帕米或柳胺苄心定 5mg 静注。

2. 肺动脉压监测　由于二尖瓣口存在压差，PCWP 和 LAP 明显高于 LVEDP，所以 PCWP 不能反映左室充盈情况，但综合考虑 PCWP、动脉压和 CVP，可在一定程度上了解二尖瓣狭窄的严重程度。因为肺动脉扩张，导管置入通常是较正常为深，且置入导管时应特别小心肺动脉破裂的危险。

未能放置漂浮导管时，可放置左房管，停机后直接测定 LAP。同时监测 CVP 和 LAP 对指导输血及病情判断，重症肺动脉高压伴右心衰竭的患者 CVP 明显升高而 LAP 降低。应注意避免将右心衰竭错误地判断为低血容量，此时输血只会加重右心衰竭，应给予正性肌力药物。

3. 血管活性药物　血管收缩药对二尖瓣狭窄病人体循环与肺循环的作用有所不同,应用血管紧张素可使体血管与肺血管阻力增大,PAP、PCWP、LVEDV 均上升,CO 下降;而应用去甲肾上腺素,CO 不变。由于病人对后负荷增加的适应能力较差,故不能利用血管收缩药来增加 CO。

血管扩张药硝普钠或硝酸甘油使体循环血管阻力下降,PAP、PCWP、LVEDV 均下降,但硝普钠通过心率增快维持 CO 不变,而 PCWP 小于 1.6kPa(12mmHg)时,硝酸甘油减少 CO。

4. 术中处理　体外循环后应采取增加前负荷降低后负荷的措施以改善前向血流。慢性房颤患者可在体外循环后转复为窦性心律,使用心房起搏维持窦性心律。

## 四、术后注意事项

术后肺血管阻力、肺动脉压和左房压即下降,而心排出量增加。随着时间的推移,在大多数患者肺血管阻力将持续下降。肺动脉压不降通常表明有不可逆的肺动脉高压和可能有不可逆的左室功能不全,提示患者预后不良。

瓣膜置换术后最初几天可能发生的严重并发症就是房室破裂,应在维持足够心排出量的前提下尽量降低左室舒张末压。左室顺应性相对很差的老年患者,术后由于舒张期左室壁的张力增加,更有房室破裂的危险。体外循环后应用正性肌力药物以增加心肌收缩力、减小左室容积和降低室壁张力。

瓣膜置换术后低血压治疗会有一定难度,除了纠正容量外,可采用正性肌力药如多巴胺,多巴酚丁胺或肾上腺素,只要剂量掌握恰当可增加心排血量和血压而心率不至过快,缩血管药物由于会加重肺动脉高压促使右心室衰竭,应避免。一旦发现右心室功能不全应立即使用扩血管药与正性肌力药。

# 第二节　二尖瓣关闭不全

## 一、病理生理和临床表现

二尖瓣关闭不全是比较常见的瓣膜异常。风湿性最常见,此外可由于细菌性心内膜炎、乳头肌梗死以及二尖瓣进行性脱垂引起。症状的性质和程度主要与左心室功能和反流的程度有关。返流量取决于心室与心房之间的压差以及二尖瓣反流孔的大小。反流分数≤0.3 为轻度,0.3～0.6 为中度,>0.6 为重度。

1. 二尖瓣关闭不全时,左心室收缩早期排血入阻力低的左心房,然后才排入主动脉,虽然心肌做功增加,但心肌氧耗增加有限。与主动脉瓣关闭不全相同,左心室存在容量超负荷,循环系统代偿机制是扩张外周血管以增加前向性血流,而减少返流量。

2. 二尖瓣反流有急性和慢性两类。

急性左二尖瓣反流的原因有:①心内膜炎所致的腱索断裂;②心肌缺血所致的乳头肌功能不全;③急性心肌梗死乳头肌断裂等。由于左房大小及顺应性正常,因此一旦发

生急性二尖瓣关闭不全形成反流，即使返流量不大也将引起左房及肺毛细血管压骤升，主要由于左房无足够时间发生扩张与增加顺应性，加之二尖瓣急性反流多发生在急性心肌梗死后，心功能不全、充血性心衰和肺水肿常难幸免。应用硝酸甘油治疗，可使症状改善。

慢性二尖瓣返流时，左室扩张或代偿性心肌肥厚，使心排量有一定的代偿。慢性二尖瓣关闭不全病人一旦出现症状，提示心肌收缩性已有一定损害，由于扩大的左心房有很大顺应性缓冲，当病人存在肺充血症状常反映反流容量极大（大于60%），心肌收缩性已受到显著损害。

3. 中度至严重二尖瓣反流病人通常不能耐受外周血管阻力显著增加，因为会显著增加反流分数。对此类病人处理的主要环节是降低外周血管阻力。此外，若不并存冠脉缺血，心率增快似乎会有所益，因为可降低左心室充盈和二尖瓣环口扩张。当反流分数超过60%，出现心衰的症状（疲倦乏力），而LAP、PAP升高，肺充血。

4. 二尖瓣反流合并狭窄者，左房功能受损加快，右心衰竭较早出现；合并房颤者，对心排血量的影响小于单纯二尖瓣狭窄者。

## 二、术前评估

1. 并发疾病　单纯风湿性二尖瓣关闭不全很少见，通常与二尖瓣狭窄、主动脉瓣关闭不全和/或狭窄并存。

2. 左房扩大与房颤　胸片可发现中重度的左房增大。有房颤的患者须警惕左房血栓形成及体循环栓塞的危险。

3. 肺动脉高压　患者出现明显的肺动脉高压表明有左心功能不全存在，并应注意患者是否有右心功能不全的表现。

4. 心功能不全　疲劳、呼吸困难、端坐呼吸以及肺动脉高压均提示有心功能不全。这些症状的出现，预示病变处在逐渐恶化的过程中。

5. 后发疾病　细菌性心内膜炎和体循环栓塞等可导致临床症状的急剧恶化。

## 三、麻醉管理

对二尖瓣反流的病人，需要维持较快的心率并适当降低后负荷，从而增加前向性血流。同时需要正性肌力药物，以改善心功能。

1. 心率　麻醉期间应保持轻度的心动过速，因为较快心率可使二尖瓣反流口相对缩小，同时维持较低外周阻力，降低前向性射血阻抗从而可有效地降低返流量。

2. 减少返流量　避免心动过缓和左室前负荷过高可使心室舒张期相对变小，减少瓣环口径和返流量；维持较低的左室后负荷可减少收缩期跨二尖瓣压差，减少返流量以增加有效的前向血流。

3. 降低容量负荷　保持周围静脉适当的扩张，使回心血量有所下降，就可降低舒张期容量负荷和心室腔。扩血管药对这类病人特别有益。

## 四、术后注意事项

二尖瓣不全修补术后，左心室前负荷较前减少，收缩压峰值和射血阻力增加。应设法改善术后左心室的负荷，往往正性肌力药与血管扩张药不能偏废、缺一不可。在严重病人可能需用主动脉内球囊反搏来增加前向血流和冠脉灌注。术后不能耐受房颤，尽量维持正常窦性心率。

（王祥瑞）

# 第三节　主动脉瓣狭窄

主动脉瓣狭窄是一种常见的心脏瓣膜病，在西方发达国家已逐渐成为继二尖瓣脱垂之后的常见心脏瓣膜病，主动脉瓣狭窄的病因可分为先天性和后天性，其主要的病理生理基础是左心室后负荷明显增高，心肌肥厚和心排血量降低。外科治疗的方法是行主动脉瓣置换术，手术麻醉的危险性和预后主要取决于左心室肥厚的程度和左心室的功能。

## 一、病因与病理生理

### （一）病因

风湿热是年轻人主动脉瓣狭窄的常见病因。瓣叶的炎性改变、纤维化和钙化最终限制瓣叶的活动与开放，常见狭窄与反流同时存在，并合并二尖瓣或三尖瓣病变。风湿性主动脉瓣狭窄在西方国家已很少见，在我国发病也逐渐降低。老年钙化性主动脉瓣狭窄多发生在65岁以上正常主动脉瓣的老年人。退行性变化过程最终如何导致主动脉狭窄的机制仍不清楚。糖尿病和高脂血症可促进该病变的发生。严重钙化时，不仅瓣叶和交界处粘连，瓣环、主动脉壁和二尖瓣前瓣也发生钙化，狭窄程度较严重。绝大多数先天性二叶主动脉瓣畸形发展成为钙化性主动脉瓣狭窄，只有少数发展成为主动脉瓣关闭不全。

目前在西方发达国家主动脉瓣狭窄的病因二叶主动脉瓣畸形占38％，老年退行性钙化病变占33％，风湿性或感染性纤维钙化性病变占24％，其他仅占4％。我国的情况也逐渐接近这一数据。

### （二）病理生理

虽然主动脉瓣狭窄的病因不同，但其病理改变都是主动脉瓣瓣口面积降低，导致左心室后负荷增加和跨瓣压差增加，随之出现一系列的病理生理改变，其过程可分为代偿期和失代偿期。正常成人主动脉瓣开口面积3～4cm$^2$，当瓣口面积降至正常的25％～30％时，才会发生明显的血流动力学改变并出现症状。目前认为主动脉瓣口面积＞1.5cm$^2$时为轻度狭窄；瓣口面积0.75～1.5cm$^2$时为中度狭窄；瓣口面积≤0.75cm$^2$时为重度狭窄。但瓣口面积大小并非与症状的严重程度相关。另一种评价主动脉狭窄程度的方法是根据心导管测量的跨瓣压差来判断，当跨瓣压差峰值≥50mmHg时为重度

狭窄；压差 25～50mmHg 为中度狭窄；压差<25mmHg 时为轻度狭窄。

主动脉瓣狭窄造成左心室流出道梗阻，左心室后负荷增加，为维持正常的心排血量，左心室收缩压相应升高，心脏代偿性反应为左心室向心性肥厚。此时即使患者有明显的主动脉瓣狭窄，也可在很长一段时间内保持无症状，运动时左心室射血分数反应正常，患者的劳动耐量不变。此外，室壁厚度增加维持了正常的室壁张力，心肌氧耗和工作负荷没有额外增加。因此代偿期的患者不会出现心绞痛，改变心肌氧供的药物治疗没有意义。

随着主动脉瓣狭窄程度的加重，最终导致心脏功能失代偿。具体表现为：①左心室肥厚到一定限度，不能维持室壁张力的正常，导致收缩期室壁张力显著升高，左心室收缩功能降低，临床出现左心衰竭表现；②过度肥厚的心肌和左心室收缩压的增加导致心肌氧耗大大增加，并且室内压的升高超过了冠状动脉灌注压，干扰了正常冠状动脉血流，左心室心肌出现慢性心内膜下灌注不足或缺血，影响心肌收缩功能；③心室肥厚使舒张期顺应性减退，导致左心室舒张期充盈压升高和肺静脉压升高，导致肺水肿和左心衰竭。

许多主动脉瓣狭窄患者中存在术前左心室功能减退，成功实施主动脉瓣置换术后，左心室功能明显改善，甚至恢复正常。由此推测压力负荷使室壁张力升高导致左心室收缩功能减退是根本因素，提示主动脉瓣狭窄患者术前左心室功能减退的程度与手术预后无关，一旦机械梗阻解除后，大多数左心室功能在术后可以恢复。当然，肥厚心肌的功能不如正常心肌，长期心室内高压造成的心内膜下缺血和心肌间质纤维化也不同程度导致心肌收缩力减退，这可能是部分主动脉瓣狭窄患者术后左心室功能仍不能恢复的一个主要原因。

主动脉瓣狭窄患者常见左心室舒张功能异常，左心室舒张末压升高致左心室、肺静脉压升高，导致左心衰竭。由于舒张期顺应性的减退，使患者对前负荷增高极其敏感，轻度左心室前负荷过重就会导致肺静脉压升高。大多数主动脉瓣狭窄患者左心室舒张期心肌顺应性减退是室壁增厚所致，而心肌纤维本身的舒张功能是正常的。主动脉瓣置换术后，大多数患者左心室舒张期心肌顺应性可以恢复正常，个别患者因增厚的室壁和心肌纤维本身的病理改变共同引起左心室舒张期顺应性显著减退，术后很难完全恢复正常。

## 二、麻醉前评估与准备

### （一）临床表现

1. 症状　经过长时间无症状期之后，由于主动脉瓣狭窄日渐加重，当瓣口面积缩小到正常的 25%以下时，左心室代偿功能降低，活动后出现典型或部分的三联症：心绞痛、晕厥和充血性心力衰竭。出现这些症状后，病程加快并急剧恶化，有的患者可突然死亡。

（1）心绞痛：约 70%主动脉瓣狭窄患者有心绞痛发作的症状，而且其中 30%患者为首发症状。常由劳累或情绪激动所诱发，应与冠心病静息状态的心绞痛相鉴别，且冠状动脉造影正常，是心肌肥厚但冠状动脉血流未相应增加所致。但主动脉瓣狭窄患者

也可同时合并冠心病。

(2) 晕厥:有15%~30%的主动脉瓣狭窄患者以晕厥为首发症状,这是主动脉瓣狭窄的严重症状,一旦出现,患者的平均预期寿命为3~4年。发生晕厥的机制有三个方面:①阵发性心律失常,室速或心室颤动或严重的窦性心动过缓;②运动中,左心室射入狭窄主动脉瓣的血流突然受阻,表现为暂时的电机械分离;③运动中在一个固定心排血量的基础上突然或不适当的周围血管扩张。因此,对主动脉瓣狭窄患者不仅要了解有无运动中的心律失常表现,给予抗心律失常药物治疗,更重要的是禁用血管扩张剂,否则周围血管阻力降低,后负荷减少将促发运动中晕厥的发生。

(3) 充血性心力衰竭:一旦出现左心衰竭的症状,主动脉瓣狭窄患者平均预期寿命仅为1~2年,所有患者都处于猝死的巨大风险中,当主动脉瓣狭窄进展到最大跨瓣压差超过50mmHg或瓣口面积小于0.7cm$^2$时,只有18%的患者能存活超过5年。

2. 体征　轻、中度主动脉狭窄患者脉搏没有特殊改变,但重度患者的收缩压和脉压均较正常人为低,故脉搏细小,与强力的心尖搏动呈不对称现象。心尖搏动表现为亢进而不弥散,否则提示合并主动脉瓣或二尖瓣关闭不全。多数患者心底部可扪及收缩期震颤,主动脉瓣区听诊可闻及粗糙、高调的收缩期杂音,狭窄愈重,杂音持续时间愈长,传导范围较广,颈动脉区和心尖部均较响亮。但主动脉瓣狭窄程度与杂音高低无相关性。

### (二) 辅助检查

X线检查通过观察主动脉瓣部位的钙化情况,利于排除有无重度主动脉瓣狭窄。主动脉瓣狭窄患者的心电图很少正常,80%~90%表现为电轴左偏及左心室肥厚伴ST段及T波改变。10%~20%有左束支传导阻滞,约20%患者并发心房颤动。超声心动图是诊断主动脉瓣狭窄的重要手段,检查可见瓣膜增厚,开放幅度下降,区别二叶瓣或三叶瓣,观察瓣膜的钙化情况,主动脉根部增宽和左心室室壁增厚的程度。多普勒超声能准确地测定跨瓣压差。另外,超声心动图对鉴别瓣上、瓣膜和瓣下狭窄有重要意义。

近年来,由于超声技术的发展,用心导管检查测量压差和瓣口面积已较少应用。通常认为,一般主动脉瓣狭窄患者,不必行心导管检查。但对50岁以上的患者,主张无论有无心绞痛,术前均应行选择性冠状动脉造影,以了解冠状动脉有无病变。Mullany等报道,主动脉瓣狭窄患者,尽管没有心绞痛,约14%患者有严重的冠状动脉三支病变或左冠状动脉主干病变。

### (三) 麻醉前准备

重点了解有无心衰、胸痛发作、发作频度、严重程度及治疗措施;有无意识障碍及神经系统症状,活动受限状况。反复心衰常提示心肌功能受损,可能影响到多器官脏器功能,神经系统症状常提示脑供血不足、脑缺血或脑栓塞。晚期心源性恶液质患者应考虑到其对麻醉药的耐受性降低。应特别注意当前用药与麻醉药的相互关系。全面了解患者的用药情况,包括洋地黄制剂、利尿剂、强心药、抗心律失常药和抗生素等。需用至术前当天的药物应做好交接准备或改用术中使用的药物。了解其他合并疾病和重要的过去史、过敏史、手术麻醉史及家族史,特别是伴有糖尿病、高血压、哮喘和特定药物过敏者。

结合病史及辅助检查综合判断心功能。对于心胸比例＞0.8，EF＜0.4，FS＜0.3及有冠状动脉供血不足的患者，术中注意维护心肌的氧供需平衡，防止心肌抑制和心律失常。伴有肺动脉高压、肺静脉压升高，肺血管外肺水增加，小支气管和肺间质水肿的患者，肺弥散能力和顺应性降低，术前须行肺功能检查和血气分析，便于术中术后机械通气参数的选择和调节，并做好监测肺动脉压的准备，如备用肺动脉导管、TEE等。

肝肾功能不全的患者，术中用药应减少对肝肾功能的影响。肝功能不全导致凝血功能减退者，术中出血较多，应充分备血和凝血物质如血小板；肾功能不全的患者除了药物和血流动力学处理外，可考虑备用超滤。

## 三、围术期的管理

主动脉瓣狭窄患者围术期管理的要点在于增加左心室的前负荷，降低心率，维持窦性节律，保持心肌收缩力不变，增加后负荷，维持肺循环阻力不变。

### （一）术前用药

主动脉瓣狭窄患者以小剂量术前用药为主，既镇静不致引起心动过速又避免过度降低前后负荷。常用吗啡0.05～0.1mg/kg，东莨菪碱0.2～0.3mg，肌注；或咪哒唑仑1～3mg肌注，可根据患者的个体情况如年龄和生理状况作相应调整。但对术前左心室功能明显降低的高危患者建议入手术室后在严密监测下使用小剂量镇静药以实现各种有创监测。

### （二）麻醉技术

主动脉瓣狭窄患者采用芬太尼为主的麻醉方法，剂量为5～10μg/kg，维持用量为5～10μg/(kg·h)。诱导前应建立直接动脉压监测，便于及时发现血压的变化。对于血流速度缓慢的重症患者应采用滴定法逐步增加麻醉药用量。诱导和维持麻醉时应备好α肾上腺素能受体兴奋剂如去氧肾上腺素或去甲肾上腺素，积极治疗诱导过程出现中的收缩压和舒张压降低状况，并适当补充容量，维持必要的前负荷。如果患者出现心肌缺血的表现，首先要提高灌注压，使用硝酸甘油应非常小心，因为它对前负荷和动脉压的影响可能加重心肌缺血。

肺动脉导管对评价主动脉瓣置换前后的心排血量有所帮助，并有助于了解复合有二尖瓣病变患者的肺动脉压改变。但对于左心室顺应性降低的患者肺毛细血管嵌压可能低估左心室舒张末压。在放置肺动脉导管时如果出现频发室早，应将导管顶端退至中心静脉处，待瓣膜手术完成后再置入。

应积极治疗室上性和室性心律失常，备好电复律、电除颤设备，如体外除颤电极，以备开胸前的不时之需，同时患者入手术室前手术医师、体外循环灌注师应到位，充分准备好体外循环设备，以防心血管功能恶化需急诊建立体外循环。

体外循环期间的心肌保护对已有肥厚的左心室心肌显得尤为重要，要充分保证心脏停跳期间的有效心肌灌注。可以通过主动脉根部的顺行灌注和通过冠状静脉窦的逆行灌注相结合以达到良好的心肌灌注，如果合并主动脉瓣关闭不全，应考虑打开主动脉行直接左右冠状动脉灌注。

TEE对进一步明确术前诊断、确定手术疗效和及时发现术中病情变化有重要作用,条件许可的话应作为这类手术的常规监测项目,尤其是冠状动脉有病变的患者。另外TEE也有助于体外循环后的心腔排气、判断人工心脏瓣膜功能、指导容量治疗和评价心功能。

**(三)术中特殊情况的处理**

1. 心搏骤停　瓣膜手术中心脏骤停包括麻醉诱导期、开胸至建立体外循环前和术毕至关胸前三个阶段。发生的原因除与麻醉、手术处理不当等因素有关外,常常是在患者心功能或全身情况较差的基础上,在一定诱因的作用下发生的。容易发生心脏骤停的患者包括:巨大左心室、巨大心脏、严重主动脉关闭不全、严重主动脉狭窄、严重肺动脉高压、急性人造瓣膜功能障碍或血栓形成、频发室性早搏或左束支传导阻滞、有明显的心肌缺血等。

麻醉诱导期心脏骤停的常见诱因包括:麻醉诱导前患者入手术室后过度紧张、气管插管不顺利造成患者缺氧和心律失常,插管引起迷走神经反射,诱导期低血压,麻醉药量过大造成心肌抑制等。主动脉瓣狭窄心搏骤停的最常见诱因为低血压,导致冠状动脉供血不足,加重狭窄患者原有的心肌缺血,很容易发生心搏骤停。一旦出现心搏骤停,应立即插管建立气道,行纯氧通气,估计插管困难的应立刻行气管切开。同时进行胸外心脏按压,如果此时尚未建立静脉通道,应尽快建立,必要时行深静脉穿刺或静脉切开,给予一定量的肾上腺素(1mg)和利多卡因(100mg),观察按压后心电图的反应决定是否追加用药,间隔时间为3～5min,肾上腺素的最大剂量可达0.07～0.2mg/kg。给予一定量的缩血管药提升血压,保证重要器官的血供,待室颤波变粗后进行心外除颤。心跳恢复后,继续维持通气,持续使用一定剂量的强心药,如多巴胺和肾上腺素,使用碳酸氢钠纠正酸中毒,同时进行血气和生化分析,纠正代谢和电解质紊乱,特别注意低钾血症和低镁血症的纠正。维持一定剂量的利多卡因和胺碘酮,但应注意剂量不易过大,避免造成心肌抑制,适当补充容量。如果胸外复苏20～30min后仍无心脏复跳或复苏征象,但有胸外按压的有效征象:按压时股动脉可扪及搏动,瞳孔保持缩小状态,甲床、耳垂、鼻尖或眼结膜无紫绀或缺血加重的表现,特别严重主动脉瓣狭窄患者,存在明显的冠状动脉供血不足,继续胸外复苏也很难恢复心跳,而只有通过手术治疗才能恢复心跳和循环稳定,此期如发生心搏骤停不能即刻复苏者应立即心外按压并行股动、静脉插管建立体外循环。

开胸至建立体外循环前发生心搏骤停通常是因血压偏低、手术操作不当、麻醉过深、严重容量不足和通气不良等引起的。一旦出现,应在胸内复苏的同时紧急建立体外循环,做好肝素化的准备,尽可能保持体外循环开始前的灌注压。尽快过渡到体外循环,保证重要器官的血供。一旦体外循环开始,可稳步调节内环境。

体外循环停止至关胸前的心搏骤停通常由于手术操作不当、心动过缓、心室膨胀未及时处理、容量不足、出血、鱼精蛋白过敏等导致低血压、严重代谢性酸中毒、低钾血症或高钾血症等代谢紊乱。此外,急性人造瓣膜功能障碍、急性冠状动脉阻塞也可致心搏骤停。处理包括紧急复苏的同时准备重新体外循环辅助,查找心搏骤停的原因。药物使用方面可在原有的基础上适当调整,切忌大剂量使用肾上腺素和利多卡因。

2. 心脏大血管损伤　瓣膜手术中的心脏大血管损伤包括升主动脉损伤、心房与腔静脉损伤及左室后壁破裂等。除了引起大出血，主动脉瓣手术所致的升主动脉损伤可产生急性夹层动脉瘤，直接威胁患者的生命。出现这些损伤时麻醉医师的主要工作在于抗休克，维持血流动力学的稳定；维护心功能，保证重要脏器的血供；纠正酸碱、电解质紊乱。如果损伤出现在体外循环前和体外循环后，应做好紧急体外循环和重新体外循环的准备。为了避免出现这类损伤，麻醉医师可协助术者适当控制术中的血压，特别是术前伴有高血压和某些特殊操作阶段，如主动脉插管和拔管等。

3. 急性冠状动脉堵塞　急性冠状动脉堵塞是指术前无冠状动脉病变或阻塞的血管无病变，由于手术因素引起术毕冠状动脉急性阻塞，冠状动脉供血不足，甚至心肌梗死。阻塞的原因可以是气拴、组织颗粒栓塞、手术操作损伤等。如不及时处理，心功能将明显受损，无法脱离体外循环。冠状动脉气栓是急性冠状动脉阻塞最常见的原因，一般发生在右冠状动脉及其分支。常见因素包括心肌停跳液中混有气体、重复顺行灌注时主动脉根部排气不佳、主动脉开放后残余心腔或主动脉根部气体进入冠状动脉。主动脉开放后，一旦心跳恢复，应密切观察左、右心室心肌收缩状态及色泽、冠状动脉充盈程度、冠状动脉内有无气泡游动现象，分析主动脉开放后持续心室颤动的原因。密切监测心电图，及时诊断心肌缺血，通过5导联心电图分析判断左右冠状动脉哪侧可能发生栓塞。麻醉处理包括纠正酸碱和电解质紊乱、保持冠状动脉灌注压，推注少量的强心药，如肾上腺素50μg，并维持使用以保证心肌的收缩力，配合术者的排气措施，起到挤压气体出冠状动脉的作用。辅用扩血管药，如硝酸甘油0.5～1.0μg/kg/min，预防和治疗冠状动脉痉挛。如需手术解决冠状动脉阻塞，应做好继续体外循环的准备。

4. 不能脱离体外循环　这是指心脏直视手术结束，主动脉开放后，经过一段时间的辅助循环，降低体外循环流量或试停体外循环后无法维持循环稳定，必须继续或重新开始体外循环。不能脱离体外循环有两种含义，一是由于心肌功能严重受损，停止体外循环后无法维持足够的心排血量，必须依靠其他辅助循环的方法才能脱离体外循环。二是非心肌功能因素，如严重酸中毒、人造瓣膜功能障碍、冠状动脉栓塞等因素使患者暂时不能脱离体外循环，一旦纠正这些状况，患者能顺利脱离体外循环。

(1) 原因

1) 心肌损伤：是导致不能脱离体外循环最为常见的原因，可以因术前心肌损害、术中心肌保护不良或两者共同作用的结果。临床多见的是术前心肌严重受损、手术操作失误导致主动脉阻断时间过长及心肌保护不良。与麻醉有关的主要因素包括体外循环前低血压、低氧血症和严重心律失常。麻醉药的心肌抑制作用也是不可忽视的因素，应合理选择所用的麻醉药，心功能差的患者应尽可能避免使用吸入麻醉药。但麻醉药对心肌的抑制作用并非主要影响因素，合理应用可对心肌产生有益作用。主动脉开放后灌注压过高或迅速使用大剂量正性肌力药物或钙剂，可加重再灌注损伤。此外，主动脉开放后持续心室颤动也是加重心肌损害的常见因素。

2) 非心肌因素：包括急性人工瓣膜功能障碍、急性冠状动脉阻塞、严重心律失常、严重酸中毒、伴发病变未同时纠正或未完全纠正、高钾血症、严重容量不足和严重肺动

脉高压等。

(2) 处理:对术中不能脱离体外循环的患者,必须迅速、合理、全面地作出处理,以免体外转流时间过长或心肌损害愈加严重。处理原则是:继续或重新辅助循环,迅速查明原因,及时纠正非心肌因素,判断心功能,合理应用机械辅助循环。紧急处理包括:迅速继续或重新转流,维持灌注压≥60mmHg。通过血气、生化分析,监测左房压、肺动脉压和心排血量查明原因,及时、合理、彻底纠正非心肌因素。心动过缓者,启用右心室心外膜起搏或房室顺序起搏,调整频率至 90～110 次/min,快速性心律失常使用利多卡因、硫酸镁、胺碘酮等治疗。纠正水电和酸碱紊乱,补充血容量,备好食管超声心动图和主动脉内囊反搏。持续监测动脉压、左房压、肺动脉压、心排血量、在逐步降低流量的情况下观察上述指标,明确左心或右心功能不全,结合直视观察左、右室心肌收缩状态,对心肌功能有一初步评估。调整前、后负荷,后负荷的降低不仅能提高心排血量,也有助于组织的灌注。但体循环阻力过低不利于灌注压的维持,同时动静脉短路也将加重组织的低灌注状态,应作出合理的监测与调整。增强心肌收缩力,合理选择强心药,一般选择强心药的顺序为多巴胺、多巴酚丁胺、肾上腺素、磷酸二酯酶抑制剂。

经上述处理后,特别是三重强心药使用之后,经过辅助循环 50～60min,绝大多数患者可脱离体外循环,但仍有部分患者心肌严重受损,必须借助机械辅助装置才能脱离体外循环。试停体外循环后,收缩压维持在 80～90mmHg,左房压≥20mmHg,或有明显的心肌缺血,尤其是当辅助循环超过 60min 时,必须立即置入主动脉内囊反搏,可使80%的患者顺利脱离体外循环。对肺动脉高压、右心功能不全的患者,则可用肺动脉内囊反搏治疗。左心室或右心室无射血波或射血波不明显,心肺转流流量维持在 3.0L/min 以上,主动脉内囊反搏治疗无效,说明心肌已严重受损,必须行心室转流。首选体外膜式氧合,其次选用人造心室或左心室血泵。

**(四) 术后处理**

主动脉瓣狭窄患者术前血压一般偏低,而主动脉壁因狭窄后扩张或局部钙化等术后容易发生主动脉根部出血。防治的重点除外科医师提高术中缝合技术外,术后应注意维持动脉压稳定,一般动脉收缩压维持在 100～120mmHg。适当的控制性降压措施和术后镇静、镇痛相结合是防治出血的有效手段,对于心功能较好的高动力患者这点尤为重要。

严重主动脉狭窄患者左心室肥厚明显,心肌顺应性差,术后早期应维持较高的充盈压以获得合适的前负荷和每搏量,左房压维持在 15mmHg 以上为宜。另外,心肌顺应性降低导致的心室舒张功能不全可以使用钙离子拮抗来改善,钙离子拮抗剂同时也能减慢心率、增加心室的舒张时间、增加左心室舒张末容积,最终增加心排血量。钙离子拮抗剂的降压作用也有利于减轻左心室后负荷。

主动脉瓣重度狭窄和左心室心肌肥厚所致的心肌供血不足在术后可能继续存在,应注意改善心肌的氧供需平衡,积极防治心律失常。循环稳定的患者可小剂量使用β受体阻滞剂,以减慢心率和降低心肌氧耗,同时也有利于防治术后快速心律失常。

(朱文忠)

## 第四节 主动脉瓣关闭不全

主动脉瓣关闭不全约占心脏瓣膜病的25%。其病因包括先天性和后天性两种，但以后者居多，绝大多数为主动脉瓣病变所致，主动脉根部病变影响主动脉窦管交界和瓣环时也可导致关闭不全。主动脉瓣关闭不全的主要病理生理基础是左心室前负荷增加，左心室肥厚和扩大。手术治疗方法主要为主动脉瓣置换术，部分患者可做成形术。手术麻醉的危险性主要取决于术前左心室的功能。

### 一、病因和病理生理

#### （一）病因

风湿性心脏瓣膜病仍是我国和发展中国家主动脉瓣关闭不全最常见的病因。约占单纯主动脉瓣关闭不全的50%。而在西方发达国家已由30年前的首位退居至第三位。原发性主动脉瓣心内膜炎也是主动脉瓣关闭不全的常见病因，在西方发达国家位居第二位。主动脉环扩张症(aortic annulus ectasia)是目前西方发达国家单纯主动脉瓣关闭不全最常见的病因，其中具体常见病因有马方综合征、特发性主动脉扩张或升主动脉瘤、升主动脉夹层、高血压性主动脉扩张、退行性主动脉扩张、梅毒等。发生率占人群1%～2%的先天性二叶主动脉瓣畸形部分病例可以发生主动脉瓣关闭不全、主动脉瓣狭窄或两者并存。主动脉瓣关闭不全的瓣叶一般无明显钙化，这是与先天性二叶主动脉瓣导致主动脉瓣狭窄的根本区别。先天性心脏病并发主动脉瓣关闭不全最常见的有高位室间隔缺损或膜部大室缺引起主动脉瓣脱垂而致瓣膜关闭不全。创伤所致的主动脉瓣关闭不全多见于严重的胸部挤压伤或撞击伤，医源性损伤主动脉瓣极为少见。其他引起主动脉瓣关闭不全的病因还有主动脉瓣黏液退行性病变、急性主动脉夹层分离、强直性脊柱炎、类风湿性关节炎、巨细胞型主动脉炎、Ehlers-Dan-los综合征和Reiter综合征等。

#### （二）病理生理

1. 慢性主动脉瓣关闭不全　慢性主动脉瓣关闭不全起病缓慢，逐渐出现轻、中、重度关闭不全，随着病程的进展，其病理生理改变可分为左心室代偿期、左心室失代偿期和全心衰竭期三个阶段。

主动脉瓣关闭不全时，舒张期血液由主动脉反流到左心室，导致左心室容量负荷增加，舒张末室壁张力增加，逐渐引起左心室代偿性肥厚、扩大。由于每搏量的增加，代偿期患者可能有主动脉收缩压升高，尤其是老年血管硬化患者，而反流使动脉舒张压降低、脉压增宽。慢性主动脉瓣关闭不全所产生的心肌肥厚既有前负荷增加的因素，又有后负荷增加的因素，而慢性二尖瓣关闭不全产生的心肌肥厚仅为单纯的前负荷增加所致。因此，慢性主动脉瓣关闭不全所引起的心肌肥厚明显重于慢性二尖瓣关闭不全。

长期慢性主动脉瓣关闭不全所致的左心室肥厚和扩大逐渐导致心肌间质纤维化，心肌相对性缺血等损害，引起左心室功能减退，以致左心室功能失代偿。表现为

左心室舒张末期压力升高，收缩末期容量指数增加，左心室射血分数(EF)和短轴缩短率(FS)降低，前向心排血量减少。患者出现劳力性乏力和疲倦，以及因左心房和肺静脉压升高所致的劳力性气急和呼吸困难。随着病情的进展，出现明显的左心心力衰竭表现，如夜间阵发性呼吸困难、端坐呼吸等。重度主动脉瓣关闭不全，主动脉舒张压显著降低，冠状动脉灌注压下降；而左心室舒张末压升高致室壁张力增加、心肌氧耗增加；心肌广泛肥厚使心肌周围毛细血管相对供血不足，患者可出现心绞痛，以劳力后更加明显。

左心室功能失代偿后，左心房和肺静脉压升高，最终导致肺动脉压升高，右心室功能也由代偿期走向失代偿期，出现右心心力衰竭的表现，这是慢性主动脉瓣关闭不全的晚期表现，患者多无手术指征，或手术死亡率极高。

主动脉瓣关闭不全引起的反流量大小，对病程进展和左心室负荷均有重要影响。反流量的多少主要取决于三个因素：①反流面积：面积越大，反流量越大。当面积达0.3～0.7$cm^2$时，为重度反流；②心脏舒张时间：舒张期越长，反流量越大。心率增快，舒张期缩短，反流量减少。这类患者一般禁用减慢心率的药物；③体循环血管阻力：阻力高，反流量增加；反之，反流量减少。因此，临床常使用血管扩张剂降低体循环阻力，有利于延缓病程和治疗左心室功能不全。

2. 急性主动脉瓣关闭不全　急性主动脉瓣关闭不全的病程可以无症状，可以表现为严重的血流动力学失代偿和左心心力衰竭症状，这主要取决于短时间内主动脉瓣反流的程度。

急性主动脉瓣关闭不全时，左心室舒张期压力迅速升高，接近或甚至超过主动脉舒张压，导致左房压和肺静脉压迅速升高，可导致急性肺水肿。尽管左心室舒张期压力增加可相应降低主动脉反流量，但左心室每搏量减少，动脉压降低，出现低血压，甚至休克。急性主动脉瓣关闭不全时出现代偿性心动过速以期减少舒张期主动脉反流量和提高心排血量；并使二尖瓣在舒张期提前关闭，可部分缓解左心房和肺静脉受舒张期骤然增高的左心室舒张末压的影响，从而保护肺循环。但这两种代偿机制的作用是有限的，如没有及时采取药物和手术治疗，患者将在短时间内死于急性左心心力衰竭和肺水肿。轻度或轻-中度急性主动脉瓣关闭不全经药物治疗可逐渐演变为慢性主动脉瓣关闭不全。

急性主动脉瓣关闭不全发生在已有左心室后负荷增高的患者，如原发性高血压并发急性主动脉夹层，因这类患者左心室腔较小，心肌肥厚，左心室顺应性差，左心室功能已经处于压力-容量曲线的陡峭部分，前负荷储备能力已下降；还有主动脉瓣反流所致的左心室舒张期压力升高更加明显，病程进展更加迅速，很快出现急性左心心力衰竭和肺水肿。

## 二、麻醉前评估与准备

### （一）临床表现

1. 症状　慢性主动脉瓣关闭不全左心室功能代偿期可无任何症状，但严重者常诉心悸、胸部冲撞感和心尖部搏动感，这与左心室每搏量增加有关。

慢性主动脉瓣关闭不全左心室功能失代偿时逐渐出现体力活动后乏力或疲倦，劳累性呼吸困难等，严重左心室功能减退时可有明显的活动后乏力、呼吸困难，甚至端坐呼吸和夜间阵发性呼吸困难等左心心力衰竭表现，并随着病情的进展逐渐出现右心心力衰竭的表现。严重主动脉瓣关闭不全，尤其是当有左心功能损害时，可有心绞痛发生，与主动脉舒张压低、冠状动脉灌注不足和室壁张力增加、心肌氧耗增加有关。

急性主动脉瓣关闭不全的主要症状是急性左心心力衰竭和肺水肿。临床表现的轻重主要与急性主动脉瓣关闭不全的反流量有关。

2. 体征　严重主动脉瓣关闭不全心尖搏动向左下移位，范围扩大，可触及明显的抬举性冲动，心浊音界向左下扩大。胸骨左缘第3、4肋骨听诊有舒张早中期泼水样杂音，部分患者如胸主动脉夹层、升主动脉瘤等合并主动脉瓣关闭不全，舒张期杂音在胸骨右缘第2肋间最清楚。严重主动脉瓣关闭不全患者心尖部可闻及舒张中晚期滚筒样杂音，即Austin-Flint杂音，其机制为心脏舒张早期主动脉瓣大量反流、左心室舒张压快速升高，二尖瓣口变窄，左心房血流快速流经二尖瓣时产生的杂音。当主动脉瓣叶有穿孔时，可闻及音乐样杂音或鸽鸣样杂音。

主动脉瓣明显关闭不全的患者可存在典型的周围血管体征：收缩压升高、舒张压降低和脉压增宽；颈动脉搏动明显，水冲脉，口唇或指甲毛细血管搏动征，股动脉枪击音等。病程晚期可有颈静脉怒张、肝大、双下肢水肿等右心心力衰竭表现。

急性主动脉瓣关闭不全除舒张期泼水音外，其他体征有心率增快，脉压缩小，第一心音降低，出现第三心音。肺水肿时可闻及湿啰音。但多无周围血管体征。

**（二）辅助检查**

急性主动脉瓣关闭不全心电图常呈窦性心动过速，ST-T非特异性改变，有时出现心肌缺血表现。慢性主动脉瓣关闭不全的心电图主要表现为左心室肥厚伴劳损。病程后期的室内传导阻滞、束支传导阻滞、室性心率失常提示左心室功能损害。急性主动脉瓣关闭不全X线检查表现为心影基本正常或稍大，通常有肺淤血或肺水肿表现。慢性主动脉瓣关闭不全依据病因、病程、反流大小和左心室功能的情况X线检查表现各异，特征性的表现为靴形心，主动脉根部扩大，心胸比增大，心后间隙消失。严重的主动脉根部瘤样扩张提示伴有主动脉根部病变，如马方综合征、主动脉夹层瘤等。

多普勒超声心动图、彩色多普勒显像图是诊断主动脉瓣关闭不全最为敏感和准确的非创伤性技术。可以明确主动脉瓣关闭不全的有无和严重程度，鉴别其病因，包括是主动脉病变或主动脉根部病变、瓣膜病变的性质、有无赘生物等。可以明确左心室腔的大小和收缩功能等参数，也有助于发现其他合并的心脏畸形。急性主动脉瓣关闭不全的超声心动图显示二尖瓣运动幅度减小，二尖瓣提前关闭和延迟开启。急、慢性主动脉瓣关闭不全均可见舒张期二尖瓣前叶高频扑动，这是主动脉瓣关闭不全的特征性表现。

其他辅助检查如当疑有主动脉根部病变、冠状动脉病变，或合并其他心脏畸形时的心导管检查和造影；放射性核素心室造影测量主动脉瓣反流量，左右心室功能等；对疑有主动脉根部病变的患者行磁共振检查等。

### (三) 麻醉前准备

心功能Ⅱ级或Ⅲ级的慢性主动脉瓣关闭不全患者如术前无心绞痛,可按一般的心内直视手术患者准备。如有心绞痛者,麻醉前重点了解心绞痛发作频度、严重程度及治疗措施,有无意识障碍及神经系统症状,活动受限状况。应特别注意维持血钾浓度在4.0mmol/L以上,血镁浓度在1.8mmol/L以上。低钾和低镁容易促使患者发生严重的室性心律失常,一旦发生心搏骤停,对有严重主动脉瓣关闭不全患者的心脏复苏极为困难。慢性主动脉瓣关闭不全晚期心源性恶液质患者应考虑到其对麻醉药的耐受性降低。应特别注意当前用药与麻醉药的相互关系。全面了解患者的用药情况,包括洋地黄制剂、利尿剂、强心药、抗心律失常药和抗生素等。需用至术前当天的药物应做好交接准备或改用术中使用的药物。了解其他合并疾病和重要的过去史、过敏史、手术麻醉史及家族史,特别是伴有糖尿病、高血压、哮喘和特定药物过敏者。急性主动脉瓣关闭不全患者术前准备的重点是维持循环稳定,采用强心、利尿和扩血管治疗;严重肺水肿者,应考虑及时气管插管辅助呼吸。麻醉医师应详细了解紧急处理的各项措施,做好交接班工作,主管麻醉医师应亲自到患者抢救的病室接患者,做好途中一切保障措施,包括已插管患者的气道管理和氧供,各种抢救药物的持续应用情况和患者的镇静镇痛处理,最好有途中监护设备随时了解患者的血流动力学状况。

## 三、围术期管理

主动脉瓣关闭不全患者围术期麻醉处理主要在于增加左心室前负荷,维持前向血流,增加心率,降低舒张期反流。

### (一) 术前用药

主动脉瓣关闭不全患者少量术前用药既能维持心肌收缩力和心率,又不至于因为焦虑而增加外周血管阻力。常用吗啡0.05mg/kg,东莨菪碱0.2mg,肌注;或咪哒唑仑3~5mg肌注,可根据患者的个体情况如年龄和循环状况作相应调整。但对术前左心室功能明显降低或急性主动脉瓣关闭不全的高危患者建议入手术室后在严密监测下使用小剂量镇静药以实现各种有创监测。

### (二) 麻醉技术

麻醉用药的选择应针对保持患者前负荷、维持或降低外周血管阻力、改善正常的心肌收缩力和保持心率在90次/min左右。舒张压的提高和左室舒张末压的降低有助于改善心内膜下的血流,维持心率以便提高心排血量又不至于引起缺血,维持窦性节律不如狭窄患者那么重要,患者常伴有房颤。维持患者的心肌收缩力,可用纯β受体兴奋剂如异丙肾上腺素,既可扩张外周血管又能增加心肌的收缩力和心率。降低体血管阻力有利于提高前向血流,增加心排血量。维持肺循环阻力。除非患者左心室功能严重低下,一般麻醉诱导可采用异氟烷、泮库溴铵与补充容量相结合,左心室功能严重下降的晚期患者,可用少量芬太尼和泮库溴铵诱导。由于主动脉瓣关闭不全患者的脉压有时高达80~100mmHg,关注平均动脉压和舒张压的变化可能比关注收缩压更重要。

### (三) 术后处理

主动脉瓣关闭不全术后处理的要点在于增强左心室心肌收缩力、防治室性心律失

常、控制高血压。慢性主动脉瓣关闭不全患者手术时多数已有左心室显著扩大肥厚和左心室功能降低，术后容易出现左心室功能低下和室性心律失常，体外循环以后应给予适量的强心药维持心功能，如有必要，应及时应用主动脉内气囊反搏辅助。但绝对要避免大剂量使用正性肌力药物，加重因心室扩大肥厚已存在的心肌氧耗明显增加，导致心内膜下心肌散在性变性、坏死。而对左心室功能尚好的患者，手术纠正主动脉瓣反流后，术后容易出现高血压，应加强压力控制，包括合理的镇静、镇痛措施，防治术后出血。

室性心律失常的防治重点在于保持血钾、血镁在正常范围，可以持续静滴利多卡因 24 小时，以后改用口服药治疗，对于顽固性室性心律失常可应用主动脉内气囊反搏治疗，其效果显著。

主动脉瓣严重关闭不全患者术前动脉舒张压偏低，影响肾血流量，肾小球滤过率降低，如合并有左心室功能明显降低，术前往往已有轻-中度肾功能不全。如术中灌注压偏低，出血或输血多，术后出现低心排综合征，容易发生急性肾功能衰竭。围术期处理的重点是维持心排血量、扩张肾动脉、尽早处理肾功能不全。术中应维持较高的灌注压，尽量减少出血与输血。术后一旦出现血肌酐≥300mmol/L，应及时行腹膜透析或连续肾脏替代治疗（CRRT）。如体外循环后心排血量低，应及时用主动脉内气囊反搏治疗，也能有效提高肾血流量。

（朱文忠）

## 参考文献


1. Braunwald E. Valvular heart disease In: Braunwald E *Heart Disease: A Textbook of Cardiovascular Medicine. 5th Ed*, Philadelphia: WB Saunders, 1997, 1007-1076
2. Moore RA, Martin DE. Anesthetic management for the treatment of valvular heart disease. In: Hensley FA Jr, Martin DE, Gravlee GP. *A Practical Approach to Cardiac Anesthesia. 3rd edition*. Philadelphia: Lippincott Williams and Wilkins, 2003, 302-335
3. Mackson JM, Thomas SJ. Valvular Heart Disease In: Kaplan JA, Reich DL, Konstadt SN. *Cardiac Anesthesia 4th edition*. Philadelphia: WB Saunders, 1999; 727-784
4. Kennedy KD, Nishimura RA, Holmes DR et al. Natural history of moderate aortic stenosis. J Am Coll Cardiol, 1991; 17: 313
5. Pellikka PA, Nishimura RA, Bailey KR et al. The natural history of adults with asymptomatic hemodynamically signficant aortic stenosis. J Am Coll Cardiol, 1990; 15: 1012
6. Torsher LC, Shub C, Rettke SR, Brown DL. Risk of patients with severe aortic stenosis undergoing noncardiac surgery. Am J Cardiol, 1998; 81: 448-452
7. Haering JM, Comunale ME, Parker RA et al. Cardiac risk of noncardiac surgery in patients with asymmetric septal hypertrophy. Anesthesiology, 1996; 85: 254-259
8. Rosen SF, Borer JS, Hochteiter C et al: Natural history of the asymptomatic patient with severe mitral regurgitation secondary to mitral valve prolapse and normal right and left ventricular performance. Am J Cardiol, 1994; 74: 374
9. Nussmeier NA. Anesthesia and the cardiac patient. Anesthesiology, 2003; 21:

105-106

10. Pierre A. de Villiers et al. Anesthesia for the surgical management of valvular heart disease. In: Thys DM. Textbook of cardiothoracic anesthesiology. New York: McGraw-Hill, 2001, 589
11. Murray DJ et al. Coagulation problems. In: Thys DM. Textbook of cardiothoracic anesthesiology. Ed. by Daniel M. Thys et al. New York: McGraw-Hill, 2001, 982
12. Haddow GR et al. Cardiac surgery. In: Jaffe RA. Anesthesiologist's manual of surgical procedures. 2nd edition. Philadelphia: Lippincott Williams & Wilkins. 1999, 215
13. Moore RA et al. Anesthetic management for the treatment of valvular heart disease. In: Hensley FA. A practical approach to cardiac anesthesia. 3rd edition. Boston: Little Brown and Company. Boston 2003, 302

# 第八章 冠状动脉旁路移植术的麻醉

随着我国人民生活习惯和饮食结构的改变，冠心病的发生率逐年增高，已经成为威胁我国人民健康的主要疾病。冠状动脉旁路移植术(coronary artery bypass grafting, CABG)是目前治疗冠心病的主要外科方法。由于冠心病病人以中老年人居多，常常合并有高血压、高脂血症、糖尿病及脑血管意外，其心功能较差，心脏储备功能较低，不易耐受缺血缺氧和血流动力学剧烈波动，因此其麻醉方法具有一定的特点，并具有一定的难度，尤其是我国非体外循环冠状动脉旁路移植术的迅猛发展，该手术是在跳动的心脏上进行桥血管吻合术，对麻醉医师进行麻醉管理提出了更高的要求。如处理不当，特别是重度左主干病变和多支血管病变的病人，容易导致大面积心肌梗死，甚至心跳骤停。此种心跳骤停的复苏往往较困难，并预后不良。因此，对冠状动脉旁路移植术的麻醉，要引起足够的重视。

## 第一节 冠状动脉狭窄的病理生理

冠状动脉粥样硬化，主要病变为脂质在冠状动脉内膜局部沉着、纤维化、钙化，加上平滑肌细胞增殖，延及冠状动脉中层，使血管壁增厚，形成粥样斑块，引起局部性或弥漫性狭窄，可导致心肌供血不足和心绞痛的发生。冠状动脉供应心肌的血流约占心排出量的5%，血液中20%的氧被摄取。由于心肌耗氧高，所以心肌氧储备少，氧张力低。心肌灌注主要靠主动脉舒张压和时相，冠状动脉在舒张期血流灌注占70%～80%，当灌注压低于60mmHg时，心肌内血管已达到最大舒张程度，如灌注压进一步降低，会加重心肌缺血。神经和体液因素、血管活性物质如缓激肽、血栓素、组胺等，均可直接或间接地影响冠状动脉血流。冠状动脉硬化常侵及多支血管，有作者报道经冠状动脉造影证实，3支病变占40%，2支病变占30%，其中有严重狭窄病变的占95%。通常病变发生在主要冠状动脉近端，多见于分叉部位。因此，病变可发生在左主干、前降支、对角支和右冠状动脉及回旋支。走行于心肌内的冠状动脉不易发生病变。

冠状动脉粥样硬化斑块，可为偏心性或向心性，会引起管腔部分狭窄或全部阻塞。如斑块表面溃疡形成，内膜损坏，血小板聚集，并释放强有力的血管收缩物质血栓素$A_2$(thromboxane $A_2$, $TXA_2$)，使血管收缩，血栓形成。在其他血管活性物质的作用和神经体液因素的影响下，可发生硬化斑块下方撕裂，突然出血，形成血肿使狭窄加重。以上原因均可引起病人不稳定性心绞痛，甚至急性心肌梗死。心肌坏死可发生在心内膜下，而影响心室壁，这多见于1、2支血管病变。3支血管病变一般不引起广泛的心内膜下心肌梗死。如缺血区心肌耗氧骤增或冠状动脉痉挛加重可引起透壁性心肌梗死。心内膜下或透壁心肌梗死中常有不同数量的存活心肌。心肌梗死的过程是复杂的，动物

实验表明有些心肌细胞在冠状动脉完全阻塞后20min内死亡，60min后才发生广泛心肌坏死。由于在急性心肌梗死过程中，发生了心肌再灌注供血，从而限制了病变的发展和减少了心肌梗死面积，使死亡率下降。但再灌注损伤可致心肌出血、水肿和心律失常。当血流在冠状动脉压力驱动下通过狭窄血管时，能量消耗较多。狭窄远端的血流量和压力会因阻力增大而减小，而且冠状动脉直径减小，意味着横截面积减小更多，可引起局部缺血、缺氧。急性心肌梗死可致心室间隔穿孔、游离壁心肌破裂、心包填塞或乳头肌断裂引起急性二尖瓣关闭不全，病人可死于心源性休克或心力衰竭。早期心肌梗死的死亡率与心肌梗死面积大小和由此引起的心功能不全的程度有关。综上所述，冠状动脉硬化斑块是使冠状动脉产生狭窄和供血不足的主要原因和基础病变。由于狭窄所产生的位置、数量和程度不同，相应的侧支循环是否建立，后果亦有较大差异。慢性心肌缺血主要表现为冠状动脉供血不足，可引起各种类型的心绞痛或乳头肌功能不全导致二尖瓣关闭不全，也可表现为左心或全心功能不全。如狭窄位置重要，病变范围广，程度重，侧支循环建立少则症状重，预后差，反之亦然。严重的3支血管或左主干病变可致猝死，原因多与突然发生室颤和急性血栓形成或冠状动脉痉挛及各种原因所致的心肌缺血、缺氧加重有关。

心肌梗死在显微镜下可见心肌灶性坏死，而后累及大片心肌，发病后6h出现中性白细胞浸润。发生一周后在梗死心肌组织中有肉芽长入，开始修复，半年后修复完毕，形成疤痕。该处心肌常为纤维组织与存活心肌组织交织存在，手术中可见局部外观呈花斑状，病变处心肌收缩无力或不收缩，使心功能下降。如梗死范围和纤维化范围较大，心室壁局部变薄、膨出，在心动周期中反向运动，则为心室壁瘤形成。在收缩期，室壁瘤不能参与收缩，使心排出量（cardiac output，CO）减少和射血分数（ejection fraction，EF）下降。在舒张期，心脏不能像正常心肌一样舒张而使左室舒末压升高，使左心腔扩大，发生充血性心衰。据Laplace定律，心室腔扩大可使心室壁张力和心肌在收缩期耗氧增加而在舒张期供氧减少，而使病情加重。心肌梗死后正常光滑的心内膜表面变成炎性从而促进血小板黏附和聚集，心脏收缩力减弱和局部几何形态的变化，导致血流停滞和附壁血栓形成。大多数血栓不会脱落，少数可脱落和造成栓塞。血栓可机化或钙化。室壁瘤周围由于瘢痕形成并含有存活心肌，使正常传导因疤痕受阻产生折返，可引起致命性心律失常。心肌梗死急性期可发生左室破裂，但少见。少数病人可发展为假性室壁瘤，心外膜与壁层心包常形成粘连。室壁瘤大多数发生在左室前壁或心尖部，可累及室间隔，造成室间隔穿孔。如发生在二尖瓣乳头肌附着部位，可引起乳头肌断裂和二尖瓣关闭不全。

（卿恩明）

## 第二节　冠心病人的麻醉特点

冠心病病人的麻醉应努力维持血流动力学稳定，维持心肌氧供需平衡，维持水电解质稳定，保护心、脑、肺、肾等重要脏器功能。冠心病病人有1/3为老年人，容易合并高血压、糖尿病、脑栓塞史，有些病人有肺气肿，并且由于冠心病病人一般具有全身动脉粥样硬化的特点，常常合并主动脉粥样硬化及钙化，颈动脉粥样硬化及肾动脉狭窄，术后

容易发生脑栓塞及肾功能不全。术前应调整好各种治疗药物的剂量，使术前心功能及全身情况处于最佳状态，为手术麻醉做好充分的准备。

## 一、术 前 准 备

麻醉医师要仔细阅读病历和询问病人病情，以便对冠心病病人的病情有一全面的估计和分析，以及做好充分的准备，才能对麻醉中可能出现的险情进行预防和处理。

### （一）术前估计

冠心病病人术前访视与其他病人相似，通过了解病史、生理生化检查、物理检查特别是超声心动图、冠状动脉造影和左室造影对冠心病、心功能不全和伴发疾病的严重程度进行综合评价。目前国际上有几种方法以定量的方式来刻画病人术前风险因素。其中包括美国麻醉医师协会分级（ASA）、心脏风险指数（CRI）、纽约心脏协会分级（NYHA）和加拿大心血管协会的心绞痛分级（CCSC），冠心病病人的评价多采用后两者分级方法（表 8-1）。

**表 8-1　两种心血管功能评价方法**

| 分级 | NYHA | CCSC |
|---|---|---|
| Ⅰ | 体力活动不受限制，日常生活的体力活动不引起过度疲劳、心悸、呼吸困难或心绞痛 | 日常生活的体力活动不引起心绞痛，但在强力的，快速的或长时间的工作或娱乐时发生心绞痛 |
| Ⅱ | 体力活动稍受限，静息时无不适，日常生活的体力活动引起疲劳、心悸、呼吸困难或心绞痛 | 日常生活的体力活动稍受限，心绞痛可在下列情况下发生：快步行走或爬楼梯，行走上坡路，饭后行走或上楼，在寒冷或刮风时，情绪激动时，或睡醒后数小时内。在正常地点及条件下行走平地多于两个街区或多于上一个阶段楼梯时 |
| Ⅲ | 体力活动明显受限，静息时无不适，轻微的日常生活体力活动引起疲劳、心悸、呼吸困难或心绞痛 | 日常生活的体力活动明显受限：即在正常地点及条件下行走平地 1～2 街区或上一个阶段楼梯时 |
| Ⅳ | 不能从事任何体力活动，静息时也会发生心功能不全的症状或发生心绞痛，任何体力活动都会增加不适 | 稍有体力活动即会引发心绞痛，或有时在静息时发生 |

有很多研究试图明确与冠心病手术的并发症发生率和死亡率相关的风险因素，但结果很不一致。目前公认的风险因素包括：年龄、再次手术、急诊手术、阻断时间、女性病人、低 LVEF、肾衰竭、糖尿病、高血压、慢阻肺（COPD）。目前已研究出多种定量估计心脏手术风险的方法，这有助于对不同单位不同病人群体的结果进行比较，也能更准确地预先判定高危病人的状况和预后，令麻醉医生进行适当的术前准备。在此介绍 Parsonnet 在 1989 年推出的评分方法及其预测手术死亡率的准确性（表 8-2，图 8-1）。

表 8-2　心脏手术风险的 Parsonnet 评分

| 风险因子 | 分值 |
| --- | --- |
| 女性病人 | 1 |
| 病态肥胖(≥1.5×理想体重) | 3 |
| 糖尿病 | 3 |
| 高血压(收缩压>140mmHg) | 3 |
| 射血分数(%) | |
| 好(≥50) | 0 |
| 中(30～49) | 2 |
| 差(<30%) | 4 |
| 年龄(岁) | |
| 70～74 | 7 |
| 75～79 | 12 |
| ≥80 | 20 |
| 再次手术 | |
| 第 2 次 | 5 |
| 第 3 次 | 10 |
| 术前用 IABP | 2 |
| 左室室壁瘤 | 5 |
| PTCA 或心导管出现并发症需急诊手术 | 10 |
| 肾衰透析 | 10 |
| 灾难状态(如心源性休克、急性肾衰) | 10～50+ |
| 少见情况(如截瘫、依赖起搏器、成人先心病、严重哮喘) | 2～10+ |
| 瓣膜手术 | |
| 二尖瓣 | 5 |
| 肺动脉压≥60mmHg | 8 |
| 主动脉瓣 | 5 |
| 压差>120mmHg | 7 |
| CABG 同时行瓣膜手术 | 2 |

图 8-1 是采用 Parsonnet 评分对连续 1332 例手术进行评价的结果。可见累计风险分值越大，手术死亡率越高，而且预计值与实际值非常接近。

在稳定性心绞痛的病人，如静息时心电图 ST 段即有下降，或伴有高血压，或陈旧性心肌梗死属于上述Ⅲ、Ⅳ级者，其术后死亡率较高。更重要的是变异性心绞痛，不稳定性心绞痛及无心绞痛的病人具有突发心肌梗死或猝死的危险，如果不稳定性心绞痛是新近才有或新近从稳定性心绞痛转变来的，在 3 个月内其危险性最大。

1. 心脏功能　访视病人时，应对病人的心功能作一估计。如有的病人入院时坐轮椅或平车送入病房，肢体有水肿或须服洋地黄制剂者，则表明心脏功能不全。病人如曾有心肌梗死史，常有慢性心力衰竭。有心脏扩大的冠心病病人，其中多数左室射血分数(left ventricular ejected fraction，LVEF)小于 50%。上述病人的病情严重，使手术麻醉危险性增加。麻醉中须使用正性肌力药物支持心脏功能。

2. 心电图　据报道，在冠心病病人中约 25%～50%的心电图是正常的。有 Q 波

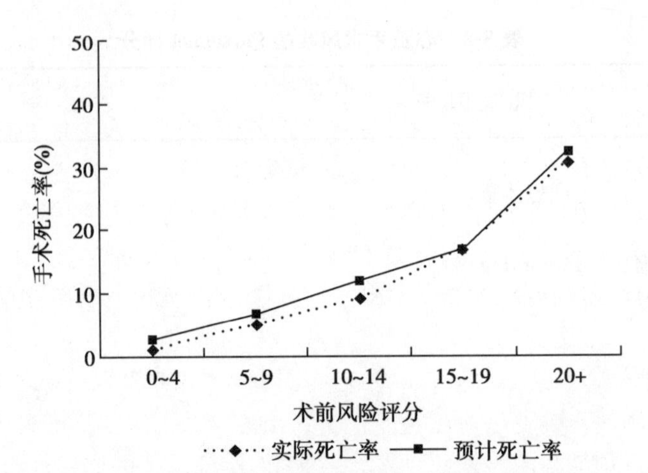


**图 8-1　采用 Parsonnet 评分对连续 1332 例手术进行评价的结果**

出现表明有陈旧性心肌梗死，注意有无心律失常、传导异常或心肌缺血(ST 段有无抬高或降低)。

3. 心导管检查　左心导管检查可了解左心工作情况，左室造影可了解 LVEF。正常的左室每次收缩射出的容量应大于其舒张末容量的 55%。当发生过一次心肌梗死而无心衰的病人 EF 一般在 40%～50%。当 EF 在 25%～40%时，多数病人在活动后有心慌、气促的症状，而静息时则无(约为心功能Ⅲ级)。当 EF＜25%时，即使在静息时也会出现心慌、气短症状(心功能Ⅳ级)。

评价左心功能的另一项指标是左室舒张末期压力(left ventricular end diastolic pressure，LVEDP)，在正常情况下 LVEDP 应≤12mmHg，但它受一些人为因素的影响，如卧床休息、限制液体入量及治疗等。LVEDP 升高的程度并不一定与左室功能不全的程度相符合，但当 LVEDP＞18mmHg 时，常表明左室功能情况很差。

4. 冠状动脉造影　了解冠状动脉造影的结果很重要，它可以显示冠状动脉的具体解剖关系，而且还可以确定病变的具体部位及其严重程度，以及病变远端的血管情况。病变引起血管腔狭窄的程度以血管截面积作为指标较为精确，血管直径减小 50%相当于截面积减小 75%，而直径减小 75%则截面积减小相当于 94%。血管截面积与血流量的关系更为密切。

约 55%人群的窦房结血运是由右冠状动脉供给，其余 45%的人群由左回旋支供给。窦房结动脉亦供给大部分心房及房间隔的血运。该动脉的堵塞可引起窦房结梗死并引起房性心律失常。90%的人群的房室结血运是由右冠状动脉供给，另 10%由左回旋支供给。因此，后壁心肌梗死常并发Ⅲ度房室传导阻滞。有后壁心肌梗死史的病人，在手术时常须用起搏器，但供给房室结的侧支循环比较丰富，Ⅲ度传导阻滞常能逐渐消失。

左室乳头肌对左室功能有很重要的影响。前乳头肌主要由左冠状动脉供血，而后乳头肌则由左右冠状动脉共同供应。它们的侧支循环都很丰富，所以单支主要冠状动脉的堵塞不会引起乳头肌梗死；若此两支动脉同时发生严重堵塞，则可引起乳头肌功能失调，造成二尖瓣关闭不全。

冠状动脉被堵塞的范围越广，对供氧耗氧不平衡的耐受力就越差。左冠状动脉供

给左室的大部分血运，故左冠状动脉主干的严重堵塞将使左室大部分心肌处于危险状态。这类病人对心肌缺血的耐受性极差，在麻醉时必须小心地处理好供氧与耗氧间的平衡。临床上最危险的是多支病变，如右冠状动脉近完全堵塞加上左冠状动脉主干严重狭窄。另一种危险的情况即所谓等同左冠状动脉主干病变，即左冠状动脉的两个主要分支（前降支及回旋支）的近心端严重堵塞。这类病人麻醉风险性极大。

冠状动脉造影术至今仍有一定的危险性。据统计，冠状动脉造影术的死亡率为0.11%～0.14%，心肌梗死率约为0.06%左右，左冠状动脉主干病变的心肌梗死与死亡率均在3%。

5. 周围血管病变　冠心病病人常伴有周围血管病变，如颈动脉狭窄（由粥样斑块硬化所致），术前用超声多普勒血流检测仪可得出诊断及了解狭窄的程度。对颈动脉狭窄的病人应先施行颈动脉内膜剥脱术，然后再考虑CABG。因这样病人在CPB转流时易使斑块脱落入颅内血管，造成中枢神经系统损害。近年来，施行OPCABG已使此种危险显著降低。如病人有腹主动脉或髂动脉病变，围术期须使用主动脉内球囊反搏时则不宜经上述血管放置。

6. 糖尿病　在冠心病的病人中多数伴有糖尿病。据国外一组统计结果表明，在进行CABG病人中约22%患有糖尿病，其中40%须用胰岛素控制。此类病人的冠状动脉病变呈弥散性，由于病人的自律神经张力发生改变，手术的应激反应、低温及儿茶酚胺药物的应用均使胰岛素药效下降，血糖难以控制，术后切口感染率上升。

7. 高血压　冠心病病人中一部分患有高血压，手术前住院经治疗可将血压控制在正常范围。但临近手术时因对手术的恐惧可使血压显著升高。这类病人常伴有左心室肥厚及充血性心力衰竭。术前长期使用利尿药，可存在隐性低钾血症。

8. 脑血管疾病　冠心病病人常常合并脑血管栓塞史或腔隙性脑梗史。这种病人应尽量避免进行主动脉壁操作，如主动脉阻断插主动脉灌注管或非体外循环下上主动脉侧壁钳部分阻断主动脉后进行桥血管与主动脉近端吻合术。可以使用主动脉近端吻合器或实施全动脉桥的非体外循环下冠状动脉旁路移植术。

### （二）术前治疗药物

冠状动脉粥样硬化性心脏病（以下简称冠心病）术前的治疗（主要指术前在病房的治疗）十分重要，是降低此类病人术前死亡率的重要措施之一。由于冠状动脉狭窄使心肌的血流供应严重受限，临床上必须使用药物来减少心肌耗氧，从而改善心肌的供氧。临床上治疗冠心病的药物很多，硝酸甘油是治疗冠心病历史悠久的老药，但仍是经久不衰的主要用药。近年来涌现出很多治疗冠心病的新药，如β肾上腺受体阻滞药、钙离子通道阻滞药及血管紧张素转换酶抑制剂等。

1. 硝酸甘油类药物　舌下含硝酸甘油是治疗心绞痛最常用的方法。其主要作用是使静脉扩张，心室充盈压力下降，以及心室容量和心室壁张力下降（减少前负荷）。同时，它也通过冠状动脉扩张，增加侧支血运而改善心内膜与心外膜血流的比例。

硝酸甘油的作用短暂，还有长效硝酸甘油制剂如硝酸异山梨醇（isosorbide dinitrate）、硝酸戊四醇酯（pentaerythritol tetranitrate）及四硝酸赤藓醇酯（erythritol tetranitrate）等，这些药物可改善血流动力学达2h。此外，还有从皮肤吸收的硝酸甘油软膏或贴膜可持续作用达3h。

近年来，临床上广泛应用单硝酸异山梨酯来治疗心绞痛和充血性心力衰竭。该药的特点为通过扩张外周血管，增加静脉血容量，减少回心血量，降低心脏前后负荷，从而减少心肌氧耗量，同时还通过促进心肌血流重新分布而改善缺血区血流供应。

2. β肾上腺素受体阻滞药　β肾上腺素能受体阻滞剂对围术期患者以及心梗患者均具有心肌保护作用。急性心梗、无症状心肌缺血以及心衰患者服用β受体阻滞剂均能受益。其保护机制与其降低心率，减少心肌收缩力有关。β受体阻滞剂能抑制心肌酯解游离脂肪酸，转而利用葡萄糖从而减少心肌氧耗。心率降低使心室舒张期时间延长，增加了舒张期冠脉灌注时间，使心内膜下血流增加，从而增加心肌氧供同时降低心肌氧耗。β受体阻滞剂降低正常心肌组织做功，从而增加正常心肌组织的冠脉血管张力，逆转冠脉窃血现象。对于全身交感神经兴奋引起的心率增加、心肌收缩力增加、心表冠脉血管收缩导致的冠脉血流下降，以及冠脉狭窄处由于血小板聚集和解聚产生的周期性血流现象，甚至冠状动脉的不稳定斑块，这些副作用β受体阻滞剂均可以减轻之。

许多β受体阻滞剂是弱碱性物质，具有较大的分布容积，依其油水分布系数不同，可以在心、肝、肺及脑部位沉积。水溶性β受体阻滞剂如阿替洛尔与索他洛尔主要以原形从肾脏排泄，因此半衰期较长。艾司洛尔是超短效水溶性β受体阻滞剂，具有较高的心脏选择性，其在血液中由红细胞酯酶水解成无活性代谢产物。水溶性β受体阻滞剂很难透过血脑屏障。阿替洛尔既是水溶性物质，又具有心脏选择性。比索洛尔的心脏选择性最高，其对$\beta_1$受体的亲和力是$\beta_2$受体的亲和力的147倍，而醋丁洛尔、阿替洛尔与美托洛尔分别为1、1～3倍及2倍。

心梗及心衰患者使用β受体阻滞剂可以降低病死率。已证明选择性$\beta_1$受体阻滞剂美托洛尔与比索洛尔，以及非选择性β受体阻滞剂噻吗洛尔、普萘洛尔以及卡维地洛能改善患者预后。所有被证实具有降低死亡率以及猝死的β受体阻滞剂均具有一个共性：具有一定程度的脂溶性。索他洛尔为非选择性β受体阻滞剂，虽然具有Ⅲ类抗心律失常作用，但是对心梗后的死亡率无影响。有趣的是，索他洛尔可以降低再梗死的发生率，但对心源性猝死无影响。美托洛尔、比索洛尔、噻吗洛尔、普萘洛尔及卡维地洛对降低再梗死及心源性猝死均有效果。脂溶性的β受体阻滞剂可以穿过血脑屏障，并间接影响全身迷走神经张力，此对预防心室纤颤以及心源性猝死具有重要意义。普萘洛尔、美托洛尔、卡维地洛、拉贝洛尔、以及塞利洛尔均具有不同程度的抗氧化特性，可能对防止内皮细胞损伤具有重要作用。阿替洛尔与比索洛尔没有抗氧化特性，而卡维地洛的抗氧化特性最强。

冠心病患者术前预防性使用β受体阻滞剂可以降低病死率。超短效β受体阻滞剂艾司洛尔可以明显降低术后心肌缺血的发生率。冠心病患者应该在手术之前1～2周就开始服用β受体阻滞剂，并在围术期持续使用，目标为在手术之前使心率控制在低于70次/分，在术后使心率控制在低于80次/分，可以降低围术期心血管事件的发生率。术前使用β受体阻滞剂应在手术当日继续服用，有利于围术期血流动力学稳定，且并不增加术中低血压的发生率。

3. 钙通道阻滞药　钙通道阻滞药物是近年来治疗心绞痛及预防心肌梗死的另一类药物，这类药物能抑制窦房结起搏点及房室交接处细胞的动作电位，可使心率减慢，

房室传导速度减慢，不应期延长，还可使血管平滑肌松弛而血管扩张，并使心肌收缩力受到抑制。因此，治疗心绞痛的机理在于一方面减少耗氧，另一方面由于冠状动脉扩张而增加供氧。目前，治疗心绞痛常用的有维拉帕米(verapamil)、硝苯地平(nefedipine)及地尔硫䓬(diltiazem)。这3种药在心血管各项功能上所产生的作用有质与量的差别。3种药都有扩张冠状动脉及周围血管的作用，而以硝苯地平最强；在抑制房室传导方面维拉帕米最强而硝苯地平几乎没有作用。在治疗室上性心动过速方面维拉帕米效果显著而硝苯地平无效，在治疗血管痉挛性心绞痛方面三者均有效，而在治疗高血压方面则硝苯地平最为显著。尼卡地平(nicardipine)是近年来临床上常用的治疗高血压和冠心病的药物，它为钙拮抗剂。对冠状动脉有较强的扩张作用，在增加冠状动脉血流量的同时，还降低末梢血管阻力，从而减轻后负荷降低心肌耗氧量。钙通道阻滞剂应在手术当日继续服用。

4. 洋地黄制剂　对心脏功能差的病人，手术前可用地高辛治疗，为防止CPB转流后血清中洋地黄制剂的浓度升高，出现中毒症状，术前36h应停用洋地黄制剂。对术前用洋地黄制剂治疗的病人，麻醉期间应密切注意钾、钙、镁等离子的平衡、组织供氧、酸碱平衡、尿量等因素，因这些因素可促使洋地黄引起中毒。

5. 利尿剂　在冠心病病人中有两种情况常用利尿剂，即伴有高血压及充血性心力衰竭时。原发性高血压及充血性心力衰竭的病人常有血浆容量减少的情况，而利尿药可加重血浆容量减少，因此，在麻醉诱导前应先补充血容量，并要注意电解质的紊乱。

6. 防止血栓形成药及溶解血栓药　冠状动脉狭窄使狭窄血管血流速度减慢，粥样斑块的粗糙表面或局部炎症易激发血小板聚集而导致血栓形成。冠心病病人常常使用抗血小板药物及抗凝药物预防血栓形成，其对冠心病人的长期预后有益。常用的抗血小板药物及抗凝药物有阿司匹林、华法令、肝素、低分子肝素、血小板ADP受体阻滞剂噻氯匹定、氯吡格雷以及血小板糖蛋白Ⅱb/Ⅲa受体阻滞剂替罗非班等。这些抗血小板药物及抗凝药物均应在术前停用，以免增加术中及术后出血。阿司匹林与血小板的环氧酶活性部位结合发生不可逆转的乙酰化，从而使酶失活，结果阻碍TXA2的生成。由于其作用是不可逆的，所以其作用时间相当于血小板的生存时间，约4～7d。体外循环本身常引起血小板功能失常，如加上阿司匹林的抑制作用则会造成术后凝血机制异常，故应在术前5～7d停止用药。

在不稳定性心绞痛病人可经皮下注射肝素防止心肌缺血的发生，一般应在术前1～2h停药，并用激活全血凝固时间(activated clotting time，ACT)进行监测，避免在CPB后失血过多。此外，应当注意长期应用肝素治疗的病人，常引起抗凝血酶Ⅲ(antithromin Ⅲ，AT-Ⅲ)减少，反而使肝素抗凝作用减弱，必要时应输入新鲜冰冻血浆以补充AT-Ⅲ。

长期使用华发令抗凝的冠心病病人应在术前数天停用，代之以低分子肝素或普通肝素抗凝。低分子肝素应在术前18～24h停用。血小板ADP受体阻滞剂应在冠脉搭桥术之前5～7天停用，而血小板糖蛋白Ⅱb/Ⅲa受体阻滞剂对短效者在术前4～6h停用即可，长效者如阿昔单抗应在术前12～24h停用。

溶栓疗法常用来治疗急性心肌梗死使阻塞的冠脉血管再通，常用的药物有链激酶及组织型纤溶酶原激活剂(tissue type plasminogen activator，t-PA)。此3种药物的作

用机制均是激活血浆中纤溶酶原转化为纤溶酶，后者可消溶纤维蛋白，从而使被栓塞的血管重新疏通。这类药物作用时间不长，约4～90min，但这些药物同时也消解纤维蛋白原，使血浆纤维蛋白原明显下降，而纤维蛋白原术后须数日方可恢复，故经溶栓治疗的病人必须在手术时补充纤维蛋白原，避免凝血机制发生障碍。

**（三）麻醉前准备**

1. 思想准备　思想准备包括麻醉医师和病人，麻醉医师术前要对病人的病情进行详细的了解，对病情做出轻、中、重判断。同时，向外科医师了解该病人CABG的支数和具体血管，麻醉中可能发生的问题及解决措施要心中有数。要给病人做好思想工作，术前1天检查病人时应将麻醉方法、手术过程等给病人介绍，要取得病人的信任，消除病人对手术的恐惧感和对麻醉及术后疼痛的顾虑。此措施是避免病人体内内生性儿茶酚胺大量分泌，减少心肌耗氧量，维持心肌供氧与耗氧平衡的关键。

2. 器械及用具准备　麻醉机、监测仪、中心静脉导管、Swan-Ganz导管、测压装置等都应在麻醉前准备好，对颈短粗肥胖的病人，要准备好口咽通气道，以便于麻醉诱导手控加压呼吸通气困难时用。对小下颌、头后仰受限的病人应做好困难插管的准备。此类病人气管插管不顺利，易发生缺氧，常可导致心肌缺血而发生心跳骤停。对此应引起足够的重视。

3. 药物准备　麻醉诱导药抽取好放入无菌盘中待用，各种急救药如多巴胺、阿托品、利多卡因等抽吸好放入急救药盘中待用。去氧肾上腺素、硝酸甘油应稀释好，以便随时可取用。

**（四）麻醉前用药**

冠状动脉旁路移植术病人在手术前一般处于过度焦虑、紧张状态，越临近手术日越紧张。此时，病人心率增快、血压上升，有些病人出现心绞痛症状，特别是左冠状动脉主干严重狭窄或多支冠脉病变的病人，心肌供氧和耗氧间的平衡被打破，易导致心肌大面积缺血，发生心跳骤停。曾遇到几例左冠状动脉主干狭窄＞95％和多支冠脉严重狭窄的病人，术前在病房死于大面积心肌梗死，都发生在手术前一天下午或手术当日的早晨。因此，对此类病人麻醉前用药特别重要，具体方法如下：

1. 镇静药　术前1日晚口服地西泮10mg，使整个夜晚处于睡眠状态，术日晨7时肌注吗啡0.2～0.3mg/kg，使病人进入手术室时安静欲睡，避免内生性儿茶酚胺的分泌。对心功能及呼吸功能较好者术前药可加用异丙嗪25mg增强镇静效果。由于哌替啶具有较强的心肌抑制作用，且可以增加老年人术后谵妄的发生率，其一般不用于冠心病病人的术前用药。

2. 抗胆碱药　抗胆碱药用后病人可出现口干症状，但对减少呼吸道分泌物和预防喉痉挛很有必要，阿托品增加心率显著，对此类病人应用东莨菪碱或长托宁。

3. 抗心肌缺血药　病人术日晨离开病房入手术室前，胸部心前区贴硝酸甘油贴片，对心绞痛频繁发作的病人，应带硝酸甘油口含片备用。对左冠状动脉主干严重狭窄或冠脉多支严重病变的病人，术前一天在病房就应持续点滴硝酸甘油或尼卡地平类药以减轻左心室充盈并使冠状血管扩张以改善血运，避免发生心肌大面积缺血。

## 二、麻 醉 管 理

拟施行冠状动脉旁路移植术的病例多数为重症冠心病病人，其理由是用药物治疗无效，经冠状动脉造影证实冠状动脉有显著狭窄，不适合经皮冠状动脉成形术（percutaneous transluminal coronary angioplasty，PTCA）或PTCA术失败的病人。此类手术病人的特点是多数为年龄大，并常常合并有高血压、糖尿病、脑梗死等，所以麻醉处理有一定难度，并有其特点。

### （一）麻醉诱导

麻醉诱导是CABG麻醉的关键，处理不好病人可发生心跳骤停。必须注意诱导的平顺。病人进入手术室后应注意保暖，监测心电图，注意ST段有无变化，先开放一条外周静脉和桡动脉置管，诱导前面罩吸氧至少5min，将动脉氧分压提高增加氧储备后施行麻醉诱导。对主诉心绞痛的病人（心电图ST段可上升或下降）不应急于诱导，首先要处理心肌缺血，如果病人紧张（此时血压很高）可静注地西泮5～10mg镇静，面罩吸氧，同时静滴或口含硝酸甘油。待心肌缺血改善后再施行麻醉诱导。短效β受体阻滞剂艾司洛尔（esmolol）对心肌缺血和高血压有较好的治疗效果。我们对血压高或有心绞痛症状的病人，诱导前5min缓慢静脉推注艾司洛尔0.5～1.0mg/kg，收到了较好的效果。麻醉诱导供选择的药物很多，如硫喷妥钠、依托咪酯、γ-OH、地西泮、咪哒唑仑等。对CABG麻醉，选择麻醉药物时须详细了解各种药物对心血管系统的影响，尽量扬长避短来维持心肌供氧及耗氧的平衡。

1. 地西泮　与其他苯二氮䓬类药一样，地西泮是高蛋白结合率药物，但肝素能明显增加其游离型药物的血浆水平，这在心脏手术麻醉具有重要性。诱导时常每次以5mg间断静注，间断时间以观察血压下降程度而定，总量可达0.2～0.5mg/kg。地西泮在剂量0.1～0.2mg/kg时，可降低心率、心肌收缩力、心肌氧耗量及周围血管阻力。在冠心病病人，地西泮可使冠状动脉扩张，降低LVEDP和心肌氧耗，所以常用作冠心病的诱导用药，具有血流动力学稳定性。冠心病病人应用地西泮（0.1～0.5mg/kg）MAP分别降低7%～18%，但HR、CI、SVR、LVSWI均无明显变化。Cote等给缺血性心脏病病人应用0.1mg/kg地西泮，LVEDP明显降低，但冠脉血流和CI保持良好，有类似硝酸甘油的作用。

2. 咪哒唑仑　咪哒唑仑是水溶性的，清除半衰期仅1.7～2.6小时，不足地西泮的十分之一。冠心病病人静注0.2mg/kg后引起轻度的血流动力学变化，MAP约下降20%，心率增加约15%，CI、SVR及PVR则变化不大，而LVSWI及SI则下降，说明对心肌收缩力有抑制作用。0.05mg/kg对血流动力学没有影响。对容量血管扩张作用比地西泮强，故在CPB时使氧合器内贮血量减少，但CPB时地西泮降低SVR的作用比咪哒唑仑强。Marty等报道在8例病人中静注咪哒唑仑0.2mg/kg，观察到冠状血流量减少24%，心肌氧耗量减少26%而冠脉阻力无改变。冠状窦血中未发现乳酸增加，ECG亦无缺血表现。咪哒唑仑和地西泮的最大差别就是，在用药后4、5分钟，咪哒唑仑降血压作用更明显，可能是其负性肌力作用更强一些，而通过增加心率和心脏充盈压代偿。与地西泮一样，咪哒唑仑与芬太尼合用会引起明显低血压。咪哒唑仑用量每次

为0.1～0.25mg/kg。

3. 硫喷妥钠　硫喷妥钠曾广泛应用于包括心脏手术在内的各种手术的麻醉诱导，只是随着新的麻醉镇静药不断上市，硫喷妥钠在心脏手术的麻醉中才逐渐淡出。硫喷妥钠具有心肌抑制作用，可降低心肌收缩力、每搏量及血压，但比氟烷或恩氟烷的抑制作用弱。具有增加心率的作用，心指数(CI)不变或降低。在冠心病病人，硫喷妥钠(1～4mg/kg)使心率增加11%～36%，因此增加心肌氧耗而产生不利作用。但是如果是小剂量应用或缓慢输注，对血流动力学的影响会明显减少。在4mg/kg时可使心率明显增快，氧耗量增加约55%，在正常人冠脉流量也相应增加，但在冠脉狭窄病人则不能。

4. 丙泊酚　丙泊酚具有较强的外周血管扩张作用和一定的心肌抑制作用，故诱导时低血压常见。对于CABG病人使用丙泊酚2mg/kg诱导，可使SBP降低26%，DBP降低17%，SVR降低22%，LVSWI降低23%，而CO及其他血流动力学指标没有显著性改变，说明对冠心病病人，丙泊酚是通过降低外周血管阻力来降低体循环血压，而对心输注量及心室充盈压没有显著的影响。对CABG病人联合使用小剂量丙泊酚与咪达唑仑诱导，可以降低各自的诱导剂量，避免诱导时低血压发生。

5. 依托咪酯　依托咪酯对血流动力学的影响很小，Kettler等报道依托咪酯0.12mg/(kg·min)点滴对心肌氧耗量不产生影响，对冠脉血流量增加19%。Patschke等报道，在正常人依托咪酯0.3mg/kg使心肌氧耗量减少14%。但0.3、0.45和0.6mg/kg会导致血压下降。依托咪酯0.3mg/kg全麻诱导用于急性心梗病人，不改变MAP、HR和RPP，表明其良好的血流动力学稳定作用(表8-3)。

**表8-3　静脉麻醉药行麻醉诱导的血流动力学变化**

| 指标 | 硫喷妥钠(%) | 依托咪酯(%) | 丙泊酚(%) | 氯胺酮(%) | 地西泮(%) | 咪哒唑仑(%) |
|---|---|---|---|---|---|---|
| HR | 0～+36 | 0～+22 | -6～+12 | 0～+59 | -9～+13 | -14～+21 |
| MAP | -18～+8 | 0～-20 | 0～-47 | 0～+40 | 0～-19 | -12～-26 |
| SVR | 0～+19 | 0～-17 | -9～-25 | 0～+33 | -22～+13 | 0～-20 |
| PAP | 不变 | 0～-17 | -4～+8 | +44～+47 | 0～-10 | 不变 |
| PVR | 不变 | 0～+27 | | 0～+33 | 0～-19 | 不变 |
| LVEDP | 不变 | 0～-11 | +13 | 不变 | 不变 | 0～-21 |
| RAP | 0～+33 | 不变 | -8～-21 | +15～+33 | 不变 | 不变 |
| CI | 0～-24 | 0～+14 | -6～-26 | 0～+42 | 不变 | 0～-25 |
| SV | -12～-35 | 0～-15 | -8～-18 | 0～-21 | 0～-8 | 0～-18 |
| LVSWI | 0～-26 | 0～-27 | -15～-40 | 0～+27 | 0～-36 | -28～-42 |
| dP/dt | -14 | 0～-18 | | 不变 | 不变 | 0～-12 |

6. γ-OH　静注后很快引起睡眠，这种睡眠同自然睡眠的脑电图波形十分相似。因此有镇静及催眠作用。静注后心率常减慢，收缩压轻度上升，心排出量无变化或略有增加，还增加心肌对缺氧的耐受力。当给剂量80～100mg/kg时，周围循环状况良好，表现为周围血管扩张，外周阻力下降，是心功能差病人麻醉诱导的理想药物之一。

对重症病人，可用γ-OH 2.5g＋地西泮0.2mg/kg静注，入睡后推注维库溴铵

0.2mg/kg 和芬太尼 10～20μg/kg。冠心病人麻醉诱导的用药量应偏大，使病人处于较合适的麻醉状态，使其对气管插管的反应减小到最低程度，避免一切应激反应。插管前气管内喷射利多卡因 1mg/kg 可以明显减轻气管插管的应激反应，并可以预防插管时室性心律失常的发生。诱导时如出现低血压与麻醉药物过度抑制交感紧张，致心肌抑制及外周血管扩张有关，可以使用去氧肾上腺素 0.1～0.2mg 注射，或适当采用头低脚高位，加快输液速度，增加静脉回心血量即可使血压恢复正常。麻醉诱导时，如病人出现挣扎、呛咳、心动过速、严重高血压或较长时间的低血压都对病人十分不利，可造成心肌氧供氧耗平衡失调，严重者心肌大面积缺血，从而导致心跳骤停。

**（二）麻醉维持**

1. 氟烷、恩氟烷及异氟烷　Moffitt 等在冠脉狭窄较严重而左心功能好的搭桥病人进行了氟烷、恩氟烷及异氟烷对心肌代谢及血流动力学影响的观察。12 例病人在静注硫喷妥钠或肌注吗啡之后吸入氟烷，MAP 分别下降 17%及 30%，心肌氧耗量也同等下降，冠状窦血氧含量上升。气管插管使血压恢复至原先水平。1/12 病人冠状窦血中有乳酸，表明有缺血现象。10 例病人术前经 β-受体阻滞剂治疗者吸入恩氟烷使血压下降 30%，维持在浅麻醉状态，氧供、氧耗能维持正平衡，冠状窦血中均无乳酸。另 10 例病人在同样条件下吸入异氟烷，其冠状血管阻力及乳酸摄取率均下降，3/10 例产生乳酸，表明存在缺血。但目前已经证实，吸入麻醉药如氟烷、异氟烷或七氟烷具有缺血预处理样的心肌保护作用，其机制与激活线粒体 ATP 敏感钾通道有关。CABG 病人术中吸入异氟烷或七氟烷，可以降低围术期 CK-MB 的水平。

关于异氟烷引起的窃血现象，众多的实验及临床研究结果认为，冠状小动脉扩张是引起窃血而使阻塞远端侧支循环供血不足的原因，但其与血压下降又有密切关系，如血压维持良好则无缺血征象出现。在作为静脉镇痛麻醉辅助药时一般吸入浓度较低，对血流动力学影响不大。

2. 静脉麻醉药

（1）吗啡：有较好的镇静作用，但无催眠作用，单独应用病人很少能入睡。吗啡能引起组胺释放而使血压下降，但与注射吗啡的剂量、速度及病人的敏感性有关。吗啡通过对脑干的作用使迷走神经张力增高而引起心动过缓，可用阿托品对抗之。吗啡并无阻滞肾上腺素受体及交感神经系统的功能，但由于引起组胺释放，吗啡并无阻滞肾上腺素受体及交感神经系统的功能，所以从静脉内缓慢注射吗啡 5mg/min，并注意补液扩容可避免血压下降。整个手术的吗啡用量约为 0.8～1.0mg/kg。

（2）芬太尼：脂溶性强，能快速通过血脑屏障，所以起效快。由于大量储存于脂肪组织，当血浆浓度降低时，芬太尼又缓慢释放入血，因此表现出较长的清除半衰期。在应用较小剂量时（10μg/kg 以下），由于其从血液向组织快速再分布，血浆浓度下降很快，所以作用时间较短。当应用剂量大时，由于在芬太尼浓度降至阈浓度之前已经完成了分布相，因此由短效变为长效，其作用时间依赖于更为缓慢的清除相之浓度降低。肺脏对芬太尼有明显的首过摄取，摄取量高达注射量的 70%～80%，但肺脏的蓄积作用是暂时的，很快以双峰形式进行释放，快释放半衰期为 0.2 分钟，慢释放半衰期为 5.8 分钟。在服用普萘洛尔的病人，芬太尼的首过肺摄取减少，表明肺组织对药物的摄取存在竞争。

镇痛作用较吗啡强60～80倍，大剂量芬太尼麻醉（50～100μg/kg）对心血管系统的抑制作用较小。与吗啡相比芬太尼无组胺释放作用，对静脉容量血管的扩张作用亦较轻。芬太尼减慢心律作用是比较明显的，并可使肌肉强直而影响通气功能。（表8-4）

**表8-4　静脉麻醉药的主要药代学参数**

| 药物 | 蛋白结合率（%） | 分布容积（L/kg） | 清除率（ml/kg/min） | 清除半衰期（h） | 镇痛效价 |
|---|---|---|---|---|---|
| 芬太尼 | 80 | 3～5 | 10～20 | 4.2 | 1 |
| 舒芬太尼 | 93 | 2.5～3.0 | 10～15 | 2.5 | 10 |
| 阿芬太尼 | 90 | 0.25～0.75 | 4～9 | 1.5 | 0.25 |
| 瑞芬太尼 | 70 | 0.3～0.4 | 40～60 | 0.1～0.3 | 2.5 |
| 地西泮 | 96～99 | 0.7～1.7 | 0.24～0.53 | 24～57 | |
| 咪达唑仑 | 97 | 1.1～1.7 | 6.4～11.1 | 1.7～2.6 | |

（3）舒芬太尼（sufentanil）：其镇痛作用在人体较芬太尼强5～10倍，Delange等比较用122μg/kg芬太尼与12μg/kg舒芬太尼麻醉时发现血流动力学稳定性后者较前者好，而清醒及拔管时间则无差别。此二药物的剂量镇痛效果均有封顶现象，当血浆芬太尼达到30ng/ml，舒芬太尼浓度达到3ng/ml时可使恩氟烷的MAC减少60%，以后浓度无论再增加多少，最多使MAC减少70%，因此单独使用此二药大剂量麻醉是不能消除应激反应的。芬太尼的$t_{1/2}\beta$为219min，而舒芬太尼为149min，故舒芬太尼清醒时间比芬太尼稍早而术后呼吸抑制稍轻。

（4）瑞芬太尼：是一种新型μ受体激动剂。它的结构特征是具有一个脂性链，可以通过血液和组织中的非特异性酯酶进行快速肝外水解。因此其体内清除不依赖于使用剂量、病人年龄性别、用药过程甚至肝肾功能的差异性，也不受乙酰胆碱酯酶缺乏和抗胆碱酯酶药物的影响。其主要水解产物（GI90291）的药理学作用仅为瑞芬太尼的0.1%～0.3%，从肾脏排除。在体外研究中，REM对心肌不产生负性肌力作用。在体研究也证实，REM具有较好的循环稳定性。有人报道，在小量镇静药基础上，1～3μg/kg/min REM用于心脏手术病人即可达到意识消失，镇痛满意和血流动力学稳定的效果。在心脏手术时，CPB和低温对药物的代谢会产生明显影响。

在预先给予咪达唑仑1～2mg和依托咪酯0.3～0.5mg/kg麻醉后，REM可引起血压和心率中等程度降低，部分病人SBP和HR降低超过20%。阿托品和胃长宁对其心率减慢有效。在常规快速诱导，REM 1μg/kg＋0.5μg/（kg·min），气管插管反应不大，MAP和HR分别升高8%和15%；而阿芬太尼组分别升高17%和28%。有人采用丙泊酚2～2.5mg/kg、阿库溴胺0.2mg/kg和REM 1μg/kg行全麻诱导插管，给药后至插管后5分钟，血压心率均未超过给药前的基础水平。由此可见，REM能够有效抑制气管插管的心血管反应。Sebel等的临床研究表明，2～30μg/kg REM静脉注射产生的血流动力学抑制非剂量依赖性，也不会引起血浆组织胺浓度的明显变化。而早期的研究结果认为REM引起的SBP和HR降低呈剂量依赖性。

（5）丙泊酚：丙泊酚目前已经广泛用于心脏手术的麻醉，特别是近年来对快通道心

脏麻醉的推崇，已突显丙泊酚在心脏麻醉中的重要地位。丙泊酚1977年开始临床应用，其与心血管系统的相关研究已经非常广泛。

丙泊酚能够以剂量相关方式抑制心肌收缩力，扩张外周血管尤其是静脉，降低前负荷和外周血管阻力，使心输出量减少以及抑制压力感受器对低血压的反应。所以丙泊酚具有明显的降血压作用，静注2mg/kg继以0.1mg/(kg·min)输注，收缩压下降15%～40%。同时明显降低SVR、CI、SV和LVSWI。Stephan等对冠心病病人的研究发现，丙泊酚使心肌氧耗降低31%，同时使心肌血流减少26%，有引起局部心肌氧供需不平衡的可能性。在心脏手术病人，CPB开始前丙泊酚持续输注，与EEG抑制相同深度的其他麻醉方法相比，血中肾上腺素和去甲肾上腺素水平明显低。与咪哒唑仑相比，CPB中丙泊酚输注产生的血浆肾上腺素、去甲肾上腺素和皮质醇水平较低。在CPB中，丙泊酚明显减少脑血流和脑代谢率，但对脑动静脉氧含量差和颈静脉氧饱和度无不良影响。丙泊酚由于其分布容积大和代谢快，所以麻醉苏醒也快。现在也常用于心脏手术后的镇静，与咪达唑仑镇静的病人相比，停镇静后拔管明显早，术后高血压和心动过速发生少，但低血压发生较多。

(6)氯胺酮：具有拟交感作用，结果心率、动脉平均压及心脏指数均升高，心脏做功增加，氧耗量也增加。有报道与苯二氮䓬类药合用于心脏麻醉，产生稳定的血流动力学作用。剂量过大(2mg/kg)，即使复合咪达唑仑(0.2～0.4mg/kg)，气管插管后血压和心率增加也很明显。冠心病病人如果麻醉前血压偏低，我们通常使用咪达唑仑复合小剂量氯胺酮0.3～0.5mg/kg，心率、血压升高不明显。氯胺酮与地西泮合用能达到稳定的血流动力学效应。

3. 肌肉松弛药　绝大多数肌松剂均可在CABG手术中应用，选用肌松剂时应考虑与其他药物相互作用的效果。大剂量吗啡类药物麻醉时常引起心动过缓，此时宜选用泮库溴铵来缓解心率过缓，用量为0.08～0.15mg/kg。维库溴铵对心率的影响不大，时间较泮库溴铵为短，其用量为0.08～0.4mg/kg。Doxacurium与哌库溴铵为长效肌松剂，血流动力学相当稳定，前者用量50～80μg/kg，后者为50～150μg/kg。

4. 麻醉方法　目前用于CABG麻醉的方法有吸入麻醉、静脉复合麻醉和静吸复合麻醉。吸入麻醉可控性好，但在手术强刺激时往往一时难以满足需求，静吸复合麻醉是临床上广泛使用的方法，可取两者的优点，扬长避短。在作者医院中对CABG病人常规使用大剂量芬太尼(50～80μg/kg)麻醉，同时间断吸入低浓度异氟烷辅助，麻醉效果令人满意。

切皮、锯胸骨及穿钢丝关闭胸骨是手术中刺激最强烈的操作步骤，所以应在切皮前及时加深麻醉，我们的做法是在切皮前2min静脉推注芬太尼10～20μg/kg或静注丙泊酚0.5～1mg/kg。避免在此操作时由于疼痛导致的心率加快、血压升高。如果麻醉加深后不能控制血压和心率，则须用β受体阻滞药(如艾司洛尔)来控制。一般情况下，冠心病人心率维持在60～70bpm，收缩压维持在90～100mmHg不会引起供氧不足。

**(三) 麻醉中的监测**

要在麻醉中维持好心肌氧供与氧耗的平衡，保证病人安全，就必须使用各种监测。如动脉血压、中心静脉压、温度、血气、电解质等。下面将对某些特殊监测重点讨论。

1. 心电图监测　心电图是CABG麻醉中不可缺少的无创性监测，可监测心率、心

律，以及心肌缺血的变化，整个麻醉过程要持续监测，麻醉医师要经常注意心电图的变化，特别是ST段的改变。如3个导联电极的位置为右上肢(RA)、左上肢(LA)及左下肢(LL)，术中可监测6个导联，即Ⅰ、Ⅱ、Ⅲ、aVR、aVL及aVF。冠心病人监测术中心肌缺血最为重要，而在此6个导联监测到ST段变化成功率却很低，它们分别为Ⅰ(0%)、Ⅱ(33%)、Ⅲ(13%)、aVR(2%)、aVL(0%)、aVF(10%)。通常V5监测到ST段变化的成功率较高，约75%。由于目前手术野均采用塑料薄膜贴敷防止污染，故可变通将左上肢(LA)的电极板移置于V5的位置。此时Ⅰ导联所表达的即为V5的信息，此种联结称为CS5。Ⅱ+CS5可100%监测到左心缺血时ST段的变化，但对右心缺血仍不能探知。如须监测左、右心缺血，则须要5个导联线，将胸前电极放置在右侧第5肋间与锁骨中线交界处，此导联称为V4R。Ⅱ+CS5+V4R即可100%监测到左、右心缺血时的ST段改变。关于心肌缺血的诊断标准，近来美国心脏病学会建议在"J"点后60ms～80ms处ST水平段或降支段下降0.1mV为准(1mm=0.1mV)。

由于麻醉过程中麻醉医师需要处理的事项甚多，因而ST段的变化常未被及时发现而遗漏。近年来发展的"ST段自动分析监测系统"利用计算机认定QRS波，确定其等电位线并对ST段进行自动分析比较，实时得出结果并发出警报，同时将资料连续记录贮存以备回顾查看其趋势。例如Marquette电子公司系统采用监测Ⅰ、Ⅱ及V5导联，将电位线定于QRS波前16ms，比较分析QRS波后40ms处的ST段变化，分析点可随意调节。计算机将3个导联中ST段的位移，无论是抬高或降低均加在一起绘制出ST段位移变化图，上移越多表明缺血越重。该系统能及时监测到细微的ST段变化，麻醉医师可以随时进行处理，能使术中缺血发生率由17%降至6%。

2. 经食管超声心动图监测　经食管超声心动图(transesophageal echocardiography，TEE)，在欧、美等国家已成为CABG麻醉中常规的监测方法之一。在监测心肌缺血上TEE优于心电图。心肌缺血后的最早表现为心肌舒张功能受损及节段性室壁收缩运动异常，在动物实验完全阻断冠脉血运后10～15s，节段心肌即表现运动减弱(hypokinesia)，5～20min后组织学发生改变，30min后节段心肌表现为无运动(akinesia)，60min后发生不可逆性心肌梗死，节段心肌表现为反向运动(dyskinesia)。临床在PTCA的病人也观察到当球囊扩张使血流减少50%时，节段心肌便表现为运动减弱，当血流减少90%～95%时即表现为反向运动，而心电图ST段的变化在冠脉血流减少20%～80%时比节段性室壁收缩运动异常晚出现10min，在血流减少>80%晚出现2min。当血流为0时晚出现30s。由于乳头肌水平心肌的供血与3根主要冠状动脉均有关，故将超声探头放置食管内中乳头肌水平进行短轴扇面监测，可连续观察室壁运动情况。观察指标有两个，即当心肌收缩期观察心内膜面向内位移的距离，同时观察心肌厚度的变化。观察到的心肌运动异常的范围往往比真正梗死区域要大，因梗死区邻近的心肌与梗死区的心肌交织在一起而受牵连，运动也会被动减弱，在这个部位心肌厚度的变化更为准确。

3. 心肌耗氧量的监测　术中耗氧情况，可通过一些间接指标来粗略估计。

(1) 心率收缩压乘积(rate-pressure product，RPP)：RPP=心率×动脉收缩压。在运动负荷试验时，大部分冠心病病人在RPP>12 000时发生心绞痛。在相同的RPP时，心率的负荷较压力负荷更易引起心肌缺血。故麻醉时，可用RPP作为心肌耗氧的

指标，最好维持在12 000以下。

(2) 三联指数：三联指数＝心率×动脉收缩压×肺毛细血管楔压(pulmonary capillary wedge pressure，PCWP)。由于LVEDP亦是心肌耗氧量的一个重要因素，所以术中如有PCWP或左房压(left atrial pressure，LAP)监测时，可将此参数乘以RPP中，三联指数应维持在150 000以下。有时PCWP的变化比心率或动脉收缩压出现早，故三联指数能比RPP更早地显示出变化。关于心电图监测及血流动力学监测结果的关系，有研究者根据21例CABG病人的观察结果，发现有ST段改变组与无ST段改变组间的差别主要在于心率(有改变组为92±5，无改变组为77±4)及RPP(有改变组为13 466±938，无改变组为11 048±285)。另一学者亦发现心肌耗氧量与心率间的关系为r＝0.79，与RPP间的相关为r＝0.83，与张力时间指数的相关系数为r＝0.80。因此，可以认为心率及RPP是监测心肌既简便而又可靠的指标。

4. 肺动脉导管在监测中的应用　肺动脉导管是Swan和Ganz两位医师发明并应用于临床的，用经皮穿刺的方法将尖端带球囊的长管送入右心房，球囊随血流漂浮到肺动脉内，又称为Swan-Ganz漂浮导管。经颈内静脉或锁骨下静脉穿刺放置Swan-Ganz漂浮导管结合动脉压的监测，可以获得血流动力学变化的全部信息，能及时地、全面地了解病人的循环情况，使麻醉医师能够及时、准确地处理。放置Swan-Ganz漂浮导管有一定的难度，创伤较大，操作不当可引起严重的并发症，应由经验丰富的麻醉医师来完成。为了节省医疗费用，不必常规使用。但下列情况下应该使用：①EF＜50%；②近期发生心肌梗死或不稳定性心绞痛；③左心室壁有明显的运动异常；④休息状态下LVEDP＞18mmHg；⑤心肌梗死后发生室间隔穿孔、左室壁瘤形成、乳头肌断裂导致二尖瓣反流、充血性心力衰竭；⑥急诊手术；⑦复杂的多项手术；⑧CABG术后再次手术；⑨年龄＞70岁。

腔肺动脉导管一般只能监测到病人的右房压、肺动脉压、肺毛细血管楔压及间断的了解心排出量。肺毛细血管楔压可间接反映左心状况，所以可代表左房压。近年来，由美国推出的6腔和7腔肺动脉导管除具有上述功能外，还能连续地测定混合静脉血氧饱和度，连续显示CO、CI及LVEF等，对监测左、右心衰竭帮助很大。6腔肺动脉导管除功能多，提供的信息准确外，不用注射冰水，减少了麻醉医师的许多麻烦。我们在麻醉中发现部分重症病人的血压在正常范围，但CO、CI低，并且有持续下降的趋势时，如不及时用正性肌力药辅助，时间一长血压难以维持稳定。所以，对部分重症病人尽管血压正常，当出现PCWP、肺动脉压、右房压升高，CO、CI、EF下降时，应使用正性肌力药物支持循环功能。

肺动脉导管在冠脉搭桥术中对麻醉医师稳定血流动力学具有重要的指导作用。肺动脉导管监测可同时了解病人的血容量、肺循环和体循环末梢阻力、心脏指数及心脏做功等各种情况。当发现轻微的异常时，经及时处理，使其维持在最佳状态，达到治疗的目的。如术中出现高血压，并伴有PCWP升高，可能会引起左心衰竭及心肌缺血。此时，应加深麻醉，静滴硝酸甘油或尼卡地平。如CI较低而SVR较高，应增加硝酸甘油等扩血管药物的剂量扩张外周血管，降低心室的后负荷，视血压情况使用多巴胺等正性肌力药物增加心肌收缩力。如CVP和PCWP低，说明有效循环血量减少，应补充液体容量。如心率过慢，则应给予阿托品，如心动过速应及时用艾司洛尔或新斯的明纠正。

**(四) 呼吸管理**

麻醉诱导前用面罩吸纯氧，提高动脉血氧分压，增加机体氧储备。气管内插管后用麻醉呼吸机维持呼吸，麻醉过程中既要防止通气不足，造成 $CO_2$ 蓄积，又要避免通气过度。通气过度造成 $PaCO_2$ 过低，可促发冠状动脉痉挛，减少冠状动脉的血流量，血液偏碱可使氧解离曲线左移，不利于心肌组织摄取氧气。通气不足造成 pH 值过低，影响心肌收缩力。因此搭桥术中应维持 $PaCO_2$ 在 35～40mmHg。

**(五) 血管活性药物的应用**

对冠心病病人在麻醉过程中，常常使用血管活性药物支持心功能，如血管扩张药、钙通道阻滞药、β受体阻滞药等。

1. 血管扩张药　对冠心病病人临床上常用的血管扩张药为硝酸甘油，它以扩张小静脉为主，通过减少回心血量，降低室壁张力，同时扩张外周血管，减小心肌氧耗，并增加狭窄冠脉远端的血流灌注，增加心肌氧供，从而达到改善心肌供血的目的。麻醉诱导后可以静脉持续点滴或持续静注，首先以 0.5μg/(kg · min)的剂量输入，然后酌情调整剂量。硝普钠对动脉血管有很好的扩张作用，很多学者认为，它对冠心病病人可引起“窃血”现象，反而不利于治疗。出现“窃血”的原因简述如下：

当冠状动脉的一条分支发生狭窄，其远端的阻力血管已最大扩张(运用储备和自动调节)以保证正常的血流量。此时，若给以强扩张血管药物，将使其他正常心肌内的阻力血管扩张，增加血流；而狭窄远端心肌的血流不能再增加(阻力血管原已最大扩张了)，反而会减小(其灌注压因正常区域心肌扩张而有更多的下降)。此时，从表现上看，狭窄远端心肌的血流仿佛被正常区域所“窃去”，这种分流严重时，可出现狭窄远端心肌的缺血损害，且容易发生在心内膜下心肌。这一情况在理论上和动物实验中已得到证实(如双嘧达莫、硝普钠等)，有缺血症状加重的表现。这一现象为合理使用扩血管药物治疗提供了参考。但严重高血压时，心肌的氧耗量显著增加，在用硝酸甘油控制无效的情况下，可短时间同时慎重并用硝普钠，其目的是为了降压，当血压得到控制后即可逐渐停用。

2. 钙通道阻滞剂　地尔硫䓬及维拉帕米均无明显增加冠状血流或减小冠状血管阻力的作用，然而却有抑制心肌收缩及传导系统的作用。尼卡地平(nicardipine)是种新型短效二氢吡啶类钙通道阻滞剂，它有特异性的扩张冠状血管及抗冠状动脉痉挛作用，对心肌的抑制作用轻微，也具有降低体循环血压和外周血管阻力的作用。其 $t_{1/2}\pi$ 为 14min，$t_{1/2}\beta$ 为 4.75h，常用剂量为 0.5～1mg 静脉滴入，6min 时达到最大效果，作用时间可维持 45min，也可以 3～12μg/(kg · min)持续点滴给药。

3. β受体阻滞剂　普萘洛尔是临床应用最广泛的一种β受体阻滞剂，它对β1 及β2 受体均有阻滞作用，使心率、心肌收缩力及血压均下降，从而降低氧耗量，缓解心肌缺血。它主要用于治疗房颤、房扑或阵发性室上性心动过速，每次静脉注射 0.1～0.5mg，它的半衰期 3～6h。

柳胺苄心定(labetalol)对β和α受体都有阻滞作用，对β受体是非选择性的，且比对α受体的作用要强 4～8 倍。但其降压作用比普萘洛尔明显得多，故常用来同时降低心率和血压，常用剂量为 0.5～1mg/kg 静脉滴入，它的半衰期为 3.5～4.5h。

艾司洛尔是一种新的超短效 $\beta_1$ 受体阻滞剂，它的半衰期仅为 9min，因此特别适用

于手术期。它对缓解心肌缺血很有效并且能改善心肌舒张功能。它在左心室功能严重受损，肺毛细血管楔压高达15～25mmHg的病人中应用也很安全。它可以降低心率、血压、CI及RPP，但对PCWP无明显改变。给药方法常先以静脉0.5～1.0mg/kg单次给药，然后以6～12mg/min持续点滴。

**（六）温度的管理**

对CABG病人麻醉中温度管理很重要，术中温度低（中心温度＜36℃）可造成术后一系列问题，如高血压、酸血症、心肌缺血、凝血功能障碍等。我们在临床实践中，发现很多病人由于术中CPB复温温度不够（鼻咽温常低于36℃），病人在手术室中在麻醉状态下尽管血压、心率维持令人满意，水、电解质正常、酸碱平衡稳定。当送入重症监护治疗室（intensive care unit，ICU）后，在病人开始苏醒时发生寒战，血压上升、心率增快，心电图ST段上抬，皮肤颜色暗淡，四肢厥冷，血气pH显著偏低、BE呈负值，有时达－8.0，－10.0。此时的温度肛温仅35℃或34℃。经紧急复温把中心温度复到36.5℃以上后，病人情况得到改善，以上症状消失，血压急剧下降，表现为低血容量性低血压。

温度过低还可以引起冠状动脉和乳内动脉痉挛，导致心肌缺血。所以，在CABG病人的麻醉中，应常规监测鼻咽温、肛温，CPB复温应将鼻咽温恢复到37℃、肛温36.5℃才可停机。手术中，所输入的液体和血液要预先加温。有条件时可用加温毯辅助保温和升温，以保持病人温度始终＞36.5℃。

## 三、手术后处理

CABG病人术后处理的难易程度与术中麻醉或体外循环是否平稳有着密切的关系。另外，也是最重要的因素，即手术效果的好坏（移植血管的通畅与否），对病人术后恢复的顺利与否关系十分密切。无论OPCABG或CPB下完成的CABG，其处理如下：

**（一）心功能维护**

心脏功能的维护是CABG术后处理的重点，判定心脏功能好坏的指标有血压、CVP、CO、CI、尿量等。手术后要继续监测这些指标，通过补充血容量和/或正性肌力药物的应用来维持循环稳定。

1. 血容量的调节　多数病例术后短期内血容量不足，须及时补充。否则，循环难以维持稳定。血容量不足的判定标准，主要根据血压、CVP、LAP等。如病人血压低、CVP和LAP低、心率快时，表明血容量严重不足，须积极补充。若病人血红蛋白已达到100g/L，胸腔引流液无显著增多，可补充血浆代用品。对有活动性出血的病人，则要补充全血或浓缩红细胞加血浆代用品。

2. 止性肌力药物的应用　对术前心功能差的病人和术后心脏功能下降的病人，应使用正性肌力药物，增加心肌收缩力，提高心功能。即使术前认为心脏功能好的病人，经补充循环血容量后，出现血压低、CVP、PAP、PCWP和LAP高，或CO、CI低于正常值时，必须使用正性肌力药物，直到循环稳定时为止。

儿茶酚胺类正性肌力药物通过作用于心肌细胞上的β受体，增加心肌细胞内的环

磷酸腺苷(cyclic adenosine monophosphate,cAMP),cAMP作为第二信使促使细胞内的钙离子增加,心肌收缩力增加。另外,磷酸二酯酶抑制剂减少cAMP降解,增加细胞内cAMP。洋地黄抑制钠-钾-ATP酶活性,促进细胞膜钠钙交换,增加细胞内钙离子。由于洋地黄起效慢,作用弱,而且安全治疗范围小,在术后心力衰竭治疗应用受到限制。以下简单讨论一下临床常用的正性肌力药物。

(1) 异丙肾上腺素:异丙肾上腺素是最强的β受体兴奋剂,作用在心脏的$\beta_1$受体和$\beta_2$受体。它在增加心肌收缩力(正性肌力作用)的同时,也加快心率(正性时效作用),甚至心律失常。因此,限制了它的临床应用。冠心病人术后,异丙肾上腺素引起的心动过速和外周血管扩张,增加心肌的氧耗并且降低心肌灌注压,加重心肌缺血。对冠心病人很不利。

(2) 多巴胺:多巴胺是去甲肾上腺素的前体。它通过释放心肌去甲肾上腺素和减少它的再摄取而发挥治疗作用。在慢性充血性心力衰竭的病人,心肌去甲肾上腺素储备减少,多巴胺在这类病人的作用可能减弱。与多巴酚丁胺相比,多巴胺的兴奋α受体作用可以升高肺动脉压,肺循环阻力和增加左室充盈压。小剂量多巴胺[＜4μg/(kg·min)]通过作用于肾脏的多巴胺受体,增加肾血流灌注。剂量超过10μg/(kg·min),临床表现心动过速,血管收缩。多巴胺适用于须要正性肌力作用的同时还须要血管收缩作用的病人。

(3) 多巴酚丁胺:与多巴胺相比,多巴酚丁胺以兴奋β受体为主,增加心肌收缩力的同时扩张外周血管,降低舒张压。多巴酚丁胺的作用与异丙肾上素腺相似,但其增加心率的作用不明显。有研究证明,它在增加心肌氧耗的同时也增加冠状动脉血流。当心率增加时,心肌氧耗的增加超过冠状动脉血流的增加。

(4) 肾上腺素:肾上腺素是一种强肾上腺素能兴奋剂,小剂量(＜3μg/min)以β受体兴奋为主。增加剂量可兴奋α受体,血管收缩和心动过速。对于术后急性心衰,肾上腺素和去甲肾上腺素增强心肌收缩力,维持适当灌注压,常常作为首选药。目前的研究证明,相同正性肌力作用剂量的肾上腺素引起心动过速少于多巴胺和多巴酚丁胺。小剂量对冠心病人可扩张心肌小动脉和静脉,增加心肌血流。

(5) 去甲肾上腺素:对α和β受体都具有强的兴奋作用,它的优点在于保持冠状动脉灌注压的同时并不增快心率。因此,对于缺血和再灌注的心脏更有益。它在小剂量时就表现出α作用。通常只有在灌注压低的情况下,才选择去甲肾上腺素。尽管它具有较强的β受体兴奋作用,但是增加心排出量的作用并不明显。由于容量血管收缩,应用去甲肾上腺素时常伴有心室充盈压升高。

临床上使用正性肌力药时,合用硝酸甘油、硝普钠或酚妥拉明等血管扩张剂,可部分对抗去甲肾上腺素的血管收缩作用。小剂量多巴胺可抑制肾血管收缩引起的肾血流减少。保持心排出量在正常范围,可减少脏器缺血的发生。

(6) 磷酸二酯酶抑制剂:具有正性肌力作用和血管扩张作用。其作用不依赖于胆碱能受体。磷酸二酯酶抑制剂选择性抑制磷酸二酯酶的活性,增加细胞内cAMP,增加心肌收缩力,使血管平滑肌舒张。增加心排出量,降低肺毛细血管嵌入压,降低体循环阻力和肺循环阻力。血管平滑肌细胞内cAMP和环磷酸鸟苷(cyclic guanosine monophosphate,cGMP)的增加都将引起血管扩张。硝酸甘油和硝普钠在体内通过释放一氧

化氮(nitric oxide,NO),增加细胞内的 cGMP。β受体兴奋或抑制磷酸二酯酶活性,增加细胞内的 cAMP。cAMP 促进血管平滑肌肌质网对钙离子的摄取,减少胞浆钙离子,使得血管平滑肌舒张。磷酸二酯酶抑制剂通过其正性肌力作用和降低后负荷增加心排出量,从而降低体循环阻力、心室壁张力。这是磷酸二酯酶抑制剂与其他儿茶酚胺类正性肌力药物的区别。这两种药物常可以合用。儿茶酚胺类药物对心肌的作用取决于心肌细胞对 $\beta_1$ 受体有反应能力。在术前慢性充血性心力衰竭的病人,由于肾上腺素受体的"递减调解"使得心肌细胞受体数目减少。临床并不少见术后治疗这类心衰病人时,即使增加儿茶酚胺类药物剂量,正性肌力作用并不随剂量增加而增加。磷酸二酯酶抑制剂不通过β受体起作用,所以与儿茶酚胺合用,可以显著增加心肌细胞内的 cAMP 水平,增强心肌收缩力,减少各自单一用药的副作用。临床研究也证实了多巴胺及去甲肾上腺素与氨力农(amrinone)合用的优点。目前,临床常用的磷酸二酯酶抑制剂主要有氨力农和米力农(milrinone)。

氨力农的血浆治疗浓度为 1.7μg/ml。为达到这个治疗浓度常常须要先给一个负荷剂量 1.5～2.0mg/kg。为避免过度的血管扩张作用所致的血压降低,负荷剂量要在 5～10min 内输入,或以 40μg/(kg·min)在 1h 内持续输注。然后,以 5～20μg/(kg·min)持续静脉输入

Goenen 等研究了 15 例术后低心排的病人,持续输注氨力农 12h。10 例病人心指数增加 31%,左、右心室充盈压分别降低 26%和 28%,其余 5 例对儿茶酚胺及主动脉内球囊反搏(intra-aortic balloon pump,IABP)反应差的顽固性心衰的病人,最大剂量达 20μg/(kg·min)。氨力农明显增加心排出量,最高达 60%,肺毛细血管楔压降低高达 29%,心率和血压无明显改变。

米力农的正性肌力作用比氨力农强 10～30 倍。目前,临床建议的负荷剂量是 50μg/kg 在 10min 内静脉输注。然后,以 0.375～0.75μg/(kg·min)的剂量持续静脉输注。

Feneck 等对 99 例心脏术后合并低心排病人的研究,发现静脉输注米力农 12h,明显增加心排出量,降低肺毛细血管楔压。

心脏功能差的病人经使用正性肌力药物治疗后,心脏功能即可得到改善,心肌收缩力增强,循环稳定性提高。若经积极治疗后循环状况仍得不到改善,血压难以维持,应考虑严重的心力衰竭。心力衰竭多在左心和右心,可根据 CVP、LAP 和临床表现来鉴别。术前放置 Swan-Ganz 漂浮导管,对此类病人的诊断和指导治疗十分重要。出现严重心力衰竭时,除用正性肌力药物治疗外,应用 IABP 治疗十分有益。

**(二)肺功能维护**

术后继续用呼吸机通气治疗,潮气量要适量,避免二氧化碳蓄积的同时,又要防止通气过度。对痰多的病人要经常吸引。术后 1h 应照床旁 X 线片,主要观察:①气管插管位置和深度,有异常时,要及时调整;②有无肺不张,气管插管过深和/或黏痰堵塞支气管均可导致肺不张,有的肺不张与手术导致的肺表面活性物质减少有关,处理除调整插管深度和吸痰外,可用麻醉机手控加压膨肺;③肺纹理状况,如果肺纹理粗,要考虑到肺水含量过重的可能,应控制晶体液入量,限制钠摄入,并用利尿药。

病人神志清醒,血流动力学稳定,肌力恢复,咳嗽吞咽反射活跃,体温正常,酸碱平

衡、胸部X光片正常，胸腔引流液不多，无再次开胸止血的可能时，应尽量早停止呼吸机，拔除气管插管。

对体温过低的病人，不应急于拔管，应镇静待体温恢复正常后，才可考虑拔管，以免病人清醒时低温带来的副作用。病人清醒后，由于气管插管的刺激，常使病人应激反应增强，表现为心率加快，血压增高，特别是术前合并高血压的病人，血压可急剧上升。此种反应对CABG术后的病人极为不利。处理不好，可导致心肌缺血。为预防应激反应，可在拔除气管插管前，静脉注射β受体阻滞剂，艾司洛尔是首选的药物。当病人血压和心率得到控制后，迅速吸引清除气管内和口咽腔分泌物，然后拔除气管插管，并立即用面罩吸氧。

**（三）心肌缺血的预防和治疗**

CABG术后，心肌缺血的预防和治疗是处理的重点之一，除控制心率，降低心肌氧耗，维持循环稳定外，其他措施也不可忽视，包括应用抗心肌缺血药物，使用抗凝药物防止血栓形成，保持移植血管的通畅等都十分重要。

1. 抗血栓形成药物　CABG术后6h，如引流液不多（<50ml/h），循环稳定，可静脉一次性注射普通肝素钠0.25～0.5mg/kg，每6h 1次。拔除气管插管后，若无呕吐等现象，可口服肠溶阿司匹林或巴米尔0.1～0.3g，每天1次。对高凝状态的病人和血管条件差的病人，要延长静脉抗凝的时间。

2. 抗心肌缺血药物　CABG术后，应继续用硝酸酯类、钙通道拮抗剂等药物治疗，有些病人术后须使用数天，气管插管拔除后，能口服的病人可改用口服。但是，对重症病人，由静脉给药效果更可靠。术后早期，应每天做心前多导联心电图，监测心肌有无缺血发生。必要时，监测血液心肌酶变化，对术后心肌缺血的诊断有很大帮助。

冠状动脉痉挛可导致心肌严重缺血，处理不及时可造成心跳骤停，病人死亡。冠状动脉痉挛多发生在未移植的冠状动脉和用动脉作材料的移植血管。术后造成冠状动脉痉挛的原因很多，也很复杂。主要有疼痛、低温导致的寒战反应，鱼精蛋白反应、过敏反应、严重心律失常、严重低氧血症等。有人报道，CABG术后用尼卡地平对冠状动脉痉挛的预防和治疗效果显著，且优于硝酸甘油。

**（四）其他处理**

1. 血清钾的处理　CABG术后早期血钾应维持在4.0～5.0mmol/L之间。虽然CABG病人术后早期尿量较多，但血钾的排泄并不多。在心电图没有室性异位心律的情况下，不必要高浓度补钾，一般以0.6%～0.9%的浓度即可。如果术后尿量多，心电图有室性异位早搏和血钾<3.5mmol/L的病人，高浓度（1.5%）补钾十分必要。在补钾过程中，要严格控制补液速度，及时复查，防止高钾血症的发生。

2. 高血压的处理　据报道，CABG术后高血压的发生率在15%～45%，特别是术前有高血压史的病人。术后血压升高的原因是麻醉作用消失，气管插管刺激，疼痛刺激，病人交感神经张力增高，内生性儿茶酚胺释放增加，介质释放，低温导致的外周血管收缩等。术后高血压若不及时处理，将增大心肌耗氧，导致心肌缺血，增加出血量，严重者导致脑血管意外。

对高血压的处理，除针对原因外，主要用血管扩张药治疗。硝酸甘油以扩张小静脉为主，对高血压的控制效果往往较弱，硝普钠对小动脉有较强的扩张作用，但有人认为

对 CAD 病人可导致冠脉“窃血”，必要时可慎用。尼卡地平等钙拮抗剂对周围动脉和冠状血管都有扩张作用，值得提倡使用。

3. 糖尿病人的处理　由于手术刺激和麻醉影响，病人血糖可显著上升，术前血糖正常的病人，经体内调节术后血糖可恢复到正常水平。糖尿病病人由于胰岛素分泌功能下降，自身调节能力减弱，血糖升高后很难自行恢复到正常水平，血糖严重增高的病人（血糖＞19.4mmol/L）常常导致高血糖性昏迷，对此应引起高度的重视。

对术前合并糖尿病的病人，要加强对血糖的监测，要控制糖的入量。血糖轻度或中等增高病人，可用胰岛素皮下注射治疗；对血糖严重增高的病人，可首次静脉注射胰岛素 5 个单位，然后静脉持续输注。在用胰岛素治疗期间，注意扩容，适当补充钾离子。如出现代谢性酸血症时，应用碳酸氢钠纠正。

4. 手术后疼痛治疗　CABG 术创伤较大，术后疼痛可引起一系列并发症，如高血压、出血、肺不张等。据报道手术后的剧烈疼痛可使冠心病病人冠脉痉挛，引起心肌缺血，导致病人心跳骤停而死亡。因此，要引起足够的重视，CABG 术后应常规给予镇痛，以策安全。

（卿恩明　王　刚）

## 第三节　体外循环下冠状动脉旁路移植术的麻醉

随着人类社会文明的进步，近年来先心病和风湿性瓣膜病发病率呈降低态势，而缺血行心脏病却不断增加。据最新针对中国中年人群完成的一项研究显示，1998 年至 2008 年间，中国男性冠心病发病率较以往同期将增加 26.1%，女性将增加 19.0%。中国每年死于各种冠心病的人数估计超过 100 万。北京男性冠心病的发病率排第一，在 50/10 万以上。据有关部门对北京居民的持续监测，急性冠心病发病率 1974 年为 21.6/10 万，到 2000 年则高达 47.9/10 万，心肌梗死的年平均增长达到了 4.32%。而 CABG 手术在国内开展的越来越普遍，治疗水平特别是麻醉水平，在大的心脏中心和专科医院与国际同步，达到很高水平。

关于心脏麻醉，特别是在一些非专科中心，多年来一直存在这样的问题，就是麻醉医生对心脏病的病生理、手术技术、围术期病情处理重视不够，而关注的重点仅是使用哪种药物，以及监测的技术操作而非监测内容的意义。正是由于对心脏病本身及其手术方法不了解，增加了对心脏麻醉的神秘感和难度预期。要做好心脏麻醉，绝不仅仅是照搬用什么药物和掌握几种穿刺技术，重点要掌握相关理论知识。其实，不论是体外循环还是非体外循环冠脉搭桥手术，抑或是室壁瘤切除并冠脉搭桥手术，其麻醉的原则都是一样的，麻醉方法也有很多共同之处。本章既然将这三部分内容分开阐述，则将阐述的重点也分开到各部分，以免在每一节中重复，但内容却是通用的。

### 一、CABG 手术的麻醉要重点考虑的两个问题

1. 保持心肌氧供需平衡是麻醉的关键　在麻醉过程中保持并改善心肌的氧供需平衡，维持循环功能稳定，从而减少心肌缺血的发生，是麻醉的基本原则。一些病人心

肌的供氧与耗氧平衡处于边缘状态，麻醉时应尽可能避免破坏其平衡状态。如术前已有心衰现象出现，则需经治疗心衰好转后才考虑手术。

决定心肌氧耗的因素包括心脏壁张力、心肌收缩力和心率。心室壁张力可以用Laplace 定律估算，其与心室大小和心室压力成比例。这样，心室越小，室壁张力越小，氧耗越少。心率增快，一方面增加心肌氧耗，另一方面还缩短了心脏舒张期在整个心动周期中所占的比例，而左室心肌灌注的大部分发生在舒张期。心肌氧供依赖于冠脉血流量和血液的携氧能力，而冠脉血流量决定于冠脉灌注压和冠脉阻力。冠脉灌注压可以由主动脉舒张压与左室舒张末期压之差（AoDP-LVEDP）表示。血红蛋白浓度和血氧饱和度或氧分压决定血液的携氧能力。心肌氧供需平衡的影响因素见图 8-2。

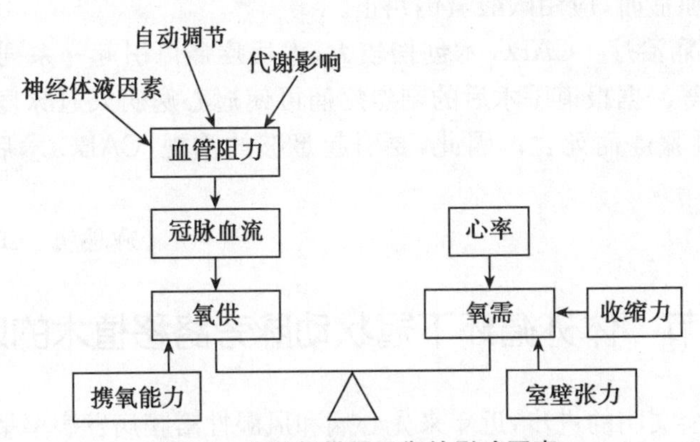


图 8-2　心肌氧供需平衡的影响因素

麻醉和血管活性药会改变心肌氧耗。低血压在减少氧需的同时也有减少氧供的可能。通过降低前负荷或后负荷可使左室缩小。心率可以用麻醉药、β 受体阻滞剂或钙通道阻滞剂进行控制。钙通道阻滞剂和硝酸甘油能够降低冠脉阻力。因此有人说，预防和治疗心肌缺血就是让心脏“慢、小和灌注好”，同时使心排出量足够满足生理需求。麻醉药对冠脉循环的作用是有争议的话题，麻醉性镇痛药、苯二氮草类药和其他辅助药可引起冠脉扩张，可能是抑制交感神经张力的缘故。吸入麻醉药对冠脉具有直接扩张作用，作用由强到弱依次为异氟烷、七氟烷、恩氟烷和氟烷，吸入麻醉药的全身血管扩张作用可通过降低心室壁张力而减少氧耗。但吸入麻醉药也具有很强的心肌抑制作用，在降低心肌收缩力同时减少心肌氧耗，对于心功能严重受损的病人，也可引起心室扩张并增加心肌氧耗，使心功能恶化。所以，理想的麻醉效果就是合理地辨证地运用麻醉和血管活性药所得到的结果。

围术期心肌缺血的发生半数以上不伴有血流动力学的变化，即与血压和心率的明显变化无关，提示缺血往往由心肌氧供减少所致（如冠状动脉痉挛或栓塞等），而非氧耗增加。

2. 心肌缺血表现及其处理　冠脉搭桥手术病人除急诊病人以外，手术前通常都已接受了药物治疗或内科介入治疗，特别是住院以后的对症处理，往往使病人心肌缺血症状有所改善和趋于稳定。即使如此，由于病变比较严重，病人术前精神紧张和焦虑，以及对麻醉和手术的应激反应，在围麻醉和手术期出现心肌缺血加重。所不同的是，在麻醉状态下，病人对心绞痛等不适没有主诉，只能靠麻醉医生通过对 ECG、TEE 和血流

动力学的变化进行判断。在冠脉搭桥的麻醉和手术过程中，ECG 发生变化非常常见，其中，在再血管化后发生 ECG 改变的大约有 60%。最常见的是 ST-T 的变化，这种变化经常是不需特殊处理，也不会造成不良后果。麻醉医生鉴别术中 ECG 变化的意义非常重要，第一要明确是否发生了心肌缺血(如远端血管栓塞、吻合口狭窄等)。第二要明确 ECG 改变是局部性的还是全心性的，前者可能与桥血管吻合有关，后者可能意味着心肌保护不好。当然，局部的冠脉血运不好也会造成其所辖区域的心肌保护有问题。第三要注意 ECG 的变化是否伴有心功能的恶化和心律失常。

如果是吻合口不畅，就需要术者处理。对麻醉医生来讲，主要的处理措施包括三个方面，第一是控制病人的心率和维持足够的冠脉灌注压，可以使用 β 受体阻滞剂。另外，硝酸甘油经常要使用，但要注意通过补液和血管活性药保持血压。第二是抗血栓治疗，主要是肝素和抗血小板药物。第三就是选择使用 IABP，对于严重冠脉狭窄，特别是重度左主干狭窄的病人，术前放置 IABP 对增加麻醉和手术的安全性有非常有利。术中药物治疗不能阻止心肌缺血加重导致心功能恶化的病人，果断使用 IABP 往往能取得意想不到的效果。有些心功能极差，如心梗后室壁瘤或室间隔穿孔等，考虑到体外循环脱机困难或脱机后心功能维持可能有麻烦的病人，在脱机前先放置 IABP，对病人顺利脱机和心功能良好转归非常有帮助。

## 二、麻 醉 处 理

### (一) 麻醉时的监测

室壁瘤手术的麻醉监测包含了麻醉的基本监测，如 ECG、$SpO_2$、$ETCO_2$、体温等，此外还包括心脏外科麻醉采用的监测技术，如有创动脉压监测、中心静脉压监测、肺动脉导管监测、TEE 等。在此对监测的一些问题进行讨论。

1. 循环监测　室壁瘤病人的麻醉、监测和诊断心肌缺血的变化情况非常重要，持续监测和记录 ECG 的变化比单纯示波器显示的诊断价值大，有研究表明单纯观察示波器的 ECG 变化，心肌缺血的漏诊达 50%以上，而动态 ST 段分析有助于对心肌缺血的早期诊断。由于心肌缺血发生在心脏的局部，所以根据术前冠脉造影有针对性地选择监测导联，会增加缺血诊断的敏感性。

由于在麻醉诱导和手术过程中，病人血压可能发生骤然变化，直观掌握血压的实时变化和趋势，麻醉医生才能及时主动地作出正确判断和调控。因此，有创动脉压监测是心脏手术麻醉的标准监测之一，多数情况下是在麻醉开始前局麻下完成穿刺，当然，如果病人心功能好，循环系统很稳定，在无创测压麻醉诱导的同时进行穿刺也无不当。桡动脉是最常选用的穿刺部位，因其方便安全。其他部位包括股动脉、足背动脉和臂动脉。正常情况下，足背动脉压力峰值比桡动脉高 5~20mmHg。

中心静脉压监测也是心脏手术的标准监测，通常要保证两腔以上，这是因为除了测 CVP 以外，经中心静脉给予血管活性药和补充容量是心脏手术麻醉所必需的。对于室壁瘤手术，解放军总医院常规放置两套双腔中心静脉导管，用于测压、输注血管活性药(硝酸甘油、多巴胺等)、输注麻醉药(丙泊酚)、术中补钾补钙、输注肝素或鱼精蛋白、采集静脉血标本(测 ACT)等。CVP 对于反映心肌缺血缺乏特异性和敏感性，但可以评

价严重心功能不全和容量状况。穿刺路径最多采用右侧静内静脉，其次为锁骨下静脉（锁骨下入路或锁骨上入路）、股静脉、左侧颈内静脉等。

针对肺动脉导管应用问题也一直有很多争议。最主要的原因在于，作为一项比较昂贵而且应用比较广泛的有创监测方法，没有充分的证据证明其有助于改善病人的医治结果，很多研究报道对该技术既有支持又有反对。最有争议的应该是1996年发表的一项研究，Connors等调查了接受加强监护的第一个24小时使用肺动脉导管与生存率之间的关系。这是一个前瞻性联合研究，包括了5家教学医院的整体超过9000例病人中的5735例病人，而且都是很危重的病人，预计半年死亡率超过50%。经过分析处理得出的结果令人不安，PAC监测的病人死亡率、住院时间和费用均增加。所以要解决PAC监测的功效问题，需要再进行随机临床对照研究，同时要丰富PAC监测的知识和提高PAC监测的技术水平。最新报道（N Engl J Med 2003；348：5-14），加拿大5个中心联合进行随机对照研究，选择60岁以上，ASA Ⅲ～Ⅳ级的高危老年病人，接受急诊或择期手术后进入ICU病房。在参加随机比较的1994例病人中，一组997例病人没有应用肺动脉导管，其住院死亡77例，死亡率为7.7%；另一组997例应用肺动脉导管的病人，住院死亡78例，死亡率7.8%。导管组肺动脉栓塞发生率高于非导管组，导管组和非导管组的半年生存率分别为87.4%和88.1%，一年生存率分别为83.0%和83.9%。没有看到肺动脉导管给病人治疗带来直接好处。

根据我们的经验，大多数室壁瘤病人需放置肺动脉导管。由于肺动脉导管能够提供更多的血流动力学信息，所以对于严重左心功能不全可能导致肺动脉压力明显升高的室壁瘤病人，我们还是选择放置肺动脉导管。室壁瘤病人如无明确禁忌，常规放置肺动脉导管并无不妥，反而会体验到它所带来的好处。

自1970年Swan和Ganz推出肺动脉导管以来，一直没有很明确的常规应用肺动脉导管的适应证，很多情况是靠使用者凭借经验和病人具体情况来决定使用。参照ASA指南在此列出CABG手术应用肺动脉导管的适应证如下，仅供参考：



（1）射血分数低于0.4

（2）左室壁运动明显异常

（3）LVEDP高于18mmHg

（4）近期心肌梗死或不稳定心绞痛

（5）心肌梗死并发症

a. 室缺

b. 左室室壁瘤

c. 二尖瓣反流

d. 充血性心衰

（6）急诊手术（时间允许放置PAC）

（7）联合手术

（8）再次手术

经食管超声（TEE）被认为是监测心肌缺血的敏感方法，心肌缺血的早期表现之一是心室舒张功能障碍。冠脉阻断后，左室舒张功能障碍是最早出现的异常改变，且常先于收缩功能异常。急性心肌缺血时，心室早期和晚期充盈功能均可异常。另一个最早出现的表现是心肌收缩功能改变，心肌缺血会引起节段性室壁运动异常（SWMAs），SWMAs是心肌缺血和心肌梗死的特异性敏感指标。在急性心肌缺血时，SWMAs出现比ECG表现早，或者是根本没有ECG表现。术中出现SWMAs的病人，发生心肌梗死的可能性增高。SWMAs的TEE特征为收缩期室壁运动幅度减弱、运动消失或反向运动；收缩期室壁增厚异常，即增厚程度减低、消失和变薄。

对于室壁瘤手术，TEE不仅能提供心脏结构和功能的高清晰度影像，而且能够实时显示心内血流的方向、流速和性质。手术中放置TEE探头比放置肺动脉导管更为安全快捷，能够获得更全面的心脏方面的信息，能及时观察和评价室壁瘤切除手术的效果。

2. 呼吸监测　由于室壁瘤病人中以老年病人为主，所以呼吸系统伴发疾病比较多见，也是老年病人围术期死亡的重要原因之一，因此要细心监护。脉搏氧监测目前在国内也已成为常规监测手段，它可以快速确定低氧发生。但与脉搏氧监测同样重要且更有价值的是呼出气$CO_2$监测，该监测在发达国家已作为术中基本监测方法之一，国内大中型医院多有采用。$P_{ET}CO_2$相当于肺泡和动脉$PCO_2$，由于存在少量生理死腔，$P_{ET}CO_2$正常情况下比$PaCO_2$低2～3mmHg，但在有慢性肺疾患时，这个梯度会明显增大。呼出气$CO_2$监测已成为确定气管插管位置的金标准。分析呼出气$CO_2$波形变化具有很多临床意义，波形突然消失可能是病人呼吸停止、呼吸机停止工作、回路连接脱落、或气道梗阻；波形逐渐消失可能是急性肺栓塞或心跳骤停；基线抬高可能是钠石灰耗竭、回路活瓣失灵、校正错误等；波形曲线平台变化可能是呼出气流受阻（斜形平台）或机械通气时膈肌活动（锯齿形平台）。

另外，血气监测对于室壁瘤手术病人与其他心脏手术一样是必需的，对于了解术中特别是CPB中和CPB后病人的酸碱平衡和水电解质平衡，以及血氧和二氧化碳分压、血球压积等情况，并及时进行纠正有重要价值。

3. 体温监测　术中特别要注意CPB前后的体温变化，CPB后由于复温不均衡，容易发生低体温，低体温导致术后寒战使机体氧耗增加400%～500%，并可引起心肌缺血和心律失常，使麻醉药物清除和术后苏醒延迟。尿蛋白丢失作为分解代谢的标志，在低体温老年人明显增加。术中体温监测可以将温度探头放置在食管、鼻咽腔、鼓膜、膀胱、或直肠等部位。除体外循环病人以外，以上部位温差很小。

4. 肌松监测　老年人的外周神经、骨骼肌及神经肌肉接头发生退化，肝肾功能降低使药物代谢和清除减慢。这些因素使老年人非去极化肌松药作用延长。另外，由于血液循环减慢，药物的起效时间和最大作用时间均延长。因此，有必要对老年病人监测神经肌肉阻滞情况，以便更好地掌握神经肌肉阻滞程度，指导肌松药使用，提示让病人苏醒和拔除气管导管的时机，关于CPB对肌松药的药效学和药代学的影响后面单独论述。监测可以采用常规的单次肌颤搐刺激、TOF、强直刺激、和强直后增强刺激。

### （二）麻醉药物的选择

对冠脉架桥并室壁瘤切除的病人，没有哪一种麻醉药适合或不适合，原则上是在了解各种麻醉药物对心血管系统的作用的基础上，根据病人情况，通过合理配伍，达到维持心肌供氧及耗氧间的平衡，保持心功能的稳定。

### （三）麻醉方法

近年来，冠心病病人接受CABG手术已经成为一个比较普通的心脏手术，麻醉方法和技术非常成熟。很多麻醉医生都使用了使病人术后早期拔管或“快通道”麻醉技术。但对于室壁瘤切除手术病人，通常要完成CABG和左室成型两个手术，而且术前病人心功能更差，所以麻醉通常以中大剂量芬太尼麻醉为主，监测内容更加全面，术后呼吸支持时间也更长。

1. 术前用药　临床上麻醉前用药主要有：①神经地西泮类药（镇静催眠药），②麻醉性镇痛药，③抗胆碱药，④抗组胺药和抗酸药。手术前用药的目的主要有两个，一是降低病人的精神敏感度，包括紧张、焦虑和恐惧；另一个是提供镇痛作用，降低病人对麻醉前操作（如血管穿刺）的痛觉敏感性。具体用药选择主要根据病人病理和生理状况、手术类别、麻醉方法等。对于冠心病病人，理想的术前用药可以通过上述两方面的作用，降低心肌氧耗，防止心绞痛发作。

心脏手术常用的术前药通常是苯二氮草类药、阿片类药和东莨菪碱。东莨菪碱在老年病人常引发精神副作用，但前两类药物与之联合应用可以消除其精神错乱或谵妄的副作用。苯二氮草类药抗焦虑作用强，还具有健忘作用，地西泮口服剂量为0.1～0.15mg/kg。吗啡常用剂量为0.1mg/kg肌肉或皮下注射。东莨菪碱通常是0.2～0.4mg肌肉注射。特别要注意，老年病人和全身情况差的病人，术前用药剂量要酌情减少，很多单位都有过这方面的教训。另外，在接受术前药物的病人行血管穿刺置管（输液或动脉测压）时，一定要同时给予吸氧，并监测心电图和脉搏氧饱和度。

2. 麻醉诱导　左室功能比较差的室壁瘤病人对麻醉药物和气管插管引起的呼吸循环反应耐受力降低，要求麻醉诱导尽量保持循环功能稳定，既要减轻麻醉药物对循环的抑制作用，又要降低气管插管心血管反应，这似乎是矛盾，但如果药物和剂量选择合理还是能够做到的。麻醉诱导基本上是采用静脉麻醉诱导，麻醉诱导前常规去氮吸氧，并在局麻下完成桡动脉穿刺测压。危重病人特别是左主干重度狭窄者，在进入手术室之前即予硝酸甘油溶液持续静脉滴注，其他病人在麻醉后尽快完成颈内静脉穿刺置管并泵注硝酸甘油溶液0.6～1.5μg/(kg·min)，持续至手术后。

由于麻醉过程中血流动力学可能出现突然变化，要提前备好血管活性药物。除了静脉泵注的，我们通常备有快速推注的药物包括去氧肾上腺素（25～50μg/ml）、多巴胺（1mg/ml）、阿托品（0.1mg/ml）、利多卡因（20mg/ml）。为减少手术操作时出现心律失常，可应用利多卡因1～1.5mg/kg。另外，术中注意补钾，使血钾在4.0mmol/L以上为宜。术毕常规放置临时起搏器备用。

（1）快速诱导气管插管法：对于择期手术，麻醉前判断无插管困难的老年人，可以选择快速诱导插管。目前可以选择的静脉麻醉药物较多，但对于室壁瘤病人，作者在此推荐使用咪哒唑仑联合氯胺酮或咪哒唑仑联合依托咪酯，另外再使用芬太尼和肌肉松弛剂。剂量要根据心功能、年龄和体重等相关因素进行个体化调整。

（2）健忘镇痛慢诱导法：是在给予适量镇静镇痛药基础上，保持病人清醒，并进行充分的表面麻醉后行气管插管。此法病人自主呼吸几乎不受影响，气管插管反应很小或没有。作为清醒气管插管方法，通常使用于困难插管和急诊饱胃病人。具体作法是：静注咪哒唑仑0.5～1.5mg和芬太尼0.05～0.1mg后，口腔喷雾1%丁卡因，行环甲膜

穿刺注入2%丁卡因2ml，待3min左右行气管插管。插管后迅速加深麻醉使病人入睡。

麻醉诱导期间，特别是诱导前和气管插管后，一些有高血压的病人容易出现高血压、心动过速、心律失常和ST-T改变，这对于冠心病病人尤其不利。对于诱导前血压过高通常不需要降压处理，尽快麻醉后，病人血压即可降至正常如不然可以应用乌拉地尔、佩尔地平或硝酸甘油等。硝酸甘油贴膜用于有冠心病、高血压的病人也有一定治疗和预防作用。由于心血管调节和代偿能力低，以及术前使用β-受体阻滞剂等原因，麻醉诱导中也常出现低血压和心动过缓，纠正低血压可以选用多巴胺1～2mg静脉单次或重复注射，心动过缓一般用阿托品0.25～0.5mg静注。掌握好术前安放IABP的指征，对于某些危重病人麻醉过程中的安全有重要作用。

3. 麻醉维持　麻醉维持既要保证足够的麻醉深度，减少应激反应，防止术中知晓，保持血流动力学稳定和维护重要器官功能不受损害，又要使病人麻醉后尽快恢复，减少麻醉并发症发生。麻醉诱导后到CPB建立，这段时间麻醉医生要控制好循环功能稳定。CPB过程中的麻醉维持，在中大剂量芬太尼基础上，持续静脉泵入丙泊酚3～4mg/(kg·min)，和/或吸入0.5%～1.0%异氟烷。

体外循环停机时，麻醉医生应和外科医生一起评估心脏功能和正性肌力药应用之必要。停机时心功能很好，补充液体达到理想的前负荷足以获得满意的血流动力学状态，开始可以通过体外循环泵来输注液体。给鱼精蛋白后，泵内尚存的血液经过血液回收装置处理后输给病人。

(1) 停机后肉眼观察心脏情况，并通过Swan-Ganz导管检查心输出量和肺动脉压。TEE用于评价心室功能和发现可能存在的问题。例如，新发生的局部室壁运动异常可能提示移植血管桥有问题需要补救。如果发现心脏内有气体，其可以进入右冠状动脉引起心室功能异常和心室膨胀，这种情况偶有发生。

(2) 在TEE监测下补充液体有助于确定满意的充盈压力，实际上经过一段时间的缺血停跳后，心脏的顺应性降低，要保持足够的血管内容量往往伴有较高的心室充盈压，表现为肺楔压和肺动脉压的升高，但随着心功能的改善充盈压会逐渐降低。

(3) 如果有必要用正性肌力药支持，开始时通常使用儿茶酚胺，如肾上腺素(1～2μg/min)或多巴胺[5～10μg/(kg·min)]。如果心脏表现仍不满意，使用氨力农或米力农对心脏负荷不大的病人非常有效。停机前提前使用可以改善术后心功能和氧传输，减少儿茶酚胺的需求。

(4) 如果心脏表现仍不理想，重新建立CPB，在降低心脏负荷的情况下重新转流，往往起到改善心室功能的作用。如果还不行，就有必要插入IABP。当以上措施均失败时，必须考虑使用循环辅助装置。

## 三、心肌缺血的预防和处理

对于室壁瘤手术病人，麻醉医生最为关注的除了麻醉本身，就是如何预防和治疗心肌缺血。国外有报道，CPB开始前心肌缺血的发生率在10%～50%，大多数清醒的冠心病病人的心肌缺血发作呈现无症状型，且与血压心率变化无关，对此没有明确解释。

但有些心肌缺血与血流动力学变化有关，心动过速伴低血压或左室充盈压增加，都会降低冠状动脉灌注压，从而打破心肌氧供需平衡。对于因缺血导致的血流动力学改变要积极处理，低血压要根据原因，通过补充容量，应用缩血管药物及正性肌力药物予以纠正；手术应激导致的高血压要通过加深麻醉和使用扩血管药物进行处理。

1. 硝酸甘油(nitroglycerin)　硝酸甘油在平滑肌细胞和血管内皮细胞中被生物降解产生NO，通过NO而起作用。以往认为硝酸甘油抗心绞痛作用是通过冠状血管扩张，现在认为是其降低心肌耗氧量，恢复心肌氧供需平衡。

术中预防性应用硝酸甘油被认为是冠心病治疗的有利手段。的确，硝酸甘油可以通过降低心脏前后负荷来减少心肌氧耗，从而预防缺血发生，还可能通过对冠状动脉的直接作用改善心肌灌注。术前硝酸甘油可用来治疗不稳定心绞痛、缺血性二尖瓣反流、减少心梗面积和相关并发症。对于OPCAB病人，小剂量硝酸甘油还能通过扩张静脉血管降低左室前负荷，使左室减小并降低室壁张力。大剂量还能降低外周动脉和冠状动脉阻力。硝酸甘油剂量在1.7±0.3至2.9±0.7μg/(kg·min)之间时，起效时间为4.1±0.8至7.8±2.8min。

硝酸甘油对于急性心肌缺血心室功能异常导致的左室舒张末期容积(LVEDV)、左室舒张末期压力(LVEDP)和肺动脉压(PAP)升高非常有效。对于CABG和室壁瘤手术病人，硝酸甘油使用优于硝普钠和钙通道阻滞剂。硝酸甘油对于冠状动脉痉挛有效，而且与钙通道阻滞剂合用作用更强。

CPB对硝酸甘油的药代学和药效学影响都很大。主要方面有CPB管道的摄取、局部血流的变化、血液稀释和低温，氧合器和滤器即可摄取50%以上。

2. 钙通道阻滞剂　钙通道阻滞剂是一组结构不同的能够选择性阻滞细胞膜上慢通道钙离子进入细胞内的药物。麻醉中应用钙通道阻滞剂用于预防和治疗术中心肌缺血、冠脉痉挛、高血压和心律失常。这类药物能抑制窦房结起搏点及房室交界处细胞的动作电位，可使心率减慢，房室传导速度减慢，不应期延长；可使血管平滑肌松弛而血管扩张，并使心肌收缩力受到抑制。因此其治疗心绞痛的机理在于一方面减少耗氧，另一方面由于冠状动脉扩张而增加供氧。但其作用存在很大差异，如硝苯地平(nefidipine)主要作用于平滑肌，对房室结没作用；维拉帕米(verapamil)主要作用于心脏传导系统，抑制房室传导，在治疗室上性心动过速方面效果显著；对血管平滑肌和心肌没什么作用。地尔硫䓬(diltiazem)和维拉帕米对于降低冠脉阻力作用不明显。

佩尔地平(nicardipine)是一个短效药物，对冠脉和全身血管都有扩张作用，但对冠脉的作用更强，能够降低血压和外周血管阻力。对心脏的抑制作用较小，用药后射血分数和心输出量增加，而对心脏传导没有影响。对缺血性心脏病的舒张功能也有改善。静脉注射剂量5～20μg/kg，清除半衰期3～5小时，主要在肝脏代谢，经胆汁和肠道排除。其快速起效和短效使其非常适于围术期高血压和心肌缺血，常用于CABG手术的血压控制。

3. 艾司洛尔(Esmolol)　艾司洛尔是一个新的超短效$\beta_1$-受体阻滞剂，因其被红细胞酯酶快速水解，半衰期仅9min，因此特别适用于围术期。它不被血浆胆碱酯酶水解，对缓解心肌缺血很有效并且能改善心肌舒张功能。在左心室功能严重受损，肺楔压高达15～25mmHg(2～3.3kPa)的病人也可以使用。它可以降低心率、血压、CI及RPP，

但对 PCWP 无明显改变。给药方法常以 0.3～1.0mg/kg 单次给药。

艾司洛尔在 CABG 手术中广泛用于控制高血压、心动过速和心肌缺血。当然，低血压也是其副作用。

（王　刚）

## 第四节　非体外循环下冠状动脉旁路移植术的麻醉

近年来 OPCABG 已愈来愈广泛地在临床推广应用。该技术的应用可避免 CPB 带来的许多并发症，如凝血机制紊乱、全身炎症反应、肺损伤、肾功能损害和中枢神经系统并发症等，还由于该方法对机体损伤小，术后恢复快，住院时间短，因此而节省医疗费用。目前 OPCABG 占同期所有冠脉搭桥手术的比例在我国许多心脏中心已经达到90％以上，并且适应证有逐步放宽趋势，如术前心功能严重低下，合并肾功能不全，呼吸功能障碍，脑血管意外的患者外科医生均倾向于选择 OPCABG 术。因此该技术的应用对麻醉医师提出了更高的要求。麻醉医师面临的挑战是如何维持术中心肌氧供需平衡，维持血流动力学稳定，保护心脑肺肾等重要脏器功能，预防、早期诊断和治疗在跳动的心脏上手术操作所带来的心律失常、低血压和心肌缺血等。

### 一、麻醉前的准备

术前 1 天承担任务的麻醉医师要去病房阅读病历，询问病史，了解病情。除病人一般情况外，还应了解冠脉造影结果，了解冠脉血管病变支数与病变部位，外科手术的部位和移植血管支数，综合分析后拟定麻醉计划。手术当天在病人进入手术室前，麻醉中使用的各种仪器、导管、除颤器、麻醉药、肌松药、急救药、加温设备等都应准备好。麻醉前用药同前述。

### 二、麻醉诱导和维持

#### （一）麻醉诱导

病人送入手术室后，首先监测心电图和末梢血氧饱和度，注意心电图有无异常改变，如病人出现室性早搏或/和 ST 上升或下降，这是危险的信号，表明病人心肌有缺血改变，应积极处理。可静脉注射利多卡因 1～1.5mg/kg，面罩吸氧、口含服硝酸甘油片或静脉滴注硝酸甘油，情况得到改善后才可行麻醉诱导。在局部麻醉下穿刺桡动脉监测血压，外周静脉针可选用 18G，如用粗的穿刺针应在穿刺前行局部麻醉，避免疼痛导致心肌缺血的发生。麻醉诱导应在有创血压监视下进行，对血压高、心率快的病人，应先静注艾司洛尔 0.5～1.0mg/kg。麻醉诱导时，无论采用何种药物，原则是病人不发生呛咳、挣扎、高血压、低血压和心动过速等，以维持心肌氧供需平衡。最常采用的诱导药是咪达唑仑或地西泮、依托咪酯等。咪达唑仑镇静效能强，入睡快，对血管无刺激性，但对心肌有较强抑制和血管扩张作用，静注后可出现低血压，当气管导管插入后，又可出现高血压。为避免此副作用，用小剂量咪达唑仑联合 γ-OH 等为好。肌松药可选用

维库溴铵或哌库溴铵，镇痛药可用芬太尼或舒芬太尼。近年来超短效的瑞芬太尼(remifentanil)为施行快通道麻醉(fast tracking)提供了便利条件。由于冠心病人长期服用地尔硫䓬、美托洛尔等药物，术前及麻醉诱导后病人心率缓慢，常常在50～60bpm，如果病人无主动脉瓣反流，血压稳定在正常范围内，可以不处理，足可以满足各脏器的灌注，对减少心肌耗氧量有益。

**(二) 麻醉维持**

麻醉维持的方法可采用吸入麻醉，静吸复合麻醉和静脉复合麻醉，目前最常用的方法是静吸复合麻醉。在吸入异氟烷的基础上复合芬太尼、舒芬太尼或瑞芬太尼。如病人须术后早拔管，芬太尼与舒芬太尼的用量要控制(总用量芬太尼$<20\mu g/kg$，舒芬太尼$<3\mu g/kg$)，用瑞芬太尼无术后呼吸抑制的顾虑。切皮、锯胸骨等步骤是手术强刺激阶段，在此操作之前要提前加深麻醉，以免疼痛反应导致心肌缺血。丙泊酚的应用对维持麻醉稳定很有帮助，可在血压高、心率快表明麻醉深度不够时静注0.5～1mg/kg。

非体外循环搭桥病人麻醉诱导后一般心输出量较低，而外周血管阻力较高，处于低排高阻状态。手术开始后在麻醉深度合适的情况下，即应加快硝酸甘油的输注速度，扩张外周血管，降低心脏的后负荷，降低心肌氧耗。一般在搭桥前硝酸甘油维持于0.5～$1\mu g/(kg \cdot min)$，可以看到桡动脉波形上升支变陡峭，心肌收缩有力，心脏充盈满意。表明心脏已处于良好的功能状态，为血管吻合做好了准备。

麻醉过程中既要防止通气不足，造成$CO_2$蓄积，又要避免通气过度。通气过度造成$PaCO_2$过低，减少冠状动脉的血流量，血液偏碱可促发冠状动脉或内乳动脉桥痉挛，导致心肌缺血，并可使氧解离曲线左移，不利于心肌组织从红细胞摄取氧气。通气不足造成PH值过低，影响心肌收缩力。因此搭桥术中应维持$PaCO_2$在35～40mmHg。

## 三、麻醉中监测和治疗

**(一) 心肌缺血的监测和治疗**

目前监测心肌缺血最适用的方法是TEE和心电图，TEE在早期诊断心肌缺血上有特异性，其准确率优于心电图。麻醉医师在整个麻醉过程中都要紧密观察心电图的变化。一般情况下，只要病人血压、心率维持稳定，麻醉中很少发生心肌缺血。发生心肌缺血的阶段是搬动心脏施行冠脉血管移植时或血管移植后。此时的心肌缺血多为急性缺血表现。

1. 急性缺血的原因　麻醉中心肌缺血的原因为：①麻醉不平稳，血流动力学波动大；②手术者搬动心脏或手术固定器压迫心脏过紧；③移植后的血管内有气泡栓塞或吻合口不通畅。

2. 急性缺血的心电图表现　①ST段改变：是心脏缺血时最常见的表现之一。面向心内膜下心肌缺血的导联表现为ST段降低。降低的程度在心前导联较肢体导联明显。在V5导联ST段可降低0.4mV以上，Ⅱ导联ST段降低一般为0.1mV左右，或伴有U波倒置。ST段降低的导联常见于V4～V6、Ⅰ、Ⅱ或aVL导联。急性透壁性、或心外膜下心肌缺血时，面向损伤面的导联表现为ST段抬高，常见于V2～V6导联，也见于Ⅱ、Ⅲ、aVF导联，ST段抬高凸面向上，有时伴有T波倒置，ST段抬高多由冠状

动脉痉挛所引起。急性心肌缺血所致的 ST 段改变，多为一过性，持续数分钟至 10 多分钟；②T 波改变：急性心内膜下或心外膜下心肌缺血，心前导联面向心内膜下心肌缺血时，T 波对称高尖，在心前导联可高达 1.0mV～1.5mV，可伴有 ST 段改变或 U 波倒置，或 Q-T 间期缩短。常见于 V4～V6、Ⅰ、Ⅱ、aVL 导联，T 波对称倒置。

3. 心肌缺血的预防和治疗　麻醉中维持血流动力学稳定，保持血压、心率的正常，对心肌缺血的预防很重要。麻醉诱导后，即开始静脉点滴或持续静注硝酸酯类或钙通道阻滞药，以降低左心室壁张力并使冠脉扩张改善心肌血流，预防心肌缺血。左前降支是冠脉病变最常见的血管，也是左心室供血的主要血管，在多支血管移植时，应首先用胸廓内动脉与该血管相吻合，建立血运可降低心肌缺血的发生率。吻合回旋支和后降支时是造成心肌缺血最显著的阶段，术者对心脏的搬抬和固定器对左右心室的压迫，常使心脏移位，扭曲，心肌收缩功能受到抑制，有些患者出现二尖瓣反流或者原有二尖瓣反流加重。由于头高足低位时心房位于低位，心室位于高位，不利于回心血量流入心室，如果心室流出道受压，心室后负荷增加，则心输出量急剧下降，表现为血压降低，心跳缓慢无力，心脏搬动后动脉血压常常不易恢复。此时应增加多巴胺的用量，增加心肌收缩力，升压药可以使用苯肾上腺素 0.1～0.2mg 分次注射，使收缩压＞90mmHg，平均压＞60mmHg。心率＜45 次/分时可以使用阿托品 0.2mg/次，使心率提高到 60 次/分。心率＞90 次/分时可以使用新斯的明 0.4～0.8mg，其通过增加迷走紧张而降低心率，作用温和，不影响心肌收缩力，也可以使用小剂量的艾司洛尔 10mg/次，可以多次注射，但应注意其对心肌收缩力的抑制。对于心功能差、合并二尖瓣轻中度反流病人，如多巴胺效果不好，可以使用直接作用的肾上腺素或米力农。有的患者冠脉血流阻断后，心肌发生缺血，表现为血压急剧下降，心电图 ST 段急剧上抬，甚至表现为单向曲线。表明相应心肌处于急性缺血状态，其侧支循环不健全，时间过久可以导致急性心肌梗死。此时应建议术者使用冠脉分流栓，加快输液速度，增加正性肌力药用量，努力维持循环稳定。如经处理后情况得到改善，对该方法熟练的术者可继续施行血管吻合术。若术者对该技术不熟练或情况进一步恶化时，应停止操作，让心脏立即恢复原位。最好建立 CPB 下施行 CABG。

当血管移植完成，病变的冠脉血流建立后，心肌供血立即得到改善，特别是严重冠脉狭窄血管所支配的区域，心肌颜色变得红润，收缩活动增强。如果移植血管丌放后，上升的 ST 段得不到改善，或继续抬高，证明移植后的血管血流不畅。有几种可能：①移植血管痉挛，可用罂粟碱稀释液喷洒血管表面；②移植血管内气体栓塞，可使用细针头扎入血管内排气；③吻合口不通畅，处理的唯一办法是拆除移植血管缝线，重新吻合；④移植血管内血栓形成，其原因多为所采取的血管质量欠佳或内膜严重损伤，处理的措施是另取血管重新移植。心肌缺血是可逆的，若心肌缺血不及时纠正，任其继续发展将会导致心肌梗死。

**（二）血流动力学的监测和治疗**

麻醉诱导后，穿刺颈内静脉或锁骨下静脉，放置中心静脉导管测中心静脉压（central venous pressure，CVP），其正常值为 8～12cm$H_2O$，低于此值时说明血容量不足，可补充晶体和胶体。高于此值，则证明右心功能欠佳或容量负荷过度，在搬动心脏施行血管移植时，中心静脉压往往上升。

对 CVP 高的病人，可静注呋喃苯胺酸（呋塞米）加速液体的排出，减轻心脏负担，或使用正性肌力药物，以加强心肌收缩力，必要时静注氯化钙，每次 0.5～1.0g。

一般在麻醉诱导前局麻下穿刺桡动脉持续监测血压的变化。有高血压史的病人，虽然术前用抗高血压药将血压控制在正常范围，但由于对手术的恐惧，麻醉前血压可急剧升高，有的病人收缩压超过 200mmHg。术前的高血压易导致心肌缺血，要及时处理，如静注地西泮镇静。无特殊情况，可施行麻醉诱导。冠心病病人在气管插管、切皮、锯胸骨等强刺激时可以发生应激性高血压，增加心肌氧耗，增加心肌缺血机会，因此应在刺激发生之前预先加深麻醉，尽量维持血流动力学稳定。

移植血管搬动心脏时，血压可发生剧烈波动，吻合右冠脉血管后降支时，心尖部向上抬 40°，心房位于低位，心室位于高位，使回心室的血量显著减少，心肌顺应性下降，可造成严重低血压及心肌缺血。此时 CVP 和 PCWP 均升高，但并不能代表右心室与左心室真正的前负荷。如固定器安装好后观察半分钟，血压维持在收缩压 90mmHg，无再下降趋势时，可施行血管吻合术。如果经用正性肌力药物调整后，仍不能维持血压正常，应松开固定器将心脏恢复原位。如此反复搬动心脏几次，可以起到缺血预处理的心脏保护作用，心脏将会对搬动到异常体位产生适应，而减少对血流动力学的影响。吻合冠脉远端血管时，须提升血压，吻合近端血管时，须控制性降压，以防止主动脉侧壁钳夹后导致严重高血压，增加心肌氧耗。

国外在 OPCABG 术中一般常规放置 Swan-Ganz 导管，我们主张对心功能差、病情重的病人麻醉诱导后穿刺右颈内静脉放置 6 腔 Swan-Ganz 漂浮导管，连续监测 CO、CI、混合静脉血氧饱和度（$SvO_2$）、EF、PAP 及 PCWP 等的变化，以便为治疗提供参考。据一些学者观察，当施行左前降支、回旋支血管吻合时，CI 可下降 17%，经用正性肌力药物支持后得不到改善，反而进一步下降，表明将发生心肌严重缺血，如不采取相应措施，会导致心室颤动。麻醉中对 CO、CI 低于正常的病人，可持续输注正性肌力药辅助。常用多巴胺 2～5μg/(kg・min)持续静脉注入，或肾上腺素 0.05～0.1μg/(kg・min)。异丙肾上腺素具有 $\beta_1$、$\beta_2$ 兴奋效应，可增加心肌收缩力，但它增加心率显著，对 CAD 病人显然不利。有人证实 CAD 病人用异丙肾上腺素治疗可引起心内膜下缺血，最终导致心肌梗死。心率过于缓慢时，可用阿托品提升。出现需临时治疗的低血压时，如果心率过快、血压低，可一次性静脉注入苯肾上腺素 0.5mg，心率慢的低血压，可静注多巴胺，每次 1～2mg。

**（三）心律失常的原因和治疗**

在 OPCABG 麻醉中，心律失常会经常发生，较常见的有心房纤颤、心室期前收缩和心室纤颤。

1. 心律失常的原因

（1）原有的心律失常：如病人术前应用大量利尿剂，造成隐性低钾血症和低镁血症，或心肌梗死区域累及心脏传导系统，或血液中儿茶酚胺等因素，均可导致病人心律失常。病人入手术室后，在麻醉诱导前心电图可呈现心房纤颤或心室期前收缩。

（2）手术操作导致的心律失常：多见于切开心包后，术者操作对心脏造成的机械性刺激，尤其是吻合移植血管时，手术者和心脏稳定器对心脏的刺激常可导致室性期前收缩，室上性心动过速，严重者心跳骤停。

(3) 低体温导致的心律失常:手术间室温过低,输入低温的库血、液体,病人体腔暴露过久,大量热能散发等原因,造成病人体温显著下降。当核心温度低于 35℃时,常可出现心律失常。

2. 心律失常的治疗　在 OPCABG 无论心房纤颤或心室期前收缩均可使左心室每搏量显著减少,从而影响血流动力学的稳定。应积极预防和治疗。其措施包括:

(1) 麻醉诱导后即开始静脉点滴氯化钾和硫酸镁,以保持血钾、血镁在正常范围。

(2) 当出现室性期前收缩时,可静注利多卡因 1mg/kg,一般在用药后数分钟,室性期前收缩即可消失或减少。必要时 10min 后可重复用药。

(3) 在切开心包和搬抬心脏前,可预防性静注利多卡因 0.5～1mg/kg。搬抬心脏时,动作要轻柔。当将心脏放回原位,经用抗心律失常药后再操作。

(4) 当发生室上性、室性心动过速或室颤时,应立即施行电转复,同时静注利多卡因。初次发生的房颤,如左右心房没有血栓形成,可以电击除颤,体内 5～10J/次即可。慢性房颤可以使用胺碘酮控制心室率,负荷剂量 150mg 在 10min 左右缓慢静脉注射,然后 1～2mg/min 持续输注。

**(四) 其他监测及处理**

1. 尿量　麻醉后放置导尿管,应保持尿量＞2ml/(kg·h)。尿量少时,要积极补液并酌情使用呋喃苯胺酸等利尿药。

2. 电解质　麻醉诱导后,应及时抽取动脉血查电解质,保持血清钾、镁等离子在正常偏高的水平。冠心病病人在麻醉诱导后由于应激反应的影响,血清钾镁等离子水平一般低于正常值,术中补充钾镁等离子对稳定心肌细胞膜电位,降低心肌的应激性,预防心律失常很重要。因 OPCABG 不用 CPB,所以电解质异常的纠正和预防应尽早进行。手术开始时,即可静点 6‰KCl 溶液,同时应用硫酸镁或门冬氨酸钾镁等,保持血清钾在 4～5mmol/L。

3. 血糖　对糖尿病病人要监测血糖,特别是胰岛素依赖型糖尿病。冠心病病人术中或术后血糖过高将影响病人的预后,高血糖增加血液的黏滞度,导致微循环血流缓慢和高凝状态,并影响血管内皮细胞功能,导致桥血管吻合口血栓形成和术后急性心肌梗死。术后高血糖还容易导致手术切口感染。由于麻醉和手术应激反应的影响,搭桥术中病人血糖可以显著升高。麻醉中应静脉点滴胰岛素或皮下注射胰岛素,使血糖＜11.1mmol/L。

4. ACT　胸廓内动脉游离出即将断下前,由静脉注射肝素 1mg/kg,10min 后抽血查 ACT,术中 ACT 应＞300s。所有血管移植完成后,即可用鱼精蛋白对抗肝素,使 ACT 回到生理值水平。10min 后,再次复查 ACT。一般认为,ACT 值在 130s 以内可视为正常。

5. 体温　麻醉后放置鼻咽温探头监测温度,有条件时应用加温毯加温,保持体温＞36.5℃。温度对此种手术十分重要,温度过低将使外周血管阻力增加,外周组织灌注不良,心脏后负荷增加,且冠状动脉及移植的乳内动脉桥容易痉挛,导致心肌缺血。低温还影响机体的凝血功能。术中维持正常体温对预防低温导致的酸血症、心律失常、心肌缺血及凝血功能障碍具有重要意义。麻醉中要注意保暖,输入的血液、液体要预先加温。

6. 血红蛋白　麻醉诱导后,查血气的同时应查血红蛋白和红细胞比积。如果病人

在手术前，血红蛋白低于110g/L，麻醉中应输浓缩红细胞，以提高血红蛋白水平，增加血液携氧的能力。对术前血红蛋白>120g/L，术中失血不多的病人，可以不输血而输入血浆代用品，如万汶、佳乐施等。OPCABG病人由于不用CPB，多数病人失血不多，可以不输异体血。对出血多的病人，可用血液回收机将失血回收处理后回输给病人，这对预防血源性传染病十分有益。

（卿恩明）

## 第五节　合并症冠心病外科的麻醉

关于合并症冠脉外科的内容，应该包括四个类别：第一类是因冠心病心肌梗死引发的其他并发症，如室壁瘤、室间隔穿孔和严重二尖瓣乳头肌功能紊乱或断裂引发的二尖瓣反流等；第二类是主要疾病与冠心病无关，但术前检查时发现有冠心病，如在我院50岁以上的瓣膜手术病人术前常规行冠状动脉造影检查，经常会发现有冠状动脉明显狭窄的病人，此类病人在行瓣膜手术的同时也要实行冠脉搭桥手术；第三类属于先天性冠状动脉畸形，最常见的是冠状动脉窦瘤破裂。第四类比较少见，是在行冠状动脉介入治疗时损伤冠状动脉，造成冠状动脉夹层或破裂，以及心包积血和心脏受压，需要外科处理。

第一类属于心肌梗死的严重并发症，病人病情往往很危重，手术难度大，死亡率高。是冠心病外科的难点，对麻醉的要求也很高，目前在国内，还只有一些比较大的专科医院和心脏中心能够开展手术。在此，结合病理生理表现对麻醉中的重要问题进行阐述。其他几类合并症的麻醉方法与普通冠脉搭桥基本相同，不再赘述。

### 一、室　壁　瘤

室壁瘤多发生于范围较大的透壁性心梗基础上，引起左室舒张末容积增大和左室腔扩大。当伴有反向运动时，每个心动周期中都有血液进入瘤腔，类似存在反流。室壁瘤病人不是整个心室都能做功，但却能使有功能部分室壁扩张更明显而导致左室重构。两个最常见的临床表现为心肌缺血综合征和充血性心力衰竭。心绞痛的主要原因为多支血管病变和室壁张力增加。室壁瘤形成后，由于存活心肌与瘢痕组织之间形成再折返，可产生恶性心律失常或猝死。约15%～30%病人的症状与严重室性心律失常有关。也有部分病人有附壁血栓，但仅少数病例出现血栓栓塞并发症。

室壁瘤手术的目的是使扩大的心室腔容积减少，使室壁张力和氧耗下降，并对冠脉病变进行冠脉搭桥手术。切除无收缩功能的室壁瘤可降低心室腔容积和舒张终末压，提高剩余心肌的收缩效应，从而改善心功能。

麻醉方面总的原则与普通冠脉搭桥手术是相同的，但重点要关注以下几个问题：

（1）调节心脏泵功能：增加前负荷或心率、降低后负荷或使用正性肌力药物可增加心肌收缩力。通常用射血分数来评估心肌收缩力，但根据心排血量和充盈压力才能充分评价心脏功能状况。术中经食管超声（TEE）和Swan-Ganz导管能够在术中实时动态观测。

（2）体外循环停机后由于心肌缺血和再灌注损伤，早期心功能会受到影响。术前心功能差或术中心肌顿抑严重的病人多需要正性肌力药物支持，常用药物为多巴胺和肾上腺素，通常多巴胺用量在 5μg/（kg·min）以上强心作用才明显，低于此量为肾剂量。同时将心脏前后负荷调整到最佳状态非常重要，有利于心功能的维持和改善。

（3）手术前麻醉医生要详细了解病情，特别是术前心功能状况，对于有 EF 明显降低（如 EF＜30％）和肺动脉压明显升高的病人，麻醉诱导过程要特别关注，可以考虑预防性应用主动脉内球囊反搏（IABP）。要强调使用 IABP 的时机，IABP 的作用是任何药物都无法比拟的，它既能增加冠状动脉灌注，又能减轻心脏后负荷，增加心排血量。不能等到出现明显低心排时用大量升压药无效，万不得已时才使用 IABP。在我们所经历的危重病人中，IABP 救命的病例有过很多。

（4）控制心律失常在室壁瘤病人的麻醉中也很重要。如果术中心肌保护良好，再血管化完全，室性心律失常不常见。手术中有多种诱发心律失常的因素，如交感神经过度兴奋、儿茶酚胺水平升高、麻醉和手术刺激、酸碱平衡紊乱、低氧血症等。对于偶发室早可密切观察，无需处理。频发早搏或心功能差、心脏显著扩大者出现室性早搏要积极处理，因易发生室性心动过速和室颤。首先静脉推注利多卡因 1mg/kg，然后按 1～4mg/min 维持静滴。利多卡因欠佳时，改用胺碘酮。将血清钾维持在 4.5～5.0mmol/L，静脉滴注硫酸镁（2g/100ml，IV）。同时纠正酸碱失衡和缺氧等。

## 二、室间隔穿孔

是指急性心梗后室间隔部位发生穿孔，导致心室水平出现左向右分流。室间隔穿孔一般于急性心梗后 2～4 天内发生，也可于心梗后两周内出现。室间隔穿孔多发生于室间隔前部及靠近心尖处（LAD 阻塞），少数病例发生于室间隔后部（右冠状动脉阻塞）。此并发症的发生率低于 1％。室间隔穿孔后迅速引起心排血量下降、肺充血、心力衰竭和心源性休克，心梗范围越广和左向右分流量越大，心衰和心源性休克越重。病人通常表现为胸痛加重、心慌气短、不能平卧，伴有颈静脉怒张和肝大等右心衰征象。病人可在数小时之内，由于大量左向右反流，导致低心排综合征，可能在短期内由于进行性血流动力学恶化而死亡。

这类病人病情严重，一般在手术和麻醉前就开始了血流动力学监测，并持续应用了正性肌力药和血管扩张药，也有的在术前就使用了 IABP。由于这种病人对血压下降难以耐受，而过高的外周阻力会加大左向右分流，所以麻醉中维持血流动力学的稳定就成为麻醉的关键性问题。

麻醉的策略有三个方面，第一，维持心排血量和动脉压，以保证重要器官的灌注；第二，降低体循环阻力，从而减少左向右分流；第三，维持和改善冠状动脉灌注。另外，如果是急诊手术，病人的血流动力学很不稳定，麻醉后要尽快建立中度低温体外循环并加强心肌保护。在使用正性肌力药的基础上，尽早使用 IABP，使用得当，可帮助度过术后早期低心排综合征危险期。保持循环稳定，也是对多器官功能不全的重要预防和治疗措施。室性心律失常的治疗也很重要，术毕预置心脏起搏器。

## 三、缺血性二尖瓣关闭不全

急性心梗导致乳头肌断裂或延长，或者由于室壁瘤形成和心室扩张导致乳头肌移位和扭曲，都会引起二尖瓣关闭不全。重症病人，由于二尖瓣反流，有效心排血量减少，心脏做功增加。二尖瓣关闭不全时左房容量增加，压力上升，但不如二尖瓣狭窄显著。急性二尖瓣关闭不全左房压明显升高，此时肺动脉高压随之出现，最终结果将导致右心衰。

缺血性心脏病乳头肌断裂导致的急性二尖瓣关闭不全，往往会带来严重血流动力学障碍，甚至出现心源性休克。麻醉的原则和策略与前面讲的室壁瘤和室间隔穿孔一致。

室壁瘤、室间隔穿孔和严重乳头肌功能紊乱或断裂引发的二尖瓣反流是冠心病心肌梗死后的严重并发症。由于病人多为老年人，其常有伴发疾病和用药情况需麻醉医生在麻醉前予以了解和考虑，有所不同的是病人均有心肌梗死病史，病人较冠心病非心肌梗死病人心功能整体要差，左室 EF 值严重降低、心功能很差、心衰等情况较多见，其麻醉和体外循环时间以及术后恢复也比单纯 CABG 手术长。所以麻醉要考虑三方面的内容，即冠心病、严重心功能不全和伴发疾病。

对于室壁瘤病人的术前心功能纠正尤为重要。尽管短期内不可能使已扩大的心脏明显回缩，但大部分患者的心功能状态和射血分数都会有一定程度的改善。另外，此类病人常合并有其他脏器方面的问题，如糖尿病、高血压、心律失常、水电解质紊乱，尤其是低钾、低镁血症，以及慢性阻塞性肺疾病等均需很好地给予控制和治疗。在进行充分的术前准备的前提下，即使心脏功能很差的大心脏病人也能顺利实施手术。



手术中特别是体外循环停机后的心功能异常及处理是此类病人麻醉的难点，这与手术的效果以及病人预后密切相关。停机后的心功能异常表现就是低心排，处理的方法概括起来有以下几个方面：

(1) 评估心功能异常的原因，检查是因心脏因素还是非心脏因素（酸碱平衡、电解质）所致。此时 TEE 对于评价左心室功能有重要意义。

(2) 处理冠脉缺血和痉挛，心肌缺血对静脉硝酸甘油有效，而冠脉痉挛诊断比较困难，其对静脉硝酸甘油和钙通道拮抗剂（地尔硫䓬）有效。

(3) 补充容量，PCWP 或 LAP 达到 18～20mmHg，使前负荷达到最佳状态。

(4) 应尽量保持房室同步，维持正常心率在 90～100 次/分。必要时使用起搏器。

(5) 治疗心律失常。

(6) 使用正性肌力药物，增加心肌收缩力。包括肾上腺素、多巴胺、米力农等。

(7) 如果肢体末梢凉，外周血管阻力高（$>1500dyn/cm^5$），在严密监控血压下单独或与正性肌力药物联合使用扩血管药物。

(8) 输血维持红细胞压积在 30%以上。

(9) 治疗右心衰竭和肺动脉高压：包括保持最佳前负荷（CVP＝18～20mmHg）；使用血管活性药物维持适当的体循环灌注压；降低右心室后负荷，增加右室收缩力（吸入

NO、静脉给前列腺素）；维持左心功能（小剂量肾上腺素、多巴酚丁胺、米力农）；纠正低温、低氧、高碳酸血症和酸中毒。

（王　刚）

## 参考文献


1. Kaplan JA. Cardiac Anesthesia. 4$^{th}$ ed. WB Sauders. Philadephia, 1999
2. 王刚. 体外循环对麻醉药物药代动力学的影响. 麻醉与监护论坛，2004，11：208
3. Youngberg JA. Cardiac, vascular, and thoracic anesthesia. Churchill Livingstone. New York, 2000
4. Estafanous FG, et al. Cardiac anesthesia-principles and clinical practice. JB Lippincott Co. Philadelphia, 1994
5. 卿恩明，邓硕曾，薛淦兴. 心血管手术中过敏反应的诊断与防治. 中国循环杂志，1996；11(1)：69
6. 卿恩明，宋瑞冀，孙红. 128例冠状动脉搭桥术的麻醉体会. 实用麻醉杂志，1997；10：28
7. 卿恩明，宋瑞冀，王学勇. 冠状动脉搭桥术的麻醉（附205例报告）. 北京医学，1999；21：84-86
8. Heames RM, Gill RS, Ohri SK. Off-pump coronary artery surgery. Anaesthesia, 2002；57：676-685
9. Kaplan JA. Cardiac Anesthesia. 4th edition. Philadelphia：W. B. Saunders Company, 1999；689-721
10. Higgins TL. Quantifying risk and assessing outcome in cardiac surgery. J Cardiothorac Vasc Anesth, 1998；12：330-340
11. Waller JL, Kaplan JA, Jones EL. Anesthesia for coronary revascularization. In：Kaplan JA. Cardiac Anesthesia. 2nd ed. New York：Grune stration, 1981；241
12. Subramanian VA. Less invasive arterial CABG on beating heart. Ann Thorac Surg, 1997；63：S68-71
13. Maslow AD, Park KW, Pawlowski J et al. Minimally invasive direct coronary artery bypass grafting：changes in anesthetic management and surgical procedure. J Cardiothorac Vasc Anesth, 1999；13：417-423
14. Arom KV, Flavin TF, Emery RW, et al. Safety and efficacy of off-pump coronary artery bypass grafting. Ann Thorac Surg, 2000；69：704-710
15. Thys DM. Textbook of Cardiothoracic Anesthesiology. New York：the McGraw-Hill Companies Inc, 2001；530-856
16. 卿恩明. 器官移植术与组织移植术麻醉学. 北京：人民卫生出版社，2004，404-427
17. 王学勇综述，卿恩明审校. 胸段硬膜外腔神经阻滞麻醉与冠心病. 心肺血管病杂志，1999；18：238-239
18. 卿恩明主编. 心血管手术麻醉学. 北京：人民军医出版社，2006；343-363
19. 王刚，高长青，穆娅玲，等. 冠脉搭桥加左室室壁瘤切除手术的麻醉体会. 中华麻醉学杂志，2004，24：62-63
20. 王刚，高长青，周琪，等. 心肺转流中深度血液稀释对术后并发症的影响. 临床麻醉学杂志，2005，21：567-568

21. 王刚. 室壁瘤手术病人的麻醉. 见. 高长青主编，室壁瘤外科治疗学，北京：科学出版社 2006，99-116
22. Naniel D，Johns RA. Anesthesia for cardiac surgery procedures. In：Miller's Anesthesia，6th ed. Philadephia：Churchill Livingstone，2005，1941
23. Chen D，Vegas A. Anesthesia for the surgical management of ischemic heart disease. In：Thys DM. Textbook of cardiothoracic Anesthesiology. New York：McGraw-Hill，2001，530

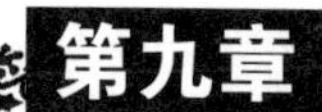

# 第九章 肥厚性梗阻型心肌病的麻醉

心肌病分为原发性和继发性两大类。原发性心肌病病因尚未明确，病变主要在心肌，按 1980 年 WHO 及国际心脏专家学会的分类，可分为扩张型心肌病、肥厚型心肌病和限制型心肌病三种类型。肥厚型心肌病凡内科药物治疗效果欠佳，流出道梗阻，流出道内外有明显压差(大于 50mmHg)者，应手术治疗，效果显著。由于此病病理生理学改变的特殊性及术前服用大剂量的β受体阻滞药和钙通道阻滞药，故麻醉处理也相应具有特殊性。

## 一、病 理 生 理

肥厚性梗阻型心肌病的重要病理生理改变特点为心室壁肌和室间隔增厚使左室流出道狭窄，致使左心室排血受阻。左室流出道梗阻发生在收缩期，因心室收缩时，肥厚的室间隔突入左室腔，二尖瓣前叶移位近室间隔，致使左室流出道梗阻。此类病人的流出道梗阻不同于瓣膜狭窄引起的固定性梗阻，梗阻的程度变异不定，随每次心搏而变化。由于心肌病理性增厚，心室舒张顺应性降低，左室舒张末压上升，妨碍左室充盈。正常人左室舒张压在等容舒张期降至最低点，随之心室快速充盈，而此类病人舒张压力下降延长到舒张中期，使心室充盈时间缩短(图 9-1)。

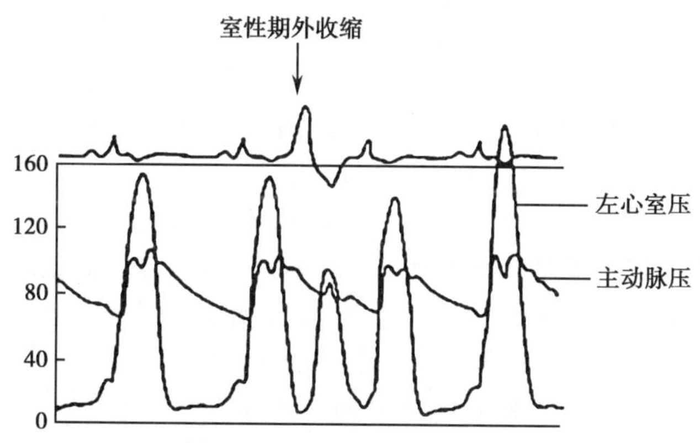


**图 9-1 肥厚性梗阻型心肌病左室和主动脉压力曲线**

左心室压力与主动脉压力阶差高达 60mmHg 以上；主动脉压力呈双峰形曲线；室性期外收缩明显影响主动脉压力；左心室舒张末压升高，妨碍左心室充盈

临床工作中，凡增强心肌收缩力，减少心室容量，降低血压的因素均可加重流出道梗阻，而抑制心肌收缩力，增加前负荷和后负荷的因素则可减轻梗阻。因此，如何避免

恶化流出道梗阻的因素，则为麻醉、术中、术后处理的关键。

## 二、麻 醉 处 理

### （一）术前药

该类病人服用的β受体阻滞药和钙通道阻滞药术前不宜停用，术晨并应投以重量安定药或镇静药，以消除术前病人的紧张和恐惧情绪，努力使病人入手术室时进入浅睡眠状态。

### （二）麻醉原则

1. 以适度的麻醉抑制心肌的收缩力，避免应激反应。此类病人的左室收缩功能多数较正常人为强，收缩期心室强烈收缩常使心室腔闭合，射血分数达80%以上者很常见，对麻醉药、β受体阻滞药、钙通道阻滞药的耐受能力较强，虽术前已服用较大量的β受体阻滞药和/或钙通道阻滞药，心脏仍能耐受较深的麻醉。临床曾有一例肥厚性梗阻型心肌病病人，麻醉诱导用安定0.27mg/kg、芬太尼30μg/kg、并静注普萘洛尔2mg后，心率方控制在术前水平，这在其他心脏病病人中极难见到。如因病人术前服用大剂量的β受体阻滞药和/或钙通道阻滞药而处于浅麻醉状态，心肌收缩力增强，则势必加重流出道梗阻，发生循环意外。此类病人术中在体外循环前发生室颤等循环意外者，多是因为麻醉深度偏浅，未能有效地抑制机体对手术刺激的应激反应，血流动力学波动大所致。大剂量芬太尼麻醉具有循环稳定，有“无应激性反应麻醉”之称，恩氟烷有抑制心肌收缩力，维持或增加心室充盈压的作用，故大剂量芬太尼复合恩氟烷麻醉，不失为此类病人麻醉的一种良好方法。

2. 保持前后负荷，避免使用血管扩张药。此类病人前负荷下降可使左室腔容积缩小而加重流出道梗阻，后负荷降低不仅可反射性增强心肌收缩力，而且增加左室-主动脉之间的压力阶差，也加重流出道梗阻，因此必须维持较高的前后负荷。由于左室顺应性下降，左右心充盈压差别很大。中心静脉压的绝对值对左室舒张末期压(LVEDP)的判断意义不大，但CVP的动态变化对血容量的估计仍有一定意义。虽然PCWP也不能反应此类病人的LVEDP，但优于CVP。维持PCWP 12～15mmHg对此类病人已嫌过低。试图以血管扩张药来降低PCWP以求达到“正常值”，则可能会促发低血压，加重流出道梗阻。较为稳妥的措施为：在较为准确地估计病人液体出入量的基础上，综合病人的血压、心率、CVP、PCWP等的动态变化，以维持稳定的血流动力学为原则来调节液体的入量，不要机械的以CVP和/或PCWP的绝对值来估计前负荷。对重症心血管手术病人，术中常给予血管扩张药以降低左心后负荷，改善心功能，但不适于此类病人，理由前已叙述。如术中血压较高，可以加深麻醉的方法进行处理。如血压仍高，可静注β受体阻滞药美托洛尔(0.15～0.3mg/kg)或艾司洛尔(1～2mg/kg)；也可静注钙通道阻滞药维拉帕米(0.05～0.1mg/kg)或地尔硫䓬(0.1～0.2mg/kg)。β受体阻滞药和钙通道阻滞药均可降低心肌收缩力，减少心肌氧耗，改善心肌顺应性。

3. 维持“满意”的心率和血压，避免使用增强心肌收缩力的药物。此类病人术中“满意”的心率，应维持在术前或略低于术前安静时的水平。麻醉诱导和/或维持期除应有较深的麻醉深度外，应避免使用可增快心率的药物。肌松药应选用维库溴铵或哌库

溴铵，避免使用泮库溴铵。此类病人心率增快可降低舒张压力时间指数与张力时间指数的比率而减少肥厚心肌的氧供，进一步加剧原已存在的氧供求之间的矛盾（此类病人术前 ECG 多有异常 Q 波）。另心率增快使舒张期缩短，心室充盈减少，恶化流出道梗阻，必须努力避免。一旦发生，须即刻治疗。首选药物为美托洛尔，如血压也高，可静注地尔硫䓬。对慢于 60 次/min 的窦性心律，只要动脉血压稳定，无需处理。如出现异位心律，需积极治疗以恢复窦性心律，因此类病人的心房收缩对左室充盈至关重要。由于此类病人对麻醉的耐受性较强，一般不会因循环抑制发生低血压。如术中、术后出现血压下降，应首先补足容量，无效，可用 α 兴奋药增加外周阻力，给小量去氧肾上腺素（0.1～0.2mg/次）或甲氧胺（3～5mg/次）即可奏效。此两药可消除或减少左室与主动脉之间的压力阶差而明显缓解流出道梗阻。避免使用增强心肌收缩力的药物，以免加重流出道梗阻，导致循环意外。

（李立环）

## 参考文献

1. 王古岩，李立环，樊丽姿. 肥厚型梗阻性心肌病患者左心室流出道疏通术的麻醉管理. 中华麻醉学杂志，2006，26：275-276

2. Oliver WC Jr, Nuttall GA. Uncommon cardiac diseases. In: Kaplan JA, Reich DL, Lake CL. Kaplan's Cardiac Anesthesia. 5th edition, Philadelphia: W. B. Saunders, 2006, 780-790

# 第十章 再次心脏手术的麻醉

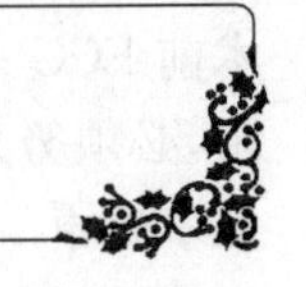

目前心脏病患者心脏手术后再次实施心脏手术的机会越来越多。再次心脏手术一般可以分为先天性心脏病姑息或分期手术后行根治术或原来手术效果不满意再次手术，瓣膜病术后再次瓣膜替换手术，或冠状动脉旁路移植术后再次手术等等。再次行心脏手术的患者心功能一般较差，手术及体外循环时间长，术后并发症及死亡率要比初次手术高，其麻醉管理与初次手术相比既具有一定的相同点，但依据病情发展及病理生理特点，又具有不同的特点。

## 一、再次心脏手术患者的病理生理

再次心脏手术患者的心功能一般较差，先心病患儿由于畸形未矫正，心室发育不良或充血性心力衰竭，长期缺血缺氧，术后心功能可能不能满足矫正后的病理生理状态，成人心脏手术后心功能一般发生进行性减低。了解患者的病理生理状态，对于选择正确的麻醉方法、用药物进行麻醉处理具有指导意义。

法洛四联症术后再手术率为2%～25%，在婴儿及新生儿再次手术率高，而在小儿和成人则低。原因多为残留右室流出道梗阻，残余室间隔缺损，肺动脉瓣关闭不全而伴有右心衰竭和(或)三尖瓣关闭不全，心外管道阻塞和晚期室性心律失常。波士顿儿童医院报道婴儿再次手术率为7.4%，均为更换较大的右心室流出道补片与室间隔缺损修补。四联症的姑息手术后早期效果非常明显，发绀和红细胞增多症减轻，活动耐力明显增加。但分流术后患儿易发感染性心内膜炎。

复杂先心病如重度法洛四联症、完全性大动脉转位及三尖瓣闭锁患儿姑息手术的目的与促进肺血管及左心室发育有关。如果患儿术前肺血流过少，肺动脉发育不全，则采用主动脉到肺动脉的分流手术后可以增加肺血流，促进肺血管床的发育。如为肺血流过多，采用肺动脉环缩术减少肺血流，降低肺动脉压力，延缓肺血管病变发展，减轻左心室充血性心力衰竭。如为左心室发育不良，姑息手术的目的是制造左心室流出道梗阻，增加左心室的后负荷，促进左心室发育。姑息手术后的患儿肺血管床发育改善，左室心肌厚度增加，为再次行畸形矫治手术做好了准备。但由于原发先天畸形未得到根治，其病理生理同原发性先天畸形。

再次瓣膜置换术患者一般表现为单一瓣膜病变，联合性瓣膜病变较少，其发生机制一般与原发病变有关，但具有不同的特点。

二尖瓣狭窄闭式扩张术后一般经10～30年左右需要进行瓣膜置换术。其病理生理依然是二尖瓣瓣膜与腱索的增厚融合，黏连钙化，挛缩固定，造成二尖瓣狭窄和/或关闭不全。由于左右心房扩大，肺部淤血，肺动脉压力增加，右心室压力与容量负荷均增

加。长期肺动脉压力增加容易造成三尖瓣反流。如二尖瓣病变以狭窄为主，则左心室容量负荷减少，左心室心肌出现废用性萎缩，导致心肌收缩功能下降，术后容易出现左心功能衰竭。如以二尖瓣关闭不全为主，左心室容量负荷过重，将导致左心室扩大，晚期导致心肌收缩力下降，射血分数减低。长期的左右心房容量压力负荷过重，导致心房扩张纤维化，产生纤颤，加重血流动力学紊乱。

人工机械瓣瓣膜置换术后出现卡瓣及瓣体破坏多引起急性血流动力学障碍，甚至发生心源性休克或心跳骤停。如果瓣体受卡关闭，血流呈阻塞状态，如不即刻纠正，患者可在数分钟内死亡。如瓣叶固定在某一方位不能完全开放，血流部分受阻，类似瓣膜狭窄，则表现为低血压或心源性休克。如瓣体破坏，瓣膜完全丧失关闭功能，导致大量反流，心脏急剧扩大，产生急性心力衰竭，如不急症手术，患者将很快死亡。生物瓣损坏常为晚期退行性改变，多为生物瓣钙化与撕裂，其心功能改变一般呈渐进性加重，临床表现为不同程度的瓣膜关闭不全。

瓣周漏多与缝线撕脱有关，小的瓣周漏对血流动力学无明显影响，也不会造成溶血性贫血。大的瓣周漏血流动力学改变与重度瓣膜关闭不全相似，患者可有明显的溶血性贫血。

瓣膜置换术后患者晚期可以出现其他瓣膜病变，风湿性二尖瓣成型或置换术后常在术后 10 年左右时出现明显的主动脉瓣病变，与风湿性病变的进展、主动脉瓣病变加重有关，临床多表现为主动脉瓣狭窄或关闭不全，均导致左心室收缩功能严重障碍。部分患者由于长期二尖瓣病变，出现三尖瓣重度关闭不全，与初次手术后肺动脉高压不能恢复正常，右心室后负荷过重，导致右心室肥厚扩张，右房扩大有关。患者表现为进行性右心功能减退，出现肝大、腹水与下肢水肿。

人工瓣膜置换术后由于全身抵抗力低下，患者容易合并感染性心内膜炎。瓣周感染可以在瓣膜置换术后出现瓣周漏，瓣膜或瓣环上的赘生物可以阻塞瓣口，造成瓣膜狭窄，赘生物脱落后可以造成全身性栓塞症状。患者可有全身感染症状。生物瓣置换术后很少发生瓣周漏，但瓣叶发生穿孔或破坏多见。

冠状动脉旁路移植术虽然解决了狭窄病变远端血供问题，但并没有从根本上解决冠状动脉粥样硬化问题，随着时间的推移，原有的冠状动脉病变会继续向前发展，造成吻合口远端再狭窄。同时原来无病变的冠状动脉也会发生病变产生狭窄。移植桥血管无论是动脉或大隐静脉，也会产生病变，导致移植血管狭窄甚至闭塞，心绞痛症状复发，甚至发生心肌梗死。这些患者需要再次实施冠状动脉旁路移植术。国外再次冠状动脉旁路移植术占整个冠状动脉旁路移植术的 7%，并有逐年上升趋势。我国由于冠状动脉旁路移植术起步较晚，目前再次冠状动脉旁路移植术的发生率估计在 1%左右。

再次冠状动脉旁路移植术患者由于心脏在心包腔内黏连固定，心脏活动受限，每搏量相对固定，患者活动量增加时主要依靠增加心率和心室充盈度来增加心输出量，但同时此二者均增加心肌氧耗量，因此，心功能储备减少，患者活动耐量严重低下，容易发生心绞痛和心肌梗死。

据报道再次冠状动脉旁路移植术的手术死亡率为 7%左右，是首次冠状动脉旁路移植术的 2 倍。增加手术死亡率的危险因素有严重的左心功能受损、女性、急诊手术、左主干病变及肾功能不全等。高龄、女性增加手术死亡率的原因可能为冠状动脉细小，

吻合质量较差所致。手术死亡的主要原因是围术期心梗，与再血管化不全，旧血管桥内斑块脱落栓塞冠状动脉，新建的动脉桥血流量低及血管桥损伤有关。多脏器功能衰竭也是再次冠状动脉旁路移植术死亡的重要原因，特别是呼吸衰竭和肾衰竭。再次手术时因年龄普遍较高，慢性阻塞性肺气肿病人多，术后往往需要较长时间的呼吸机辅助呼吸，若合并心功能不全，呼吸功能不全将进一步加重并相互影响。术后肾功能不全与心功能不全及术前肾实质损害有关。体外循环时低血压，肾灌注不足，体外循环导致血细胞破坏，毒性产物增加，肾排毒性任务加重等加重肾功能不全。对合并慢性阻塞性肺气肿及肾功能不全的患者，最好选择非体外循环下再次冠状动脉旁路移植术，既可以减少心肌的缺血性损害，又避免了体外循环对肺和肾脏的损害，从而降低多器官功能衰竭的发生。其不足之处是手术难度增大，分离心脏和冠状动脉较困难，对麻醉医师的要求更高。

成人在再次心脏手术时一般全身营养状态较差，瓣膜病患者一般消瘦，乏力，活动受限，具有右心衰、左心衰或全心衰的表现。右心衰表现如肝大、腹水、下肢水肿。左心衰表现如脉搏弱、脉压差小，尿少，呼吸困难，不能平卧，端坐呼吸。如患者术前服用抗凝药物，将加重围术期出血。

再次心脏手术患者由于心脏、大血管与胸骨后广泛黏连，劈胸时极有可能损伤右心房、右心室、无名静脉、尚通畅的大隐静脉桥或内乳动脉桥，造成大出血。再次主动脉瓣置换时，如果因切口感染，形成假性动脉瘤，也可能发生主动脉破裂出血。一旦发生心脏及大血管破裂出血，可迅速导致血压下降，失血性休克，甚至心跳骤停。冠心病患者一旦血压下降，冠脉血流量在原有病变的基础上迅速下降，即使不发生心跳骤停，也可引起大面积心肌梗死而导致患者死亡。此时可能胸骨尚未完全锯开，修补也很困难，盲目继续开胸可能导致致命的大出血，术野不清，不易控制。切忌慌乱，应迅速停止开胸，全身肝素化，股动静脉插管建立体外循环下再次开胸，充分输血补液，维持呼吸循环及心率稳定。



## 二、再次心脏手术的麻醉管理

### （一）麻醉前准备

麻醉前访视时应着重了解患者的一般情况，精神状态，术前准备情况，了解患者的活动状况，对患者进行综合评价，着重评价其心功能与呼吸功能。了解既往用药情况。一般阿司匹林需术前停用一周，以免增加手术出血，抗高血压药物(利血平、单胺氧化酶抑制剂除外)一般需继续使用至手术当日早晨，可避免围术期血流动力学波动。术前有糖尿病的患者术前三日应换成短效胰岛素治疗。所有患者术前均应使用葡萄糖-钾-胰岛素治疗，增加心肌能量底物，对维持心功能有好处。

再次心脏手术患者术前一般处于极度焦虑紧张状态，但由于其心功能较差，麻醉前用药的剂量应恰当，既要充分镇静镇痛，减少呼吸道分泌物，又要避免抑制心功能与呼吸功能，一般手术前一天晚上睡前给予安定 10mg 口服，保证手术当晚充分休息睡眠，术前半小时给予吗啡 5～10mg 和东莨菪碱 0.3mg 肌肉注射。儿童一般在手术前半小时给予哌替啶 0.1mg/kg 和阿托品 0.015mg/kg 肌肉注射。婴幼儿一般不必给予术前药，可在麻醉诱导时静脉给予 0.01mg/kg 的阿托品。

**（二）麻醉诱导**

先心病患儿一般在姑息手术后心功能或肺循环有所改善。由于姑息手术后患儿的心脏畸形并没有矫正，则再次手术时仍然需要根据其病理生理特点选择适当的麻醉方法。先心病患儿应在心电监护、脉搏氧饱和度及无创血压监护下先施行麻醉诱导，然后行气管插管后再进行动静脉穿刺置管测压。其诱导药物可以使用氯胺酮、地西泮、咪达唑仑，再加用芬太尼，也可使用吸入麻醉药如氟烷或七氟烷诱导。发绀患儿诱导时应避免血压与外周血管阻力下降及气道阻力过高，导致缺氧发作。注意右向左分流患儿吸入麻醉药物起效缓慢，而静脉麻醉药物起效加速。麻醉药物要小量分次静脉注射，每次注射后观察时间要足够，避免用药过量，导致心肌抑制过度。

再次瓣膜置换术患者的心功能一般均较原来差，心脏增大，心肌受损更严重。由于有效循环血量不足，全身脏器处于缺血缺氧状态，导致酸中毒、电解质紊乱、全身水肿、营养不良。麻醉前患者的血流动力学依赖于较高的循环儿茶酚胺水平和外周血管阻力。由于慢性房颤，心房失去有效收缩，心室舒张期充盈将减少 40%，并且有效心室收缩次数减少，心输出量减少，心脏依靠较高的中心静脉压和充足的回心血量来维持心室有效的前负荷，以增加心输出量。麻醉诱导时应维持一定的外周血管阻力，避免外周血管过度扩张，防止心功能过度抑制。如外周阻力及回心血量骤减，可以导致血压迅速下降，严重时甚至心跳骤停。诱导时应采取慢诱导的麻醉方式，将诱导药物稀释后缓慢输注，有利于维持诱导时血流动力学稳定。如果诱导时血压过度下降，可以使用去氧肾上腺素 0.1～0.2mg/次静脉注射。如果患者以瓣膜关闭不全为主，可以使用麻黄碱 3～5mg/次或多巴胺 0.5～1mg/次提升血压。诱导药物可以选用咪达唑仑 0.05～0.1mg/kg，依托咪酯 0.3mg/kg，芬太尼 5～10μg/kg，维库溴铵 0.2mg/kg，必要时静注小剂量的丙泊酚。辅以小剂量的氯胺酮也有利于诱导时血流动力学稳定。

再次冠状动脉旁路移植术患者术前均处于高度焦虑紧张状态，入室后即应给予吸氧，在局麻下动静脉穿刺置管后即应给予充分镇静，防止心绞痛急性发作及急性心肌梗死。诱导药物以采用芬太尼或舒芬太尼麻醉为主，由于冠心病患者一般长期服用降压药物，对麻醉药物相对不敏感，因此，诱导药物剂量应相对大一些。诱导用芬太尼剂量一般为 10～30μg/kg，舒芬太尼剂量一般为 2～5μg/kg，在使用咪达唑仑使患者神志消失及使用维库溴铵肌肉松弛后，经静脉缓慢给予较大剂量的芬太尼或舒芬太尼进行慢诱导，待麻醉深度满意后再行气管插管，避免气管插管前发生低血压以及气管插管后发生反射性高血压，导致心肌氧供需失衡，产生心肌缺血，对于严重冠脉狭窄及重度左主干病变患者可以诱发室颤和心跳骤停。这种患者一旦发生心跳骤停，极易发生大面积心肌梗死，抢救复苏将极其困难。心功能严重低下以及重度左主干病变患者在诱导前应使用主动脉内球囊反搏辅助下再进行麻醉诱导。

**（三）麻醉维持**

再次心脏手术患者术前心功能一般较差，麻醉维持应根据其病理生理特点，制定麻醉方法，维持血流动力学稳定，保证全身重要脏器灌注，维持水电解质与酸碱代谢平衡。

先心病患儿麻醉维持一般以大剂量芬太尼或舒芬太尼麻醉为主，间断辅以吸入麻醉药维持。法洛四联症患儿在姑息手术后早期效果非常明显，发绀和红细胞增多症减

轻，活动耐力明显增加，术后动脉血氧饱和度可上升到80%～90%，心功能得到改善，肺血管得到发育。麻醉维持要注意维持好体肺循环阻力平衡，避免右向左分流量增加，导致脉搏血氧饱和度下降，甚至缺氧发作。四联症患儿使用纯氧低潮气量高频率通气以降低气道阻力，输注碳酸氢钠减轻酸中毒，适量输液减轻血液黏滞度以及维持有效循环血量也有利于减轻缺氧发作。缺氧发作时可以使用苯肾上腺素2μg/kg静注。小儿心排出量增加依赖心率，因此，小儿心率应维持于90～120次/分之间，如心率太慢可以使用阿托品，必要时使用异丙肾上腺素或起搏器支持。四联症患儿在体外循环停机后可以发生右心衰、左心衰或全心力衰竭。右心衰与肺血管发育不良，右室流出道疏通后肺血过多有关，左心衰与术前左室发育不良，术中心肌保护不良有关，均须使用正性肌力药支持，一般采用多巴胺3～10μg/(kg·min)维持，必要时加用肾上腺素或米力农。对术中心肌受损较严重者，应使用硝酸甘油0.5～4μg/(kg·min)扩张冠状动脉，并减轻外周循环负荷。停机前复温要均匀满意，停机后给予变温毯或热空气加温毯维持体温，可以有效扩张外周血管，使外周组织灌注均匀，并减轻代谢性酸中毒的发生。

二期大动脉调转术患儿在第一期手术时一般实行体肺分流术和肺动脉环缩术，目的是锻炼左心室，促进左心室发育，使左心室与右心室收缩压比值≥0.75。完全性大动脉转位患儿由于两大循环呈并列关系，血氧饱和度的维持依赖于心房、心室以及肺动脉与主动脉水平产生的体肺循环血混合程度。因此转机前麻醉维持应保证足够的体肺循环血混合及维持适当的肺血流。维持外周血管阻力和心肌收缩力，降低肺血管阻力，有利于体肺循环血混合从而维持血氧饱和度。使用纯氧过度通气有利于降低肺循环阻力。由于大动脉转位患儿原来接受肺循环低压后负荷的左心室转变成了接受高压体循环负荷，因此，停机后应调整心血管活性药物的用量，使动脉收缩压维持在50～60mmHg，舒张压30～40mmHg，平均动脉压40mmHg，平均肺动脉压15～20mmHg，左房压5～8mmHg，右房压5～10mmHg。必要时静脉注射钙剂和持续输注多巴胺或多巴酚丁胺。心排出量正常时中度低血压(平均动脉压35～50mmHg)可以满足周围组织灌注。术后严防体循环收缩压>80mmHg，否则左心室很难适应新建立的体循环高压和高阻力负荷，导致左心室膨胀，左心室压升高和二尖瓣关闭不全。高血压也可促使吻合口和缝合部位出血。有高血压时，应采用硝酸甘油和α受体阻滞剂酚妥拉明。在停机前后出现心律失常，很可能与冠状动脉灌注不足有关，应寻找原因，及时纠正。左心房压力进行性升高时，可能为冠状动脉移植后扭曲或机械性堵塞，应及时处理。大动脉调转术后主要治疗策略为建立低压和高血流循环，使左心室逐渐产生肥厚，注意水电解质平衡和外周血管阻力。完全性大动脉转位室间隔完整患儿在大动脉调转术后，是将左心室从低压低阻力负荷立即变为高压高阻力的体循环血泵，并提供适当的心排出量。根据患儿的年龄和左心室压力，新生儿的左心室逐渐适应和承担体循环工作需要数天到数周，而在合并室间隔缺损的较大婴儿左心室压力在术前即已增高，则术后左心室已能承担体循环负荷。术后持续泵入小到中等剂量的多巴胺或多巴酚丁胺5～10μg/(kg·min)，硝酸甘油1～3μg/(kg·min)或酚妥拉明1～3μg/(kg·min)。新生儿及小婴儿在大动脉调转术后容易发生毛细血管渗漏综合征，导致全身水肿及腹水，蛋白质大量丢失。此时可静脉补充适量的新鲜血浆或白蛋白，一般在术后24～36小时毛细血管渗漏现象可以消失。

单心室或功能性单心室Ⅰ期手术后进行全腔静脉与肺动脉连接手术时，由于肺循环系统没有血泵支持，上腔静脉血和下腔静脉血直接流入肺动脉，肺循环由搏动性血流变为平流，左心排血量受到肺血流的限制，功能左心室成为提供体肺循环血流的唯一动力。但由于体外循环中缺血再灌注损伤的影响，体外循环后左心室功能受损，因此停机后应使用正性肌力药维持左心功能，扩管药降低体肺循环阻力，增加机体循环灌注量，改善全身代谢状况。适当输血和胶体液提高上腔与下腔静脉压力，使中心静脉压维持在15～18mmHg，增加肺循环血流量。红细胞压积保持在0.30～0.35时血液黏滞度较低，高频率低潮气量通气致呼吸性碱中毒有利于肺血管阻力降低，以维持全身有效循环血量。输注大量血浆和白蛋白提高胶体渗透压，有利于防止肺水肿及胸腹腔毛细血管渗漏发生。

发绀患儿由于有反应性红细胞增多症，红细胞多且脆，转机术中容易被破坏，产生血红蛋白尿。故停机后应适当补充液体，使血液中游离血红蛋白稀释，给予适量的碳酸氢钠碱化尿液，必要时给予利尿剂或超滤，以加速血中游离血红蛋白排出，防止肾功能受损。

再次换瓣术中转机前应努力维持循环功能稳定，酌情使用正性肌力药物维持心功能。劈胸骨时应警惕心脏大血管意外破裂大失血，要做好紧急输血抢救及股-股转流的准备。以二尖瓣狭窄或主动脉狭窄为主的患者，转机前应避免心动过速，导致心室舒张期充盈过少，使心输出量减少而心肌氧耗增加，但也应避免心跳太慢，使心脏过胀而心肌缺血。以二尖瓣反流或主动脉瓣反流为主的患者转机前应避免心率太慢，导致患者舒张期反流增加而使有效心输出量减少，心脏过胀增加心肌氧耗。由于患者术前长期使用利尿药，而导致机体电解质紊乱，诱导后常常出现严重的低钾血症，心肌应激性强，容易出现室性心律失常。故在诱导后应输注葡萄糖-氯化钾-胰岛素溶液，并酌情增加氯化钾浓度，纠正心肌能量代谢及离子代谢紊乱。体外循环中应注意心肌保护，主动脉开放前要充分排气，主动脉开放后要防止复跳前心脏过胀，心脏要充分引流，复跳后血压要维持平稳，应用正性肌力药和血管扩张药支持心脏功能。正性肌力药一般选用多巴胺或多巴酚丁胺，必要时选用肾上腺素或米力农。血管扩张药可以选用硝普钠，降低心脏后负荷，增加外周血流灌注，改善全身代谢状况。对于心室肌肥厚、合并冠状动脉病变以及停机后心肌明显缺血的患者，应选用硝酸甘油来防治心肌缺血。术前肺高压患者停机后可以发生右心功能不全，表现为肺动脉压力及中心静脉压增高，体循环压力及左房压低。此时，正性肌力药可以选择多巴酚丁胺或米力农，前者主要作用于心脏$\beta_1$受体，增加心肌收缩力，但并不增加肺循环阻力，后者具有正性肌力及扩张血管作用，可以扩张肺血管，降低肺血管阻力。硝酸甘油主要作用于小静脉系统，小剂量使用在扩张肺血管的同时对体循环血压无明显的影响。前列腺素$E_1$具有较强的肺血管选择性扩张作用，但需要较大剂量才能降低肺血管阻力。NO吸入直接作用于肺循环，不影响体循环血压，对肺动脉高压具有较好的治疗作用，缺点是需要一定特殊设备。左心功能不全时表现为体循环血压低，而中心静脉压及肺毛细血管楔压高。此时，应强心、利尿和扩张血管，必要时使用主动脉内球囊反搏或体外膜肺支持治疗。

再次冠状动脉旁路移植术患者一般采用体外循环下手术，对于心功能尚可而肺功能及肾功能不全的患者，可以采用非体外循环心脏跳动下行冠状动脉旁路移植术。麻

醉中要维持血流动力学稳定，维持心肌氧供需平衡，维持水电解质及酸碱代谢平衡，保护心、脑、肺、肾等重要脏器功能。劈胸骨前应及时加深麻醉，避免劈胸时血压过高，增加心肌氧耗，并做好心脏破裂大失血抢救的准备，警惕胸骨后黏连的内乳动脉桥或大隐静脉桥被劈断的危险。转机前患者的血流动力学一般处于低排高阻状态，因此，麻醉维持应在漂浮导管连续心排出量监测的指导下调整心血管活性药物的用量，一般正性肌力药首选多巴胺，扩血管药首选硝酸甘油，主要通过调节硝酸甘油的输注速度辅以小剂量的多巴胺，即可以使心输出量显著增加，外周阻力显著下降，同时防止心率过快，在血管吻合之前患者心功能一般可以达到较好的水平，为搭桥做好了准备。冠心病患者由于极度紧张焦虑，诱导后血清钾离子浓度一般较低，应及时补充葡萄糖-氯化钾-胰岛素溶液，并适当补充镁离子，纠正血清钾镁代谢紊乱，对稳定心肌细胞膜电位，防治心律失常，增加心肌能量代谢底物具有一定作用。血糖过高时应使用泵注胰岛素，使血糖严格控制在正常水平，有利于减少围术期心脑血管并发症，并能提高患者预后。体外循环中应维持平均动脉压在较高的水平，保证全身重要脏器灌注。转机过程中使用硝酸甘油扩张外周血管和冠状动脉，降低外周阻力，增加心肌血供。停机后根据情况选用正性肌力药支持循环，必要时选用肾上腺素或米力农。停机后心功能低下甚至不能停机的患者应及时使用主动脉内球囊反搏，可以增加舒张期冠脉血供，降低心脏后负荷，从而增加心肌氧供，减少心肌氧耗，有利于稳定循环功能，帮助患者顺利渡过围术期。

## 三、再次心脏手术的监测

再次心脏手术患者心功能一般较差，手术难度较大，加强围术期监测，对于及时调控血流动力学，诊断和处理心律失常及心肌缺血，纠正外科手术缺陷，帮助提高外科手术效果，提高患者的围术期安全，具有重要作用。

常规5导联心电图监测可以及时发现术中的心律失常和心肌缺血。婴幼儿再次心脏手术容易发生心肌缺血，此与手术时间长，心肌保护不佳，开放升主动脉时排气不满意，冠状动脉气体栓塞，以及手术后冠状动脉扭曲堵塞有关。均需要及时相应处理，否则发生急性心肌梗死，导致术后严重低心排，预后不良。成人转机前发生心律失常一般与电解质紊乱，尤其与低钾血症有关，或麻醉平面过浅。应及时补充钾镁离子，加深麻醉。主动脉瓣狭窄或关闭不全患者转机前容易发生ST段显著下移，与心室肥厚、心脏收缩期负荷增加而舒张压过低致使心脏舒张期灌注过低有关。再次冠状动脉旁路移植术患者在转机前分离黏连时容易发生心肌缺血，一般与手术操作及冠脉血供严重减少不能满足心脏耗氧需求有关。手术损伤心脏传导系统时可以发生传导阻滞甚至Ⅲ度房室传导阻滞，操作时均需细心处理。

脉搏氧饱和度($SpO_2$)监测对重度复杂先心病患儿评价肺循环与体循环分流比率，判断全身氧合状态具有重要意义。法洛四联症患儿麻醉后$SpO_2$降低，说明右向左分流增加，一般与体循环阻力降低或右室流出道痉挛有关。左心室发育不良综合征患儿$SpO_2$降低，说明体/肺循环平衡被打破，需要精细调节体/肺循环阻力使$SpO_2$恢复。双向Glenn手术后如$SpO_2$大于80%～85%，说明手术效果满意，如果$SpO_2$低于

80%，说明肺血流过少，应加做体-肺分流术，使 $SpO_2$ 提高至 80%～85%以上。成人术中发生 $SpO_2$ 降低一般与灌注肺、急性肺水肿、肺不张或呼吸道管道脱落有关。

动静脉穿刺测压有利于术中及时了解血流动力学状况，通过调整前后负荷以及心肌收缩力来维持血流动力学稳定。诱导前局麻下建立有创动脉血压监测，有利于诱导期血流动力学平稳。左锁骨下动脉与肺动脉分流术后的患儿应选用右桡动脉或股动脉置管，冠状动脉旁路移植术患者准备利用桡动脉作为移植血管桥时应和术者协商再决定进行左手或右手桡动脉穿刺测压。预行 Glen、Fontan 及全腔静脉肺动脉连接手术的患者应从上下腔静脉分别置管测压。

漂浮导管在再次心脏手术中需要积极放置。使用肺动脉漂浮导管监测虽不能改变患者预后，但可以提供围术期血流动力学信息和氧代谢动力学状况，为合理使用心血管活性药物，及时处理左、右心室心功能不全，增加心肌氧供，减少心肌氧耗，增加全身组织灌注具有不可替代的作用。

经食管超声心动图（TEE）在心脏手术中具有特殊的意义。在手术之前 TEE 可以对心脏病变重新作出总体评价，甚至发现新的病变而更改手术方式。对于主动脉粥样硬化及钙化患者可以帮助术者选择主动脉插管部位，避免插管时粥样斑块脱落导致脑血管意外。停机后 TEE 可以及时评价手术效果，对于明显的残余分流、瓣周漏、卡瓣等现象均应再次转机处理。在非体外循环冠状动脉旁路移植术中，TEE 可以发现节段性室壁运动异常以及新发的节段性室壁运动异常，其对心肌缺血的敏感性比心电图高。并可以发现体位改变心脏固定后心室受压、扭曲，瓣环移位后的瓣膜关闭不全。TEE 还可以计算心排出量、左右心室收缩末及舒张末容积、射血分数，结合体肺循环血压可以计算体肺循环阻力，甚至在血流动力学监测方面可以替代漂浮导管。

## 四、再次心脏手术期间血液保护

由于术后纤维组织及瘢痕形成，再次心脏手术患者的心脏大血管一般与周围组织广泛黏连固定，上次手术后心包腔可能已敞开，术后右心室、右心房可能与胸骨后面紧密黏连，主动脉以及内乳动脉桥或大隐静脉桥也可能与胸骨黏连，导致劈胸骨后容易劈破右心室、右心房以及大血管，导致致命性大出血。因此，成人再次心脏手术在劈胸前均要做好股-股转流的准备，发生大出血后迅速全身肝素化，紧急转机，再逐渐开胸控制出血，为防止大出血，需要用摆动式胸骨电锯。先心病患儿再次心脏手术时黏连一般不如成人严重，如果仔细操作，劈胸时一般不会损伤心脏大血管造成大出血。

由于心脏大血管与周围组织黏连紧密，分离困难且时间长，创面大，渗血多，加上术前患者广泛使用抗凝药物，加重了出血。转机后由于炎性反应，血小板破坏，凝血因子消耗及纤溶活性增强，转机后患者容易出现出凝血功能障碍，导致术后止血困难，术野广泛渗血，且转机时间越长，术后渗血越重。因此，再次心脏手术应加强血液保护，尽量减少术中出血，减轻术中炎性反应及出凝血功能障碍。

术中使用自体血液回收装置可以通过术野血液回收，纱布块洗涤，体外循环管道残血回收洗涤而最大限度的利用患者自身红细胞。临床证明经过充分洗涤后的红细胞可以安全回输，并不增加术后心脑血管病并发症的发生率，同时由于减少了围术期输血

量，减少了输注异体血并发症。在大量输注洗涤红细胞后，应输注一定量的血浆或凝血因子，避免凝血因子大量稀释导致术后渗血量增加。

如果术前患者血红蛋白＞120g/L，可以采用术前自体储血。术前自体储血可以在术前一个月进行，每次储血200～400ml，患者应同时补充铁剂并肌注促红细胞生成素，加快机体红细胞生成。麻醉诱导后在转机前也可以根据情况从中心静脉或肘静脉放血200～800ml。体外循环开始时也可以从体外循环管道或储血器放血。这些自体血均为全血，含有丰富的自体红细胞、血小板、血浆及凝血因子，避免了体外循环对红细胞、血小板以及凝血因子的破坏，在停机后输入体内，可以减少或避免输注异体血液。

抑肽酶(aprotinin)是一种丝氨酸蛋白酶抑制剂，可以抑制纤溶活性，抑制血小板黏附聚集，抑制体外循环的炎性反应，保护凝血因子，免受体外循环的影响，从而保存血小板及凝血因子功能，减轻停机后出凝血功能障碍。心脏术中抑肽酶的使用方案应是转机前静脉滴注200万KIU，体外循环管道中预充200万KIU，停机后再静脉滴注50万KIU/h。临床证明可以减少体外循环中红细胞、血小板以及凝血因子破坏，减少术后渗血及异体血需要量。抑肽酶还可以减少围术期脑血管意外的发生率。但应注意以前使用过抑肽酶的患者，对抑肽酶的过敏反应发生率增加，因此，在输注过程中应密切监测患者的呼吸循环反应，严防严重过敏反应发生。

氨甲环酸(tranexamic acid)为一种抗纤溶药物，可以与纤溶酶或纤溶酶原的赖氨酸结合位点竞争性结合，抑制纤溶酶对纤维蛋白的降解作用，并阻止纤溶酶原转化为纤溶酶。目前在各种心脏手术中使用氨甲环酸可以取得和抑肽酶效果相同的血液保护作用，并且肾功能不全的发生率比抑肽酶少。用法为氨甲环酸2g单次静注、分次滴注，均可以减少心脏手术围术期出血，减少血液制品的应用量。氨甲苯酸(aminomethylbenzoic acid，PAMBA)40mg/kg也能有效减少体外循环瓣膜置换术患者的出血量。

心脏手术围术期用血量相对较多。采取综合有效方法，大力实施节约用血和血液保护措施，避免围术期大失血，对减少再次心脏手术用血，避免血液传播性疾病及并发症，减轻患者家庭及社会负担，具有积极的意义。

（卿恩明　董秀华）



## 参考文献


1. 汪曾炜，刘维永，张宝仁. 心脏外科学. 北京：人民军医出版社. 2003，878-1142
2. 卿恩明. 心血管手术麻醉学. 北京：人民军医出版社. 2006，702-712
3. Tanoue Y，Sese A，Ueno Y，et al. Bidirectional Glenn procedure improves the mechanical efficiency of a total cavopulmonary connection in high-risk fontan candidates. Circulation. 2001，103(17)：2176-2180
4. Adams DH，Filsoufi F，Byrne JG，et al. Mitral valve repair in redo cardiac surgery. J Card Surg. 2002，17(1)：40-45
5. Cohn LH. Evolution of redo cardiac surgery：review of personal experience. J Card Surg. 2004，19(4)：320-324
6. Rizzello V，Poldermans D，Schinkel AF，et al. Outcome after redo coronary artery bypass grafting in patients with ischaemic cardiomyopathy and viable myocardium. Heart. 2007，93(2)：221-225

7. Gerli C, Mantovani L, Franco A, et al. Redo coronary artery bypass grafting on the beating heart and transfusion needs. Minerva Anestesiol. 2006,72(12):985-993
8. Hirose H, Amano A, Takahashi A, et al. Redo coronary artery bypass grafting: early and mid-term results. Jpn J Thorac Cardiovasc Surg. 2004,52(1):11-17
9. Chakravarthy M,Jawali V,Patil TA, et al. High thoracic epidural anesthesia as the sole anesthetic for redo off-pump coronary artery bypass surgery. J Cardiothorac Vasc Anesth. 2003,17(1):84-86
10. Omae T,Kakihana Y,Mastunaga A,et al. Hemodynamic changes during off-pump coronary artery bypass anastomosis in patients with coexisting mitral regurgitation: improvement with milrinone. Anesth Analg. 2005;101(1):2-8
11. Wang J,Filipovic M, Rudzitis A,et al. Transesophageal echocardiography for monitoring segmental wall motion during off-pump coronary artery bypass surgery. Anesth Analg. 2004;99(4):965-973
12. Gasparovic H, Rybicki FJ, Millstine J,et al. Three dimensional computed tomographic imaging in planning the surgical approach for redo cardiac surgery after coronary revascularization. Eur J Cardiothorac Surg. 2005,28(2): 244-249
13. Laffey JG,Boylan JF,Cheng DC. The systemic inflammatory response to cardiac surgery: implications for the anesthesiologist. Anesthesiology. 2002, 97 (1): 215-252
14. Ronald A, Dunning J. Does use of aprotinin decrease the incidence of stroke and neurological complications in adult patients undergoing cardiac surgery? Interact Cardiovasc Thorac Surg. 2006,5(6):767-773
15. Karkouti K, Beattie WS, Dattilo KM,et al. A propensity score case-control comparison of aprotinin and tranexamic acid in high-transfusion-risk cardiac surgery. Transfusion. 2006, 46(3):327-338

# 第十一章 慢性缩窄性心包炎的麻醉

## 第一节 概 述

慢性缩窄性心包炎(chronic constrictive pericarditis)是由于心包的慢性炎症性病变所致心包纤维板增厚并逐渐挛缩、钙化、压迫心脏及大血管根部,使心脏的舒张和收缩受限,导致血液回流障碍,心功能逐渐减退,心搏出量减少而引起心脏及全身一系列的病理生理改变,造成全身血液循环障碍的疾病。由于其自然预后不良,最终因为循环衰竭而死亡。治疗该病唯一有效的措施是确诊后尽早手术。

### 一、心包解剖

心包包裹心脏及出入心脏的大血管根部,分为外层的纤维心包和内层的浆膜心包。纤维心包为一底大口小的锥形囊,囊口在心脏的右上方与出入心脏的血管外膜相移行,囊底对向膈中心腱并与之连接。纤维心包坚韧而缺乏伸展性,当心包腔积液时,腔内压力升高,可压迫心脏。浆膜心包可分为脏、壁二层,壁层与纤维心包紧密贴附,脏层紧贴在心肌的外面,即心外膜。脏、壁层在出入心脏大血管根部稍上方相互移行。慢性炎症时,脏、壁层可粘连愈着,限制心脏舒缩。心包腔为浆膜、心包脏、壁层围成的狭窄而密闭的腔隙。腔内有少量的浆液。心包腔内有横窦、斜窦和前下窦。心包横窦是位于升主动脉、肺动脉与上腔静脉、左心之间的部分,其大小可容一指,为心血管手术阻断血流的部位。心包斜窦是位于两侧肺上静脉、肺下静脉、下腔静脉、左心房后壁与心包后壁之间的部分。心包腔积液常积聚于此而不易引流。心包前下窦位于心尖的前下方,为浆膜心包壁层前部与下部移行处所围成的腔隙,深1～2cm,位置较低,心包积液常先积聚于此。

心包前壁隔着胸膜和肺与胸膜及第2～6肋软骨为邻,但在第4～6肋软骨高度因胸膜前界形成心包三角,使心包直接与左第4～6肋软骨前部、第4～5肋间隙及胸骨下左半部相邻,为心包裸区,可经此部位进行心包穿刺。心包前壁有结缔组织连于胸骨,称胸骨心包韧带,起固定心包作用。心包后面有主支气管、食管、胸导管、胸主动脉、奇静脉和半奇静脉等,两侧邻接纵隔胸膜,并有膈神经和心包膈血管自上而下行于心包与纵隔胸膜之间。心包下面邻下腔静脉和膈肌,与中心腱紧密愈合,周围部尚易分离。上方有升主动脉、肺动脉干和上腔静脉。

### 二、病 因

缩窄性心包炎的病因尚不完全清楚,目前已知的原因有结核性、化脓性、非特异性、肿瘤化疗、肿瘤引起以及外伤等所致的缩窄性心包炎。过去，慢性缩窄性心包炎多数由结核性心包炎所导致；目前由于结核病得以控制，慢性缩窄性心包炎病例明显减少，大多数病人病因不明，即使将切除的心包作病理检查和细菌学检查，也难明确致病原因。此外，化脓性心包炎、心包积血等也可导致慢性缩窄性心包炎，但病例数较少。

### 三、病理生理特点

缩窄性心包炎属于一种慢性疾病，心包脏层和壁层由于炎性病变导致炎性渗出和增厚，两层粘连闭塞心包腔，如果局部渗液吸收不完全，便造成包裹性积液。心包增厚程度不一，一般在0.3～1.0cm左右，厚者可达到2.0cm。心包普遍增厚，局部甚至钙化，质地坚硬，在心表形成一层厚薄不均的硬壳，把心脏紧紧地裹在里面，限制心脏的舒缩活动。在腔静脉入口和房室沟处易形成狭窄环，造成严重梗阻。心脏由于活动受限，心肌萎缩变性，甚至纤维化。造成生理紊乱的主要因素是心脏和腔静脉入口受增厚甚至钙化的心包压迫所致。由于心室受压迫，心脏舒张受限制，影响心室充盈，导致心排血量下降，心率代偿性增快。右心室舒张充盈受限，静脉回流困难，更因为腔静脉入口受压迫，尤其下腔静脉通过膈肌处受狭窄环的影响，静脉压升高，引起体静脉扩张，颈静脉怒张明显。肝脏由于淤血肿大，腹腔和胸腔积液，下肢浮肿。左心室舒张充盈受限，则引起肺循环压力增高和肺淤血，影响呼吸功能，如果出现胸水和腹水则更加重呼吸困难。

缩窄性心包炎病人心脏指数及心搏指数均降低，但射血分数可以正常。循环时间普遍延长，动静脉血氧差增大，为了代偿循环功能的障碍，血浆容量、红细胞压积、总循环容量增加。与此同时由于静脉压增高又产生胸水和腹水，结果使缩窄性心包炎病人心脏指数及心搏指数均降低。肺血容量有可能增多，造成肺内血液淤滞，通气和换气功能往往均受影响。肝脏因为淤血而肿大，肝细胞因缺氧而萎缩，甚至发生局限性坏死和出血，肝功能受损，不能使胆红质完全被转化，故病人常有黄疸。胃肠道因淤血而导致消化不良，病人往往体质较差，全身状况不良。同时由于产生大量的胸水和腹水，血浆蛋白尤其是白蛋白显著降低。

## 第二节　诊断与治疗

### 一、症状与体征

约50%的病人发病缓慢，不知不觉地出现症状，无明确的急性心包炎病史。急性化脓性心包炎发病后1年或数年才出现典型症状，结核性心包炎6个月后可产生缩窄而出现症状。主要表现为重度右心功能不全的症状：呼吸困难、腹部膨隆和下肢浮肿，呈慢性进行性加重，病人逐渐感到易疲乏，腹部渐渐膨大，活动后心悸气短；下肢水肿多出现在踝部。一般症状有颈部或胸部紧缩感，心前区不适，咳嗽、食欲不振、轻度黄疸、消瘦、营养不良等。但如有大量胸水或因腹水使膈肌抬高，则静息时亦感气促。病情较

重及肺部明显淤血者可出现口唇、末梢发绀并出现端坐呼吸。

随着心排血量下降,静脉压升高,患者多呈慢性病容、消瘦、轻度黄疸或发绀。浅静脉充盈,以颈静脉怒张最为明显,面部及四肢可出现浮肿,腹部膨大,腹水征阳性,肝脏肿大而坚硬,有时可达脐下,一般无压痛。一侧或双侧胸腔可有积液,肋间隙增宽。往往以右侧为多。如胸膜肥厚粘连则可见肋间隙变窄。心尖波动减弱或消失,心浊音界正常或移位,心率快、心音弱而遥远,可闻及第三心音,肺动脉第二音可能增强,多数患者无心脏杂音。血压低水平,脉压窄,一般为2.6kPa(20mmHg)左右。脉搏细弱无力,增快或不规则,深吸气时脉搏更弱,称为奇脉。静脉压均有显著增高达1.96kPa(20cm$H_2O$)以上,有时可高达3.92kPa(40cm$H_2O$)。

## 二、实验室检查

血象一般改变不明显,但可有程度不等的贫血。红细胞沉降率正常或稍增快。肝功能轻度降低,血清白蛋白减少。有些患者可能出现结核抗体试验阳性。

病人的心电图改变各异,各导联均可出现QRS波低电压,T波平坦或倒置。部分病人有房性心律失常,心房纤颤及房性期前收缩。同时亦可出现P波异常,表现为P波增宽,P波有切迹,或二者兼有。

## 三、影像学检查

X线心影大小接近正常或心影增大、心脏边缘显示不规则、各弧段消失、左右心缘显示平直呈三角形,有时呈烧瓶状改变。左右侧心缘变直,主动脉弓缩小。心脏搏动减弱。主动脉波动减弱,上腔静脉扩张表现为右上纵隔增宽。左房增大,食道吞钡见左房压迹明显。在斜位或侧位片上显示心包钙化较为清晰。胸片上可出现肺淤血,表现为中上肺野纹理明显增多、增粗、模糊,肺门显示增大、增浓,呈"鹿角"状改变。间质性肺水肿可见Kerley B线,在某些病例可见到Kerley A线,当体循环量多时可出现肺泡性肺水肿,表现为两肺内中带见大片密度增高的模糊影呈"蝶翼"状改变。在胸部平片上常可见到一侧或双侧胸膜增厚、粘连,钙化或胸腔积液,有时不除外见到肺部有结核病灶。

CT和磁共振检查可以清楚地显示心包增厚及钙化的程度和部位,其确诊率较高,而且有助于鉴别诊断。

超声心动图可以显示心包增厚、粘连或积液,心房扩大、心室舒张末径缩小:在心尖四腔面上呈现出"四腔大小趋似"征。在肋下四腔面时见下腔静脉扩张,内径约为左右心室内径和的1/3,显示出"小心室大静脉"征象和心功能减退。有些病人在M型图上见左室后壁内膜在舒张中晚期运动呈平直外形。也可显示二尖瓣早期快速关闭及肺动脉瓣提前开放。

心导管检查右心房和右心室舒张压均高于正常值,右心室压力曲线显示心室收缩压接近正常,舒张早期迅速下倾,再迅速升高,并维持在高水平状态。肺毛细血管和肺动脉压力均升高。

## 四、诊断与治疗

根据病史和临床体征，以及超声心动图检查、X 线检查，对大多数病人均可做出正确的诊断。在确诊缩窄性心包炎时应该与肝硬化、结核性腹膜炎、充血性心力衰竭和心肌病相鉴别。少数病例可能需要施行心导管检查或 CT 及磁共振等检查以便进一步明确诊断。

心包切除术是治疗缩窄性心包炎的主要方法。早期手术死亡率很高，1946 年 Sellors 报告为 33%，1953 年吴英恺等报告为 29%。阜外心血管病医院 1958 年～1971 年手术治疗 271 例，总死亡率为 10.7%，至 1977 年 328 例手术，总死亡率降为 6.1%。国外术后早期死亡率为 5%～15%，Mayo Clinic 231 例手术，术后早期死亡率为 14%。随着心脏外科技术及麻醉等各方面的发展，死亡率进行性下降。死亡原因绝大部分为术后急性心力衰竭。

慢性缩窄性心包炎诊断明确后，应尽早施行心包剥脱手术，以免病程迁延过久，导致病人全身状况逐渐恶化，心肌萎缩加重，肝功能及肾功能逐渐减退，从而增加手术的危险性，影响手术效果，或者失去手术救治机会。

手术通常采用胸骨正中切口，或经胸左前外切口，术中剥离心包的大体顺序为：心尖—左室流出道—右室流出道—右室、右房—上、下腔静脉入口—心包膈面。心包的切除范围依据病情而定，一般左侧至膈神经后方 2 厘米，右侧至膈神经并显露出上、下腔静脉，上方达大血管基底部心包返折处，下方包括心包膈面。

一般术中先从左或右室流出道心包钙化最少的部位切开，找到心肌与纤维板之间的平面进行剥离，放射状剪开剥离的心包，暂不切除，以便心肌撕裂后可作修补用。先切开左心前区增厚的心包纤维组织，切开脏心包显露心肌后，即可见到心肌向外膨出，搏动有力。然后，沿分界面细心地继续剥离左心室前壁和心尖部的心包，再游离右心室，最后，予以切除。有些病例的上、下腔静脉入口处形成瘢痕组织环，亦应予以剥离切除。剥离心包时，应避免损伤心肌和冠脉血管。如钙斑嵌入心肌，难于剥离时，可留下局部钙斑。若心包钙化严重、难以彻底剥离，则行局部多刀切开，达到松解心包的目的，切忌强行剥离，以免造成心肌撕裂大出血。

# 第三节 麻醉处理

## 一、术前准备

缩窄性心包炎为慢性病，全身情况差，术前应针对具体情况进行全面的积极纠正。慢性缩窄性心包炎严重影响心脏的收缩和舒张功能，可产生心肌损害、心肌萎缩导致心肌收缩无力。临床表现为射血分数常常是正常的，而心排指数常降低，循环时间普遍延长，动静脉血氧差增大。为了代偿循环功能的障碍，血浆容量、红细胞压积、总循环容量增加。且多数伴有胸膜炎、胸腔积液，影响肺功能，亦可累及肝脏而出现肝肿大、腹水

等。充分的术前准备对提高手术耐受性、降低手术死亡率极为重要。

缩窄性心包炎病人多数全身虚弱，麻醉前用药以不引起呼吸、循环抑制为前提。术前常规禁食6～8小时。小儿禁食时间可酌情缩短至4小时。术前30min给予麻醉前用药如肌肉注射咪达唑仑0.08mg/kg(或口服地西泮0.2mg/kg)，东莨菪碱0.006mg/kg。以缓解病人的紧张情绪。对腹内压高的腹水病人，应预防诱导时出现误吸，可以预防性给予氢离子拮抗剂，如胃复安等药物。

由于静脉压增高和胸水腹水的影响加上心内压力升高，导致患者肺活量降低，肺血容量增多，肺内血液淤滞，通气和换气功能往往均受影响，必要时可低流量吸氧以改善病人的组织代谢状况。病人往往因胃肠道淤血消化不良导致体质较差，全身状况不良。大量的胸水和腹水造成蛋白丢失，血浆蛋白尤其是白蛋白显著降低。术前应尽可能地改善病人全身状况，提供高蛋白饮食以补充血浆蛋白并补充适量的维生素B、C等。对于肝功能明显下降的病人，还应补充维生素K以提高病人的凝血功能，防止手术过程中因凝血功能低下而导致异常出血。由于术前治疗中通常采用低盐饮食和袢利尿药，常常引起血$K^+$、$Na^+$、$Cl^-$降低等电解质紊乱现象，术前适当的补钾或应用含钾极化液以避免低钾血症的发生并纠正病人的各项生化指标使接近正常生理水平。必要时可经静脉途径补充蛋白、全血或血浆，以增加血浆胶体渗透压。

积极抗结核治疗，除明确为非结核性缩窄性心包炎之外，至少应系统抗结核治疗2周。胸腔积液较多者，术前可适当进行胸穿抽液以改善呼吸功能，但绝不能因为药物治疗和反复胸腹腔穿刺能缓解症状，而导致延误及失去手术时机。

术前一般不用洋地黄制剂，如病人的心功能较差，心率大于100次/min者仅在手术当日的清晨给予小剂量洋地黄类药物如静注西地兰0.2～0.4mg，可适当控制心率，对心功能亦有一定的改善功效。

对肝肿大、腹水及全身水肿者应常规应用利尿剂及补钾，并及时纠正水电解质紊乱，如利尿药仍不能减少胸、腹水，则可于术前一到两天抽取胸、腹水，胸水应尽量抽尽而腹水则部分排出即可，目的是减少对呼吸功能的影响，同时避免心包切除后回心血量突然增加而引起急性心力衰竭。对全身情况较差，且合并有重要脏器功能严重损害或伴有感染等合并症患者，如病情允许，应先行内科治疗，待病情稳定、全身情况好转后再行手术。

手术一般在仰卧位下进行，正中、左前外或双侧开胸。在心包剥脱术时，胸骨正中切口可以提供充分的术野及手术路径。有时也采用左前外侧经胸切口。所采取的入路将根据是否进行心包减容和需否应用体外循环而决定。如病人合并肺部病变，呼吸功能较差时，应采用对呼吸功能影响较小的正中切口。必须采用开胸切口时，由于缩窄性心包炎病人肺内淤血，循环缓慢，胸腹水等原因，肺的顺应性差，通气及换气功能均受影响，应格外注意对呼吸功能的维护，维持气体交换。密切注意控制呼吸的效果。

## 二、术中监测

心包剥脱术是心脏手术中的高危手术之一，除了常规的心电图、脉搏血氧饱和度仪、袖带血压计等以外，实施有创的血流动力学监测是非常必要的，左桡动脉置管监测

平均动脉压，并间断取血查血气，中心静脉置管监测中心静脉压(CVP)及右房压(RAP)，除可保证及时、快速的输液和给药通路外，对比手术前后 CVP 还可以检测心包松解手术效果。由于术中随时存在突然出血的危险，必须保证有两条大口径(16G 或14G 套管针)、通畅的静脉通路，以备紧急快速输血。如果是尿毒症性心包炎的病人，有时需要采用足背动脉或股动脉置管测压，这样可以保留上肢的血管准备将来血液透析时建立动静脉瘘管。手术前，病人的一侧腹股沟区应做消毒准备，万一需要紧急建立体外循环时，可以经此进行股动静脉插管。发生术后低心排血综合征时建议放置肺动脉导管进行监测。术前在患者背部放置贴敷式除颤电极连接心脏除颤器，这样一旦在心包剥脱完成前发生心室纤颤无法应用体内除颤装置时可以随时提供除颤治疗。

缩窄性心包炎当心腔容量接近心包腔容量时，可能出现舒张中晚期右心室充盈受限。心室腔内压力表现为特征性“平方根波形”或低谷和高台波形(如图 11-1)。由于缩窄的心包已经成为心室壁的一部分，当心室收缩时，心包像弹簧一样变形。当舒张开始时，弹簧被释放、心室得到快速充盈，心室压力降低并产生低谷平台波形的低谷。当心脏充盈量接近受限制的心包所能容纳的水平时，心室充盈曲线的高台波形出现，这意味着右房、左房、心室充盈压力的明显抬高。在限制性心包炎的压力高台期，因为缩窄性心包炎的心包的限制，使肺动脉舒张压、肺动脉楔压和右房压的数值相等并且抬高。

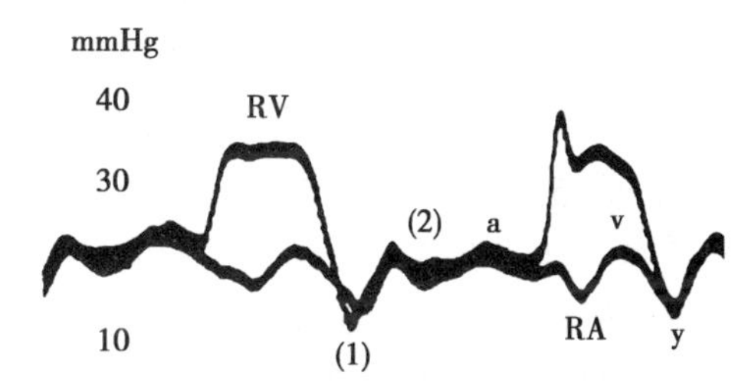

**图 11-1 慢性缩窄性心包炎病人的右室(RV)及右房(RA)压力波形**

## 三、麻醉处理原则和麻醉管理

无论采用何种麻醉，麻醉管理的目的应包括避免心动过缓、心肌抑制和避免心脏前后负荷的降低。慢性缩窄性心包炎病人的心排出量在麻醉诱导期进一步减少，可致血压下降，甚至心搏骤停。因此，应使麻醉对循环功能的抑制降低到最小程度。

### (一) 麻醉诱导与维持

麻醉诱导对缩窄性心包炎病人是极其重要的环节，无论采用何种诱导方法，首先是尽可能减轻麻醉对循环功能的抑制。由于血压偏低和代偿性心动过速的病人，进一步循环代偿功能已很差，处理不当可能导致猝死。

一般采用气管内插管静吸复合麻醉，使病人能在比较舒适、无知觉、无痛的条件下接受手术治疗。缩窄性心包炎患者循环时间延长，药物起效慢，应酌情减慢麻醉诱导注药速度。不能误认为病人耐受性好，而造成药物相对过量，以致引起血压下降甚至循环衰竭。

低血压状态下严重缩窄性心包炎患者也不能耐受短时间大量输液，因此麻醉诱导应力求平稳，尽量避免使用有外周血管扩张作用的药物。可选用地西泮、咪达唑仑作为催眠药物，但须注意咪达唑仑用量大时亦有心血管抑制作用。也可选用依托咪酯0.3mg/kg，使病人安静入睡。水溶性依托咪酯静脉注射疼痛在浅麻醉下可能引发心动

过速，应尽可能选择乳剂。氯胺酮有交感神经兴奋作用，用药后心率增快、血压升高，可以预防诱导时出现的血压下降，虽然可能增加心肌耗氧量，但对于缩窄性心包炎病人心率增快是增加心排量的唯一的有效代偿因素。肌肉松弛剂中，首选维库溴铵和罗库溴铵，因其对心血管系统的影响很小。泮库溴铵(pancuronium)有轻度的心率增快作用，与芬太尼类药物合用，可以抵消其负性频率作用，使循环参数更平稳。哌库溴铵(arduan)有轻度的负性频率作用，而且作用时间相对较长，尽量避免使用。也可选用短效肌松剂如阿曲库铵(tracrium)。心脏功能极差的危重患者可以应用小剂量氯胺酮配合泮库溴铵辅助表面麻醉进行气管插管，甚至可以考虑在清醒状态表面麻醉下行气管插管，但是麻醉深度不够也会引发一系列其他问题。在麻醉诱导期出现血压下降、阵发性室性心动过速，应立即应用多巴胺、利多卡因等药物对症处理。发生心搏骤停，应立即气管插管人工辅助呼吸，迅速开胸挤压心脏，并尽快松解左室面心包。

缩窄性心包炎病人麻醉维持亦较困难，单纯使用吸入麻醉药很难达到所需的麻醉深度而无明显心肌抑制。可以选择吸入少量异氟烷、地氟烷或七氟烷，同时配合使用对心肌"无抑制"的镇痛药如芬太尼、舒芬太尼、瑞芬太尼等。芬太尼对心血管系统的影响很轻，不抑制心肌收缩力，但有心率减慢的不良反应，可使用阿托品拮抗。心功能较好的患者术中麻醉维持可以联合应用静脉和吸入麻醉药，术中保证有足够的麻醉深度但应避免麻醉过深。严密监测动脉压、心电图和中心静脉压，维持心率在可接受水平。严格控制输血输液的速度和输入的量，以防缩窄解除后心室过度充盈膨胀，引发急性右心衰或全心衰。

丙泊酚对心血管系统有明显的剂量依赖性抑制作用，可使动脉压显著下降，动脉压的下降与心排血量下降和全身血管阻力的减少有密切关系，这种变化是由于外周血管扩张与直接心脏抑制的双重作用所致。丙泊酚维持麻醉时心率可以保持不变，但由于抑制压力感受器反射，从而减弱对低血压引起的心动过速反应，可能会干扰缩窄性心包炎病人的心脏代偿机制。对病情较重的心包炎病人，丙泊酚可能不适合麻醉的诱导，但通常在临床工作中也使用丙泊酚作为维持用药，只是采用其良好的镇静催眠效应。一般剂量为1～2mg/(kg·h)，可以达到很好的麻醉辅助用药目的。

对于术前有大量胸、腹水的患者，麻醉诱导后、手术开始前可适量放出一些胸、腹水，这样第一可避免过早放胸腹水而外周静脉压未改善，胸、腹水迅速再生，导致大量体液及蛋白的丢失；第二避免心包剥脱后，大量胸、腹水进入体循环，加重心脏前负荷而引发一系列问题。

### (二) 呼吸管理

麻醉诱导插管后进行机械通气时，以潮气量8ml/kg为宜，避免潮气量过大气道压力过高，否则会引起胸内压升高，进一步减少回心血量使心排出量进一步下降。如果麻醉期间出现通气不足及二氧化碳蓄积，可以通过提高吸入氧浓度和增加通气频率来改善。

机械通气期间，如果麻醉者发现气道压力突然增加或脉搏氧饱和度下降以及气道出现粉红色分泌物应立即想到急性肺水肿的发生。应立即抬高床头、提高供氧浓度，适当增加通气压力，提供呼气末正压通气，并采取其他治疗急性肺水肿的相关措施。

### （三）术中管理

术中根据中心静脉压，控制输液速度，遵循在心包完全剥离前等量输液或等量输血而在剥离后限量输液的原则，防止心包剥除后回心血量增加，扩大的心脏收缩无力诱发肺水肿和心力衰竭。

在胸骨锯开后，放置胸骨牵开器时应密切注意血压变化并及时与外科医生沟通。胸骨牵开后，心包会因牵拉而绷紧，有可能进一步限制心室充盈而导致血压下降；增厚、粘连及钙化的心包与周围的组织粘连很紧密，牵拉胸骨的同时会使心脏移位影响心脏血液回流，同样可以导致血压下降。术者首先应将直接呈现在术野的心包行局部切除，以松解部分被束缚的心肌，然后再逐渐扩大暴露范围并予以切除。随着手术进程逐渐扩大胸骨牵开器，以不影响血压为宜。麻醉医师应及时观察到血压的变化并及时通知术者。

术中病人采用头高脚低位，以防止下腔静脉梗阻解除后下腔静脉回血骤增，已有萎缩变质的心肌不能适应突然增加的血流量而发生急性心力衰竭。在大部分心包剥脱、心肌压迫解除后，腔静脉梗阻解除前应及时给予西地兰 0.2～0.4mg、呋塞米 20mg 强心利尿，减少循环血量及心脏的负担。必要时可先期持续静脉输注小剂量多巴胺[1～3μg/(kg・min)]来加强心脏的收缩功能。缩窄性心包炎病人一般失血量不大，而且循环血容量已相对过多，应适当控制输血输液，速度不宜过快。心包完全剥离前一般不输血或仅等量输血，剥离后则应限量输血。如因剥离心包时心房、腔静脉破裂和/或心肌、冠状动脉损伤而至大量出血，则应根据实际情况进行成分输血。在剥离心包的过程中，由于手术刺激和/或缺氧及二氧化碳蓄积，导致心律失常，严重者可发生室颤。手术时局部刺激引起的个别室性期前收缩，如不是多发性、持续性者，可不必处理。如发生持续性室性心律失常，则应暂停手术操作，静脉内给予利多卡因 0.5mg～1.0mg/kg，检查血气和电解质是否异常并做出相应处理。如发生心动过缓，往往会伴有血压下降，可给予小量多巴胺提高心率和血压。

当心包被剥离后，心肌活动度增强，由于心肌已有废用性萎缩，加上骤增的回心血量，很容易发生持续性低心排。持续性低心排是心包剥离术后的主要死亡原因，应予以高度重视，除及时给予西地兰 0.2～0.4mg 强心并给予利尿剂减少循环血量及心脏的负担外，还可根据情况给予正性肌力药物如多巴胺等。必要时甚至可用主动脉内球囊反搏（IABP）帮助病人度过危险期。

如遇以下情况：术中发生大出血而又止不住血、术中发生室颤需进行心内按压或除颤都较为困难者、或者心功能低下发生低血压不能维持循环的情况等，皆应考虑立即建立体外循环、在体外循环下继续进行手术。



## 第四节　术中及术后并发症的防治

### 一、快速出血

在剥离心包时造成不同程度的心肌撕裂导致出血。处理时首先是外科止血，在外科医生进行止血的同时麻醉医生应根据出血部位、出血点的大小立即对外科失血量作出估计，决定补充液体的种类和输入量。麻醉医生术前应作好相应准备，包括通畅的静脉通路、血液制品和血浆代用品以及应急使用的血管活性药物。

## 二、术中心律失常

多为频发室性期前收缩，可用利多卡因滴洒心肌表面，暂停操作，多能控制。经以上方法处理还出现频发室性期前收缩，麻醉医生应警惕病人是否发生了血清离子紊乱或酸碱失衡，应马上进行血气检查，并做好补钾及纠正酸中毒的准备。

## 三、术中急性低心排出量综合征的处理

对病程长，症状重，心包切开后心肌呈暗紫色、室壁薄而收缩无力者不应强求广泛切除缩窄心包。心包缩窄解除后，腔静脉回心血量增加导致心室快速充盈、膨胀，心脏扩大；心肌受损后收缩无力；淤滞在组织内的体液回流入血循环，加重心脏的负担等因素综合作用导致术中出现急性低心排出量综合征。防治重点：①要严格控制液体输入量及速度，避免过量输血输液。②早期应用强心、利尿剂：术中心包缩窄解除后即可应用西地兰、呋塞米等，在强心的同时，排除过多体液减轻心脏负担。③建议外科医生一定遵循正确的心包剥脱顺序进行手术，否则若先将心脏入口腔静脉的梗阻部位松解，而右心室的限制尚未解除，骤然增加的回心血量势必造成右房压力激增，而造成心肌损害。随着右室梗阻的解除又造成右心室心肌损伤。④一旦出现低心排出量综合征，除强心、利尿外，还应加用多巴胺等血管活性药物。如心肌损害严重对儿茶酚胺类药物反应差，可根据需要放置主动脉内球囊反搏(IABP)辅助。

## 四、外科术野渗血的处理

由于缩窄粘连的心包被钝性或锐性分离后，心肌表面会留下许多创面，稚嫩的心肌组织毛细血管被破坏导致大量渗血。外科医生可以采用电凝的方法进行止血，但有时也不能取得令人满意的效果。

麻醉医生可以通过监测凝血状态补充一定量的凝血因子增强病人的凝血功能。也可以在心肌表面喷洒凝血酶来帮助止血。凝血酶为白色或微黄色非晶体冻干粉剂，极易溶于生理盐水，是一种直接作用于出血部位的速效局部止血药，不需全身代谢，直接作用于血液中纤维蛋白原，使之变为纤维蛋白，促使血液凝固。处理心包剥脱术中的创面出血和渗血时将凝血酶4 000U溶于2～4ml生理盐水中，直接喷洒在渗血创面上，然后用纱布压迫5min，合并小血管破裂出血者，将其洒于明胶海绵上填压出血处压迫止血。

## 五、膈神经损伤

手术中如损伤膈神经，可造成膈肌的不协调呼吸运动，影响气体交换，不利于呼吸

道分泌物的排出。因此，在病人清醒后拔除气管导管前要判断是否有不协调的胸腹式呼吸，避免出现拔管后呼吸抑制。如果可疑膈肌损伤，应待病人完全清醒且肌张力完全恢复后再试行拔除气管导管。

## 六、术后需要关注的几点注意事项

术后正确、有效的监护治疗，可以减少和避免一部分术后并发症的发生。在术后早期的监护治疗中，要重点防止低心排、电解质紊乱、心律失常、急性肾功能不全、出血等，一旦出现并发症要及时处理。

（1）术后低心排出量综合征的防治是缩窄性心包炎治疗成败的关键之一，由于慢性缩窄的心包长期束缚心脏，导致心肌萎缩，易出现低心排，术后早期应继续进行强心利尿治疗，避免心包剥脱后，外周组织内长期淤积的液体大量涌入循环，加重心脏前负荷；适当限制液体尤其是晶体入量、应避免短时间内的快速大量输液，防止因容量负荷过度而导致的低心排。术后应继续进行中心静脉压监测，早期中心静脉压仍不能恢复到正常水平，腹水仍然存在，在维持有效循环指征的前提下，尽可能使CVP处于较低水平。由于术后大量使用利尿药进行利尿，要高度警惕低钾、低镁血症的发生，一定要做到及时补充电解质，防止心律失常发生。

（2）适当应用血管扩张剂，可以减轻心脏的前、后负荷，尤其在术后早期更为重要。

（3）对于心功能比较低下的患者，小剂量多巴胺对于心功能的改善会有极大的帮助。不要在病情不稳定的情况下过早停用此类正性肌力药物。

（4）由于手术打击和开胸的影响，术后对呼吸的支持和管理很重要，应持续进行机械通气，适当的呼吸机辅助呼吸治疗，对于中、重症患者及有肺部并发症患者至关重要。病人完全清醒，循环稳定，自主呼吸恢复，潮气量基本正常，血气指标正常后方可停用呼吸机并拔除气管插管。

（王洪武　薛玉良）

## 参考文献


1. 关富龙，王奎民等. 慢性缩窄性心包炎132例外科治疗及疗效分析. 中国医学研究与临床，2004，2(12)：67-68
2. 姜辉，汪曾炜等. 慢性缩窄性心包炎的外科治疗. 中国胸心血管外科临床杂志，2006，13(4)：41-42
3. 聂军，王元星等. 慢性缩窄性心包炎的外科治疗. 美国中华临床医学杂志，2006，8(3)：324-325
4. 章光明，张宏伟等. 慢性缩窄性心包炎的围术期处理. 中国现代手术学杂志，2004，8(2)：99-100
5. 夏清放，孙明辉等. 慢性缩窄性心包炎的影像学诊断. 医用放射技术杂志，2005，236：96-97
6. 张晓东，谢红，杨天德. 慢性缩窄性心包炎患者心包切除术的麻醉管理. 重庆医学，2006，35(7)：591-592
7. 张军，张文君等. 慢性缩窄性心包炎心包剥脱术后早期并发症及处理. 郧阳医学院

学报，2002年6月,21(3):174

8. 王亚宏，徐今宇.凝血酶在心包剥脱术中的应用体会.陕西医学杂志,2003,32(8):768

9. 肖文静,卿恩明,心包剥脱手术的麻醉.见:卿恩明.心血管手术麻醉学.北京:人民军医出版社,2006,258-266

10. Oliver WC Jr, Nuttall GA. Uncommon Cardiac diseases. In: Kaplan JA, Reich DL, Lake CL. Kaplan's Cardiac Anesthesia. 5th edition. Philadelphia: W. B. Saunders, 2006,781-799

# 第十二章 慢性肺动脉栓塞手术的麻醉

慢性肺动脉血栓栓塞症(chronic pulmonary thromboembolism)在临床上并不少见,具有潜在致命性。在美国发病率仅次于冠心病和高血压,居心血管疾病的第3位,病死率为20%～35%,占全部疾病死亡原因的第3位。外科治疗主要是针对慢性血栓栓塞性肺动脉高压(chronic thromboembolic pulmonary hypertension,CTPH)行肺动脉血栓内膜剥脱术(pulmonary thromboendarterectomy,PTE)。PTE是治疗CTPH的重要手段,近年来随着术前诊断、手术技术、围术期监护及治疗水平的不断提高,手术并发症及死亡率明显降低。据国内报道1990年以前手术死亡率为16%～30%,1990年以后已经降至5%～10%,6年生存率达到75%以上,国内不少医院正在逐步开展此类手术。由于其围术期带来的诸如右心衰竭、深低温停循环、脑保护、肺水肿、肺出血等问题,是心脏麻醉中具有全面挑战性的麻醉处理之一。

## 第一节 慢性肺动脉栓塞的病理生理

慢性栓塞性肺动脉高压是由急性肺血栓栓塞发展而来,肺栓塞最常见的栓子是来自静脉系统中的血栓,当栓塞后产生严重血供障碍时,可发生肺组织梗死。肺血管被阻塞,随之而来的神经反射、神经体液的作用,可引起明显的呼吸生理及血流动力学的改变,其典型的病理生理变化为进行性肺动脉高压,最终造成右心功能和呼吸功能不全,根治首选PTE或肺移植。

### (一) 临床表现

1. 症状和体征

(1) 呼吸困难:是肺栓塞最常见症状,出现在80%以上,活动后明显,静息时可缓解,轻重不一,可以反复,由于诊断时常常已发生严重肺动脉高压,因此尤其要重视轻度呼吸困难者。

(2) 胸痛:突然发生,与呼吸有关,咳嗽时加重,约占70%以上。呈胸膜性疼痛者约占60%以上,可能与肺梗死有关。常伴有恐惧和烦躁,可能与缺氧有关。

(3) 咳嗽、咯血:咯血为肺梗死表现,发生在梗死后24小时内,开始为鲜红色,数天后变为暗红。慢性栓塞性肺动脉高压的出血,主要来自黏膜下支气管动脉代偿性扩张破裂出血。半数以下病人可有咳嗽,多为干咳,可伴有喘息。

(4) 其他:大块肺栓塞引起脑供血不足,出现晕厥,也可能是慢性栓塞性肺动脉高压唯一或最早的症状。突然发生和加重的充血性心力衰竭,常是晚期的表现。

(5) 体征:呼吸频率增快(大于20次/分)、窦性心动过速(100次/分以上)、固定的肺动脉第二音亢进及分裂。部分病人可以出现室上性心律紊乱、局部湿性啰音及哮鸣

音。仅35%病人有深静脉炎表现。因肺内分流或卵圆孔开放,可以出现发绀。其他慢性肺动脉高压和右心功能不全的表现。

2. 辅助检查

(1) 磁共振(MRI)和X线:MRI类似导管造影,敏感性和特异性均相当高。普通X摄片显示肺动脉段突出,主肺动脉扩张,因肺动脉高压引起右心室扩大。CT血管造影如增强螺旋CT和超高速CT都有诊断价值。

(2) ECG:右心扩大引起的心电变化,电轴右偏,Ⅱ、Ⅲ、aVF肺型P波,右心劳损,右束支传导阻滞,心律失常等。

(3) 超声心动图:直接或间接显示肺栓塞征象。前者显示肺动脉主干及其左右分支栓塞。后者显示肺动脉高压的继发性改变,如肺动脉增宽,右室扩大,室间隔左移,三尖瓣反流等。

(4) 放射性核素:肺灌注显像属无创和有价值的肺栓塞诊断手段,典型征象为呈肺段分布的灌注缺损,不呈肺段性分布者受限。

(5) 肺动脉造影:最有价值的辅助检查,表现为肺动脉内充盈缺损、肺动脉的阻塞、肺野无血流灌注、肺动脉分支充盈和排空延迟等。严重肺动脉高压病人,肺动脉造影具有危险性。肺动脉造影发现以下5种征象:①肺动脉内有凹凸性影像;②在肺叶或肺段水平发现肺动脉网的密度降低;③内膜不规则;④继发于再通、同心狭窄和反应性动脉收缩而发生的主肺动脉突然狭窄;⑤肺叶血管阻塞。

(6) 实验室检查:肺血管床的阻塞大于20%出现 $PaO_2$ 下降,但超过20%的病人可以正常。

**(二) 病理生理**

1. 呼吸系统的改变

(1) 肺泡死腔增加:被栓塞的区域出现无血流灌注,使通气—灌注比值失常,不能进行有效的气体交换,故肺泡死腔增大。

(2) 通气受限:栓子释放的5-羟色胺、组胺、缓激肽等,均可引起支气管痉挛,表现为中心气道的直径减小,增加气道阻力,使通气降低,引起呼吸困难。

(3) 肺泡表面活性物质丧失:表面活性物质主要是维持肺泡的稳定性。当肺毛细血管血流中断2~3h,表面活性物质即减少;12~15h,损伤已非常严重;血流完全中断24~48h,肺泡可变形及塌陷,呼吸面积减少,肺顺应性下降,肺体积缩小,出现肺不张。表面活性物质的减少,又促进肺泡上皮通透性增加,间质和肺泡内液体渗出或出血,出现充血性肺不张,局部或弥漫性肺水肿,肺通气和弥散功能进一步损伤。

(4) 低氧血症:由于上述原因,低氧血症常见。当肺动脉压明显增高时,原正常低通气带的血流充盈增加,通气—灌注比值明显失常,严重时可出现分流。心功能衰竭时,由于混合静脉血氧分压的低下均可加重缺氧。

(5) 低碳酸血症:为了补偿通气—灌注失常产生的无效通气,出现过度通气,使动脉血 $PaCO_2$ 下降。

2. 血流动力学改变 取决于栓塞血管的数量和程度,以及病人的心肺功能状态。肺血管栓塞后,即引起肺血管床的减少,机械阻塞、神经体液因素和缺氧因素,均使肺毛细血管阻力增加,肺动脉压增高,甚至急性右心衰竭。70%病人平均肺动脉压高于

2.67kPa(20mmHg)，一般为3.33～4.0kPa(25～30mmHg)。血流动力学改变程度主要由如下条件决定：

(1) 血管阻塞程度：肺毛细血管床的储备能力非常大，只有50%以上的血管床被阻塞时，才出现肺动脉高压。实际上肺血管阻塞20%～30%时，就出现肺动脉高压，这是由于神经体液因素的参与。

(2) 神经、体液因素：除引起肺动脉收缩外，也引起冠状动脉、体循环血管收缩，甚至可能危及生命，导致呼吸心跳骤停。

(3) 栓塞前心肺疾病状态：可影响PE的结果，如肺动脉压可高于5.33kPa(40mmHg)。

3. 神经体液介质的变化　新鲜血栓上面覆盖有多量的血小板及凝血酶，其内层有纤维蛋白网，网内具有纤维蛋白溶酶原。当栓子在肺血管网内移动时，引起血小板脱颗粒，释放各种血管活性物质，如腺嘌呤、肾上腺素、核苷酸、组胺、5-羟色胺、儿茶酚胺、血栓塞A2(TXA2)、缓激肽、前列腺素及纤维蛋白降解产物(fibrin degradation products，FDP)等。它们可以刺激肺的各种神经，包括肺泡壁上的J受体和气道的刺激受体，从而引起呼吸困难、心率加快、咳嗽、支气管和血管痉挛、血管通透性增加。同时也损伤肺的非呼吸代谢功能。

## 第二节　慢性肺动脉栓塞的外科治疗

慢性肺动脉栓塞病变位于外科可及部位，满足手术适应证，可以实施肺动脉血栓内膜剥脱术(pulmonary thromboendarterectomy，PTE)，通过肺动脉栓塞内膜剥脱，解除肺血管阻塞，增加肺血流量，降低肺动脉压力，改善右心功能，可挽救部分病人的生命。

### (一) 外科适应证

1. 肺动脉造影或CT等检查，显示病变位于手术可及部位。如起始于肺叶动脉起始处或近端，血栓位于支气管肺段也可手术，但有肺血管阻塞解除不全的可能。经CT血管造影(CTa)、肺扫描和肺动脉造影证实肺动脉主干和大分支(手术可及范围)血栓栓塞>50%，支气管动脉造影显示远端血管床内无血栓存在，伴随血流动力学损害。

2. 明显的慢性血栓栓塞性肺动脉高压，肺动脉平均压(PAPm)安静时>20mmHg，活动后>30mmHg，肺血管阻力(PVR)>300dyn·s/cm$^5$[1mmHg/(s·L)=1.33dyn·s/cm$^5$]。

3. 心功能受损，大部分患者心功能NYHA分级在Ⅲ或Ⅳ级；有严重低氧血症的呼吸功能不全的患者。

4. 可耐受体外循环。

### (二) 禁忌证

1. 肺动脉栓子播散到远端肺动脉。

2. 严重心力衰竭(NYHA Ⅳ级)，PAPm>50mmHg，PVR>750mmHg/(s·L)。

3. 严重肝肾衰竭及其他危及生命的疾病，如恶性肿瘤等。

4. 过度肥胖。

**（三）外科技术**

1. 体外循环结合深低温低流量、停循环技术　肺动脉栓塞范围广泛者，需要在深低温低流量或深低温停循环下施行手术，可以避免支气管动脉分流过来的大量血液对术野的影响，易导致脑损伤。尽量限制停循环时间，间断使用低流量技术，以利于(脑)保护。深低温可以显著提高大脑对缺氧的耐受性，一般将中心温度(膀胱或直肠温度)降低到 15～20℃，并继续降温使脑温(鼻咽温)维持稳定。

2. 清除血栓和机化内膜　在肺动脉中层膜面上将血栓和内膜完整切除，不宜过深以避免损伤肺动脉壁。尽量完全切除远端的栓塞，直至支气管动脉有大量鲜红色血液流出。

3. 处理伴随的心脏病变　探查三尖瓣，必要时行三尖瓣成形术，因肺动脉高压导致的功能性轻度三尖瓣关闭不全一般不用处理；探查房间隔，同期修补房间隔缺损或卵圆孔未闭。

4. 可能存在的外科问题

(1) 副损伤：膈神经损伤。在心包内肺门处游离显露左右肺动脉前壁直至肺叶血管分叉处，尽量避免进入胸膜腔。

(2) 肺出血：确认剥离层面，包括血栓本身和增厚的内膜，防止损伤肺动脉壁。

(3) 肺动脉狭窄：横切纵缝，必要时心包补片扩大肺动脉。

## 第三节　慢性肺动脉栓塞的麻醉处理

慢性肺动脉栓塞的麻醉处理主要在于维持右心功能、改善肺的气体交换和氧合功能、降低肺动脉压力及肺血管阻力、避免增加肺动脉压及损害右心功能的因素。同时注意脑及肺等重要器官的保护。

**（一）麻醉前准备和用药**

1. 术前准备涉及到呼吸内科、心脏外科和麻醉科的多学科合作。麻醉医师应详细了解术前的检查资料，尤其是心导管资料，如心排出量、肺血管阻力(PVR)、右室舒张末期压等参数，这对麻醉药物的选择和术中管理非常重要。当存在右室舒张末期压抬高(＞14mmHg)、严重的三尖瓣反流、PVR 超过 1000dyn·s/$cm^5$ 时，是失代偿的危险征象，此类患者必要时在麻醉前期就应该考虑使用正性肌力药物(如多巴胺、肾上腺素)和血管加压药(去氧肾上腺素)支持。

2. 麻醉前用药应谨慎，镇静(轻度)以不抑制呼吸为原则。尽管 CTPH 病人 PVR 相对固定，但仍易受到许多因素的影响，如缺氧、二氧化碳蓄积、酸中毒、疼痛和焦虑均可引起升高。注意即使小剂量镇静药也可以引起呼吸抑制，可能导致灾难性的 PVR 升高。因此，使用镇静药物在进入手术室前应考虑吸氧，以便顺利转入手术室内。

**（二）麻醉监测**

1. 常规 ECG、桡动脉压、中心静脉压和温度监测等。另外，可以考虑股动脉置管监测血压，因为如果深低温体外循环时间延长，外周和中心动脉压常常出现反转现象，体外循环后桡动脉压不能正确估计血压。此类病人呼气末二氧化碳分压监测与动脉血二氧化碳分压相关不良，因此应坚持及时的动脉血气监测。注意头低位对心功能的危险。

2. 需要放置 Swan-Ganz 导管，以监测肺动脉压、连续心排血量(CCO)和混合静脉血氧饱和度($SvO_2$)等，以便更全面观察病人的血流动力学指标，尤其是肺动脉压力的变化。肺动脉导管的放置通常在麻醉诱导以后，由于右室和右房扩大，三尖瓣反流和肺动脉的病变，放置肺动脉导管可能很困难，必要时可以先放在上腔静脉(大约 20cm)或在 TEE 指导下放置。

3. 使用 TEE 以评价右心功能和指导术中的治疗。术前经胸超声心动图怀疑右房或右室有血栓者，应在放置肺动脉导管以前就放置 TEE，以指导肺动脉导管的放置。

4. 脑监测　量化脑电图(EEG)监测在常温可提示意识状态，在深低温时可以指导确定停循环的时机。脑氧饱和度监测，是监测脑局部的动脉和静脉(70%～90%)混合的氧饱和度，反应脑代谢和脑血供间的关系，对脑保护有益。颈静脉球氧饱和度监测，可以发现快速复温对脑的不良影响，以减少术后神经并发症，但由于技术操作的困难及其并发症，不做常规应用。

**(三) 麻醉诱导和维持**

1. 麻醉诱导　术日外周静脉放置较粗(至少 14～16G)的静脉导管，诱导前建立动脉直接内测压。麻醉诱导要平稳，尽量避免高动力学反应，同时要警惕药物对循环的影响。可以用依托咪酯、咪达唑仑、芬太尼和罗库溴铵复合诱导，丙泊酚不用或小心使用。在某些高危患者，必要时静脉持续输注正性肌力药物以防止诱导时的心血管恶化。在麻醉诱导和体外循环前期尽量不要试图使用降低肺动脉压力的药物，如硝酸甘油或硝普钠，因为对 CTPH 病人的 PVR 作用有限，但由于降低右室灌注压而非常危险，可以引起低血压使心血管状态快速恶化，而直接的肺血管扩张剂如一氧化氮和前列腺素 $E_1$ ($PGE_1$)，对其他类型肺动脉高压可能有益，但对此类病人此时的作用无益。

2. 麻醉维持　由于右室肥厚和扩大，右心压力的增加，冠状动脉对右室的血供减少，维持足够的外周血管阻力、正性肌力状态和正常的窦性节律，对保持体循环稳定和右室灌注很重要。以大剂量芬太尼(30～50μg/kg)为主，辅以低浓度吸入麻醉药或持续输注丙泊酚，要保证有足够的麻醉深度，以避免肺动脉压力的升高，同时要维持血流动力学的稳定。肌松药的选择主要依据药物对气道和血流动力学的反应，哌库溴铵、罗库溴铵和维库溴铵均可选择。

**(四) 体外循环技术**

体外循环预充以胶体液(血浆和血浆代用品)为主。手术需要在深低温停循环或深低温低流量下完成，建立体外循环后就开始降温，降温的梯度(血液和膀胱或直肠温度间)应小于 10℃。在降温的过程中，静脉氧饱和度逐渐升高，一般鼻咽温在 25℃时，静脉氧饱和度达 80%，在 20℃时，静脉氧饱和度达 90%。中心温度在 20℃时，就可以阻断主动脉。血液中度稀释(HCT 0.18～0.25)，停循环时间<20min，如果需要继续增加停循环时间，中心温度在 18℃，维持静脉血氧饱和度>90%，再次灌注至少 10～15min。必要时采用腔静脉逆灌，以保证重要脏器的血供。值得注意的是由于术前肝素的使用，少量患者产生肝素诱导的抗血小板抗体，引起肝素诱导性血小板减少症(heparin-induced thrombocytopenia)，此类病人在使用肝素前，可以通过使用抗血小板药物(如 tirofiban)，使"血小板麻醉"而达到保护血小板的目的。

### （五）术中管理

1. 维护右心功能　由于病人术前常合并右心功能不全，术中尤其是停体外循环后一般需使用正性肌力药物以支持循环。由于在增加心排出量的同时不增加肺动脉压，多巴酚丁胺列为首选，常用多巴酚丁胺 3～20μg/(kg・min)静脉输注。其他药物有多巴胺 2～8μg/(kg・min)、米力农 0.3～0.75μg/(kg・min)等，必要时加用肾上腺素 0.05～0.15μg/(kg・min)。由于右室压较高，影响到右室的血供，因此，还要注意维持足够的体循环压力、正性肌力状态和窦性节律，以保证足够的右室冠脉的灌注。必要时使用去氧肾上腺素或去甲肾上腺素，通过升高灌注压，从而维持血流动力学稳定，改善肺动脉高压病人的右室顺应性。

2. 降低肺动脉压　在手术后常需联合使用肺血管扩张药，以降低肺动脉压。常用 $PGE_1$ 0.3～2μg/(kg・min)或硝酸甘油 0.5～2μg/(kg・min)持续输注，可较好降低肺动脉压而对血压影响较小。吸入一氧化氮 20～40ppm 可有效降低肺动脉压，而不影响血压。降低肺血管阻力的非药物方法非常重要，包括积极纠正缺氧和酸中毒，适当过度通气，维持 $PaCO_2$ 在 28～35mmHg。

3. 脑保护

(1) 深低温停循环下的脑损伤与停循环(脑缺血)时间的长短密切相关，故尽量缩短停循环或低流量时间，停循环时间以不超过 20～25min 为宜。如果有可能尽量间断地使用深低温低流量灌注，以减少停循环的绝对时间。必要时可用颈动脉插管选择性脑灌注或通过上腔静脉逆行灌注，作为扩展全身停循环安全时限的措施。

(2) 尽量缩短主动脉阻断时间，术中维持循环平稳，采取头低位，保证脑血流量。麻醉诱导后头部即加用冰帽，可以保持到术后。保证良好的上腔静脉引流。

(3) 复温：快速复温增加术后神经系统并发症，与复温时脑供氧/耗氧失衡，导致脑氧合不足有关。控制复温速度，避免脑高温，尽量将血液温和直肠温或膀胱温差控制在 10℃以下，鼻咽温和直肠温差控制在 6℃以下。恢复灌注后使上腔静脉血氧饱和度达到 70%以上后(需要 5～10min)再复温。复温期间的 pH 值管理趋向于小儿用 pH 值稳态而成人用 α 稳态，但保持 $PaCO_2$ 在上限水平。

(4) 药物：体外循环前静脉输注甲泼尼龙 15mg/kg，体外循环预充甲泼尼龙 15mg/kg，稳定细胞膜，对抗炎性反应；深低温停循环前给予甘露醇 12.5g，促进渗透性利尿，减轻细胞水肿；丙泊酚 2～3mg/kg 可以引起 EEG 呈短暂爆发抑制状态，继续输注 0.1～0.3mg/(kg・min)维持；证据表明，体外循环期间给予苯妥英钠 15mg/kg，可以提供脑保护和有效地预防术后抽搐；给予足够剂量的长效肌松药，确保全身肌肉松弛减少组织对氧的消耗。

4. 肺保护

(1) 预防再灌注肺水肿：术中限制液体入量，尤其是晶体液，适当利尿，补充白蛋白，增加胶体渗透压，体外循环预充液中增加胶体含量，复温时超滤并应用利尿剂，及时输入血浆或人体白蛋白。停机后麻醉医师应检查气管内有无血性渗出或出血，尤其是泡沫性痰，提示出现再灌注肺水肿。

(2) 机械通气时使用 PEEP。严重肺出血的病人有时机械通气难以适应机体气体交换和氧合的需要，可暂时改用手控通气。手控通气时采取大潮气量，高气道压(40～

50cm$H_2O$)，在吸气末停顿以增加吸气时间，使气体较好氧合和交换。机械通气时使 $SaO_2>95\%$，$PaCO_2<35mmHg$。早期需吸入高浓度氧（80%～100%），同时给予 PEEP 5～10cm$H_2O$。

(3) 纤维支气管镜吸引是严重肺出血时必不可少的治疗措施。给予甲泼尼龙可以减少细胞因子的产生，减轻炎症反应及氧自由基的作用；加强呼吸道护理，吸除气管及支气管内的分泌物，保证气道通畅。

5. 保护胃黏膜　由于手术创伤以及药物（甲泼尼龙）等刺激，容易发生胃肠道出血，可以在体外循环前使用洛塞克、甲氰咪胍等药物予以保护。

6. 肝素的中和　使用鱼精蛋白中和时应预防其不良反应，使用前加深麻醉，可以用 100ml 生理盐水稀释后静脉输注（超过 10min），若发生血压降低、肺动脉压力升高等征象，立即停止给药，降低肺动脉压（丙泊酚等），静脉给予钙剂等必要处理。

7. 避免严重心律失常　肺动脉高压及右心衰竭极易导致严重心律失常，尤其是恶性室性心律失常。术中及时纠正电解质紊乱，置入心外膜临时起搏，有助于及时控制心律失常。

**（六）术后处理**

1. 再灌注肺水肿　最常见和最严重的并发症，多发生于术后 72h 以内，伴发严重低氧血症、气道内血性渗出，发生率超过 10%。与外科处理技巧有很大关系，同时与术前肺动脉栓塞程度、持续时间及肺动脉压呈正相关。严格控制出入量，维持循环稳定，加强利尿，维持 HCT>30%，使用白蛋白等胶体提高血浆渗透压，加用呼气末正压通气（PEEP）以减少肺泡渗出。当气道内血性分泌物增多时，加强吸引，必要时使用纤维支气管镜，或使用双腔气管插管以保证健侧供氧。

2. 肺动脉高压　严重肺动脉高压是术后死亡的主要原因。术后残余肺动脉高压超过 5%，少数仍然可能长期存在。继续使用术中的降低肺动脉压措施，使用 $PGE_1$ 持续泵入[0.05～0.2μg/(kg·min)]，血管紧张素转换酶抑制剂（ACEI）胃管注入，NO 吸入等。

3. 低氧血症　近半数患者术后出现低氧血症，因此在保持呼吸道通畅的同时，采用呼吸机容控方式，根据血气指标调节潮气量，在维持血氧分压的前提下，尽量降低吸入氧浓度，以减少氧自由基的产生。通常给予较大潮气量过度通气，维持动脉血二氧化碳分压（$PaCO_2$）在 30mmHg 左右。必要时采用 PEEP 及反比通气，纠正低氧及高碳酸血症。掌握好拔除气管插管的指征，大部分病人在术后第 1 日可以顺利脱机拔管，小部分（小于 10%）患者需要延长呼吸机通气时间。

4. 右心功能不全　术前心功能不全的患者，尤其是病史长、肺动脉高压严重或有其他心脏合并症的患者易并发右心衰。根据 Swan-Ganz 导管测量数据，指导临床治疗，调整正性肌力药物和血管扩张药物。必要时使用心脏机械辅助装置。

5. 神经系统并发症　由于深低温停循环的影响，术后应注意预防神经系统并发症。首先维持血流动力学稳定和纠正低氧血症。当出现谵妄、躁动时，给予丙泊酚等药物充分镇静。控制体温，可用冰帽局部降温，控制血糖。适当使用甲泊尼龙等激素类药物和甘露醇，缓解脑水肿，降低颅内压。

6. 预防再栓塞　由于术中不可避免的肺动脉损伤，术后易局部继发血栓形成。当

纵隔、心包、胸腔引流没有明显出血征象时，尽早（术后4～6h）使用肝素100U/(kg·12h)抗凝。12h后胃管内注入或气管拔管后口服华法林抗凝。

7. 抗感染　术后尽早拔管（气管插管、漂浮导管和导尿管等）、早活动，鼓励咳嗽排痰、锻炼呼吸。监测体温，检查血象，使用敏感抗生素预防肺部感染。

（于钦军）

## 参考文献


1. Fedullo PF, Auger WR, Kerr KM, et al. Chronic thromboembolic pulmanary hypertention. N Engl J Med. 2001, 345(20): 1465-1472
2. Mayer E, Klepetko W. Techniques and Outcomes of Pulmonary Endarterectomy for Chronic Thromboembolic Pulmonary Hypertension. Proc Am Thorac Soc. 2006, 3: 589-593
3. Manecke GR Jr. Anesthesia for pulmonary endarterectomy. Semin Thorac Cardiovasc Surg. 2006, 18(3): 236-242.
4. Manecke GR Jr, Wilson WC, Auger WR, et al. Chronic thromboembolic pulmonary hypertension and pulmonary thromboendarterectomy. Semin Cardiothorac Vasc Anesth. 2005, 9(3): 189-204
5. Fedullo PF, Auger WR, Kerr KM, et al. Current concepts chronic thromboembolic pulmonary hypertention. N Engl J Med. 2001, 345(20): 1465-1472
6. Dartevelle P, Fadel E, Mussot S, et al. Chronic thromboembolic pulmonary hypertension. Eur Respir J. 2004; 23: 637-648

# 第十三章 心脏移植术的麻醉

尽管移植手术存在伦理问题，器官供体十分短缺，由于手术的高成功率和受体长期存活率，心脏移植已成为扩张性心肌病和某些终末期心衰治疗的常规手术。鉴于受体既往反复发作的循环危象和伴随的复杂并发症，在围术期，麻醉医生将面临严峻挑战。麻醉的风险除了终末期心脏本身因素以外，还得面对难逆的肺、肝、肾等脏器的继发性损害。

## 第一节 心脏移植的简史、现状和展望

1905年Carrel与Guthrie首次报道了心脏移植的动物实验，将小狗的心脏移植到成年狗的颈部。1937年Demikhov曾将人工心脏装置置入狗的胸腔内。1946年起又进行了胸腔内异位心脏移植、原位心脏移植的实验，并在1955年获得成功，术后受体成活长达15小时，证明了心脏移植技术上的可行性。1958年Goldberg等首次在心肺转流下进行心脏移植，并提出保留受体的部分左房，将其与供心的心耳进行吻合，改变了各个肺静脉分别吻合的操作。1959年Cass等采用供体和受体的两心房相吻合，技术的改革使手术操作更加简化，为缩短手术时间、赢得手术成功提供可能。1960年Shumway和Lower在斯坦福大学，应用中度低温、体外循环和双房袖式吻合技术，在犬模型上成功地进行了原位心脏移植术。

1964年James Hardy在密西西比大学，将黑猩猩的心脏移植到一个急性心源性休克病人的胸腔内，是第一例人体心脏异种移植。尽管应用了"Shumway技术"，手术技术令人满意，但类人猿的心脏不能维持受体的循环负荷，病人于停体外循环术后1.5小时死亡，这曾使人们对心脏移植是否可以在人体上获得成功心存疑虑。直到1967年Barnard在南非的开普敦Groote Schuur医院进行了首例人体同种心脏移植，开创了心脏移植的新纪元。1973年Caves引入的经静脉心内膜活检为监测移植物排斥提供了一种可靠的手段，1981年免疫抑制剂环孢素的引入显著提高病人的存活率，这真正标志着现代心脏移植时代的开始。

至今全球有200多个医疗中心，已进行了7万余例的心脏移植。术后1年存活率为95%，5年存活率为75%～85%，最长存活已超过30年，年龄最小者为生后2天，体重2.8kg。我国的心脏移植开始于1978年，由上海瑞金医院进行了首例，也是亚洲第一例原位心脏移植，病人存活达109天。目前已被批准10个心脏移植中心，累计完成心脏移植近400例，就上海复旦大学附属中山医院一家2007年7月心脏移植总数达250例。国内存活最长的心脏移植病人是哈尔滨医科大学第二临床医学院于1992年进行的心脏移植病人，目前已存活十年以上。

在移植免疫学深入研究的基础上，虽然心脏移植受体1年的存活率已达90%左

右，但以后的年平均死亡率为4%。供体心脏被植入后，受体通过细胞和多种抗体，可在数分钟内发生“抗体介导的超急排异反应”；在数天内发生“T细胞介导的急性排异反应”和在数月甚至数年内发生的“慢性排异反应”。尤其是移植心脏冠状动脉病严重威胁着心脏移植后长期的生存：移植的心脏出现以整个管状动脉弥漫性的粥样硬化为特点的异常管状动脉粥样硬化。这一过程的病例生理可能与免疫细胞介导的血管内皮细胞激活使平滑肌细胞生长因子产生上调有关。50%以上的病人在移植后3年会出现冠状动脉粥样硬化，其5年的发生率达80%。因此，心脏移植的发展还必须依赖新免疫抑制剂的开发；合成具有特异性、选择性强烈免疫制剂，控制细胞和抗体介导的排异反应。最近令人向往的“诱发免疫耐受性”研究的开展，探索天然抗体的消除、防止诱发抗体反应等措施，给移植物免除“慢性免疫抑制治疗”带来希望。另外，繁殖或基因处理只具有弱免疫基因、抗超急性排异的供体种系、转基因供体的培育、使用细胞异基因移植等，使心脏移植向更高的阶段发展。

## 第二节　终末期心力衰竭的病理生理

心力衰竭不是一个独立的疾病，是各种病因心脏病的终末严重阶段，五年存活率与恶性肿瘤相仿。当各种原因导致心肌负荷过度或心肌功能丧失时，循环功能依赖于神经体液-激素的血流动力学效应，进行即刻短暂的调节；而长期的代偿调节则依赖心肌机械负荷诱发的与神经激素系统介导的心肌重构和心室重塑。无论何种原因，处于终末期心衰的受体心脏，不仅其功能障碍，心肌的受体和心肌超微结构的改变。其根本表现为心脏泵血能力低下，致使心排出量减少、动脉系统血液供血不足而静脉系统血液淤滞，由此导致各器官和组织灌注不足，发生淤血、缺氧，功能障碍和代谢改变。

### 一、心血管系统的变化

心功能不全是心力衰竭时最根本的变化，主要表现为心肌收缩能力、舒张能力和顺应性的降低，心室舒张末期压力和容量的增高，由此而发生前负荷、后负荷、心律和心率的改变。

#### （一）心肌收缩力的改变

评价心肌收缩功能的常用指标有：射血分数（ejection fraction，EF）、心肌最大收缩速度（Vmax）和心室压力上升的最大变化速率（+dp/dt max）。心力衰竭发生的机理与多种因素有关，心肌收缩力减弱是发生心衰的共同病理生理基础，在心泵减退使心肌收缩力减弱时，机体通过急性、亚急性和慢性代偿机制来增加心排出量，使经过调整的心脏负荷与经过代偿的心机收缩力间维持脆弱的相对平衡，其中也潜伏了很多造成失代偿的不利因素。当心脏病变不断加重致使心功能进一步受损时，勉强维持的脆弱的相对平衡被打破，代偿已不能维持心搏出量时即发生失代偿，此时的心力衰竭已有分子水平上的超微结构改变、代谢紊乱，泵衰竭的死亡率随着严重程度递增。在心衰的终末阶段，心肌的最大收缩力和心肌缩短的速度都明显下降，并伴有收缩期射血量减少，收缩末容积和舒张末容积明显增加。心脏肾上腺素能$\beta_1$受体低调下调，表现为受体的数

目减少和不敏感，主要是心肌长期接触高浓度儿茶酚胺的结果。因此兴奋心肌的正性肌力药物肾上腺素能类（多巴胺、多巴酚丁胺、异丙肾上腺素）的效价降低，常常需要超常剂量使用。

**（二）心室舒张功能和顺应性的变化**

心肌舒张功能和顺应性的常用指标有：心室压力下降的最大变化速率（－dp/dt max）、左室等容舒张期左室压力下降时间常数（T 值）、心室充盈量（心室舒张末期容积-心室收缩末期容积）和心室充盈率（充盈量/充盈率）。

临床上常用肺毛细血管楔压（pulmonary capillary wedge pressure，PCWP）代替左室舒张末期压力（left ventricular end diastolic pressure，LVEDP），来反映左室功能，用中心静脉压（central venous pressure，CVP）代替右室舒张末期压力（right ventricular end diastolic pressure，RVEDP），来反映右房压并估计右室舒张末期压力。

**（三）前负荷的改变**

心力衰竭时的机体组织缺氧，肾素-血管紧张素系统的激活，导致水钠潴留；肾脏分泌促红细胞生成素，导致循环血量的增加，进一步加重心脏的负担。左心心力衰竭时引起肺循环静脉淤血和静脉压升高，严重时发生心源性肺水肿。右心心力衰竭时引起体循环静脉淤血和静脉压升高。当腔静脉压力升高时，随着可见的是手背等浅表静脉、颈外静脉异常充盈、肝肿大甚至腹水形成。此时血流缓慢，测定循环时间可见臂-舌时间和臂-肺时间延长。当心肌伸张达最大限度，将不再产生 Frank-Starling 有效反应，心室功能曲线明显变平和向下移位。此时轻微的心容量减少都将导致低心排的发生。所以，保证满意的前负荷是非常重要的，尤其是在使用麻醉药、静脉扩张药及间歇正压通气的情况下更应如此。

**（四）后负荷的改变**

在不同激素系统的作用下，机体已启动代偿机制：收缩血管、加快心率、增加心肌收缩力来维持循环，同时使心室射血面临更大阻力并增加氧耗；慢性心泵不全者，β 受体低调、下调，对正常浓度的强心和正性肌力药的反应不佳；增加剂量只会使心室射血面临更大阻力并增加氧耗。治疗的目的不能只用增强心肌收缩力的药物来弥补心排出量的不足，而只能靠合理地联合运用血管活性药物。因此，需慎用血管扩张药，在保持原有心肌收缩力下，慎用扩张血管药来阻断自身过度的代偿机制，适当降低射血阻抗，减少心脏泵血做功，减少耗氧；同时也适当降低心室内压和舒张末容量，加大心肌灌注梯度，增加心肌的有效灌注对心内膜下缺血的改善特别有利，可增加氧供。

**（五）心律和心率的改变**

常见的心律紊乱是完全性心律不齐、心动过速和室性早搏。病人对此耐受很差，常伴有心室充盈下降和低心排血量。

## 二、其他系统器官功能的改变

**（一）呼吸功能的改变**

呼吸功能的改变是左心衰竭最早出现的症状。病人表现为端坐呼吸、劳力性、夜间阵发性呼吸困难、甚至肺水肿。其机理是由于肺淤血、肺水增多、肺间质或肺泡水肿；肺

适应性降低，呼吸道阻力增大；通气血流比例失调；肺毛细血管膜通透性增大，导致的以低氧血症为主的呼吸困难。

**（二）肝肾功能的改变**

心排血量减少也使内脏器官供血不足，在一定程度上造成肝、肾功能障碍；体循环淤血，使肝肾淤血，造成肝肿大，黄疸形成，影响凝血机制；肾血流量的减少，少尿，造成肾排酸保碱功能障碍，进一步加重水、电解质平衡的失调。

**（三）水、电解质平衡失调**

心力衰竭时水的潴留：在左心衰竭时主要引发肺水肿；右心衰竭时主要引起全身性水肿，典型表现为：皮下水肿，严重时呈现为腹水、胸腔积液和心包积液。心力衰竭的低氧血症增加了无氧代谢，易发代谢性酸中毒；长期的水钠潴留和长时间的利尿治疗，使病人潜在低钠、低钾和低镁的电解质紊乱。

## 第三节 心脏移植手术的适应证和禁忌证

所有的Ⅳ级（NYHA 分级）终末期心衰，在经严格的内科治疗无效，内外科均无法治愈的终末期心脏病病人，预期寿命小于 12 个月者都有可能考虑实施心脏移植。但对寿命的估计极为困难，只能以已往的统计资料作参考。根据纽约心脏病协会（New York Heart Association，NYHA）心功能分级判断预后：Ⅲ级心功能能存活 1～2 年者占 52%，Ⅳ级心功能可存活 1～2 年者只占 32%，有的甚至活不到一年。尤其是进行性恶化的心力衰竭病人每年病死率超过 50%。

### 一、心脏移植手术的适应证

目前的指征标准是在 1993 年“美国心脏病学会 Bethesda 会议指南”的基础上进行改写的（表 13-1）。

**表 13-1 心脏移植的指征**

| | |
|---|---|
| 可接受的指征 | 心衰生存评分（HFSS）高危 |
| | 在达到无氧域后氧耗峰值＜10ml/（kg · min） |
| | NYHA 分级Ⅲ/Ⅳ级心衰对最大的药物治疗无反应 |
| | 严重的心肌缺血不能靠介入手段和手术再血管化而得到缓解 |
| | 反复的症状性的室性心律失常对药物、ICD 和手术治疗无反应 |
| 可能的指征 | HFSS 中度危险 |
| | 氧耗峰值＜14ml/（kg · min）以及严重的功能限制 |
| | 尽管有良好的依从性，日常的体重、水盐的限制和灵活的利尿治疗体液状态仍然不稳定 |
| | 对再血管化治疗无反应的复发性不稳定心绞痛 |
| 不足的指征 | HFSS 低危 |
| | 氧耗峰值＞15～18ml/（kg · min）而且没有其他适应证 |
| | 只有左室射血分数＜20% |
| | 只有 NYHA 分级Ⅲ/Ⅳ的症状 |
| | 只有室性心律失常的病史 |

具体如下：

1. 冠状动脉疾病　国外约占总接受心脏移植人数的40%～47%（国内比例远低于此）。多为严重多支的冠状动脉病变或广泛、反复的心肌梗死，临床表现为顽固性充血性心力衰竭和/或心律失常，严重或反复发作的不稳定性心绞痛，不宜进行血管成形术又不能耐受冠脉搭桥术的病人。

2. 心肌疾病　占43%～50%（国内此比例更高）。其中包括特发型心肌病、扩张型心肌病、慢性克山病、肥厚性梗阻型心肌病、限制型心肌病、心内膜弹力纤维增生症、肌营养不良性心肌病、药物中毒性心肌病及心肌炎。其中心肌炎比例很少，各种心肌炎晚期可发展为严重的心力衰竭及/或心律失常。但急性期不宜进行，以免术后再发心肌炎。心肌疾病的心脏移植指征：①顽固性充血性心力衰竭，采用各种治疗措施不能缓解；②左心室舒张末期直径大于70mm，室壁运动减弱；③EF小于20%；④运动峰耗氧量小于14ml/(kg·min)；⑤复杂室性心律失常，如束支或房室传导阻滞、快速性室性心律失常、窦性停搏及心房颤动等；⑥EMB（心内膜心肌活检）发现广泛性心肌病变，如广泛性心肌纤维化、心肌细胞变性与坏死。

3. 先天性心脏病　占9.3%左右，如先天性左室发育不良综合征、严重的三尖瓣下移畸形、复杂的单心室伴主动脉瓣下狭窄等。这些心内畸形无法用常规手术矫正，或矫正后心功能仍然低下，难以用药物控制心力衰竭时都得进行心脏移植。

4. 心脏瓣膜疾病　4.2%左右。主要是瓣膜病晚期出现严重的充血性心力衰竭，因各种原因不能进行换瓣手术。但由于瓣膜病晚期多出现肺动脉高压，心脏移植后易于出现急性右心衰竭，因此这类病人应考虑施行心肺联合移植或单肺移植加换瓣。

5. 心脏移植后难治性并发症和原发病的复发　占2.3%。包括再发原先患有的严重心脏病（如巨细胞性心肌炎）；严重的急性或超急性不可逆排异，心脏功能严重受损，尽管使用各种药物都无法控制右心衰竭、严重的低心排血量综合征而危及生命时；心脏移植后进展性移植心脏动脉硬化是移植后长期存活的病人发生的一种严重又广泛性的冠状动脉硬化，病人虽然没有心绞痛而往往发生猝死，而且不能进行血管再通术，再次心脏移植是唯一的选择。

6. 心脏肿瘤　心脏肿瘤而手术无法切除时可考虑进行心脏移植，但术后常规使用的免疫抑制药物有促进恶性肿瘤的复发可能，需慎重考虑。

## 二、心脏移植的禁忌证

心脏移植的禁忌证主要从“移植手术是否能成立”，病人是否存在“减少短期和长期的移植后生存益处”证据的基础上列举。（表13-2）

**表13-2　心脏移植的禁忌证**

| | |
|---|---|
| 心脏疾病 | 不可逆的肺高压（尽管标准化的可逆性测试方法PVR仍然大于6Wood单位）* |
| | 活动性心肌炎及巨细胞性心肌炎 |

续表

| | |
|---|---|
| 其他疾病** | 活动性感染,在过去6～8周间有肺部感染 |
| | 严重的慢性肾功能不全,肌酐持续>2.5或清除率<25ml/min |
| | 严重的肝功能紊乱,胆红素持续高于2.5或ALT/AST>2 |
| | 活动性以及新近发现的恶性肿瘤 |
| | 全身性疾病如淀粉样变 |
| | 严重的慢性肺部疾病 |
| | 严重的症状性的颈动脉或外周血管疾病 |
| | 严重的凝血病 |
| | 近期发现的消化性溃疡 |
| | 严重的慢性残废 |
| | 有终末器官损害的糖尿病和脆性糖尿病* |
| | 过度肥胖(例如超过正常的30%) |
| 精神社会性因素*** | 活动性的精神疾病 |
| | 在过去六个月内有药物、烟酒滥用且经专家治疗无效的病人 |
| | 专家干预无效的精神社会性的残废 |
| 年龄**** | 大于65岁 |

*一般而言,PVR固定并>6Wood单位、跨肺梯度>15mmHg是原位心脏移植的禁忌证。对伴重度肺动脉高压的终末心力衰竭者,手术前必须进行"可逆性肺血管反应性试验"评估。即观察病人在使用正性肌力(米力农)和血管舒张剂(氧气、静脉点滴或雾化吸入硝普钠、前列腺素$E_1$、前列环素,或NO吸入)后,肺动脉压(PAP)和PVR下降情况。如果这些药物的联合使用都不能使PVR下降20%以上,说明肺血管处在一个固定性升高的PVR,并可预测到致命性的手术后即时的移植物右心室衰竭。这些患者可作为异位心脏或心肺移植的候选对象。

**有糖尿病的患者的移植禁忌证仅对存在终末器官损害的(糖尿病肾病、视网膜病变或神经病变)。在环孢素时代,减少(或不用)皮质类固醇有可能控制血糖。活动性感染(包括人类免疫缺陷病毒)、不可逆性肾或肝功能障碍、重要的慢性肺疾病、严重的非心脏动脉硬化性血管病变和恶性肿瘤一般被认为是移植的禁忌证。由于恶病质而出现的不良的营养状况增加了感染的危险性并限制了手术后的早期复原。

***移植的最终成功密切依赖于患者的社会心理稳定性和依从性。严格的手术后多种药物治疗、频繁的临床访视和常规的心内膜活检要求患者承担部分的义务。精神疾病史、物质滥用或既往的不依从(特别是终末期心力衰竭的内科治疗)可作为拒绝患者候选资格的充分理由。

****鉴于供体的缺乏和国外心脏移植病人的统计:50岁以上的受体在接受心脏移植后,能存活时间都没有超过2年,国外对受体的年龄限制在65岁之内。由于与年龄相关的免疫功能下降,术后的排斥反应也会随着下降,上海复旦大学附属中山医院从2000年开展心脏移植以来,至今累计208例的病例中,年龄超过60岁的病例达10%,2001年初,已64岁的病员接受手术,至今仍健康、大活动量地生活着。目前已不再有绝对年龄的限制,关键是病人的一般情况和生理状态。



## 第四节 心脏移植受体的术前病情评估和准备

最初的评估包括一个全面的病史和体格检查、胸部X线片、心动超声、常规的血液和生化实验室检查、有限的感染性疾病血清学平板、和一次最大氧消耗量($VO_2$)测量的运动试验等必要的辅助检查。只有通过第一阶段的评估,才能被纳入心脏移植候选者名单。进入心脏移植申请名单后,病员将接受更加全面的针对性检查,以明确是否存在不适合进行心脏移植的主要禁忌证。

## 一、术前病情评估

1. 一般情况的评估　除了麻醉前的常规检查、血型配合外，尤其应注意复习实验室资料，除了着重注意有无贫血、血小板数量和白细胞的数量及比例；有无电解质失调、凝血障碍、肺、肝、肾功能障碍等情况；了解药物过敏史、既往麻醉史和病人的营养状态外，要完善：

(1) 凝血象检查：出凝血、凝血酶原时间和凝血因子、纤维蛋白原定量测定；

(2) 供受体间血型测定：两者血型必须相符；

(3) 淋巴细胞毒性配合试验：取心者的血清与供心者的淋巴细胞进行毒性配合试验，如出现淋巴细胞溶解为阳性反应。一般认为淋巴细胞毒性反应<10%时，移植后不会发生超急性排斥，否则将导致供心迅速发生功能衰竭；

(4) 病毒和病原体检测：包括乙型及丙型肝炎病毒等的测定和鼻腔、鼻咽等部的细菌培养。

2. 心血管系统功能的评估　除了要了解目前心血管状况、心功能损害程度、NYHA分级外，还要明确既往心血管用药情况，如利尿剂、血管扩张剂和强心药的种类、剂量和效应，尤其注意洋地黄的用量、血药浓度，儿茶酚胺和磷酸二酯酶抑制剂的应用情况。是否使用过机械进行辅助循环？存在心律失常的病例需复查ECG，了解心律失常的性质和严重程度以及抗心律失常药物的使用情况。并了解周围血管情况及作桡动脉Allen试验。

(1) 心泵功能：对于等待心脏移植的病人，可通过踏板运动试验对病人的心脏代偿能力作出估计。但要注意：此试验只有在病人达到无氧域或呼吸交换比>1.1时才是可靠的。Mancini和其他一些人的数据显示：①病人氧耗峰值($VO_2$)<12ml/(kg·min)时1年生存率很低，如果没有禁忌证，都应该列入等待名单；②当$VO_2$在12和14ml/(kg·min)间时，则需要对列入名单进行限制；③$VO_2$>14ml/(kg·min)，特别是>18，而且没有并存的疾病，例如很难控制的心绞痛或心律失常者，其生存率可能等同于或超过了移植后的生存率，不值得列入名单。有学者认为只注意氧耗峰值的绝对值会导致在一些病人上高估或低估了疾病的严重性，因为年龄、性别和体表面积三种因素都会影响氧耗峰值$VO_2$，特别是在比较极端的年龄和体重。例如一个61岁重达115磅的妇女氧耗峰值为15ml/(kg·min)，按她的年龄，性别，体表面积预计值的60%，还无需紧急移植。而另一年轻病人预计的氧耗峰值>35ml/(kg·min)，当氧耗峰值20ml/(kg·min)时就会有很高的死亡危险，提示单独用氧耗峰值的绝对值就会当作还不适合移植。用列线图预测的氧耗峰值以及计算得到的预测值的百分比与氧耗峰值的绝对值在预测生存率上有同样的敏感性和特异性。提议：当氧耗峰值绝对值<15ml/(kg·min)或小于预计值的55%的病人都被作为有明确的严重的心功能不全。

(2) 肺动脉压和肺血管阻力：肺高压是一种肺动脉压力梯度和肺血管阻力指数更能准确反应肺血管的功能状态，因为两者不受心排出量的影响，直接反映肺血管的流量变化，尤其对于已经发生心衰的病人。压力和阻力数值增加时危险性增加的持续的变化过程，肺高压和肺血管阻力升高的程度及可逆性与移植早期死亡率、预后密切相关，对受体术前预存的肺高压的可逆性的评价直接关系到病人手术方式的选择和病人的预

后。肺高压可逆程度差的受体，移植后死亡率大约为无肺高压受体的4倍。即使是对血管扩张药反应良好的肺高压受体，其移植后死亡率仍然比无肺高压受体高。跨肺梯度超过15mmHg与原位心脏移植后6个月、12个月的死亡率相关。原位心脏移植希望肺循环阻力足够地低，以使供体的正常右室可以适应受体的肺循环。严重肺高压时供体的正常右室将不能承受一个额外工作量的急剧增加，以致发生急性右心衰，也是心脏移植术后早期死亡的重要原因之一，占术后早期死亡病例的5%。从世界心肺移植中心汇集的资料中显示：尽管积极有效的围术期处理，右心功能不全所占心脏移植并发症的50%，心脏移植后早期死亡率的19%。虽然至今尚无一个确切的阈值用于PAP及PVR衡量受体能否接受心脏移植的内在标准，一般来说，静息状态下的PVR＜6Wood单位，或最大血管扩张时，PVR＜3Wood单位时尚可施行心脏移植；肺动脉收缩压低于50mmHg和肺动脉舒张压低于25mmHg是可以接受心脏移植手术的临界值。PVR 6～8Wood单位的病人需要在术前对肺高压进行评价。严重的、固定的肺高压（大于8Wood单位）的受体在很多中心是作为移植的禁忌证，只考虑实施心-肺联合移植或单肺移植。

3. 其他重要脏器功能的评估　长期严重的出血性心力衰竭可继发肺肝等脏器淤血或肾血流灌注减少，严重者可发生不可逆性损伤，将严重影响心脏移植的预后。可逆性的脏器功能不全在心功能改善后可逐步恢复。因此术前需严格检查各脏器的功能，判断是否为可逆性。

（1）可逆性的肾功能障碍：继发于低心排量状态的肾功能紊乱；慢性利尿剂的使用；环孢菌素的肾毒性加重了体外循环后阶段常伴发的少尿。慢性的体循环低灌注，对肾脏的影响将产生可恢复的肾功能障碍，这反映在尿素氮和肌酐基础值的升高。在成功的心脏移植后，肾功能常常可以因为灌注得到保证而恢复。另外，心脏移植病人术前服用的血管紧张素转换酶抑制剂和利尿剂等都会造成肾功能指标不正常，但并不代表病人有内在的肾脏疾病。Canver等在199例心脏移植的病人术前肾功能指标：肌酐、尿素氮、尿素/肌酐比、肌酐清除率的统计中，未观察到其对预后预测的价值。而Vossler等在160例成人原位心脏移植存活大于一年的病人回顾性研究中，把病人归纳为三组：①术前肌酐＜1.5mg/dl术后四天内肌酐＜2.0mg/dl（n＝75）；②术前肌酐＜1.5mg/dl但术后肌酐＞2.0mg/dl（n＝47）；③术前肌酐＞1.5mg/dl（n＝38）。注意到160例病人中，有47例（29.4%）病人在每月检查中有两次或两次以上＞2.0mg/dl，提示发生慢性肾衰竭。其中第三组病人肾衰发生率最高（55.3%），其次为第二组（25.5%），最低为第一组（18.7%）（$P<0.01$）。慢性肾衰病人术前血浆肌酐平均1.6mg/dl，而非肾衰病人术前肌酐则为1.3mg/dl（$P<0.01$），认为术前肌酐值可以预测术后慢性肾衰的发生。



（2）可恢复的肝功能不全：慢性的体循环低灌注（左心衰）以及肝静脉淤血（右心衰）两者一起作用降低了肝灌注压。肝脏会因为被动淤血而扩大，病人会出现可恢复的肝功能不全。表现为肝酶，胆红素，凝血酶原时间轻度到中度的升高。如出现明显黄疸、肝硬化、血清白/球蛋白倒置等提示肝脏损害严重。

（3）肺功能：严重心衰的病人常有限制性的通气功能障碍，衰竭而扩大的心脏导致肺总量和肺活量的下降；肺血管和支气管血管血容量的增加以及间质液体的积聚；呼吸肌的无力和消耗；循环中细胞因子（如肿瘤坏死因子α）浓度的增加会使肺实质发生改变；左房压力的增加会使肺血管床发生平滑肌增殖，内膜和中膜增厚，纤维

素样坏死和动脉炎等改变，这些因素都会使肺的顺应性发生改变，产生限制型的通气功能障碍。

(4) 全身粥样硬化：这些症状来自缺血性心肌病的病人应该检查以下全身血管疾病对各个脏器的影响，特别是慢性高血压和脑-颈动脉粥样硬化。这些病人可能有过一次或一次以上的冠状动脉搭桥手术。在体外循环前精确地控制冠状动脉灌注可以帮助维持边缘状态的心室功能，避免血流动力学紊乱和加重已经存在的终末脏器的功能紊乱。

## 二、术前准备和心功能的支持

等待心脏移植的病人绝大多数在术前均处于内科治疗无效，外科手术又无法纠治的终末期心力衰竭、恶性心律失常状态下耗竭。心脏供体的短缺，许多病人在未能及时得到合适供体的等待中死亡。因此，要求医务人员除了术前消除病人的思想顾虑，调动其主观能动来积极配合外，尽可能地矫正等待心脏移植候选者的周身状态，包括改善营养状态纠正营养不良；调节内环境平衡，纠正电解质紊乱预防心律失常的发生；尤其是心功能的支持和维护。

1. 改善营养状态纠正营养不良　慢性充血性心力衰竭的终末期，病人往往呈现营养不良或恶病质；肺淤血和反复肺部感染不仅影响气体交换和弥散功能，也引起呼吸能量的消耗；胃肠道黏膜充血或肝功能引起的消化与吸收功能不良，甚至出现心源性恶病质。在等待手术期间，要注意提高病人营养状态；间断吸氧，提高血氧饱和度，改善肺的弥散功能；间断、适量补充能量合剂甚至血浆、白蛋白，增加糖原的合成及储备，提高胶体渗透压；同时注意补充维生素，特别是维生素 $K_1$，促进凝血酶原的合成，避免术后过多出血。

2. 调节内环境平衡，纠正电解质紊乱预防心律失常的发生　心力衰竭时水电解质和酸碱平衡发生一系列的改变，包括：心源性水肿、缺钠性和稀释性低钠血症、低钾血症、低镁血症；低氧血症引起的代谢性酸中毒。等待心脏移植的病人，需限制钠盐摄入量，加大利尿药的用量。采用噻嗪类利尿药和保钾类利尿药的联合使用，减少钾钠离子的丢失。细胞内钾含量降低是引起心律失常的主要原因。细胞内低钾的恢复速度较慢，一般 4～6 天才能达到平衡，严重的病例甚至需 10～20 天才能纠正细胞内低钾状态。终末期心衰常合并的低镁，也是诱发心律失常的原因之一，反之，高镁易导致传导阻滞和心脏停搏。鉴于镁在稳定细胞钾浓度及诱发和防治心律失常中起重要作用，术前在运用含钾的胰岛素-葡萄糖能量合剂时可加入硫酸镁 1～2.5g，促进钾向细胞内转移，预防术后低钾血症，减少心律失常的发生。

3. 心功能的支持和维护　不管心力衰竭的原因为何，发病的初期心脏可能分别以先有右或左室衰竭为主，但到 NYHA Ⅳ级-终末期的全心衰晚期，心脏的四腔都普遍扩大，病人已处于 Starling 曲线的平坦处甚至在下降支上。此时每搏量低而固定，射血分数小于 20%，并对进一步的"增加前负荷提高心搏出量"的反应不敏感，增加后负荷反而使每搏量和心输出量显著降低。围术期内各种因素导致的前负荷不足和收缩力的抑制会进一步使边缘状态的每搏量降低到危险的程度。这些病人对低心排出量的代偿需要依靠交感神经的活性，也就是增加心率来代偿。因此，需要"足够"的前负荷；适当、"偏快"的心率来维持边缘状态的心室功能。

供心须等待，有心脏移植指征的终末期心衰患者术前几乎都需采用强心药、利尿药、血管扩张药、抗心律失常药及抗凝药物的联合，必要时还得使用主动脉内球囊反搏，尽可能地把心功能矫正到最佳状态等待供体心脏，是心脏移植手术成功的前提。

(1) 目前内科较多用的强心药仍为洋地黄，鉴于洋地黄的毒性和低于"洋地黄化"的浓度也有强心作用，术前治疗中并不主张快速洋地黄化。由于口服制剂"地高辛"主要在肾脏排泄，对尿少的病人需注意用量。与利尿剂合用时注意补钾，严重心肌病及冠心病合并心力衰竭患者要注意洋地黄用量，以免发生洋地黄中毒。有些病人尽管用了最大剂量的口服药物，但心功能还是不能维持，在等待心脏移植期间常需用多巴胺、多巴酚丁胺和米力农等药物支持。然而，终末期心衰病人，由于长期使用β受体激动药，而使心血管β受体比例失调、低调下调；腺苷酸环化酶敏感性下降而产生耐药性，增大剂量会加快心率，甚至引起严重心律失常。有报道用胺碘酮来防止、减轻多巴酚丁胺和米力农的致心律失常作用。

(2) 终末期心泵衰竭时，常发生室性心律失常。胺碘酮对防治室性心律失常中有独特的意义，是内科常用的药物。为防止停药后可能会出现恶性心律失常的发生，一般维持用药到术前。但Chin等106例心脏移植病人的回顾中注意到：术前使用胺碘酮治疗的病人术后早期心率较慢，术前用胺碘酮治疗超过四周的病人在出院前的死亡率显著增加，认为术前胺碘酮治疗可能对心脏移植后死亡率有影响。胺碘酮的另一个严重的并发症是会诱发肺炎和纤维化，术后ARDS的发生率可能会增加。而Balser在29例接受胺碘酮治疗的心脏移植病人研究中，只有两例术后出现ARDS症状，而且需呼吸治疗的时间短(小于4天)，住院时间和死亡率与未服用胺碘酮的对照组相似，尚不知是否与免疫抑制剂或术前的利尿剂治疗减轻了移植后的ARDS症状有关。鉴于胺碘酮半衰期长，建议改用短效的制剂，便于控制和减少副作用。

(3) 利尿剂是术前治疗心衰的另一个常用手段，以促进水、钠的排泄，从而减轻心脏前负荷、改善心功能。长期服用作用于远曲小管，抑制氯、钠离子吸收的噻嗪类利尿剂可引起低钠、低氯和低钾血症。对伴肾功能不全的患者会导致高血糖、高血脂和高尿酸血症。合并使用潴钾类利尿剂药物可减少钾离子的排出。等待心脏移植的患者常需使用作用于肾小管袢升支，抑制氯和钠重吸收的利尿剂-呋塞米，其利尿作用强、迅速，持续时间短，便于控制。但免疫抑制剂"环孢素"会增加呋塞米的肾毒性作用。

由于病人术前内科治疗中严格限制钠盐摄入和术前长期应用大剂量的利尿剂，围麻醉期要注意血容量和检测血清中各种电解质浓度、记录尿量，及时补充，以免发生低钾、低镁和低血容量，导致心律失常和血流动力学紊乱。

(4) 等待心脏移植的病人，术前常使用硝酸酯、$\alpha_1$受体阻滞剂和血管紧张素转换酶抑制剂等血管扩张药物，来调整前、后负荷，减低左、右心室排空阻力改善终末期心衰病人的心功能、降低氧耗和延长生存时间。扩血管药物需在严密监测下，随时调整血容量及药物浓度、使用的速度和剂量，并同时与正性肌力药、利尿药联合使用使有效循环维持在尽可能正常的范围，还防止明显的血流动力学波动。硝酸酯类长期应用会产生耐药，可与肼苯哒嗪或酚妥拉明合用扩张肺动脉减轻右室后负荷。前列腺素$E_1$、前列环素和一氧化氮具有的肺血管扩张作用，特别利于右心泵功能的改善。

(5) 由于心肌病左室功能不全的病人上血栓栓塞的发生率高达18%～20%。许多低心排病人特别是存在房颤时，常用抗凝剂如华法林预防肺循环和体循环的血栓形

成。华法林可减少等待心脏移植病人的卒中发生率和死亡率。但一般认为应用华法林预防血栓治疗会增加围术期维生素 K 和新鲜冰冻血浆的用量，是围术期过度出血的危险因素，因而建议术前 3～5 天停药，改为肝素治疗。但也有研究认为术前使用肝素反而会增加术后的出血。Morris 等通过对 90 例接受原位心脏移植的病人的研究发现：术前华法林的应用在等待心脏移植的病人上是安全的，可能是华法林治疗更完全抑制凝血酶而减少体外循环诱导的凝血机制障碍，因此并不增加心脏移植术中出血。另外，设想术前使用维生素 K 来拮抗华法林的残留作用的研究中，并没有注意到其对围术期出血、输血量的影响。

（6）机械循环支持：心脏移植病人存在严重的心脏失代偿的需要术前循环支持。在药物治疗无效时，需要心室辅助设备（单心室和双心室）以及完全人工心脏用作移植的过渡。在这些措施的实施中，最常见的并发症是出血和感染。出血的比例可以高达 60%，与由于肝功能不全、大范围手术、体外循环和血泵对血小板的激活而导致的凝血功能紊乱有关。需要双心室辅助较单心室辅助的病人更易于出血。因此，对于这些病人围术期出血需要得到很好的关注。

## 第五节　心脏移植手术技术简介

根据心脏植入方式和植入部位，心脏移植术分为原位心脏移植（orthotopic heart transplantation OHT），异位心脏移植（heterotopic heart transplantation HHT）和再次心脏移植（retransplantation）。

原位心脏移植时，供者心脏从左右心室流出道切断（即从动脉、肺动脉瓣的远端离断）。左右心房流入处的离断部位有以下三种方法：自左右心房壁（Shumway 法）；自上下腔静脉与左右肺静脉（Webb 法）和自上下腔静脉与左心房（Golberg 法）。根据左右心房流入处的离断部位，原位心脏移植相应分为 3 种。即：

1. 标准法原位心脏移植　左心房、右心房、主动脉、肺动脉依次吻合。此种技术较简单，缺点是在解剖和生理上并不完善：解剖上两个心房腔过大，在供体心房和受体心房的吻合部内将形成突入到腔内的一道堤状隆起，易形成受体房内血栓，术后多数病例需长期口服抗凝药；由于供体和受体各有自己的窦房结，使受体心房和供体心房收缩不同步，受体心房内出现动脉瘤样流动的血流，使房室瓣的开闭不同步，约 55%的病人发现有二尖瓣反流。

2. 全心脏原位心脏移植　左肺静脉组、右肺静脉组、上腔静脉、下腔静脉、主动脉、肺动脉依次吻合。由于术后只有供体一个窦房结，心房收缩时不再像标准法原位心脏移植那样引起心房内血流紊乱，而造成三尖瓣、二尖瓣关闭不同步，以至产生血液的反流。

3. 双腔静脉原位心脏移植　保留部分受体左心房，按照全心脏原位心脏移植法全部切除右心房，对窦房结功能影响和对三尖瓣反流的影响较小。此方法具有全心脏原位心脏移植的优点，而且还可克服全心脏原位心脏移植操作的困难。

## 第六节　心脏移植的麻醉

麻醉前的访视首先要同病人建立良好的关系，取得病人的信任，解除病人的焦虑和

恐惧、减少应激，是保证手术成功的先决条件。

## 一、麻醉前准备

术前准备与其他心内直视手术的麻醉前准备相同。要强调的是：

1. 由于接受该种手术的病人的病情都极危重，术前需取半坐位吸氧者，麻醉诱导常须采取同样体位。对于术前长期服用洋地黄药物、正性肌力药、利尿剂或β-阻滞剂者，需继续原有治疗到手术开始，对于曾使用转化酶抑制剂治疗的病人，在诱导和复温期间，要注意有发生血管突然松弛的危险。需提前准备、配置好术中可能用的血管活性药物：包括β激动剂肾上腺素、异丙肾上腺素等及α激动剂去甲肾上腺素、去氧肾上腺素等。

2. 所有心脏移植病人都要接受免疫抑制治疗，因此，必须努力减少手术室内的污染，手术组人员尽可能地减少到最少水平。细菌性肺炎在心脏移植早期很常见，所以预防应用广谱抗生素以及在呼吸回路上应用细菌滤器非常必要。麻醉设备包括消毒的呼吸回路、气道插管器械、各种插管。管道系统和术中可能使用的药物，尽可能临时开启和抽取。有创操作包括动静脉导管的安置，必须严格执行无菌操作的要求，麻醉医师应刷洗、消毒手、手臂，穿戴无菌手术衣及手套。

3. 心脏移植是"非"择期手术，一旦得到供心即刻安排手术，禁食时间难以得到保证，并且免疫抑制剂环孢菌素A通常也是进入手术室之前口服，故病人应按饱食对待。

## 二、麻醉前用药

麻醉前用药应根据病人的病种、病情的严重程度、精神状态而定。

1. 麻醉前应用促进胃排空的药物如雷尼替丁有益，还具有保护应激性胃损伤作用。建议：术前晚和术前2小时各口服雷尼替丁150mg。

2. 常规心内直视手术用药：苯二氮䓬类-地西泮（术前晚和术前2小时各口服5mg）；麻醉性镇痛药-吗啡（0.1～0.15mg/kg）和M胆碱受体阻滞剂-东莨菪碱（0.3mg）在术前30分钟肌注。对于麻醉前镇静药的使用，尚有不同的看法：为免于使处于崩溃边缘的心肺功能受到抑制，多数学者提倡不用麻醉性镇静药。但有的认为心脏移植的病人术前心理负担重，麻醉前恰当的镇静可解除病人的恐惧心理，避免心动过速，血压升高，从而减少机体氧耗。但用量需酌情减半。

3. 为防止相对过量造成心搏出量进一步低落，使麻醉还未开始或刚开始就陷入严重的困境，一般可于麻醉前2小时口服地西泮，在病人进入手术室后再视情况，在监测齐全、开放静脉下，经静脉小量、分次给药。推荐的具体方案是：①术前晚和术前2小时口服地西泮5mg，雷尼替丁0.15；②进手术室前半小时肌注吗啡5mg，东莨菪碱0.3mg或进手术室前半小时肌注常规麻醉前用药的半量或进手术室前2小时仅口服安定和雷尼替丁。

## 三、监　测

病人进入手术室后立即给予吸氧，再安置监测。有创操作必须在严格无菌条件下进行。

1. 常规监测　ECG、无创血压、经皮脉搏氧饱和度、呼气末 $CO_2$ 分压、温度、尿量、血常规、血糖、动脉血气、电解质和凝血活酶激活时间。

2. 桡动脉压　局部麻醉下进行穿刺置管，直接测压，一般选择桡动脉，也有主张选股动脉，目的是为转流后提供更可靠的动脉监测，也为必需时 IABP 提供一个现成的通路。

3. 中心静脉通路的建立，可提供右心负荷和容量的估计，为补充容量和血管活性药物的使用提供通路。理论上主张选择左侧，保留右侧颈内静脉通路作为术后采取心内膜活检用；但大部分移植中心仍都使用右侧颈内静脉，术后一周即可拔除，并不妨碍以后的活检。还可以选用由颈外静脉引入导管可达到同样的监测、补液、用药的作用。

4. 对于术前是否放置 Swan-Ganz 漂浮导管存在不同看法。有学者认为术前放置肺动脉导管，可供围术期监测心功能指数变化趋势，观察病人对各种治疗处理的反应，为及时处理提供了十分有用的资料，更重要的是通过监测右室功能和肺血管阻力来调整心室做功处于最佳状态，也为直接向肺动脉内用药提供可能。而持不同意见者认为：术前肺动脉导管植入，如因伸入导管刺激出现心律失常，这对于那些血流动力学处于边缘状态的病人来说可能是致命的；并在切除病变的心脏前，肺动脉导管必退回到鞘内，这对需进行免疫抑制剂治疗的病人来说，导管及鞘是一个感染源。因而主张先放置鞘管，待术后必要时再导入肺动脉导管。但导管在吻合后再放入，还必须穿过新鲜的外科缝合线，有穿破吻合口的危险。我们主张体外循环前放置鞘管和伸入部分导管于鞘内，在麻醉诱导前减少了导管操作时引起心律失常方面还是有意义的；在外科手术缝合完上腔静脉后，再向鞘内伸入肺动脉导管(可在手术操作者的引导下进行)，可安全地避免肺动脉导管穿越心脏缝合面的创伤。

5. 经食管超声监测(TEE)是一个相对无创性的监测设备，是目前国际上心脏手术中常规监测的一项内容，但对处于功能边缘状态的巨大心脏，尤其是巨大左房的受体，麻醉诱导后即放置探头的必要性和安全性值得探讨，在移植后即刻 TEE 的监测意义较大。

(1) 移植前使用 TEE，观察心室充盈度、瓣膜及室壁活动，提供有关心脏收缩、舒张、扩大和瓣膜功能缺损的性质及程度。终末期心衰的病人心室是及其缺乏顺应性的，充盈压不能精确地反映容量，所以用 TEE 在观察心腔容积方面特别有效。心腔用 TEE 检查还可检查是否有血栓的存在以及升主动脉和主动脉弓上的粥样硬化斑块。用彩色血流图来定位三尖瓣反流，将持续多普勒光标定位于三尖瓣反流束中，应用内部的计算软件确定峰流速，通过峰流速可以计算肺动脉压峰值(=4×(峰流速)$^2$＋中心静脉压)。用于血管扩张剂治疗前后肺血管有关指标的测定，以确定病人是否有可逆的肺高压。

(2) 在移植后即刻，TEE 可以用于评价心室和瓣膜功能和外科吻合口；用食管中部长轴和经胃底短轴切面观察左室整体和节段性的收缩；在舒张末和收缩末，人工追踪腔内面积，及用自动边缘探测系统进行面积测定；肺动脉主干的吻合意味着在血管内有一条吻合边缘，应该用二维超声评价是否有狭窄；用彩色血流图可以探测到涡流，连续多普勒波形测定可以测定吻合处的压力梯度。在心脏移植后多普勒检查时常会发现中等度的二尖瓣、肺动脉和三尖瓣反流；三尖瓣反流射流峰流速可以用来估测肺动脉收缩压的峰值；但在受体心房仍然有机械活动时可以观察到房室瓣的多普勒流速有变异；可

以用脉冲多普勒评估的跨二尖瓣和三尖瓣舒张流速的改变与受体心房收缩的时间是否有关。因为它包括了供体和受体的心房组织，左房的长轴看起来很大，在左房和右房内的缝合线可在心超上呈现一条超声致密的边缘。如果存在有过多的供体心房组织，会由于多余组织的翻入而出现后天性的三房心，而造成的二尖瓣口阻塞会导致肺高压和急性的右心衰竭。TEE的监测对手术有指导价值。

6. 麻醉深度的监测　临床上长期以来都借助血压、心率的变化来间接判定麻醉深度，处于终末期衰竭的心脏，术中麻醉深度的评价是困难的。麻醉过浅并不一定表现为心率增快和血压增高，有时呈心律不齐、外周血管收缩或由于迷走活性而减慢心率。为保证适当的麻醉深度，可采用BIS(bispectral)麻醉深度监测仪，手术中维持BIS值在40～60间，以避免病人处于过度的应激或对循环过度的抑制。

## 四、麻醉诱导

麻醉诱导是整个手术过程中最危险阶段，任何失误都将会带来不良影响甚至严重后果。衰竭的心脏每搏量低而且固定、心肌的顺应性已处于心肌容量-收缩力环失代偿的极点。麻醉诱导期间问题在于：①对低氧血症耐受差；②肾上腺素能受体下调，机体对儿茶酚胺反应差；③对进一步的“增加前负荷提高心搏出量”的反应又不敏感，而对低血容量(前负荷)耐受又差；④增加后负荷反而使每搏量和心排出量显著降低，而降低后负荷(即使短暂)易致猝死；⑤心排血量依赖心率。衰竭的心脏依靠着较高的前负荷、偏快的心率在维持边缘状态的心室功能，围术期内各种因素导致的前负荷不足和收缩力的抑制会进一步使边缘状态的每搏量降低到危险的程度。

Sprung等取材自心脏移植病人的心房肌和心室肌以及冠脉搭桥病人的心房肌标本，进行比较衰竭心房、室肌和非衰竭心房肌收缩力受依托咪酯等静脉麻醉药影响的离体研究，注意到：尽管心室衰竭，但心房肌的功能仍然可以得到很好的保存；依托咪酯、氯胺酮都使三种心肌产生直接的剂量依赖负性肌力作用，当氯胺酮诱导剂量2mg/kg的浓度时，衰竭心室肌收缩力就已经下降到基线的33%以下，心房肌的收缩力降低到基线的77%以下。用异丙肾上腺素可不同程度地逆转、恢复心肌的收缩力，使非衰竭的心房肌、衰竭的心房肌和衰竭心室肌分别恢复到超过基础值的44%，25%和回到基线。

可安全用于心脏移植麻醉诱导的方法、药物很多，目前尚无资料表明那种方法最好，其总原则是避免使用对心肌有抑制或再过于增快心率，减少影响心肌收缩性能的药物。在麻醉诱导中不仅要绝对保证充分供氧，体循环和冠脉足够灌注压，还要注意调节体、肺循环间的有效平衡。诱导宜采用静脉快速。由于此类病人循环迟滞，诱导药物出现作用迟缓，因此诱导药应分次、缓慢注入，切不可操之过急！需及时正确判断，即使是相对愈量也会导致明显削弱交感神经系统反应，造成循环不稳定。通常麻醉诱导选用咪达唑仑(0.1～0.2mg/kg)、芬太尼(0.5～1.0mg)和罗库溴铵(0.9mg/kg)。术前循环状态极不稳定的病例，麻醉诱导宜选用有交感兴奋作用的氯胺酮，为避免氯胺酮加重肺动脉压力、诱发急性右心衰和氯胺酮直接的剂量依赖性负性肌力作用，我们对终末期衰竭的心脏采用“亚”麻醉剂量的氯胺酮(0.3～0.5mg/kg)，再复合咪达唑仑、芬太尼、琥珀酰胆碱。进行气管插管前，利用喉麻管经声门对声门及上气道进行表面局麻药喷雾，以减少插入气管导管时对血流动力学影响，在200多例心脏移植中顺利平稳地度过

诱导期。

## 五、麻 醉 维 持

与其他心内手术一样，心脏移植手术在常规中度低温的体外循环下进行，麻醉的管理也包括体外循环前、中、后的处理。心内手术在进入体外循环的即刻给予乌司他丁、抑肽酶、左旋精氨酸等，以减少体外循环全身炎症反应对机体的侵袭。心脏大血管吻合毕、开放主动脉前，保持头低位，鼓肺，排除心腔内残余气体后方开始通气，要强调的是：在开放主动脉的同时，给予甲泼尼龙 500～1000mg 防止超急排异。体外循环停机前加用免疫抑制剂塞尼哌 1～2mg/kg，或在手术开始前 2 小时先用巴利昔单抗（simulect，舒莱）20mg，移植后 4 天再用 20mg。

1. 麻醉深度调节　此类病人术中麻醉深度的评价是困难的。麻醉过浅并不一定表现为心率增快和血压增高，有时呈心律不齐、外周血管收缩或由于迷走活性而减慢心率。体外循环前麻醉维持的重点是稳定循环，保证重要脏器的足够灌注。快通道的麻醉技术同样适用于心脏移植手术，芬太尼的用量在 10μg/kg，再辅以短效的丙泊酚，使麻醉的深度便于调节。由于吸入麻醉药或大或小对心肌有抑制作用，一般不主张使用。麻醉宜维持在较浅的水平，既要保持病人代偿所必需的应激反应能力，又要抑制手术强烈刺激所致的过度心血管反应，在应用阿片为主的麻醉方案时，与老年病人相比，年轻病人知晓的可能更大，因此在进入体外循环时、升温或终止时应该补充、追加阿片类或苯二氮䓬类、异丙酚等药物到体外循环液中，以免使病人有可能处于知晓状态。如体外循环阻力增加，心肌收缩率下降时，需及时加用血管活性药物，考虑到心衰的病人都存在循环时间延长，药物起效可能较慢，因此给药要慢，随时注意调整剂量，以微量泵给药为好。

2. 麻醉期间呼吸的管理　心脏移植病人因为术前的心衰造成明显的限制性的通气功能障碍，手术、麻醉、体外循环都会进一步对肺功能造成损害。在这些病人上，肺顺应性的下降将导致气道压的上升，而过大的潮气量及过高的气道压势必会对这些循环功能处于边缘状态的病人产生明显的影响。为防止通气压力过大而影响静脉回流和增加肺血管阻力，宜采用较低潮气量（5～6ml/kg）、较快的频率（12～14/min）达到适当的 $PaCO_2$。

肌松药的选择依赖于每个病人不同的血流动力学和自主神经系统的状态。由于终末期心衰病人，固定又低下的心排出量靠偏快的心率的来代偿，而泮库溴铵具有的解迷走作用，可保持相对偏快的心率而常被选用；相反，当病人在高水平的正性肌力药物支持下，已有很明显的心动过速和室性心律失常时，就应该选用对心血管的副作用更小的维库溴铵、哌库溴铵或采用对肝肾功能无影响的阿曲库铵。

体外循环开始前，可经处于主肺动脉内的肺动脉导管向肺动脉推注乌司他丁 1～2 万单位/kg、精氨酸 5.0g 进行肺保护。体外循环期间维持气道一定的压力（$5cmH_2O$），并注意维持 Hct 在 20%以上。主动脉开放恢复呼吸后，注意气道内压和肺顺应性，如遇肺水增多时需处理（参见心功能支持章节）。由于受体术前存在一定程度的肺高压，体外循环后更需充分氧合、轻度过度通气并给予 PEEP $4cmH_2O$ 的呼吸支持，不仅应该贯穿体外循环后阶段进行，并尽可能延长到在监护病房的 24 小时，以避免肺血管阻力的快速增加。

心脏移植后的低氧血症偶尔也可见由于先前没有明显表现的供体心脏卵圆孔未闭引起，从而使原本相对较高水平的受体的肺血管阻力，可能会促发右向左分流。在心脏移植的过程中，供体的心脏应该仔细观察是否存在卵圆孔未闭，如果发现，应该在心脏移植前关闭。

3. 麻醉期间电解质及酸碱平衡管理　心脏移植的病人术前常由于组织灌注下降而出现乳酸性酸中毒，并持续到心脏移植早期。由于酸中毒对心肌的抑制并影响正性肌力药物正常效应的发挥酸中毒又诱发肺血管的收缩，对心脏移植术后的肺高压治疗极为不利，应该及时纠正。

心脏移植与其他心脏直视手术在术中电解质及酸碱平衡管理上的区别是对血钾水平的控制。国外的一些医学中心认为在移植心脏复跳后，对补钾要特别慎重，一般维持血钾≤4.0mmol/L，否则会增加心律失常的发生，其详细的机制尚不清，可能是供体在转运和保存过程中由于保护液和低温使心肌细胞内血钾水平改变，使移植的心肌对钾离子非常敏感有关。尤其是主动脉开放和冠脉再灌注的即刻，此时如补充钾离子，一旦使血钾浓度偏高，会导致心脏膨胀并伴心律失常，影响心肌收缩力。我们处理的原则是：尽管病人有很多证据（术前长期接受强心利尿治疗）提示可能有细胞内低钾，只要血钾浓度不低于4.0mmol/L，不急于补钾，避免过高。在电解质的紊乱中还要特别注意$Mg^{2+}$的异常，正常血浆浓度为0.8～1.2mmol/L。纠正低镁不仅可促进肾脏对钾的重吸收，促进钾向细胞内的转运，纠正细胞内外低钾状态，$Mg^{2+}$还增加细胞膜上Na-K-ATP酶活性及细胞线粒体的氧化磷酸化，改善能量代谢与Na-K泵功能；减少细胞内K的丢失与$Ca^{2+}$的积聚，降低自律性和折返，从而提高细胞膜的稳定性及心室的室颤阈。$Mg^{2+}$还可抑制儿茶酚胺的释放，减少诱发心律失常几率。因此，镁在稳定细胞钾浓度及诱发和防治心律失常中起重要作用。当然，高镁易导致传导阻滞和心脏停搏。

4. 麻醉期间体温的管理　与其他心脏手术一样，体外循环后的低温很常见。在体外循环结束后，由于外周组织复温不足而产生外周-核心温度梯度，常会在体外循环结束时出现核心温度的快速下降，即所谓的后降（afterdrop）。轻度的低温（低于正常体温约2℃）会因此而降低代谢，从而延长药物作用。另外，低温除直接损害免疫功能，降低机体抵抗力，降低血小板功能，造成凝血链中酶的功能紊乱外，低温还触发术后寒战和不适的发生，增加氧和能量的消耗，对病人术后的恢复极为不利。在术中体温应该尽量保持在36.5℃以上。延长体外循环的复温时间，应用血管扩张剂使核心-外周温度梯度减少，等鼻咽温度恢复到37℃后才停体外循环。当然，输入的液体和血制品应加温，预防体外循环后发生的低温。

5. 麻醉期间循环的管理和心功能的支持

(1) 体外循环前循环的管理和心功能的支持：麻醉诱导至体外循环运转前最常见的异常是低血压。麻醉医师应维持术前使用着的正性肌力药及机械辅助装置，及时调整正性肌力药物的剂量和配伍，保持在相对偏快的心率来代偿固定的低心排，尽量维持有效的重要脏器灌注，使病人能顺利进入体外循环。

(2) 体外循环后循环的管理和心功能的支持：

1) 移植心脏的病理生理：心脏移植术切断了心脏的交感节后、副交感节前以及传入神经。移植心脏的"去"神经支配是心脏移植不可避免的后果。很多长期的研究都表明：移植的心脏"无"神经，因而对原来的、所有的通过心脏自主神经进行调节的机制均失去作用。去神经心脏的活动只能依赖于内在的固有节律性、循环中的儿茶酚胺、

Frank-Starling 机制、外源性激素影响来维持基本的排血量。移植心脏的去神经造成其对某些药物的反应与正常有差异，应引起注意：混合有直接、间接作用的药物则仅仅表现出他们的直接作用；而不直接通过交感神经或副交感神经作用的药物一般无效。因此，有直接心脏作用的药物如肾上腺素或异丙肾上腺素成为移植后改变心脏生理的最佳选择。由于失去基础的 α 肾上腺素能张力，静息冠状动脉血流常增加。冠状动脉的自主调节在移植心脏是完整的，血流量仍然依赖于 pH 和动脉二氧化碳的调节。冠状动脉痉挛在移植心脏上也有发现，导致血管收缩的因子是乙酰胆碱。

移植后的早期，可能见到严重限制性的血流动力学变化，这可能与供心和受体心脏的大小过于不匹配或排异有关。如无排异发生，由射血分数和收缩功能储备决定的心室的收缩功能是正常的。左室的容积虽见增加，但左室的重量正常。如果舒张顺应性或松弛度不正常，将导致充盈压增高，特别是在术后早期阶段，如果不是急性排异，舒张功能在一段时间后会逐渐趋于正常，静息舒张充盈速度和到达最大舒张充盈的时间也恢复正常。移植心脏的功能处在一个左移的心室压力-容积曲线的陡段。刚开始运动时，心排出量不会明显增加，随后由于循环中儿茶酚胺的增加而增强心肌收缩力和增快心率，运动中左室和右室射血分数峰值明显低于正常的心脏，这种对运动反应的降低大约维持到移植后的 2～6 年。所有正常时对应激的反应由于去神经而出现较慢，氧的输送和应用也是降低的。这些病人因体位改变而导致血压影响的反应增强，因此必须要有足够的静脉回流才能保证足够的心排出量。尽管轻度的排异不会影响心脏功能，但严重的排异会导致显著的舒张功能和收缩功能的紊乱。

2）去神经心脏心律、率的维持：主动脉开放后，冠状动脉恢复血流，只要供体心脏保护良好，一般都可自动复跳或去颤复跳。如在主动脉开放前先给予 50～100mg 利多卡因，有可能减少心脏复跳时的室颤，增加结性心律的恢复。如室颤呈细小波，可给以肾上腺素 50～500μg，使室颤波增大，有利于除颤成功，成功后可给以利多卡因维持。如反复除颤不成功或 ECG 表现为扭转性室速，首先考虑是否存在严重低钾、镁。此时除补充钾外，可给以门冬氨酸钾镁及硫酸镁。鉴于胺碘酮对防治室性心律失常中有独特的意义，我们对心脏复跳后反复发生室颤和室速的病例先在 10 分钟里给予 150mg 的负荷量胺碘酮，为防止停药后可能会出现恶性心律失常的发生，一般维持用药到术后 24 小时。心脏复跳后心率可能较慢如果又存在 Q-T 间期延长，去神经支配的心脏使用阿托品无效，常用异丙肾上腺素增快心率，同时还可增加心肌收缩力、降低肺/体循环阻力。一般在心脏开始工作时，先给异丙肾上腺素 10μg，以后再给维持量 1～3μg/(kg·min)，调整心率在 90～100 次/min，并常规在右室表面安放起搏器备用。

移植心脏初期心率可能偏慢，与手术创伤和窦房结功能不全或心肌缺血有关，有时甚至需要起搏器。也可能出现心动过速，与受体循环内过多存在的儿茶酚胺有关。心律失常以室上性为多见，可能由于心脏失去迷走神经抑制和对儿茶酚胺的高敏有关；后期多见房颤、房扑可能与心房增大及房内压增高有关。心律失常的产生和手术方式有关。如实施“标准法原位心脏移植”，则 90％显示窦性心律，原位心脏移植时，供体心房缝合于受体心房的剩余部分，因此同时出现供、受体两个窦房结活动，术后的初期心电图可见两个形态略异的 P 波，分别来自各自的起搏点。其中一个较大($P_1$)，其后有下传的 QRS 波。另一种 P 波较小($P_2$)，其后无关系固定的 QRS 波。$P_1$ 是供体心脏的心房产生，$P_2$ 是受体心脏的心房产生，由于其电活动不能穿过吻合口，因此心脏的节律完全由供体的窦房结控制，随着时间的推移，$P_2$ 会逐渐变小，最后消失。如采用“全心脏

原位心脏移植"和"双腔静脉原位心脏移植"，术后心律缓慢的发生明显减少，由于受体右心房完全切除，因而只有一个P波。大部分的这些心律失常可以自动解除，但有些病人可以持续到术后，即使在没有排斥也会出现，最终5%的病人需要安置永久起搏器。

3）心肌收缩力的支持和肺并发症的预防及处理：心肌收缩力的支持和肺并发症的预防及处理与其他心脏手术相同，更是心脏移植手术成功的关键。难以脱离体外循环的根本原因最常见的是右心功能衰竭，其原因通常与移植前受体肺血管阻力的升高有关。虽然肺血管阻力超过5Wood单位的病人因为预后较差而常被排除在原位心脏移植之外，但即使是肺血管阻力相对较低的病人也有右心衰的危险，特别是在停体外循环时。脑死亡对供体心脏的右室功能有显著影响，动物试验已经证实了这一点。由于大部分的供体的死亡原因都是脑外伤，脑外伤后儿茶酚胺的升高和伴随的Cushing反应会导致心肺损伤。这些效应会增加已经存在的心脏移植受体上的肺血管阻力的升高，增加右心衰的危险。在体循环压力超过350mmHg，及肺血管阻力加倍的时候，心肌机械功能紊乱并会出现心室扩张。在细胞水平上是由于肌小节单位过度牵张超过他们正常的工作范围，导致M带上的肌动蛋白纤维失能以及可能相互作用的横桥的数目的下降，从而右室收缩功能的抑制。另外，左室容积和前负荷减少导致的室间隔变平都会使血流动力学紊乱出现。由于术前的心脏病而继发肺动脉高压、肺血管损害；供心在切取和心肌缺血期间，右室收缩功能较左室更易出现下降；供心和受体心脏大小不合适或两者肺动脉吻合产生扭曲或转位，三尖瓣反流；都可产生右心衰竭。另外，主动脉开放前排气不完全，造成肺动脉气栓或鱼精蛋白的副作用都可引起肺血管阻力升高，进一步诱发右心衰。为减少和处理肺动脉压和血管阻力的增加，我们提倡用左旋精氨酸、乌司他丁、抑肽酶、护心通等药物进行肺保护。

右心衰的治疗除了常规的过度通气外，主要根据肺血管的阻力大小和左、右室的收缩状况选择合理的治疗方案：包括①容量负荷；②维持心房心室同步；③正性肌力支持；④血管扩张剂；⑤血管收缩剂；⑥机械辅助设备。传统上，容量负荷常用于治疗右室心梗。如果肺血管阻力、右室收缩力、室间隔形状正常，右室充盈压增加会使血流动力学恢复正常。在存在肺血管阻力增加的情况下，即使右室功能正常，单单容量负荷会增加右房压和右室舒张末压以及降低左室前负荷，因此无效；而降低右室后负荷后，右室容量的降低，左室充盈的改善则会使抢救得到成功。所有的非特异性的肺血管扩张剂会降低右室后负荷，增加右室射血分数。但还应该意识到，在使用血管扩张剂后，由于冠状动脉灌注压降低，可能会加重右室缺血。常用的血管活性药物有多巴胺2～5μg/(kg·min)；多巴酚丁胺2～5μg/(kg·min)；肾上腺素0.1～1.0μg/(kg·min)；异丙肾上腺素0.1～0.5μg/(kg·min)。尽管所有的$\beta_1$-激动剂可以有效地改善右室收缩力，但还是应该选择有正性肌力作用和血管扩张作用的药物(也就是说异丙肾上腺素、肾上腺素、多巴酚丁胺)。PDE-Ⅲ的抑制剂在肺高压和充血性心衰导致的右心衰的病人上改善右室收缩功能较纯粹的血管扩张剂更有效，常用的磷酸二酯酶Ⅲ抑制剂：米力农负荷剂量30～50μg/kg经5～10分钟注射完，然后以0.375～0.75μg/(kg·min)维持。有时需合并用血管收缩剂在冠状动脉灌注压力下降时可以改善右室的功能。

(3) 伴肺高压右心衰的预防和处理：预防是主要的。正确估计肺血管阻力是决定能否进行心脏移植的一个重要因素，同时也是预防术后右心衰发生的主要因素。

据Srinivas报道关于肺动脉压和肺血管阻力与术后早期因右心衰死亡率的关系为

表 13-3。

**表 13-3　肺动脉压和肺血管阻力与术后早期因右心衰死亡率的关系**

| 肺血管阻力(Wood) | 用　药 | 用药后肺血管阻力 | 死亡率 |
|---|---|---|---|
| ≤2.5 | 无 | | 6.9% |
| ＞2.5 | 无 | | 17.9% |
| ＞2.5 | 硝普钠 | PVR≤2.5　MAP＞85mmHg | 3.8% |
| ＞2.5 | 硝普钠 | PVR≤2.5　MAP＜85mmHg | 27.5% |
| ＞2.5 | | ＞2.5 | 40.6% |

如肺血管阻力＞2.5Wood 单位和肺动脉压力梯度＞15mmHg，均需要进行药物试验以判断肺动脉的可逆程度。为进一步预防和处理可能产生的不利因素，选择合适的供心和采取良好的保护措施；预防围术期低氧血症，纠正电解质紊乱和酸碱平衡失调；改进手术技术，避免右室机械性损伤，避免吻合的肺动脉发生扭曲，主动脉开放前充分排气，避免冠状动脉气栓；术中提倡用左旋精氨酸、乌司他丁、抑肽酶、护心通等药物进行肺保护。

当受体术前就有肺高压时，术前正确估计受体肺动脉压和肺血管阻力升高程度和性质是供心术后会否发生右心衰的关键因素之一，也是决定供体能否接受心脏移植手术的决定因素之一。肺高压反映了小动脉的重构导致的血管壁僵硬和血管扩张反应的下降。这种结构改变导致的肺高压为固定的、不可逆的改变。肺高压大都由于控制肺高压张力的内皮功能紊乱造成，对于肺高压中可逆和不可逆的两种成分比重的判断，可以用一系列肺血管扩张药物治疗后，重复、动态地肺循环参数测定来识别，用于此目的血管扩张药物有硝普钠、腺苷、前列腺素 $E_1$ 和一氧化氮(NO)。在术前准备和评估中我们在继续运用正性肌力药(多巴胺、多巴酚丁胺、米力农甚至肾上腺素)的基础上，采用吸氧、静输前列腺素 $E_1$、酚妥拉明和吸入 NO 的试探中，可见到肺动脉压虽然变化不大，但肺血管阻力和跨肺梯度下降超过 20%以上，经过扩血管药物调节(vasodilator conditioning)，长时间一个又一个相继使用的正性肌力药(多巴酚丁胺或米力农)和血管扩张药的积极处理顺序(aggressive sequence)的调理，让肺血管达到最大扩张状态，使原本认为不可逆的固定的肺高压转变为可逆的、有反应的肺高压类型，给此类病人的心脏移植带来可能。而且，术后升高的肺动脉压和肺血管阻力，在心脏移植后会有所下降，但仍持续一段时间，一年后才有可能恢复正常。

尽管术前对心脏移植病人做了细致的筛选，积极控制肺动脉高压，但是心脏移植术中供体的正常心脏不能立即适应受体增加的肺血管阻力，出现右心功能不全，表现为体循环低血压，脱离体外循环困难，所以术中对肺动脉高压的处理对手术的成功起至关重要的作用。当受体术前就伴重度肺高压时，长期适应于正常肺阻力的供心难以适应突然增高的肺阻力，从而产生右心功能衰竭；同样，仍保留一定弹性、长期适应于右心低心排的肺小动脉，突然接受供心较高的心排血量而发生痉挛，进一步增加肺血管阻力，加重右心功能衰竭；体外循环的肺隔离、肺缺血再灌注损伤和体外循环中炎症因子对肺血管的损害更加重肺的损伤；术前的水肿和低蛋白血症致胶体渗透压更降低，使心脏移植

术后肺并发症尤为突出及险恶。围术期除了加强常规的肺保护外，治疗靠综合措施，只有通过仔细的、全面的术前计划，采用综合措施，才能顺利处理术后可能危及生命的肺高压右心衰。包括：

1）通过高吸入氧浓度（$FiO_2$ 1.0）、轻度过度通气（$PaO_2$ 30～35mmHg）、最佳PEEP来防止肺血管收缩。肺组织的生存依靠肺毛细血管或肺泡两者之一的途径来维持，对完全缺血的肺，只要有足够的肺通气，也可维持需氧代谢和肺组织形态学完整、能量需求及表面活性物质代谢5小时之久，因而强调静态膨肺。遇到气道阻力增高并肺水增多的病例，应在体外循环期间加强超滤，氨茶碱对降低气道阻力效果甚佳。

2）在密切注意中心静脉压、血管活性药物用量及反应下，用容量试验，随时调节适合的右室前负荷。

3）使用正性肌力药支持心肌收缩力：传统治疗右心衰的处理是在心脏直视手术毕，经中心静脉联合应用正性肌力、血管扩张药支持心脏收缩，控制肺动脉压和阻力。通常选用儿茶酚胺、无机钙离子支持心肌收缩力；双吡啶类磷酸二酯酶Ⅲ抑制剂可增强心肌收缩力、张力速率（dp/dt），还加快心肌纤维缩短速度和过程，起正性变力效应，从而改善心肌顺应性。特别对那些已出现β受体下调和对β受体等正性变力性药物不敏感（低调）的病例更有意义。其相对选择性性扩张肺血管作用，尤其适用于伴肺高压的右心衰病人。目前常用的有氨力农和米力农。氨力农：一般先静注0.75mg/kg，2～3分钟注毕，然后以5～10μg/（kg·min）维持，血浆有效浓度2μg/ml。米力农：静注25～75μg/kg，5分钟血药浓度达峰值，大于150μg/ml，然后以0.25～0.5μg/（kg·min）维持。其中米力农的效价是氨力农的20倍，但其维持时间较短，而且对血小板和肝功能的影响较低，目前有取代氨力农的趋势。然而，频繁应用的儿茶酚胺都先通过肺再进入全身循环发挥作用，肺在代谢循环中的儿茶酚胺类药物方面有重要作用，大约循环中的5%肾上腺素和去甲肾上腺素，在经过肺血管时被代谢、消除。体外循环后，肺血管内皮对去甲肾上腺素的吸收有所增加，从体外循环前的18%～19%上升到35%～42%，使用的伴血管收缩活性的正性肌力药，将首先引起肺血管收缩，导致PVR和PAP急剧升高，这样使刚经体外循环损伤的右心室面临遽然增高的后负荷搏血，这无疑是对伴肺高压危象的右心衰雪上加霜。

4）降低肺血管阻力的措施来降低右室后负荷：对伴肺高压的低心排，以至不能脱离体外循环的病例，需联合运用血管扩张药物：经肺动脉使用酚妥拉明、前列腺素$E_1$（$PGE_1$）、前列环素、腺苷、硝酸酯类等扩张肺动脉。

酚妥拉明　鉴于肺内存在丰富的肾上腺素能受体，肺高压时，肺组织肾上腺素能α和β受体处于失衡状态，以收缩占优势，调节肺血管收缩的α受体增加、调节肺血管舒张的$\beta_2$受体减少，致使肺血管对缩血管反应增强，而对舒张血管药物反应减弱和肺血管内皮DA-1受体介导的内皮依赖性舒张减弱。对重度肺高压、气道压又急遽升高以至不能脱离体外循环的患者在经中心静脉使用氨茶碱的同时，选用具有特异性的α受体阻滞剂，直接向肺动脉内注入适当量的速效、短效的血管活性药，一般选用酚妥拉明，剂量从0.1mg/min开始，逐渐增加到0.5mg/min，肺高压危象时可先给冲击量（0.1～0.5mg/次）再给维持量。

前列腺素E（$PGE_1$）　作用于肺血管内皮细胞表面受体，通过G蛋白转导，作用腺

苷酸环化酶(AC),提高细胞内 cAMP 含量。它具有肺循环首过效应,可被肺内特殊的15-羟基前列腺素脱氢酶降解、灭活,肺一次清除率为 70%~90%,常用剂量 10~30ng/(kg·min),仅显示肺血管扩张作用,对体循环影响不大,其作用呈剂量依赖性,由于它激活腺苷酸环化酶,使细胞内 cAMP 增加,有增强心肌收缩力的作用,用于伴肺高压的右心低心排病人最合适。当临床剂量达 30~150ng/(kg·min)时,由于酶发生饱和,肺高压病人对 $PGE_1$ 代谢又降低,将造成体循环低血压。此时可通过左房导管输注小剂量的去甲肾上腺素以对抗其副作用。另外,它还具有免疫抑制作用,根据一些研究表明,其可降低排异反应。

前列环素($PGI_2$)　生理条件下前列环素由花生四烯酸经环氧化酶(COX)作用生成,与血管平滑肌细胞相应受体结合,作用腺苷酸环化酶(AC)增加 cAMP 含量,不仅血管扩张,还增强心肌收缩力。目前临床上运用前列环素类似物 iloprost,它性质更加稳定,半衰期较长,可供吸入运用,具有更广阔的前景。

腺苷　作用于血管内皮细胞和平滑肌细胞的腺苷 $A_2$ 受体,产生扩血管效应。腺苷可被内皮细胞和红细胞内腺苷酸激酶磷酸化合成 AMP 或腺苷脱氨基生成次黄嘌呤,在循环中迅速消除半衰期很短(10s),对体循环影响小。临床采用 50μg/(kg·min)治疗肺动脉高压。

同样地传统的经中心静脉使用血管扩张药后,在扩张肺血管时,不仅增加肺内分流,同时引起的体循环血压降低,阻止了扩血管药物的继续使用,故建议经气道吸入 NO 或雾化吸入 $PGI_2$,均可扩张肺血管,改善氧合,减少肺内分流,不仅减低肺循环阻力,而且对循环基本无影响。

一氧化氮(NO)　NO 也称为血管内皮舒张因子(EDRF)。由血管内皮细胞产生,具有亲脂性和易于在细胞间扩散,经气道吸入的 NO 气体很快通过、弥散至肺泡壁,弥散入肺内小血管平滑肌,作用鸟苷酸环化酶(GC),增加 cGMP 含量,松弛血管平滑肌,降低肺血管阻力和肺动脉压力,提高肺血流量,改善肺通气-灌注比例,提高血氧,改善分流,恢复正常肺功能,对肺高压危象的右心衰十分有效。NO 与血红蛋白的亲和力比一氧化碳高数百倍,与氧合血红蛋白结合后,形成高铁血红蛋白而迅速失活,对体循环阻力影响小。并且吸入的 NO 仅能扩张通气良好的肺泡,改善氧和,降低肺内分流,可控制肺动脉高压。严重肺高压者需吸入 NO 7~14ppm 降低肺血管阻力。其缺点是半衰期短,需要持续吸入以维持疗效。但 NO 与氧结合,可生成过氧化亚硝酸盐、高铁血红蛋白血症、自由基、二氧化氮等产物对组织造成损伤,长时间、尤其是大剂量吸入时。使用时需监测吸入浓度。Rajek 等对心脏移植后两种肺血管扩张剂一氧化氮和前列腺素 $E_1$ 的效应进行了比较,发现在心脏移植后即刻一氧化氮吸入降低肺血管阻力达 50%,而 $PGE_1$ 仅仅降低肺血管阻力 10%,一氧化氮吸入降低肺血管阻力是由于降低了平均肺动脉压,而心排出量和肺毛细血管嵌压在两组都得以很好的维持。在肺高压有右心衰危险的病人预防性使用吸入一氧化氮,还会使右心衰的发生率降低。

前列环素($PGI_2$)　近年来雾化吸入 $PGI_2$ 控制肺动脉高压的研究颇为热门。吸入的 $PGI_2$ 直接作用于肺小动脉平滑肌,扩张肺动脉,降低肺动脉压力。$PGI_2$ 在生理 PH 下经水解成无活性产物,半衰期短仅 2~3 分钟,对体循环影响小,代谢产物无毒性,设备简单,无需气体浓度监测,而且通过雾化吸入不会增加肺内分流,较好的保持了缺氧

性肺血管收缩，不至于造成明显的低氧血症。但是有报道 $PGI_2$ 可造成凝血功能减退、气道炎症和面部潮红等不良反应。Theodoraki 的研究表明，雾化吸入 iloprost 后跨肺压从 17.09±6.41mmHg 降低到 9.33±3.83mmHg，肺血管阻力与体循环阻力比、肺动脉平均压与桡动脉平均压比明显下降，右室射血分数改善。吸入前列环素还可使用于心脏移植后肺动脉高压的治疗。Langer 首先报道一例心脏移植术后第二天发生肺动脉高压和右心衰竭，常规治疗无效后，采用 $PGI_2$ 雾化吸入，结果肺血管阻力明显下降，伴心指数和静脉氧饱和度上升。

内皮素-1(ET-1)受体拮抗药　内皮素-1 是由血管内皮细胞产生的一种由 21 种氨基酸构成的多肽。它具有很强的缩血管作用，被认为在肺高压的形成中起重要作用。ET-1 的血管活性作用有其复杂性，在不同的血管床有不同的作用。ET-1 的血流动力学效应至少有两种受体 $ET_a$ 和 $ET_b$ 介导。$ET_a$ 和 $ET_b$ 的一个亚组位于血管平滑肌细胞，参与血管收缩。$ET_b$ 的另一亚组则位于血管内皮细胞表面介导血管扩张。Cassandra Joffs 的研究表明采用 ET-1 阻断剂能明显降低 CPB 后 PVR 的升高，而不影响体循环阻力。目前还没有可供静脉和雾化吸入的制剂。

5）维持体循环压力来保持冠脉的灌注：非特异性扩血管药物在扩张肺血管的同时也造成体循环血管扩张，此时需要可用 α 受体激动药，来保持和维持体循环的必需张力，保证冠脉尤其是右心的血供。一般以去甲肾上腺素更宜，它的 $\alpha_1$ 可保持外周血管张力、$\alpha_2$ 促使内源性去甲肾上腺素释放、$\beta_1$ 活性增加心肌收缩力，甚至会导致急性肺高压的 PVR 降低。传统的给药方式是通过外周静脉和中心静脉给药，药物先通过肺，再进入体循环发挥作用。具有血管收缩活性的药物经此途径时存在潜在的不利：药物在进入体循环前，先经过肺血管床，而具有首先引起肺血管收缩，导致肺血管阻力和肺动脉压力急剧升高。为避免肺动脉压的上升，国内姜桢采用"双心给药法"即经中心静脉输注正性肌力药；经肺动脉输注肺血管扩张药；经左房或主动脉根部输注具有缩血管作用的正性肌力药来最大程度地发挥各自的作用。从左房运用血管活性药可充分发挥对心脏的作用，进入体循环通过毛细血管床时被组织摄取，并被单胺氧化酶、儿茶酚胺氧位甲基转移酶代谢，最后只有稀释的活性低的药物到达肺组织，只产生微弱的血管收缩药理效应。Pearl 等采用分别经中心静脉和左房两种途径输注多巴胺、肾上腺素、去甲肾上腺素、去氧肾上腺素，观察对犬的肺循环体循环血流动力学的影响。结果表明经以上两种途径给予 4 种药物血流动力学无显著差异，通过左房输注的肺动脉血内药物的浓度低于中心静脉给药组。Aral 的研究表明通过左房给予肾上腺素后心指数、MAP 显著高于经中心静脉给药组，同时左房组桡动脉血肾上腺素浓度显著高于肺动脉血中的浓度，而经中心静脉给药组则相反。常用具 $\alpha_1$ 受体激动的去氧肾上腺素和去甲肾上腺素，前者用量 50～200μg/次，也可以 10～50μg/min 泵入。去甲肾上腺素除了直接的 $\beta_1$ 作用与肾上腺素相等外，直接的 $\alpha_1$ 和 $\alpha_2$ 作用使血管收缩，当去氧肾上腺素已无效时，由于去甲肾上腺素强大的 $\alpha_1$ 和 $\alpha_2$ 血管收缩作用仍然可显示其性格，一般用量为 1～2μg/min，使用范围 0.05～0.3μg/min，甚至有报道达 8～12μg/min。鉴于左房置管的困难和并发症，我们采用直接由主动脉根部或由股动脉导入导管达主动脉根部给药，可起到同样作用。

6）肺血管灌注肺保护液：Wei 的研究表明肺高压的病人经肺血管灌注肺保护液，

含有扩血管药物、氧自由基清除剂和激素，可扩张肺血管，减轻缺血再灌注损伤，抑制CPB后的炎症反应，从而降低肺动脉压力，减轻肺水肿，有利于平稳脱机。

7）其他：采用机械辅助循环装置，如主动脉球囊反搏、肺动脉内球囊反搏、右心辅助装置、体外膜肺氧合（ECMO）等。可以降低肺血管阻力，技术复杂，费用昂贵，使用受限。

理想的治疗伴肺高压危象低心排的药物，应该是具有强心、又对肺血管有高度选择扩张性能，既能改善心功能提高心排出量、又对体循环没有影响，也不增加肺内分流的药物。现有的单一药物尚不能满足要求，只有通过改良给药方法及进行药物的合理搭配来弥补。选择性地从右房、肺动脉、左房或经主动脉根部给药，发挥其各自的效果，即从右房泵入洋地黄、儿茶酚胺、无机钙离子及双吡啶类磷酸二酯酶抑制剂，来增强心肌收缩力；从右房或肺动脉泵入具有动脉扩张性能的药物来减轻肺血管阻力，而较少地影响体循环压和维持正常循环阻力；从左房或主动脉根部泵入具有血管收缩作用的正性肌力药，可减少正性肌力药物的用量，不仅同样地取得改善左心做功，也不增加肺血管的阻力。双心给药是安全、有效的治疗体外循环术后肺高压危象右心衰的方法。

（4）麻醉期间的输液与输血：在上下腔和主动脉插管后体外循环开始，大多数病人都有血容量过多，可以用利尿剂和/或超滤以提高红细胞压积，减少发生肺水增加的潜在危险。

凝血状态在心脏移植体外循环后阶段比其他心脏手术更重要，由于手术中心腔及大血管的吻合口很长，有时病人还伴有胸腔或心包的粘连，是术后出血的潜在因素，因此必须在关胸前严密监测心脏吻合口的完整性，特别是较难观察的心房的后半部分，并彻底止血。再则，由于慢性的肝淤血和术前华法林治疗导致了凝血功能紊乱，应该应用新鲜冰冻血浆、冷沉淀和血小板，保证满意的凝血功能。还有必须用足量的鱼精蛋白拮抗肝素的作用，为预防及减轻鱼精蛋白的反应，我们常规在鱼精蛋白里加以氯化钙。

抑肽酶用于肾功能尚正常的再次手术心脏移植病人，可减少出血，而且由于其对炎症反应的抑制，也可改善心肺功能。Prendergast 总结了 23 例，先以左室辅助设备植入，以后再进行心脏移植，术中接受全量抑肽酶治疗，注意到有一例病人发生过敏现象，30.4%的病人出现一过性的肾功能不全，且都出现在使用环孢素时候，没有发现血栓形成。

## 第七节　心脏移植的术后处理

### 一、隔离和监测

心脏移植术后的处理与心内直视手术的病人相似，由于围术期免疫抑制剂的使用，使机体免疫能力下降，抵抗力降低易发生感染，特别要强调预防感染。

感染是导致术后死亡的原因之一，病原以细菌最常见，其次为真菌和病毒。感染部位以肺部最常见，其次是中枢神经系统、伤口、尿路、皮肤和口腔等，严格执行消毒隔离制度是预防感染的重要措施。病人接受移植手术后，一般被转入 ICU 中的单独房间，

病房应有空气净化装置。隔离病房内每班用紫外线照射30min/次，每天用含有1000mg/L有效氯消毒台面、拖地板三次，病房门口设有2块含有2000mg/L有效氯消毒液浸湿的踏脚板及一块粘垫，工作人员进出必须更换无菌隔离衣、帽子、口罩及鞋，用0.1%～0.2%苯扎溴铵(新洁尔灭)溶液浸手消毒，带入无菌室的物品需经过消毒液擦拭或紫外线照射后方可进入。移植术后患者应用激素等免疫抑制剂，可以引起皮肤弹性增加、形体变化、骨质疏松、抵抗力下降、食欲降低等，使患者容易发生褥疮。术后需保持床褥平整清洁干燥，按时翻身。术后口腔容易发生感染，因此必须要加强口腔护理，每日三次，同时观察口腔内有没有白斑、溃疡等。

ICU中的监测与一般心脏手术病人相仿，包括桡动脉测压管、颈内静脉导管、遥测心电图、脉搏氧饱和度、呼气末二氧化碳、导尿管等，这些在术后处理中是必要的。Swan-Ganz导管在肺血管阻力增加需估计及治疗用药时也很需要。如果病人保持血流动力学稳定，所有的侵入性的监测导管和导尿管都应在48～72小时拔除，以避免院内感染的危险。如果引流量<25ml/h，胸腔引流管可以在术后第一天拔除。常规进行血细菌、病毒培养，引流管的微生物培养，并注意真菌的检查。

## 二、术后出血

出血过多导致的心包填塞可以发生在任何心脏手术后，心脏移植术后危险性增加。很多病人由于严重的左心衰、术前应用华法林再次手术、病人由于慢性肝淤血而出现凝血因子减少等。另外，供体心脏常不能充满扩大的心包腔，因此有空间让血液蓄积。心包填塞的临床征象与急性右心衰表现一致，舒张期的平衡一般不存在。食管超声心动图检查有助于确定诊断，如果诊断有怀疑要进行手术探查。

## 三、营养和运动

病人在手术24小时后从病床移动到椅子，术后第二天可以开始在帮助下运动，以及用上、下肢运动物理治疗。术后第一天可以进食清流质饮食(1000ml/24h)，以后根据病人个体情况慢慢过渡到耐受低盐、低脂、低胆固醇饮食。

## 四、术后脏器功能的维护

1. 心脏功能的维护

(1) 心律的维持：室性心律失常，主要是室性期前收缩和非持续性的室性心动过速，在连续监测时发生率高达60%。术后早期发生的心律失常大都由于存在电解质紊乱，需及时处理，尤其是钾、镁离子的补充。另外还可能由于所用的正性肌力药增加的应激和肺动脉导管的刺激而致。治疗以严格掌握正性肌力药的合理使用和及时拔出或调整肺动脉导管位置。如在移植后7天发生的心律失常要考虑心脏排异的可能。

半数病人术后会显示窦性或结性心动过缓。在术后第一个2小时需要正性变时药物如异丙肾上腺素等药物或临时起搏支持心率。术后24小时，14%～44%的病人仍然

发生或有持续存在心动过缓。主要是与供体心脏缺血时间的延长、手术对窦房结和/或窦房结动脉的创伤继发于窦房结功能不全有关，很少见是由于房室传导阻滞。异丙肾上腺素直接刺激心肌的肾上腺素能受体，刺激心率和收缩力的增加，对于急性症状性的心动过缓，是一个很好的选择。Rothman 等证实静脉内应用氨茶碱(6mg/kg)可显著缩短纠正窦房结恢复的时间，还可能通过磷酸二酯酶对儿茶酚胺的代谢产生效应，使所需临时起搏的时间从 12.2 天缩短到 5.5 天，而且改善了心率，使更有意义的窦性节律可以自行恢复。

(2) 体循环高血压：当平均动脉压>80mmHg 时，要进行治疗，以免增加移植心脏不必要的后负荷。在术后的早期阶段，可用硝酸甘油、酚妥拉明，甚至硝普钠。硝酸甘油相对保存了肺血管低氧性收缩反射，造成的肺内分流较少，又对冠脉和肺血管的扩张作用被首选。如果高血压持续，可加用口服降压药：心痛定，肼苯哒嗪，或哌唑嗪等。

(3) 体循环低血压：移植心肌的功能在术后即刻阶段有一过性地受抑，与供体血流动力学不稳定、低温、保存中缺血损伤引起的移植物损伤，以及与新移植心脏的心室顺应性和收缩性降低有关。由于心房吻合造成的心房动力异常更加剧了心室舒张负荷的降低。移植心脏的舒张顺应性和收缩功能在短期内下降，由于舒张顺应性的下降，所以必须增加充盈压来维持满意的心排出量，因此在术后的 24 小时内，PCWP 常需维持在 15～20mmHg 水平。有时常规在手术室内使用儿茶酚胺类或磷酸二酯酶Ⅲ的抑制剂提供支持。异丙肾上腺素的正性变时效应作为对缓慢心律失常治疗，常使移植后早期阶段复杂化，备起搏器是必要的。心肌功能的恢复常需 2～4 天，正性肌力支持应逐步、谨慎地减少到完全停止。

移植受体围术期死亡 25%与早期心衰有关，多发生在术中停体外循环时或术后 48 小时内。原因可能是多因素的，但最重要的病因是肺动脉高压，保存时的缺血性损伤和急性排异。低血压、尿量<0.5ml/(kg・h)、寒冷、四肢湿冷是心排血量不足的明显指标。几天后仍不能脱离常规的正性肌力药的支持是另一个表现，应置入 Swan-Ganz 导管以使用正性肌力药物和升压药的管理最佳化。应进行紧急心内膜活检，以避免经验性地增加免疫移植剂的用量来挽救移植心脏。心室功能每天用心脏超声监测。在对药物治疗无反应的病例用 IABP 和心室辅助设备机械支持，这种情况下的再移植死亡率极高。

2. 呼吸管理　病人回到 ICU 后，用听诊和胸片证实气管导管的位置。查基础动脉血气，调整吸入氧浓度以维持动脉氧分压≥75mmHg。每日拍胸片，观察肺部并发症、心脏体积变化、是否存在心包积液、以及排斥反应。一旦病人清醒，血流动力学又稳定，而且没有明显的纵隔出血时，逐渐脱离机械呼吸支持，大多数病人可以在移植后8～12 小时内拔管。如需延迟拔管，反复吸引气管导管和胸部物理治疗是术后早期处理的重要成分。在拔管后，吸氧的鼻导管应每天更换，并清除分泌物。术后的近几天内需要经面罩或鼻导管补充湿化氧气。用激励性的肺量计进行积极的肺清理，咳嗽和深呼吸锻炼，早期活动，都有助于减少肺部感染的危险。在 ICU 需每日拍胸片，以后根据临床情况决定。为使通气最佳化，减少感染，术后胸膜渗出需要胸穿引流。

3. 肾脏功能的维护　术前由于慢性心衰和环孢素的肾毒性可引起肾功能不全，使得受体处于肾功能不全的危险中。体外循环的综合因素，增加的血管外水增多，又被糖

皮质激素的作用加重，术后血管外水的潴留是明显的，必须密切注意尿量和液体平衡。在心脏移植手术后的24～48小时之间，少尿常由于体外循环综合因素造成，并随环孢素开始应用的影响而加重。积极维持最佳化血流动力学状态，使用利尿剂，尽可能维持尿量超过5mL/min。少尿常在72小时后得以缓解。术前利尿剂依赖病人经常需要大剂量呋噻米治疗或更强的利尿剂。大量使用袢利尿剂时，须重视耳毒性的可能性。急性环孢素诱导的肾功能不全时，常需用更少的剂量来达到目的，并经常测定环孢素水平以便及时调整剂量。同时应用甘露醇可以减少环孢素的肾毒性。对于伴肾衰危险的病人，一开始可以用持续静脉输注来避免口服时水平的大波动。有些中心在术后即刻就用细胞溶解药，延迟环孢素治疗的开始。如果持续的液体过荷、酸中毒、或发生高钾，就需要透析以缓解肾功能不全。Canver建议对手术前有肾功能不全的病人（肌酐水平超过3mg/dL）应用OKT3单克隆抗体（MAb）（通常用5天），可以使得环孢素的治疗延迟至手术后的2到4天，认为该治疗可避免早期肾衰竭。

## 五、免疫拟制剂治疗与排斥反应的诊断和处理

1. 免疫拟制剂治疗　心脏移植后，须终生应用免疫拟制剂防止产生排斥反应。我们采用的免疫方案是三联用药：环孢素＋霉酚酸脂（mycophenolate mofeti）＋糖皮质激素。对接受移植病人一般术中用糖皮质激素，即在开放主动脉前即刻给以甲泼尼龙500mg。术后每日静脉内应用糖皮质激素：静注甲泼尼龙125mg每12小时用三次。然后口服泼尼松维持，初始剂量为30mg/d，每月递减5mg，三个月后20mg/d，半年后15mg/d，一年后减到10mg/d维持。亦有的采用术后第3天起口服泼尼松80mg，每天递减10mg，至20mg/d，半年后改为15mg/d，一年后减至10mg/d维持。还有的主张初始剂量10mg/d，并以此剂量维持下去。霉酚酸脂为每天1.5～2g。国内多采用两种剂量，一种是1.0g，2次/d口服；另一种是1.5g，分2次/d口服。环孢素的个体差异大，早期要每天查血药浓度，我们在1个月内控制其血药浓度为250～350ng/ml，环孢素A初始剂量为5～8mg/(kg·d)，以后可逐渐减量。一年后的用量为＜4mg/(kg·d)，一般每次服药应在餐前半小时服用。

2. 排斥反应的种类　分为超急性、急性和慢性3种类型。其中以急性排斥反应最常见，是导致术后死亡的第二大原因，多发生在术后数天至几周内。

（1）超急性排斥反应：是一种由体内免疫反应引起的排斥反应。发生于供体和受体ABO血型不合及受体血内有抗供体淋巴细胞毒性抗体。在供心恢复血循环时即发生。表现为植入的心脏心肌呈显发绀和花斑，收缩无力，难以脱离体外循环。此时可追加甲泼尼龙、塞尼哌冲击治疗，能挽救病人生命的办法是移除已遭受排斥的供心，安置人工心脏以支持病人生命，争取时间设法寻得一个合适的供心再移植。此情况临床上较少见。

（2）急性排斥反应：是受心者T淋巴细胞活化后引起的细胞免疫反应。常发生于术后5～7天，术后3个月内发生率最高。需要追加甲泼尼龙、塞尼哌冲击治疗，如未能及时发现和正确处理，会导致广泛心肌坏死和心力衰竭，病人最后死亡。

(3) 慢性排斥反应:是指在心脏移植后晚期发生的进行性冠状动脉弥漫性病变,其机制尚不明确,可能与慢性排斥反应有关。表现为冠状动脉弥漫性狭窄,甚至闭塞,产生心肌缺血和梗死,是影响患者长期生存的主要因素。

3. 排斥反应的诊断　排斥反应主要表现为:非特异性的各种心律失常、奔马律、发热、乏力、胸闷及右心衰竭等。最可靠的早期诊断,是不可能频繁采用的创伤性心内膜活检,但由于排斥反应一旦出现,都较急骤且缺乏有效的支持手段,如不及时处理,常导致严重后果,故早期综合判断显得非常重要。

(1) 症状:不适、低热、乏力、厌食,有轻微气短或劳累后呼吸困难,应疑有排斥反应。

(2) 体征:颈静脉扩张和舒张期奔马律、房性心律失常、不明原因低血压、心脏扩张等,均提示排斥反应的存在。

(3) 胸部X线片:早期胸片并无改变,但如心包积液迅速增加,则可见心影扩大。

(4) 心电图:除心律增快心律失常外,体表心电图的诊断价值不大。如在供心移植体内之后即在左、右心室的心外膜上埋植和起搏导线一样的二个电极,此电极和改良后的起搏器相连,可以记录到心肌内心电图,通过观察R波振幅的改变,即可判断是否产生排斥反应。对诊断急性排斥反应价值较大,甚至可替代心内膜活检。

(5) 超声心动图:可直接观察心室舒张和收缩功能异常,心室壁增厚以及心包积液增多。对诊断排斥有相当重要价值。

(6) 心内膜心肌活检:是诊断心脏移植后排斥反应的最可靠手段,国外一般从术后第7天开始检查,以后每周1次,至2个月后逐渐延长间隔时间。国内仅在其他检查可疑排斥反应时,才考虑进行。

4. 心肺移植协会心脏排斥反应分级标准　分为四度、七个等级。

(1) 零度:活检组织内心肌细胞正常,无排斥反应证据。

(2) 一度A(轻度排异):活检组织内一处或多处发现局限性心肌血管周围或间质淋巴细胞浸润,心肌细胞尚无损害。

(3) 一度B(轻度排异):弥漫性心肌血管周围或间质淋巴细胞浸润,或两者均有,但心肌细胞仍无损害。

(4) 二度(中度排异):仅局限于单个病灶呈现炎症性浸润,聚集多数浸润性淋巴细胞伴有或不伴有嗜酸性细胞。病灶中同时还存在心肌细胞构型变形并有心肌细胞损害。

(5) 三度A(重度排异):多个病灶发现炎症性浸润,病灶中有更多的浸润性淋巴细胞伴有嗜酸粒细胞。这种炎症性浸润可在活检组织的一个区域也可出现在多个区域内。

(6) 三度B(重度排异):在活检组织更多的区域中发现弥漫性的炎症性浸润。心肌细胞也有损害,同时有较多的浸润性细胞,但此型中尚未出现心肌间质出血。

(7) 四度(严重排异):弥漫性多型性炎症性浸润,浸润中有淋巴细胞,嗜酸粒细胞。在整个活检组织中处处可见心肌细胞坏死、损害,同时还可发现心肌间质水肿、出血和血管炎。

排斥反应的处理对于超急性排斥反应,已如前述,只有用人工心脏替代一段时间

后，再次行心脏移植。对于慢性排斥反应，也无特效办法。如心脏受损明显，亦只好进行再移植。唯急性排斥反应，如能早期诊断，及时处理，患者仍可恢复。对轻微的急性排斥反应，一般无需治疗。对中度以上急性排斥反应必须积极治疗。一般用甲泼尼龙冲击疗法，每日1000mg静脉滴注，共3天。同时增加泼尼松口服剂量，如排斥反应消退，则其剂量逐渐减少。

## 第八节　小儿心脏移植术麻醉的特点

### 一、小儿心脏移植的现状

小儿心脏移植的数目从20世纪80年代早期开始稳步上升，在90年代中期达到顶峰，约每年400例。由于等待心脏移植的小儿较难等到合适的供体，所以小儿心脏移植的数目稳定在现在300例左右。国际心肺移植协会的注册数据显示从1982年到2000年共进行了57818例心脏移植，其中4753例是小儿患者。现在每年儿童心脏移植数量占心脏移植总量的约10％。

成人和小儿心脏移植之间主要的差异在于需要进行移植手术的指征不同。成人欲行心脏移植的病人中，半数为心肌病，另半数是冠心病，先天性心脏病占极少数(1.5％)。小儿心脏移植的情况则不同，起初，心脏移植的儿童大部分都是病毒性和特发性心肌病，虽然有大量的终末期先天性心脏病病人的存在，但是对于很多先天性心脏病的儿童来说，尽管其他的外科方面的努力都已经无效，他们仍然不被考虑作心脏移植。这一点与他们原先曾有心脏手术史、存在大血管畸形、肺血管阻力的增加有关。由于技术上的改善和术中术后处理经验的积累，使手术并发症和死亡率下降，直到1989年，反对在终末期先天性心脏病儿童进行移植的态度得到了改变。至今，先天性心脏病已经成为一岁以下小儿心脏移植最常见的指征，甚至占儿童心脏移植总数的40％。在一些中心，移植已经成为一些新生儿先天性畸形治疗的选择之一(如左心发育不全；复杂的单心室)。而在小儿心脏移植低于1岁的小儿中超过75％的为先天性心脏病，其中左室发育不良综合征最多；在1到10岁组，超过50％的移植病人为心肌病，约37％为先天性心脏病；青春期即11到17岁心脏移植主要的指征为心肌病(64％)和先天性心脏病(26％)。所有年龄组总的移植后5年生存率约65％，9年生存率为60％，移植物的半衰期为12.2年。较大小儿组(11～17岁)生存率与成人组相当(5年生存率68％)。然而，小于1岁的移植病人的生存率就较低(62％)。

### 二、小儿心脏移植术前支持

对于等待移植的新生儿的血流动力学支持是极具挑战性的。患儿大部分都是左室发育不全，如不进行外科手术移植心脏将难以持久维持生命。过去对于这些病人没有满意的姑息性治疗，所以当出生一个月后，随着动脉导管的关闭患儿就会因为低心排出量而死亡。近15年来，由于Norwood手术和新生儿心脏移植的技术发展，对这些病人的药物支持手段也跟着发展了起来。对于这些心排出量极低的病人，用保证一定量的右向左分流的方法，也可以短时间维持心排出量和氧的供应。其中主要的治疗有应用前列腺素$E_1$来维持动脉导管的通畅，以提供体循环心输出的通路。一些病人还需要球囊房间隔扩张以扩大卵圆孔，以使体循环和肺静脉回流在心房水平足够的混合。其他介入心导管技术，如在前列腺素没有反应的病人放置动脉导管内支架等，都增加了成功支持到手术的婴儿比例。这些技术再结合一些维持肺血管高阻力的方法—如诱导性高碳酸血症（低通气，吸入二氧化碳浓度增加）现在都用来维持良好的体循环和肺循环血流比值。如能维持体循环动脉氧饱和度75%～80%和二氧化碳分压45～60mmHg，可以不使用或少使用正性肌力药物，来维持满意的体循环心排出量，延长这些患儿等待合适大小心脏供体的时间，为他们的生存提供机会。

心肺机械支持，特别体外膜肺氧合（ECMO），可以作为移植的机械过渡。Del Nido等为14例心脏移植的候选者应用ECMO技术，其中8例是心脏手术后心功能不全，3例为扩张心肌病，另3例是急性病毒性心肌炎。其中5例，在心肺复苏时就开始使用ECMO，总时间长达1小时。14例病儿中，一例患病毒性心肌炎的病人不需再进行心脏移植而自动恢复，4例在使用ECMO中死亡，其他9例经过心脏移植后存活。4例使用ECMO病儿的死亡与感染有关。使用标准包括不可逆的心脏损伤和缺损；没有其他重要脏器功能不全；不存在活动性的感染和脓毒症。在进行ECMO时，左房高压是肺高压和肺水肿的来源，处理可考虑用导管和房间隔切除进行左房减压。关于用ECMO支持移植后是否发生脏器衰竭仍不清楚。总的来说，ECMO是符合心脏移植标准小儿等待移植时，需要进行移植前支持心功能的可行方法。Del Nido报道的68例小儿中总的生存率为47%。

一氧化氮（NO）吸入可用于心肺移植前评价肺高压的可逆性。吸入NO显著降低肺血管阻力（约从15降到7.5Wood单位）和肺动脉压力，而不减少左室压、心排出量和体循环血压，同时也不增加肺内分流。NO减低肺血管阻力的效应，在左房压力高于或等于15mmHg的病人比左房压力较低的病人更明显。Montenegro研究的11个病儿中，3例病儿由于NO的效应，使得他们免于行心肺移植而只需行心脏移植。NO用于术前小儿心脏移植病人，作为评价肺血管阻力和肺血管反应性的作用，仍需更大规模的研究来评价。但关于吸入NO在治疗小儿心脏移植后或先天性心脏病修补术即刻的效应已在很多研究中显示，围术期已经预知有左房和/或肺静脉高压（例如，扩张性心肌病、二尖瓣狭窄、严重的主动脉反流、大的左向右分流）病人对吸入NO反应良好。

甲状腺激素治疗在心脏移植时补充$T_3$的作用已有总结。尽管体外循环和心脏手术中补充甲状腺素的效应仍不清楚，但脑死亡试验模型上，可见$T_3$减少，血流动力学不稳定以及改善心肌功能的效应。供体用$T_3$治疗后可改善供体脏器功能，增加了稳定血流动力学的因素，但还需进一步证实。

## 三、小儿心脏移植手术的特点

如果小儿心脏有四个腔，而且位置正常，又有正常的大血管解剖，那么小儿心脏移植的手术与成人一样。然而,在小儿心脏移植时,因先天性心脏畸形,手术医生会面临受体的各种解剖异常,或已做过姑息性手术,甚至于广泛的重建,就是最熟练的外科医生也会感到很棘手。必须明确心脏位置、肺动脉主干和分支、升主动脉和主动脉弓、体循环和肺静脉回流。出生时肺动脉发育不全、大血管畸形、单心室的小儿可能已经有过多次的姑息性手术如分流放置、Mustard 或 Senning 手术、Fontan 手术。因此手术中需要小心地分离已经存在的修补和重建正常的解剖连接。或许要保留较多的供体组织,手术时间会因此延长,也延长了体外循环和供体心脏冷缺血的时间。很多小儿先天性心脏病病人都有多次开放和闭合心脏手术的经历,分离广泛的疤痕组织和粘连会导致过多的出血,特别是在体外循环后病人仍然是肝素化以及存在凝血疾病的情况下。尽管及时给予所需的药物,包括鱼精蛋白、血小板、血制品,有时还是不能控制手术部位的出血和渗出。另外有关小儿心脏移植的独特方面与先天性心脏病受体需要的心脏分离有关,供体主动脉和大静脉必须有足够的长度以使得血管的重建能够进行。例如左室发育不全,从升主动脉到动脉导管都有发育不全存在。在进行心脏移植时,供体的主动脉应该作扩大处理。在复杂心脏畸形、严重缺损的病变中,可能需要重构大静脉的连接或进行心脏内的改造,如建立房内的挡板,以将异位肺静脉引流的方向改变。

## 四、小儿心脏移植麻醉的特殊点

新生儿心脏移植中,麻醉最主要目的,同样也是尽可能维持体循环的心排出量直到体外循环的开始,对这些病人的监护与其他儿童开心手术一样,肺动脉导管可在移植后放置。经食管心脏超声可以提供在体外循环前对心功能的持续评价。血流动力学处理应该沿用术前的手段,保证适当的体循环和肺循环阻力的比值。有的学者认为可以用轻度低氧($FiO_2$:17%～20%)和/或高碳酸血症($FiCO_2$:3%～5%)的混合气体来增加肺循环阻力,以弥补心排出量的不足。这些病人外周氧饱和度显示100%时,意味着患儿可能有心脏失代偿的发生。如果呼吸管理的方法不能维持相对较高的肺血管阻力,临时对肺动脉分支的压迫会有所帮助。这些婴儿由于存在异常解剖以及先前的手术史,移植手术所需的体外循环时间常较长,在大多数情况下需要深低温停循环。

手术中的综合因素都会诱发血小板功能紊乱,凝血因子消耗,原发性的纤溶,而出现凝血功能紊乱的危险。因此,麻醉医师必须准备输用血小板和冷沉淀,还可能需要抗纤溶的氨基丁酸。当然,这些病人应用抑肽酶不但可以减少输血量,而且对炎症过程有抑制作用,对术后心肺功能的恢复也有好处。

如果移植的心脏得到了合理的保护,停体外循环可以在不使用正性肌力药物的情况下完成,但是常需应用小剂量的多巴胺、多巴酚丁胺[5μg/(kg·min)]。有时也会需要短时间地使用正性变时药物(异丙肾上腺素)或使用起搏器,以支持心率达到年龄适合的水平(婴儿 120～140 次/分)。大部分病儿术前都有不同程度的肺血管疾病,体外循环导致微血栓、肺内白细胞隔离、血栓素产生增加、肺不张、低氧肺血管收缩等因素都会在术后肺高压的发生上有一定的作用。因此控制肺血管痉挛的手段

常需使用。新移植的心脏不容易适应肺血管阻力的急性增加，右心衰也很容易发生。在小儿术后肺高压和右心衰的处理中，需要有足够深度的麻醉平面；中度的过度通气，避免酸血症；吸入足够浓度的氧，避免肺不张等可能产生低氧性肺血管收缩；正性肌力药物和血管扩张剂的支持。对于血管扩张剂，如 $PGE_1$ 和前列腺环素等在治疗肺高压上都是有效的，但是必须注意的是这些药物都缺乏肺血管的高度选择性，大剂量使用难免导致体循环血压的下降，右心的灌注压力也会随之下降。一氧化氮由于入血即被快速灭活，所以对肺血管有良好的选择性，心脏移植病人术前肺血流异常及体外循环对内皮的损伤都会造成肺血管内皮细胞一氧化氮的产生减少，这也是一氧化氮治疗术后肺高压的理论基础。在低剂量(1～20ppm)的一氧化氮吸入时，也需注意 NO 可能导致高铁血红蛋白血症；NO 形成的自由基对肺有毒性作用；$N_2O_2$ 的蓄积；对肺表面活性物质的损害等不良反应。NO 对未成熟或免疫异常的肺的作用尚不清楚，需要进一步的研究。

供体心脏大小不适宜在心脏充盈后就更明显，在关胸后会出现严重的血流动力学紊乱。即使原先尺寸是合适的，由于保存中的损伤存在，实质细胞水肿液的积聚会加重心脏水肿。这些效应在再灌注后 12～24 小时达到高峰，所以当纵隔内没有足够的空间来容纳扩展的心脏时，应该延迟关胸，不能让胸骨太靠近。如急于关胸，那么对心肌灌注和收缩的损伤会达到一个临界点而出现心脏停跳。但需要暂时缝合皮肤减少感染的危险，待术后第二、三天再关胸，常常可以成功地完成胸骨闭合。

一个赞成婴儿心脏移植的假说是：新生儿对外界抗原，包括这些在移植心脏表面上的抗原的反应下降，新生儿使用免疫抑制剂的剂量较年龄较大的儿童要小得多，早期心脏移植会有免疫学方面的好处。对于是否可减少排斥和冠状动脉疾病的发生还没有证据。实际上，尽管很多小儿心脏移植技术上的问题已经解决了，但是长期的预后还是一个问题。

（姜　桢）

## 第九节　心脏异位移植术的麻醉

### （一）概念

异位心脏移植术首先由巴纳德在 1975 年完成。异位心脏移植是在保留原有心脏的基础上，再把供心置于受体心脏的右侧，使两个心脏的左心房、右心房、主动脉及肺动脉连接相通。原本由受体负担的全部循环，经异位心脏移植后，就由两个心脏共同负担。根据心脏异位移植手术模式的不同，可分为支持受体全心功能手术模式和支持受体左心功能手术模式两种。

### （二）手术路径和病理生理

由于支持受体全心功能的异位心脏移植和支持受体左心功能的异位心脏移植的手术模式不同，异位心脏移植后的病理生理和血流模式有较大差异。

支持受体全心功能的异位心脏移植的手术路径为：①供体右心房与受体右心房吻合。②供体的肺动脉与受体的肺动脉中间以异种颈静脉(通常为牛的颈静脉)相连接。③供体的左心房与受体的左心房相吻合。④供体的升主动脉与受体的升主动脉行端侧

吻合。支持受体全心功能的异位心脏移植后的供心血流路径为:全身回流的血液部分进入供心的右心房,进入供心的右心房后的血液通过供心的三尖瓣进入供心的右心室,右心室收缩把血液射入受体的肺动脉,在受体的肺动脉和从受体的右心室射来的血液一起在受体的肺脏进行气体交换。气体交换后的部分血液进入供心的左心房,然后通过供心的二尖瓣进入供心的左心室,左心室收缩把血液射入受体的升主动脉后和从受体自身心脏来的血液一起参与全身的脏器灌注。

支持受体左心功能的异位心脏移植的手术路径为:①供体右心房与受体的肺动脉吻合。②供体的左心房与受体的左心房吻合。③供体的升主动脉与受体的升主动脉作端侧吻合。移植后的供心血流路径为:供体的右心房把所接受的血液(仅接受供心冠状静脉窦的回流血)排入受体的肺动脉(供心的三尖瓣被闭锁,右心室被旷置),与受体排入肺动脉的血液一起在受体的肺脏进行气体交换,气体交换后的部分血液进入供体的左心房,然后通过供心的二尖瓣进入供心的左心室,左心室收缩把血液射入受体的升主动脉后和从受体自身心脏来的血液一起参与全身的脏器灌注。结果,支持受体全心功能移植的异位心脏不仅担负了病人的部分左室功能,而且也负担了病人的部分右心功能。而支持受体左心功能移植的异位心脏仅可改善病人的左心功能

异位心脏移植术的优点在于受体本身的心脏仍然保留,虽然心脏功能有限,但毕竟仍然有一定功能。当供心术后心肌功能不佳(例如缺血时间过长、急性排斥),受体原心脏仍然可以发挥功能以维持受体生命直至供心恢复功能。当供心过小而受体体重过重时,受体本身的心脏可以补充供心心脏功能的不足,二者相辅相成共同负担受体的循环。如果受体本身有肺高压,异位心脏移植可由原心承受较高的肺高压,供心再慢慢适应肺高压,支持受体全心功能异位移植的心脏在这方面的作用较为明显,往往术后肺动脉压力可明显下降。从阜外心血管病医院为数不多的异位心脏移植病例来看,支持受体全心功能的异位心脏移植术后肺动脉压力下降明显,而支持受体左心功能的异位心脏移植则否。但由于心功能得到改善,支持受体左心功能的异位心脏移植术后肺动脉压力也可有所下降。

异位心脏移植术的缺点在于异位供心占据胸腔内部分空间,可能会妨碍肺脏气体交换,尤其是受体胸腔较小和/或供心较大时。异位心脏移植后因循环血流分向两个心脏,可能受体原心脏或供心充盈不足,血流速度较慢。加上受体本身的心脏或供心可能存在的收缩不良,因而可能出现血栓,造成大脑及重要器官的栓塞,故需长期进行抗凝治疗。异位心脏移植的外科手术技术较原位心脏移植复杂,端侧吻合的机会多,动、静脉的吻合都需小心避免扭曲。受体如原有冠心病,术后仍可能出现心绞痛。受体若有人工瓣膜等人工移植物,易发生感染或血栓。异位移植的心脏,如压迫右肺亦易发生感染。但异位心脏移植为本来不适合作原位心脏移植而可能放弃的供心提供一个可用做移植的机会,起到了生物辅助泵的作用,增加了供心的来源,也给濒临残废边缘的病人多了存活的机会。

**(三)异位心脏移植的适应证**

1. 严重肺动脉高压

(1) 肺血管阻力>6Wood 单位;

(2) 肺动脉收缩压大于 65mmHg;

(3) 肺动脉平均压大于 50mmHg；

(4) 肺动脉平均压与肺小血管楔压差大于 15mmHg。

2. 移植前供心功能受损，包括捐赠前的心肺复苏、较长期的低血压、大量强心药物的使用史或缺血时间太长等。

3. 供体的体重小于受体的 30%以上。

**（四）异位心脏移植的监测**

异位心脏移植使受体胸腔内有两个心脏以相同或不同的速率跳动，常规的检查方法所见与一般临床情况明显不同。如事先不知病人因异位心脏移植、胸腔内有两个心脏，往往对检查结果非常困扰而不易判读。

异位心脏移植在临床检查中可见以下情况：

体格检查时除了在正常位置可听到心音外，在胸腔右侧也可听到异位供心跳动的心音。

受体心脏和供心的心电图在十二导联心电图上可相互重叠，尤以Ⅱ导心电图 QRS 波最明显，很难分辨出何为供心的心电图，何为受体心脏的心电图。区分供心和受体心脏的心电图的方法有：

1. 术中分别在供心与受体心脏置放心律调整电线(pacer wire)，术后即可分辨出二个心脏各自的心电图。

2. 同时在心电图屏幕上显示导联Ⅱ和导联Ⅲ。导联Ⅱ主要显示供心的心电图，受体的心电图波形微细不彰。导联Ⅲ则主要显示受体的心电图，供心的心电图在该导联非常微细有如 P 波。

3. 将胸前导联放在右胸的对照位置可以显示以供心为主的心电图。

胸部 X 线检查可见两个心脏，即受体心脏的右侧有一移植的供心。术后约 3 个月后原来扩大的受体心脏将因负荷减轻而缩小。

超声心动图检查很难将受体心脏与供心同时置于一平面上，食管超声观察供心也很困难。术后超声心动图可视其心室中隔及左心室后壁的厚度变化以评估有无急性排斥反应，亦可监测受体心脏的血流，以评估可能发生血栓的几率。

受体心脏和供心对运动的反应在运动心电图上有明显差异。双心人运动时，受体心脏心跳速率的增加明显快于供心，而运动停止后，受体心脏心跳速率的减慢亦明显早于供心。原因为受体心脏仍有交感神经支配，而供心无交感神支配之故。

异位心脏移植供心的心内膜活检较原位心脏移植要困难得多。因供心心内膜活检时，活检导管必须先进入受体心脏的右心房，经由受体右心房与供心右心房的吻合口才能进入供心的右心房，然后再进入供心的右心室。而原位心脏移植术后的心内膜活检，活检导管可由右颈内静脉直接进入右心房，而后进入右心室。

**（五）麻醉原则和注意事项**

麻醉诱导和管理类似于普通的心脏移植术，但异位心脏移植术在心脏复苏后的心率和循环动力学有以下特点：

1. 开放升主动脉后心脏复苏期，供心的复跳往往晚于受体心脏。如需要起搏治疗时，受体心脏和供心需分别起搏。

2. 心脏复苏后早期，供心由于充盈不足，排血功能很弱，在体外循环机的辅助下，

随着心脏功能的恢复，供心逐步得到充盈，排血量越来越多。食管超声心动图可见射血分数逐渐加强。欲恢复供心的排血功能，供心的充盈好坏是其关键。

3. 双心复跳后的心电图表现前已述及。宽大畸形的 QRS 波仍是诊断室性期前收缩的标准，如从心电图上诊断房性期前收缩则较为困难。但由于房性期前收缩对血流动力学影响不大，对诊断不明的室上性期前收缩不要急于用抗心律失常药物处理，以免影响心脏功能和循环动力学。

4. 心脏复苏后双心的跳动可能同步也可能不同步。同步跳动或非同步跳动在直接动脉测压的波形上有明显差异。同步跳动时的收缩压高于非同步跳动时，而舒张压则低于非同步跳动时的舒张压。非同步跳动时的动脉压波形非常类似于 IABP 时的动脉压波形。受体心脏和供心同步跳动和非同步跳动时的动脉压波形见图 13-1，2，3。

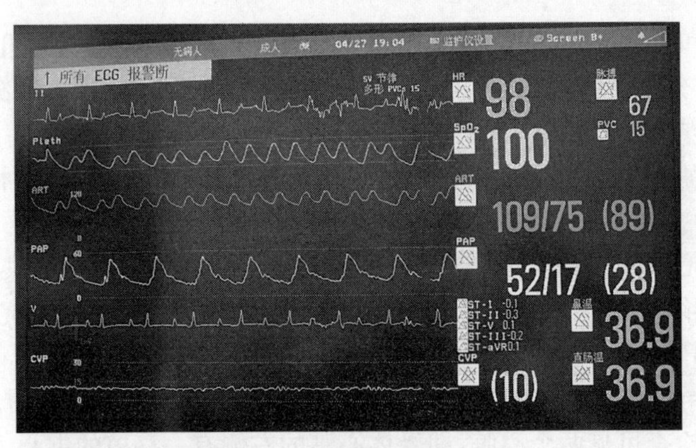


**图 13-1 动脉压波形(1)**

从左数第 8 个至第 11 个动脉压波形可看出双心跳动几乎同步。该图显示了双心同步跳动与非同步跳动时的不同的动脉压波形和脉搏氧饱和度波形

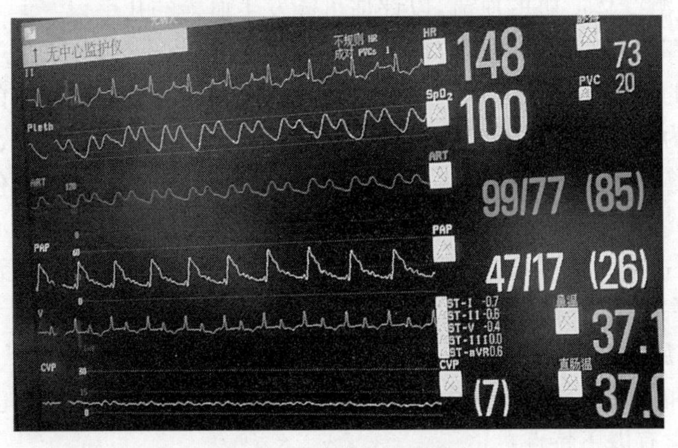


**图 13-2 动脉压波形(2)**

双心非同步跳动，其排血量有主次之分，因而动脉压波形类似于球囊反搏时的波形。脉搏氧饱和度波形也出现了类似的变化。心电图波不同于原位心脏移植的心电图波形

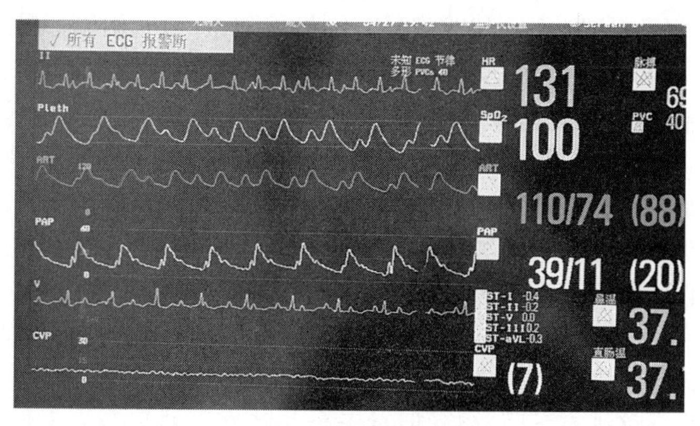


**图 13-3　动脉压波形(3)**

支持受体全心功能异位心脏移植后，随着双心功能的逐渐恢复，不仅体循环稳定，肺动脉压力也明显下降。病人移植前的肺动脉压力为 72/27mmHg

（李立环）

## 第十节　心肺联合移植的麻醉

随着心脏移植的起步，也开始了心肺联合移植的研究。尽管早期发展较慢、以后又部分地被肺移植术取代，将供体的健康心脏和肺同时植入受体胸腔，原位心肺联合移植术是处于终末期心肺疾患病人的公认治疗方法。

### 一、心肺联合移植的历史和现状

Demikhov 于 1946 在低温下进行了狗的心肺联合移植实验的尝试，15 年后 Lower 和 Schumay 在体外循环下再次进行了狗的心肺移植，由于狗的去神经肺脏不能恢复正常的自主呼吸方式，实验动物仅存活了几天，最终死于呼吸衰竭。直到 1967 年 Nakal 在心肺移植实验中选用了不同的动物，注意到灵长类与狗的去神经肺脏呼吸方式不同，狒狒肺去神经后呼吸方式几乎正常。此后，Castaneda 在狒狒自体心肺移植术中，再次证实灵长类有完全耐受心肺失去神经支配的能力，心肺移植后可恢复自主呼吸节律方式，动物存活达 2 年以上，从而提示心肺移植是可行的。随着免疫抑制剂环孢素的引入，1980 年 Reitz 在猴的心肺移植实验中采用了免疫抑制剂：环孢素 A 和硫唑嘌呤，显著提高了移植动物的存活率，为临床进行心肺移植术奠定了基础。

1968 年 8 月 31 日 Cooley 成功地为一例伴肺动脉高压、仅 2 月大的完全型房室管畸形婴儿进行心肺移植术，还成功脱离呼吸机。虽因纵隔出血进行再次手术，并死于止血术后 14 小时，但为人类的心肺移植术开创了新纪元。次年 Lillehei 和 1971 年 Barnard 分别成功地进行了人类第二和第三例心肺联合移植术。手术是成功了，但由于围术期都用糖皮质激素和硫唑嘌呤进行免疫抑制治疗，部分影响了感染的控制和吻合口的愈合，第 2 例受体于术后第 8 天死于肺炎，第 3 例受体术后 12 天右支气管吻合口裂

开，又继发感染，仅存活23天。1981年Reitz将环孢素A应用于心肺移植，成功地逆转了术后出现的2次急性排斥，受体存活达62个月，死后肺组织尸解无显著病变。此后，心肺移植在全球开展，在1989年达785例，以后每年以150～200例左右速度递增，1997年世界122个中心完成2428例心肺移植，年龄从新生儿到64岁老人，1年存活率59.9%，3年存活率43.3%，5年存活率大于39.8%。

与此相对应的是，随着双肺和单肺移植的发展，肺移植后的1年存活率高达70%～93%，明显高于心肺联合移植术，尤其是单肺移植进展很快，存活率几乎达100%。再则，人们注意到：由于肺高压使右心后负荷增加导致的右心衰竭，肺移植即使是单肺移植后，面对移植肺低血管阻力，右心室的功能可以逐渐恢复。因此，面对移植供体的短缺，近年来心肺联合移植有下降趋势，但对于合并肺高压的复杂先天性心脏病，心肺移植仍有其优点：①心肺移植解除了右心的高阻力负荷，使植入的心脏能够尽早地适应、承受和担负起循环泵血功能；②心肺移植完全切除病变的心肺，避免残留肺引起感染和病变肺残留的通气/血流灌注不平衡因素；③保留冠状动脉与支气管动脉的侧支循环，使吻合口两端立即得到血液供应，利于气管吻合口愈合，术后生活质量好。

我国的心肺移植起步晚、发展慢，1992年12月26日牡丹江心血管医院刘晓程首次为1例43岁男性进行心肺移植，术后存活3天。上海中山医院自从2003年12月到2006年7月期间，连续实施了11例心肺移植手术全部获得成功。2003年首例心肺移植病人已存活近四年。

## 二、供体的选择和心肺移植的适应证

1. 供体选择　心肺移植供体的选择比心脏移植供体的要求更严格，除与心脏移植一样，需要做实验室检查，包括ABO血型一致；淋巴细胞毒交叉配合试验阴性；巨细胞病毒血清学相符、供体乙型肝炎表面抗体阴性、艾滋病血清学阴性外，供体选择时要考虑心肺两方面的因素：

(1) 心脏供体标准：

1) 血流动力学稳定：平均动脉压(MAP)＞80mmHg、由最小剂量的正性肌力药支持、无长时间低血压(收缩压＜60mmHg不超过6h)、无长时间或反复心肺复苏史；

2) 冠状动脉正常或无冠状动脉粥样硬化危险因素，无胸、心手术史，无严重胸部外伤史。

(2) 肺脏供体标准：

1) 既往无胸肺手术史、肺部X线检查正常，肺野清晰；

2) $FiO_2$ 为0.4时 $PaO_2$≥100mmHg；

3) 肺顺应性正常，正常潮气量气道压力＜30mmHg；

4) 无明显肺部感染、气管和肺部分泌物革兰氏阳性检查为阴性；

5) 大小相匹配(心肺或双肺供体容积与受体相同或稍小)。心肺移植后良好的肺功能不仅取决于供肺的原有功能，在很大程度上还取决于供肺是否能适应受体胸腔容积的束缚。在大小配对时，供体和受体的身高比体重更重要，以正负20%为宜。一般而言，供体的胸腔应＜受体的10%或供体的体重应比受体小25%。过大的心肺供体在

受体胸腔内受压会引起供肺的不张和供心的压迫，影响复苏，有时需采用外科手段减小肺容量。

(3) 供体准备：建立静脉通路，给予抗生素；机械通气 $FiO_2<40\%$，PEEP 为 $5cmH_2O$，维持 $PaO_2>100mmHg$、$MAP>60mmHg$；防止液体超负荷和肺水过负荷；手术开始前给予甲泼尼龙 1g，乌司他丁 1～2 单位/kg。

供体心脏的切取同心脏移植，重点是肺的切取和保护：开胸、全身肝素化后，高位结扎、切断上腔静脉，肺动脉插管并注入前列环素 $E_1$ 10～20μg/(kg·min)，再阻断主动脉，并于根部灌注心脏停搏液(与心脏移植时相同)。在心包反折处切开下腔静脉的同时，开始经肺动脉插管处灌注肺保护液。最常用的肺保护液为改良 Eurocollins 或 University of Wiscosin Solution，灌注压力不可超过 $30cmH_2O$，总量为 2～5L，并同时膨肺($FiO_2$ 0.4，潮气量 12～15ml/kg)，洗清供肺血管内的残余血液。心脏停搏液和肺保护液灌注完，在切取心肺期间，可将潮气量和频率减少、减慢，以便外科操作。分离好气管后，再将供肺膨胀到最大容量的 2/3，嵌闭、结扎、离断气管，取出心肺整块组织，消毒、包裹好离断的切面，置于低温心肺保护液中转运。

2. 心肺移植适应证　自上世纪 80 年代起，心肺移植中心和心肺移植病例数量曾一度呈直线增多，1997 年达高峰。综合历年资料，施行心肺联合移植病种的比例在儿童及青少年心肺移植中，先天性心脏病达 46%，原发性肺动脉高压 19%，囊性肺纤维化 18%，其他肺部疾患 7%，再移植 9%。成人的心肺移植中先天性心脏病占 27.8%，原发性肺动脉高压 25.8%，囊性肺纤维化 16.7%，其他肺疾患 24%，再移植 3%。两年龄组心肺移植生存率无明显区别，1 年的存活率分别为 59.5%和 60.9%，3 年的存活率 49%和 43.4%，5 年的存活率 43.9%和 39.8%，死亡的最主要原因是感染。

随着肺移植的兴起和快速发展，由于供体的严重短缺和心肺联合移植的术后并发症较多，适应证控制越来越严格，目前国内外接受心肺移植病例数量都有所减少，对于心功能尚可的原发性肺动脉高压和许多实质性肺疾病例，都可通过单肺或双肺移植得到治疗，甚至认为即使是合并重度不可逆肺动脉高压的先天性心脏病病人，目前的选择也倾向于仅进行肺移植，同时矫正先心病。但心肺联合移植仍然是治疗终末期心肺功能衰竭，尤其是伴不可逆肺动脉高压的终末期心衰病员的主要方法。适合心肺联合移植的病种有：

(1) 原发于心脏的疾病：

1) 继发于长期大量左向右分流的先天性心脏病，已发展为不可逆肺动脉高压的艾森曼格(Eisenmerger)综合征。

2) 解剖学和生理学不能纠正的复杂而难以矫正的先天性心脏病(如三尖瓣闭锁、二尖瓣闭锁、主动脉闭锁、单心室畸形、左/右心室发育不良综合征)，并合并有不可逆的肺动脉高压。

3) 后天性心脏病(如心肌病、缺血性心脏病、瓣膜病)经常规外科手术(心脏移植、冠脉再通、瓣膜修复和置换)无效，并伴有不可逆的肺血管病变。

(2) 原发于肺脏的疾病：

1) 原发性肺动脉高压或肺静脉闭锁合并有严重心功能不全。

2）肺实质疾病（严重的慢性阻塞性肺疾病如肺气肿、肺间质纤维化、囊性纤维化、阻塞性支气管炎、肺淋巴管肌瘤病、肺尘埃沉着病）同时合并有严重的心力衰竭，尤其是合并左心衰竭。

（3）小儿心肺联合移植：严重先天性心脏病及心肌病合并有严重肺血管病变、肺囊性纤维化年龄较小的患儿，考虑单纯肺移植的手术难度大，以及合并症增多，可考虑心肺联合移植。

## 三、心肺联合移植的术前评估

术前对拟接受心肺联合移植病人的评估和心脏移植术有许多相同之处，除了主要考虑的心脏、肺脏本身的病变及其相关病变外，同样还要考虑年龄、一般全身状况、肝肾功能、骨髓造血功能，并对社会和心理状态因素进行评估。

1. 心血管系统

（1）心功能损害程度及代偿能力：纽约心脏协会分级（NYHA 分级）；心血管用药情况如利尿剂的种类、剂量和时间；了解血钾、镁的改变；血管扩张剂的种类、剂量和病人的反应；强心和正性肌力药的种类、剂量；是否需要使用机械进行辅助循环如主动脉内球囊反搏（IABP）、左心室辅助装置（LVADS）。

（2）复查心电图，了解心律失常的性质、严重程度及抗心律失常药物的使用情况。

（3）复习近期胸片，检查病人是否存在呼吸困难、端坐呼吸，听诊双肺是否存在啰音，是否有肺水肿存在，并检查气道，了解是否存在气管插管困难。

2. 呼吸系统

（1）常规的肺通气、换气、弥散功能测定；监测血气指标（包括运动时和静止时），明确肺部病变的性质和严重程度，有无二氧化碳蓄积及其严重程度，决定是否需要氧治疗和采取何种呼吸支持；采用国际盛行的“6 分钟步行法”，来初步推断肺尚剩代偿能力和急需移植的迫切程度。

（2）有无咯血和大量脓痰史，痰液的量、性质，是否需要给予吸引和体位引流。

（3）严重肺部疾病尤其是囊性肺纤维化病人均有长期或重复应用抗生素史，在器官移植前必须确定对感染有效的敏感性药物，以有效地控制术前感染和作为术后提供预防性感染治疗的参考。

3. 检查肝肾功能和凝血系统情况

（1）通过测定血清胆红素、转氨酶和碱性磷酸酶水平来评估肝功能。

（2）通过测定血清肌酐和 24 小时清除率来评估肾功能。

（3）由于低氧代偿性红细胞增多症、长期服用“依前列醇”导致的一过性血小板减少症、右心高压导致肝淤血，可能影响凝血因子的合成，移植中应引起注意。

4. 心肺联合移植的禁忌证　心肺联合移植的禁忌证主要从“移植手术是否能成立”，病人是否存在减少“短期和长期的移植后生存益处”为宗旨。与心脏移植一样，严重肝肾功能障碍者、严重的外周或脑血管疾病者、难以控制的糖尿病或糖尿病晚期伴有严重的并发症者、恶性肿瘤者、药物滥用（滥用毒品）者、HIV 感染和乙肝丙肝病毒感染者、存在肺外感染活动期、大量服用类固醇［>0.3mg/(kg·d)］、精神异常或心理状态

极其不稳定者，不适合进行心肺移植。

## 四、心肺移植的麻醉处理

1. 术前准备　确定必须施行心肺联合移植术受体，约有半数以上需等待手术时间超过一年，虽然心肺移植的病人在列入等待供体名单时都已进行严格的评估，但由于长时间的等待和病情的发展、加重，在接受移植前可能病情已有进一步恶化。因此，麻醉医师在诱导前需要复习和检查以下生理指标，对主要脏器和全身情况进行即时的评估：

(1) 身高、体重和年龄。

(2) 血常规、电解质、尿常规和24h尿量、血型(包括ABO和Rh因子)。

(3) 肝肾功能、出凝血和纤溶功能：血浆凝血酶原时间(PT)、凝血酶时间(TT)、部分活化凝血活酶时间(αPTT)、血浆纤维蛋白原(Fib)。

(4) 心电图、血压、氧合指标($S_PO_2$、$DO_2$、$VO_2$)和血流动力学参数(PAP、CVP、PCWP、SV、CO、CI、SVR、PVR)。

(5) 了解呼吸困难程度，有无端坐呼吸和气道梗阻、咯血史及分泌物排出情况；听诊肺有无干、湿性啰音和哮鸣音；复习最近的胸片、肺功能检查指标和动脉血气参数。

(6) 其他：包括细菌培养和病毒抗原抗体检查和组织相容性检查。

2. 手术室准备和麻醉前准备

(1) 严格无菌技术：在条件允许的情况下选择无菌标准高的百级洁净手术室，并在手术前进行一次严格的无菌消毒；麻醉机(可使用混合空气)、监护仪、喉镜、食管超声探头也要进行必要的清洁消毒；禁止无关人员进入手术室，谢绝参观；手术中使用的全部药品均应放置于无菌药盘备用。

(2) 使用一次性的无菌材料，包括气管导管、呼吸回路、动脉留置针、双腔或三腔中心静脉导管、肺动脉导管(Swan-Ganz导管)、压力换能器。进行有创操作时应穿无菌手术衣，戴无菌手套。对于术前已经放置的有创监测和动静脉通路，应仔细检查导管是否通畅或需要更换。

(3) 药品的准备要充分，延续术前治疗中正在使用的正性肌力药、血管扩张药；准备手术中必需用药；麻醉药、肝素、鱼精蛋白、抗生素、血制品和免疫抑制剂甲泼尼龙等；复苏时可能需要：包括治疗肺动脉高压的药物(NO、$PGE_1$、$PGI_2$)、抗过敏药、抗心律失常药等。正性肌力药和血管活性药要准备使用微量泵持续给药剂量和单次静注剂量两种浓度。

(4) 通过访视，与病人建立良好关系，取得病人的信任，解除病人的焦虑和恐惧。由于手术时间的不确定性，术前病人可能存在胃排空延迟，尤其是肺高压病人常因左肺动脉扩张，压迫喉返神经，会增加误吸的危险性，术前可给予胃复安、雷尼替丁或西咪替丁等$H_2$受体拮抗剂，促进胃排空和抑制消化液的分泌，以减少反流和误吸。对于危重的病人，在等待供体期间就可能因难治性心肺衰竭而发生顽固性心律失常致死，需维持正在进行的药物治疗到麻醉诱导前，必要时收入重症监护病房，用机械装置如IABP、LVADS来维持基本的生命体征，并对治疗的反应进行24小时监测。转移病人时一定注意，防止出现意外情况。

3. 围术期监测　围术期的监测与心脏移植相似，包括：

(1) 常规监测：5导联ECG、脉搏血氧饱和度、无创血压、鼻咽温度和肛温、尿量和呼气末二氧化碳浓度。病人入室后迅速建立无创监测，鼻咽温度、尿量和呼气末二氧化碳浓度监测在诱导后再进行。

(2) 诱导前须在局麻下进行桡动脉穿刺置管，颈内静脉穿刺并放置Swan-Ganz导管(CCO)，监测CO、CI、PAP、PCWP、PVR和SVR。选择左侧或右侧锁骨下静脉穿刺开放中心静脉通路，供围手术期间用药和补充容量。对只能半坐位的危重病员，可选择左侧静外静脉穿刺由导引钢丝导入，先建立静脉通道，麻醉诱导后再行右静内静脉穿刺放置Swan-Ganz导管。对某些特危重病人，在紧急情况下可由股动脉、静脉穿刺置管，作为应对紧急体外循环做准备。因为在重度肺动脉高压和严重右心功能障碍的患者在麻醉诱导、正压通气时就有可能发生循环虚脱而需要紧急心肺转流。

(3) 对精神较为紧张的病人在进行有创操作时，可以在监测下静脉给予适量的咪达唑仑和芬太尼镇静和镇痛，以减少焦虑和穿刺带来的不适感。由于病人都存在一定程度的肺动脉高压、右心和/或双心衰竭，肺淤血和肺顺应性降低，应充分给予吸氧，甚至辅助呼吸，防止加重低氧血症和高碳酸血症。在使用镇静、镇痛剂时需十分谨慎。

4. 麻醉诱导和维持　心肺联合移植麻醉和心脏移植、肺移植的麻醉原则相同，但难度更大。这类病人循环功能储备低，在静脉复合麻醉过程中，随着手术刺激强弱变化，其血流动力学的变化很大，特别是在给麻醉药的同时又无手术刺激，此时血压的降低可能很明显，在手术刺激时，动脉血压高于正常，但当不刺激或刺激明显减轻时，动脉血压又明显低于正常，此时麻醉的深度偏浅，但因为病人处于心功能低下、内环境严重紊乱和有效循环不足，因此麻醉医生必须掌握手术操作的整个过程。在麻醉的前后，即使进行氧疗，病人仍会缺氧，甚至发生肺高压危象，肺动脉压力的进一步增高，导致肺动脉压力与动脉压力的倒置，加重缺氧和循环衰竭，处理上有时会出现顾此失彼。虽然目前尚无一种定式，但麻醉诱导和维持的原则是维持循环稳定和充分的氧合。充分估计和积极提高病人对麻醉的承受力和耐受性，竭力避免肺高压危象的发生，随时准备心肺复苏治疗。

(1) 麻醉诱导：终末期心肺功能衰竭病人，代偿和储备能力非常有限，臂肺和臂舌时间延长，循环缓慢，药物起效时间也较正常人延长1～2倍，诱导时用药剂量稍大或给药速度稍快都会打破原有的脆弱“稳定”，导致循环严重抑制、衰竭。而且一旦造成严重低血压，即使立即使用升压药，药物也难以快速发挥作用。诱导期危险大，这些患者不能耐受低浓度(低于1.0)的氧气吸入，特别是患通气受限疾病的患者，因为不充分呼气时间的高通气量模式，会严重加剧原有的通气障碍，使静脉回流下降，并导致对肾上腺素无效的严重低血压。适当的低通气并延长呼气相可能对纠治这种情况有效。经常手动通气是唯一避免产生气道和胸内压增加的方法。

诱导用药与心脏移植术相似，采用麻醉诱导选用咪达唑仑(0.1～0.2mg/kg)、芬太尼(0.5～1.0mg)、琥珀胆碱(2mg/kg)或罗库溴铵(0.9mg/kg)。术前循环状态极不稳定的病例，麻醉诱导宜选用有交感兴奋作用的氯胺酮，氯胺酮对PVR/SVR比值的影响小，内在的交感兴奋作用，可保持SVR可以作为常规的麻醉诱导药。为避免氯胺酮加重肺动脉压力、诱发急性右心衰和氯胺酮直接的剂量依赖性负性肌力作用。我们对

终末期衰竭的心脏采用“亚”麻醉剂量的氯胺酮(0.3～0.5mg/kg),再复合咪达唑仑、芬太尼、琥珀胆碱。进行气管插管前,利用喉麻管经声门对声门及上气道进行表面局麻药喷雾,以减少插入气管导管时对血流动力学影响。

气管插管一般选用单腔气管导管,并尽量选用较大内径的导管,以备术中和术后用纤维支气管镜检查气管吻合口和清理主支气管、叶支气管内的分泌物和血块。插管前把气管导管进行必要的“修整”:切短气管导管的前端,到距气囊的近边缘处,气管导管插入的深度以套囊刚过声门为度,套囊内压力必须保持在不漏为好(气道峰压在30mmHg),但气囊充气不宜过多,以免影响气管的吻合。麻醉和呼吸机的通气系统应安置并及时更换细菌过滤器。

(2) 麻醉管理的特点:与心脏移植手术一样,心肺联合移植在常规中度低温的体外循环下进行,麻醉的管理也包括体外循环前、中、后的处理。同样的,在进入体外循环的即刻给予乌司他丁、抑肽酶、左旋精氨酸等,以减少体外循环全身炎症反应对机体的侵袭。心脏大血管吻合毕、开放主动脉前,保持头低位,膨肺,排除心腔内残余气体后方开始通气。同样,在开放主动脉的同时,给予甲泼尼龙 500～1000mg 防止超急排异。体外循环停机前加用免疫抑制剂塞尼哌 1～2mg/kg,或在手术开始前 2 小时先用巴利昔单抗(舒莱,Simulect)20mg,移植后 4 天再用 20mg。

要强调的是心肺联合移植有其特异性:

1) 心肺联合移植的病人不同于单纯的心脏移植或肺移植,由于病人心、肺功能同时受累,在心血管和呼吸管理上容易产生相互影响和矛盾。原发于心脏疾病的病人,主要病变在心脏,麻醉管理的关键是维持循环稳定,处理原则与心脏移植相似,其肺脏的通气功能基本正常,只要采取适当过度通气,参照处理肺动脉高压的方法,既可稳定循环又可改善肺内分流,维持正常血气相对容易。而原发于肺脏疾病的病人在呼吸的管理上的难度就大些,机械通气需根据患者术前通气的病理生理学改变作调整:对阻塞性通气功能障碍的病人,可选择低呼吸频率和较低的吸呼比(I/E),以此可以最大程度的增加呼气时间;对伴有肺大泡者,应采取较小的潮气量(5～8ml/kg),较快的呼吸频率(15～20 次/min),防止大泡破裂造成的张力性气胸;对术前肺换气功能差的病人,$SpO_2$ 可能平时就只有 80%～90%、$PaCO_2$ 也处于较高水平,麻醉中即使给予吸入纯氧、增加潮气量,盲目追求较低的 $PaCO_2$,必然会导致胸内压升高,回心血流量减少,加重循环功能障碍,引起血压下降;对限制性通气功能障碍者,肺的顺应性差,可选择低潮气量和较高的呼吸频率,调节吸呼比(I/E)为 1∶1.5 或反比呼吸,可更有效降低吸气峰压,避免胸内压过度升高而影响血压,在不影响心排出量和血压的前提下,可适当选用PEEP(4.7$cmH_2O$),防止肺不张。对肺部感染的病人要经常吸痰,避免分泌物积聚和气道压的升高。

2) 体外循环(CPB)前,易出现循环紊乱,使体循环压力下降和肺循环压力增加,甚至肺动脉压和动脉血压倒置,进而发生肺高压危象,导致严重而顽固的低氧血症、循环衰竭加重、代谢和呼吸性酸中毒等一系列的临床病理生理改变。此时应充分供氧,加强呼吸支持,试图应用肺血管扩张药(NO、$PGE_1$、$PGI_2$)降低右心负荷,应用米力农的正性肌力和正性松弛作用改善右心室的张力并扩张高压的肺血管,用多巴胺甚至肾上腺素支持右心室功能,避免病情进一步恶化,必要时提早开始体外循环。

3）心肺移植手术需显露纵隔，分离主、肺动脉和气道。在分离纵隔时，可能损伤膈神经、喉返神经、迷走神经，还容易出血，一般在体外循环下进行。体外循环的全身肝素化、凝血因子的异常、尤其是等待实行心肺联合移植的受体常伴有慢性纵隔血管充血，在胸膜粘连松解时，手术创面的渗血、出血，都是心肺联合移植术早期死亡率和严重并发症高的主要原因。止血应彻底，采用血液保护和自体血回收技术，可有效地减少异体血制品的用量，必要时还需输入红细胞、血小板、凝血因子和维生素 $K_1$。

4）感染是心肺移植后严重和主要的并发症之一，参考术前使用情况，在麻醉诱导后给予高效广谱抗生素，手术结束时再给半量。

5）心肺移植术外科操作主要为三个基本吻合：气管端端吻合、主动脉端端吻合和右心吻合。气管吻合毕，立即开放气道：由麻醉医师在无菌条件下吸尽供肺内的液体和血块后，用约 30cm$H_2O$ 的压力膨胀肺以检查气管吻合口是否漏气，在确认气管吻合口完好后，将气管导管轻轻往下送入 1～2cm（注意不要损伤气管吻合口），并开始低频率（5 次/min）、低潮气量（6ml/kg）、低 $FiO_2$（0.21）通气。随着复温，逐渐增加呼吸的频率和潮气量，当体温达 36℃后，适当提高吸氧浓度到 $FiO_2$（0.4）、呼吸频率到（10 次/min）、并增加潮气量（12ml/kg），使气道峰压达 25～30cm$H_2O$，以解除肺的萎陷和不张。由于移植肺对氧毒性效应的敏感度增加，高浓度吸氧会增加氧自由基、过氧化物对肺的损害、促使肺缺血再灌注时肺毛细血管通透性增加，如果病人的氧饱和度低下时，可适当提高吸入氧浓度，但 $FiO_2$ 必须控制在 0.5 以下，并辅以呼气末正压（PEEP 4～6cm$H_2O$）加强氧合和防止肺水肿。

6）主动脉吻合完毕，立即给甲泼尼龙 500～1000mg，左心排气，开放主动脉阻断钳，恢复血液循环。开始升温，纠正酸碱、电解质紊乱，使心脏复跳，吻合右心并安置起搏器。

7）手术时间较长（需要 50～60min），容易产生血红蛋白尿，因此，体外循环期间应注意保持尿量，必要时使用甘露醇、呋塞米，避免血红蛋白尿时对肾功能的不良影响。术中可能需要大量血液制品，输晶体应保持最低量。因血液制品保存液中含大量钾离子，要密切监测血钾浓度，尤其在松开主动脉阻断钳后。

（3）脱离体外循环：心肺联合移植比单纯心脏移植时脱机反而容易，这是因为心肺联合移植后病人肺动脉压、肺血管阻力正常或轻度增高，右心功能不全较少出现。主动脉开放心脏恢复自主心跳后应使心脏在无负荷下跳动，使其得到充分休息和调整，CPB 和自主心跳并行时间一般为主动脉阻断时间的 1/3～1/2，然后逐步降低 CPB 流量，减少上下腔静脉的回流，常规安置起搏器，必要时用适量异丙肾上腺素维持心率在 90～100 次/min，调整多巴胺、多巴酚丁胺的用量，必要时加用米力农。待心率、律和循环稳定，血气、电解质正常，CVP 维持在 8～10mmHg 时逐渐停机。脱机后，按鱼精蛋白 1.5：肝素 1 比例缓慢给予鱼精蛋白，为减轻和避免鱼精蛋白的心肌抑制和过敏反应，在鱼精蛋白内加入氯化钙 0.05g/50mg 鱼精蛋白。给药时密切注意血流动力学变化，血压降低时可经主动脉缓慢补充血液。创面彻底止血，为提高血红蛋白浓度减少输入较多的液体，机器血和手术创面血液进行回收，清洗、浓缩后输入，一方面减少晶体液的输注，另一方面可以洗去血液中大部分的炎性细胞因子和破碎的红细胞。如果创面渗血明显，可检查 ACT，必要时补充鱼精蛋白，同时给予抑肽酶或新鲜冰冻血浆、冷沉淀，

CPB时间较长时可补充血小板，血红蛋白浓度较低时可补充悬浮红细胞。维持血红蛋白浓度在100/L以上，注意维持酸碱平衡，参照血气和电解质补充碳酸氢钠和氯化钾，纠正离子紊乱。

## 五、术后处理

心肺联合移植后，需注意移植脏器的功能、排异反应的抑制治疗、有无感染及其他并发症。早期处理的重点是预防和治疗低心排综合征和肺水肿。在此阶段低心排血量和肺水肿都有可能存在，有时在治疗上很容易产生相互影响和矛盾，低心排血量时使用的正性肌力药和扩容治疗，在增加心排血量的同时也会增加肺血流量和肺血管阻力，对肺水肿的治疗不利。移植肺要求降低吸入氧浓度，提高PEEP来减少肺水量，减轻肺的缺血再灌注损伤，改善肺功能，但因此也减少心肌氧供，增加右心室后负荷，对低心排的治疗是不利的。因此，对移植心、肺功能的处理上要考虑主次，心肺联合移植后对病人的处理上要兼顾心脏移植和肺移植两者的特点，使呼吸和循环处于适度的平衡是治疗的重点。术后采用硬膜外镇痛，术后疼痛的消除不仅可加快肺功能的恢复，并消除了病人的紧张心理，也减少耗氧，对预后起良好作用。

1. 术后出血和渗血　病人术前伴有慢性纵隔血管充血、胸膜粘连松解后创面大量渗血、术中全身肝素化、大吻合口出血、凝血因子异常减少和损耗，血小板破坏、肝素中和效果不理想等原因造成。出血是心肺移植后早期死亡的严重并发症之一，可见心包腔和胸腔引流多，并且颜色鲜艳；渗血往往出血量较小，无明显血凝块形成，一般的止血药效果很差。治疗应针对原因补充新鲜血浆、冷沉淀和血小板，根据ACT检测，需要时给予鱼精蛋白中和肝素。如果引流突然减少应警惕引流管被血块堵塞，注意保持引流通畅。如果胸腔引流量过多，连续3小时达200ml或出现心包填塞征象时，治疗的唯一措施就是再次开胸止血。

2. 循环管理　植入心脏是缺血后的、去神经的，由于手术创伤、运输途中心肌保护不够完善和心肺转流中的全身炎症反应损伤等因素，使移植心肌在术后的24～36小时出现一过性心肌抑制，表现为心肌收缩力低下、动脉血压不能维持、左右心房和肺动脉压升高及低位心房节律等，循环功能低下的情况有时可能会持续3～7天。术中常规安置起搏器，必要时用适量的异丙肾上腺素[0.05～0.1μg/(kg·min)]维持心率90～100次/min，并综合BP、PAP、HR、CVP、PCWP、CO、PVR和SVR调整正性肌力药和血管活性药，并且药物要一直维持到术后数天至10天左右，根据血流动力学参数慢慢减少直到完全撤离。就儿茶酚胺类正性肌力药而言，多巴胺具有α、β和多巴胺受体兴奋作用，剂量在2～7.5μg/(kg·min)主要兴奋β作用，随剂量的增加兴奋β受体转为以兴奋α为主，可明显升高肺动脉压，对肺动脉高压和右心功能障碍的病人不宜。多巴酚丁胺对$\beta_1$的兴奋作用具有选择性和剂量依赖性，通过增强心肌收缩力来增加心排血量，对心率影响不大。肾上腺素具有强大的α、β作用，剂量在1～2μg/min时作用以β为主，剂量在10μg/min内时β>α，随剂量的增加α>β，虽然是心肺复苏时的首选药，但在心肺移植和其他心脏手术时出现低血压时一般不宜常规使用，因为其α效应消逝较快而β效应消退较迟，故其升压作用短暂。对CO正常而SVR较低的低血压病人可选用

纯 α 受体兴奋药去氧肾上腺素单次给予（稀释后每次根据需要 20～100μg），尤其在心率较快而 SVR 较低的低血压病人。

对 CVP、PAP 和 PVR 较高的肺动脉高压合并右心功能障碍的病人，正性肌力药宜选用米力农（PDE-Ⅲ抑制剂），其正性肌力、正性松弛和相对选择性血管扩张作用，可显著增强心肌收缩力、改善心肌张力和顺应性，米力农和儿茶酚胺联合应用被广泛应用于心脏手术后的低心排综合征，尤其是右心低心排时。肺动脉高压在使用正性肌力药的同时，选用 NO、$PGE_1$、$PGI_2$ 扩张肺血管降低肺血管阻力是治疗的关键。肺动脉高压在心肺移植前往往很严重，是治疗的难点和重点，但心肺移植后肺动脉压往往正常或仅轻度升高。如果移植后在脱离 CPB 时存在中、重度肺动脉高压和右心功能不全，按照以上处理效果不理想时，可通过肺动脉导管将 $PGE_1$、$PGI_2$ 直接注入肺动脉扩张肺血管，同时经左房注入去甲肾上腺素或去氧肾上腺素以维持体循环血管阻力，即所谓的双心给药（见心脏移植章）可取得较好效果，使多数病人顺利脱机和度过术后的循环不稳定难关。

3. 呼吸管理　病人在 ICU 病房里的处理与其他体外循环后相似，术后早期病人在隔离消毒 ICU 内继续呼吸机辅助机械通气。呼吸机及湿化装置应经过严格消毒，并配有合格的气体过滤器。需注意的是肺植入后，需要进行严格的呼吸治疗，术中恢复通气后，先给予较高的 PEEP，打开闭塞的末梢小气道，一般使用呼气末正压通气的 PEEP 在 5～7cm$H_2O$、采用小潮气量、低频率通气（半量），吸氧的浓度最初需控制 21%，待病人的体温恢复后才逐渐增加吸氧浓度到 40%和恢复正常的呼吸频率和潮气量。吸氧浓度限于 60%以下，维持 $PaO_2$ 在 100mmHg，$SaO_2$ 为 97%。移植肺因限制性障碍，多数肺容量减少，最初自主呼吸时 $PaCO_2$ 可能达到 45～50mmHg，肺功能在移植后的头三个星期以后逐步改善，这种改善和肺灌注的增加相平行。$PaCO_2$ 以后才逐渐下降，达到正常化二氧化碳的平均时间是 15 天。移植肺可能需要连续使用支气管扩张药雾化治疗，有助于排除呼吸道分泌物和预防肺膨胀不全，术后一般避免在机械通气时使用 PEEP，防止气管吻合口漏气。移植肺换气功能严重不良时可应用体外膜肺氧合（ECMO），多数在移植后一周内选用，70%可生存出院。呼吸管理除通气支持外，必须考虑支气管肺功能：去神经的移植肺可恢复正常的通气和换气功能，但失去迷走神经对喉、支气管、肺血管、黏液腺、纤毛及肺牵拉感受器的支配，咳嗽反射消失，不能认知肺内分泌物，但能进行主观的咳嗽动作。因此需注意清理呼吸道分泌物，加强湿化，待病人完全清醒，能主动配合，血流动力学指标稳定，呼吸功能恢复，血气检查在正常范围及胸部 X 片正常，病人清醒，胸腔引流不多无再次开胸可能性时，应尽早停止机械通气，拔除气管导管（18～36 小时），鼓励病人深呼吸、咳嗽及开始胸部物理疗法和离床活动。

（1）肺水肿：心肺移植像肺移植一样，术后早期可能会发生肺脏移植反应和肺水肿。供肺在保存液灌洗、浸泡过程中，由于血管内流体静水压超过组织间压力，水分在供体心肺细胞外积聚形成细胞间隙水肿；供体器官植入术中的液体治疗和因出血而快速输血促使容量超载，肺静脉流体静水压极易增加，将进一步导致肺水肿；植入肺血流重建所发生的缺血再灌注损伤和体外循环的全身炎症反应，都导致大量毒性代谢产物的释放，使肺毛细血管渗透性增加，肺间质水肿和血管紧张度改变；肺泡Ⅱ型细胞功能

明显不良、表面活性物质的成分、功能、代谢发生改变，进一步造成肺泡水肿、肺不张和低氧血症；植入肺的淋巴循环消失一直要等到术后几周才会重建，淋巴回流障碍，使其对快速输液的耐受性更差，肺水清除率明显下降。这一切都与肺水肿的发生、发展密切相关。

肺水肿于移植后即刻出现，术后3天达高峰，4～7天逐渐好转，7～21天完全消退。病人呈现气促和呼吸困难；肺顺应性降低、肺血管阻力升高、动脉血气氧分压低和二氧化碳分压升高；胸部X线呈现肺弥漫性浸润和胸腔渗出。因此围术期应注意避免液体负荷过量，限制液体输入，在维持循环稳定的情况下使液体补充保持CVP在一个较低水平(CVP控制在8～10mmHg，PCWP控制在12～15mmHg左右)。血容量不足时选择胶体液和血制品，可补充容量又维持胶体渗透压。根据$PaO_2$和$S_PO_2$调节吸入氧浓度，在维持$PaO_2$在100mmHg或$S_PO_2$在97%，婴幼儿维持在$PaO_2$ 70～80mmHg或$S_PO_2$在90%～95%的前提下，尽可能降低吸入氧浓度，以避免肺型氧中毒。必要时给予甘露醇或呋塞米，保持尿量不小于3ml/(kg·h)。并根据循环情况给予最佳PEEP(调整PEEP在5～10$cmH_2O$之间)，婴幼儿有时需要给予较高的PEEP 8～10$cmH_2O$，防治肺水肿并利于打开闭塞的末梢气道，但如果供受体大小匹配欠佳，供体肺较小时避免使用较高的PEEP，防止肺破裂。对慢性血容量过多的病人要进行血液超滤，滤除过多的液体。

(2) 肺部感染：除了肺水肿外，感染是心肺联合移植后最常见早、晚期病人死亡的主要原因之一。特别在免疫抑制剂治疗的最初几个月发生率最高。在感染中，细菌是最常见的病原占30%～60%，其次是病毒感染占20%～50%，真菌占14%～25%，原虫占5%左右。术后第一个月主要是细菌感染，部位多发在手术创面、纵隔和肺、尿路。

其中以肺感染发生率最高，1/3的病人在移植后的前2周出现肺炎，是术后早期死亡的主要原因。细菌性肺炎发病最早，常发生在术后第2天，最常见的病原体是革兰氏阴性杆菌如克雷伯杆菌、假单胞菌属。巨细胞病毒感染一般发生在术后第16天。肺感染易发的原因有：①病人术前就有不同程度的肺水肿和潜在肺疾；②失神经支配的移植肺分泌物消除能力受限，肺去神经状态几乎不影响肺呼吸功能，但支气管黏膜纤毛运动功能不良，移植的肺及远端的气管一直延伸到隆突都失去神经支配，咳嗽反射消失，吸痰时也无支气管收缩，气道内出现很多分泌物、血液或组织异物时病人没有反应，气管吻合口旁的呼吸道黏膜腐肉形成堵塞支气管，进一步妨害分泌物清除；③肺淋巴管断裂和引流丧失改变了免疫效应细胞的正常移动；④大量免疫抑制剂治疗使受体的免疫力降低，大量皮质激素促使蛋白分解影响抗体合成；⑤围术期大量广谱抗生素的应用易产生耐药菌株生长；⑥术后胸廓和肺的顺应性降低，呼吸运动受限，咳嗽困难和肺不张。

肺感染症状有发热、咳嗽、气短、两肺可听到湿啰音和喘鸣音，胸部X线显示胸膜渗出和肺浸润，与急性排异反应难以区别。主要依据痰和支气管肺泡灌洗物的细菌、病毒和真菌培养，血液培养和胸腔液体培养，找到呼吸道致病菌并选择细菌敏感抗生素。难以控制的感染还得靠支气管活检确定诊断：肺泡上皮细胞存在“猫头鹰”包涵体者可诊断为巨细胞病毒肺炎；如肺小血管周围发现有淋巴浸润时可诊断为排异反应。预防

是主要的，严格执行无菌操作，联合使用高效杀菌抗生素。在进行机械通气时要密切注意气道和肺部情况，在最初的12小时，每1～2小时进行一次动脉血气分析，然后每4～5小时一次，直到拔除气管插管。经常进行气道吸引和雾化吸入，防止痰液或渗血结痂、变硬而难以吸引。早期气管拔管和避免气管切开是有效防止肺移植病人术后肺部感染的重要环节，机械通气一般维持1～3天可拔除气管导管，拔管后鼓励病人深呼吸和自动咳嗽，以排出呼吸道分泌物和防止肺膨胀不全。

(3) 供体肺功能障碍(DLD)：心肺移植后，除肺水肿外，可见肺泡-动脉氧梯度增加伴有肺顺应性降低，胸部X线出现持续弥散性浸润，DLD作为肺移植并发症的发生率为20%。其发生的原因不明确，可能与外科手术操作和术后使用连续加强的呼吸支持模式有关，一般认为与供体肺缺血时间无关。NO可改善氧合，促进肺功能恢复。

4. 排斥反应　由于供体和受体的组织相容性抗原不同，植入的异体组织激发免疫系统通过免疫应答产生反应，发生对异体组织的非己识别、免疫活性细胞的增殖及效应器的活化组成，导致移植物被排异或使受体遭到伤害。免疫抑制治疗对减轻排异反应、维持和延长移植物存活极为重要，特别是环孢素用于临床后大大提高了心脏和肺移植的成活率，推动了移植事业的发展。心肺移植后，心脏和肺的排异可以同时发生，也可以不同时出现，常以肺排异为主，也比心脏排异反应出现早。Millet报道29例心肺移植病人中20例出现45次排异反应，其中22次出现在移植后一个月内。Keenan指出，心肺移植和双肺移植病人排异反应类型相似，大约有67%病人曾发生急性排异，第一次急性排异反应平均出现在21.5天，慢性排异发生在193.7天。心脏的排异参见心脏移植章，肺的排异反应表现为发热、疲劳、胸部紧迫感、咳嗽、呼吸困难、低氧血症；胸部听到水泡音和喘鸣；X线片肺门周围界线不清和弥漫性灶性肺浸润或同时合并胸腔渗液；肺功能1秒用力呼气量($FEV_1$)或潮气量(VC)下降50%。有时与是否感染不易区分，需行肺泡灌洗和支气管肺活检，标本进行组织学检查、细菌培养，以确定是否排异反应及程度。如灌洗液组织学检查出现肺细胞数增多、毒性淋巴细胞增多，或组织学检查见血管周围单核细胞浸润，可能伴有淋巴细胞性支气管炎或细支气管炎，通过活组织镜检可证实排异反应成立。免疫抑制治疗用药与监测与心脏移植相同，急性排异治疗用甲泼尼龙1000mg静脉注射连续三天，接着增加泼尼松用量到1mg/(kg·d)，10天后剂量减到维持水平。急性排斥反应进展是形成慢性排斥反应的重要因素，心、肺的慢性排斥反应主要表现在：

(1) 冠状动脉粥样硬化：移植心脏的冠状动脉粥样硬化以弥散性血管病变为特征。术后1年为1%～4%，术后3年超过50%，5年超过80%(有的报道5年为44%～50%)。其发生率的高低与存活时间呈正相关。易发于患高血压、糖尿病、高脂血症、吸烟和受巨细胞病毒感染病史者。病程进展迅速，有心脏移植的病人约10%～20%死于冠脉血管病变。粥样硬化主要在冠状动脉小分支和心肌内小血管，呈现内膜增生、弹力纤维层出现断裂、心肌呈小灶性坏死，病变还累及心外膜静脉。病变的基础尚不清楚，可能是由免疫细胞生长因子的产生上调，导致血管内皮活性增加所致。

(2) 阻塞性支气管炎：是心肺移植术后肺内发生慢性排异反应的结果，慢性阻塞性

肺的改变发生率几乎占术后长期存活病人的50%，另外巨细胞病毒感染也是造成阻塞性支气管炎一个重要原因。主要表现为肺功能低下，X线呈结节状、集合结节或弥散性肺不透明，其改变无法与感染区别，中心支气管扩张是阻塞性支气管炎的特殊X线征象。最后诊断依靠支气管肺活检。组织学改变是淋巴细胞浸润肺泡和间隔、肺泡细支气管纤维化。治疗用增加免疫剂量。肺的慢性限制性改变(OB)也为慢性排斥反应的表现，发生率在长期存活的病人中达25%。组织学表现为呼吸性细支气管进行性黏膜下层瘢痕形成，导致 $FEV_1$ 下降和活动时呼吸困难加重。治疗包括使用抗淋巴细胞药物配以糖皮质醇药物，持续OB是再次肺移植的指征。

（姜 桢）

## 参考文献


1. Fleischer KJ, Baumgartner WA. Heart transplantation. In: Edmunds LH, Jr ed. Adult cardiac surgery. New York: McGRAW-Hill, 1997, 1409-1449
2. Deng MC. Cardiac transplantation. Heart, 2002; 87:177-184
3. Schwartz SM, Duffy JY, Pearl JM, et al. Cellular and molecular aspects of myocardial dysfunction. Crit Care Med, 2001; 29:214-219
4. Schrier RW, Abraham WT. Hormones and Hemodynamics in Heart Failure. New Engl J Med, 1999; 341:577-585
5. Ashary N, Kaye AD, Hegazi AR, et al. Anesthetic considerations in the patient with a heart transplant. Heart Dis, 2002; 4(3):191-198
6. Miller LW. Listing criteria for cardiac transplantation: results of an American society of transplant physician-national institutes of health conferance. Transplantation, 1998; 66(7):947-951
7. Canver CC, Heisey DM, Nichols RD. Acute renal failure requiring hemodialysis immediately after heart transplantation portends a poor outcome. J Cardiovasc Surg, 2000; 41(2):203-206
8. Vossler MR, Ni H, Toy W, Hershberger RE. Pre-operative renal function predicts development of chronic renal insufficiency after orthotopic heart transplantation. J Heart Lung Transplant, 2002; 21(8):874-881
9. Johnson BD, Beck KC, Olson LJ, et al. Pulmonary function in patients with reduced left ventricular function: influence of smoking and cardiac surgery. Chest, 2001; 120:1869-1876
10. Chin C, Feindel C, Cheng D. Duration of preoperative amiodarone treatment may be associated with postoperative hospital mortality in patients undergoing heart transplantation. J Cardiothorac Vasc Anesth, 1999; 13:562-566
11. Balser RD. The rational use of intravenous amiodarone in the perioperative period. Anesthesiology, 1997; 86:974-987
12. Morris CD, Vega JD, Levy JH, et al. Warfarin therapy does not increase bleeding in patients undergoing heart transplantation. Ann Thorac Surg, 2001; 72:714-718
13. Hunt SA, Frazier OH. Mechanical circulatory support and cardiac transplantation. Circulation, 1998; 97:2079-2090
14. Sprung J, Ogletree-Hughes ML, Moravec CS. The effects of etomidate on the con-

tractility of failing and nonfailing human heart muscle. Anesth Analg, 2000; 91: 68-75

15. Sprung J, Schuetz SM, Stewart RW, et al. Effects of ketamine on the contractility of failing and nonfailing human heart muscles in vitro. Anesthesiol, 1998; 88: 1202-1210
16. Firestone L, firestone S, Feiner JR, et al. Organ transplantation. In: Miller RD. Aesthesia. 5th edition. Harcourt, 2000, 1973-2002
17. Camann WR, Hensley FA jr. Anesthetic management for cardiac transplantation. In: Hensley FA, Martin DE ed. The practice of cardiac anesthesia. Boston: Little Brown, 1990, 441-460
18. Suriani RJ. Trnsesophageal echocardiography during organ transplantation. J Cardiothorac Vasc Anesth, 1998; 12(6): 686-694
19. Sukernik MR, Mets B, Bennett-Guerrero E. Patent foramen ovale and its significance in the perioperative period. Anesth Analg, 2001; 93: 1137-1146
20. Bittner HB, Chen EP, Biswas SS, et al. Right ventricular dysfunction after cardiac transplantation: primarily related to status of donor heart. Ann Thorac Surg, 1999; 68(5): 1605-1611
21. Rajek A, Pernerstorfer T, Kastner J, et al. Inhaled nitric oxide reduces pulmonary vascular resistance more than prostaglandin $E_1$ uring heart transplantation. Anesth Analg, 2000; 90: 523-530
22. Griffin MJ, Hines RL. Management of perioperative ventricular dysfunction. J Cardiothorac Vasc Anesth, 2001; 15(1): 90-106
23. Sessler DI. Perioperative heat balance. Anesthesiology, 2000; 92: 578-596
24. Martich GD, Vega JD. Heart transplantation. In: Shoemaker WC, Ayres SM, Grenvik A, et al ed. Textbook of critical care. 4th edition. Harcourt, 2000, 1958-1965
25. Kobashigawa JA. Postoperative management following heart transplantation. Transplant Proc. 1999; 31: 2038-2046
26. Canver CC, Heisey DM, Nichols RD. Acute renal failure requiring hemodialysis immediately after heart transplantation portends a poor outcome. J Cardiovasc Surg, 2000; 41: 203-206
27. Baran DA, Galin ID, Gass AL. Current practices: immunosuppression induction, maintenance, and rejection regimens in contemporary post-heart transplant patient treatment. Curr Opin Cardiol, 2002; 17: 165-170
28. Kichuk-Chrisant MR. Children are not small adults: some differences between pediatric and adult cardiac transplantation. Curr Opion Cardiol, 2002; 17: 152-159
29. Montenegro LM, Ward A, McGowan FX, et al. New directions in perioperative management for pediatric solid organ transplantation. J Cardiothorac Vasc Anesth, 1998; 12: 457-472
30. Wessel DL. Managing low cardiac output syndrome after congenital heart surgery. Crit Care Med, 2001; 29: S220-230
31. Moncada S, Palmer RMI, Higgs EA. Nitric oxide: physiology, pathophysiology, and pharmacology. Pharmacol Rev. 1991; 43: 109-142
32. Rich GF, Lowson SM, John RA, et al. Inhaled nitric oxide selectively decreases pul-

monary vascular resistance without impairing oxygenation during one-lung ventilation in patient undergoing cardiac surgery. Anesthesiology,1994,80:57-62

33. Weitzberg E,Rudehill A,Lundberf JM. Nitric oxide inhalation attenuates pulmonary hypertension and improves gas exchange in endotxin shock. Eur J. Pharmackol. 1993;233:85-94